WOLFGANG HOHLBEIN

IRONDEAD

Der zehnte Kreis

WOLFGANG HOHLBEIN

IRONDEAD

DER ZEHNTE KREIS

Roman

INK
EGMONT

1. Auflage
Originalausgabe © 2014 INK
verlegt durch Egmont Verlagsgesellschaften mbH,
Gertrudenstraße 30–36, 50667 Köln

Umschlaggestaltung: Guter Punkt, München | www.guter-punkt.de
Umschlag- und Einbandillustration: © Geoffrey Ernault
Lektorat: Dieter Winkler
Satz: Greiner & Reichel, Köln
Printed in Germany (670421)
ISBN: 978-3-86396-066-7

www.egmont-ink.de

I

Seit nunmehr einem guten halben Jahr versuchte ich, das Zigarrenrauchen einzustellen oder – sollte ich es nicht schaffen – doch wenigstens einzuschränken. Selbstverständlich war mir bisher weder das eine noch das andere gelungen. Ganz im Gegenteil hatte mein Konsum an teuren kubanischen Zigarren sogar noch deutlich zugenommen, seit ich meinen ersten ernst gemeinten Versuch gestartet hatte, enthaltsamer zu leben. Auch meine Idee, von teuren Zigarren auf preiswerten Zigarettentabak umzusteigen, hatte sich als kontraproduktiv erwiesen, denn der günstige Tabak verführte mich trotz seines zweifelhaften Geschmacks zum ständigen Paffen. Also hatte ich irgendwann mein schlechtes Gewissen hintenangestellt und war wieder in meine alten Gewohnheiten zurückgefallen, jeden Tag viel zu viele teure importierte Zigarren zu konsumieren, die ich mir nicht leisten konnte, begleitet von dem einen oder anderen Gläschen einheimischen Whiskys, der mein Budget endgültig sprengte.

Jetzt war ich froh, mir binnen einer Stunde die dritte Zigarre angezündet zu haben, ohne deren würzigen Rauch ich mich vermutlich schon längst übergeben hätte.

Vielleicht würde ich das ja trotzdem noch tun, Zigarrenrauch hin oder her, denn der Gestank an dem fast überbordenden Kanal, an dessen Ufer ich meiner Verabredung entgegenstrebte, war einfach unerträglich. Im Wasser trieben nicht nur Abfälle und tote Tiere – Ratten, Mäuse, Katzen und auch der eine oder andere tote Hund –, sondern auch ganz andere *Dinge*. Erst vor wenigen Minuten hatte die träge Strömung etwas vorübergetrieben, das einem kleinen menschlichen Umriss so sehr geähnelt hatte, dass ich instinktiv davor zurückgeschreckt war, ein zweites Mal genauer hinzusehen.

Den Geruch des Todes war ich gewohnt, schon durch meinen Beruf, der mich wiederholt an weit üblere Orte geführt und mir Einblicke in die schlimmsten Abgründe der menschlichen Seele aufgezwungen hatte. Nichts von alledem hatte mich jedoch auf *diesen* Gestank vorbereitet, der meine Sinne verwirrte und in mir ein Gefühl tiefsten Abscheus auslöste.

Da waren Tod und Verwesung – selbstverständlich –, doch unter all den Nuancen des Vergänglichen verbarg sich noch etwas anderes und womöglich wahrhaft Bedrohliches. Etwas, das in meiner Kehle brannte und mir das Gefühl gab, dass meine Augen ununterbrochen tränten, obwohl das genaue Gegenteil der Fall war und sich jeder Lidschlag so anfühlte, als scheuerte Sand über meine Augäpfel.

Aber vielleicht spielten mir ja auch nur meine Nerven einen Streich, und vielleicht war ich auch nur diesem Viertel und der ganzen Stadt gegenüber voreingenommen und sah (und vor allem roch) nicht nur das, was um mich herum existierte, sondern vor allem das, was ich zu sehen und zu riechen glaubte.

Ich war widerwillig und mit dem Gefühl hierhergekommen, mit etwas konfrontiert zu werden, von dem ich eigentlich gar nichts wissen wollte. Meine Verabredung ließ nun schon fast eine Stunde auf sich warten, und das missfiel mir nicht nur wegen der Verspätung immer mehr. Das hier war kein Ort für erbauliche Spaziergänge. Bereits seit einer ganzen Weile mutmaßte ich, dass die Verursacher der gierigen Blicke, die ich wie die Berührung nicht minder gieriger Hände auf mir zu spüren glaubte, nur deshalb noch nicht aus ihren Verstecken hervorgestürmt und über mich hergefallen waren, weil ich ein kräftiger Mann von nicht ganz unbeeindruckender Statur und einer gewissen Ausstrahlung war und mir darüber hinaus auch keine große Mühe gab, den langläufigen Revolver zu verbergen, den ich im Gürtel trug.

Dabei gab es kaum etwas, das ich mehr hasste als Waffen, denn schließlich hatte ich oft genug gesehen, welchen Schaden sie in den falschen Händen anrichten konnten. Aber ich hasste auch Ratten und Schmutz und menschlichen Abschaum, und von alledem gab es in dieser Umgebung überreichlich.

Immerhin konnte ich zwei von diesen drei Dingen erschießen, wenn es sein musste.

Was alles nichts daran änderte, dass mir allmählich ernsthaft übel zu werden begann. Ich schluckte einen Mundvoll säuerlich schmeckenden Speichels hinunter, woraufhin mein Magen endgültig zu rebellieren begann, spuckte ins trübe Wasser des Kanals und schnippte den Zigarrenstummel hinterher. Er erlosch zischend, auch wenn es mir so vorkam, als täte er es längst nicht so schnell wie üblich. Ich ertappte mich dabei, ganz instinktiv einen halben Schritt von der blubbernden Brühe zurückzuweichen, so als hätte ich Angst, die Glut der Zigarre könnte den ganzen Kanal in Brand setzen, statt in seinem Wasser zu ersticken. So etwas war schon vorgekommen.

Wenn es denn Wasser war, das da träge vor meinen Schuhspitzen schwappte. Nicht einmal dessen war ich mir ganz sicher, denn weder sah es wie Wasser aus, noch bewegte es sich wie solches, von dem Geruch ganz zu schweigen. Die Brühe war nicht einmal klar oder hatte wenigstens den Anstand, wie moderndes Abwasser oder Jauche auszusehen, sondern schillerte in widerwärtigen grünblauen Schlieren, und da und dort stiegen Blasen an die Oberfläche, um mit einem ekelhaften Geräusch zu platzen und dabei einen Schwall noch viel ekelhafteren Gestanks freizusetzen – den der Wind natürlich genau in meine Richtung trug, und zwar ganz gleich, woher er wehte und wo am Ufer ich gerade stand.

Spätestens jetzt, gestand ich mir ein, begannen meine Gedanken endgültig in gefährliche Gefilde abzugleiten. Aber in einem Moment wie diesem konnte ich mir eine solch kleine Schwäche wohl leisten.

Vorsichtige Schritte näherten sich, und das Gefühl, beobachtet zu werden, wurde noch einmal um Etliches unangenehmer. Doch statt mich sofort umzudrehen, griff ich betont langsam in die Jackentasche und nahm eine weitere Zigarre heraus, um sie in aller Seelenruhe anzuzünden. Selbst der Rauch schmeckte inzwischen faul.

»Sind Sie Devlin?«

Ich nahm einen zweiten, noch tieferen Zug und behielt den Rauch so lange in den Lungen, bis mir leicht schwindelig zu werden begann. Betont langsam – und mit der Linken wie zufällig den Griff meines Revolvers berührend – drehte ich mich um und erlebte eine Überraschung: Die Gestalt war eine gute Handspanne kleiner als ich und konnte nicht einmal die Hälfte meines Gewichts auf die Waage bringen. Auf den zweiten Blick war ich nicht einmal mehr ganz sicher, ob es schon ein Mann war oder noch ein Junge. Auf jeden Fall war er noch sehr jung.

Statt zu antworten, zog ich lediglich fragend die rechte Augenbraue hoch.

»Sind Sie Constabler Devlin?«, erkundigte sich der Junge noch einmal.

Es war lange her, dass mich jemand so genannt hatte, und auch wenn ich zum Schluss meiner Karriere für kurze Zeit Inspektor gewesen war, bevor man mich wieder degradiert hatte, weckte das *Constabler Devlin* die lebhaftesten Erinnerungen an meine nicht ganz glücklich verlaufene Polizeilaufbahn. Ich nickte knapp. »Und du?«

»Mister Jacobs schickt mich«, sagte der Junge. »Ich soll Ihnen was geben.«

Ich nahm immerhin die Hand von der Waffe – schon weil mir alles andere lächerlich vorgekommen wäre –, legte aber nur den Kopf auf die Seite und bemühte mich um einen fragenden Blick.

»Ich bin Chip.« Der Junge lächelte verschlagen. »Jacobs hat gesagt, dass Sie mich bezahlen.«

Ich antwortete erneut mit einem Nicken, was zugleich aber auch schon meine ganze Reaktion auf diese unverschämte Forderung war und auch bleiben würde. Ich würde ganz gewiss niemanden für irgendetwas bezahlen, bevor ich nicht selbst bezahlt worden war. Falls dieser unverschämte Bengel nicht ohnehin log, um mich zu übervorteilen.

Was offensichtlich der Fall war, denn nach einigen weiteren Augenblicken scharrte er unbehaglich mit den Füßen und griff dann unter seine Jacke, um einen schmalen Briefumschlag aus der Innentasche zu ziehen. Mir fiel nicht nur auf, wie schmutzig seine Finger waren, sondern auch, dass seine Jacke mindestens eine Nummer zu groß war, wenn nicht mehr. Vermutlich gestohlen, wie auch seine übrigen Kleider. Aber das ging mich nichts an.

»Das hat er mir gegeben«, sagte er, als er mir mit einer zögerlichen Bewegung den Brief überreichte. »Und gesagt, dass ich einen Sixpence bekomme.«

Ich ignorierte auch diesen zweiten und schon deutlich weniger subtilen Versuch, mir ein bisschen Geld abzuluchsen, riss den Umschlag auf und las:

Mein lieber Mister Devlin,

alles hat sich inzwischen aufgeklärt und mein Verdacht sich gottlob als unbegründet erwiesen, sodass ich Ihre Dienste nicht mehr länger benötige. Einen Betrag in Höhe des vereinbarten Honorars habe ich bereits auf Ihr Konto angewiesen.

Bitte verzeihen Sie, dass ich Ihre Zeit unnötig in Anspruch genommen habe.

Mit den besten Wünschen

Ihr Stanley Jacobs

Ich starrte den Brief an, überflog ihn ein zweites Mal, starrte erneut auf die ebenso winzige wie akribische Handschrift und las ihn dann noch ein drittes Mal.

»Irgendwas nicht in Ordnung?«, wollte Chip wissen.

Mir war nicht klar, was das den Burschen anging, aber ich ertappte mich trotzdem dabei, ganz automatisch zu nicken. So konnte man es durchaus nennen.

Ich wusste nicht, ob diese fast schon kalligrafisch anmutende Notiz tatsächlich von Jacobs stammte, denn ich hatte ihn selbst nur ein einziges Mal und seine Handschrift noch nie zu Gesicht bekommen, doch ich erinnerte mich auch gut an seine eher joviale Art zu sprechen und sich zu geben, und weder die Wortwahl noch die schon fast überpräzise Schrift schienen mir zu einem Mann wie ihm zu passen.

Mein Verstand wollte mir (mit Recht) klarmachen, dass sich ein Mann wie Stanley Jacobs durchaus jemanden leisten konnte, der Dinge wie das Verfassen lästiger Notizen für ihn erledigte, aber das war längst nicht alles. Es gab keine Summe, auf die wir uns geeinigt hatten, und ich konnte mich auch nicht erinnern, ihm jemals meine Bankdaten genannt zu haben. Ich bevorzuge Barzahlung, und jetzt erinnerte ich mich auch, dass Jacobs zwischen zwei Schlucken Portwein wissend gelächelt und angemerkt hatte, dass die Steuer ja schließlich nicht alles wissen müsse und es ihn im Übrigen auch nichts angehe, was sie wusste und was nicht.

»Und diesen Brief hast du von Mister Jacobs persönlich bekommen?«, vergewisserte ich mich.

Chip hob die Schultern, und etwas klimperte in seiner Jackentasche. Ich sah ihn noch weitere zwei oder drei Sekunden lang auffordernd an, begriff schließlich, dass ich das auch noch zwei oder drei weitere Stunden lang tun konnte, ohne irgendeine andere Reaktion zu bekommen, und griff widerwillig in die Jackentasche, um einen Sixpence zutage zu fördern. Als Chip jedoch nach dem Geldstück greifen wollte, verbarg ich es blitzartig in der Faust und schüttelte den Kopf.

Der Junge verstand. »Ich kenne diesen Jacobs nicht«, bekannte er. »Er hat behauptet, das sei sein Name. Ein großer Kerl mit Backenbart und teuren Kleidern. Er hat Zigarren geraucht und nach Portwein gerochen.«

Was so ungefähr auf jeden zweiten Kaufmann und Bankier in dieser Stadt zutraf. Ich wiederholte mein Kopfschütteln.

»Aber mehr weiß ich nicht«, beharrte Chip. »Er hat Sie mir beschrieben und mir den Brief gegeben. Und gesagt, dass Sie mich bezahlen.«

Das sah ich zwar nicht ein, händigte ihm aber trotzdem den in Aussicht gestellten Sixpence aus und war nicht überrascht, als mir der Junge das Geldstück aus der Hand riss und dann zurücksprang. Ich wäre auch nicht überrascht gewesen, wäre er auf der Stelle verschwunden, doch Chip gab sich mit diesem kleinen Sicherheitsabstand zufrieden. Vielleicht spekulierte er ja auf einen weiteren Sixpence … den er ganz bestimmt nicht bekommen würde. Ich griff trotzdem noch einmal wie zufällig in dieselbe Tasche und ließ die Hand auch darin. Ganz wie es zu erwarten gewesen war, setzte der Junge seine begonnene Flucht nicht fort, und in seinen Augen flammte neue Gier auf.

Sehr aufmerksam studierte ich den Text ein viertes Mal. Nichts daran war so ungewöhnlich, dass es nicht zu einem exzentrischen Kaufmann gepasst hätte, und doch schien er mir mit jedem Mal weniger überzeugend. »Wo hast du ihn getroffen?«

»Nicht weit von hier.« Chip machte eine wedelnde Geste überallhin, verstand wohl die Bedeutung, als meine Augenbraue ein weiteres Stück an meiner Stirn emporwanderte, und deutete daraufhin auf ein großes Backsteingebäude ein gutes Stück entfernt, und *selbstverständlich* auf der anderen Seite des Kanals mit seinem blubbernden Inhalt.

»Dort?«, fragte ich unüberhörbar zweifelnd. Meine Augen tränten jetzt wirklich, und jeder Zug aus der Zigarre hinterließ einen scharfen Nachgeschmack tief in meinem Rachen, den ich allenfalls von jenem billig verschnittenen Tabak kannte, wie man ihn in zwielichtigen Spelunken und ärmlichen Vierteln für ein paar Pennys erstehen konnte. Ich musste ein paarmal blinzeln, um das dreistöckige Gebäude klar zu erkennen, aber dadurch wurde es auch nicht ansehnlicher und schon gar nicht vertrauenswürdiger. Wie ein großer Teil der Häuser hier stand es leer und musste schon vor Jahren aufgegeben worden sein, wie die zahllosen eingeschlagenen Scheiben und herausgerissenen Türfüllungen bewiesen. Schon der bloße Anblick bereitete mir Unbehagen, und eigentlich wollte ich nichts weniger, als dorthin zu gehen.

Nicht zum ersten Mal fragte ich mich, welcher Teufel Jacobs eigentlich geritten hatte, mich ausgerechnet hierher zu bestellen, in eine Gegend, die so heruntergekommen, leer und vor allem gefährlich war, dass ein so vornehmer Mann wie er eigentlich nicht einmal *wissen* sollte, dass es sie überhaupt gab.

Er hatte mir etwas zeigen wollen, aber was? Tote Katzen und ersoffene Ratten?

Chip scharrte erneut mit den Füßen, und ich erwartete, dass er nun losgehen würde, um mir den Weg über den Kanal zu zeigen, aber der Junge druckste nur weiter herum. Schließlich zog ich einen zweiten Sixpence hervor, ließ aber auch ihn sofort wieder in der geschlossenen Faust verschwinden, sodass das verlockende Geldstück nur ganz kurz zwischen meinen Fingern aufblitzte, und das verstand sogar dieser gierige Bengel und setzte sich missmutig in Bewegung.

Wir gingen dichter an dem stinkenden Kanal entlang, als mir lieb war. Die Ränder des künstlich angelegten Flusses waren längst von ätzenden Dämpfen und der erbarmungslosen Witterung Belfasts angegriffen und zum Teil sogar zerstört worden. Unter jedem zweiten oder dritten Schritt lösten sich Staub und zerbröckelnder Stein, manchmal ganze Trümmerlawinen, die mit einem heftigen Platschen im Wasser verschwanden, woraufhin nur zu oft ein Schwall noch übleren Gestanks folgte. Ich würde meine Kleider wechseln müssen, dachte ich missmutig, sobald ich zu Hause war; möglicherweise baden.

Falls ich wieder nach Hause kam. Mit einem Mal war ich gar nicht mehr so sicher, dass ich diesen Ort lebend verlassen würde.

Ich blieb stehen, als wir eine schmale Brücke erreichten, die in einem Bogen über die zischende Brühe hinwegführte, der den meisten kühn vorgekommen wäre, mir aber schier die Haare zu Berge stehen ließ. Es war nicht so, dass ich der Brücke nicht traute. Sie sah baufällig aus, stand aber nun schon seit mindestens einem Menschenalter hier und würde sicher auch noch einige weitere Minuten und meinem Gewicht standhalten. Aber allein der Gedanke, diese widerwärtige Brühe zu überqueren, war mir zuwider.

»Ich würde da nicht reingehen«, sagte Chip, fast als hätte er meine Gedanken gelesen. »Ist eine gefährliche Gegend. Hier ist schon so mancher einfach verschwunden.«

Vielleicht nur, um vor dem Jungen nicht das Gesicht zu verlieren, betrat ich, ohne zu zögern, den geländerlosen Steg und legte ein forsches Tempo vor. Ich ertappte mich dabei, die ganze Zeit über die Luft anzuhalten, und auf der anderen Seite angekommen entfernte ich mich rasch ein paar Schritte und blieb dann wieder stehen, um das Gebäude einer weiteren Musterung zu unterziehen. Es gefiel mir immer weniger. »Hier hast du ihn getroffen?«, fragte ich misstrauisch.

Statt zu antworten, starrte Chip meine geschlossene Faust an. Ich reichte ihm den Sixpence, der wie weggezaubert verschwand, und fügte warnend hinzu: »Und lass dir nicht einfallen, mich zu betrügen, Freundchen.«

Der Junge schüttelte den Kopf, und diesmal war das Klimpern so laut, als hätte er eine ganze Schlüsselfabrik in der Jackentasche. »Auf der anderen Seite. Ich war auf der Straße unterwegs, um mich mit ein paar Kumpel zu treffen, da hat er mich angesprochen. Hat mit seinem schicken Wagen am Straßenrand gehalten und mir den Brief und einen Sixpence ... ich meine den Brief gegeben und mir gesagt, dass ich einen Sixpence von Ihnen bekomme.«

Ich hatte Mühe, ein Grinsen zu unterdrücken. Eigentlich sollte ich zornig werden, doch irgendwie beeindruckte mich diese ganz bestimmte Art von Unverschämtheit auch beinahe. »Ich sehe keine Straße«, widersprach ich trotzdem.

»Hinter dem Haus, auf der anderen Seite«, sagte Chip. »Wir können außen rumgehen, aber dann müssen wir das ganze Stück zurück. Und er ist auch gleich wieder abgefahren.«

Ich überlegte. Alles in mir sträubte sich dagegen, diese Ruine zu betreten, aber die Vorstellung, die ganze Strecke neben und über den Kanal wieder zurückzugehen, behagte mir noch viel weniger. Außerdem wollte ich vor dem Jungen nicht als Feigling dastehen.

»Dann zeig mir, wo du ihn getroffen hast.«

»Bestimmt?« War da plötzlich etwas Lauerndes in Chips Augen? »Ist nicht ganz ungefährlich.«

Ich paffte an meiner Zigarre und sah auf ihn hinab. Chip begriff, zog eine Grimasse und ging weiter.

Das Gebäude war riesig und strahlte etwas ebenso Abweisendes wie fast Heimtückisches aus. Trotz der zahlreichen Fenster, in denen es schon seit Jahren kein Glas mehr gab, herrschte in seinem Inneren nahezu vollkommene Finsternis und ein Gestank, der im wortwörtlichen Sinne atemberaubend war. Ich sog so stark an meiner Zigarre, dass ich husten musste, doch diesmal funktionierte der Trick nicht, und der Tabakqualm machte es eher noch schlimmer. Es stank nach geronnenem Blut und nassem Fell und Öl und Ruß und Wagenschmiere und verdorbenen Lebensmitteln, nach Katzenpisse und faulendem Wasser und hundert anderen Dingen, die allesamt unangenehm waren und in ihrer Summe augenblicklich erneut ein Gefühl latenter Übelkeit in mir weckten. Ich verspürte ein Rumoren in den Eingeweiden, das das Potenzial hatte, bei der geringsten unvorsichtigen Bewegung zu etwas weit Unangenehmerem zu werden.

»Passen Sie auf, wo Sie hintreten«, warnte Chip. »Hier kann man leicht zu Schaden kommen.«

Ich trat erst einmal nirgendwohin, sondern blieb stehen, damit sich meine Augen an das schwache Licht gewöhnen konnten. Ich hatte ein vages Gefühl von Weite, das mich zugleich aber auch zu erdrücken schien, so absurd es mir auch selbst vorkam. Chip hatte recht. Ich sollte nicht nur aufpassen, wo ich hintrat, sondern auf dem Absatz kehrtmachen und von diesem unheimlichen Ort verschwinden, so schnell ich nur konnte. Sollte dieser dahergelaufene Straßenjunge doch von mir denken, was er wollte!

Stattdessen blinzelte ich ein paarmal heftig, und um zusätzliche Zeit zu gewinnen, fragte ich: »Was war das hier früher einmal?«

»Weiß nicht. Ein Schlachthof. Vielleicht. Oder sie haben hier nur die Felle und die Haut verarbeitet. Warum?«

Eine ehemalige Gerberei würde zumindest den aufdringlichen Geruch nach Chemikalien und Tod erklären, aber eigentlich konnte ich nicht einmal genau sagen, warum ich diese Frage überhaupt gestellt hatte, denn es interessierte mich auch nicht. Über den Niedergang Belfasts in dem ständig von Hungerkatastrophen bedrohten Irland waren schon zahllose kluge Artikel verfasst und viele noch klügere Bücher geschrieben worden, eloquente Abhandlungen über die Gründe besagten Niedergangs und düstere Warnungen, dass alles nur noch viel schlimmer werden konnte. Die einen meinten, dass nur eine engere Anlehnung Irlands an das englische Parlament helfen könnte, den drohenden Niedergang zu verhindern, die anderen kämpften für eine eigene Verfassung und Selbstverwaltung oder sogar die völlige Loslösung vom Britischen Empire, in der sie die einzige Chance sahen, Irland in eine bessere Zukunft führen zu können.

Ich war für mich selbst schon zu einer viel simpleren Erklärung gekommen: Die Dinge änderten sich, unerbittlich und immer und unaufhaltsam, und jeder musste für sich sehen, wie er mit diesem Wandel der Zeiten zurechtkam. So einfach war das.

Meine Augen hatten sich umgestellt. Ich sah immer noch nicht viel, aber wenigstens genug, um nicht unversehens in einen jäh aufklaffenden Abgrund zu stürzen oder mich an irgendeiner heimtückischen Kante aufzuspießen, die auf mich lauerte.

Es gab keine Abgründe. Der Boden war massiv und mit einer klebrigen schwarzen Schicht bedeckt, auf der unsere Schritte unangenehme Sauggeräusche verursachten. In dem wenigen Licht, das meinen Augen blieb, erkannte ich kaum mehr als gedrungene finstere Umrisse, die gefährlichen Raubtieren gleich in der ewigen Dämmerung lauerten. Wie eiserne Spinnweben hingen Ketten von der Decke, die sich höher über unseren Köpfen erhob, als mein Blick reichte, und irgendwo tropfte regelmäßig eine Flüssigkeit; kein Wasser, eher etwas Dickflüssigeres. Obwohl es bei Weitem nicht das erste Mal war, dass ich einen solch heruntergekommenen Ort sah, hatte ich das Gefühl, eine vollkommen fremde Welt zu betreten, einen Winkel der Schöpfung, in dem Menschen nicht willkommen waren und auch nicht sein sollten.

Das irritierte mich. Ich hielt mich vollkommen zu Recht für einen rationalen Menschen, zu dem solcherlei krudes Zeug gar nicht passte. Aber ich wurde das unangenehme Gefühl, hier vollkommen fehl am Platz zu sein, auch nicht los.

»Wohin?«, fragte ich knapp. Selbst an diesem einzelnen Wort war etwas … *unpassend*, als wäre allein der Klang einer menschlichen Stimme an diesem Ort ein Frevel, der nicht ungesühnt bleiben konnte.

Ich ahnte Chips deutende Geste mehr, als dass ich sie sah. Eine der Ketten rasselte, als hätte er sie berührt, doch das konnte nicht sein, denn er stand ein gutes Stück entfernt. »Wir müssen durch die Halle und dann einfach die Treppe runter.«

Seltsamerweise klang seine Stimme nicht annähernd so deplatziert wie meine eigene, sah man von einem leicht metallischen Unterton ab, als redete er mit Stimmbändern aus Eisen. Sicher eine Folge der verwirrenden Akustik dieses Ortes.

»Dann geh voraus.«

Diese Worte wiederum klangen wieder falsch. Allmählich wurde mir dieser Ort wirklich unheimlich.

Ich wartete, bis sich Chip vor mir in Bewegung gesetzt hatte, was von einem neuerlichen und diesmal lang anhaltenden Kettenrasseln begleitet wurde, und nun sah ich, dass sich etliche der dicken Kettenbündel bewegten. Vielleicht ein Luftzug, den wir mit unserem Eintreten ausgelöst hatten.

Ich folgte dem Jungen, aber ich fiel auch mit jedem Schritt, den er machte, ein wenig weiter zurück, denn ich trat nur sehr behutsam auf, schon wegen der unangenehmen Geräusche, die ich dabei verursachte.

»Was wollte Jacobs Ihnen denn eigentlich hier zeigen?«, fragte Chip, nachdem wir vielleicht ein Drittel der großen Halle durchquert hatten. Auch er ging jetzt etwas langsamer, aber es wollte mir einfach nicht gelingen, wirklich zu ihm aufzuholen. Ich hatte das verrückte Gefühl, dass sich der Junge immer gerade außerhalb meines Blickfelds hielt; ganz egal, wie schnell oder langsam ich auch ging.

»Warum fragst du das?«, erwiderte ich. Das unheimliche Gefühl, einen monströsen Schatten irgendwo in der Dunkelheit über mir entlanghuschen zu sehen, ergriff mich.

»War nur neugierig«, sagte Chip. Er blieb nun doch stehen und strich in Gedanken über eine der Ketten, die neben ihm von der Decke hingen. Als hier noch gearbeitet worden war, hatten sie vielleicht dazu gedient, tote Schweine und Rinderhälften zu transportieren oder schwere Maschinenteile zu bewegen. Jetzt mochten sie weit sinisteren Zwecken dienen, über die ich gar nicht nachdenken wollte. »Ist schon ein komischer Ort, nicht?«

Mir wäre durchaus eine andere Bezeichnung dafür eingefallen, aber ich schwieg.

Chip betastete eine der Ketten, folgte ihr mit Blicken, bis sie in der Dunkelheit über uns verschwand, und zog prüfend daran. Ich wünschte mir, er hätte das nicht getan. Chip selbst vermutlich auch, denn die Kette geriet ins Pendeln, berührte ihn sacht an der Wange und hinterließ einen langen Schmierer aus Rost und Öl darauf. »Ob sie es wohl gewusst haben?«

»Was?«

»All diese Tiere, die hier getötet worden sind. Das müssen Tausende gewesen sein.«

»Man sagt, dass Tiere die Angst der anderen riechen«, bestätigte ich, bekam aber nur ein neuerliches Kopfschütteln zur Antwort. Und ein noch länger anhaltendes Kettenrasseln.

»Das meine ich nicht. Ob sie wohl von *uns* gewusst haben?«

»Von uns?«

»Es waren nur Tiere, aber auch sie haben die Welt rings um sich herum bestimmt irgendwie wahrgenommen.« Chip machte ein übertrieben nachdenkliches Gesicht. »Ich frage mich, ob all diese Kreaturen davon wissen, dass es da noch eine andere Spezies gibt, die mitten unter ihnen lebt … und die viel intelligenter ist als sie und viel gefährlicher.«

Für einen vermeintlichen Straßenjungen, als den ich Chip eingeschätzt hatte, waren das sehr seltsame Gedanken. »Was soll das?«, fragte ich misstrauisch.

»Ich denke nur so«, erwiderte Chip. »Wie erstaunt sie wohl wären, wenn sie es wüssten. Und ob sie wohl fähig wären, sich zu wehren.«

»Wehren?«

»Gegen das Schicksal. Gegen uns.«

»Was soll der Unsinn?«, fragte ich noch einmal und fügte noch schärfer hinzu. »Geh weiter.«

Chip sah sehr ernst zu mir hoch. »Wirklich?«

»Geh weiter«, sagte ich noch einmal. »Und ich warne dich.

Wenn du irgendetwas Dummes versuchst, dann wirst du es bereuen.«

Chip sah fast ein bisschen traurig aus. »Wohl kaum«, seufzte er … und verschwand.

»Sie hätten Jacobs' Geld nehmen und nach Hause gehen sollen«, sagte er. Vielleicht sagte er es auch nicht wirklich, denn so wie er selbst plötzlich verschwunden war, hörte ich nur noch das Klirren der Ketten, in dem diese Worte irgendwie mitzuschwingen schienen.

Ich blinzelte, schüttelte den Kopf und blinzelte noch einmal. Was war nur mit mir los? Hatte ich zu viel von den schädlichen Dämpfen eingeatmet? Und wo war dieser verdammte Bengel?

Zwei- oder dreimal rief ich Chips Namen und bekam nur ein anhaltendes Kettenrasseln zur Antwort, nicht einmal das Echo meiner eigenen Stimme. Ich war nahe daran, einfach die Halle zu durchqueren und nach der Treppe zu suchen, von der Chip gesprochen hatte, verwarf diesen Gedanken aber auch fast schneller wieder, als er mir gekommen war. Ich konnte immer noch nicht viel sehen, aber schon die bloße Vorstellung, mich in diesem unheimlichen Gebäude zu verlaufen, ließ mir die Knie weich werden. Wir waren zwar schon fast in der Mitte der Halle angelangt, aber ich ging lieber einen langen Weg zurück, den ich kannte, als eine vermeintliche Abkürzung zu wählen, die zur Todesfalle werden konnte.

Zur Sicherheit rief ich noch einmal nach Chip, dann drehte ich mich um und machte mich auf den Rückweg …

… oder hätte es getan, wäre er noch da gewesen.

Ich konnte ihn nicht finden. Es war verblüffend (und ein bisschen beunruhigend): Ich war mir sicher, nicht mehr als zwanzig oder fünfundzwanzig Schritte weit gegangen zu sein, und doch sah ich nichts als von Schatten und pendelnden Ketten erfüllte Weite, die mir schier die Luft abzuschnüren schien.

Und diesem Gedanken wollten andere und noch viel bizarrere Überlegungen folgen. Doch das ließ ich nicht zu.

Stattdessen zwang ich mich, forschen Schrittes loszumarschieren. Wenn ich genau die Richtung einschlug, aus der ich gekommen war, dann musste ich den Eingang zwangsläufig wiederfinden, oder zumindest die Wand, an der ich mich schlimmstenfalls entlangtasten konnte.

Ich kam genau drei Schritte weit, bevor ich gegen ein Bündel Ketten prallte, das heftig zu klirren und peitschen begann und sein Möglichstes tat, sich um meine Glieder zu schlingen.

Mit einem erschrockenen Keuchen prallte ich zurück und streifte das klebrige Metall ab. Dabei verlor ich das Gleichgewicht und landete unsanft auf dem Hinterteil. Als ich meinen Sturz schon fast verzweifelt wenigstens so weit abzufangen versuchte, dass ich nicht auf dem Rücken oder gar Hinterkopf aufschlug, prellte ich mir beide Handgelenke so schmerzvoll, dass mir die Tränen in die Augen schossen. Ich wusste zwar nicht, wieso, war mir aber vollkommen sicher, nicht mehr aufzuwachen, wenn ich in diesem Raum das Bewusstsein verlor.

Es fiel mir schwer, die Benommenheit abzuschütteln, und es verging noch einmal eine geschlagene Sekunde, bis ich den brennenden Schmerz in meiner Handfläche spürte und den Arm mit einem Fluch zurückzog. Ich hatte nicht nur meine kostbare Zigarre fallen gelassen, sondern mich auch darauf abgestützt. Wo auch sonst?

Immerhin bewies der Schmerz, dass das alles hier wirklich geschah, und ich mir nicht etwa den Schädel eingeschlagen hatte und es mir nur zusammenfantasierte. Vermutlich konnte ich noch von Glück sagen, mit einer Brandblase davonzukommen, denn zweifellos hatte mich dieser verschlagene Junge nur hierher gelockt, um mich zu überfallen und auszurauben.

Was ja durchaus noch geschehen konnte.

Ich kramte ein Taschentuch hervor, schloss die verbrannte Hand darum, zog den Revolver und ließ den Hahn zurückschnappen. Eine Warnung für Chip, sollte er etwas Dummes vorhaben oder plötzlich ein paar Freunde von ihm auftauchen.

Ein anderes und deutlich … *machtvolleres* Klicken antwortete auf das Geräusch, irgendwo aus der Dunkelheit unter der Decke. Ich gestattete mir nicht, hinzusehen, sondern strengte die Augen an, um das Zwielicht ringsum mit Blicken zu durchdringen. Es gelang mir nicht. Es war, als wäre ich zehnmal weiter gegangen, als ich überhaupt gemerkt hatte, oder der Eingang einfach verschwunden.

Oder als hätte etwas das Licht gefressen.

Was für ein Unsinn!

Gezwungen tief atmete ich ein paarmal ein und aus und ging weiter, und die Ketten, in denen ich mich gerade um ein Haar verfangen hätte, begannen zu klingeln und sanft hin- und herzuschwingen.

Und nicht nur sie.

Von überall her erscholl plötzlich ein metallenes Klimpern und Rasseln, hinter mir, über mir, neben mir, überall, als erzitterte das ganze Haus unter einem Erdbeben.

Aber es war kein Erdbeben.

Es war etwas viel, wirklich *viel* Schlimmeres.

Ich meinte erneut eine vage Bewegung über mir zu registrieren, legte nun doch den Kopf in den Nacken und erstarrte zur sprichwörtlichen Salzsäule.

Ich sah jetzt, dass mein allererster und vermeintlich so alberner Gedanke gar nicht so albern gewesen war. Die zahllosen Ketten, die einzeln oder auch in dicken Bündeln von der Decke hingen, bildeten in ihrer Gesamtheit tatsächlich so etwas wie ein titanisches eisernes Spinnennetz.

Und in seinem Zentrum hockte eine gigantische Spinne.

Durch das schlechte Licht und die schwer einzuschätzende Entfernung gelang es mir nicht, ihre Größe zu bestimmen, doch allein der aufgedunsene Hinterleib musste einen Yard messen, und die weit gespreizten Beine überspannten gleich ein Mehrfaches dieser Distanz. Irgendetwas an diesem Ungetüm war nicht so, wie es sein sollte (abgesehen von seiner Größe), doch ich war viel zu entsetzt, um darüber nachzudenken. Eigentlich konnte ich gar nicht denken. Ich wusste nicht einmal, ob mein Herz noch schlug. Vielleicht war ich ja tot und das hier die Hölle.

Als wäre sie zu dem Schluss gekommen, mir nun hinlänglich Zeit gelassen zu haben, sie im gleichen Maße zu studieren wie vor Angst zu erstarren, setzte sich die Spinne gemächlich in Bewegung. Allerdings *wirkten* ihre Bewegungen wohl eher zurückhaltend, als dass sie es wirklich waren. Allein schon durch ihre monströse Größe legte sie doch mit jedem staksenden Schritt eine nennenswerte Distanz zurück. Das Kettennetz begann nun in seiner Gänze zu klirren und zu scheppern.

Es war dieses gewaltige Getöse, das mich endgültig aus meiner Erstarrung riss.

Einen Schrei des Entsetzens auf den Lippen und eindeutig in Panik stürmte ich los und versuchte die klimpernden und staksenden Laute über mir zu ignorieren, die entsetzlich schnell näher kamen. Nahezu ziellos jagte ich davon, prallte prompt gegen eine weitere Kette und hätte nicht nur fast schon wieder die Balance verloren, sondern stellte auch noch eine weitere Gemeinsamkeit zwischen diesem und einem wirklichen Spinnennetz fest. Zwar waren seine Fäden aus geschmiedeten Kettengliedern und nicht aus Seide, doch Öl und Fett und jahrzehntealter Dreck machten es beinahe genauso klebrig.

Einen schrecklichen Moment lang drohte ich mich in dem

scheppernden Gespinst zu verfangen, bevor es mir gelang, mich loszureißen und weiterzustolpern.

Im Laufen warf ich einen Blick über die Schulter zurück und hätte fast aufgeschrien, als ich sah, dass sich die Entfernung zwischen mir und der monströsen Spinne bereits halbiert hatte. Die gigantische Spinne – unmöglich oder nicht – turnte mit sonderbar eckigen, nichtsdestoweniger aber auch schrecklich schnellen Bewegungen heran und würde mich in wenigen Augenblicken eingeholt haben, wenn kein Wunder geschah.

Aber vielleicht hielt ich ja auch genau das in der rechten Hand.

Ich hielt an, wobei ich das Kreischen meiner Instinkte ignorierte – die nichts anderes verlangten, als zu *rennen* –, ließ mich auf das linke Knie sinken und stützte den Pistolenlauf auf den angewinkelten Unterarm, um mit einer Kaltblütigkeit zu zielen, für die ich mich vermutlich selbst bewundert hätte, wäre ich nicht halb wahnsinnig vor Angst und Ekel gewesen.

Genau im richtigen Moment drückte ich ab.

Der langläufige Colt entlud sich mit einem Knall, der in der leeren Halle wie ein Kanonenschlag widerhallte und ein mehrfaches Echo aus der Dunkelheit schlug. Die Kugel hämmerte genau zwischen die beiden faustgroßen Hauptaugen des Ungetüms – und prallte Funken sprühend ab, um mit einem lang gezogenen Jaulen als Querschläger davonzufliegen.

Instinktiv drückte ich noch einmal ab, doch diesmal schoss ich daneben, denn die erste Kugel hatte die Spinne zwar möglicherweise nicht verletzt, doch allein die schiere Wucht des Aufpralls warf das Ungeheuer zurück. Einen halben Atemzug lang kämpfte es mit fast komisch wirbelnden Beinen um seinen Halt auf dem eisernen Netz, dann stürzte es in die Tiefe und schlug mit einem Knall auf, der das gesamte Gebäude zum Erzittern zu bringen schien.

Ich verschwendete keine dritte Kugel und auch keine weitere Sekunde, sondern beschloss darüber hinaus, mich später zu wundern und erst einmal am Leben zu bleiben und mich aufs Weglaufen zu verlegen. Zumal das Schicksal nun ausnahmsweise einmal auf meiner Seite zu sein schien, denn endlich hatte ich den Ausgang erblickt und jagte nun mit weit ausgreifenden Schritten auf ihn zu.

Ich hatte ihn beinahe erreicht, als sich die Spinne aufrappelte und mit einem einzigen gewaltigen Satz über mir war.

Vielleicht war es tatsächlich ihr eigener Schatten, der mich rettete. Etwas Riesiges und unvorstellbar Gefährliches näherte sich mir, und da war plötzlich eine Dunkelheit, die nicht von dieser Welt zu sein schien und meinen eigenen Schatten verschlang, sodass ich erschrocken zusammenzuckte und ins Stolpern geriet. Etwas traf mich mit der Wucht eines Fausthiebes zwischen die Schulterblätter und stieß mich davon, und noch während ich fiel, donnerten acht monströse Klauen an den Enden ebenso vieler Beine in den Boden und schlugen Funken daraus.

Ich brüllte vor Schmerz und Angst und schaffte es mit mehr Glück als wirklichem Geschick, mich noch im Fallen auf den Rücken zu drehen und sogar den beinahe dolchlangen Giftklauen zu entgehen, die nach meinem Gesicht hackten und beiderseits meiner Schläfen Betonsplitter und weitere Funken aus dem Boden schlugen.

Verzweifelt rammte ich beide Füße gegen den mit drahthartem Fell bedeckten Hinterleib der Spinne – es war, als hätte ich gegen eine gusseiserne Kirchenglocke getreten, nur dass es nicht annähernd so klang –, hob zugleich aber auch mit beiden Händen den Revolver und riss den Abzug durch.

Der Knall war ohrenbetäubend, und die Mündungsflamme stach wie ein rot glühender Dolch in eines der großen Augen des Ungetüms und löschte es in einer Explosion aus Glassplittern und gelben elektrischen Funken aus.

Das Ungeheuer schrie, bäumte sich auf die beiden hinteren Beinpaare auf und spuckte mir verbrannten Kautschuk, Glasscherben und heißes Öl ins Gesicht. Ich kroch verzweifelt rücklings unter dem *Ding* hervor, von dem mein Verstand immer noch hartnäckig behauptete, dass es gar nicht existieren konnte.

Ich gab einen weiteren Schuss ab, der nichts als einen Funkenschauer und einen zweiten Querschläger zur Folge hatte, die Spinne allerdings auch ein kleines Stück zurückwarf, und mehr als diese eine Chance brauchte ich nicht. Ich würde wohl auch keine zweite bekommen.

Ich katapultierte mich auf die Füße und stürmte los. Etwas sehr Starkes und absolut Tödliches schlug nach mir, traf mich zwar nicht direkt, aber prellte mir die Waffe aus der Hand, die in der Dämmerung verschwand und sich mit einem ohrenbetäubenden Knall noch einmal entlud, als sie auf den Boden prallte. Dann hatte ich die Tür erreicht und warf mich mit einem Satz hindurch.

Hinter mir erbebte das Haus noch einmal wie unter dem Hammerschlag eines zornigen nordischen Gottes, und Holzsplitter, Putz und roter Ziegelsteinstaub explodierten in meine Richtung, als das Ungeheuer mir zu folgen versuchte und prompt in der Tür stecken blieb.

Dann hatte ich den Kanal erreicht, verlor endgültig das Gleichgewicht und fiel kopfüber in die stinkende Brühe.

2

Es vergingen drei Tage, ohne dass es mir auch nur gelang, zu Jacobs Sekretärin vorzudringen. Zumindest einer dieser drei Tage war nicht der Sturheit von Jacobs' Personal geschuldet, die beiden anderen dafür umso mehr.

Einen Gutteil des ersten Tages hatte ich gebraucht, um nach Hause zu kommen, ausgiebig zu baden und meine verbrannte Hand zu versorgen. Anschließend versuchte ich mich mit einer halben Flasche Whisky so weit zu betrinken, dass ich mir wenigstens einreden konnte, ich hätte mir dieses ganze verrückte Erlebnis nur eingebildet.

Es blieb allerdings bei dem Versuch.

Nachdem ich hinlänglich genug angetrunken war, um lange nach Mitternacht endlich in einen von wirren Albträumen heimgesuchten Halbschlaf zu sinken, erwachte ich am nächsten Morgen mit einem gehörigen Kater, einer ungeschickt verbundenen Hand, die heute eindeutig mehr wehtat als gestern, und neben den immer noch feuchten Resten meines Anzugs, der zum Himmel stank und darüber hinaus aussah, als hätte ich versucht, ihn in einer säuregefüllten Kloake zu waschen. Jacobs' Brief hatte das unfreiwillige Bad erstaunlich gut überstanden. Die Schrift war kein bisschen verwischt, und auch das Papier überraschend gut erhalten. All das bewies, dass zumindest ein Teil meiner Erinnerungen tatsächlich Erinnerungen waren und nicht etwa Nachwehen meines Rauschs vom vergangenen Abend – was mir eindeutig lieber gewesen wäre.

Möglicherweise hätte ich es trotzdem dabei belassen, hätte mich mein Weg nicht als Nächstes zu meiner Bank geführt, wo ich mein Konto überprüfte und feststellte, tatsächlich eine Baranweisung von Jacobs bekommen zu haben.

Es war die Summe, die mich verwirrte und letzten Endes dann auch dazu bewog, in Jacobs' Büro vorstellig zu werden: fünfundachtzig Pfund und ein Sixpence. Möglicherweise (also eigentlich nicht, aber möglicherweise und unter ganz und gar unvorstellbaren Umständen vielleicht) hätte mir ja entfallen sein können, mich mit Jacobs doch auf eine pauschale Bezahlung geeinigt zu haben … aber an diese nicht ganz unbeträchtliche Summe hätte ich mich selbstverständlich erinnert.

Also ging ich zu Jacobs.

Oder versuchte es wenigstens.

Der Kaufmann residierte – und dieses Wort traf in einem Ausmaß zu, das mich seine Bedeutung zum allerersten Mal wirklich begreifen ließ – in einem palastgroßen Gebäude in Sichtweite des Rathauses, und als ich durch die bronzeverglaste Drehtür in das weitläufige Foyer trat, überkam mich genau das Gefühl, das die Architekten dieses Gebäudes vermutlich beabsichtigt hatten.

Ich fühlte mich klein und unbedeutend und musste gegen das lächerliche Bedürfnis ankämpfen, der halben Drehung der Tür noch die andere Hälfte folgen zu lassen und gleich wieder hinauszugehen. Die Halle war so groß, dass man meinen konnte, mit einem Luftschiff darin umherfliegen zu können, und gerade so eben noch nicht teuer genug eingerichtet, um protzig zu wirken: An den mit edlen Hölzern vertäfelten Wänden hingen unaufdringliche Gemälde, auf dem Boden lagen kostbare Teppiche, und etliche kleine Sitzgruppen verliehen dem Raum eher das Ambiente eines Hotels der oberen Preisklasse als das des Empfangs eines großen Geschäftshauses. Exotische Topfpflanzen sorgten für Flair, schüchterten mich aber auch noch zusätzlich ein, und wie um sich endgültig daran zu erinnern, dass ich mich zwar noch immer in derselben Stadt aufhielt, dennoch aber in einer vollkommen anderen Welt, erblickte ich in der Wand neben dem Empfang eine der neuesten und kostspieligsten Errungenschaften modernster Technik: die geschlossenen Doppeltüren gleich zweier getriebeloser Aufzüge, mit denen man ruckfrei und völlig sicher in die oberen Etagen hinauffahren konnte, statt die breite Marmortreppe zu benutzen – die ebenfalls eher in ein Luxushotel zu gehören schien als ausgerechnet in ein Belfaster Bürogebäude. Ganz eindeutig, wer hier hereinkam, der sollte sich klein und wie ein Bittsteller vorkommen.

Bei mir verkehrte sich die Wirkung jedoch schnell ins Gegenteil und weckte meinen Trotz, sodass ich forschen Schrittes den Empfang ansteuerte und mich etliche Male ebenso laut wie unecht räusperte, um die Aufmerksamkeit des Portiers zu wecken.

Gerade als der Mann aufsah und mit einem einzigen Blick nicht nur meine äußere Erscheinung einschätzte – wobei er sich keine Mühe gab, zu verhehlen, was er von meinem schäbigen Anzug hielt –, erscholl ein heller Glockenton, und eine der beiden Aufzugkabinen in der Wand glitt auf, um einen einzelnen Fahrgast ins Freie zu entlassen: eine junge Frau mit schulterlangem rötlich-dunklem Lockenhaar, die ein modisches und ganz und gar nicht zur Jahreszeit passendes weißes Sommerkleid trug; vielleicht nicht ganz so hoch geschlossen, wie es sich geziemte, und vor allem von einer sehr mutigen Farbe für eine Stadt mit so schmutziger Luft. Obwohl sie eiligen Schrittes an mir vorbeiging, nahm sie sich die Zeit, mir ein flüchtiges Lächeln zu schenken, und jetzt war es der Portier, der sich räuspern musste.

Ein wenig verlegen, dafür aber umso hastiger händigte ich dem Mann eine der Visitenkarten aus, die ich mir erst vor Kurzem hatte anfertigen lassen und auf die ich insgeheim stolzer war, als ich sollte, und verlangte Jacobs zu sprechen. Ich wurde dergestalt abgefertigt, dass er strengste Anweisung hätte, niemanden ohne schriftlich bestätigten Termin passieren zu lassen.

Natürlich gab ich mich damit nicht zufrieden und beharrte nur umso hartnäckiger darauf, mit Mister Jacobs zu sprechen, was mir aber auch genauso hartnäckig verweigert wurde. Und das nicht mehr ganz so freundlich wie zuvor.

Die einzige Alternative wäre nun gewesen, wirklich grob zu werden, doch dazu fühlte ich mich nicht in der richtigen Verfassung. Außerdem hatte ich mit Jacobs absolute Diskretion vereinbart, wogegen ich streng genommen schon durch den bloßen Umstand verstieß, hier ungefragt hereinzuplatzen. Also hinterließ ich lediglich die dringende Nachricht, am nächsten Tag wiederzukommen, und trollte mich.

Ich kam am nächsten Tag nicht wieder, denn ich verbrachte ihn fast zur Gänze mit Fieber und Schüttelfrost im Bett. Meine Hand hatte sich entzündet. Kein Wunder, war sie doch mit dem Wasser des Kanals in Berührung gekommen. Erst am späten Nachmittag des dritten Tages fühlte ich mich wieder kräftig genug, erneut in Jacobs' Trutzburg vorstellig zu werden. Ich hatte keine besseren Argumente als zuvor, dafür aber meinen besten Anzug angezogen. Trotzdem sah ich vermutlich noch weit weniger vertrauenerweckend aus als bei meinem ersten Besuch, von anderthalb Tagen Fieber, Schüttelfrost und schlechten Träumen gezeichnet, aber ich versuchte es immerhin und wurde auch angemessen lauter. Das Ergebnis war das, womit ich eigentlich auch hätte rechnen können: Der

Portier lächelte unerschütterlich weiter, und auch die beiden großen und teuer gekleideten Männer, die er mit einem diskreten Wink herbeirief, benahmen sich ausgesprochen höflich, während sie mich auf die Straße hinausexpedierten.

Beim ersten Mal.

Als ich es diesmal tatsächlich tat und die gläserne Drehtür einfach um weitere hundertachtzig Grad aufstieß, sie durchschritt und gesenkten Blickes an den beiden Gorillas vorbeizudefilieren versuchte, packten sie mich kurzerhand an den Oberarmen und trugen mich zwischen sich her zum zweiten Mal durch die Drehtür, um mich diesmal wortwörtlich auf die Straße zu setzen.

Immerhin *warfen* sie mich nicht hinaus.

Das war vermutlich schon mehr, als ich erwarten durfte. Dennoch war mein Stolz verletzt, und die stirnrunzelnden Blicke, die mir die vorüberflanierenden Passanten zuwarfen, während ich mich übellaunig aufrappelte und den Staub von meiner Hose klopfte, waren meiner Stimmung auch nicht zuträglich. Mein Hut war heruntergefallen und lag verkehrt herum da, und eine ältliche Frau, die an mir vorüberging und nicht mit missbilligenden Blicken geizte, begann in ihrem Beutel zu kramen, zog dann aber nur ein weißes Spitzentuch hervor, um sich demonstrativ die Nase zu tupfen. Ich atmete innerlich auf. Hätte sie mir eine Münze in den Hut geworfen, wäre ich vielleicht wirklich ausfällig geworden.

Für den Augenblick war ich mit meinem Latein am Ende. Also warf ich dem protzigen Eingang noch einen angemessen zornigen Blick zu und ging dann quer über die belebte Straße zu einem der zahlreichen Cafés, die es hier überall gab. Dort wollte ich zur Ruhe kommen und einen neuen Plan ersinnen, wie zu Jacobs durchzudringen war.

Vermutlich würde es sich schwieriger gestalten, als ich jetzt noch annahm. Ich hatte gewusst, dass Stanley Jacobs ein wohlhabender und einflussreicher Mann war, hätte mir aber niemals träumen lassen, dass er sich so gut abschirmte und anscheinend auch noch menschenscheu war. Das einzige Mal, dass wir uns getroffen hatten, hatte in einer eher ungezwungenen Atmosphäre in meinem Büro stattgefunden, dessen Hinterzimmer mir zugleich auch als Wohnung diente.

Ich nahm an einem Tisch am Fenster Platz, von dem aus ich das große Gebäude gut im Blick hatte, und winkte den Kellner heran. Noch während er meine Bestellung aufnahm, bewegte sich die Drehtür erneut und zuerst zwei, gleich darauf noch einmal drei uniformierte Polizisten traten heraus und begannen sich auf dem Trottoir vor dem Eingang zu verteilen. Etliche von ihnen sprachen vorübergehende Passanten an, und mindestens einer steuerte nach einem dieser kurzen Gespräche auch zielsicher in meine Richtung, schien dann aber etwas anderes entdeckt zu haben, denn er machte im letzten Moment wieder kehrt.

Ich bestellte einen Kaffee und einen Whisky und hielt die Polizisten auf der anderen Straßenseite so unauffällig im Auge, wie ich konnte, ohne die Neugier der anderen Gäste zu erregen. Ich vermutete, dass es nicht sonderlich unauffällig war, und ich vermutete zudem, dass sich die Männer auf der Suche nach mir befanden. Es gab keinen Grund für diese Annahme, aber ich war schließlich lange genug selbst Polizist gewesen, um so etwas zu spüren. Doch ich hatte Glück. Nach einigen Minuten zogen sich die Uniformierten wieder ins Haus zurück.

Die Geschichte wurde immer seltsamer. Ich musste wirklich einen klaren Kopf bekommen und mir einen guten Plan zurechtlegen. Ich hatte nicht die geringste Ahnung, wie er aussehen sollte, und da war auch eine leise Stimme in meinen Gedanken, die mich fragte, warum ich nicht einfach Jacobs fünfundachtzig Pfund samt des Sixpence nahm und ein paar wirklich gute Zigarren und eine teure Flasche Scotch kaufte, um mich selbst für die überstandene Unbill zu belohnen.

Vielleicht halfen mir ja ein starker Kaffee und ein guter Whisky dabei, einen klaren Kopf zu bekommen.

Eine halbe Stunde später und bei der dritten Tasse Kaffee und dem zweiten Whisky angekommen hatte ich noch immer keine neue Idee, außer dem wenig erfolgversprechenden Einfall, einfach sitzen zu bleiben und das Haus im Auge zu behalten, um Jacobs abzufangen, wenn er herauskam. Das konnte Stunden dauern, bis weit in den Abend und, wenn ich Pech hatte, sogar in die Nacht hinein, und ich wusste ja noch nicht einmal, ob es noch einen anderen Ausgang gab, vor dem Jacobs' Wagen vorfahren konnte. Oder er es nicht erneut in Begleitung der beiden ungehobelten Burschen tat, die beim dritten Mal vermutlich noch ein wenig ungehobelter sein würden oder der Polizei oder oder oder …

Beim siebten oder achten *oder* angekommen ging die Tür auf, und eine junge Frau mit dunklem Lockenhaar und in einem schlichten weißen Kleid kam herein. Ich erkannte sie sofort wieder. Es war dieselbe, die aus dem Aufzug gekommen war und mir so freundlich zugelächelt hatte – was nicht nur bedeutete, dass sie ein freundliches Wesen haben musste, sondern vermutlich auch irgendwo in den oberen Etagen von Jacobs' Trutzburg arbeitete. Hatte sie nicht einen Aktendeckel unter dem Arm gehabt, als sie an mir vorübergegangen war?

Ich erinnerte mich nicht, zerbrach mir aber trotzdem den Kopf, wie ich sie möglichst unverfänglich ansprechen konnte, um vielleicht mit ihrer Hilfe ein wenig näher an Jacobs heranzukommen, doch sie nahm mir die Entscheidung ab, indem sie sich nur kurz umsah und dann mit energischen Schritten meinen Tisch ansteuerte.

»Mister Devlin?«

Selbst meinen Namen kannte sie. Ich reagierte mit einem überraschten Stirnrunzeln und kramte noch einmal angestrengt in meinem Gedächtnis, ohne indes zu einem anderen Ergebnis zu kommen, als sie nur ein einziges Mal und auch nur für wenige Sekunden gesehen zu haben; was umgekehrt offensichtlich nicht der Fall war. Zugleich stand ich aber auch rasch auf und deutete eine Verbeugung an.

»Quinn Devlin, stets zu Diensten, Miss …?«

»Carter«, antwortete die Dunkelhaarige. Sie war sehr hübsch, stellte ich zum zweiten Mal fest. Keine von diesen Vorzeige-Schönheiten, die jedem Mann den Atem verschlagen und ihn zugleich so einschüchtern, dass er augenblicklich zu der Überzeugung kommt, ohnehin keine Chance zu haben, in ihren Augen jemals über den Rang einer Küchenschabe aufzusteigen. Vielmehr war sie eine jener Frauen, die ihr Leben lang etwas Mädchenhaftes behielten, sodass es schwer war, ihr wirkliches Alter zu schätzen.

»Allison Carter. Ich hatte gehofft, Sie noch hier anzutreffen.«

Und sie war keck wie ein Mädchen, denn sie wartete weder meine Einladung ab, noch gab sie mir Gelegenheit ihr etwa einen Stuhl zurückzuziehen, sondern übernahm beides kurzerhand selbst und ignorierte auch meine hilfreich ausgestreckte Hand. Ich war so verblüfft, dass ich noch einen Moment stehen blieb, um dann umso überhasteter linkisch Platz zu nehmen.

»Was kann ich für Sie tun, Miss Carter?«

»Vielleicht kann *ich* eher etwas für *Sie* tun, Mister Devlin.« Sie hob die Hand, um dem Kellner zu winken, und ich bemerkte aus den Augenwinkeln, dass der Mann zwar nickte, aber keine Anstalten machte, näher zu kommen. Sie verkehrte also regelmäßig hier, sodass das Personal ihre Wünsche kannte.

»Man hat mir gesagt, dass Sie nach Stan …, nach Mister Jacobs gefragt haben?«

»Ich wollte ihn sprechen, das ist richtig.« War das ein Versprecher gewesen oder hatte sie mir auf diese subtile Art etwas mitteilen wollen, was sie einem Fremden gegenüber nicht offen aussprechen konnte? »Aber wie es aussieht, hat er wohl keine Zeit für mich.«

Der Kellner kam und brachte unaufgefordert eine Tasse mit dampfend heißem Tee, in dem ein Stück Zitronenschale schwamm, und Carter nippte daran, bevor sie fortfuhr: »Sie sind der Privatdetektiv, den Mister Jacobs engagiert hat?«

»Dann und wann nehme ich private Aufträge an, das ist richtig.«

»So wie für … Mister Jacobs?« Wieder dieses fast unmerkliche Zögern, von dem ich mich jetzt allerdings fragte, ob es nicht reine Berechnung war, um mir Anlass zu gewissen Überlegungen zu geben und zugleich eine Vertrautheit zu suggerieren, die es nicht gab.

»Selbst wenn es so wäre, dürfte ich nicht darüber sprechen«, erwiderte ich. »Das können Sie doch sicher verstehen, nicht wahr, Miss Carter?«

»Allison«, verbesserte sie mich und nahm einen weiteren Schluck Tee. Ihr Blick streifte meine verbundene Hand, und ich war sicher, dass sie nun zu einer entsprechenden Frage ansetzen würde, doch dann nippte sie nur noch einmal an dem heißen Getränk und fuhr fort: »Ihre Diskretion ist äußerst löblich, Mister Devlin …«

»Quinn.«

»… aber in diesem Fall ganz und gar nicht notwendig. Ich weiß sehr wohl, warum Stanley sie engagiert hat.«

Das mochte stimmen oder auch nicht. Ich fragte mich, ob sie mich wohl testete. Zugleich erfreute ich mich immer mehr ihres Anblicks. Sie war wirklich hübsch, aber das war längst nicht alles. Da war etwas an ihr, das mich faszinierte, aber ich vermochte nicht genau zu sagen, was. Vielleicht alles.

»Es geht um diese Diebstähle«, fuhr sie fort. »Die Unterschlagungen. All das Material, das verschwunden ist.«

Das war immer noch kein Beweis, dass sie wirklich so vertraut mit Jacobs war, wie sie behauptete. Ich schwieg weiter, und Carter trank einen weiteren und deutlich größeren Schluck Tee. Sie hielt meinem Blick so ruhig stand, dass ich nicht sicher war, wer dieses stumme Duell gewinnen würde, wenn sie es darauf anlegte, und auch ihre Hand, die die Tasse hielt, war so ruhig, dass der Tee darin genauso gut gemalt hätte sein können. Zugleich spürte ich aber auch, wie es unter dieser nach außen demonstrierten Ruhe aussah. Sie war nervös, und aus irgendeinem Grund hatte sie Angst. Vor mir? Ich beschloss, die Taktik zu wechseln. »Was wollen Sie, Miss Carter? Allison.«

Ganz kurz zerbrach die Maske aus gespielter Gelassenheit, und ich sah Carter, wie sie wirklich war: eine sehr verstörte und durch und durch verängstigte junge Frau, die verzweifelt genug war, sich an einen Wildfremden zu wenden. Sie hatte sich jedoch sofort wieder in der Gewalt, aber auch ihre nachfolgende Reaktion überraschte mich: Sie schenkte mir zwar ein halb verlegenes Lächeln, sah sich zugleich aber auch auf eine ganz bestimmte Art um; auf die Art, die Menschen an den Tag legen, die Angst haben, beobachtet oder belauscht zu werden.

»Was genau meinen Sie, Mister Devlin?«

»Miss Carter, bitte.« Ich seufzte demonstrativ. »Allison. Sie haben mich angesprochen. Sie wissen eindeutig mehr über mich als ich über Sie. Aber bitte vergessen Sie nicht meinen Beruf. Ich weiß, wenn Menschen mich belügen …«

»Ich lüge nicht!«, empörte sich Carter. Der gerechte Zorn in ihren Augen stand ihr gut, fand ich.

»… oder mir etwas Wichtiges verschweigen.« Ich trank den Rest von meinem kalt gewordenen Kaffee, um Zeit zu gewinnen und meine Worte wirken zu lassen. »Sie haben mich angesprochen, Allison. Sie müssen mir gar nichts verraten, wenn Sie nicht wollen. Aber dann kann ich auch nichts für Sie tun.«

Carter sah sich noch einmal auf dieselbe verstohlene Art um, die mir Anlass zu der Vermutung gab, dass nun eine wirklich komplizierte Geschichte folgen würde. Ich war nicht sicher, ob ich sie hören wollte. »Was hat Stanley Ihnen erzählt?«

Ich schüttelte den Kopf. »Sie zuerst, Allison.«

Ich bekam keine Antwort, doch ich konnte sehen, wie es hinter ihrer Stirn zu arbeiten begann, und ein intensives Gefühl von Mitleid ergriff von mir Besitz. Ich musste mich beherrschen, um nicht etwas sehr Dummes zu sagen, das ich schon bedauern würde, noch bevor ich es ganz zu Ende ausgesprochen hatte.

»Dann sind wir wohl in einer Zwickmühle, wie?«, fragte ich in einem (vergeblichen) Versuch, scherzhaft zu klingen. »Warum gehen wir nicht zusammen zu Jacobs und setzen unser Gespräch dort fort?«

Wieder verging etwas Zeit, in der Carter mich beinahe ausdruckslos ansah. Ihre Finger spielten nervös mit der Tasse. Dann schüttelte sie so heftig den Kopf, dass sich ihre dunklen Locken in einen Wirbelwind zu verwandeln schienen. Es sah hübsch aus, fand ich. »Das geht nicht.«

»Und warum?«

»Er ist verschwunden«, antwortete sie. Eigentlich flüsterte sie es.

»Jacobs? Wann?«

»Vor drei Tagen.«

Vor drei Tagen hatte ich das letzte Mal von Jacobs gehört, und auch das nur indirekt, indem er mich zu diesem ominösen

Ort bestellt hatte. Gesehen hatte ich ihn das letzte Mal vor einer Woche.

»Und jetzt glauben Sie, dass ich etwas mit seinem Verschwinden zu tun habe?«

»Natürlich nicht«, antwortete Carter beinahe erschrocken. »Niemand glaubt das. Auch nicht die Polizei, wenn es das ist, was Sie befürchten.«

»Die Polizei?«

»Wir haben sie natürlich benachrichtigt, nachdem sich Stanley nicht mehr gemeldet hat. Sie haben alle im Kontor verhört, auch mich.«

»Mit mir hat niemand geredet.«

»Es weiß auch niemand von Ihnen, und dem ... besonderen Arrangement, dass Sie mit Stanley getroffen haben.«

»Sie schon.«

»Das ist wahr, aber ich war die Einzige, mit der Stanley über diese Vorfälle gesprochen hat«, erwiderte Carter. Sie senkte verschwörerisch die Stimme, was ein bisschen übertrieben war, wie ich fand, aber auch irgendwie ... niedlich. Ein anderes Wort fiel mir dafür nicht ein. »Sehen Sie, Stanley hat Ihnen nicht alles erzählt, was diese Diebstähle angeht.«

»Er hat über verschwundenes Material erheblichen Werts geklagt. Metall. Kupferkabel und Kautschuk, elektrische Materialien, Glas, Aluminium und Draht ...«

»Und noch viel mehr«, bestätigte Carter. »Die Liste mit den fehlenden Materialien ist immer noch nicht komplett, aber sie ist lang. Und sie wird mit jedem Tag länger.«

Auch das deckte sich mit dem, was Jacobs mir berichtet hatte, nur klang es bei ihr deutlich dramatischer. »Und das hat niemand gemerkt?«

»Wenn es niemand gemerkt hätte, dann wären wir jetzt nicht hier«, antwortete sie mit sanftem Tadel. »Stanley ist nicht nur einfach ein reicher Kaufmann, von denen es in dieser Stadt mehr als genug gibt. Sie haben von der *Titanic* gehört?«

Wer hatte das nicht. »Dieses große Schiff, das sie bei Harland & Wolff bauen?« Ich nickte. »Selbstverständlich.«

Carters Antwort bestand jedoch nur aus einem so heftigen Kopfschütteln, dass eine ältere Frau am Nachbartisch den Kopf drehte und ihr ein fragendes Stirnrunzeln zukommen ließ. Und mir anschließend – selbstverständlich – einen missbilligenden Blick. »Die *Titanic* ist nicht nur irgendein großes Schiff«, belehrte sie mich. »Wenn sie fertig ist, dann wird sie nicht nur das größte Schiff der Welt sein, Quinn, sondern das größte bewegliche Objekt, das Menschen jemals erbaut haben!«

Auch das war mir nicht neu. Man lebte nicht in dieser Stadt, ohne alles über dieses wahrhaft zyklopische Schiff zu hören, was es zu hören gab, ob man nun wollte oder nicht, und natürlich war auch nahezu jeder, der in irgendeiner Form mit Belfast zu tun hatte, auf die eine oder andere Weise stolz darauf. Aber was ich bei Carter spürte, das war weitaus mehr, eine Begeisterung, die weit über das normale Maß hinausging und fast an Fanatismus grenzte. Ihre Augen leuchteten in einem missionarischen Eifer, der schon den bloßen Gedanken im Keim erstickte, sich ihm widersetzen zu wollen.

Außerdem machte es mich neugierig.

»Und was hat Jacobs mit diesem Schiff zu tun?«, fragte ich – obwohl ich die Antwort zu kennen glaubte. Schließlich hatte Jacobs mir nicht nur alles in aller Ausführlichkeit erklärt, sondern auch meine Fragen geduldig beantwortet; und das waren nicht wenige gewesen. Aber vielleicht erfuhr ich ja etwas Interessantes, wenn ich mich dumm stellte und sie einfach reden ließ. Oft war das das Klügste.

»Seine Firma ist am Bau der *Titanic* beteiligt?«

»Ist das nicht irgendwie jeder hier in Belfast?«, fragte Carter, schüttelte zugleich aber auch schon wieder den Kopf. »Vielleicht nicht direkt, und ganz bestimmt werden Sie seinen Namen nicht auf irgendeiner Bronzetafel finden, wenn das Schiff fertig ist. Aber Tatsache ist auch, dass es ohne ihn und das von seiner Firma gelieferte Material wahrscheinlich kaum fertig würde.«

»Sie liefern Stahl«, vermutete ich, »oder Maschinen.«

»Ein Schiff besteht nicht nur aus Stahl und Maschinen«, sagte Carter in einem leicht gönnerhaften Ton, den ich ihr beinahe übel nahm. Aber nur beinahe. »Es gehört schon ein wenig mehr dazu. Allein mit dem verarbeiteten Holz könnte man eine ganze Flotte kleinerer Schiffe bauen oder eine neue Kolonie auf einem anderen Kontinent gründen.«

»Aber Jacobs' Kontor liefert kein Holz«, vermutete ich. »Was dann?«

»Alles, was irgendwie mit Elektrizität zu tun hat«, antwortete sie. »Nicht nur Glühbirnen und Lichtschalter, sondern auch Kabeltrommeln, Sicherungen und Relais, Stromleitungen und Generatoren und Isolatoren ...« Sie breitete die Hände aus, um zu verdeutlichen, dass sie diese Aufzählung noch beliebig lange fortsetzen konnte, und ich beeilte mich zu nicken, bevor sie am Ende noch auf die Idee kam, es wirklich zu tun. Nicht, dass ich sie nicht gerne reden hörte. Oder ihr dabei zusah.

»Ein modernes Passagierschiff ist im Grunde so etwas wie eine schwimmende Stadt, und es braucht auch genauso viel Energie wie eine solche«, fuhr sie fort. »Stanleys Kontor liefert alles, was nötig ist, um diese Energie bereitzustellen, von den zahllosen Glühlampen im großen Salon hin bis zu den Kontakten im Morsegerät des Funkers. In einem so großen Unternehmen ist ein gewisser ... Schwund normal.«

»Sie meinen, man sieht nicht zu genau hin, solange die Arbeiter nicht *zu* lange Finger machen.«

Ich hatte das vollkommen wertfrei gesagt, nicht mehr als die Feststellung einer Tatsache, die ohnehin allgemein bekannt war, und doch huschte ein Schatten über Carters Gesicht, als machten sie diese Worte so zornig, dass sie sich kaum noch beherrschen konnte, mich nicht anzuschreien.

»Diese Männer arbeiten für einen Hungerlohn, Mister Devlin«, sagte sie scharf und gewiss nicht zufällig für diesen einen Satz wieder in die förmliche Anrede wechselnd. »Zwölf, manchmal vierzehn oder sechzehn Stunden am Tag, und trotzdem reicht es oft kaum, um ihre Familien satt zu bekommen. Wollen Sie es einem Mann verübeln, wenn er ab und zu ein paar verbogene Kupfernägel mitnimmt oder ein Stück Draht, das sowieso niemand mehr braucht, um es zu verkaufen und seinen Kindern eine warme Mahlzeit zu ermöglichen?«

Die Heftigkeit dieses Ausbruchs überraschte nicht nur mich. Auch an den Nebentischen verstummte das eine oder andere Gespräch, Augenbrauen wurden gehoben, und mehr als ein irritierter Blick ging in unsere Richtung. Ich schluckte gerade noch die Bemerkung hinunter, dass schließlich niemand diese Arbeiter gezwungen hatte, im Durchschnitt ein Dutzend Kinder in die Welt zu setzen und einen Gutteil ihres Lohnes in die Kneipen und Hurenhäuser der Stadt zu tragen.

»Aber es geht nicht um eine Handvoll Kupfernägel oder ein Stück Draht«, sagte ich stattdessen.

Carter beruhigte sich so schnell wieder, wie sie die Beherrschung verloren hatte, und wirkte jetzt eher verlegen. Auch das stand ihr ausgezeichnet, fand ich. Eigentlich sah alles irgendwie hübsch aus, was sie tat.

»Nein«, sagte sie. »Seit einer Weile haben diese Diebstähle zugenommen. In beunruhigendem Maße.«

Dann musste es viel gewesen sein, wenn *Jacobs Enterprises* tatsächlich so groß war, wie sie behauptete. Ich hätte das nicht gewusst, doch bevor ich dazu kam, diesen Gedanken in Worte zu kleiden, meldete sich die Glocke über der Tür, und ein Mann in der schwarzen Uniform der Belfaster Polizei betrat das Café. Den hohen Helm hatte er unter den linken Arm geklemmt, und wenn ihm überhaupt auffiel, dass bei seinem Eintreten sämtliche Gespräche kurzzeitig verstummten, dann ließ er es sich nicht anmerken. Wahrscheinlich war er es so gewohnt, dass er es nicht einmal mehr zur Kenntnis nahm. Mir war es seinerzeit auch nicht anders ergangen.

Scheinbar unbeeindruckt schloss er die Tür hinter sich, aber mir entging auch nicht, dass er die Bewegung nutzte, um seinen Blick unauffällig durch das ganze Café streifen zu lassen und jeden einzelnen Gast einer kurzen, aber sehr aufmerksamen Musterung zu unterziehen.

Ebenso wenig, wie mir das kaum merkliche Nicken entging, das er Carter zuwarf, als er an unserem Tisch vorüberging und den Durchgang zum Abort ansteuerte.

»Kennen Sie sich?«, fragte ich, wohlweislich aber erst, nachdem der Mann durch besagte Tür verschwunden war.

Carter schüttelte den Kopf und nickte, beides in ein und derselben Bewegung. »Er gehört zu Adlers Männern. Der Beamte, der die Untersuchung leitet. Ich habe ihn ein- oder zweimal gesehen. Warum?«

Ich schüttelte nur knapp den Kopf und hatte plötzlich einen schalen Geschmack im Mund.

Adler! Auch das noch. Der Mann, der mich fast vernichtet hatte und schuld daran war, dass ich ein halbes Jahr unschuldig im berüchtigtsten Gefängnis Belfasts gesessen hatte. Die Monate hinter Gittern waren die Hölle gewesen, und das nicht nur, weil das *Crumlin Road Gaol* seinem schlechten Ruf mit unerträglichen Haftbedingungen mehr als gerecht geworden war, sondern auch, weil sich Wärter und Gefangene einen

Spaß daraus gemacht hatten, einen ehemaligen Polizisten zu drangsalieren.

»Ist Ihnen nicht gut?«, fragte Carter. »Sie sehen plötzlich so blass aus.«

Ich schüttelte den Kopf und kramte mit zitternden Fingern eine Zigarre hervor.

Wenn Adler mit dem Fall befasst war, konnte das für mich übel ausgehen. Vielleicht sollte ich jetzt einfach aufstehen und das Gespräch und alle weiteren Nachforschungen abbrechen, die mich wer weiß wohin führen konnten – im schlimmsten Fall zurück ins Gefängnis.

Carter sah schweigend zu, wie ich ungeschickt mit meiner dick bandagierten Hand versuchte, ein Streichholz anzureißen, zog schließlich flüchtig die Mundwinkel nach oben und nahm mir die kleine Mühe dann ab.

Ich paffte ausgiebig und erfreute mich zugleich an dem Anblick, wie sie mit spitzen Lippen das Streichholz ausblies, statt es auszuwedeln, wie ich es getan hätte.

»Ein ... Betriebsunfall?«, fragte sie mit einer Kopfbewegung auf den Verband.

Ich nickte. »Eine Bande chinesischer Sklavenhändler. Ich konnte sie auf frischer Tat überraschen und dingfest machen, aber einer der Gelben hatte so spitze Knochen, dass ich mich daran verletzt habe. Eigene Dummheit.«

Ich konnte Carter ansehen, wie wenig amüsant sie diese Antwort fand und dass sie schon fast ein bisschen beleidigt war. Das tat mir leid – aber ihr die Wahrheit zu sagen wäre wohl noch weit weniger gut angekommen. Ich räusperte mich unbehaglich und nahm ihr das Streichholzdöschen aus der Hand.

»Die Diebstähle haben also ein beunruhigendes Ausmaß angenommen?«

Carter nickte stumm.

»Das klingt mir ganz nach einer organisierten Bande«, vermutete ich. »Wenn diese Kerle einmal auf den Geschmack gekommen sind, dann wird man sie nur sehr schwer wieder los.« Meistens erst, nachdem man ein paar von ihnen erschossen hat. Aber das sprach ich lieber nicht aus.

Carter schüttelte auch nur den Kopf. »Das war auch unser erster Verdacht. Stanley hat ein paar Leute abgestellt, die aufpassen sollten, und sie haben sogar ein paar Tagediebe festgenommen. Die Polizei konnte eine kleine Bande dingfest machen, aber es ist nur noch schlimmer geworden.« Sie nickte, um ihren nachfolgenden Worten mehr Gewicht zu verleihen. »Inzwischen ist die Angelegenheit wirklich bedrohlich. Noch weiß es niemand, nicht einmal die Polizei, aber wenn die Verluste in dieser Größenordnung bleiben, dann gefährden sie bald die ganze Firma.«

Und dann zahlt er mir ein Honorar von über *achtzig Pfund für nichts*?, hätte ich meiner Verwunderung beinahe lautstark Ausdruck verliehen.

»Wir werden Leute entlassen müssen, wenn nicht Schlimmeres«, beendete Carter ihren Gedankengang.

Im Großen und Ganzen hatte Jacobs das gleiche Gespräch auch schon mit mir geführt, oder eigentlich *weniger*, denn der Kaufmann hatte mir nicht gesagt, wie ernst die Lage inzwischen wirklich war. Ich fragte mich, warum, und Carter beantwortete diese Frage, bevor ich sie überhaupt aussprechen konnte.

»Sie wissen, wie angespannt die wirtschaftliche Lage seit vielen Jahren ist, Quinn. Irland hat sich nach der großen Hungersnot nie wieder richtig erholt. Und nun geht es mal wieder abwärts mit dieser Stadt, auch wenn die offiziellen Stellen noch so hartnäckig das Gegenteil behaupten. Die Konkurrenz ist gnadenlos, und wenn auch nur das Gerücht aufkäme, dass die Firma in Schwierigkeiten ist, könnte das schlimme Konsequenzen nach sich ziehen. Ich muss Sie daher bitten, dieses Gespräch mit äußerster Diskretion zu behandeln.« Sie lächelte knapp, aber es wirkte ganz und gar nicht fröhlich. »Es könnte durchaus sein, dass ich sonst eines Morgens ins Büro komme und einen neuen Chef habe.«

Einen neuen Chef? Jacobs war vermutlich sehr viel mehr als nur ihr *Chef*. Ich hütete mich, diese Worte laut auszusprechen, aber ihre Reaktion machte mir klar, dass sie sie wohl irgendwie erraten hatte.

Ich war fast erleichtert, als der Polizist in diesem Moment zurückkam und wir in stummer Übereinkunft unser Gespräch unterbrachen, bis er das Café wieder verlassen hatte. Ich meinte ein seltsam gedämpftes Klimpern zu hören, als er an uns vorüberging. Das Geräusch wollte mich an etwas erinnern, aber ich wusste nicht, woran. Nur dass es unangenehm war.

»Sie glauben also, die Konkurrenz steckt dahinter?«

»Am Anfang ja«, sagte Carter und schüttelte zugleich sacht den Kopf. »Aber später hatte Stanley dann einen anderen Verdacht.«

»Und welchen?«

»Das weiß ich nicht«, sagte sie. »Er hat nur gesagt, dass er so verrückt ist, dass er mit niemandem darüber reden kann, nicht einmal mit der Polizei. Und auch mit niemandem aus der Firma. Also haben wir beschlossen, einen Außenstehenden zu beauftragen. Sie wissen, dass Sie einen ausgezeichneten Ruf in der Branche genießen?«

»Wir?«, fragte ich, das Kompliment übergehend, das mir ein wenig peinlich war. Außerdem stimmte es nicht.

Ganz kurz blitzte schon wieder Ärger in ihren Augen auf. »Ich weiß, was Sie jetzt denken, Quinn, aber dem ist nicht so. Stanley und ich stehen uns nahe, aber nicht so, wie Sie vielleicht glauben, und weiter werde ich nicht darauf eingehen. Es muss genügen, wenn Sie wissen, dass ich sein besonderes Vertrauen genieße.«

»Selbstverständlich«, antwortete ich, ein wenig verlegen.

»Tatsache ist jedenfalls«, fuhr Allison jetzt wieder in neutralem Ton fort, »dass er niemandem in der Firma traut – aus Gründen, auf die ich auch nicht näher eingehen möchte. Und auch den offiziellen Stellen nicht.«

Das musste sie auch nicht. Wenn es jemanden gab, der wusste, wie korrupt die Belfaster Polizei war, dann ich. Schließlich war ich einmal Teil davon gewesen. Ich nickte, und sie sprach weiter.

»Und genau aus diesem Grund haben wir beschlossen, mit niemandem über diese andere … Angelegenheit zu reden.«

Sie log. Ich sah ihr an, dass sie eindeutig mehr wusste, als sie zugab. »Welche *andere Angelegenheit?*«

»Nicht lange, nachdem er mit Ihnen gesprochen hat, muss Stanley auf etwas gestoßen sein, das ihn in wirklich große Aufregung versetzt hat. Er hat mir nicht verraten, was, aber er war sehr besorgt. Vor drei Tagen schließlich ist es ganz schlimm geworden. Und dann ist er verschwunden.«

»Wo?«, fragte ich. »Ich meine: Wo haben Sie ihn das letzte Mal gesehen? In seinem Büro? Bei sich zu Hause?« *Oder in Ihrem Bett?*

Carters Augen verdunkelten sich, als hätte ich auch den letzten Gedanken laut ausgesprochen. Ich musste mehr auf meine Betonung achten. Sie schüttelte jedoch nur den Kopf. »Er wollte noch einmal zur Werft hinaus. Irgendetwas überprüfen.«

»Aber er hat Ihnen nicht gesagt, was?«

»Er ist mit seinem neuen Spielzeug gefahren, diesem … *Silver Ghost*. Ein unglaubliches Automobil, das als das beste der Welt gilt – und sich dennoch häufig nicht einmal in Bewegung setzen lässt.«

»Und seither hat ihn niemand mehr gesehen«, vermutete ich, bevor sie sich gänzlich in Rage reden konnte.

Allison kämpfte sichtlich um ihre Fassung. »Man ... hat den Wagen gefunden. Angeblich hat niemand Stanley gesehen, weder einer der Arbeiter noch die Besucher. Die Polizei hat jeden verhört, dessen sie habhaft geworden ist, aber niemand hat ihn gesehen.«

»Und jetzt möchten Sie, dass ich ihn suche.«

Sie nickte. Ein älteres Ehepaar, dessen leicht schäbige Erscheinung nicht so recht in diese Umgebung passen wollte, nahm am Nebentisch Platz, und sie senkte die Stimme fast zu einem Flüstern.

»Ich traue niemandem mehr, nachdem sich Stanley so seltsam benommen hat.«

»Auch nicht seiner Familie?«

»Er hat zwei erwachsene Töchter, die auf dem Festland leben, und eine Frau, aber sie ist die meiste Zeit auf Reisen – und interessiert sich nicht für das Geschäft.«

Und wohl auch nicht mehr sonderlich für ihren Gatten, nahm ich an. Nicht, dass ich Jacobs nicht verstehen konnte. Allison war wirklich eine ganz entzückende junge Frau.

Aber das ging mich nichts an.

»Es gibt da ... noch ein Problem«, sagte sie zögerlich und ohne mich direkt anzusehen.

Ich bemühte mich um einen fragenden Blick.

»Ich kann Sie nicht bezahlen«, gestand Carter. »Jedenfalls nicht, bevor Stanley zurück ist.«

»Das macht nichts«, antwortete ich. »Ich wurde bereits bezahlt, und das durchaus mit einer stattlichen Summe. Er wurde zuletzt in der Nähe der Werft gesehen, sagen Sie?«

Allison nickte, und ich gab dem Kellner mit einem Wink zu verstehen, dass er die Rechnung bringen sollte.

3

Schon weil ringsum jetzt die Büros und Kontore überall zu schließen begannen und sich der Verkehr seinem allabendlichen Höhepunkt näherte, hatten wir beschlossen, die Straßenbahn zur Werft zu nehmen – die einzige Linie dieser Art in ganz Belfast, in Auftrag gegeben von einem ehrgeizigen Konsortium von Unternehmern und Stadtvätern, die meinten, der Bau der *Titanic* rechtfertigte jeden technischen Firlefanz.

Ich war nicht wirklich begeistert von dieser Idee. Belfast setzte ganz bewusst auf seine motorgetriebenen oder auch noch von Pferden gezogenen Busverbindungen, die allesamt vom City Centre aus davonstrebten. Das aber schien nun plötzlich nicht mehr zu genügen. Es musste eine schnelle Verbindung her, die den Hafen mit der Stadt verband, sonst war eine solche Herausforderung wie der Bau der *Titanic* gar nicht zu schaffen – hatte es geheißen.

Anfangs hatte man sogar eine U-Bahn geplant, wie sie es nun schon seit dem Ende des letzten Jahrhunderts im überbrodelnden London gab, sich angesichts horrender Planungskosten und einer viel zu langen Bauzeit dann aber für eine spezielle oberirdische Linienführung entschieden. Nicht, dass es dadurch besser wurde. Mit diesem modernen Gefährt erging es mir ganz ähnlich wie Carter mit Jacobs' Silver Shadow: Ich wusste seinen technischen Fortschritt und seine Raffinesse durchaus zu würdigen, aber es war mir auch irgendwie unheimlich, denn es war nicht nur laut und grell und übel riechend, sondern beanspruchte auch ganz allgemein mehr Aufmerksamkeit von seinem Benutzer, als sie irgendeinem technischen Beförderungsmittel zustehen sollte.

Die nächste Haltestelle befand sich jedoch nur wenige Minuten Fußmarsch entfernt, und bei allen Ressentiments hatte die neue Straßenbahn doch einen unbestreitbaren Vorteil: Allison hatte es zwar nicht laut ausgesprochen, doch allein ihr Benehmen (und auch das, was sie *nicht* sagte) machte mir klar, dass sie verfolgt zu werden glaubte, und es gab kaum etwas Geeigneteres als die Massen von Menschen, die sich stets in der brandneuen Straßenbahn drängten, um darin unterzutauchen und einen potenziellen Verfolger abzuschütteln.

Umso erstaunter – und ein bisschen beunruhigt – war ich, als wir die Haltestelle fast leer vorfanden. Während Allison zu dem kleinen Schalter ging, um Billetts zu kaufen (sie hatte darauf bestanden, zumindest meine Unkosten zu übernehmen), sah ich mich verstohlen um und versuchte das Unbehagen zu ignorieren, das mich beschleichen wollte. Ich unterzog die anderen Wartenden einer kurzen, aber sehr aufmerksamen Musterung. Es waren nur drei, ein junges Pärchen, das ein halbes Dutzend Schritte entfernt stand und ebenso verstohlen wie ungeniert turtelte, und ein Mann mittleren Alters, der vollkommen reglos ins Leere starrte und in seine eigenen, vermutlich nicht sehr angenehmen Gedanken versunken war. Er war unauffällig, aber gut gekleidet, trug einen runden Hut, und auf seiner Wange prangte ein großer Leberfleck.

Ich sah den Mann so lange an, bis dieser mein Starren spürte und meinen Blick aus Augen erwiderte, die mir so kalt und gefühllos wie bemalte Glaskugeln vorkamen.

Der Gedanke erschreckte mich, und ich fragte mich, wie ich

ausgerechnet auf diesen Vergleich kam, beantwortete meine eigene Frage aber auch nicht nur sogleich selbst, sondern verspürte einen neuerlichen und noch tieferen Schrecken. Und ein sachtes schlechtes Gewissen. Nach dem, was ich vor drei Tagen erlebt hatte – oder *erlebt zu haben glaubte*, verbesserte ich mich ganz bewusst in Gedanken, denn ich war mittlerweile ganz und gar nicht mehr sicher, mir diesen unheimlichen Zwischenfall nicht doch nur eingebildet zu haben. Schließlich war es unmöglich. Nach dem also, was ich vor drei Tagen erlebt zu haben glaubte, war es nur zu verständlich, wenn ich nervös war und der einen oder anderen Kleinigkeit eine Bedeutung zumaß, die sie nicht hatte. Vielleicht trug der Mann einfach eine Brille oder einen Kneifer, und ganz sicher tat ich ihm Unrecht.

Ich schenkte ihm ein angedeutetes Nicken, und der Fremde drehte den Kopf wieder in die andere Richtung. Das war ein bisschen unhöflich, aber ihn minutenlang einfach nur anzustarren zeugte auch nicht gerade von gutem Benehmen, sodass wir zumindest quitt waren.

Und *ganz bestimmt* hatte er eine Brille getragen.

Allison kam zurück und schwenkte zwei Fahrkarten wie Jagdtrophäen, um die sie lange und hart hatte kämpfen müssen. »Wir können losfahren«, erklärte sie ebenso stolz wie überflüssig.

Wozu nur noch die Bahn selbst fehlte, aber ich brachte es einfach nicht übers Herz, ihre mädchenhafte Begeisterung zu dämpfen, und sah nun fast sehnsüchtig in die Richtung, aus der sie kommen musste.

Mein Blick verlor sich an dem doppelten eisernen Schienenstrang, der wie ein erstarrter Fluss zwischen den Häusern verschwand. Es waren wirklich moderne Zeiten, die kamen, und ich war jetzt schon sicher, sie nicht zu mögen. Nicht, dass sie Rücksicht darauf nehmen würden. Vor wenigen Jahren erst hatte die Welt den Schritt in ein neues Jahrhundert getan, und obwohl ich mich selbst für alles andere als konservativ oder gar altmodisch hielt, ging mir inzwischen alles viel zu schnell. Wer immer nur vorwärtshastete, lief Gefahr, ins Stolpern zu geraten und zu stürzen.

Ich hatte meine Lebensmitte noch nicht erreicht, war aber trotzdem schon in einem Alter, in dem man ernsthaft anfing, sich Gedanken über selbiges zu machen. Nicht, dass ich mich alt fühlte oder gar gebrechlich (oder es wäre!), aber die eine oder andere Tätigkeit fiel mir doch schon merklich schwerer als noch vor zehn Jahren, und manchmal wurde ich mir geradezu schmerzhaft der Tatsache bewusst, dass mich vom Grab nicht mehr allzu viele Tage mehr trennten als von der Wiege und es unerbittlich weniger wurden, mit jedem Morgen, an dem ich die Augen aufschlug.

Aber wenn ich mir dieses eiserne Monstrum ansah und an mein unheimliches Erlebnis in dem aufgegebenen Schlachthof dachte, sinnierte ich nicht ohne Sarkasmus, dann konnte man der Sterblichkeit vielleicht doch wieder eine positive Seite abgewinnen.

Etwas klimperte, und auch dieser Laut wollte eine Erinnerung in mir wecken, auf die ich keinen Wert legte. Dennoch sah ich mich rasch und beinahe erschrocken um, stellte aber nur fest, dass es nichts festzustellen gab. Das verliebte Pärchen stand immer noch da und flüsterte und kicherte, und der Mann mit dem Leberfleck starrte noch immer ins Leere, so reglos, als wäre er eine Statue. Dennoch war das Gefühl, auf eine sehr unangenehme Weise beobachtet zu werden, jetzt so intensiv, dass ich fast meinte, es mit Händen greifen zu können.

Etwas änderte sich, etwas Unsichtbares und zugleich Unübersehbares, und ich meinte zu spüren, wie sich die feinen Härchen auf meinem Handrücken aufstellten wie das Fell einer Katze, das in die falsche Richtung gestrichen wird; ein Gefühl, wie man es manchmal vor einem Gewitter hat, wenn die Spannung der bevorstehenden Blitze schon in der Luft liegt, sich den Sinnen aber noch entzieht.

Nach nur wenigen Augenblicken hörte ich ein lauter werdendes Rasseln und Summen, und nun tauchte die elektrisch angetriebene Straßenbahn auf den Gleisen auf, näherte sich in raschem Tempo und bremste dann ebenso rasch ab, begleitet von einem erbärmlichen Kreischen und gelbem Funkenflug unter den eisernen Rädern. Mit der Maschinen eigenen Präzision hielt sie so genau an der Haltestelle an, dass nur der Teil mit dem Fahrer über ihren Rand hinausragte, und ein ganzer Schwall Passagiere stieg aus und strömte laut schwatzend in alle Richtungen davon. Das junge Paar löste zwar nicht die Hände, für einen Moment aber immerhin die Blicke voneinander und stieg in denselben Wagen wie der Mann mit dem Leberfleck, und auch ich wollte dieses Abteil ansteuern, überlegte es mir dann aber anders, denn mir war aufgefallen, dass der zweite Wagen leer war, ungewöhnlich genug für diese Uhrzeit. Außerdem ließ der Fahrer die Glocke schon wieder schrillen, und ich meinte zu sehen, wie das ganze blitzende Gefährt sacht zitterte wie ein Rennpferd, das sich bereit macht, aus seiner Box zu stürzen. Unaufgefordert ergriff ich Allisons Hand und zog sie zu mir herein, und sie hatte noch nicht ganz den Fuß im Wagen, da setzte er sich auch schon lautstark und zitternd in Bewegung. Ich musste mich jetzt wirklich beherrschen, um mir mein Unbehagen nicht allzu deutlich anmerken zu lassen.

Der Wagen ähnelte von seiner Ausstattung her den von Pferden gezogenen Bussen, die auch heute noch große Teile des Stadtbilds prägten, beschleunigte aber so immens, dass Allison mehr auf die mit Leder gepolsterte Bank fiel, als dass sie sich setzte.

Das war noch etwas, das ich an diesen möglicherweise kommenden Zeiten nicht mochte: die ständige Eile, als ginge die Welt unter, wenn man auch nur eine Minute später irgendwo ankam.

»Warum sind wir hier eingestiegen?«, fragte Carter, ein wenig atemlos. »Der andere Wagen ist doch …«

»… nicht leer«, unterbrach ich sie. Ich setzte mich ebenfalls und ebenfalls nicht ganz freiwillig. Der Wagen beschleunigte mittlerweile so stark, dass ich mich hütete, auch nur aus dem Fenster zu sehen, weil mir dann wahrscheinlich schwindelig geworden wäre. »Das ist vielleicht unsere letzte Gelegenheit, allein zu sein.«

In Allisons Augen blitzte schon wieder der Schalk, und sie drohte mir spielerisch mit dem Zeigefinger. »Aber, Mister Devlin! Sie wollen allein mit mir sein? Was soll ich denn davon halten?«

Ich konnte selbst spüren wie mir die Röte ins Gesicht schoss. »Ich meine natürlich … ähm … um ungestört miteinander zu reden«, stammelte ich. »Allein.«

»Aber wir sind doch auch hier nicht allein.«

Eine Sekunde lang starrte ich sie nur fragend an, drehte aber dann den Kopf und folgte ihrem Blick, und tatsächlich, sie hatte recht. Wenn auch am anderen Ende des großen Wagens, so war doch auch der Mann mit dem Leberfleck mit uns eingestiegen. Er hatte auf der letzten Bank Platz genommen und starrte aus seinen sonderbaren Augen jetzt in unsere Richtung ins Leere. Seltsam, ich hätte schwören können, dass er ins andere Abteil gestiegen war.

Und er trug ganz eindeutig *keine* Brille.

Das Rollen der Räder und die anderen Fahrgeräusche waren viel zu laut, als dass der Fremde auch nur ein einziges Wort verstehen könnte, aber ich senkte trotzdem die Stimme, als ich weitersprach. Ich sollte mir dabei albern vorkommen, tat es aber nicht.

»In welcher Beziehung stehen Sie zu Mister Jacobs, Allison?«, begann ich geradeheraus, nachdem ich all meinen Mut zusammengekratzt hatte.

Carters Lächeln erlosch wie abgeschaltet. »Nicht in der, die Sie anzunehmen scheinen, Mister Devlin«, antwortete sie spröde. »Ich genieße aus ganz bestimmten Gründen sein Vertrauen, und das muss Ihnen genügen. Ich dachte, das hätten wir schon geklärt.«

»Sie missverstehen mich«, erwiderte ich. »Es geht mich nichts an. Und ich will es auch gar nicht wissen.«

»Und warum fragen Sie dann?« Irgendwie gelang es ihr, ein gutes Stück von mir wegzurücken, ohne sich überhaupt zu bewegen.

»Irgendwo muss ich anfangen«, antwortete ich. »Wenn Sie wirklich Jacobs' besonderes Vertrauen genießen, dann wissen Sie vielleicht auch etwas, das uns weiterhilft, und …«

Ich unterbrach mich, als ich eine Bewegung aus den Augenwinkeln wahrzunehmen glaubte. Ganz unabsichtlich sah ich nun doch aus dem Fenster, und tatsächlich jagten die Fassaden dort so schnell vorüber, dass mir leicht schwindelte. Hinter einigen Fenstern brannte bereits Licht, was den verwirrenden Eindruck noch verstärkte. Eine Bewegung nahm ich jedoch nicht wahr, allenfalls eine Reflexion in den mit kunstvollen Blumenmotiven geätzten Scheiben. Und was sollte sich hier drinnen auch bewegen?

»Ja?«, fragte Allison, und das auf eine ganz besondere Art, die mir klarmachte, dass ich wohl schon eine geraume Weile stumm und wie erstarrt dagesessen und mit vermutlich nicht besonders intelligentem Gesichtsausdruck aus dem Fenster gestarrt hatte.

»Was genau wollte er dort draußen, auf der Werft?«

Da war wieder dieses Klirren, das diesmal weit näher daran war, eine ganz bestimmte Erinnerung zu wecken, und das unheimliche Gefühl eines Huschens, das nur aus den Augenwinkeln wahrzunehmen war und augenblicklich verschwand, sobald ich es mit Blicken zu fixieren versuchte.

»Mister Devlin?« Allisons Stimme klang ein wenig alarmiert.

»Nichts«, antwortete ich hastig. »Bitte verzeihen Sie. Ich war ... in Gedanken.«

»Keinen sehr angenehmen, wie mir scheint.«

»Nein«, räumte ich unumwunden ein, machte aber auch keine Anstalten, dieses Eingeständnis weiter zu erklären, sondern maßregelte mich innerlich und kam wieder auf das ursprüngliche Thema zurück. »Die Werft.«

»Wir fahren nicht zu Harland & Wolff«, antwortete sie kopfschüttelnd. »Das wäre im Moment ... nicht besonders klug.«

Das fast unmerkliche Stocken in ihren Worten entging mir keineswegs. »Warum?«, hakte ich nach und war selbst ein wenig überrascht, wie sehr sie diese nichts anderes als routinemäßige Frage offensichtlich in Verlegenheit brachte.

»Sir Edward und Stanley... arbeiten eng zusammen«, antwortete sie, nicht nur abermals nach einem nun schon deutlicheren Zögern, sondern jetzt sogar meinem Blick ausweichend. »Sie sind sogar so etwas wie Freunde. Aber sie möchten nicht, dass allzu viel darüber gesprochen wird.«

»Und warum nicht?«

Allison hob die Schultern. »Das weiß ich nicht.«

Sie war eine erbärmliche Lügnerin, stellte ich erneut fest, auch wenn sie das eher noch sympathischer machte. Doch das war nicht der Grund, aus dem ich nicht noch weiter nachfragte. Ich war ziemlich sicher, dass sie sehr wohl wusste, warum

Sir Edward Harland und Stanley Jacobs nicht wollten, dass allzu viel von dem speziellen Arrangement publik wurde, das sie zweifellos miteinander getroffen hatten. Nicht, dass mich der Gedanke auch nur im Geringsten überraschte oder ich etwas anderes erwartet hätte. Auch wenn es mich wenig interessierte, so war mir doch klar, dass der Bau eines so gigantischen Schiffes wie der *Titanic* eines der größten Projekte sein musste, die jemals in dieser Stadt realisiert worden waren, und es gab keine so großen Projekte ohne eine Menge Mauscheleien, deren Anzahl normalerweise proportional zur Größe des besagten Projektes stieg. Vielleicht hatte mir Carter gerade den ersten Hinweis darauf geliefert, was wirklich hinter Stanley Jacobs' Verschwinden steckte. Aber vielleicht war es einfach klüger, es für den Moment dabei bewenden zu lassen.

»Wohin fahren wir dann?«, fragte ich nur.

»Stockwell & Sons«, antwortete sie. »Ein Montagebetrieb, nicht weit von der Werft entfernt. Stanley hat dort einige Räumlichkeiten angemietet.« Sie hob die Schultern. »Ich weiß nicht genau, was er dort wollte. Niemand hat ihn an diesem Tag gesehen. Die Polizei hat sein Automobil in der Nähe gefunden, weshalb sie annehmen, dass er wohl noch einmal dort war, um irgendetwas zu überprüfen, aber niemand weiß, was. Auch ich nicht.«

»Und er hat nichts gesagt?«, hakte ich noch einmal nach. »Nicht einmal eine Andeutung gemacht?«

Allison hob nur mit einem freudlosen Lächeln die Schultern, aber die scharfe Entgegnung, mit der ich rechnete, kam nicht. »Stanley hat eigentlich *nur* Andeutungen gemacht. Und deswegen fahren wir ja auch dorthin. Es gibt dort … Menschen, die uns vielleicht weiterhelfen können.«

So, wie sie es sagte, klang es eher danach, als meinte sie jemand ganz Speziellen. »Mit wem wollen Sie dort sprechen?«

Sie zuckte mit den Achseln. »Das wird sich zeigen.« Sie zögerte kurz. »Stanleys Andeutungen waren mir schon immer ein Rätsel. Und nichts davon ergibt Sinn. So auch diesmal.«

»Zum Beispiel?«, fragte ich, hob aber zugleich auch wieder die Hand, um sie von einer Antwort abzuhalten, denn ich hatte die huschende Bewegung erneut wahrgenommen, zu deutlich diesmal, um sie als die Sinnestäuschung abzutun, für die ich sie gerne gehalten hätte. Allison setzte dazu an, etwas zu sagen, runzelte aber dann nur die Stirn und legte fragend den Kopf zur Seite.

»Quinn?«

Ich antwortete nicht. Eigentlich hörte ich die Frage gar nicht, denn ich starrte an ihr vorbei den Mann mit dem Leberfleck an. Hatte er nicht gerade noch am anderen Ende des Wagens gesessen? Und wenn, wie zum Teufel war er an uns vorbeigekommen, ohne dass ich es bemerkt hatte?

Und da war noch etwas. Jetzt war *ich* es, der *ihn* ganz offen und durchdringend anstarrte. Er trug ganz eindeutig *keine* Brille, aber seine Augen reflektierten das Licht wie blitzendes Glas … und war da nicht ein unheimliches gelbes Funkeln?

»Quinn?«, fragte Allison noch einmal.

»Warten Sie.« Ich machte eine beruhigende Geste und stand zugleich auf, um mit energischen Schritten auf den Mann zuzugehen. »Verzeihen Sie, Sir.«

Weder verzieh der Mann irgendetwas, noch reagierte er überhaupt. Er starrte weiter dorthin, wo ich gerade noch gesessen hatte, und das gelbe Glühen in der Tiefe seiner Augen verstärkte sich. Ich räusperte mich unecht (schon um damit das ungute Gefühl zu bekämpfen, das immer stärker wurde) und begann noch einmal: »Verzeihen Sie, Sir, aber …«, und brach dann mitten im Satz ab, um den Mann aus aufgerissenen Augen anzustarren.

Oder das, was von ihm übrig war.

Er fiel auseinander.

Es ging ganz schnell, binnen weniger Augenblicke. Und es war das Unheimlichste, was ich jemals gesehen hatte: Die Gestalt löste sich auf, aber nicht wie eine Puppe, der jemand die Glieder und den Kopf abriss. Vielmehr *zerbröckelte* sie, zerfiel von ihrem runden Hut beginnend in einer rasend schnell fortschreitenden Linie der Zerstörung zu Tausenden und Tausenden und Abertausenden winziger grausilberner Splitter, keiner größer als ein Fingernagel und alle von unterschiedlicher Form. Ein anhaltendes Prasseln und Klicken erscholl, als hätte man eine ganze Wagenladung gläserner Murmeln ausgeschüttet, und mit einem Mal ertrank der gesamte vordere Teil des Wagens in reiner Bewegung, in der unmöglich irgendwelche Details zu erkennen waren und die einen schwindeln ließ, wenn man den Fehler beging, es auch nur zu versuchen.

Vielleicht durch das Geräusch aufmerksam geworden, drehte Allison mit einem Ruck den Kopf und sog so scharf die Luft ein, dass es schon fast wie ein kleiner Schrei klang, auch wenn ich bezweifelte, dass sie überhaupt etwas gesehen hatte, so wie sie dasaß. Dann schrie sie tatsächlich auf, kurz und erschrocken, und ich begriff, dass das nicht stimmte.

Sie *hatte* etwas gesehen.

Nur nicht dasselbe wie ich.

Der Fremde war so spurlos verschwunden, als hätte es ihn niemals gegeben. Und trotzdem war er noch da.

Oder vielleicht auch wieder.

Nur stand er jetzt im anderen Wagen und starrte uns durch die beiden Glasscheiben aus seinen kalten Augen an.

»Aber das ist doch … das ist doch vollkommen unmöglich«, stammelte Allison. »So etwas kann es doch gar nicht geben!«

In diesem Punkt konnte ich ihr nur beipflichten. Unglückseligerweise war es aber trotzdem so.

»Aber wie kann denn das …?«, begann Allison noch einmal, brach dann mit einem sonderbar schluchzenden Laut ab und schlug nach einer weiteren Sekunde die Hand vor den Mund. Gleichzeitig sprang sie halb auf. Meine ganz instinktive Bewegung, um sie zurückzuhalten, kam zu spät. Eigentlich wusste ich auch gar nicht, warum ich das tat, denn im nächsten Augenblick sprang ich ebenfalls auf und war mit einem einzigen großen Schritt am vorderen Ende des Wagens, wobei ich mich an die aberwitzige Hoffnung klammerte, nur einer bizarren Täuschung aufgesessen zu sein, vielleicht nichts als einer verzerrten Spiegelung meiner eigenen Gestalt auf dem geätzten Glas oder etwas noch viel Banalerem, über das Allison und ich anschließend herzhaft lachen konnten.

Aber es war keine Sinnestäuschung, und da war rein gar nichts, worüber wir lachen konnten.

Der Mann mit dem Leberfleck stand da, nur durch zwei dünne Scheiben aus geätztem Glas und weniger als zwei Yard freien Raum von uns getrennt, und er sah mich aus seinen beunruhigenden Augen an, vollkommen reglos und ohne auch nur zu blinzeln, und das konnte er auch nicht, denn seine Augen waren keine Augen, so wenig wie sein Gesicht wirklich ein Gesicht war. Nichts an ihm war echt, nicht einmal der Leberfleck auf seiner Wange. Ich sah jetzt, dass er sich bewegte, vielleicht als Einziges in seinem ganzen Gesicht, und wenn man es genau nahm, dann war es auch nicht der Leberfleck selbst, sondern etwas *darunter*, als hätten Knochen und Fleisch unter diesem streng abgegrenzten Bereich irgendwie ihre Festigkeit verloren und versuchten nun beständig wieder ihre ursprüngliche Form anzunehmen, ohne dass es ihnen indes gelang.

»Aber das ist doch vollkommen … völlig unmöglich«, stammelte Allison. »Er war doch gerade noch hier. Hier bei uns! Wie kann er denn ... ich meine, wie ... wir haben nicht angehalten, und ...« Ihre Stimme schrammte mit jedem Wort näher am Abgrund schierer Hysterie entlang und brach dann ab, gerade als sie endgültig abzustürzen drohte. Aber sie machte mir auch klar, dass sie recht hatte. Es war unmöglich und trotz allem, was mir in den letzten Tagen widerfahren war, war ich noch lange nicht so weit, das vollkommen Unmögliche zu akzeptieren.

Was allerdings nichts daran änderte, dass ich mich nach einer weiteren Sekunde vom Anblick dieses unheimlichen Nicht-Gesichts losriss, um mit schnellen Schritten in den hinteren Teil des Wagens zurückzueilen und den Boden abzusuchen. Ohne Ergebnis. Auf den geriffelten Metallplatten lag rein gar nichts, sah ich von ein wenig Schmutz ab, den die letzten Fahrgäste hereingetragen hatten. Mein Herz begann wie wild zu klopfen, und mein Mund war mit einem Male so trocken, dass ich mich zusammenreißen musste, um nicht zu husten.

»Quinn?«, fragte Allison.

Statt zu antworten, ließ ich mich in die Hocke sinken und fuhr mit den Fingerspitzen über den Boden, fühlte aber auch jetzt nichts als ein wenig Schmutz und noch weniger Feuchtigkeit. Keine Metallsplitter, gleich welcher Größe oder Form.

Bei diesem Gedanken lächelte ich. Mir war nicht nach Lächeln zumute, aber ich zwang mich dazu, und auch, über meine eigene Torheit den Kopf zu schütteln. Was hier gerade passiert war, das verstand ich nicht, und das war in Ordnung, wenn auch ärgerlich. Aber ganz und gar nicht in Ordnung war, wenn ich anfing, auch noch mehr hineinzugeheimnissen. Menschen lösten sich nicht einfach auf, weder in nichts noch in kleine Metallkügelchen. Das alles hier war zweifellos höchst geheimnisvoll, aber es war schließlich mein Beruf, Geheimnisse zu ergründen. Vielleicht war es an der Zeit, mich selbst zu engagieren.

Was ich hiermit tat.

»Quinn?«, fragte Carter zum wiederholten Mal.

Ich stand mit einem so jähen Ruck auf, dass sie erschrocken vor mir zurückprallte, fuhr herum und war mit wenigen schnellen Schritten wieder am vorderen Ende des Wagens.

Der Fremde stand noch immer da und starrte mich an. In seinen unheimlichen Augen war immer noch kein Leben, doch irgendetwas an seinem Gesicht hatte sich verändert, und auch wenn ich nicht sagen konnte, was, war diese Veränderung zugleich doch auch unübersehbar. Vielleicht war es ja der Fleck in seinem Gesicht, oder etwas darunter.

»Wer ist dieser Mann, Quinn?«, fragte Carter. »Kennen Sie ihn?« Sie hatte sich wieder halbwegs gefangen, aber in ihrer Stimme war noch immer eine ganz sachte Spur von Hysterie.

Es fiel mir immer schwerer, dem Blick dieser unheimlichen Augen standzuhalten, und das sollte nicht sein, denn wie konnte es etwas hinter diesen Augen geben, das mich erschreckte, wenn sie doch gar nicht echt waren?

Ich verscheuchte auch diesen, fast noch absurderen Gedanken und riss meinen Blick vom Gesicht des Mannes los, um nach vorne zu sehen. Die Bahn näherte sich der nächsten Haltestelle. »Ich werde ihn fragen. Bleiben Sie hier!«

Ich trat an die offene Tür heran, wartete, bis der Wagen nur noch im Tempo eines zügig ausschreitenden Fußgängers dahinrollte und schwang mich hinaus. Da ich meine verletzte Hand vergessen und vor Schmerz und Überraschung um ein Haar die Haltestange losgelassen hätte, wäre ich beinahe gestürzt und wandelte mein unbeholfenes Stolpern mit deutlich mehr Glück als Geschick in eine Folge weit ausgreifender Schritte um, mit denen ich den vorderen Wagen erreichte, bevor er ganz zum

Stehen gekommen war. Eine stämmige Frau, die eigentlich viel zu elegant gekleidet war, um in eine Straßenbahn zu passen, wollte gerade den Wagen verlassen und trat mir dabei in den Weg. Ich drängte mich so rücksichtslos an ihr vorbei, dass sie erschrocken rückwärtsstolperte und ihr eine wenig damenhafte Bemerkung entschlüpfte, die sich längst nicht nur auf meine mangelhaften Manieren bezog. Etliche andere Fahrgäste sahen ebenfalls ärgerlich oder missbilligend in meine Richtung.

Ich verschwendete jedoch nicht einmal einen Gedanken daran, sondern drängte mich rücksichtslos weiter durch das Wageninnere, das so überfüllt war, wie sich der hintere Wagen als schon fast unheimlich leer erwiesen hatte, und behielt den seltsamen Fremden dabei fest im Blick. Er wandte mir jetzt den Rücken zu und sah weiterhin starr nach hinten, als hätte er noch gar nicht gemerkt, dass ich den nachfolgenden Wagen längst verlassen hatte. Ein zweites Mal würde er mir nicht entkommen. Das war vollkommen ausgeschlossen, es sei denn, dass er sein bizarres Kunststück noch einmal und diesmal vor aller Augen wiederholte. Doch ich war ziemlich sicher, dass er das nicht wagen würde.

Er tat es auch nicht, doch ich kam nun zunehmend langsamer von der Stelle. Das Gedränge vor mir verfestigte sich, sodass ich nun Hände und Ellbogen zu Hilfe nehmen musste, um mir meinen Weg durch die Masse der Passagiere zu bahnen – was mir nicht nur böse Blicke und wenig schmeichelhafte Bemerkungen einbrachte, sondern auch den einen oder anderen unsanften Knuff in die Rippen.

Es war mir gleich. Endlich erreichte ich den Mann mit dem runden Hut und zerrte ihn unsanft an der Schulter herum. »Sie da! Sie werden mir jetzt einige Fragen …«

Ich sprach nicht einmal meine eigene Frage ganz zu Ende, als sich der Mann umdrehte und ich in ein Gesicht sah, in dem es nicht nur keinen Leberfleck gab, sondern das nicht einmal das eines Mannes war.

Vor mir stand eine Frau von vielleicht dreißig oder vierzig Jahren, die blasse Haut und sonderbar grobschlächtige Züge hatte – soweit ich das beurteilen konnte, hieß das, denn der Großteil ihres Gesichts und vor allem ihre Augen waren hinter einem dünnen Schleier aus schwarzer Gaze verborgen. Statt elegantem Zwirn trug sie ein einfaches Kleid, wie man es bei einer Wäschefrau erwarten mochte, und einen winzigen Hut, der dem einzigen Zweck zu dienen schien, den Schleier zu halten. Außerdem stützte sie sich auf einen betagten schwarzen Regenschirm.

Ich blinzelte, doch das unheimliche Bild blieb. Das war absolut unmöglich und vollkommen ausgeschlossen, denn ich hatte den Burschen trotz allem nicht für eine Sekunde aus den Augen gelassen, aber die Logik drehte mir eine lange Nase, und es blieb dabei.

Hinter mir entstand neue Aufregung, und eine scharfe Stimme sagte: »Was soll das denn?«

Ich wurde mir plötzlich des Umstandes bewusst, dass meine Hand noch immer auf der Schulter der verschleierten Frau lag und zog sie fast erschrocken wieder zurück. Hinter mir sagte die Stimme jetzt noch schärfer: »Sir! Ich muss doch bitten!«

Ich zog die Hand ein weiteres Stück zurück und ließ endlich auch den Arm sinken, bevor ich mich umdrehte und ins Gesicht eines Schaffners blickte, der sich eindeutig noch rücksichtsloser als ich gerade durch den Menschenpfropfen drängte, der den Mittelgang verstopfte, was ihm allerdings niemand übel zu nehmen schien. Völlig unpassend in dieser Situation, aber mit einem weiteren Gefühl von Unwirklichkeit fragte ich mich, warum sich all diese Menschen eigentlich in diesen einen Wagen quetschten, wo doch der zweite so vollkommen leer gewesen war. Dann hatte mich der Schaffner erreicht und blieb gerade dicht genug vor mir stehen, um aus seiner Nähe etwas Bedrohliches zu machen.

»Sir, erklären Sie sich!«, verlangte er. Er war ein sehr großer und kräftiger Mann, der um beides wusste und auf diese Wirkung baute – aber das galt auch für mich, und auch ich zweifelte nicht daran, dem Burschen bei diesem Spielchen haushoch überlegen zu sein.

In allem anderen auch, wenn es sein musste.

»Da gibt es nichts zu erklären«, antwortete ich jedoch nur, mit einem verlegenen Lächeln, das ich nur zu einem ganz kleinen Teil schauspielern musste. »Es war ein Missverständnis. Eine Verwechslung. Es tut mir leid.«

»Der Bursche ist mir gerade schon aufgefallen«, rief eine Stimme vom anderen Ende des Wagens her. Sie klang ein bisschen hysterisch, und ich war ziemlich sicher, dass sie einer übergewichtigen Dame der besseren Gesellschaft gehörte, die nur eine Verkettung unglücklicher Umstände in diesen Wagen verschlagen hatte und die sich nun in ihren Vorurteilen den normalen Benutzern eines solchen Transportmittels gegenüber bestätigt sah. »Ein unmöglicher Mensch!«

»Ist das wahr?«, wandte sich der Schaffner an die Verschleierte. Ich frage mich, ob er ganz bewusst offenließ, worauf genau sich diese Frage bezog, aber mir fiel auch auf, wie fest der Mann seine Billettzange nun in der Hand hielt. Eine formidable Waffe, wenn es sein musste.

Die Frau hinter mir nickte nur, und ich sagte noch einmal und mit nun festerer Stimme: »Wie gesagt: Es war eine Verwechslung.«

Aus den Augenwinkeln sah ich, wie sich Allison ebenfalls zu mir durchzukämpfen versuchte, mit ihren viel schmaleren Schultern und ihrer zarten Gestalt aber erhebliche Mühe dabei hatte. Dann sog der Schaffner auf eine ganz bestimmte Art und Weise die Luft durch die Nase ein, die mich dazu bewog, ihm wieder meine ganze Aufmerksamkeit zu schenken.

Aus irgendeinem Grund war der Fahrkartenkontrolleur der Meinung, wieder Oberwasser bekommen zu haben, und sei es nur, dass er sich im Recht fühlte, was er ja streng genommen auch war. Missverständnis oder nicht, so behandelte man keine Frau.

»Sie werden sich bei der Dame entschuldigen, Sir«, verlangte er, unterstützt von zustimmendem Gemurmel, das augenblicklich ringsum aufkam.

»Das habe ich bereits«, log ich, während ich sowohl das Gesicht des Schaffners als auch aus den Augenwinkeln die halb verhüllten Züge der Frau im Blick zu behalten versuchte. Je länger ich es tat, desto seltsamer kamen sie mir vor. Sie wirkten tatsächlich grobschlächtig, beinahe unfertig, als hätte jemand in aller Hast versucht, ein menschliches Gesicht zu modellieren, aber weder die nötige Zeit noch das angezeigte Geschick gehabt, um das Ergebnis wirklich glaubhaft zu gestalten.

Ich spürte, wohin mich dieser Gedanke leiten wollte, und brach ihn fast erschrocken ab. An seiner Stelle konzentrierte ich mich wieder ganz auf den Schaffner, der sich nun seinerseits erneut an die verschleierte Frau wandte und »Ist das wahr, Madam?« in einem Ton fragte, der nichts anderes als eine Verneinung als Reaktion zuließ.

Nicht nur zu seiner Überraschung bekam er jedoch ein Nicken zur Antwort.

Selbst ich war erstaunt – auch wenn ich mir sogleich sagte, dass die Frau wahrscheinlich einfach nur keinen Ärger wollte und so den einfachsten Weg wählte, um diese unangenehme Situation zu beenden. Etliche Fahrgäste reagierten mit verwirrten Lauten oder auch solchen des Unmuts. Der Schaffner selbst wirkte für eine Sekunde vollkommen hilflos, bevor er sich selbst zur Ordnung rief und die Schultern straffte. Doch dann beging er den Fehler, mir direkt in die Augen zu sehen, und er musste wohl etwas darin erblickt haben, was seine Meinung noch einmal änderte, denn er beließ es bei einem unsicheren Räuspern und fuhr sich mit der Zungenspitze nervös über die Lippen.

»Dann … zeigen Sie mir bitte Ihre Fahrkarte, Sir«, verlangte er.

»Die habe ich.« Allison hatte sich endlich zu uns durchgedrängt und reichte dem Mann die beiden Billetts, die sie vorhin erstanden hatte. »Und bitte verzeihen Sie meinem Vater, Sir.«

Vater?

»Es war wirklich eine Verwechslung. Unsere Wäschefrau hat uns bestohlen, und diese Dame weist eine gewisse Ähnlichkeit mit ihr auf. Aber sie ist es natürlich nicht. Ich bitte Sie um Verzeihung.«

Vater?!

Die letzten Worte galten der Frau, die auch jetzt wieder nur mit einem stummen Nicken und ohne eine Miene zu verziehen, darauf reagierte. Ich war nicht ganz sicher, ob sie ihren Gesichtsausdruck überhaupt verändern konnte.

Ich schüttelte auch diesen Gedanken erschrocken ab und konzentrierte mich ganz auf den Schaffner, der die beiden Fahrkarten in Allisons Hand einen Moment lang betrachtete, als hielte sie ihm etwas ziemlich Ekelhaftes hin, und sie dann mit spitzen Fingern entgegennahm. Nachdem er sie einer übertrieben genauen Musterung unterzogen und nichts gefunden hatte, was es zu bemängeln gab (was ihm augenscheinlich ganz und gar nicht gefiel), gab er sie Allison zurück und wandte sich dann wieder an mich.

»Verzeihen Sie, Sir«, sagte er steif. »Aber ich konnte nicht …«

»Schon gut«, unterbrach ich ihn. »Ich bin beruhigt, dass das Personal hier für Ordnung sorgt.«

»Und ich möchte mich noch einmal in aller Form entschuldigen«, fügte Allison hinzu, lauter und an niemand Bestimmtes gewandt. Direkt zu mir fuhr sie fort: »Wir sollten hier aussteigen. Ann hat wohl doch die andere Bahn genommen. Komm.«

Ohne meine Antwort abzuwarten, ergriff sie mich am Arm und bugsierte mich zur Tür hinaus. Sie hatte es kaum getan, da ertönte ein schrilles Klingeln, und die Bahn setzte sich auf ihren eisernen Rädern in Bewegung.

Ich machte vorsichtshalber einen großen Schritt rückwärts, um nicht von den Flanken dieses Ungetüms erfasst zu werden, und erst dann fiel mir auf, dass Allisons Hand noch immer auf meinem Unterarm ruhte. An der Berührung war etwas sehr Vertrautes und sehr Angenehmes. Trotzdem – wenn auch mit einem Gefühl sachten Bedauerns – streifte ich ihre Hand nach einer weiteren Sekunde ab und bemühte mich um einen strafenden Blick. »Ihr *Vater?*«

Allison lachte. »Wäre Ihnen Ehemann lieber gewesen, Quinn? Oder Liebhaber?«

Das letzte Wort berührte mich peinlich, doch gerade als ich zu einer entsprechenden Bemerkung ansetzen wollte, gefror das spitzbübische Lächeln auf Carters Gesicht und machte etwas Platz, das mein Herz bereits wieder schneller schlagen ließ, noch bevor ich mich umdrehte und ihrem Blick folgte.

Die Straßenbahn hatte sich bereits ein gutes Stück entfernt und gewann rasch an Tempo, aber sie war noch nicht schnell und weit genug, um mich das Gesicht der Gestalt nicht erkennen zu lassen, die hinter dem Fenster stand und uns anstarrte.

Es war nicht mehr die vermeintliche Wäschefrau.

Es war ein Mann mit rundem Hut, kalten Augen und einem großen Leberfleck im Gesicht.

4

Es war nicht nötig gewesen, es laut auszusprechen: Wir waren wortlos übereingekommen, nicht über den unheimlichen Zwischenfall zu reden, und so verging sicherlich eine Viertelstunde, in der wir schweigend und jeder in seine eigenen Gedanken versunken nebeneinander durch die Abenddämmerung gingen. Ich hätte eine Menge dafür gegeben, die Allisons zu erraten, doch für mich war ich schon längst zu einer Erklärung gekommen, die wohl kaum einer ernsthaften Überprüfung standgehalten hätte, für den Moment aber immer noch besser war, als auch nur die *Möglichkeit* ins Auge zu fassen, dass wir all das wirklich erlebt haben könnten.

Was immer mir das verschmutzte Wasser des Kanals angetan hatte, es war noch nicht vorbei. Ich war auch an diesem Morgen mit leichtem Fieber aufgewacht und es bisher nicht ganz losgeworden. In meinem Mund war ein schlechter Geschmack, und nun, einmal darauf aufmerksam geworden, spürte ich auch wieder ein brennendes Pochen in der linken Hand. Nichts davon war wirklich schlimm. Ich hatte schon weit Übleres erlebt, ohne dass es mich sonderlich beeinträchtigt hätte und einen meiner spektakulärsten Fälle sogar mit einer Kugel in der Schulter und wirklich hohem Fieber gelöst … aber womit auch immer dieser verpestete Kanal mich vergiftet hatte, es beeinträchtigte offensichtlich meine

Sinne, denen ich nicht mehr ganz trauen konnte. So einfach war das.

Wir waren bereits eine geraume Weile unterwegs, als mir etwas auffiel. Angesichts der schon vorgerückten Stunde und der Tatsache, dass die Gegend immer düsterer und die Häuser rechts und links der Straße immer heruntergekommener und ärmlicher wurden, hatten wir nicht den kürzesten Weg zum Hafen und damit der Werft eingeschlagen, sondern folgten den Straßenbahnschienen. Allerdings nur den Schienen. Der Wagen, aus dem Allison und ich – vielleicht etwas vorschnell, wie ich mittlerweile argwöhnte – ausgestiegen waren, war zugleich auch der letzte gewesen, den wir gesehen hatten. Allerdings musste ich zugeben, dass ich nicht die geringste Ahnung hatte, wie oft diese Bahn hier verkehrte. Weder benutzte ich sie regelmäßig, noch führte mich die Art von Aufträgen, die ich normalerweise übernahm, oft in diesen Teil der Stadt. Trotzdem fragte ich nach etlichen weiteren Minuten: »War es wirklich klug, so weit vor dem Ziel auszusteigen? Ich dachte, wir hätten es eilig.«

»So ist es auch«, antwortete sie. »Deswegen wollte ich ja unbedingt die letzte Bahn erwischen. In der Nacht gibt es keinen Schienenverkehr mehr.«

»Und wie kommen wir dann zurück?«

»Das wird sich schon zeigen.« Sie wischte meinen nächsten Einwand mit einer Handbewegung beiseite. »Wir hätten sowieso an der nächsten Station aussteigen müssen. Das letzte Teilstück zum *Titanic*'s Dock ist noch nicht fertig. Und ich fürchte, es wird auch nie fertiggestellt – es mehren sich ja schon Stimmen, die den Straßenbahnbetrieb wegen der immensen Kosten wieder einstellen wollen.«

»Aha. Und wie weit haben wir es noch?«

Allison hatte begriffen, wie das kurze ärgerliche Aufblitzen in ihren Augen bewies. »Wir müssen nicht ganz bis zur Werft. Stockwell & Sons liegt ein gutes Stück davor. Vielleicht noch eine halbe Meile … ich kann mich doch darauf verlassen, dass sie eine hilflose junge Frau beschützen werden, in dieser unsicheren Gegend?«

»Aber selbstverständlich«, versicherte ich. »Geben Sie mir nur rechtzeitig Bescheid, wenn Sie eine sehen.«

Allison lachte, ein Geräusch, in das sich nach kurzem Zögern ein wenig Begeisterung mischte. Mein Optimismus war dagegen nicht echt. Ich vermisste meine Waffe, und das schmerzlich. In Gegenden wie diese war schon so mancher hineingegangen, ohne je wiedergesehen zu werden. Wäre sie tatsächlich meine Tochter gewesen, wie sie gerade behauptet hatte, ich hätte mich dabei nicht wohl gefühlt, sie nach Dunkelwerden in einem solchen Viertel zu wissen, nur in Begleitung eines einzelnen und noch dazu unbewaffneten Mannes.

»Ich passe schon auf Sie auf, Quinn«, versicherte Allison. »Und bevor Sie es sagen: Ich habe genug Freunde in diesem Viertel, um hier nichts befürchten zu müssen. Entspannen Sie sich also. Sie stehen unter meinem Schutz.«

Ich würde ihr auch jetzt kein Stichwort liefern und ihr auch keine Zeit lassen, von sich aus weiterzusprechen. In Ermangelung eines besseren Vorwands machte ich eine Kopfbewegung auf einen hellen Fleck am Himmel, wo sich die Lichter zahlloser brennender Lampen und offener Feuerstellen an der Unterseite tief hängender Wolken spiegelten. »Ist das die Werft?«

Es war zu dunkel und die Entfernung noch zu groß, um Einzelheiten auszumachen, doch allein der Anblick des riesigen Umrisses ließ mir fast den Atem stocken. Schwarz und wie ein von Menschenhand geschaffener Berg ragte er gegen den Himmel auf, unendlich hoch und noch ungleich länger, die

Wolken und die Sterne verdeckend, wie ein gewaltiger schwarzer Keil, der aus dem Himmel herausgestanzt worden war und nichts als noch tiefere Schwärze zurückgelassen hatte. Ich kam mir klein vor und unendlich bedeutungslos.

»Das ist beeindruckend, nicht wahr?«, fragte Allison. Da war ein unangemessener Anteil von Stolz in ihrer Stimme, fand ich, der in mir eine genau gegensätzliche Reaktion auslöste, sodass sich meine Antwort auf ein knappes Nicken beschränkte. Trotzdem kostete es mich fast meine gesamte Kraft, den Blick von dem riesigen Umriss zu lösen und weiterzugehen.

»Und wohin müssen wir?«, fragte ich, größtenteils, um mein Unbehagen zu bekämpfen.

Allisons Stirn umwölkte sich. Sie war ein bisschen enttäuscht, und mein schlechtes Gewissen meldete sich. »Nur noch ein paar Schritte. Das große Tor dort hinten, wo das Licht brennt, sehen Sie?«

»Was produzieren sie hier?«, fragte ich.

Allison deutete auf das Blitzsymbol unter dem verschnörkelten Namenszug der Firmeninhaber. »Alles, was damit zu tun hat. Glaube ich.«

»Glauben Sie?«

»Stanley hat hier nur einige Räumlichkeiten angemietet. Ich war ein- oder zweimal hier, aber meistens erst am Abend, wenn die Arbeiter schon nach Hause gegangen waren.« Sie zog eine Schnute. »Stanley hat immer gemeint, dass so etwas nichts für eine Frau wäre ... all diese schmutzigen, lauten Männer mit ihren groben Manieren und noch gröberen Scherzen.« So wie sie es sagte (und mich vor allem dabei ansah), erwartete sie auch darauf eine ganz bestimmte Reaktion von mir, die ich ihr aber auch jetzt wieder schuldig blieb. Dass ich dieser jungen Frau deutlich mehr Sympathie entgegenbrachte, als es von einem professionellen Standpunkt aus angemessen wäre, war die eine

Sache – die angenehm und bedenklich zugleich war –, aber vielleicht war es dennoch an der Zeit, wieder ein wenig mehr auf Distanz zu gehen.

Zu meiner Erleichterung hatten wir das Gebäude inzwischen fast erreicht, und Allison hob beiläufig die Hand und winkte einer schemenhaften Gestalt hinter dem schmuddeligen Fenster der Pförtnerloge zu. Sie wartete keine Reaktion ab, sondern steuerte das schwere Gittertor daneben an und schob es mit einem Geräusch auf, von dem ich annahm, dass es noch bis Dublin zu hören sein musste. Allison wartete ungeduldig, bis ich mich hinter ihr durch den rostigen Spalt gequetscht hatte, und schloss das Tor nicht nur, sondern legte zusätzlich noch einen schweren eisernen Riegel vor. Ich blickte fragend.

»Es ist schon fast Nacht«, sagte sie, »und das hier ist eine unsichere Gegend. Wir wollen doch keine bösen Überraschungen erleben, oder?«

»Sagten Sie nicht, wir wären hier so sicher wie in Abrahams Schoß?«, erinnerte ich sie.

»Das war vorhin.« Allison lächelte spitzbübisch und machte eine Geste zur Straße jenseits des Gitters. »Und da draußen.« Sie wandte sich um und eilte mit schnellen Schritten los, bevor ich noch etwas sagen konnte.

Ich holte sie erst ein, als sie die erste der großen Metall- und Glashallen erreicht hatte, und die Hand auf den schmiedeeisernen Griff legte. Ich machte noch einen schnellen zusätzlichen Schritt, um ihr zuvorzukommen und die Tür zu öffnen, stellte mich dabei aber so ungeschickt an, dass ich beinahe über meine eigenen Füße stolperte und nur deshalb nicht mitsamt der Tür nach innen fiel, weil Allison gedankenschnell zugriff und mich mit beiden Händen auffing; und nebenbei auch mit ganz erstaunlicher Kraft.

»Nicht so stürmisch, mein lieber Mister Devlin«, spöttelte sie. »Dazu kennen wir uns nun wirklich noch nicht gut genug.«

Ich machte mich so hastig aus ihrer unfreiwilligen Umarmung los, dass ich um ein Haar schon wieder das Gleichgewicht verloren hätte und mich mit meinen hektischen Versuchen, meine Balance zurückzugewinnen, wohl endgültig zum Hampelmann degradierte, zumindest dem amüsierten Funkeln in ihren Augen nach zu schließen.

»Ist alles in Ordnung, Quinn?«, fragte sie. »Haben Sie sich wehgetan?«

Ich fand nicht nur endlich meinen festen Stand wieder, sondern konnte sogar selbst spüren, wie meine Ohren rot aufleuchteten. »Nein«, antwortete ich hastig. »Und sollte nicht eigentlich *ich* es sein, der *Ihnen* diese Frage stellt?« Inzwischen war mir die Situation so peinlich, dass ich am liebsten im Boden versunken wäre.

»Ja«, sagte Allison. »Dann schlage ich vor, dass wir es wie der gute Mann in der Pförtnerloge halten und einfach so tun, als wäre gar nichts passiert … der sich im Übrigen wahrscheinlich gerade an der Fensterscheibe die Nase platt drückt und sich fragt, was wir hier tun, nachdem wir uns gerade in den Armen gelegen haben.«

Sie lächelte spitzbübisch. »Warten Sie kurz.« Ich hörte, wie ihre Hand hinter mir suchend über die Wand patschte, dann ertönte ein schweres Klacken, das in der Dunkelheit sonderbar lang widerzuhallen schien. Nichts geschah. Allison gab einen Laut irgendwo zwischen Unwillen und Überraschung von sich, und das sonderbare Klacken widerholte sich, aber das war auch schon alles.

»Sie müssen den Generator abgeschaltet haben, wahrscheinlich um Treibstoff zu sparen, der ja schließlich *Geld* kostet«, sagte sie mürrisch. »Das ist typisch. Wussten Sie, dass sie im Winter nur gerade so viel heizen, dass ihnen ihre kostbaren Öle und andere Ingredienzien nicht einfrieren? Wie es den Arbeitern hier ergeht, ist den feinen Herren in ihren behaglich beheizten Büros vollkommen egal!«

Ich hütete mich, darauf zu antworten; einmal ganz davon abgesehen, dass ich gar kein vernünftiges Wort hätte hervorbringen können. Mein Herz schlug so hart, dass ich es bis in die Finger und Zehenspitzen fühlte, und die Angst schnürte mir schier die Kehle zu. Natürlich kannte ich ihren Grund und wusste somit, dass sie vollkommen irrational war. Aber so ist das nun einmal mit irrationaler Angst: Sie lässt sich mit reiner Logik nicht bekämpfen.

»Lassen Sie mich vorausgehen, Mister Devlin«, sagte Allison. »Ich weiß, Sie sind ein Gentleman alter Schule und vermutlich der Meinung, dass sich das nicht gehört, aber wir wollen doch nicht, dass Sie sich am Ende noch verletzen. Ich kenne mich hier aus … und keine Sorge, ich werde es niemandem verraten.«

Die letzte Bemerkung, fand ich, war im höchsten Maße überflüssig. Das, was sie davor gesagt hatte, dafür umso weniger.

»Und Sie wissen wirklich nicht, was hier produziert wird?«, fragte ich, nachdem wir die große Halle zu einem Gutteil durchquert hatten.

»Irgendetwas Technisches«, antwortete Allison, ohne auch nur zu mir zurückzusehen. Ihr Fuß stieß gegen irgendetwas, das mit einem hellen Scheppern davonflog. »Ich bin eine Frau. Ich kenne mich mit so etwas nicht aus.«

»Aber Sie wollten hier jemanden treffen, der uns weiterhelfen kann«, erinnerte ich sie; hauptsächlich, um überhaupt etwas zu sagen und meiner eigenen Fantasie nicht noch mehr Spielraum zu geben.

»Vorher möchte ich Ihnen aber noch etwas zeigen«, antwortete sie geheimnisvoll.

»Etwas, das uns auf der Suche nach Jacobs weiterhilft?« Ich schüttelte den Kopf und fuhr fort, bevor sie antworten konnte. »Was wollen Sie mir denn zeigen, Miss Carter? Sie haben zu viele Sherlock-Holmes-Geschichten gelesen, fürchte ich.«

»Also, mir gefallen sie«, sagte Allison.

»So wie sehr vielen anderen auch«, bestätigte ich, machte aber ein eher bekümmertes Gesicht. »Das ist ja gerade das Schlimme. Ich habe nur ein einziges dieser Bücher gelesen, und ich muss gestehen, dass es faszinierend geschrieben ist und eine spannende Geschichte hat. Aber dennoch hat Mister Doyle uns wirklichen Detektiven damit einen ziemlichen Bärendienst erwiesen.«

»Weil Mister Holmes seine Fälle immer löst?«, neckte sie mich.

Ich blieb ernst. »Weil Detektivarbeit nicht so funktioniert. Und echte Kriminalistik erst recht nicht. Man sitzt nicht da und wartet auf einen Geistesblitz oder darauf, dass die Bösen einen dummen Fehler machen. Meistens ist es einfach nur harte Arbeit. Fleiß, Geduld, gutes Sitzfleisch und Beharrlichkeit … und ein kleines bisschen Glück. Das ist auch schon das ganze Geheimnis.«

»Jetzt machen Sie mir meine ganzen schönen Illusionen kaputt«, schmollte Allison.

Was ganz genau meine Absicht gewesen war. Wahrscheinlich war es gar nicht mehr nötig, doch ich fuhr trotzdem fort. »Wenn die Polizei hier schon alles abgesucht hat, dann gibt es nichts mehr, was ich noch finden könnte, glauben Sie mir.«

»Ich wusste gar nicht, dass Sie eine so hohe Meinung von Ihren ehemaligen Kollegen haben.« Allison klang ein wenig enttäuscht. »Stanley war der Meinung, Sie hätten eher ein Problem mit ihnen.«

»Ich hatte ein Problem mit einem ganz bestimmten Polizisten«, bekannte ich. Der unglücklicherweise nicht nur korrupt und skrupellos gewesen war, sondern in meinem letzten Jahr bei der Belfaster Polizei auch noch mein Vorgesetzter. Aber ich sah keine Veranlassung, mit einer vollkommen Fremden darüber zu reden, was Carter letzten Endes ja immer noch für mich war. »Das heißt nicht, dass ich sie alle verachte oder gar unterschätze. Sie haben sehr fähige Männer dort.«

»Und ich hoffe doch inständig, dass ich einen davon bei mir habe.«

»Jetzt wollen Sie sich bei mir einschmeicheln«, vermutete ich.

»Vielleicht. Aber ganz abgesehen davon müssten wir hier richtig sein ...« Allison hatte eine weitere Tür erreicht und drückte die Klinke herunter, ohne sich die Mühe des Anklopfens gemacht zu haben.

Der Raum dahinter war zwar unerwartet groß und von gleich drei hell brennenden elektrischen Lampen beleuchtet, kam mir aber auf den ersten Blick trotzdem eher winzig vor, denn er war hoffnungslos vollgestopft und noch hoffnungsloser unordentlich. Irgendwann einmal war das hier wohl ein Büro gewesen, denn es gab einen von Papieren, Aktendeckeln und Blaupausen nur so überquellenden Schreibtisch und einen mindestens genauso überladenen Aktenschrank – aber beides verschwand schier unter dem Ansturm der vielen Tische, Borde, Beistellschränkchen und Werkbänke, auf denen sich unzählige Dinge stapelten. Drahtrollen und gläserne Spulen, Holzteile und Schrauben, Werkzeuge unterschiedlichster Größe und Ausführung, Rollen mit Lötzinn, Kisten und Kartons voller Schrauben, Klemmen und sonderbar futuristisch anmutende elektrische Bauteile, dazwischen winzige Hämmer, gleich neben solchen, die eher an den Gürtel eines einäugigen nordischen Gottes gehörten, polierte Kupfer- und Messingteile, aber auch große rostige Klumpen, die wie nach fünfhundert Jahren angespültes Treibgut aussahen, halb zusammen- (oder auch auseinander-) gebaute Apparaturen, deren Bedeutung ich nicht einmal zu erraten wagte, und und und …

Ja, *irgendwann einmal* war das hier wohl wirklich ein Büro gewesen, jetzt aber ähnelte es mehr der Bastelstube eines Erfinders.

»Nun ja«, sagte ich.

Allison zwang sich, ein halb verlegenes Lächeln aufzusetzen. »Das hier ist sein … Konstruktionsbüro.«

Ich sah noch einmal demonstrativ in die Runde und korrigierte meine allererste Einschätzung: das Labor eines *verrückten* Erfinders.

»Jedenfalls scheint Ihr Freund nicht hier zu sein.« Ich fühlte mich beengt und wollte möglichst schnell wieder hier heraus.

»Ja, das … scheint mir auch so.« Allison sah sich bekümmert um, als vermutete sie ihren unordentlichen Bekannten irgendwo versteckt unter all diesem Gerümpel. Dann hellte sich ihr Gesicht auf. »Aber bevor wir gehen, möchte ich Ihnen unbedingt noch etwas zeigen. Kommen Sie, Quinn. Es wird Ihnen gefallen!«

Ich bezweifelte, dass mir hier drinnen (außer dem schnellsten Weg zum Ausgang) auch nur irgendetwas gefallen würde, doch Allison war in ihrem Überschwang nicht mehr zu bremsen. Im Slalom steuerte sie einen großen, zweiflügeligen Schrank an, dessen geätzte Glastüren das letzte Mal durchsichtig gewesen sein mussten, als noch Druiden und Zauberer über dieses Land geherrscht hatten, und benötigte etliche Augenblicke, um sie beidhändig zu öffnen. Ich wäre nicht überrascht gewesen, sie unter einer Lawine weiteren Gerümpels verschwinden zu sehen, das hinter den Türen aufgestapelt war und nur auf einen Dummkopf wartete, der leichtsinnig genug wäre, sie zu öffnen, doch stattdessen gewahrte ich nur einen einzelnen Gegenstand von der Größe eines kleinen Schrankkoffers.

»Kommen Sie, Quinn!« Allison wedelte aufgeregt mit der Hand. »Das wird Sie interessieren!« Sie deutete auf einen kunstvoll aus Holz und Metall gefertigten runden Tisch von einem knappen Yard Durchmesser, auf dem ein vielleicht einen Fuß messendes Ei aus Messing oder poliertem Kupfer stand. Ich tat ihr den Gefallen, einen Moment lang Interesse zu heucheln und hinzusehen, hob aber dann nur noch einmal die Schultern und blickte sie fragend an.

»Und wozu ist das gut?«

»Gut?« Allison rollte mit den Augen. »Männer! Muss denn immer alles für irgendetwas gut sein? Können manche Dinge nicht einfach nur hübsch sein?«

»Sicher«, bestätigte ich. *So wie Sie zum Beispiel.* »Und wozu ist dieses ausgesprochen hübsche Ding nun gut?«

»Zu nichts«, antwortete sie fröhlich. »Es hat keinerlei Nutzen, aber es ist hübsch. Und es ist ein ganz erstaunliches Beispiel, wozu die moderne Technik imstande ist.«

Abgesehen davon, dass das zu groß geratene Ei aus Metall bestand, konnte ich an der Konstruktion rein gar nichts Technisches erkennen, auch nicht, als ich ihr den Gefallen tat und noch einmal genauer hinsah. »Fassen Sie es an«, forderte mich Allison auf. »Nur zu, es beißt nicht.«

Die letzte Bemerkung war nach meinem Dafürhalten wieder einmal höchst überflüssig, aber da ich ihr einfach keinen Wunsch abschlagen konnte, streckte ich vorsichtig die Linke nach dem Ei aus. Ich hatte mich getäuscht. Das Ei stand keineswegs still, sondern drehte sich im Gegenteil so schnell um seine Achse, dass es durch die reine Kraft der Bewegung aufrecht gehalten wurde, wie ein sehr großer, sehr sonderbarer Kreisel.

Allisons Augen leuchteten in einer Mischung aus Stolz und Schadenfreude, und ich griff ein zweites Mal behutsam nach dem rotierenden Ei.

Nicht behutsam genug, denn das Ei begann zu schwanken, schien sich für einen einzelnen Moment noch einmal zu fangen und torkelte und wackelte dann immer heftiger, bis es schließlich auf die Seite kippte.

»Jetzt haben Sie es kaputt gemacht«, ertönte eine Stimme hinter uns.

Erschrocken fuhr ich auf dem Absatz herum und sah in ein fast asketisch geschnittenes Gesicht mit schwarzem Haar und einem sorgsam gezwirbelten Schnauzbart. »Ich kann nur hoffen, dass Sie eine gute Versicherung abgeschlossen haben, mein Freund, oder über entsprechendes handwerkliches Geschick verfügen. Wissen Sie denn nicht, wie empfindlich solche technischen Gerätschaften sind?«

Ich starrte den Fremden mit offenem Mund an und zerbrach mir den Kopf nach einer passenden Entgegnung, doch der Mann wandte sich bereits an Allison.

»Und Sie, junge Dame, sollten besser Ihre Zunge hüten. Ich habe gehört, was Sie gesagt haben.«

»Wie?«, murmelte Carter verdattert.

»Es ist zu nichts nutze«, zitierte der Dunkelhaarige. »Sie sollten vielleicht nicht ganz so vorschnell urteilen. Dieses Gerät ist vielleicht der Schlüssel für eine bessere und strahlendere Zukunft!« Dann hob er die Schultern und meinte: »Aber vielleicht ist es auch einfach nur hübsch und zu nichts nutze.«

Hatte ich gerade richtig gehört? Mein Blick irrte zwischen Allison und dem Dunkelhaarigen hin und her, und da war etwas an ihm, dass mich irritierte. Vielleicht war es das kaum merkliche Zucken seiner Mundwinkel oder das beinahe ebenso sachte Zittern seiner Bartspitzen.

Aber vielleicht war es auch das amüsierte Funkeln in Allisons Augen, das sie nun endgültig nicht mehr unterdrücken konnte.

»Nikola!«, rief sie erfreut. »Wie schön, Sie zu sehen! Ich hatte insgeheim befürchtet, Sie wären schon wieder nach New York abgereist!«

»Aber für eine so schöne junge Frau habe ich doch immer Zeit«, sagte der Mann. Bevor Allison etwas darauf erwidern konnte, fügte er noch hinzu: »Und für eine schöne junge Architektin natürlich erst recht.«

Er schenkte ihr ein Lächeln, das jedem berufsmäßigen Casanova zur Ehre gereicht hätte, und ich beschloss, ihn endgültig nicht zu mögen. Und nicht nur deshalb.

»Und außerdem wissen Sie doch, dass ich meine Maschinen niemals aus den Augen lassen würde.« Er warf mir einen raschen Blick zu. »Man weiß nie, wer sich daran zu schaffen macht.«

»Ich habe mich nicht ...«, begann ich und sprach auch diesen Satz nicht zu Ende, denn nun war es um die Beherrschung der beiden Spaßvögel endgültig geschehen, und sie begannen gleichzeitig schallend zu lachen.

»Ich verstehe«, sagte ich finster. »Das ist ein abgekartetes Spiel.«

»Nikola ist ein guter Freund«, bestätigte Allison, immer noch glucksend. »Und ein entsetzlicher Schmeichler.« Sie deutete auf mich. »Das ist Quinn Devlin, Nikola, ein neuer Mitarbeiter. Ich zeige ihm gerade meinen ganzen Stolz.«

»Mich?«, fragte Nikola.

Allison ignorierte das. »Nikola ist ein guter, alter Freund meines Onkels. Und wahrscheinlich der klügste Mensch, dem Sie jemals begegnen werden, Quinn.«

Ihres *Onkels?* Interessant. Aber warum hatte sie bisher ein solches Geheimnis daraus gemacht?

»Abgesehen von Ihnen«, sagte Nikola.

Allison verdrehte die Augen. »Und außerdem ist er der schamloseste Schmeichler, den ich kenne, habe ich das schon gesagt?«

»Ja«, bestätigte Nikola fröhlich, um gleich darauf wieder ernst zu werden. »Was ist mit Ihrem Onkel? Hat sich schon eine Spur von ihm gefunden?«

Allison schüttelte den Kopf. »Leider nein. Ich hatte die Hoffnung, dass Sie vielleicht eine Idee hätten, wo er stecken könnte …«

»Weil man seinen wunderbaren Silver Shadow hier in der Nähe gefunden hat.« Nikola zögerte fast unmerklich, bevor er weitersprach – etwas, das Allison bestimmt übersah, mir dafür aber umso deutlicher ins Auge stach. »Ich bin mittlerweile fest davon überzeugt, dass sein Verschwinden mit der Diebstahlserie zu tun hat, die er aufklären wollte.«

»So weit war ich auch schon«, bekannte Allison, und das klang eindeutig enttäuscht.

Ich fand es höchst interessant, dass Nikola von den geheim gehaltenen Materialdiebstählen wusste, und war kurz davor, mit einer deutlichen Frage nachzuhaken, entschied mich dann aber dagegen – schon allein deshalb, weil Allison keine Anstalten gemacht hatte, Nikola darüber aufzuklären, mit welchem Auftrag ich sie begleitete. Dann war es vielleicht besser, es vorläufig dabei zu belassen und darauf zu warten, was dieser *kluge Kopf* noch alles von selbst preisgab.

»Wenn Sie gestatten, werde ich Sie gleich noch zu einem kleinen Rundgang durch mein Reich mitnehmen«, sagte Nikola. »Vielleicht fällt mir ja dabei noch das eine oder andere ein, das Ihnen weiterhelfen könnte.«

Allison seufzte und wandte sich zu mir um. »Begehen Sie ja nicht den Fehler, ihn auf irgendetwas hier drinnen anzusprechen, Quinn. Dann kommen wir nämlich vor Mitternacht bestimmt nicht mehr weg.«

»Jetzt tun Sie mir Unrecht, Allison«, beschwerte sich Nikola in übertrieben weinerlichem Ton. »Ich hatte lediglich den Eindruck, dass sich Ihr Freund für meine Erfindung interessiert.«

Das erinnerte mich an mein Missgeschick, und ich blickte nervös auf das auf der Seite liegende Messingei, das noch immer sacht zitterte, als bewegte sich in seinem Inneren eine Unruh wie bei einer modernen Taschenuhr. Vielleicht aber auch etwas anderes, Lebendiges und Furchteinflößendes, das aus diesem metallenen Ei schlüpfen wollte. »Ich habe es doch nicht etwa wirklich kaputt gemacht, oder?«

»Ich fürchte doch«, erwiderte Nikola. »Aber so schlimm ist das nun auch wieder nicht. Wir warten einfach ab, bis es sich repariert hat.«

»Bis es sich repariert hat?«, wiederholte ich. »Sie machen sich über mich lustig.«

»Mitnichten«, sagte Nikola. »Ich scherze nie, wenn es um meine Maschinen geht. Sehen Sie.«

Ich gehorchte – und riss erstaunt die Augen auf.

Das Messingei zitterte immer heftiger, begann langsam auf der Stelle zu kreiseln – und richtete sich zitternd und schwankend genau in der Mitte des Tisches auf, wobei es gleichzeitig immer schneller und schneller rotierte. Schon nach weniger als einer Minute stand es wieder genau wie am Anfang da und drehte sich so schnell, dass man die Bewegung eigentlich nur sah, wenn man davon wusste.

»Das ist … wirklich beeindruckend«, sagte ich. »Und wozu ist es gut?«

»Zu nichts«, gestand Nikola. »Ich fürchte, Allison hat recht und es ist nicht mehr als ein ziemlich teures Spielzeug … aber zugleich zeigt es auch auf eindrucksvolle Weise, wozu richtig eingesetzte Technik in der Lage ist.«

Dem konnte ich nicht widersprechen, so gerne ich es auch getan hätte. Dieses Spielzeug beeindruckte mich mehr als viele der großen Maschinen draußen in der Halle, vielleicht gerade weil es so schlicht war. »Und wie funktioniert es?«

»Zauberei«, antwortete Nikola todernst. »Uralte Indianermagie, die ich einem Sioux-Medizinmann abgeschwatzt habe.«

Allison seufzte, und Nikola machte ein leicht betroffenes Gesicht und beeilte sich, den Kopf zu schütteln. »Das war natürlich nur ein Scherz. Selbstverständlich könnte ich Ihnen erklären, wie es funktioniert. Aber dann müsste ich Sie anschließend töten, und da Sie offensichtlich ein Freund Allisons und ihres Onkels sind, würde ich das nur höchst ungern tun.«

Allison lachte, wurde aber sofort wieder ernst und schüttelte so heftig den Kopf, dass ihre dunklen Locken flogen. Ich meinte ein Geräusch wie von gesponnenem Silber zu hören.

»Ich möchte Sie um einen Gefallen bitten, Nikola.«

»Die Polizei hat immer noch nichts von Stanley gehört.« Das Lächeln auf Allisons Gesicht blieb, aber es wirkte nun unendlich traurig. »Ich beginne mir allmählich wirklich Sorgen zu machen.«

»Gab es denn irgendwelche Forderungen?«, fragte Nikola. »Vielleicht eine Entführung. Die Polizei hat auch schon entsprechende Überlegungen angestellt.«

»Allerdings ohne Ergebnis«, fügte Allison hinzu.

»Darüber hinaus müsste ein potenzieller Entführer schon ziemlich dumm sein, sich ausgerechnet Stanley Jacobs als Opfer auszusuchen«, sagte Nikola. Er tauschte einen bezeichnenden Blick mit Allison.

»Warum?«, wollte ich wissen.

»Mein Onkel genießt … einen gewissen Ruf«, antwortete Allison an Nikolas Stelle. »Tief in seinem Inneren ist er immer noch der Mann aus dem Arbeiterviertel, der es mit eigener Hände Arbeit aus einfachsten Verhältnissen bis ganz nach oben geschafft hat, wissen Sie? Er ist es gewohnt, Probleme selbst und auf seine Art und Weise zu lösen.« Sie zögerte kurz, bevor sie weitersprach. »Er ist eben jemand, der trotz all seines Geldes und seiner gesellschaftlichen Stellung immer noch selbst anpackt, wenn es sein muss.«

»Sie meinen, auch selbst zuschlägt«, vermutete ich.

Allison zog nur peinlich berührt die Brauen hoch und wich meinem Blick aus, doch Nikola lachte leise. »In der Tat ist vor etlichen Jahren schon einmal ein kleiner Ganove auf die Idee gekommen, Stanley erpressen zu wollen.« Die nadeldünnen Spitzen seines Schnurrbartes zitterten amüsiert. »Ein sehr dummer Ganove, wie sich herausgestellt hat.«

»Hat man jemals wieder von ihm gehört?«, fragte ich.

Nikola schüttelte stumm den Kopf, und Allison fügte ein eigenes und gänzlich anderes Kopfschütteln hinzu. »Das war etwas anderes. Wie Nikola es gesagt hat – ein kleiner Ganove, der noch dazu nicht besonders schlau gewesen sein kann. Aber diesmal ist es … anders. Ich fühle das.«

»Die Polizei hat hier doch sicher alles abgesucht?«, vermutete ich.

»Und nichts Außergewöhnliches gefunden«, bestätigte Nikola. Eine steile Falte erschien über seiner Nase, und ich meinte regelrecht sehen zu können, wie hinter seiner Stirn etliche der kleinen Zahnrädchen und Mechaniken zu arbeiten begannen, die er ja offensichtlich so liebte. Er schien dazu anzusetzen, eine ganz bestimmte Frage zu stellen, runzelte aber plötzlich die Stirn und sah nach rechts und links. »Seltsam. Ich dachte, ich hätte etwas gehört.«

Etwas wie das Kollern stählerner Murmeln auf einem Topfboden? Ich lauschte ebenfalls, und es gelang mir sogar mit bloßer Willensanstrengung, mein Herz daran zu hindern, schon wieder schneller zu schlagen. Aber ich brauchte jetzt wirklich dringend eine Zigarre.

Nikola benutzte beide Hände, um die Schranktüren zu schließen. »Ich finde, für einen einfachen Verwaltungsangestellten stellen Sie interessante Fragen, Mister Devlin.«

»Wer sagt, dass ich in der Verwaltung arbeite?«

»Niemand.« Nikola überzeugte sich mit einem prüfenden Rütteln davon, dass der Schrank sicher verschlossen war. »Was sind Sie wirklich, Mister Devlin? Polizist oder privater Ermittler?«

»Das kommt darauf an, womit Sie weniger Probleme haben.«

»Ich habe Mister Devlin gebeten, mir bei der Suche nach Stanley zu helfen«, sagte Allison rasch und auch ein wenig verlegen, wie es mir vorkam. »Es kann niemals schaden, noch eine zusätzliche Meinung zu hören.«

»Ja, das ist wohl wahr«, seufzte Nikola. »Ich habe Ihren Kollegen in Uniform und auch Allison bereits alles gesagt, was ich weiß, und ich fürchte, dass das nicht allzu viel ist. Ich kümmere mich hier um die Technik, das ist alles.«

»Zum Beispiel?«, fragte ich. *Abgesehen von rotierenden Messingeiern, die zu nichts nutze waren?*

»Das meiste davon würden Sie nicht verstehen«, sagte Nikola. »Das soll keine Beleidigung sein, aber es ist wirklich sehr kompliziert. Manches verstehe ich selbst noch nicht ganz, und das eine oder andere ist auch tatsächlich geheim.«

»So geheim wie Stanley Jacobs' Aufenthaltsort?«, fragte ich.

Nikola fuhr so heftig zusammen, als hätte er sich auf einen entzündeten Zahn gebissen, fing sich aber sofort wieder. »Sie wissen, woran wir hier wirklich arbeiten? Ich meine, dass das hier nur einer von vielen Zulieferbetrieben für ein viel größeres Projekt ist.«

»Die *Titanic*, ja.«

Nikola tauschte einen weiteren, diesmal überraschten Blick mit Allison. »Das größte und modernste Schiff, das jemals gebaut wurde. Und das luxuriöseste. Der Reeder wünscht sich nur das Allerbeste. Auch, was die elektrischen Anlagen an Bord angeht. Zum Beispiel eine Lichtanlage, die sich je nach Tageszeit anpassen lässt. Oder der Hubkolbenmotor modernster Bauart mit elektrischer Steuerung, die …«

»Und dafür sind Sie zuständig?« Ein verrückter Bastler, der Messingeier schweben ließ und in einer Mülltonne lebte? Ich hatte mich gut genug in der Gewalt, um mich nicht demonstrativ in Nikolas *Konstruktionsbüro* umzusehen, aber meine Reaktion war ihm offenbar trotzdem nicht entgangen. Seine Mundwinkel zuckten amüsiert.

»Der Architekt der Cheops-Pyramide hat die Steine auch nicht selbst aus dem Berg geschlagen«, antwortete er, »und vermutlich in einer Hütte gewohnt, die viel kleiner war als das hier. Aber ich kann Sie beruhigen. Mein Labor ist deutlich größer und befindet sich auf der Werft. Und ich habe auch keineswegs vor, alle Kabel an Bord des Schiffes selbst zu verlegen und jede Lampe persönlich zu installieren.«

»Nicht, dass er das nicht am liebsten täte«, warf Allison ein.

Nikola ignorierte sie. »Sir Harland legt allergrößten Wert auf Diskretion. Sie können sich vorstellen, wie neugierig alle Welt auf jedes noch so kleine Detail der *Titanic* ist?«

»Und wie groß die Geheimhaltung ist, um die Erwartungen noch ein bisschen mehr zu schüren und die Konkurrenten von Cunard zu verwirren.« Ich nickte. Ich war jetzt sicher, etwas zu hören, nicht unbedingt das Kollern von gerade, aber doch ein ganz ähnliches, nur noch einmal leiseres Geräusch, das mich jetzt eher an das Trippeln unzähliger winziger Füßchen aus hartem Metall erinnerte. »Ich verstehe das, Nikola. Aber diese ... *Geheimnistuerei* hilft weder Mister Jacobs noch uns weiter. Und das meine ich auch nicht böse.«

Nikolas Gesicht verfinsterte sich. »Welcher Profession gehen Sie nach, sagten Sie?«

»Ich sagte gar nichts«, antwortete ich.

»Ich denke auch nicht, dass das nötig ist.« Nikola musterte mich aus zusammengekniffenen Augen. »Sie sind offensichtlich ein Schnüffler, und ich hoffe doch, keiner von der ganz üblen Sorte.« Er wandte sich an Allison. »Sie wissen, in wessen Begleitung Sie da unterwegs sind?«

»Ja, das weiß ich«, sagte Allison tadelnd, aber auch ein ganz kleines bisschen spöttisch. »Mister Devlin soll mich bei der Suche nach meinem Onkel unterstützen, und er genießt einen ausgezeichneten Ruf. Und wenn ihr beide eure Pfauenräder wieder zusammenfaltet, dann können wir endlich mit der Suche beginnen. Ich dachte, es wäre vielleicht ein möglicher Anfang, wenn Sie Mister Devlin erklären, was genau hier alles an Material verschwunden ist.«

»Dann sollten wir am besten im Lager anfangen«, schlug Nikola vor.

Allison nickte und nahm eine Lampe mit, bevor wir in die große Halle zurückgingen, aber es war wie auf dem Weg hierher: Der verwaschene Tümpel aus blassem Licht, der uns im Takt unserer Schritte begleitete, schien es eher noch schlimmer zu machen. Ich hatte niemals Angst vor der Dunkelheit gehabt und mich ganz im Gegenteil insgeheim über erwachsene Menschen lustig gemacht, denen es so erging. Aber das änderte sich anscheinend gerade.

Ich war mehr als erleichtert, als wir eine große Schiebetür am anderen Ende der Halle erreichten, die aufzuschieben Nikola sichtliche Anstrengung kostete. Das Tor rollte ruckelnd und auf hoffnungslos verrosteten eisernen Rädern zur Seite, begleitet von einem erbärmlichen Quietschen, das mir geradezu in den Zähnen schmerzte.

»Sagten Sie nicht, niemand hätte einen Schlüssel?«, fragte ich.

»Hier drinnen ist nicht mehr viel, was sich einzuschließen lohnt«, antwortete Nikola ein wenig kurzatmig. »Sehen Sie selbst.«

Allison hob ihre Lampe und schwenkte sie hin und her. Der blasse Schein huschte über Kisten und hölzerne Paletten, wuchtige Regale aus Holz und Metall und große Gitterkörbe, die vor allem möglichen ... Krempel schier aus den Nähten zu platzen schienen. Wohin ich auch blickte, stapelten sich Kabeltrommeln, Säcke, ganze Türme von Kartonagen und tausend andere Dinge, vornehmlich aus Metall. Der Anblick erinnerte mich ein wenig an Nikolas *Konstruktionsbüro*, nur gleich um mehrere Größenordnungen schlimmer.

»Hier lagert ein kleines Vermögen, auch wenn man es auf den ersten Blick vielleicht nicht sieht.«

»Das stimmt«, sagte ich. »Man sieht es nicht.«

»Wenn man es genau nimmt, dann ist es schon eher ein großes Vermögen, sogar jetzt noch. Es sind ausnahmslos wertvolle Materialien. Kupfer, Silberdraht, Aluminium. Gold.«

»Gold?«

»Nicht in reiner Form, selbstverständlich.« Ich meinte Nikolas gönnerhaftes Lächeln beinahe zu hören. »Edelmetalle spielen eine wichtige Rolle bei der Elektrotechnik. Sie finden hier Kabeltrommeln, die im Grunde ins Schaufenster eines Juweliers gehören.«

»Aber nicht in einer Form, mit der ein kleiner Dieb etwas anfangen könnte«, vermutete ich.

»Welcher kleine Dieb kann schon etwas mit vergoldeter Litze anfangen«, fragte Nikola, »oder mit Aluminiumlegierungen nach dem neuen Bayer-Verfahren?« Er schüttelte bekräftigend den Kopf, und Allison tat dasselbe, um seine Worte noch zusätzlich zu bestätigen. Die Bewegung übertrug sich auf die Lampe in ihrer Hand, sodass das Licht eine wahre Explosion lautloser vermeintlicher Bewegung in den Regalen und Fächern vor uns auslöste. Huschte da etwas hastig davon, auf winzigen, blitzenden Beinchen?

»Es gibt also nur einen einzigen Schlüssel?«, vergewisserte ich mich noch einmal, bekam keine Antwort und fügte hinzu: »Aber wie haben sie das ganze Material dann hier herausgeschafft?«

»Genau das ist die Frage, die auch die Polizei brennend interessiert«, bestätigte Nikola. »Und den Inhaber dieser Manufaktur. Jacobs hat diese Räumlichkeiten zwar angemietet und für seine eigenen Zwecke genutzt, aber es tut dem Ruf einer Firma nicht unbedingt gut, wenn sich herumspricht, dass die Arbeiter lange Finger machen.«

»Seien Sie nicht albern, Nikola«, tadelte ihn Allison. »Hier ist fast eine Tonne Material verschwunden. Das waren keine Arbeiter, die sich ein kleines Zubrot verdienen wollten.« Sie verzog die Lippen zu einem übertriebenen Schmollmund. »Aber das ist wieder einmal typisch! Es *müssen* ja die Arbeiter gewesen sein, nicht wahr? Wahrscheinlich gleich eine ganze Verschwörung! Fällt euch sonst wirklich gar nichts ein?«

Ich wollte antworten, fing aber im letzten Moment einen warnenden Blick Nikolas auf, sodass ich es bei einem Schulterzucken beließ. Offensichtlich gab es Dinge, über die man mit Allison Carter besser nicht sprach.

»Aber es kann sich ja nicht in Luft aufgelöst haben«, sagte ich nach einer Weile.

Dagegen konnte Allison schwerlich etwas vorbringen, was sie aber nicht daran hinderte, mich weiter so zornig anzufunkeln, als wäre das alles hier einzig und allein meine Schuld.

»Und was ist das hier?« Ich beantwortete meine eigene Frage gleich selbst, indem ich mich in die Hocke sinken ließ und den süßlich herben Gestank registrierte, der aus einem rostigen Gitter im Boden drang.

»Der Abwasserkanal«, antwortete Allison. »Stanley hat diese Schwachstelle gleich am ersten Tag bemerkt und das Gitter verschweißen lassen. Sehen Sie selbst!«

Sie senkte die Lampe, und ich tat ihr den Gefallen, obwohl es gar nicht mehr nötig gewesen wäre. »Außerdem wäre wohl niemand so verrückt, gute tausend Pfund gestohlenes Material durch die Kanalisation fortschaffen zu wollen«, sagte sie spitz. »Nicht einmal ein *Arbeiter.*«

Ich stand auf und versuchte dem schwarzen Wüten in ihren Augen Paroli zu bieten, aber es blieb bei dem Versuch.

»Es ist ja auch gar nicht gesagt, dass die Diebstähle tatsächlich etwas mit seinem Verschwinden zu tun haben«, mischte sich Nikola ein, möglicherweise in dem Versuch, mir den Rücken zu stärken. »Es kann ebenso gut ein reiner Zufall sein.«

»Das ist Unsinn, Nikola«, versetzte Allison scharf, »und das wissen Sie auch! So viele Zufälle gibt es gar nicht!«

»Sie kennen Mister Jacobs' Handschrift?«, wandte ich mich an Nikola, hauptsächlich um ihn aus Allisons Fokus zu bekommen.

Allison und er nickten unabhängig voneinander und sahen mich erwartungsvoll an, als ich in die Innentasche meiner Jacke griff und den Brief herauszog, den Chip mir gegeben hatte. »Dann sagen Sie mir bitte, ob dieser Brief wirklich von ihm stammt.«

Beide beugten sich rechts und links über meine Schulter und musterten das fleckige und an zahlreichen Stellen eingerissene Blatt. Allison mit einem verwirrten Ausdruck, Nikola mit dem höchster Konzentration.

»Das könnte tatsächlich seine Handschrift sein«, murmelte Allison, »auch wenn ich mich nicht erinnern kann, dass er diesen Brief geschrieben hat ... oder warum.«

Ich dachte mir meinen Teil bei dieser sonderbaren Antwort, wandte mich jedoch nur wortlos an Nikola. Er machte eine Bewegung irgendwo zwischen einem Kopfschütteln und einem Achselzucken. »Es ... sieht so aus«, sagte er zögerlich. »Andererseits ... beinahe ein bisschen zu sehr.« Er nahm mir den Zettel mit spitzen Fingern aus der Hand, hielt ihn näher ins Licht der Lampe und warf mir einen schrägen Blick zu. »Was ist damit passiert?«

»Er ist ins Wasser gefallen«, antwortete ich ausweichend. Mit wenigen dürren Worten erzählte ich, wann und von wem ich die Nachricht bekommen hatte, wobei ich allerdings eine Menge ausließ. Um nicht zu sagen: das meiste.

»Das ist wirklich eine seltsame Geschichte«, fand Nikola. »Und noch dazu diese ominöse und nicht ganz unbeträchtliche Summe ... und Sie haben wirklich nicht über Geld mit ihm gesprochen?«

»Nicht so konkret.«

»Und selbst wenn, ergäbe es keinen Sinn«, fügte Nikola wie im Selbstgespräch hinzu. Er kniff die Augen zusammen und hielt das Blatt noch näher ins Licht, um die Schrift zu begutachten. »Sonderbar.«

»Was?«, fragte ich.

»Diese Schrift erscheint mir fast ein bisschen zu präzise«, antwortete Nikola. »Beinahe wie gedruckt oder von einer Schreibmaschine geschrieben – gäbe es Maschinen, die in Schreibschrift schreiben könnten. Sehen Sie? Die Buchstaben sind absolut identisch, und auch die Abstände zwischen den Worten und Zeichen. Und diese Tinte …«

… löste sich auf.

Es war so verblüffend, dass ich zunächst nicht einmal erschrak. Nikola fuhr mit dem Daumen über das letzte Wort der kryptischen Nachricht, und erst glaubte ich, er hätte die Schrift auf dem nassen Papier nun endgültig verwischt, doch in Wahrheit geschah etwas ganz anderes.

Die einzelnen Buchstaben und Worte *zerbröckelten,* ein anderes Wort fiel mir trotz aller Anstrengung nicht ein. Die Buchstaben zerfielen in einzelne Bruchstücke, diese wiederum in kleinere Splitter und die in noch kleinere, und immer so weiter und weiter, bis die Schrift nur noch aus unzähligen nadelspitzengroßen Punkten zu bestehen schien, die am Ende der Schwerkraft folgten und zu Boden rieselten.

Nikola überwand seine Überraschung eher als ich und griff gedankenschnell zu, doch die Schrift rieselte einfach zwischen seinen Fingern hindurch und verwehte wie silberner und schwarzer Staub. Nach kaum einem Atemzug war das Blatt leer.

Allison riss ungläubig die Augen auf. »Was …?«

Nikola sah abwechselnd das leere Blatt und seine ebenso leere Handfläche an. Man hätte erwarten sollen, dass wenigstens ein Rest der vermeintlichen Tinte darauf zu sehen wäre, doch es gab nicht einmal einen einzigen schwarzen Punkt. Er sah allerdings eher fasziniert als erschrocken aus.

»Würden Sie mir dieses Blatt überlassen?«, fragte Nikola schließlich, faltete es, ohne meine Antwort abgewartet zu haben, so behutsam zusammen, als handelte es sich um den kostbarsten Schatz, und verstaute es anschließend mit entsprechend vorsichtigen Bewegungen in der Jackentasche.

Allison klappte den Mund auf, um eine entsprechende Frage zu stellen, schüttelte dann jedoch nur den Kopf und machte eine Geste zum Ausgang. »Wir sollten jetzt auch weiter. Ich fühle mich hier nicht besonders wohl.«

»Das verstehe ich.« Nikola legte noch einmal die Hand auf die Jackentasche, in der er den Zettel verstaut hatte, stellte wohl fest, dass er noch da war, und nickte dann in dieselbe Richtung. »Ich werde auf jeden Fall die gestohlenen Materialien und Gegenstände auflisten«, versprach Nikola. »Und mir noch ein paar zusätzliche Gedanken machen.«

Bevor er auf die Idee kam, gleich hier damit anzufangen, verabschiedete ich mich mit einem Nicken – und einer gleichzeitigen auffordernden Geste in Allisons Richtung – von ihm und ging nicht nur sofort los, sondern wartete auch, bis ich mich außer Hörweite wähnte, ehe ich mich wieder an Allison wandte. »Ihr Freund ist … ein wenig seltsam«, begann ich vorsichtig.

»Ich habe Sie gewarnt.«

»Ich hoffe doch, ich habe ihn nicht irgendwie beleidigt.«

»Nikola? Nein, bestimmt nicht. Er ist weiß Gott Schlimmeres gewohnt und ganz bestimmt auch nicht nachtragend. Das kann man nicht sein, wenn man so ist wie er.«

»Ein kleines bisschen verrückt?«

»Manche glauben das sicher«, bestätigte Allison. »Aber Tatsache ist, dass es die meisten von all den wunderbaren Gerätschaften hier ohne ihn gar nicht geben würde. Manchmal glaube ich, dass er einfach nur hundert Jahre zu früh geboren worden ist.« Sie lachte. »Aber jetzt sollten wir wirklich weitergehen, bevor er am Ende noch zurückkommt, um zu behaupten, dass Menschen eines Tages zum Mond fliegen werden!«

»Das habe ich gehört!«, rief Nikola, ohne zu uns zurückzusehen oder auch nur im Schritt zu stocken.

»Das sollten Sie auch«, gab Allison zurück, und Nikola, obwohl bereits außer Sicht, fügte noch hinzu: »Und sie *werden* es, verlassen Sie sich darauf! Noch in diesem Jahrhundert!«

»Kommen Sie, Quinn«, sagte Allison kopfschüttelnd. »Gehen wir.«

Ich folgte ihr nur zu gerne, aber auf halbem Wege zum Ausgang fiel mir noch etwas ein. »Hoffen wir, dass der Nachtwächter nicht gerade seine Runde macht oder eingeschlafen ist.«

»Das macht nichts«, antwortete Allison fröhlich. »Ich habe einen Schlüssel.«

»Von Ihrem Onkel.«

»Von meinem Onkel«, bestätigte sie.

»Warum haben Sie mir das verschwiegen?«

»Dass mir mein Onkel einen Schlüssel für dieses Gebäude gegeben hat?« Allisons Augen funkelten amüsiert. »Warum sollte ich Ihnen das sagen?«

»Dass er Ihr Onkel ist? Das meinen Sie jetzt nicht ernst!«

»Vielleicht wollte ich, dass Sie ganz unvoreingenommen bleiben … oder vielleicht auch sehen, wie Sie reagieren, wenn Sie mich für … etwas anderes halten.«

»Und wieso nennen Sie ihn *Stanley?*«

»Weil er so heißt?«, schlug Allison vor. »Mister Jacobs erschien mir … irgendwie unpassend, genauso wie *Onkel Stanley*.«

»Weil Sie nicht wollten, dass alle im Büro glauben, er würde Sie irgendwie vorziehen, nur weil Sie mit ihm verwandt sind.«

»Wer weiß?«, lächelte Allison. »Nun lassen Sie mir doch noch ein paar kleine Geheimnisse, Quinn. Heißt es nicht, dass Männer genau das an Frauen schätzen? Dass sie zuweilen geheimnisvoll sind?«

Ich hütete mich, auch nur irgendetwas darauf zu antworten, aber mir kamen auch zum ersten Mal Zweifel, ob es wirklich klug gewesen war, ihren Auftrag anzunehmen, noch dazu *pro bono.* Vielleicht wäre ich besser beraten gewesen, auf den Jungen zu hören und Jacobs' Geld zu verprassen und den Rest zu vergessen.

Dieser Gedanke führte zurück zu Chip, einer Halle in einem aufgegebenen Industriegebiet und einem eisernen Spinnennetz, aber er weckte auch meinen Trotz. Als ich Allison diesmal folgte, tat ich es nicht mit gesenktem Blick, sondern schaute mich ganz im Gegenteil aufmerksam um. Ich sah natürlich niemanden, und trotzdem wusste ich mit unerschütterlicher Gewissheit, dass wir beobachtet wurden.

Und nicht von freundlichen Augen.

5

Mitternacht war längst vorbei, als ich in das schäbige Büro zurückkehrte, das in einer nicht minder schäbigen Gegend der Stadt lag und mir zugleich auch als Wohnung diente, wenn ich gerade keine Klienten empfing – was leider immer öfter der Fall war, denn die Zeiten waren schlecht, also liefen auch meine Geschäfte nicht besonders gut.

Nicht, dass sie das jemals wirklich getan hätten. Ich hatte mir niemals eingeredet, mit meiner Arbeit als privater Ermittler reich werden zu können. Doch seit ich offiziell aus dem Polizeidienst ausgeschieden war, hatte ich angenommen, dass ich auf Basis meiner hart erworbenen beruflichen Erfahrung immerhin halbwegs anständig über die Runden kommen könnte. Ich hatte gehofft, dass es mit der Zeit besser würde und ich mir einen gewissen Ruf und damit auch einen gewissen Kundenstamm (und ein geregeltes Einkommen) aufbauen konnte. Aber das genaue Gegenteil war der Fall gewesen. Private Ermittler besaßen prinzipiell keinen guten Ruf, wofür schon meine ehemaligen Kollegen – genau wie ich früher selbst – sorgten, und zufriedene Kunden waren eher die Ausnahme. Das lag schon in der Natur der Sache. Auch wenn ich erfolgreich war, überbrachte ich doch oft genug schlechte Nachrichten.

Dazu kam, dass sich der Niedergang Irlands und damit auch dieser Stadt nicht mehr aufhalten ließ. Die allgemeine Aufregung um den Bau des größten Passagierschiffes der Welt und der dazugehörige Presserummel täuschten die Öffentlichkeit vielleicht noch in einem gewissen Maße darüber hinweg, doch Tatsache war, dass Belfasts Blütezeit schon lange zurücklag und es mit der Stadt beständig bergab ging, fast unmerklich, aber auch unaufhaltsam. Immer mehr Firmen entließen Leute oder stellten ihre Produktion ganz ein, in den Arbeitervierteln griff die Armut samt all ihren üblichen Geschwistern um sich – Krankheit, Prostitution, Alkoholismus und Gewalt –, und die heftig in sich zerstrittenen Freiheitskämpfer machten es auch nicht unbedingt besser. Die Leute hatten kaum Geld zum Leben, geschweige denn, um einen Privatdetektiv zu engagieren.

Was in letzter Konsequenz wiederum dazu führte, dass auch mir Geld fehlte. Noch war meine Lage nicht existenzbedrohend, aber ich war gut genug im Kopfrechnen, um zu ahnen, wann es so weit war; und ohne die unerwartete und mehr als großzügige Zahlung von Stanley Jacobs wäre dieser Augenblick sogar unangenehm nahe gewesen.

Wie als trotzige Reaktion auf diesen Gedanken genehmigte ich mir nicht nur meinen dritten Whisky, sondern goss auch drei Finger hoch ein statt der üblichen anderthalb. Meine Vernunft wollte mir klarmachen, dass ich das besser nicht tun sollte. Ich spürte den Alkohol schon jetzt, und morgen würde ich einen klaren Kopf brauchen, schon um mich vor Allison Carter nicht endgültig zu blamieren. Aber die angenehme Schwere samt Schwindelgefühl mochten mir wenigstens dabei helfen einzuschlafen, auch wenn meine verbundene Hand pochte und sicherlich ihr Möglichstes tun würde, um genau das zu verhindern. In den vorangegangenen Nächten hatte sie damit Erfolg gehabt, und die kruden Erinnerungen, die ich an den Tag davor hatte (oder zu haben glaubte), waren auch nicht unbedingt beruhigend gewesen.

Eine Spinne aus Eisen? Schatten, die mich verfolgten und finstere Pläne gegen mich schmiedeten, und unsichtbare Männer, die in Stücke fielen und sich andernorts wieder zusammensetzten? Das war grotesk!

Ich stürzte den Rest des Whiskys mit einem einzigen trotzigen Zug hinunter, genoss das wohltuende Brennen in meiner Kehle ebenso wie das Gefühl der Wärme, das sich in meinem Magen ausbreitete, und überlegte gerade, mir noch einen äußerst unvernünftigen vierten Whisky zu gönnen, als es an der Tür klopfte, und gleich darauf noch einmal.

Ich starrte einen Moment lang auf das leere Glas in meiner Hand, einen zweiten und längeren auf die geschlossene Tür und dann auf die fast leere Flasche, die auf dem Tisch neben ihr stand, und noch bevor ich mich wirklich entscheiden konnte, welchem dieser drei Dinge ich meine Aufmerksamkeit zuwenden sollte, wurde noch einmal gegen die Tür gehämmert, und ich hörte etwas, das nach meinem Namen klang; und noch etwas, das ich nicht genau verstand. Nachdem ich das leere Glas noch einmal angesetzt hatte (damit auch kein kostbarer letzter Tropfen verschwendet würde), stellte ich es behutsam ab und schlurfte zur Tür. Obwohl beunruhigt ob der späten und offensichtlich dringenden Störung schloss ich sorgfältig den Vorhang hinter mir, der den hinteren Bereich mit seinem Bett und den wenigen Möbelstücken von meinem Büro trennte. Es wurde vollends dunkel, aber das war kein Problem. Wo der Schreibtisch, die beiden Stühle und mein betagtes Aktenregal standen, wusste ich, und in dem winzigen Raum konnte man sich nun wirklich nicht verlaufen.

Als ich die Hand auf die Klinke legte, wurde zum vierten Mal gegen die Tür gehämmert, und diesmal so heftig, dass ich fast um deren Stabilität zu fürchten begann. »Machen Sie auf, Devlin!«, erklang eine Stimme. »Wir wissen, dass Sie da sind!«

Sie kam mir vage bekannt vor, aber ich wusste nicht, woher, nur dass ich keine angenehmen Erinnerungen damit verband. Ich drehte den Schlüssel um und zog die Tür auf.

Und erstarrte mitten in der Bewegung.

Vor mir standen drei Männer, von denen einer eine flackernde Sturmlaterne am ausgestreckten Arm hielt, die den schäbigen Hausflur in rotes Licht tauchte und unheimliche Schatten in Ecken und Winkeln zum Leben erweckte. Alle drei waren sehr groß und von ausgesucht kräftiger Statur. Zwei von ihnen trugen die Uniformen der Belfaster Polizei und hatten dazu passende grimmige Mienen aufgesetzt, doch diese beiden beachtete ich gar nicht. Ich starrte den dritten Mann an, der einen halben Schritt vor mir stand und gerade die Faust gehoben hatte, wie um sie ein weiteres Mal gegen die Tür zu schlagen oder auch gleich in mein Gesicht, jetzt, wo wir uns schon mal gegenüberstanden. Ich wusste nun mit endgültiger Gewissheit, woher ich die Stimme kannte und wieso sie mir auf so ungute Art vertraut vorgekommen war. Das Gefühl angenehm leichter Betrunkenheit verflog so schlagartig, als wäre es niemals da gewesen.

Der Mann war noch einmal eine halbe Handspanne größer als ich und nach der zurzeit aktuellen Mode gekleidet: runder Hut und Gehrock, den er über einem Anzug mit Weste und Fliege trug, dazu auf Hochglanz polierte schwarze Schuhe und einen albernen Gehstock mit einem ganz und gar nicht albernen Knauf aus massivem Silber, von dem ich wusste, dass er nicht nur so *aussah*, als könnte man damit Gesichter zu Brei schlagen.

Irgendwie sah alles an dem Mann so aus. Seine Hände hätten eher zu einem Schmied gepasst, und sein Gesicht, das als einziges nicht der derzeitigen Mode entsprach und trotz der vorgerückten Stunde perfekt glatt rasiert war, wirkte kantig und wie nur grob aus einem Stück Eichenholz herausgehauen. Dunkle und sehr wache Augen blickten unter buschigen Brauen hervor auf mich herab. Ich kannte dieses Gesicht. Oh, und wie ich es kannte.

»Adler«, murmelte ich fassungslos. Ich war selbst zu überrascht, um zornig zu werden.

»Captain Adler, um genau zu sein«, verbesserte mich mein Gegenüber, »und ich freue mich, dass Sie mich nach all der Zeit noch erkennen. Wir dürfen doch eintreten?«

Ohne eine Antwort abzuwarten, legte er mir den Knauf seines Gehstocks auf die Brust und schob mich einfach aus dem Weg, um an mir vorbei durch die Tür zu treten. Allerdings überlegte er es sich anders und bedeutete seinem Begleiter mit der Lampe, vorauszugehen. Der Mann gehorchte und hob die Sturmlaterne ein wenig höher, um die mit dem Vorhang abgetrennte Hälfte des Zimmers zu beleuchten. Seltsamerweise kam sie mir im flackernden gelben Schein noch kleiner vor, als sie ohnehin schon war.

»Beeindruckend«, sagte Adler, während er sich demonstrativ umsah. Nachdem auch der dritte Polizist hereingekommen war, schien der Raum noch einmal um ein gutes Stück zu schrumpfen. »Wir hatten Mühe, Sie zu finden, Devlin, und jetzt verstehe ich auch, warum. Ich würde meine Adresse auch geheim halten, wenn ich in einem solchen Loch hausen müsste.«

»Was wollen Sie, Adler?«, fragte ich. »Wissen Sie eigentlich, wie spät es ist?«

»Nein«, antwortete Adler. »Das ist der Vorteil, wenn man unangemeldet spätabends irgendwo auftaucht, wissen Sie? Die Leute rücken sofort mit der Uhrzeit raus. Meistens sogar mehrfach.«

»Ihr Humor ist immer noch so miserabel wie früher«, sagte ich lahm.

»Sie scheinen eine Menge vergessen zu haben, Devlin«, erwiderte Adler. »Ich habe keinen Humor.«

Daran wiederum erinnerte ich mich nur zu gut. Der Schock, meinem schlimmsten Albtraum so jäh wieder gegenüberzustehen, verebbte allmählich, und nun regte sich doch der Zorn, auf den ich gerade vergeblich gewartet hatte. »Was zum Teufel wollen Sie, Adler … und wieso überhaupt Captain? So einen Rang gibt es doch bei der irischen Polizei gar nicht!«

Adler sah sich noch einmal demonstrativ in dem winzigen Zimmer um und war sich auch nicht zu schade, die Nase zu rümpfen und ein leicht angeekeltes Gesicht zu machen. »Ich habe Karriere gemacht. Wenn Sie wollen, können Sie mich auch Superintendent nennen. Obwohl das nicht ganz zutrifft.« Er nickte gewichtig. »Als Captain habe ich noch mehr Befugnisse als ein Superintendent, nur dass ich dafür nicht am Schreibtisch versauern muss, sondern mir frische Luft um die Nase wehen lassen kann.«

»Und was soll das Ganze?«, fragte ich widerwillig.

»Die Verantwortlichen fanden es richtig, in unseren wirren Zeiten eine schnelle Einsatztruppe zu schaffen«, sagte Adler gewichtig. »Schließlich darf der Bau der *Titanic* nicht durch Wirrköpfe oder kriminelle Elemente gefährdet werden.« Er beugte sich ein Stück zu mir vor und unterstrich seine nächsten Worte, indem er mit dem Knauf seines Stocks in seine offene Hand schlug. »Und nun raten Sie mal, wer der Leiter dieser neuen Einsatztruppe ist?«

Ich zuckte mit den Achseln. »Etwa Sie, *Captain?*« Er grinste breit. »Und wen haben Sie erpresst, um diesen komischen Rang zu erhalten?«

»Vielleicht den Richtigen«, erwiderte Adler fröhlich. »Aber vielleicht bin ich auch nur gut in dem, was ich tue. Jeder entwickelt sich nach seinen Möglichkeiten, nicht wahr?«

Da war etwas dran. Adler würde nicht der Letzte sein, der im Polizeidienst Karriere machte, weil er brutal und skrupellos war.

»Sie waren doch auch einmal gut in dem, was sie taten«, meinte Adler, während er sich noch einmal umsah und abfällig den Kopf schüttelte.

»Worin?«, fragte ich. »Leute zusammenzuschlagen und kleine Ladenbesitzer zu erpressen?«

Adler hob seinen Stock, und ich rechnete fest damit, den Knauf nun tatsächlich ins Gesicht zu bekommen, doch stattdessen führte er die Bewegung zu Ende, indem er den jüngeren der beiden Constabler mit einem Wink aufforderte, die Tür hinter sich zu schließen. Das Zimmer schien noch einmal zu schrumpfen, und für meinen Geschmack hielten sich eindeutig zu viele Personen darin auf. Und auch die falschen. Ich hatte noch immer nicht die leiseste Vorstellung, was dieser nächtliche Überfall sollte, dafür aber das sehr sichere Gefühl, dass er kein gutes Ende nehmen würde.

»Wie gesagt: Es war nicht einfach, Sie zu finden, Devlin«, sagte Adler, ohne auf die Herausforderung zu reagieren. »Umso mehr freut es mich, dass es am Ende doch noch gelungen ist. Ich muss gestehen, dass ich Sie in den letzten Jahren ... wie soll ich sagen? ... ein wenig aus den Augen verloren habe. Aber wie ich sehe, war meine Sorge um Sie unbegründet. Sie scheinen sich für einen Exknacki ja ein gut florierendes kleines Unternehmen aufgebaut zu haben.«

Ich biss mir so fest auf die Unterlippe, dass ich salziges Blut schmeckte, um die Antwort zurückzuhalten, die mir auf der Zunge lag. Adler hatte mich bisher noch nicht geschlagen, aber das hieß nicht, dass er es nicht noch tun würde, wenn ich ihm einen Vorwand lieferte. Wenn ich ihm keinen lieferte, vermutlich auch.

»Was wollen Sie?«, fragte ich noch einmal und verfluchte mich selbst für das Zittern in meiner Stimme.

Adler sah mich nur ausdruckslos an, drehte sich schon wieder demonstrativ stirnrunzelnd um und trat an den Vorhang. Ich rechnete fest damit, dass er ihn einfach herunterriss, doch er griff ganz im Gegenteil schon fast behutsam danach und zog ihn auf. Beinahe eine halbe Minute lang stand er einfach nur da und sah auf das wenige hinab, das es zu sehen gab, dann seufzte er, ging zum Tisch und nahm die halb leere Whiskyflasche in die Hand, um im blassen Licht das Etikett zu entziffern.

»Das ist erbärmlich«, sagte er.

»So schlecht ist er gar nicht«, antwortete ich. »Es ist ganz im Gegenteil ein ausgezeichneter Tropfen.«

Adler zog eine Grimasse, stellte die Flasche zurück und trat an den Aktenschrank, um die obere Schublade aufzuziehen und hineinzublicken.

»Was soll das?«, fragte ich. »Dazu haben Sie kein Recht!«

»Ich weiß«, antwortete Adler, ließ sich aber auch nicht davon abhalten, ungeniert weiter in meinen vertraulichen Unterlagen zu blättern. Den wenigen, die es gab. Ich machte ganz instinktiv einen Schritt, um empört dazwischenzugehen und verwarf die Idee dann als äußerst unpassend, als mir der ältere der beiden Constabler den Weg vertrat und erwartungsvoll die Schultern straffte.

Ich kannte den Mann nicht, ebenso wenig wie seinen jungen Kollegen. Das sprach dafür, dass Adlers *Schnelle Einsatztruppe* still und heimlich mit Männern aufgefüllt worden war, die zuvor noch nie in Belfast aktiv geworden waren. Das konnte ja heiter werden.

Adler riss eine Seite aus einem Aktendeckel, stopfte sie sich in die Jackentasche; und das wahrscheinlich nur, um mir zu zeigen, dass er sich alles erlauben konnte. »Früher haben Sie es doch auch nicht so genau damit genommen, wenn ich mich richtig erinnere«, sagte er, nachdem er sich wieder zu mir umgedreht hatte.

Das war, als ich noch auf der anderen Seite gestanden hatte, und Adler beschämte mich mit dieser Wahrheit nicht nur, sondern bestärkte mich auch ein weiteres Mal in meiner Überzeugung, damals die richtige Entscheidung getroffen zu haben. Nicht, dass ich wirklich die Wahl gehabt hätte.

»Laufen Ihre Geschäfte gut, Devlin?«, erkundigte sich Adler.

»Ich wüsste nicht, was Sie das …«, begann ich, und der junge Constabler, der mittlerweile hinter mir stand, boxte mir ansatzlos und so hart in die rechte Niere, dass eine Lohe aus grellem Schmerz vor meinen Augen explodierte und mir die Knie weich wurden. Ich wäre gestürzt, hätte derselbe Mann mich nicht aufgefangen und unsanft auf den wackeligen Stuhl hinter dem Schreibtisch gestoßen.

»Ich will ganz ehrlich zu Ihnen sein, Devlin, um unserer alten Freundschaft willen«, fuhr Adler so ungerührt fort, als wäre überhaupt nichts gewesen. »Ich habe gerade nicht ganz die Wahrheit gesagt. Tatsächlich habe ich Sie nie völlig aus den Augen verloren. Man macht sich Sorgen um seine ehemaligen Kollegen, Sie verstehen? Deshalb weiß ich auch, dass Ihre Geschäfte nicht besonders gut liefen. Jedenfalls bis vor ein paar Tagen.«

Ich hatte Mühe, den Worten zu folgen. Der Schmerz in meinen Nieren verebbte weit schneller, als ich es zu hoffen gewagt hätte, aber nun wurde mir übel. Sehr übel.

Adler schloss die Schublade mit einem Knall und drehte sich zu mir um. »Scheint, als wären Sie auf eine Goldader gestoßen, Devlin.«

»Ich verstehe überhaupt nicht, wovon Sie reden«, brachte ich mühsam hervor. Ich musste immer schneller schlucken, um mich nicht auf Adlers Füße zu übergeben. Nicht, dass ich im Prinzip etwas dagegen gehabt hätte, aber es war *mein* Fußboden.

»Was haben Sie mit Stanley Jacobs' Verschwinden zu tun, Devlin?«

Ich starrte ihn durch einen Vorhang aus Tränen an und vergaß für einen Augenblick sogar meine Übelkeit. »Wie bitte?«

»Bitte, Devlin«, seufzte Adler. »Sie wissen, wie es funktioniert, also verschwenden Sie nicht Ihre und vor allem meine Zeit mit irgendwelchen dummen Spielchen. Was haben Sie damit zu tun?«

»Ich weiß nicht, wer dieser Jacobs ist«, antwortete ich. Ich rechnete damit, erneut geschlagen zu werden, doch Adler seufzte nur noch einmal und machte ein Gesicht, als spräche er mit einem uneinsichtigen Kind.

»Also gut, da Sie anscheinend alles vergessen haben: Sie waren vormittags in Jacobs' Büro. Verraten Sie mir, was Sie dort wollten?«

»Ich war nicht …«

Diesmal *wurde* ich geschlagen; auch wenn es genau genommen nur eine rüde Kopfnuss war, die mir der Mann hinter mir versetzte. Trotzdem sah ich Sterne, und die Übelkeit, die sich gerade hatte zurückziehen wollen, überlegte es sich noch einmal. Saurer Speichel sammelte sich unter meiner Zunge.

»Erinnern Sie sich an Constabler O'Kelly?«, fragte Adler.

Ich war nicht sicher, schüttelte aber vorsichtshalber den Kopf, und Adler fuhr im Plauderton fort: »Nun, Constabler O'Kelly erinnert sich jedenfalls an Sie. Er hat mir erzählt, dass Sie mit Mister Jacobs sprechen wollten. Ziemlich nachdrücklich. Und ganz wie ich es von dem guten, alten Quinn Devlin erwartet habe, so unhöflich, dass sich der Portier schließlich genötigt sah, Sie von den Sicherheitskräften auf die Straße expedieren zu lassen.«

»Es gab da ein Missverständnis«, antwortete ich und zog vorsichtshalber den Kopf ein, aber die erwartete Bestrafung blieb aus.

»Deshalb haben Sie sich ja auch sofort aus dem Staub gemacht, nicht wahr?«, fragte Adler. »Ich hätte gerne noch ein wenig mit Ihnen über alte Zeiten geplaudert. Leider waren Sie schon weg.«

»Ich weiß nicht, was Sie von mir wollen«, erwiderte ich stur. »Und selbst wenn es so wäre, dürfte ich nicht darüber reden.«

»Ja, weil Sie Ihre Klienten schützen müssen und so weiter und so fort«, sagte Adler. »Und was genau, sagten Sie, haben Sie mit Mister Jacobs zu tun?«

»Nichts«, antwortete ich, und obwohl ich auf den Schlag vorbereitet gewesen war, hätte ich um ein Haar das Bewusstsein verloren.

»Sie bleiben also dabei, Mister Jacobs nicht zu kennen«, stellte Adler fest. »Ich wäre sogar geneigt, Ihnen zu glauben, Devlin, schon weil ich Sie kenne. Aber ich habe mir die Freiheit genommen, mich mit Ihrer Bank zu unterhalten. Der Mann, den Sie gar nicht kennen, hat Ihnen ein hübsches Sümmchen überwiesen. Ich gebe zu, ich weiß nicht besonders viel über Stanley Jacobs, aber ich weiß, dass er eines ganz bestimmt nicht ist, nämlich ein Menschenfreund und Wohltäter. Wofür hat er Ihnen so viel Geld bezahlt?«

»Das war die Anzahlung der Lösegeldsumme«, antwortete ich verstockt. »Die erste Hälfte. Die andere bekomme ich, sobald meine Komplizen ihn freigelassen haben.«

Diesmal verlor ich das Bewusstsein, wenn auch nur so lange, wie Adler brauchte, um den Rest aus meiner Whiskyflasche in das Glas und dessen Inhalt wiederum mir ins Gesicht zu schütten.

Ich kam prustend und nach Atem ringend wieder zu mir und versuchte alles, um ein schmerzliches Wimmern zu unterdrücken. Es gelang mir, wenn auch nur mit äußerster Mühe, denn der Alkohol brannte wie Feuer in meinen Augen.

»Was genau haben Sie für Jacobs getan, Devlin?«, fragte

Adler, als wäre gar nichts gewesen. »Jemanden ausspioniert? Beweise gesucht, um einen unliebsamen Konkurrenten unter Druck zu setzen oder zu gewissen Zugeständnissen zu zwingen? Kontakt zu gewissen jungen Damen zwielichtiger Reputation geknüpft?«

Da ich ahnte, dass Adler gar keine Antwort hören wollte, sondern nur den Klang seiner eigenen Stimme, sagte ich auch nichts, sondern hob nur vorsichtig die Hand, um mir übers Gesicht zu fahren. Adler fuhr erwartungsgemäß fort: »Sie müssen sich keine Sorgen machen, Devlin. Ich persönlich glaube nicht, dass Sie etwas mit Jacobs' Verschwinden zu tun haben. Wenn Sie mich fragen: Ich glaube, dass Sie Ihre Lektion gelernt haben. Sie werden es doch nicht riskieren, noch mal für eine Weile ins Crumlin Road Gaol einzufahren, oder?«

Instinktiv, und obwohl ich mich selbst dafür hätte ohrfeigen können, schüttelte ich den Kopf.

»Das dachte ich mir. Und für eine Entführung fehlt Ihnen mit Verlaub auch das Format.« Adler seufzte. »Leider Gottes zählt nicht allein, was ich denke. Wenn eine so bedeutende Persönlichkeit wie Stanley Jacobs verschwindet, dann sorgt das für ein gewisses Aufsehen. Man könnte auf den Gedanken kommen, Sie etwas genauer unter die Lupe zu nehmen, und wenn das passiert, dann bin vielleicht nicht einmal mehr ich in der Lage, Sie zu schützen.«

Er kam einen Schritt näher, beugte sich vor und lächelte dünn, und dann – vollkommen ohne Vorwarnung und ohne dass sich seine Miene auch nur im Mindesten änderte – knallte der metallene Knauf seines Stockes mit einem Geräusch wie ein eiserner Peitschenhieb auf die Schreibtischplatte.

»Jetzt reden Sie endlich, verdammt! Was wollte Jacobs von Ihnen?«

Ich wusste, wann ich verloren hatte. Adlers nächster Schlag

würde nicht nur die Schreibtischplatte treffen. Ich hatte schon eine Warnung mehr von ihm bekommen, als ich eigentlich erwartet hatte, und ich schuldete Jacobs nichts – schon gar keine zerbrochenen Knochen oder ausgeschlagene Zähne.

»Es geht um Diebstähle«, sagte ich. »Auf seinen Baustellen ist Material abhandengekommen. In erheblichem Umfang.«

Adler überlegte. »Waren Sie deshalb heute Abend bei Stockwell & Sons?«

»Dort ist wohl das meiste verschwunden«, bestätigte ich, und Adler fügte mit einem grimmigen Lächeln hinzu: »Zusammen mit Jacobs selbst.«

Woher wusste er, wo ich gewesen war? Hatte er mich beobachten lassen? Gehörte die unheimliche Gestalt aus der Straßenbahn gar zu ihm?

»Und was haben Sie mit dieser jungen Frau zu tun, dieser Miss Carter?«, fragte Adler, als hätte ich meinen letzten Gedanken laut ausgesprochen.

»Nichts«, erwiderte ich. »Sie hat mir den Weg gezeigt, das ist alles.«

»Und woher kennen Sie sie?«

»Nirgendwoher«, antwortete ich. Ich hörte selbst, wie das klang. »Ich bin mit ihr ins Gespräch gekommen. Sie hat wohl gehört, dass ich nach Jacobs suche, und mich angesprochen.«

»Einfach so?« Adler machte ein verächtliches Geräusch. »Weil Sie so ein gut aussehender junger Gigolo sind? Sind Sie so naiv, oder tun Sie nur so?«

»Sie sucht genauso nach ihm wie ich«, erwiderte ich. »Dass Jacobs verschwunden ist, habe ich überhaupt erst von Allison erfahren.«

»Allison?« Adler wurde hellhörig, und ich hätte mich am liebsten selbst geohrfeigt. »So vertraut sind Sie also schon mit dieser jungen Dame?«

»Sie hat mich um Hilfe gebeten«, sagte ich.

»Die Sie ihr natürlich sofort gewährt haben, als der Gentleman, der Sie nun einmal sind«, höhnte Adler. »Sie sind wirklich naiv ... jedenfalls nehme ich das zu Ihren Gunsten im Moment noch an. Und wenn Sie das nächste Mal an einer Kirche vorbeikommen, dann sollten Sie hineingehen und eine Kerze dafür anzünden, dass das auch so bleibt.«

»Ich verstehe überhaupt nicht, was Sie von mir wollen«, behauptete ich stur. Das war nicht besonders klug, wie mir sehr wohl bewusst war, aber ich war verwirrt, ich hatte Angst und wurde mit jedem Augenblick zorniger und war ganz allgemein nicht in der Verfassung, *klug* zu reagieren. »Sie haben kein Recht, das hier zu tun!«

Meine Antwort schien Adler zu amüsieren. Er verzichtete – fast schon zu meinem Erstaunen – darauf, mir eine Begegnung mit dem Silberknauf seines Stöckchens zu spendieren, sondern trat ganz im Gegenteil einen Schritt zurück und ließ den silbernen Hammerkopf ein paarmal rhythmisch in seine geöffnete Handfläche klatschen. Vielleicht dachte er ja daran, wie oft ich selbst so dagestanden und mir dieselben hilflosen Vorwürfe angehört hatte. Ich war während meiner Zeit als Polizist kein Engel gewesen, aber einen Unterschied gab es doch. Ich hatte niemals wirklich zugeschlagen. Und dennoch begriff ich plötzlich, dass der Unterschied zwischen der reinen Drohung mit Gewalt und deren tatsächlicher Anwendung gar nicht so groß war. Auf eine gewisse Weise war Ersteres sogar schlimmer.

»Es ist spät, und ich habe unsere Wiedersehensfreude lange genug genossen«, fuhr Adler nach einer kleinen Ewigkeit fort. »Deshalb kürzen wir das jetzt ab. Sie werden Ihre Nase nicht weiter in diese Angelegenheit stecken, Devlin. Betrachten Sie Ihren Auftrag als erledigt. Jacobs hat Sie bezahlt, nicht wahr? Also genießen Sie das höchste Honorar Ihrer jämmerlichen

Karriere, und machen Sie ab sofort einen großen Bogen um Jacobs und seine Angelegenheiten und vor allem um Miss Carter. Haben Sie das verstanden?«

»Und wenn nicht?«, fragte ich trotzig.

Adler nickte fast unmerklich, und der junge Mann hinter ihm versetzte mir einen Schlag mit der flachen Hand, dass mir der Schädel dröhnte. Als ich wieder klar sehen konnte, hatte der zweite Constabler seine Laterne auf den Tisch gestellt und schon damit begonnen, die Schubladen meines Aktenschranks herauszuziehen und ihren Inhalt auf den Boden zu kippen.

»Wie gesagt, ich bin Ihr Freund, Devlin«, fuhr Adler fort, jedes zweite Wort mit einem Schlag seines Silberknaufs in die offene Handfläche unterstreichend. »Es gibt Stimmen, die der Meinung sind, dass man kurzen Prozess mit Ihnen machen sollte, Devlin, aber ich finde, dass man so nicht mit einem ehemaligen Kollegen umgeht.«

Ich starrte den Mann an, der meinen Aktenschrank bereits zur Hälfte geleert hatte und sich nun mit großer Begeisterung über die verbliebenen Schubladen hermachte. Ich brauchte all meine Willensstärke, um nicht aufzuspringen und mir den Kerl vorzunehmen, ganz gleich was danach mit mir geschehen würde.

»Also tun Sie, was ich Ihnen geraten habe, und halten Sie sich von Jacobs und allem, was mit ihm zu tun hat, fern«, fuhr Adler fort, »oder ich kann Sie nicht weiter beschützen. Entführungen sind Sache der Polizei. Und Sie wissen ja, was wir mit Leuten machen, die unsere Ermittlungen behindern.«

»Sie verschwinden auf Nimmerwiedersehen?«, vermutete ich.

Adler seufzte. »Dann muss ich wohl deutlicher werden«, sagte er und hob seinen Spazierstock.

6

Ich hatte Glück gehabt und weder einen Zahn verloren noch einen Knochenbruch oder andere wirklich schwere Verletzungen davongetragen, was aber zu meinem Ungemach nicht unbedingt für mein Aussehen galt. Ich war mit heftigen Schmerzen im Unterkiefer und dem Gefühl aufgewacht, mein ganzes Gesicht wäre auf das Doppelte seiner normalen Größe angeschwollen. Das hatte sich nach einem ersten Blick in den Spiegel zwar als hoffnungslos übertrieben herausgestellt, aber auch dazu geführt, dass mir die Lust auf einen zweiten für die nächsten Stunden gründlich verging.

Es dauerte eine Weile, bis ich überhaupt begriff, welchen Wochentag wir hatten: Freitag. Es war so viel passiert in dieser Woche, dass ich das vor mir liegende Wochenende am liebsten alleine mit einer Flasche Whisky und ein paar guten Zigarren verbracht hätte; aber das würde bedeuten, dass ich diesen verrückten Fall heute abschließen müsste.

Und das hielt ich für ausgeschlossen.

Ich verließ meine Wohnung erst am frühen Nachmittag wieder und machte mich auf den Weg zur Werft, um meine Verabredung mit Nikola (und vor allem Allison) einzuhalten. Ungewöhnlich genug für mich hatte ich nicht nur einen Hut aufgesetzt und tief in die Stirn gezogen, um mein derangiertes Gesicht vor allzu neugierigen Blicken zu verbergen, sondern war auch gute anderthalb Stunden zu früh aufgebrochen. Allison und ich waren um fünf an der Pforte verabredet, und ich würde eine knappe halbe Stunde dorthin brauchen, wenn ich ein paar Pennys in den Bus und vielleicht noch ein bisschen mehr in eine Mietdroschke investierte. Da ich meistens Zeit im Überfluss hatte und unnötige Ausgaben schon aus Prinzip scheute, wäre ich normalerweise wohl zu Fuß gegangen und verließ die Wohnung auch genauso zeitig, als hätte ich es vor. Stattdessen jedoch stieg ich an der ersten Haltestelle in den nächsten Bus (einen von der guten, alten Sorte, die von Pferden gezogen wurde) und investierte einen Gutteil der so gewonnenen Zeit – und etliche Fahrkarten – darin, wahllos in der Nähe des Flusses und damit nicht weit entfernt vom *Titanic's Dock* herumzufahren, und die verbliebene halbe Stunde, um auf der Victoria Street eines der größten Kaufhäuser der Stadt aufzusuchen und in der Menschenmenge darin unterzutauchen.

Eigentlich verabscheute ich diese modernen Verkaufstempel ohne Seele, in denen es nur um grelle Farben und maximalen Umsatz ging und wo selbst die Verkäufer wie von Federwerken und Dampf angetriebene Puppen wirkten, und ich war auch kein Freund großer Menschenansammlungen. Aber aus meiner Zeit als Polizist wusste ich, dass sich ebenjene Menschenmengen und anonymen Konsumtempel so gut wie kaum etwas anderes dazu eigneten, unwillkommene Begleiter abzuschütteln.

Schon während meiner kleinen Odyssee mit dem Bus und später zu Fuß hatte ich mich immer wieder verstohlen umgesehen und war nahezu sicher, von niemandem verfolgt zu werden. Als ich nach einer weiteren halben Stunde am großen Werkstor von Harland & Wolff ankam, war ich vollkommen sicher. Wenn Adler jemanden abgestellt hatte, um mich zu beschatten, dann stand diesem jetzt eine ziemlich unangenehme Beichte bevor. Adler erteilte nur ganz selten Absolution.

Ich wusste nicht, ob Adler mich tatsächlich beschatten ließ, denn weder wollte mir ein stichhaltiger Grund dafür einfallen, noch passte ein so subtiles Handeln zu einem Mann wie dem frischgebackenen Captain, der eher die direkte Vorgehensweise bevorzugte; am liebsten unter Zuhilfenahme seines Spazierstocks. Aber Adler war alles andere als ein Dummkopf. Auch wenn ich es niemals laut zugeben würde, hatte er in all den Jahren doch das eine oder andere von mir gelernt, und eine meiner obersten Prämissen im Umgang mit einem Verdächtigen war es stets gewesen, immer unberechenbar zu bleiben.

Doch selbst wenn Adler einen Aufpasser für mich abgestellt hätte, der noch dazu geschickt genug war, mir unerkannt zu folgen, hätte er auf dem allerletzten Stück ohnehin keine Chance mehr gehabt.

Ich war ein wenig zu früh und hätte am liebsten im Schutz einer Fabrikmauer die restliche Zeit abgewartet, nur um auch ganz sicher zu sein, dass ich nicht verfolgt wurde, doch als ich um die letzte Ecke bog, war ich plötzlich sehr froh, es nicht getan zu haben.

Es musste wohl Schichtwechsel sein, denn ich fand mich unversehens in einer weiteren dicht gedrängten Menschenmenge wieder, nur dass sie dieses Mal nicht aus vornehm gekleideten Herren und herausgeputzten Damen der feineren Gesellschaft bestand, die bunte Dinge für viel zu viel Geld kauften, die sie nicht brauchten, sondern aus müden und zumeist abgerissen und verdreckt wirkenden Gestalten, die erschöpft von einem langen, anstrengenden Arbeitstag waren.

Und die mir unglücklicherweise auch ausnahmslos entgegenkamen, sodass ich nur noch mühsam und zuweilen unter Zuhilfenahme mehr oder weniger sanfter Gewalt von der Stelle kam.

Noch ein wenig desolater als zu dem Zeitpunkt, als ich aufgebrochen war, und deutlich außer Atem erreichte ich das Tor und damit den Punkt, an dem sich die aus allen Richtungen zusammenströmenden Arbeiter zu einem Knäuel ballten und es praktisch gar nicht mehr voranging – vor allem, wenn man in die entgegengesetzte Richtung lief. Für die letzten fünf Schritte brauchte ich nicht nennenswert weniger Minuten als für das ganze Stück zuvor und hatte anschließend noch ein paar blaue Flecken und Schrammen mehr.

Von Allison oder Nikola war keine Spur zu sehen, doch dafür begegnete ich den finsteren Blicken gleich dreier Männer in schwarzen Fantasieuniformen, die gewiss nicht durch Zufall denen der Belfaster Polizei weit genug ähnelten, um Raum für Verwechslungen und gewisse Assoziationen zu lassen. Die drei standen einfach nur da und machten nicht nur keinen Hehl daraus, wie misstrauisch sie die hinausströmende Menge beäugten, sondern einer von ihnen fixierte mich dazu ganz offen und machte Anstalten, mich zu sich zu winken. Doch bevor er die Bewegung zu Ende führen konnte, hörte ich jemanden meinen Namen rufen.

Überrascht sah ich über die Schulter zurück und entdeckte Allison nur einen halben Steinwurf entfernt auf der obersten Stufe einer kurzen Eisentreppe, die zu einer wuchtigen Pförtnerloge hinaufführte. Sie hatte sich auf die Zehenspitzen gestellt, um die Menge noch weiter zu überragen, und winkte mir fröhlich zu. Neben ihr stand ein ältlicher Mann in derselben einschüchternden Uniform wie die Wachleute, auch wenn er darin eher lächerlich aussah.

Ganz so lächerlich war er dann aber wohl doch nicht, denn der Wachmann, der gerade noch dazu angesetzt hatte, mich bei lebendigem Leibe zu häuten und aufzufressen, machte nun ganz im Gegenteil eine entsprechende Geste und eskortierte mich wortlos durch die Menge, bis wir die Treppe erreicht hatten.

Allison kam mir schon auf halber Strecke entgegen und zeigte sich von der erschöpften Menge ringsum völlig unbeeindruckt, genau wie von den gierigen Blicken und dem einen oder anderen schrillen Pfiff, den ihr die Arbeiter zollten. Ich war fast ein wenig erstaunt, hatte ich doch fest damit gerechnet, mir einen neuen Vortrag über die geknechtete Arbeiterklasse anhören zu müssen. Vielleicht hatte ja auch die eine oder andere anzügliche Bemerkung, die sich in die bewundernden Pfiffe mengte, ihrer Loyalität der benachteiligten Klasse gegenüber einen kleinen Dämpfer versetzt.

»Quinn, wie schön, dass Sie da sind! Ich hatte schon ein wenig Angst, dass Sie doch nicht …« Sie stockte. »Um Himmels willen! Was ist mit Ihrem Gesicht passiert?«

Sie tastete mit spitzen Fingern über meine Wange, und obwohl sie sehr vorsichtig war, musste ich eine gequälte Miene nicht schauspielern. »Es ist noch da«, sagte ich in humorvollem Ton.

»Ja, und sogar deutlich mehr davon als noch gestern«, antwortete Allison, allerdings auf eine Art, die die scherzhafte Wortwahl Lügen strafte und mich nebenbei fragen ließ, ob die misstrauischen Blicke der Wachmänner nicht vielleicht einen ganz anderen Grund gehabt hatten. »Sie sehen aus, als wären Sie verprügelt worden!«

»Jetzt haben Sie mich erwischt«, gestand ich mit gespielter Zerknirschung. »Ich habe Ihnen doch von diesem chinesischen Halunken erzählt, an dessen Schädel ich mir die Hand verletzt habe. Wie es scheint, hatte er noch eine Menge Verwandte.«

»So wie Sie aussehen, müssen es so ungefähr *alle* Chinesen gewesen sein«, bestätigte Allison finster.

»Das täuscht.« Ich winkte großspurig ab. »Sie sollten die anderen erst mal sehen.«

»Ich verstehe.« Allisons Stirn umwölkte sich. »Sie wollen

nicht darüber reden. Aber vielleicht haben Sie ja recht, und es geht mich nichts an.«

Ich konnte mich nicht erinnern, etwas Derartiges gesagt oder auch nur angedeutet zu haben, doch ich hielt es für klüger, das Thema zu wechseln. »Haben Sie schon mit Nikola gesprochen?«

Allison sah geschlagene fünf Sekunden lang einfach nur weiter mein geschwollenes Gesicht an und schien zu überlegen, ob ich einer Antwort überhaupt würdig sei, doch dann schüttelte sie knapp den Kopf und deutete auf den Pförtner, der noch immer auf halber Höhe der Treppe stand und ganz und gar nicht sicher zu sein schien, was er von mir halten sollte.

»Nein. Aber er hat entsprechende Anweisungen hinterlassen, wie er es versprochen hat. Man wird uns zu ihm bringen. Das ist doch so, Mister Roberts, nicht wahr?«

Die letzten Worte hatte sie über die Schulter nach oben gerufen, und der Mann reagierte auch sofort mit einem Nicken, rührte sich aber nicht von der Stelle, sondern hob nur die Hand und wandte sich an den Wachmann, der mich hergebracht hatte.

»Du hast die Lady gehört, Henry! Bring sie und ihren Begleiter zum Professor. Und pass auf, dass sie sich nicht verlaufen.«

Und was sollte ich nun wieder *davon* halten?

Ich überlegte, ob es sich lohnte, zornig zu werden. Allison nahm mir die Entscheidung ab, indem sie dem Wachmann einen fragenden Blick zuwarf und dann losging, als er in eine bestimmte Richtung deutete. Vielleicht sollte ich doch zornig werden.

Ich hatte mich nur noch nicht entschieden, auf wen.

Ich verscheuchte den Gedanken und sah mich stattdessen aufmerksam und auch ein wenig neugierig um, wie ich mir selbst eingestand. Wie die allermeisten Bewohner dieser Stadt hatte ich zwar schon nahezu alles gelesen und gehört, was es über die *Titanic* zu lesen und zu hören gab, das gewaltige Schiff aber noch nie mit eigenen Augen gesehen, und so war Allison auch nicht die Einzige gewesen, die sich insgeheim darauf gefreut hatte, es zu besichtigen.

Im allerersten Moment sah ich allerdings so gut wie nichts, abgesehen von zwei noch nicht ganz fertiggestellten Schornsteinen von wahrhaft zyklopischen Ausmaßen, die in schrägem Winkel über das Dach einer der zahlreichen Werkhallen ragten, die diesseits des Zaunes fast so etwas wie eine eigene kleine Stadt bildeten. Ich hatte gewusst, dass die Werft groß war, aber nun begriff ich, dass das nicht stimmte. Sie war gigantisch. Selbst die Massen der Arbeiter, die uns noch immer aus allen Richtungen entgegenströmten, erschienen mir mit einem Male verloren und viel zu klein, um dieses gewaltige Areal auch nur mit dem Anschein von Leben zu erfüllen.

Dann fiel mir etwas auf. »Ich dachte, wir gehen auf das Schiff«, wandte ich mich an unseren Führer.

Der Wachmann deutete auf eine lang gestreckte Halle mit zum Teil verglastem Dach, die trotz ihrer beachtlichen Ausmaße winzig zwischen den anderen Gebäuden hier wirkte. »Ich soll Sie zum Professor bringen«, sagte er in einem Ton, der mich davon abhielt, eine weitere Frage zu stellen.

Außerdem gab es auch ohne die *Titanic* genug Interessantes zu sehen. Längst nicht alle Arbeiten fanden in den riesigen Hallen oder an Bord des gewaltigen Schiffes statt, das schon in wenigen Wochen vom Stapel laufen sollte. Überall wurde gehämmert, gearbeitet und gewerkelt, Kommandos und Flüche flogen hin und her, Männer eilten hektisch umher, und ich beobachtete hundert Dinge, die ich nicht verstand, die mich aber ausnahmslos faszinierten. Ich sah riesige Maschinen, deren Sinn mir verborgen blieb, an denen Nikola aber seine helle Freude haben musste, gewaltige Konstruktionen aus Holz und Eisen, auf denen noch gewaltigere Bauteile transportiert wurden, und monströse schnaubende Dampfmaschinen, die noch riesigere Hämmer oder Sägen mit handlangen stählernen Zähnen antrieben oder auch gar nichts zu tun schienen, außer zu lärmen und die Luft zu verpesten, und weitere zahllose technische Wunder.

Am meisten faszinierte mich eine Gruppe Männer, die mit etwas beschäftigt waren, das mir zunächst eher wie eine Jahrmarktsattraktion vorkam oder wie ein Spiel zu groß geratener Jungen: Einer von ihnen trug einen schweren eisernen Bottich voller rot glühender Bolzen, über dem die Luft flirrte. Obwohl er mindestens einen Zentner wiegen musste, hielt der Mann ihn mühelos mit nur einer Hand, in der anderen trug er eine langstielige eiserne Zange, mit der er scheinbar sinnlos herumzufuchteln schien. Auf den zweiten Blick wurde klar, dass es nicht ganz so sinnlos war, denn von Zeit zu Zeit angelte er einen der zischenden Bolzen aus dem Eimer und schleuderte ihn mit einer schnappenden Geste aus dem Handgelenk in Richtung eines allerhöchstens zwölf- oder dreizehnjährigen Jungen, der in einiger Entfernung dastand und sie mit einer eigenen, deutlich kleineren Zange aufzufangen versuchte. Meistens gelang ihm das auch. Der Anblick war so bizarr, dass ich unwillkürlich stehen blieb, um zuzusehen.

»Was bedeutet das?«, fragte ich.

»Das sind Nieter«, sagte der Wachmann und lachte leise, schüttelte zugleich aber auch den Kopf und verzog abfällig die Lippen. »Wenigstens wollen sie das irgendwann einmal werden. Der Bursche da übt noch. Aber er ist nicht gut. Er wird es nicht schaffen.«

Tatsächlich schnappte die Zange des Jungen genau in diesem

Moment ins Leere, sodass er sich mit einem hastigen Hüpfer in Sicherheit bringen musste, um nicht von dem rot glühenden Geschoss getroffen zu werden. Etliche Männer kommentierten sein Missgeschick mit schadenfrohem Gelächter. Den Ehrgeiz des Jungen schien das jedoch eher noch anzustacheln, denn den nächsten Bolzen fing er dafür mit umso größerem Geschick aus der Luft.

Ich applaudierte. Es war ehrlich gemeint. »So schlecht ist er doch gar nicht.«

»Ja, manchmal schafft er es«, sagte Allison, allerdings mit finsterem Gesicht und in vorwurfsvollem Ton. »So sind Kinder nun einmal. Sie tun alles, um uns zu gefallen und unsere Erwartungen zu erfüllen. Und wenn nicht, dann trifft ihn eben so ein Ding, und er geht mit einer Brandverletzung nach Hause. Manchmal versuchen sie auch, sie mit der Hand aufzufangen. Aber es sind ja nur Kinder. Davon gibt es genug. Und sie wachsen von selbst nach, nicht wahr?«

»Es ist gut«, sagte ich. »Ich habe es verstanden.« Das hatte ich tatsächlich. Auf den zweiten und etwas genaueren Blick sah der Junge schon gar nicht mehr so glücklich aus, sondern eher verzweifelt. Und nun entdeckte ich auch zahlreiche Brandspuren auf den schäbigen Kleidern des Burschen und eine hässliche Brandnarbe an seinem Hals, bei deren bloßem Anblick ich so etwas wie das Echo vergangenen Schmerzes zu spüren meinte.

»Der Professor wartet auf Sie«, erinnerte der Wachmann, und versäumte auch nicht, ein diskretes Räuspern hinzuzufügen.

»Wenn Sie noch ein bisschen mehr sehen wollen, können wir gerne in eines der Armenhospize gehen, wo sie die Kinder zusammenzuflicken versuchen«, sagte Allison spitz. »Jedenfalls die, die es lebend bis dorthin schaffen.«

»Das war überflüssig«, sagte ich kühl.

»Was?«, fragte Allison. »Den Jungen anzustarren wie eine Zirkusattraktion? In der Tat. Das war überflüssig.«

Was immer ich jetzt sagte, würde es nur schlimmer machen, also beließ ich es bei einem stummen Achselzucken und ging weiter, nachdem ich einen Blick mit unserem Führer getauscht hatte. Ich überzeugte mich nicht einmal, ob Allison uns folgte. Offensichtlich gab es da doch das eine oder andere, was ich über Allison Carter nicht wusste. Und auch gar nicht wissen wollte.

Der Wachmann eilte das letzte Stück mit schnellen Schritten voraus, öffnete eine Tür und trat dann so bestimmt beiseite, dass ich mir die Frage gleich sparte, ob er uns noch weiter begleiten würde.

Allison nicht. »Sie bringen uns nicht zum Professor?«

»Es ist gar nicht zu verfehlen«, antwortete der Mann. Täuschte ich mich, oder hatte sich seine Stimmung Allison gegenüber seit dem kurzen Zwischenspiel mit dem Bolzenjungen deutlich abgekühlt? »Er ist im Labor. Einfach die Treppe nach unten und dann immer geradeaus.«

Und damit ging er.

Allison starrte ihm mit offenem Mund nach, und auch ich war nicht ganz sicher, was überwog – meine sachte Empörung über diese Dreistigkeit oder der gar nicht einmal so sachte Anflug von Schadenfreude, den ich verspürte.

»Also, das ist doch …«, murmelte Allison schließlich.

»Sie müssen den Mann verstehen«, sagte ich. »Er ist nur ein einfaches Mitglied der arbeitenden Klasse. Sicherlich wird er ausgepeitscht, wenn sich am Ende seiner Schicht herausstellt, dass er sein Pensum nicht geschafft hat.«

Allison spießte mich mit Blicken regelrecht auf, verkniff sich aber auch jeden Kommentar und verschwand so schnell hinter der Tür, dass ich mich nun sputen musste, um sie einzuholen.

Die Treppe war tatsächlich nicht zu verfehlen. Wie das gesamte Gebäude war sie offensichtlich relativ neu und vielleicht erst erbaut worden, als mit der Konstruktion des gewaltigen Schiffes begonnen worden war, zeigte aber jetzt schon Spuren von Abnutzung und mangelnder Pflege.

Außerdem wirkte sie nicht unbedingt vertrauenerweckend, eine eng gedrehte eiserne Spirale, die in halsbrecherischem Winkel nach unten führte und deren verspieltes Eisengeländer nicht darüber hinwegtäuschen konnte, dass die einzelnen Stufen gerade jene entscheidende Winzigkeit zu schmal und der Abstand zwischen ihnen gerade jene kleine Spur zu groß war, die zwischen unbequemem langsamem Gehen und einem möglicherweise rasanten Sturz in Richtung Genickbruch entscheiden mochte. Ein mattes – und selbstverständlich – rotes Licht drang aus der Tiefe zu uns herauf, und ich meinte, ein Geräusch wie ein tiefes Wummern zu spüren, wie der Pulsschlag einer gewaltigen Maschine, die tief im Leib der Erde arbeitete. Mir schien, dass es mit jeder Stufe kälter wurde, die wir nach unten gingen. Es war unheimlich und fast schon ein bisschen absurd, aber mich beschlich plötzlich wieder dasselbe Gefühl wie vor drei Tagen in der leeren Fabrikhalle, nämlich dass es nicht gut war, hier zu reden, weil menschliche Stimmen nicht an diesen Ort gehörten und Menschen noch weit weniger.

Ich versuchte die Stufen zu zählen, kam schon bei vier oder fünf hoffnungslos durcheinander und musste mich für einen Moment der absurden Vorstellung einer verhexten Treppe erwehren, deren Stufen sich hinter uns zusammenfalteten und uns lautlos und unsichtbar überholten, um die Treppe vor uns wieder zu verlängern.

»Wie lang ist diese Jules-Verne-Treppe noch?«, fragte ich missmutig.

»Jules-Verne-Treppe?«

»Führt sie denn nicht bis zum Mittelpunkt der Erde?«

»Ich fürchte, ich kann Ihnen nicht folgen, Professor Lidenbrock«, antwortete Allison. Das Hallen ihrer Schritte auf den eisernen Stufen brach ab. »Aber geben Sie acht. Wir haben es geschafft.«

Tatsächlich war der Weg nicht mehr weit. Ein sonderbar stechender Geruch erfüllte die Luft, wie nach Metall, aber zugleich auch vollkommen anders und beunruhigender; fast wie eine Warnung, nicht weiterzugehen.

Zu meiner Erleichterung tauchte da jedoch Nikola unter einer Tür am Ende des staubigen Gangs auf.

»Kommen Sie herein, Allison!« Nikola winkte aufgeregt. »Kommen Sie! Ich hatte schon befürchtet, dass Sie gar nicht mehr kommen.«

Allison setzte zu einer sichtlich wenig amüsierten Erwiderung an, presste aber dann nur die Lippen aufeinander und beschleunigte ihre Schritte, um Nikola in einen zum größten Teil im Schatten liegenden Raum zu folgen. Dieser hatte trotz seiner mehrfachen Größe eine fast verblüffende Ähnlichkeit mit seinem *Konstruktionsbüro* bei Stockwell & Sons, denn er war genauso hoffnungslos vollgestopft und unordentlich. Überall standen Tische und überquellende Regale, und Drahtrollen und Schläuche und achtlos liegen gelassenes Werkzeug machten das Gehen zu einem haarsträubenden Slalom, bei dem man besser zweimal darauf achtete, wo man hintrat. Die schummerige Beleuchtung erschwerte es zusätzlich, den Raum unbeschadet zu durchqueren.

Für einen Mann, der sein Leben der Erforschung einer neuen und strahlenden Zukunft verschrieben hatte, dachte ich spöttisch, schien er erstaunlich gerne im Düsteren zu leben. Das, was der Wachmann so großspurig sein *Labor* genannt hatte, wurde zumindest im Augenblick nur von einer einzelnen Lampe erhellt, die über einem Tisch fast auf der anderen Seite hing. Alles andere war in Schatten getaucht, die meine Fantasie nur zu bereitwillig mit Dingen füllte, die nicht dorthin gehörten.

»Also, *wir* sind pünktlich«, behauptete Allison. »Bis auf ein paar Minuten, allerhöchstens ... aber Sie sind nicht da, wo wir verabredet waren.«

Nikola sah sie fragend an, und Allison fuhr mit einer flatternden Geste in die Runde fort: »Hatten Sie mir nicht etwas versprochen, Nikola?«

Nikolas Gesicht nahm einen nur noch fragenderen Ausdruck an, und Allison sagte in jetzt eindeutig vorwurfsvollem Ton: »Die *Titanic*, Nikola.«

»Die *Titanic* ... oh ja, die *Titanic*!« Nikola strahlte. »Aber selbstverständlich habe ich das nicht vergessen, wofür halten Sie mich, Allison? Ich habe sogar schon eine kleine Führung für Sie und Ihren Freund organisiert, jedenfalls durch die Bereiche, in denen es nicht zu gefährlich ist. Aber zuvor muss ich Ihnen unbedingt noch etwas zeigen. Kommen Sie!«

Weiter und nun mit beiden Händen heftig gestikulierend führte er uns zu dem Tisch unter der Lampe. Mir fiel erst jetzt auf, dass es damit eine Besonderheit hatte, die mir bei all diesen angesammelten Absonderlichkeiten hier gar nicht aufgefallen war: Seine Platte bestand aus poliertem Kupfer, aus dem zwei metallene Klemmen ragten, von denen aus dünne Kabel in die Schatten weiter hinten im Raum führten. »Schauen Sie!«

Ich gehorchte, aber alles, was ich auf diesem seltsamen Metalltisch sah, war ein einzelnes Blatt fleckiges Papier. Jemand hatte versucht, es möglichst glatt zu streichen und wenigstens die ärgsten Falten und Knicke zu beseitigen, aber ich erkannte es dennoch sofort wieder: Es war das Blatt, auf dem Jacobs' handschriftliche Botschaft geschrieben stand. Geschrieben gestanden hatte, um genau zu sein.

»Das ist interessant«, sagte Allison und zog die linke Augenbraue hoch, was ihre Worte irgendwie ins Gegenteil zu verkehren schien. »Sie haben uns herbestellt, um uns *ein Blatt Papier* zu zeigen?«

»Nicht irgendein Blatt, meine Liebe«, antwortete Nikola aufgeräumt und ohne sich in seinem Enthusiasmus bremsen zu lassen. »Mister Devlin …« Er stockte mitten im Wort und sah mich aus aufgerissenen Augen an. »Um Himmels willen, Quinn, was ist mit Ihrem Gesicht passiert?«

»Nichts«, sagte ich. »Ich war ungeschickt, das ist alles.«

»Ungeschickt«, vergewisserte sich Nikola. Aber dann nickte er, schien für sich zu entscheiden, dass das eine durchaus zufriedenstellende Erklärung war, und fuhr fort, als wäre nichts gewesen: »Sie waren ja so freundlich, es mir zu überlassen, erinnern Sie sich? Und ich wiederum war so frei, ein wenig damit herumzuexperimentieren.«

»Mit einem Blatt Papier?«, vergewisserte sich Allison.

»Ich bin nicht sicher, dass es Papier ist«, antwortete Nikola, »jedenfalls keines von denen, die ich bisher gesehen habe. Sie erinnern sich, auf welch … faszinierende Weise die Schrift verschwunden ist?«

Mir wäre ein ganz anderes Wort dafür eingefallen, aber ich nickte trotzdem, und Nikola trat endgültig um den Tisch herum und nahm im Vorbeigehen eine Petrischale von einem Regal, die zwei Finger hoch mit einer schwarzen, körnigen Substanz gefüllt war. Behutsam nahm er eine kleine Prise davon und streute sie über das Papier, wie man Zimt oder Schokoladenstreusel auf die Sahnehaube eines Kaffees geben würde. Dann strahlte er Allison an, als erwartete er tosenden Applaus für diese Leistung.

»Aha«, sagte Carter. Ich schwieg.

Nikola strahlte nur noch mehr, legte einen großen metallenen Hebel an der Wand hinter sich um und sagte: »Simsalabim!«

Ein sonderbares, kribbelndes Brummen erklang, und ich hatte das Gefühl, dass das Licht ganz kurz flackerte, aber der Gedanke entglitt mir auch sofort wieder, denn mit dem Blatt ging eine schon fast unheimliche Veränderung vonstatten. Genauer gesagt, mit dem schwarzen Pulver, das Nikola draufgestreut hatte.

Es begann zu zittern, wie Staub, den ein Windhauch streift, kräuselte und bewegte sich ... und floss zu winzigen, akribisch genauen Buchstaben zusammen, die sich wiederum zu genau dem Text aufreihten, der gestern vor unseren Augen zerfallen war.

»Wie haben Sie das gemacht?«, fragte Allison verblüfft.

»Oder wäre Ihnen Abrakadabra lieber gewesen?«, feixte Nikola, statt ihre Frage zu beantworten. »Na, bin ich ein Genie, oder bin ich ein Genie? Obwohl ich gestehen muss, dass es im Grunde ganz einfach war, nachdem ich es erst einmal begriffen hatte.«

Allison sah ihn nur weiter verständnislos an, doch ich beugte mich vor und tippte das Blatt behutsam mit dem Fingernagel an. Einige Buchstaben begannen zu zittern und drohten auseinanderzufallen, scharten sich dann aber so trotzig wieder zusammen wie ein Bienenstock, der nur kurz in seiner Ruhe gestört worden war.

»Magnetismus?«, vermutete ich.

Nikola warf mir einen kurzen, anerkennenden Blick zu. »Das ist ganz normaler Grafit, wie Sie ihn in jedem Bleistift finden«, bestätigte er. »Das Geheimnis ist das Papier, nicht das Pulver. Erinnern Sie sich, dass ich ein wenig davon aufgefangen habe? Es kam mir gleich auf sonderbare Art bekannt vor.«

»Sie wollen sagen, es sei magnetisches Papier?«, fragte Allison.

Nikola verneinte heftig. »Das Magnetfeld entsteht in der Tischplatte, sobald ich den Strom einschalte«, sagte er mit einer Kopfbewegung auf den Hebel hinter sich. »Aber irgendetwas ist in diesem Papier, das die Partikel in eine bestimmte Konstellation zwingt, sobald ein magnetischer Impuls darauf trifft. Sehen Sie.« Er legte den Hebel um und versetzte dem Blatt einen winzigen Stups, und die Buchstaben verwischten wie Tinte, über die Wasser fließt. Allerdings nur ganz kurz, denn dann schaltete er den Strom wieder ein, und die Schrift erschien erneut.

»Also so eine Art magnetische Tinte«, stellte ich fest. »Das ist erstaunlich. Die perfekte Geheimschrift. Sie sollten diesen Trick verkaufen, Nikola. Alle Spione der Welt würden sich darum reißen. Sie könnten reich werden.«

Nikolas Grinsen erlosch. »Ich wäre bereits ein sehr reicher Mann, wenn ich auch nur einige meiner Erfindungen an das Militär verkauft hätte, Mister Devlin«, sagte er ernst. »Sie waren sehr daran interessiert, glauben Sie mir.«

»Das ehrt Sie«, mischte sich Allison ein, noch bevor ich antworten konnte. »Aber was hat das mit Stanleys Verschwinden zu tun?«

»Das weiß ich nicht«, bekannte Nikola und schaltete den Strom noch einmal aus und wieder ein, was den Grafit auf dem Blatt zu einem neuerlichen hektischen Tanz veranlasste. »Vielleicht nichts. Aber ich finde es auf jeden Fall höchst interessant. So etwas ist mir noch nie begegnet, und ich dachte eigentlich, ich wüsste alles.«

»Niemand weiß alles«, sagte ich.

»Er schon«, behauptete Allison.

»Ich werde es auf jeden Fall noch gründlicher in Augenschein nehmen«, fuhr Nikola fort. »Das ist ein ganz erstaunlicher Fund, der sich als wertvoll erweisen könnte. Wie wertvoll, das kann ich jetzt noch gar nicht abschätzen ... Sie haben doch nichts dagegen, Quinn?«

»Warum sollte ich?«

»Immerhin gehört es streng genommen Ihnen.«

»Streng genommen gehört es Stanley Jacobs«, korrigierte ich ihn. »Helfen Sie mir, ihn zu finden, und ich bin sicher, dass ihm ein Blatt Papier als Belohnung nicht zu viel ist.«

»Nein, bestimmt nicht«, warf Allison ein. »Aber nun würde ich wirklich gerne ...«

»... das Schiff sehen, selbstverständlich«, sagte Nikola rasch. Er legte den Schalter abermals um, wodurch die Schrift endgültig zu schwarzem Staub zerfiel. Nikola streckte die Hand aus, doch statt das Blatt aufzunehmen, runzelte er plötzlich die Stirn und sah hinter sich. Ich meinte, ein Geräusch zu hören, das irgendwie nicht hierher passen wollte, aber es war auch fast sofort wieder verschwunden.

»Was ist los?«, fragte ich alarmiert.

»Nichts«, antwortete Nikola. »Ich dachte, ich hätte etwas ... *was zum Teufel?«*

Die letzten drei Worte hatte er geschrien und sie galten einer schwarzen und silbergrauen krabbelnden Flut, die über die Tischkante schwappte und auf unzähligen staksenden Beinchen heranwuselte.

Es waren Spinnen. Sie erreichten nicht einmal annähernd die Dimensionen des stählernen Ungeheuers aus meinem Albtraum, sondern waren kaum größer als der Daumennagel eines Kindes, doch dafür waren es Dutzende, wenn nicht Hunderte, die rasend schnell über die Kupferplatte heranflitzten.

Allison stieß einen spitzen Schrei aus, schlug die Hand vor den Mund und prallte zurück, und auch Nikola machte eine hastige Bewegung, um der krabbelnden Horde auszuweichen. Doch deren Ziel war weder er noch Allison. Stattdessen fielen sie mit schnappenden Mandibeln und wirbelnden Beinchen über das Blatt her ... und begannen es aufzufressen!

»He!«, protestierte Nikola. »Was fällt euch ein?«

Unter Arachnophobie schien er jedenfalls nicht zu leiden, denn er trat unverzüglich wieder näher an den Tisch heran und versuchte zu retten, was von seinem kostbaren magnetischen Papier noch übrig war. Das war möglicherweise sehr tapfer, aber nicht besonders klug, denn drei der winzigen Spinnenkreaturen ließen von ihrer eigentlichen Beute ab und stürzten sich auf seine Hand, um ihre winzigen, aber skalpellscharfen Zangen hineinzuschlagen. Blut spritzte, und Nikola schrie vor Schmerz, prallte zurück und schüttelte nicht nur wie verzweifelt die Hand hin und her, um die kleinen Quälgeister loszuwerden, sondern prallte dabei auch gegen den Hebel und legte ihn mit seinem heftigen Wedeln unbeabsichtigt wieder um. Erneut flackerte das Licht, und das tiefe, elektrische Brummen erscholl.

Als die Helligkeit wieder zurückkam, sah ich gerade noch, wie die Spinnen auseinanderfielen.

Es war ganz ähnlich dem, was mit der vermeintlichen Schrift geschehen war. Die winzigen Tiere lösten sich auf, verloren Beine und Zangen und Köpfe und Hinterleiber, und auch diese wiederum zerfielen in weitere Einzelteile, die immer kleiner und kleiner wurden, bis nur eine Schicht aus silbergrauem Staub auf dem Tisch zurückblieb.

»Aber das ist ... unmöglich«, hauchte Allison. »Das kann gar nicht ...«

Statt weiterzusprechen, schrie sie noch einmal spitz auf, prallte zurück und sprang dann noch jäher wieder vor, um heftig mit dem Fuß aufzutreten. Etwas knackte, und dann noch einmal, als sie ein zweites Mal aufstampfte. Winzige Metallsplitter flogen davon, und etwas Kleines und Glitzerndes schlug einen blitzartigen Haken, um Allisons drittem Tritt zu entgehen, war aber nicht schnell genug. Ihr Absatz zermalmte den Hinterleib der Spinne und fünf ihrer acht Beine. Erstaunlicherweise versuchte der Rest des eisernen Spinnentiers trotzdem weiterzukriechen. Allison hob grimmig den Fuß, um diesmal besser zu zielen und es zu Ende zu bringen.

»Warten Sie!«, sagte Nikola fast erschrocken.

Tatsächlich verhielt Allison mitten in der Bewegung, und die verstümmelte Spinne nutzte die Gelegenheit, um sich auf ihren verbliebenen drei Beinchen unbeholfen weiterzuschleppen. Allison balancierte mit der selbstverständlichen Eleganz einer Balletttänzerin auf einem Fuß und schürzte nur noch grimmiger die Lippen, um das kleine Ungetüm endgültig zu zermalmen, doch Nikola sagte mit lauter Stimme: »Nicht! Lassen Sie das!«

»Haben Sie plötzlich Ihr Herz für Spinnen entdeckt, Nikola?«, fragte Allison spitz. Aber sie verzichtete darauf, das dreibeinige Tier endgültig zu zerquetschen, und trat sogar einen Schritt zurück, als Nikola um den Tisch herumgeeilt kam und sich halb in die Hocke sinken ließ, um das davonkriechende Spinnenungeheuer zu betrachten.

Ich konnte sein Gesicht nur im Profil erkennen, meinte aber dennoch einen Ausdruck unangemessener Begeisterung darauf wahrzunehmen. Es sah schon fast grotesk aus, wie er dem verkrüppelten Ding halb in der Hocke und weit nach vorne gebeugt folgte, aber mir war ganz und gar nicht zum Lachen zumute. Ich hatte mir selbst bisher mit Erfolg eingeredet, die Angst nach meinem Erlebnis in der Hölle abgeschüttelt zu haben, aber das stimmte nicht. Sie war nach wie vor da und hatte sich nur versteckt, um wie eine Spinne am Rande ihres Netzes darauf zu lauern, im passenden Augenblick über mich herzufallen.

»Was um alles in der Welt *tun* Sie da, Nikola?«, murmelte Allison.

»Ich will wissen, wo sie hergekommen sind!«, antwortete Nikola, ließ das verstümmelte Ding aber keinen Sekundenbruchteil aus den Augen und folgte ihm weiter in diesem grotesk vorgebeugten Watschelgang. »Quinn! Hinter Ihnen steht eine Lampe! Schnell!«

Ich drehte mich zwar gehorsam um, fühlte mich zunächst aber einfach nur hilflos, denn in dem Regal hinter mir stand so ziemlich alles, was ich mir vorstellen konnte – nebst einer ganzen Menge Dinge, die ich mir bisher nicht hatte vorstellen können –, nur keine Lampe. Aus den Augenwinkeln heraus registrierte ich jedoch Nikolas ungeduldiges Wedeln und griff mehr oder weniger wahllos nach dem Ersten, das mich entfernt an eine Lampe erinnerte: einen blitzenden Zylinder aus Messing und Glas von überraschend hohem Gewicht.

Ohne hinzusehen, riss mir Nikola den Zylinder aus der Hand und tat irgendetwas damit, das ich nicht erkennen konnte – es hatte nichts mit Streichhölzern zu tun –, und der Zylinder stanzte eine unscharfe Fläche seltsam bläulicher Helligkeit aus dem Boden, die dem davonhumpelnden Spinnen-Ding folgte. Genau wie er selbst.

»Bleiben Sie hier«, sagte er aufgeregt, »aber fassen Sie nichts an! Vor allem den Hebel nicht!«

Ich hätte das so oder so nicht getan – ich war doch nicht verrückt! –, aber ich hätte es auch gar nicht gekonnt, denn genau wie Allison dachte ich nicht daran, Nikolas Aufforderung Folge zu leisten und einfach zurückzubleiben und abzuwarten, als wollte Nikola nur einmal kurz hinausgehen, um eine Nebensächlichkeit zu erledigen. Nebeneinander und so dicht, dass wir ihn gerade eben so noch nicht anrempelten, liefen wir Nikola hinterher, der wiederum gebückt der verkrüppelten Spinne folgte, die sich mühsam mit ihren drei verbliebenen Beinchen weiterschleppte – mit der Beharrlichkeit einer Maschine. Der Gedanke erschreckte mich, sodass ich ihn hastig abschüttelte und in den hintersten Winkel meines Kopfes verbannte. Gleich neben die verkrüppelte Spinne.

Wir erreichten die Wand des sogenannten Labors, und das Tier versuchte erwartungsgemäß unter eines der Regale zu kriechen, um dem unbarmherzigen Licht zu entgehen, das ihm ebenso unbarmherzig folgte, doch Nikola vertrat ihm den Weg und stieß es ein paarmal sehr behutsam mit der Schuhspitze an, bis es seinen Kurs änderte.

»Was soll das, Nikola?«, fragte Allison. »Dieses Geschöpf ist widerlich und wahrscheinlich sogar gefährlich, aber das ist noch lange kein Grund für unnötige Grausamkeit! Seit wann sind Sie ein Tierquäler?«

»Das ist kein Tier«, antwortete Nikola.

»Kein Tier?« Allison blinzelte. »Was soll es denn sonst sein?«

»Das weiß ich noch nicht«, antwortete Nikola. Der Lichtkreis seiner sonderbaren Lampe hielt die sich im Krabbengang weiterschleppende Spinne unerbittlich fest, und er folgte beiden. »Wenn es nicht so vollkommen unmöglich wäre, dann würde ich fast sagen, es ist eine …«

»Ja?«, fragte ich, als Nikola nicht weitersprach.

»Nichts«, antwortete er. »Wie gesagt, es ist vollkommen unmöglich.« Er lachte unecht. »Es war nur eine Idee. Manchmal verrenne sogar ich mich in verrückte Gedanken. So ist das eben, wenn man zu schlau ist. In gewissen Lebenssituationen steht einem die eigene Genialität im Wege.«

Allison und ich tauschten einen verblüfften Blick, und wir beide lächelten auch flüchtig, aber zumindest ich war nicht wirklich amüsiert. Nikola plapperte einfach nur drauflos, um nicht zu zeigen, wie nervös er in Wahrheit war; als hätte ihn das, was er so deutlich nicht aussprechen wollte, bis ins Mark erschüttert.

Nachdem Nikola sie etliche Male daran gehindert hatte, sich in irgendwelchen finsteren Winkeln oder unter Regalen und Schränken zu verstecken, schlug die Spinne nun den Weg zum Ausgang ein. In all dem Durcheinander und Chaos auf dem Boden hätten wir sie ein paarmal fast verloren, doch das Licht fand sie immer wieder, und schließlich schleppte sie sich ruckelnd und mühsam in den Gang zurück, durch den Allison und ich gekommen waren. Aber sie schlug die entgegengesetzte Richtung ein, fort von der metallenen Wendeltreppe.

»Nikola, Ihr Forscherdrang in allen Ehren«, sagte Allison, »aber finden Sie, dass jetzt wirklich der richtige Moment ist, um …«

»Ja, genau das finde ich, Allison«, fuhr Nikola ihr in einem harschen Ton über den Mund, den sie offensichtlich nicht von ihm kannte, denn sie wirkte einfach nur verdutzt. Ich sah ihr sogar an, dass sie sich redlich darum bemühte, zornig zu werden, es ihr aber einfach nicht gelang.

Geduldig folgten wir der Spinne, bis die bizarre Verfolgungsjagd ein abruptes Ende nahm. Vor uns lag eine Tür aus massivem Metall, die mit gleich zwei dazu passend dimensionierten Schlössern und einem zusätzlichen schweren Riegel samt Vorhängeschloss gesichert war, und diese so plakativ zur Schau gestellte Abschreckung täuschte uns alle darüber hinweg, dass sie in Wahrheit nicht ganz so unüberwindlich war. Wenigstens nicht, wenn man klein genug war.

Noch bevor Nikola die Gefahr wirklich begriff, robbte die Spinne weiter auf die vermeintlich fugenlose Tür zu und verschwand in einem schmalen Spalt darunter. Nikola fluchte ungehemmt und in einer Sprache, die ich nicht verstand, war mit einem einzigen Schritt bei der Tür und rüttelte ebenso vehement wie vergebens daran.

»So weit, so gut«, sagte Allison. Sie klang fast ein bisschen schadenfroh, auf jeden Fall aber erleichtert. »Sie haben getan, was Sie konnten, Nikola. Überlassen wir den Rest den Fachleuten und rufen die Kammerjäger.«

Nikola maß sie mit einem Blick, in dem nur noch sehr wenig von der Herzlichkeit zu erkennen war, die ich normalerweise darin las, wenn er mit ihr sprach, antwortete aber nicht, sondern drückte mir seine Lampe in die Hand und griff in die Jackentasche. »Halten Sie das«, sagte er überflüssigerweise. »Und leuchten Sie mir.«

Ich meinte, ein sonderbares Kribbeln zu spüren, als ich das Metall berührte, aber ich folgte dennoch Nikolas Aufforderung und sah mit wachsender Verblüffung zu, wie er einen kurzen Draht aus der Tasche zog und diesen mit routinierten Bewegungen sehr schnell zurechtbog, bis er eine Art komplizierten Dietrich bildete.

»So schnell entkommt mir dieses kleine Biest nicht«, sagte er grimmig, während er sich bereits dem Vorhängeschloss zuwandte. »So viele Beine kann sie gar nicht haben, um vor mir wegzulaufen!«

»Jetzt übertreiben Sie es aber wirklich, Nikola«, sagte Allison tadelnd, und Nikola reagierte auch diesmal nicht auf ihre Bemerkung, sondern tat irgendetwas anderes, woraufhin das Vorhängeschloss mit einem Klicken aufsprang und er den Riegel zurückschob.

»Sie können so etwas?«, wunderte ich mich.

»Ich kann alles«, antwortete Nikola, der sich bereits dem nächsten Schloss widmete. »Habe ich das nicht gesagt?«

»Sie haben gesagt, Sie *wissen* alles«, erwiderte ich. »Nicht, dass Sie alles *können*.«

»Dieser Unterschied ist allerhöchstens peripher«, antwortete Nikola. »Und jetzt seien Sie bitte einen Moment leise. Ich muss mich konzentrieren.«

Ich schwieg gehorsam und trat ein Stück zurück, um ihn auf keinen Fall zu behindern, hielt die Lampe aber weiter auf die Tür gerichtet. Ihr Licht schien erstaunlicherweise stärker geworden zu sein, und ich spürte das seltsame Kribbeln jetzt deutlicher.

»Was ist das für ein Gerät?«, fragte ich und schnüffelte. Ich konnte weder Petroleum noch Lampenöl riechen.

»Eine Rühmkorff-Lampe«, antwortete Allison.

»Aha. Und was genau ist das?«

Allison hob die Schultern. »Das weiß ich auch nicht. Aber wenn sie eine halbe Stunde Zeit und Lust auf Kopfschmerzen haben, dann fragen Sie Nikola.«

»Das habe ich gehört«, sagte Nikola, ohne auch nur zu uns zurückzusehen. Auch das zweite Schloss sprang mit einem hellen metallischen Klacken auf. Unverzüglich wandte er sich dem letzten verbliebenen Hindernis zu, das ihm sogar noch weniger lange standhielt. Schon nach wenigen Augenblicken nahm er mir die Lampe wieder ab und zog mit der anderen Hand die Tür auf. Angesichts ihres unzweifelhaft enormen Gewichts und des vernachlässigten Zustandes hatte ich das Geräusch von verrosteten Angeln oder wenigstens einen anderen, ein bisschen unheimlichen Laut erwartet, aber sie bewegte sich vollkommen lautlos, und das Öffnen schien Nikola auch keine nennenswerte Kraft zu kosten. Wie es aussah, wurde sie regelmäßig benutzt und sorgsam gewartet.

Zu sehen war dahinter allerdings nichts. Selbst als Nikola den kräftigen Strahl seiner Lampe durch die Tür fallen ließ, verlor er sich einfach in Dunkelheit und Weite. Dann senkte er die Laterne, und das blaustichige Licht brach sich auf der obersten Stufe einer weiteren Wendeltreppe, die nach unten führte. Ich glaubte etwas Winziges mit zu vielen Beinen davonhuschen zu sehen, war aber nicht sicher. Meinen eigenen Augen traute ich schon lange nicht mehr.

»Sie wollen doch nicht etwa dort hinunter?«, fragte Allison. Ihre Stimme klang mehr als nur ein bisschen nervös.

»Sie sollten hierbleiben«, sagte Nikola. »Gehen Sie besser nach oben, und warten Sie dort auf mich.«

»Aber was wollen Sie dort?«

Nikola ließ sich in die Hocke sinken und lenkte den Lichtstrahl an der Treppe vorbei in die Tiefe. Sehr weit in die Tiefe, das konnte ich selbst von hier aus erkennen. »Jemand hat sich sehr große Mühe gegeben, um das hier zu verstecken. Und ich wüsste zu gerne, warum.«

»Dafür mag es einen Grund geben«, bemerkte Allison nervös. Ich sah ihr an, dass sie so wenig wie ich durch diese Tür gehen wollte.

»Ganz bestimmt sogar«, sagte Nikola. »Diese Tür dürfte es gar nicht geben, so wenig wie alles dahinter. Ich kenne den Grundriss dieses Gebäudes, wissen Sie, und eigentlich sind wir hier im Keller, unter dem nur noch festes Erdreich liegen sollte.«

»Vielleicht … also vielleicht täuschen Sie sich ja«, sagte Allison.

Nikola stellte einen Fuß auf die Metallstufe und belastete sie vorsichtig mit seinem Gewicht. »Bestimmt nicht, meine Liebe. Sie kennen die Pläne dieses Gebäudes so gut wie ich. Ihr Onkel hat es gebaut.« Mit sichtlicher Überwindung setzte er auch den anderen Fuß auf das durchbrochene Metall der Treppenstufe und wartete. Sie hielt.

»Das stimmt schon«, antwortete Allison, »aber …«

»Dann werden Sie auch verstehen, dass ich unbedingt herausfinden muss, was sich dort unten verbirgt.« Nikola wippte ein paarmal in den Knien, wie um die Treppenstufen einer letzten Prüfung zu unterziehen, war mit dem Ergebnis offensichtlich zufrieden und sah noch einmal über die Schulter zu uns zurück. »Quinn und Sie sollten besser hier warten. Ich beeile mich.«

»Ja, das könnte Ihnen so passen«, maulte Allison.

Und folgte ihm.

Und was blieb mir anderes übrig, als dasselbe zu tun?

7

Das wummernde Maschinengeräusch, das ich schon die ganze Zeit über unterschwellig gehört hatte, wurde mit jeder hallenden Treppenstufe lauter, die wir Nikola nach unten folgten. Nun konnte ich auch nicht mehr leugnen, dass der stechende Geruch nicht nur in meiner Einbildung existierte, sondern real war und im gleichen Maße stärker und würgender wurde, in dem wir die Treppe Stufe um Stufe hinabstiegen. Es roch wie etwas, das einen an geschmolzenes Metall denken ließ, und da war auch noch etwas Chemisches, etwas durch und durch Unbekanntes und eine schwache, aber stechende Beimischung wie von menschlichen Ausscheidungen.

»Wir sind jetzt gleich da«, sagte Nikola zwei oder drei Stufen unter uns. »Geben Sie acht.«

Die Warnung kam keinen Augenblick zu früh, denn da erreichten wir nacheinander das Ende der Treppe und traten in einen großen Raum. Ich beeilte mich, zu Nikola und Allison aufzuschließen. Dabei musste ich aufpassen, wohin ich trat, denn der Keller war eben ein typischer Keller, in den man alles hineingestopft hatte, was gerade nicht gebraucht wurde: Pappkartons und Kisten, halb auseinandergenommene Maschinen und Werkzeug, überquellende Körbe und Stapel mit Ersatzteilen und tausend andere Dinge, die in ihrer Gesamtheit ein einziges Durcheinander bildeten, sodass es ständig schepperte und klirrte, obwohl ich mir alle Mühe gab, vorsichtig zu sein.

»Wozu dient das?«

»Zu nichts«, antwortete Allison kurz angebunden.

»Allison«, seufzte ich. »Jedem anderen würde ich das vielleicht glauben, aber nicht der Architektin, die dieses Haus gebaut hat.«

»Ich habe es entworfen, nicht mit eigenen Händen gebaut«, versetzte sie gereizt. »Und Sie scheinen nicht zuzuhören, Mister Devlin. Dieser Raum ist auf den offiziellen Bauplänen nicht zu sehen.«

Ich hatte in meinem Leben wahrlich genug Verhöre geführt, um nicht genau zu begreifen, was sie da gerade gesagt hatte. »Und auf den inoffiziellen?«

Allison schnaubte. »So etwas gibt es nicht. Es ist ganz normal, dass das eine oder andere Detail von den Plänen abweicht.«

Das konnte ich jetzt glauben oder auch nicht. Ich ging an ihr vorbei und steuerte eine schmale Tür an, die ich entdeckt hatte. Sie war unverschlossen. Kurz entschlossen öffnete ich sie und betrat den dahinterliegenden gemauerten Gang mit gewölbter Decke. Hier roch es womöglich noch schlechter, doch er war vollkommen leer. Ich ging bis zu seinem Ende und betastete die Mauer mit meiner unversehrten Hand. Sie fühlte sich massiv an und sehr kalt.

»Sind Sie jetzt zufrieden?«, fragte Allison an Nikola gewandt. »Hier unten ist gar nichts.«

»So würde ich das …«, begann Nikola, zog es dann jedoch vor, den Satz lieber nicht zu beenden. Irgendetwas musste er wohl in Allisons Augen gelesen haben, das ihn beunruhigte.

»Sie können Ihre wissenschaftliche Neugier gern später befriedigen, aber mein Bedarf an Abenteuern ist für heute mehr als gedeckt. Hier unten riecht es wie in einer Kloake, und wahrscheinlich wimmelt es nur so von Ungeziefer. Sind wir nicht auf der Jagd nach solchem überhaupt erst hierhergekommen?«

»Spinnen sind alles andere als Ungeziefer«, antwortete Nikola, was möglicherweise richtig, aber ganz gewiss nicht klug war. Er fuhr trotzdem fort: »Es handelt sich ganz im Gegenteil um überaus nützliche Tiere, auch wenn ich zugeben muss, dass sie wahrscheinlich kaum einen Preis bei einem Schönheitswettbewerb gewinnen würden.«

Allison starrte ihn an, und Nikola kam wohl endlich zu dem Schluss, jetzt doch besser die Klappe zu halten. Ich tastete noch einmal mit spitzen Fingern über die Wand – sie war nicht nur kalt, sondern so feucht, dass das Wort *nass* schon zutreffender gewesen wäre. Dann machte ich kehrt, blieb aber auf halber Strecke schon wieder stehen, als sich der Klang meiner Schritte veränderte, und sah nach unten.

Ich stand nicht mehr auf Stein oder Beton, sondern auf einer geschmiedeten Klappe, die nahezu perfekt in den Boden eingelassen war. Rasch trat ich zurück, ging in die Hocke und bedeutete Nikola, mir zu leuchten.

»Was haben Sie vor?«, fragte Allison nervös.

Statt zu antworten, zog ich mit beiden Händen an den eisernen Griffen, die an der Platte angeschweißt waren, stellte überrascht fest, wie schwer sie war, und mobilisierte meine ganze, nicht unerhebliche Kraft. Selbst jetzt gelang es mir nur, die Platte vielleicht einen Zoll weit anzuheben und ein kleines Stück zur Seite zu wuchten.

Vielleicht war das auch gut so, denn ein durchdringendes Zischen und Brodeln erklang, begleitet von einem Schwall so grässlichen chemischen Gestanks, dass ich zurückprallte und gerade noch dem Impuls widerstehen konnte, erschrocken nach Luft zu schnappen, womit ich mir wahrscheinlich die Lungen verätzt hätte. Ich erbleichte.

»Was haben Sie?«, fragte Nikola alarmiert.

Ich hütete mich zu antworten, denn dazu hätte ich Luft holen müssen, sondern beugte mich mit angehaltenem Atem über den Spalt und bedeutete ihm gleichzeitig, mit der Lampe näher zu kommen. Nach kurzem Zögern gehorchte er. Selbst Allison schloss sich uns an, wenn auch mit einer Miene, die ihren Widerwillen mehr als nur verdeutlichte.

Das Licht brach sich auf einem brodelnden Strom, der mit der Geschwindigkeit eines galoppierenden Pferdes durch einen gemauerten Kanal schoss. Wenn es überhaupt Wasser war, dann von einer Art, wie ich es noch nie zuvor gesehen hatte, denn im Licht der Rühmkorff-Lampe schillerte es in ungesunden grünen, bläulichen und grauen Tönen.

Ich sah so lange hin, bis mir die ätzenden und stinkenden Dämpfe die Tränen in die Augen trieben und mir leicht schwindelig zu werden begann. Angewidert drehte ich den Kopf zur Seite und versuchte, durch die zusammengebissenen Zähne zu atmen, was ein bisschen half. Aber nicht viel.

»Das muss irgendetwas … Chemisches sein«, keuchte ich. »Und etwas nicht sehr Gesundes.«

»Das scheint mir auch so«, bestätigte Nikola, und Allison fügte hinzu: »Sie sollten besser nicht dortbleiben.«

»Was ist das?«, ächzte ich. »So eine Art Abwasserkanal? Und woher kommt dieses Zeug, um Himmels willen?«

Allisons Antwort bestand auch jetzt nur aus einem nervösen Blick, und ich beugte mich ein zweites Mal (mit angehaltenem Atem und zusammengebissenen Zähnen) über den Spalt.

Diesmal traf mich der Gestank nicht ganz so unvorbereitet, aber auch das machte es nicht wirklich besser. Der Strom sah noch immer widerwärtig und gefährlich aus und brodelte und zischte, und die Dämpfe trieben mir erneut die Tränen in die

Augen. Dennoch hatte ich das Gefühl, etwas übersehen zu haben. Nur wusste ich nicht, was.

»Was tun Sie da, Quinn?«, fragte Allison nervös. »Kommen Sie besser da weg.«

Ich hätte nichts lieber getan, beugte mich stattdessen jedoch nur noch weiter vor und versuchte den Kopf so zu halten, dass mir die beißenden Dämpfe wenigstens nicht direkt in die Augen stiegen. Es nutzte nicht viel, aber immerhin konnte ich sehen, dass unter mir nicht nur verseuchtes Wasser (oder was auch immer) dahinschoss. Formlose Dinge unterschiedlicher Größe tanzten auf und in der stinkenden Brühe, schienen sich manchmal für Augenblicke an den Rändern des gemauerten Kanals festzuklammern und dann wieder mitgerissen zu werden, und nun sah ich auch, dass die Strömung nicht gleichmäßig war, sondern pulsierend wie im Takt eines gewaltigen, vergifteten Herzens, das tief im Leib der Erde schlug. Der Gedanke war ebenso furchterregend wie absurd, aber er ließ mich auch nicht los.

»Kommen Sie da besser raus, Quinn«, sagte Allison nervös. »Wer weiß, was Sie Ihrer Gesundheit da gerade antun.«

Ich wuchtete die Platte an ihren Platz zurück, stand wortlos auf und ging zusammen mit Nikola zu Allison zurück.

Noch immer so flach atmend, wie es gerade noch ging, drückte ich die Tür zu und legte den Riegel vor, ehe ich es das erste Mal wagte, wieder tief Luft zu holen. Gerade noch war mir die Luft hier drinnen abgestanden und schlecht vorgekommen, aber jetzt erschien sie mir das Köstlichste zu sein, was ich jemals geschmeckt hatte.

»Was für eine Schweinerei war das denn?«, fragte ich inbrünstig.

Ich bekam keine Antwort, und nachdem ich auf ein weiteres Dutzend hämmernder Schläge meines eigenen Herzens gelauscht hatte, drehte ich mich zu ihr um. Allison war genauso bleich geworden wie ich, aber ihre weit aufgerissenen Augen starrten voller Entsetzen in die Dunkelheit auf der anderen Seite des Raumes.

»Allison?«, fragte ich alarmiert. Was sah sie?

Ich tauschte einen fragenden Blick mit Nikola, bekam aber nur ein hilfloses Achselzucken zur Antwort und beeilte mich, zu Allison aufzuschließen.

Trotz der schlechten Lichtverhältnisse hatte sie sich etliche Schritte entfernt und blieb auch nicht stehen, als ich ihren Namen rief, sondern beschleunigte ihre Schritte sogar noch, während sie die klobigen Schatten auf der anderen Seite des Raumes ansteuerte, von denen die unheimlichen stampfenden Laute stammten.

»Allison, so bleiben Sie doch stehen!«, rief nun auch Nikola. »Sie könnten sich verletzen!«

Allison sagte immer noch nichts, sondern ging weiter auf etwas zu, das ich als eine Reihe fast mannshoher Pumpen erkannte, als Nikola seine Lampe in die entsprechende Richtung schwenkte. Vor der ersten der großen, pochenden Maschinen ließ sie sich in die Hocke sinken und streckte die Hand aus. Aber sie führte die Bewegung nicht zu Ende, so als wagte sie es nicht, das Metall zu berühren.

»Allison?«, fragte ich noch einmal, doch sie beachtete mich nicht, sondern starrte die gewaltige Maschine an, die ungerührt weiter vor sich hin wummerte. Mir wurde bewusst, dass ich gar nicht das Dröhnen meiner eigenen Herzschläge in den Ohren hörte, sondern das Wummern und Schnauben der gewaltigen Pumpen, die in vollkommenem Gleichklang arbeiteten und mir schon längst ihren Rhythmus aufgezwungen hatten.

»Allison, was haben Sie?«, fragte ich. Allmählich begann mich ihr sonderbares Benehmen ernsthaft zu beunruhigen. »Reden Sie mit mir!«

Rasch trat ich an ihre Seite, wartete wider besseres Wissen noch einen weiteren (vergeblichen) Moment auf eine Antwort und ließ mich dann auf knackenden Kniegelenken neben ihr in die Hocke sinken.

»Allison?«, fragte ich zum nunmehr vierten Mal. Ich hörte, wie nun auch Nikola näher kam, sah aber nicht einmal zu ihm zurück.

Allison streckte abermals die Hand aus, und diesmal berührte sie die große Pumpe, wenn auch so vorsichtig, als hätte sie Angst, sich an dem vibrierenden Metall zu verbrennen oder davon gebissen zu werden. Diese Vorstellung war völlig übertrieben, aber hier und jetzt und in dieser seltsamen Umgebung und von nichts weiter als dem bläulichen Licht der Rühmkorff-Lampe vor der aus allen Richtungen herandrängenden Dunkelheit beschützt, hatte sie etwas überaus Bedrohliches.

»Das ... kann er nicht getan haben«, stammelte Allison. »Er hat es mir versprochen. Er hat mir ... versprochen, das ... nicht zu tun!«

»Allison?«, fragte Nikola.

Allison ignorierte auch ihn.

»Das hat er nicht getan«, murmelte sie noch einmal. »Nicht Stanley!«

Die Worte galten nicht mir, aber ich antwortete trotzdem darauf. »Von wem sprechen Sie, Allison? Jacobs? Was hat er getan?«

»Allison?«, fragte Nikola. »Was tun Sie da?«

Allison drehte den Kopf und sah direkt in das helle Licht, ohne auch nur zu blinzeln. Ihre Miene verfinsterte sich, aber ich war sehr sicher, dass das nichts mit der Tatsache zu tun hatte, dass sie geblendet wurde.

»Was tun Sie?«, fragte Nikola noch einmal.

»Haben Sie das gewusst?«, fragte Allison.

»Was gewusst?«

»Natürlich haben Sie es gewusst!«, fuhr Allison fort, plötzlich nur noch einen Deut davon entfernt zu schreien. »Sie müssen es gewusst haben! Das hätte er nie und nimmer allein …«

»Ich verstehe nicht, wovon Sie reden, Allison«, unterbrach Nikola sie. »Ist alles in Ordnung?« Ohne eine Antwort abzuwarten, kam er noch einen Schritt näher und ließ sich genau wie ich in die Hocke sinken, nur auf Allisons anderer Seite – und ohne dass seine Kniegelenke knackten.

»Sie haben es gewusst«, sagte Allison noch einmal. Aber sie klang jetzt eher verzweifelt.

Nikola streckte nun genau wie sie die Hand aus und tastete mit den Fingerspitzen über das schmutzige Metall der Pumpe. Er runzelte die Stirn, sah aber anders als Carter eher nachdenklich als erschrocken aus, und ich konnte ihm ansehen, wie er sich selbst in Gedanken eine Frage stellte und die Antwort dann fast erschrocken von sich wies.

Da ich das sichere Gefühl hatte, weder von ihm noch von Allison eine Antwort zu bekommen – ganz gleich auf welche Frage –, tat ich dasselbe wie sie und legte die flache Hand auf das Metall. Der hämmernde Rhythmus wurde jetzt, wo ich ihn nicht nur hörte, sondern auch unter der Handfläche spürte, noch unangenehmer. Das Metall pochte nicht nur wie ein rasendes eisernes Herz und war unangenehm klebrig, sondern auch überraschend warm, beinahe schon heiß.

»Was ist das?«, fragte ich mit wenig Hoffnung, eine Antwort zu erhalten.

»Ich fasse es nicht!«, sagte Allison empört. »Er hat es wirklich getan! Und ich habe ihm vertraut! Und Ihnen auch, Nikola!«

»Das allein ist noch kein Beweis«, widersprach Nikola.

»Kein Beweis wofür?«, fragte ich. »Redet mit mir, verdammt!«

»Ach nein?«, fauchte Allison. »Und wie nennen Sie das?«

Ihre Hand fiel mit einem hörbaren Klatschen auf den dicken Gummischlauch, der wie der Saugrüssel eines bizarren Urzeitinsekts aus der Vorderseite der Pumpe wuchs und im Boden verschwand. Ich verstand weder, was sie meinte, noch den Grund für Nikolas plötzlich betroffene Miene, als er dasselbe tat. Da ich nicht nur die Hoffnung aufgegeben hatte, überhaupt noch eine Antwort auf gleich welche Frage zu bekommen, sondern auch nicht mehr sicher war, dass sich die beiden meiner Anwesenheit überhaupt noch bewusst waren, tat ich es ihnen gleich und legte die Hand auf eines der anderen dicken Gummirohre. Es war so heiß, dass ich mich beherrschen musste, um sie nicht gleich wieder zurückzuziehen, und es fühlte sich auf sehr unangenehme Weise *lebendig* an. Etwas bewegte sich unter dem spröde gewordenen Material.

»Es muss eine andere Erklärung geben«, meinte Nikola ohne die mindeste Überzeugung. »Das glaube ich nicht. Das alles ist immer noch kein Beweis.«

»Natürlich nicht«, spottete Allison. »Sie wollen einen Beweis? Dann sehen Sie sich die Schweinerei dort hinter der Tür an! Sie waren doch gerade da, oder?«

»Auch auf die Gefahr hin, penetrant zu wirken«, sagte ich, »aber könnte mir vielleicht jemand erklären, was das alles hier bedeutet?«

Nikola stand mit einem Ruck auf und wischte sich die Handfläche am Hosenbein ab. Mit der anderen Hand nahm er seine Lampe auf und ging zu der Tür zurück, die ich gerade erst verriegelt hatte. Ich wünschte mir, er würde das nicht tun. Aber jetzt erhob sich auch Allison und folgte ihm, und ganz davon abgesehen, dass ich noch immer von demselben irrationalen Unbehagen getrieben wurde, ganz bestimmt nicht im Dunkeln und allein zurückbleiben zu wollen, wollte ich noch viel weniger vor Allison als Feigling dastehen. Also entschied ich mich schweren Herzens, der wirklich langen Liste von Dingen, die ich in meinem Leben besser nicht getan hätte, noch einen weiteren Posten hinzuzufügen, und folgte ihnen.

Nikola stieß ein erschrockenes Japsen aus, als er die Tür öffnete und ein Schwall des grässlichen Gestanks zu uns herauswehte, hob aber darüber hinaus nur die freie Hand vor den Mund und ging weiter. Allison folgte ihm sofort. Verwundert bemerkte ich, dass nun auch sie eine Lampe in der rechten Hand hielt, wenn auch eine, die ihre Umgebung in ein warmes gelbes Licht tauchte und nicht in das kalte Blau von Nikolas merkwürdiger Rühmkorff-Lampe.

Eine gute, alte Petroleumlampe, die sie offensichtlich hier unten vorgefunden hatte. Umso besser.

Allison drängte sich an Nikola vorbei und kniete als Erste neben dem Schachtdeckel nieder.

»Helfen Sie uns, Quinn«, bat sie. Eigentlich *befahl* sie es, aber ich wollte mich nicht beschweren. Immerhin wusste sie noch, dass ich da war. Und wenn ich ihr ohne große Diskussionen half, dann kamen wir hier vielleicht auch wieder schneller raus.

Zumindest hoffte ich es.

Gehorsam ließ ich mich neben Nikola auf die Knie sinken und half ihm dabei, die schwere Platte erneut zur Seite zu wuchten. Ich drehte den Kopf und hielt die Luft an, aber es half kaum. Nikola verzog angewidert das Gesicht und hatte es mit einem Male sehr eilig, ein Taschentuch vor Mund und Nase zu pressen, aber er beugte sich trotzdem vor und sah aus tränenden Augen nach unten.

»Und?«, fragte Allison, in jenem ganz bestimmten, spitzen Tonfall, zu dem seit der Erfindung der menschlichen Sprache nur Frauen imstande sind. »Brauchen Sie noch mehr Beweise?«

Wenn, dann bekam er sie in genau diesem Moment.

Etwas bewegte sich unter der Wasseroberfläche. Es war unmöglich zu sagen, was. Ein Schatten, der immer wieder auseinanderbrach und sich neu zusammenfügte und jedes Mal auf andere Art; Farben, deren bloßer Anblick Übelkeit auslösen wollte und ... *Dinge*, die zu beschreiben es in der menschlichen Sprache keine Worte gibt. Neben mir stieß auch Nikola ein entsetztes Keuchen aus und versuchte ... irgendetwas zu tun, aber es war viel zu spät, denn das formlose Etwas brach mit einem gewaltigen Platschen durch die Wasseroberfläche, schlug nach uns und verfehlte mein Gesicht zwar um Haaresbreite, traf mich aber mit solcher Wucht an der Schulter, dass ich die Balance in der Hocke verlor und rücklings gegen die Wand fiel.

Es tat nicht einmal weh, aber ich war so erschrocken, dass ich einen gellenden Schrei ausstieß und dabei einen so tiefen Atemzug nahm, dass sich meine Lungen mit Feuer zu füllen schienen. Ich spürte mehr, als ich sah, dass auch Nikola zurückwich und ungeschickt gegen die Wand prallte, während Allison noch spitzer und zugleich lauter schrie, während sie zur Seite kippte. Die giftige Brühe hatte mein Gesicht bespritzt und verwandelte sich in eine Million winziger, rot glühender Nadeln, die unbarmherzig in meine Haut bissen. Mein Anzug begann zu schwelen, als wäre er in den Funkenregen einer Gießerei geraten, und es stank nach verbranntem Haar und schmorendem Fleisch. Möglicherweise meinem.

Da war wogende Bewegung und die Nähe von etwas Gigantischem und durch und durch Feindseligem. Durch einen immer dichter werdenden Tränenschleier hindurch meinte ich einen massigen Schatten wahrzunehmen, der aus dem Schacht emporwuchs und immer noch größer und größer und noch größer wurde, bis er mit einem schweren fleischigen Klatschen gegen die Tunneldecke stieß und sich dabei zugleich weiter zurückbog, wie eine Peitschenschnur, die zuschlagen wollte. Ich konnte kaum mehr als Schemen erkennen, weil meine Augen so sehr tränten. Aber vielleicht weigerte sich auch mein Verstand einfach, das Gesehene zu akzeptieren, denn es war zu fremd und bizarr und grässlich.

Das alles hinderte meinen Körper nicht daran, sich instinktiv herumzuwerfen. Etwas klatschte mit einem widerwärtig nassen und zugleich metallisch klirrenden Laut genau dort gegen die Mauer, wo ich gerade noch gelehnt hatte, und ließ Staub und rote Backsteinsplitter sowie klebrigen Schleim in alle Richtungen explodieren. Ich warf mich abermals herum, diesmal zur anderen Seite, und kroch hastig auf Händen und Knien davon, wobei ich das Gefühl hatte, über eine glühende Herdplatte zu robben. Ich glaubte ein Zischen zu hören, wie das Geräusch einer wütenden Schlange, verschwendete aber keine Zeit damit, hinter mich zu blicken, sondern kroch nur noch hastiger weiter.

Nikola schrie irgendetwas, vielleicht meinen Namen, vielleicht auch nur einen Laut sinnlosen Erschreckens, und bevor ich den rettenden Ausgang erreichte und aufspringen konnte, hörte ich Allison aufkreischen. Das veranlasste mich dazu, nun doch den Kopf zu drehen, und mein Herz tat einen entsetzten Sprung. Es war wie ein Bild aus Dantes neuntem Kreis der Hölle, das die Schleier aus Schmerz und rot gefärbten Tränen vor meinen Augen nur noch schlimmer machte. Die schwere Metallklappe war zur Seite geschleudert worden und lag wie ein zerknülltes Blatt Papier da. Aus dem Schacht wuchs ein ganzer Wald sich windender und peitschender Schlangen. Vielleicht waren es auch Tentakel oder etwas ganz anderes, wofür es kein passendes Wort gab, weil kein Mensch je zuvor so etwas gesehen hatte. Etliche der matschig braunen und in nassem Messingglanz schimmernden Schlangenleiber waren dicker als mein Arm, andere dünn wie wogendes Haar oder Seegras. Ich meinte schnappende Mäuler voller spitzer Zähne aus

Metall zu sehen und blitzende Augen aus Glas, die von elektrischem Feuer erfüllt waren. Das … *Ding* schrie in schrillen, fast unmenschlich spitzen Tönen, und es verging noch einmal eine geschlagene Sekunde, bevor ich meinen Irrtum begriff und mir klar wurde, dass es gar nicht diese grässliche Erscheinung war, die ich schreien hörte, sondern Allison!

Auch sie war gestürzt und hatte sich auf beide Handflächen und ein Knie hochgestemmt, um genau wie ich zum rettenden Ausgang zu kriechen, doch etwas hatte sich um ihr linkes Fußgelenk geschlungen und zog und zerrte mit solcher Kraft daran, dass sie kaum von der Stelle kam: ein dünner, matschig brauner Strunk wie eine schuppenlose Schlange oder eine faulende nasse Wurzel. Allison schrie noch einmal, und ich war mit einem einzigen gewaltigen Satz wieder bei ihr und zerrte sie auf die Füße.

Auf einen Fuß, um genau zu sein. Ihr linkes Bein wurde mit so brutaler Kraft zurückgerissen, dass ich sie um ein Haar wieder losgelassen hätte und selbst ins Stolpern geriet. Sie schrie vor Schmerz, als sich der dünne Strang wie ein Drahtseil spannte und dabei tief in ihr Fleisch schnitt. Ein helles Reißen erklang, von dem ich nur inbrünstig hoffen konnte, dass es Stoff war, und etwas Großes und Dunkles schlug nach mir und streifte meine Schulter zwar nur, brachte mich aber trotzdem endgültig aus dem Gleichgewicht und hämmerte mit Ziegelstein zertrümmernder Gewalt neben meiner Schulter in die Wand.

Ungeschickt fiel ich auf den Rücken, riss Allison dabei mit mir und rettete ihr möglicherweise so das Leben, denn nun peitschte eine der widerlichen fleischfarbenen Schlangen auch nach ihrem Gesicht und hätte es zweifellos getroffen, wäre sie nicht gestürzt und auf mich gefallen. Ich sah, dass sich an ihrem Ende ein schnappendes Maul befand, in dem zahllose dünne Metallnadeln anstelle von Zähnen blitzten. Es verfehlte sie und riss ihr nur eine dünne Haarsträhne aus, aber Allison schrie trotzdem so gellend auf, als würde sie bei lebendigem Leibe gehäutet. Sie fiel so schwer auf mich, dass ich ein zweites Mal auf den Rücken prallte und mir die Luft aus den Lungen getrieben wurde. Aber zugleich registrierte ich auch mit einem Gefühl kalten Entsetzens, wie sie mir fast aus den Armen gerissen und wieder ein gutes Stück auf den Schacht zugezerrt wurde. Ich versuchte sie festzuhalten, aber meine Hände waren von dem ätzenden Schleim ebenso schlüpfrig wie ihre Unterarme, sodass sie mir einfach entglitt und im nächsten Moment in der saugenden Tiefe verschwunden wäre, hätten ihre Hände nicht gerade noch Halt an meinem Gürtel gefunden.

Der mit einem peitschenden Knall zerriss.

Vor meinem inneren Auge sah ich schon das ganz und gar nicht komische Bild, wie ich mit halb heruntergelassenen Hosen hinter Allison her in ein kochendes Säurebad gezerrt wurde. Und wahrscheinlich wäre ohne Nikola auch ganz genau das geschehen. Mit einem einzigen Satz war er bei uns, stampfte mit dem Absatz auf den Tentakel, der Allisons Knöchel umklammerte. Das vermochte ihn zwar nicht zu zerstören, schien dem grässlichen Geschöpf aber immerhin Schmerz zuzufügen oder wenigstens einen Schrecken einzujagen. Der mörderische Druck ließ nach, und mehr brauchte Nikola nicht, um Allison mit einer Hand am Oberarm zu ergreifen und auf die Füße zu zerren. Mir überließ er es selbst, mich aufzurappeln und loszustolpern, und nutzte die freie Hand stattdessen, um Allisons achtlos abgestellte Petroleumlampe vom Boden aufzuheben.

Als er noch einen Schritt von der Tür entfernt war, stieß er Allison wuchtig hindurch, vollführte eine komplizierte Viertel-Pirouette und nutzte den Schwung dieser Bewegung, um die Lampe zu schleudern.

Ich hielt es seiner Hast und der Aufregung dieses apokalyptischen Momentes zugute, dass sie dabei so dicht an meinem Gesicht vorbeiflog, dass ich die Hitze des Glaskolbens spüren konnte, und stürmte hinter Allison und ihm durch die Tür. Hinter uns zerbrach klirrend Glas, und die Welt wurde weiß und war erfüllt von reiner Hitze, als das auslaufende Petroleum in alle Richtungen spritzte und dabei explodierte.

Eine unsichtbarer Hand hob mich von den Füßen, schleuderte mich meterweit durch die Luft und war sogar noch rücksichtsvoll genug, mich spielerisch umzudrehen, bevor sie mich mit solcher Wucht auf den Rücken schmetterte, dass mir fast die Sinne schwanden. Trotzdem sah ich, dass sich die Tür in eine offen stehende Hochofenklappe verwandelt hatte, aus der eine zwanzig Fuß lange, weiße und orangefarbene Stichflamme züngelte und die Decke schwärzte. Nikola hatte sich über Allison geworfen, um sie mit seinem eigenen Körper vor der Hitze zu schützen. Seine Jacke begann zu schwelen, und ich dachte hysterisch, dass ich wohl spätestens morgen früh einen Friseur aufsuchen musste, als ich sah, wie sich das Haar an seinem Hinterkopf kräuselte. Dann erblickte ich inmitten der zischenden weißen Glut etwas, das mich nicht nur sämtliche Albernheiten vergessen ließ, sondern auch alles andere.

Es konnte nicht nur das Petroleum aus Allisons Lampe gewesen sein, das da drinnen in Brand geraten war. Der ganze Raum loderte in grellem Weiß und in den Augen schmerzendem Orange, und inmitten dieser brodelnden Hitzehölle bewegte sich ein Schatten hin und her, wie ein vom Sturm gepeitschter Baum mit tausend brennenden Ästen. Ein Kreischen erklang, unvorstellbar laut und eher wie das Geräusch eiserner Räder auf Schienen als etwas, das aus der Kehle eines lebenden Wesens stammte. Die Tür stieß einen zweiten zischenden Flammenstrahl aus, und Nikola umschlang Allison mit beiden Armen und rollte verzweifelt zur Seite, um einem lichterloh brennenden Tentakel zu entgehen, der aus der Flammenhölle wuchs und wie eine blinde Schlange nach ihr tastete. Das Schreien und Kreischen wurde noch einmal lauter und schmerzte in den Ohren, und die Luft war mit einem Male von einem Gestank erfüllt, der sich vollkommen von allem unterschied, was mir jemals begegnet war, und augenblicklich heftige Krämpfe in meinen Eingeweiden auslöste.

Trotzdem sprang ich auf die Füße, riss mit angehaltenem Atem die Unterarme vors Gesicht und war mit einem einzigen gewaltigen Sprung bei der Tür, um sie mit der Schulter zuzurammen. Sie war so heiß, dass es selbst durch den dicken Stoff der Jacke hindurch wehtat und ich mir die Finger verbrannte, als ich den Riegel zuschob. Kaum hatte ich es getan, da prallte etwas mit solcher Wucht gegen die andere Seite der Tür, dass sie wie eine Glocke dröhnte und der Boden unter uns erzitterte. Ein zweiter und noch heftigerer Schlag folgte, sodass ich erschrocken zurückprallte und halbwegs damit rechnete, die Tür aus Angeln und Rahmen fliegen zu sehen.

Doch sie hielt, und dieser zweiten Attacke folgte auch keine dritte mehr. Das Kreischen und Klingeln hielt an, aber vielleicht dröhnte es ja auch nur noch so laut in meinen Ohren. Mein Herz hämmerte bis in die Fingerspitzen, und ich konnte zwar wieder atmen, musste aber noch immer meine gesamte Willenskraft aufbieten, um mich nicht zu übergeben.

Hinter mir begann Allison qualvoll zu husten, und der Laut riss mich nicht nur in die Realität zurück, sondern erinnerte mich auch daran, dass es möglicherweise noch nicht vorbei war. Hastig drehte ich mich um und wurde mit einem Anblick belohnt, der vielleicht nicht ganz so unmittelbar tödlich war wie der gerade, aber kaum weniger bizarr: Nikolas Rühmkorff-Lampe war umgefallen, brannte aber ungerührt und ruhig weiter, und auch aus seiner Hose und (wie ich entsetzt erkannte) Allisons Kleid züngelten an einem Dutzend Stellen winzige Flämmchen. Kaum eine Armeslänge neben uns peitschte und wand sich etwas auf dem Boden, das ein brennender Gummischlauch hätte sein können, hätte es sich nicht wie unter Schmerzen hin und her geworfen und ein aufgerissenes Maul mit Hunderten spitzer Nadelzähne an einem Ende gehabt.

Ich war mit einem Satz da, stieß das brennende Schlangen-Ding mit dem Fuß weg und beugte mich hastig über Allison, um mit beiden Händen die Flammen auszuschlagen, die aus ihrem Kleid züngelten. Dasselbe mit seinen eigenen Kleidern zu tun überließ ich Nikola, schon als Revanche dafür, mir beinahe Allisons Petroleumlampe ins Gesicht geworfen zu haben.

»Ist alles in Ordnung?«, keuchte ich, obwohl offensichtlich nichts *in Ordnung* war. Allisons Gesicht war voller Ruß und Blut, in ihrem Haar und überall auf ihrem Kleid schwelten immer noch winzige Funken, und vor allem ihr Fußknöchel bot einen schlimmen Anblick. Was immer sie gepackt hatte, hatte wie ein Draht tief in ihre Haut geschnitten und eine dünne, rote Linie hinterlassen, aus der tausend mikroskopisch feine Blutströpfchen quollen. Der Fuß selbst begann bereits sichtbar anzuschwellen und seine Farbe zu verändern. Wenn sie den Schuh auszog, dann würde sie ihn so schnell nicht wieder anbekommen.

Ein dröhnender Schlag erklang, und Staub und weißes Licht explodierten aus den Ritzen der Tür. Nikola sprang mit einem erschrockenen Laut hoch und verschwand in den Schatten auf der anderen Seite des Kellers, um kurz darauf mit einem dicken Metallrohr beladen zurückzukommen, mit dem er ungeschickt die Tür zu verkeilen versuchte. Schon der nächste wuchtige Hieb, der sie traf, ließ seine improvisierte Barrikade einfach umfallen. Für einen Mann, der so viel von Technik verstand, dachte ich, war er von einem bemerkenswerten Ungeschick.

Aber die Idee war gut.

»Kann ich Sie einen Moment allein lassen?«, fragte ich, wartete Allisons angedeutetes Nicken ab und stand dann auf. Nikola war schon wieder in der Dunkelheit verschwunden und rumorte und schepperte lautstark irgendwo herum, und ich versetzte dem brennenden Schlangen-Ding einen weiteren Tritt, der es durch den Keller und fast bis an die mit Regalen vollgestellte Wand schlittern ließ. Um Allison nicht im Dunkeln zurückzulassen, ließ ich die Rühmkorff-Lampe bei ihr.

Die Flammen verzehrten sich rasch selbst, aber das Licht reichte trotzdem, um uns eine Anzahl passender Materialien finden zu lassen, mittels derer wir die Tür verbarrikadieren konnten. Das Ergebnis sah alles andere als vertrauenerweckend aus, als wir nach etlichen Minuten fertig waren, doch wahrscheinlich wären unsere Bemühungen ohnehin nicht mehr nötig gewesen. Es folgten noch drei oder vier weitere Schläge, die jedes Mal deutlich weniger Kraft hatten, und schließlich hörte es ganz auf. Auch das Klingeln und Dröhnen in meinen Ohren war nun fort. Nur mein Herz jagte nach wie vor so schnell, als versuchte es ernsthaft, aus meiner Brust herauszuspringen.

Vorsichtig streckte ich die Hand nach der Tür aus, aber ich wagte es nicht, das Metall zu berühren, das noch immer heiß genug war, um mir die Finger zu verbrennen.

Nicht, dass das noch nötig gewesen wäre.

»Was um alles in der Welt … war das?«, flüsterte Nikola.

Ich hatte ihm gerade dieselbe Frage stellen wollen, hob aber nun nur die Schultern und ging zu Allison zurück. Sie hatte sich halb aufgesetzt, die letzten Funken in ihren Kleidern gelöscht und sah aus wie das sprichwörtliche Häufchen Elend. Die Stelle, wo ihr die Haarsträhne ausgerissen worden war, blutete immer noch heftig, und auch ihr Knöchel hatte sich inzwischen zur Gänze rot gefärbt. Sie zitterte am ganzen Leib, und in ihren Augen erblickte ich etwas, das mir vor Mitleid schier die Kehle zuschnürte. Obwohl ich mich selbst nicht über einen Mangel an Schmerzen und Beschwerden jeglicher Art beklagen konnte, dachte ich in diesem Augenblick nur an sie und hätte alles dafür gegeben, ihr Los wenigstens ein bisschen erleichtern zu können.

»Was … was war … das?«, stammelte sie, während sich ihr Blick regelrecht an der verbarrikadierten Tür festzusaugen schien. Sie begann noch heftiger zu zittern. »Schlangen. Das … das müssen Schlangen … gewesen sein!«

Schlangen aus Messing und Aluminium und Glas?

»Der Kanal führt ins Meer, nicht wahr?«, fragte ich und bekam genau die Antwort, mit der ich gerechnet hatte, nämlich keine. Mit einem heftigen Kopfschütteln fügte ich hinzu: »Es gibt im Atlantik keine Schlangen.« Wenigstens nicht solche. Die gab es nirgendwo.

Allison starrte die Tür weiter aus aufgerissenen Augen an, und ich schluckte meine nächste Frage hinunter, da mir klar wurde, dass sie mich gar nicht mehr hörte. Da war noch immer eine Schwärze in ihren Augen, die mir zunehmend Angst zu machen begann, denn ich war nicht sicher, ob sie jemals wieder verschwinden würde.

»Können Sie aufstehen?«, fragte ich. »Wir müssen hier weg.« Und sie musste zu einem Arzt. Dringend. Genau wie ich im Übrigen.

Und Nikola – falls ihm danach war – wohl auch.

Allison reagierte auch jetzt nicht, sondern starrte nur weiter die Tür an, sogar ohne zu blinzeln. Als sie die Hand ausstrecken wollte, um ihren verletzten Knöchel zu betasten, hielt ich ihren Arm jedoch mit sanfter Gewalt zurück. Ich wollte nicht, dass sie sich selbst noch mehr unnötigen Schmerz zufügte. Ich versuchte sie auf die Füße zu ziehen, gab es aber auch sofort wieder auf, als sie sich sträubte. Und auch, weil meine Hand mit einem so stechenden Schmerz auf meine Bemühungen reagierte, als hätte ich in einen glühenden Nagel gegriffen.

Mein Verband hatte sich gelöst und hing nun nass und angesengt herunter. Mit einem Ruck riss ich ihn ganz ab und war ein bisschen besorgt, als ich sah, was aus der vermeintlich harmlosen Brandblase geworden war. Sie war auf gut das Doppelte der Größe angewachsen, die ich in Erinnerung hatte, und schwarz verfärbt und glänzend. Fast die gesamte Handfläche war rot, geschwollen und entzündet, was in seiner Gesamtheit wie ein grässliches Dämonenauge aussah, das mir aus meiner eigenen Hand entgegenstarrte.

Nikola richtete seine Rühmkorff-Lampe auf und tastete mit spitzen Fingern über die klobige Messingkonstruktion, schien mit dem Ergebnis seiner Untersuchung aber zufrieden zu sein, denn er richtete sie so aus, dass sie Allison und mich mit ihrem Licht gerade noch streifte und den Raum ansonsten erstaunlich gut erhellte.

»Was ist passiert?«, fragte ich. »War das Ihre komische Rundkopf-Lampe, die das Ungeheuer abgefackelt hat?«

Nikola schien zunächst nicht einmal wirklich zu begreifen, was ich meinte, schüttelte dann aber heftig den Kopf und zog ein Gesicht, als hätte ich eine wirklich dumme Frage gestellt. »Erstens heißt es *Rühmkorff-* und nicht Rundkopf-Lampe, und zweitens war es wohl eher Allisons Petroleumlampe, die das hier angerichtet hat«, sagte er in einem herablassend schulmeisterlichen Ton. »Manchmal sind die guten, alten Dinge immer noch die besten.«

Und das aus seinem Mund? Ich war erstaunt. Und ein bisschen dankbar, dass ich *darüber* nachdenken konnte und nicht über das pochende Dämonenauge, dessen Starren ich selbst durch meine geschlossene Faust hindurch noch spüren konnte. Bewegte sich da etwas in meinem Fleisch?

»Kann es sein, dass Sie ein Scharlatan sind, Nikola?« Ich versuchte seine Stimme nachzuahmen. »Petroleum brennt zwar gut, aber es kann doch nicht solche Verheerungen anrichten!«

Nikola warf mir einen fast anerkennenden Blick zu. »Da ist etwas dran.« Er deutete auf die Tür. »Das Petroleum hat den Prozess sicherlich in Gang gesetzt. Aber dann muss noch etwas ganz anderes passiert sein.«

»Und was?«, fragte ich.

Nikola hob die Schultern. »Ich nehme an, es gab einen Kurzschluss. Die Induktionsspule der Rühmkorff-Lampe muss sich entladen haben, als sie mit Wasser in Berührung gekommen ist, und danach …«

»Ja, schon gut«, sagte ich hastig. »Ich verstehe.« Oder auch nicht.

»Kümmern Sie sich um Allison, bitte«, sagte Nikola. Ohne eine Antwort abzuwarten, ging er zu dem mittlerweile fast ausgebrannten Schlangen-Artefakt hin und stieß die glimmenden Überreste mit der Schuhspitze an. Ausgeglühtes Metall rollte klappernd davon und Funken sowie graue und weiße Asche stoben hoch, wie um den Störenfried zu attackieren. Ich sah, dass in Nikolas Jacke noch immer ein paar winzige Glutnester glommen und schloss mit mir selbst eine Wette ab, wie lange es wohl noch dauerte, bis Nikola auffiel, dass er brannte.

Aber das brachte mich auf einen ganz anderen und sehr beunruhigenden Gedanken. »Kann sich das Feuer ausbreiten? Ich meine: Was ist über uns?«

»Nur ein dicker Boden aus Beton, machen Sie sich keine Sorgen«, meinte Nikola, während er sich in die Hocke sinken ließ und mit spitzen Fingern nach den Überresten des unheimlichen Artefakts tastete. Er zog eine Grimasse. Augenscheinlich waren die Trümmer sehr heiß. »Keine Angst. Er muss tonnenschwere Maschinen tragen, da macht ihm ein bisschen Feuer nichts aus.«

Was wir da gerade hinter der Tür gesehen hatten, das war ganz eindeutig mehr als *ein bisschen Feuer* gewesen, dachte ich. Aber Nikola sprach auch ganz genau das aus, was ich so dringend hören wollte, und ich hütete mich, entsprechend nachzuhaken.

»Das ist unglaublich!«, stieß er hervor. »Alles Organische ist restlos verbrannt, aber das hier ist Messing, und das sieht aus wie ein Stück geschmolzenes Aluminium! Und so etwas wie das hier habe ich überhaupt noch nie gesehen! Ist das *Glas*?«

Ungeachtet dessen, wie heiß die Trümmerstücke sein mochten, begann er sie mit fliegenden Fingern einzusammeln und in die Jackentasche zu stecken. Ich wandte mich wieder Allison zu, um mich um sie zu kümmern, wie Nikola es ausgedrückt hatte; auch wenn ich mir schmerzlich der Tatsache bewusst war, dass meine Hilfe allerhöchstens auf einen mitfühlenden Blick beschränkt sein würde. Ich war kein Arzt, hatte aber schon genug gesehen, um zu erkennen, dass sie augenscheinlich nicht lebensgefährlich verletzt war; aber auch viele kleine Blessuren konnten sich zu etwas Schlimmem vereinen, und davon hatte sie wahrlich genug.

»Können Sie aufstehen, Allison?«, fragte ich. »Wir müssen Sie zu einem Arzt bringen. Gibt es eine Klinik hier in der Nähe? Ich kenne mich in dieser Gegend überhaupt nicht aus, aber Ihr Fuß muss versorgt werden.«

»Kein Arzt«, sagte sie kopfschüttelnd. »Dafür ist keine Zeit. Begreifen Sie denn nicht, was wir da gerade gesehen haben?«

»Nein«, antwortete ich. »Und es spielt zurzeit auch keine Rolle. Wir werden schon einen Arzt finden. Kommen Sie!«

Ich erntete nur ein noch entschlosseneres Kopfschütteln und einen zornigen Blick aus ihren Augen und verfiel in einen etwas sanfteren Ton, um die Taktik zu wechseln. »Ihr Fuß muss versorgt werden«, sagte ich noch einmal. »Und der Riss da an Ihrer Stirn gefällt mir auch nicht. Sie wollen doch keine hässliche Narbe zurückbehalten, oder?«

Mein Versuch, an ihre weibliche Eitelkeit zu appellieren, half nicht. Allison schüttelte nur heftig den Kopf. »Kein Arzt«, wiederholte sie entschieden, »und erst recht kein Krankenhaus! Dafür haben wir jetzt keine Zeit, verstehen Sie das nicht?«

»Nein«, sagte ich. Und wie auch?

»Wir müssen hier weg«, beharrte Allison. »Ich muss in Stanleys Büro, um dort etwas zu überprüfen! Helfen Sie mir!«

Ich streckte zwar gehorsam die Hand aus und half ihr, sich mit zusammengebissenen Zähnen und einem schmerzerfüllten Schnauben aufzurichten, doch ich musste sie auch gleich darauf schon wieder auffangen, als sie den verletzten Fuß belastete und ihr Bein prompt unter ihr wegknickte.

»Also?«, fragte ich und hoffte, nicht allzu schadenfroh zu klingen. »Was halten Sie jetzt davon, zu einem Arzt zu gehen?«

»Vielleicht ist es ja doch eine gute Idee«, presste Allison widerwillig hervor. Sie ließ sich erneut aufhelfen, stützte sich schwer auf meinen Arm und presste die Lippen zusammen, während sie den Fuß ein zweites Mal – diesmal vorsichtiger – belastete.

»Ich wusste, dass Sie vernünftig sind.«

»Sie dürfen mich zu einem Arzt bringen, Quinn«, sagte Allison. »Gleich nachdem wir in Stanleys Büro gewesen sind.«

8

Ich habe noch nie viel von Kompromissen gehalten – um nicht zu sagen, gar nichts –, und was als Nächstes geschah, sollte mir recht geben. Für mich war schon der Begriff *fauler Kompromiss* eine Doppelung, hatte ich doch nur zu oft die Erfahrung gemacht, dass Kompromisse von Natur aus nur faul sein konnten und eigentlich immer darauf hinausliefen, dass alle Beteiligten nur sehr wenig von dem bekamen, was sie eigentlich wollten, und dafür gar zu viel aufgeben mussten. Ich hätte gewarnt sein müssen, als Allison schließlich einen genau solchen Kompromiss vorschlug und sich bereit erklärte, wenigstens ihre ärgsten Blessuren versorgen zu lassen, wenn sie auf dem Weg zum Arzt noch einmal kurz in der kleinen Pension vorbeisehen konnte, in der sie wohnte, um etwas zu holen, über dessen wahre Natur sie sich vorsichtshalber nicht ausließ.

Da es in unserem mitgenommenen Zustand vollkommen unmöglich gewesen wäre, ein öffentliches Verkehrsmittel zu benutzen, ohne Aufsehen zu erregen (oder im Zweifelsfall gleich verhaftet zu werden), hatten wir uns in Nikolas brandneuem Ford T Tourer durch den allabendlichen Verkehr gequält. Unzählige Pferdegespanne, sich unverschämt durchdrängelnde Radfahrer und lärmende Automobile verstopften die Straßen ebenso hoffnungslos, wie ich es befürchtet hatte. Mehrmals kam der Verkehr sogar gänzlich zum Erliegen. Für den an sich überschaubaren Weg zu Allisons Pension benötigten wir fast eine Stunde, und der von ihr vorgeschlagene Kompromiss bestand am Ende darin, dass sie uns eine weitere halbe Stunde im Wagen warten ließ, um dann in einem anderen Kleid und mit notdürftig gekämmtem Haar und einem auffälligen Pflaster auf der Stirn zurückzukommen und zu verkünden, dass sie sich schon viel besser fühle und es nicht mehr notwendig sei, Zeit für einen Besuch beim Arzt zu verschwenden, der auch nicht mehr tun könne als sie gerade und nur unnötige Kosten verursachen würde.

Ich hatte zwar noch einmal der Ordnung halber protestiert, mich aber dann in mein Schicksal gefügt. Jeder weitere Protest hätte ohnehin nur unnötig Zeit gekostet und darüber hinaus rein gar nichts genützt.

Außerdem überwog meine Erleichterung, sie tatsächlich schon wieder erholt und einigermaßen unversehrt zu sehen. Sie humpelte zwar noch leicht, aber in ihrem so zerbrechlich aussehenden Körper verbarg sich wohl deutlich mehr Kraft, als ich angenommen hatte, und hinter ihrem mädchenhaften Lächeln deutlich mehr Willensstärke, als es den Anschein hatte, denn sie beantwortete alle meine Fragen die zurückliegenden Ereignisse betreffend auf ein und dieselbe Weise, nämlich mit einem wortlosen Lächeln und sonst gar nichts.

Auch die Fahrt zurück ins Zentrum dauerte mindestens doppelt so lange wie erwartet. Es war längst dunkel geworden, und die Lichter hinter den Fenstern des großen Gebäudes waren zum allergrößten Teil schon erloschen, als wir endlich aus dem Wagen stiegen und ich hinter Allison und Nikola durch eine Drehtür ging, mit der ich unangenehme Erinnerungen verband.

Ich war dennoch froh, wieder festen Boden unter den Füßen zu haben. War es mir schon unangenehm genug gewesen, mit dieser lärmenden und hoffnungslos überfüllten Straßenbahn zu fahren, so hätte ich für das, was ich in diesem schnaubenden und übel riechenden Automobil empfand, fast ein neues Wort erfinden müssen. Meine Knie hatten gezittert, als wir vor Allisons Pension gewartet hatten, und auch der zweite Teil der Fahrt hatte daran nichts geändert; allerhöchstens dass sich jetzt noch heftiges Herzklopfen hinzugesellt hatte. Ich hatte mich vollkommen bestätigt gesehen, was meine Vorurteile gegen diese hässlichen, lauten (und darüber hinaus gefährlichen) Ungetüme anging: Es gab durchaus Erfindungen, die die Welt nicht brauchte, und Automobile wie dieser amerikanische Ford T gehörten ganz unzweifelhaft dazu.

Es wurde Zeit, dass wir wieder verschwanden.

Der Portier war immer noch derselbe wie gestern Nachmittag. Er ließ es sich natürlich nicht nehmen, mich mit einem entsprechenden Blick darüber in Kenntnis zu setzen, dass er sich nicht nur an mich erinnerte, sondern auch, was er von meinem neuerlichen Auftauchen hier hielt. Allerdings begrüßte er Allison fast schon herzlich und Nikola mit einem professionellen Nicken. Sie wechselten ein paar freundliche Worte, bevor er ihr einen Schlüssel aushändigte und eine Notiz in einem großen Journal machte, das aufgeschlagen vor ihm auf dem Tresen lag. Ich konnte der Versuchung, mich auf dem Weg dorthin immer wieder verstohlen umzusehen, zwar mit Mühe widerstehen, aber es war auch gar nicht nötig. Die misstrauischen Blicke des Burschen waren fast schon körperlich zu spüren. Wenn *Captain* Adler ihn noch einmal befragte, dann würde er eine Menge zu erzählen haben.

Wir betraten einen der beiden modernen Aufzüge. Jetzt, wo wir uns zu dritt darin aufhielten, kam er mir deutlich kleiner vor als gestern, und hatte auch viel von der flüchtigen Faszination des Neuen verloren. Außerdem roch es schlecht darin.

Auch wenn ich eher mutmaßte, dass das an zweien seiner drei momentanen Passagiere lag.

Ich geduldete mich, bis die Türen mit einem metallischen Scharren zugeglitten waren und die Kabine losfuhr. »Gibt es etwas Neues von Ihrem Onkel?«, fragte ich dann.

»Woher soll ich das wissen?«

»Sie haben mit dem Portier gesprochen«, erinnerte ich, um das Summen des Aufzugs zu übertönen, das mir das Gefühl gab, im Inneren einer großen Maschine eingeschlossen zu sein.

»Er weiß nicht, was passiert ist«, erwiderte Allison. »Niemand weiß, dass Stanley verschwunden ist, abgesehen von einigen wenigen Eingeweihten.« Sie lächelte humorlos. »Wie lange würde dieses Geheimnis wohl noch geheim bleiben, wenn man es einem Pförtner anvertraut?«

War das dieselbe Frau, die mir noch vor wenigen Stunden am liebsten die Augen ausgekratzt hätte, weil ich es gewagt hatte, ein wenig spöttische Kritik an ihrer geliebten Arbeiterklasse zu üben? Ich erwiderte vorsichtshalber nichts darauf, sondern schwieg, und auch Nikola schien plötzlich etwas unter der mit Holz vertäfelten Decke entdeckt zu haben, das seine volle Aufmerksamkeit beanspruchte. Endlich erreichte der Aufzug die neunte Etage, und wir stiegen aus.

Ich hatte erwartet, dass wir eines der Büros ansteuerten, doch Allison öffnete stattdessen eine schmale Tür, die zum Treppenhaus führte. »Ich hoffe doch, die Herren sind einigermaßen gut zu Fuß. Es sind noch einmal sechs Etagen. Stanleys Büro ist im oberen Stockwerk … wenn man es genau nimmt, *ist* es das oberste Stockwerk.«

Die Vorstellung rief nicht gerade Begeisterungsstürme in mir hervor. Nikola und ich hatten uns gegenseitig dabei geholfen, unsere äußere Erscheinung wieder einigermaßen herzustellen, zwar mit mäßigem Erfolg, aber immerhin sahen wir nicht mehr aus, als kämen wir direkt von einem Schlachtfeld. Aber wenn man es genau nahm, dann war es so, und ich fühlte mich entsprechend. Sechs Etagen, eine steile Treppe hinauf, nach dem, was wir hinter uns hatten?

Ich trat gehorsam beiseite, um Nikola vorbeizulassen (der genauso wenig begeistert aussah wie ich), und folgte ihr, konnte mir aber die Frage nicht verkneifen: »Warum sind wir nicht mit dem Aufzug gefahren?«

»Weil der Pförtner denkt, dass ich etwas in meinem Büro vergessen habe, das in diesem Stockwerk liegt. Haben Sie die Anzeige über der Liftkabine gesehen? Er sieht, wohin der Aufzug fährt und auf welcher Etage er hält.«

»Und er wundert sich gar nicht, wenn Sie um diese Zeit noch arbeiten?«

»Das kommt öfter vor«, antwortete sie. »Wer für Stanley Jacobs arbeitet, sollte besser nicht auf einen pünktlichen Feierabend hoffen.«

Ich hätte gerne mit einer spöttischen Bemerkung darauf geantwortet, entschied mich dann aber, mir meinen Atem lieber zu sparen.

Womit ich gut beraten war, wie sich zeigte. Ich hatte geglaubt, die Begegnung mit dem Schlangenmonster einigermaßen unversehrt überstanden zu haben, aber das erwies sich jetzt als Irrtum. Meine Muskeln und Knochen quittierten jede Bewegung mit dumpf stechenden Schmerzen, und das Treppensteigen fiel mir so schwer, als wäre ich plötzlich achtzig Jahre alt.

Allison rannte nicht wirklich die Treppe hinauf, marschierte aber so zügig, dass ich mit jedem Stockwerk mehr Mühe hatte, nicht zurückzufallen. Nikola erging es wohl kaum besser, denn er begann erst fast unmerklich und dann beständig lauter zu schnaufen; was mich mit einer gewissen Schadenfreude erfüllte, derer ich mich nicht einmal schämte.

Oben angekommen besaß sie nicht einmal den Anstand, außer Atem zu sein oder gar in Schweiß gebadet wie ich (und Nikola). Ich war sogar sicher, dass sie noch deutlich schneller gewesen wäre, wenn sie keine Rücksicht auf uns genommen hätte. Angesichts ihres angeschlagenen Knöchels fand ich das nicht nur erstaunlich, sondern fast schon ein bisschen unverschämt. Immerhin verlor sie kein Wort darüber und sah sogar diskret in eine andere Richtung, als ich mich gegen die Wand lehnen musste, um wieder zu Atem zu kommen.

Nach einer Weile gingen wir weiter und betraten Jacobs Büro, das am Ende eines langen Korridors lag und ungefähr zehnmal so groß war wie meine ganze Wohnung. Allison machte kein Licht, was aber auch nicht nötig war, denn durch die großen Fenster kam genug Helligkeit herein, um sich halbwegs orientieren zu können. In einer Stadt wie Belfast wurde es wohl niemals richtig dunkel.

»Warten Sie hier«, flüsterte Allison, während sie die Tür so vorsichtig hinter sich schloss, als hätte sie Angst, den Portier fünfzehn Stockwerke unter uns zu alarmieren.

Das hatte ich nicht vor, und sie ließ Nikola und mir auch gar keine Zeit zu antworten, sondern ging mit schnellen Schritten weiter und verschwand in einem angrenzenden Raum. Sie schloss die Tür nicht hinter sich, sodass wir hören konnten, wie sie Schubladen öffnete und mit Papier zu rascheln begann.

»Das ist also Stanley Jacobs' Allerheiligstes«, stellte Nikola fest.

»Sie waren noch nicht hier?«

»Warum sollte ich?«, erwiderte Nikola. Jetzt, wo wir nahezu im Dunkeln und so dicht nebeneinanderstanden, dass wir uns beinahe berührten, bemerkte ich, dass er noch immer ein wenig verbrannt roch; und nach heißem Metall und Öl. »Jacobs ist Bauunternehmer und ich Ingenieur. Wir haben nicht allzu viele Berührungspunkte, wenn das Schiff erst einmal fertig ist.«

»Ich dachte, sie wären Freunde.«

»Bekannte«, verbesserte mich Nikola. Es klang ein ganz kleines bisschen vorwurfsvoll. »Ein Mann wie Stanley Jacobs hat sehr viele Bekannte. Aber nur wenige Freunde.« Wenn überhaupt.

»Und … Miss Carter?« Ich verfluchte mich selbst für das zwar winzige, aber auch genauso unüberhörbare Zögern, auf das Nikola auch prompt mit einem leisen Lachen reagierte.

»Allison ist eine Freundin, Quinn«, sagte er. »Eine wirklich liebe Freundin, aber mehr auch nicht. Machen Sie sich keine Sorgen.«

Keine Sorgen machen? Worüber denn? Ich kannte Allison Carter gerade einmal ein paar Tage und fand sie nett, mehr aber auch nicht. Was bildete sich dieser unverschämte Bursche eigentlich ein?

Und wieso, fragte ich mich selbst, reagierte ich eigentlich so heftig, noch dazu auf etwas, das noch nicht einmal direkt ausgesprochen worden war?

Nikola sah mich noch eine Weile an und wartete vielleicht auf eine ganz bestimmte Reaktion, merkte aber schnell, dass er sie nicht bekommen würde. Er schlenderte zu einem der großen Fenster, machte aber direkt davor kehrt und steuerte ein weiter entferntes Fenster an. Als er es erreicht hatte und in die Jackentasche griff, verstand ich auch, warum. Er zog eines der blitzenden Metalltrümmer hervor, die er im Keller aufgehoben hatte, und hielt es in das schwache Licht, das von draußen hereinkam, um es einer eingehenden Musterung zu unterziehen.

Ich schüttelte mit einem lautlosen Seufzen den Kopf und verlegte mich meinerseits darauf, mich in dem großen Raum umzusehen. Was ich in dem schwachen Licht erkannte, entsprach so genau meinen Erwartungen – hätte ich denn welche gehabt –, dass ich fast schon ein bisschen enttäuscht war. Es gab einen riesigen Schreibtisch, hinter dem selbst ein Mann von Jacobs' beeindruckender Statur verloren wirken musste, und dahinter wiederum das obligatorische deckenhohe Bücherregal, das einen monströsen Kamin einrahmte. Ich bezweifelte, dass Jacobs auch nur eines dieser Bücher gelesen hatte, doch dieser geballte Aufmarsch an goldgeschnittenem und ledergebundenem Wissen verfehlte seine Wirkung auf die meisten Besucher wohl kaum – und wenn doch, dann gab es an einer anderen Wand auch noch ein zweites und kaum kleineres Angebot anderer spiritueller Dinge, nämlich eine fast ebenso große Bar, in der Dutzende Flaschen Hochprozentiges standen.

Nach allem, was wir erlebt hatten, war mir jetzt ebenfalls nach einem kräftigen Schluck, sodass ich überlegte, mir ein Gläschen zu genehmigen, nahm dann aber wieder Abstand von diesem Gedanken, denn ich wäre mir wie ein Leichenfledderer vorgekommen, mich an Jacobs' Vorräten zu bedienen.

Stattdessen griff ich in die Jackentasche und grub nach meinem Zigarrenetui. Ich wurde fündig, aber das war auch schon der einzige Erfolg. Mein unfreiwilliger Ausflug in die Unterwelt von Harland & Wolff hatte dem ohnehin angeschlagenen Lederetui den Rest gegeben und es zu etwas gemacht, das eher wie zehn Jahre altes trockenes Laub aussah und sich auch so anfühlte, als ich mit dem Daumen darüberstrich. Und übrigens auch so roch wie das, was wir dort unten verbrannt hatten. Ich sparte mir gleich die Mühe, es aufzuklappen und nachzusehen, welches traurige Schicksal den Zigarren darin widerfahren war.

»Hinter der Bar ist eine Kiste bester Cohibas«, sagte Nikola vom Fenster her und ohne sich auch nur nach mir umzudrehen. »Bedienen Sie sich ruhig. Ich glaube nicht, dass Jacobs es merkt.«

Dem Whisky hatte ich widerstehen können, doch nun trat ich mit schnellen Schritten um die Bar herum, stellte ohne große Überraschung fest, dass das Wort *Kiste* durchaus ernst gemeint war. Ich entnahm ihr mit fast ehrfürchtigen Bewegungen eine Cohiba, immerhin die teuerste Zigarre der Welt, für die einer von Allisons heiß geliebten Arbeitern mindestens einen Monat würde schwitzen müssen. Drei weitere steckte ich ein, ohne meinem Gewissen auch nur die Chance zu geben, sich zu regen, erst dann griff ich nach dem silbernen Streichholzspender und nahm einen ersten vorsichtigen Zug. Dann noch einen und einen weiteren und noch einen. Ein Teil von mir hatte wohl erwartet, enttäuscht zu werden, aber das Gegenteil war der Fall. Ich verstand plötzlich, warum Männer wie Stanley Jacobs so viel Geld für einen so flüchtigen Genuss ausgaben.

Ich steckte das abgebrannte Streichholz sorgsam in die Jackentasche und ging die mehr als zehn Schritte zu dem Fenster, das Nikola zuerst angesteuert hatte, um mich zu orientieren. In der Ferne erkannte ich die schwach vom Gegenlicht erleuchtete Silhouette des Albert Memorial Clock Tower, der dem Londoner Big Ben nachempfunden war. Es war typisch Belfaster Pfusch: Da bei der Stabilisierung des matschigen Baugrunds an allen Ecken und Kanten gespart worden war, war der Turm schon nach wenigen Jahren leicht zur Seite abgesackt, was ihm den spöttischen Beinamen *Belfasts schiefer Turm von Pisa* eingebracht hatte.

Den Belfastern selbst konnte man dabei allerdings den geringsten Vorwurf machen. Die durch die Kartoffelfäule ausgelöste große Hungersnot hatte Hunderttausende Iren verhungern lassen, und trotzdem hatten die Briten nichts Besseres zu tun gehabt, als die verbliebenen Kornkammern Irlands zu plündern und kurz darauf für eine riesige Summe den Albert

Memorial Clock Tower zu bauen, um des früh verstorbenen Prinzgemahls von Queen Victoria zu gedenken.

Mein Blick löste sich von Belfasts berühmtem schiefem Turm, strich über die Belfast City Hall und das dunkle Band des River Logan, der als mächtigster Fluss Nordirlands die Stadt in zwei Hälften zerschnitt, und verfing sich in dem scheinbar endlosen Gewusel von Straßen und Gassen der näheren Umgebung. Das Gebäude war nicht das höchste der Stadt, käme aber sicher in die engere Wahl, und Jacobs' Büro bot einen Ausblick über den Großteil der umliegenden Straßen, der jeden Besucher schier erschlagen musste und es wohl auch sollte: Ein erstaunlich weitläufiger Ausschnitt Belfasts breitete sich wie eine Spielzeuglandschaft unter mir aus, in der trotz der fortgeschrittenen Stunde noch zahlreiche Lichter brannten, sowohl in den Häusern als auch in den Straßen, die mir wie schwarze Schluchten in einer fremdartigen Landschaft vorkamen, eine dunkle Welt voller blasser Lichter und klickender und summender Maschinen, in der kein Platz mehr für irgendetwas Menschliches war – oder auch nur Lebendiges. War das ein Ausblick in die modernen Zeiten, von denen Allisons sonderbarer Freund so begeistert zu sein schien?

Ich zog an meiner Zigarre, woraufhin ein Spiegelbild meines eigenen Gesichtes wie eine rote Dämonenfratze in der Scheibe vor mir erschien und genauso lautlos wieder verschwand. Trotzig nahm ich einen weiteren Zug und zwang das gespenstische Bild wieder herbei, ließ es verschwinden und erneut auftauchen und wieder verschwinden, wie um mir selbst und dem Dämonenauge in meiner Hand zu beweisen, wer hier eigentlich das Sagen hatte.

Das war wohl kaum mehr als das sprichwörtliche Pfeifen im Wald, und es beruhigte mich kein bisschen. Auch wenn ich mich bisher erfolgreich geweigert hatte, über das schier

Unglaubliche nachzudenken, das ich erlebt hatte – genau wie Nikola und Allison, die auf dem Weg hierher nur das absolut Allernotwendigste miteinander und mit mir gesprochen hatten – so war ich unter der vorgetäuschten Ruhe doch zutiefst erschüttert. Meine Gedanken begannen auf Pfaden zu wandeln, über die ich noch vor Tagen laut gelacht hätte. Und ich zweifelte nicht daran, dass es den beiden anderen genauso erging. Nikola verdarb sich gerade nicht nur aus rein wissenschaftlicher Neugier die Augen, sondern vermutlich und vor allem, um sich abzulenken.

Ich sprach endlich aus, was mich schon die ganze Zeit beschäftigte: »Sagten Sie nicht, Sie wären noch niemals hier gewesen, Nikola?«

»So ist es auch«, antwortete Nikola.

Ich nickte und blies eine graue Rauchwolke gegen die Fensterscheibe, was mein und Nikolas Spiegelbild verzerrte und zu etwas anderem und fast Unheimlichem machte. »Wenn Sie noch nie in diesem Büro waren, woher wussten Sie dann das mit den Zigarren?«

Nikola betrachtete weiter sein ominöses Fundstück. »Stanley Jacobs ist Zigarrenraucher, oder nicht? Männer wie er geben sich mit nicht weniger als dem Besten zufrieden. Und wo sollen die Zigarren sonst sein als hinter der Bar?«

Ich schwieg zwar dazu, aber diese Antwort sagte mir doch eine Menge über Nikola; wahrscheinlich mehr, als dieser selbst auch nur ahnte. Nikola erweckte gern den Eindruck, alles zu wissen und nahezu alles zu können, was es nur zu wissen und zu können gab, und in ganz erstaunlichem Ausmaß stimmte das auch. Aber eben nicht immer. Manchmal riet oder schätzte er auch nur (er selbst hätte sicherlich einen wissenschaftlicheren Ausdruck dafür gefunden) wie ein ganz normaler Mensch. Der Gedanke hatte etwas Beruhigendes.

Es begann zu regnen, und die Scheibe verwandelte sich langsam in ein kompliziertes Muster silberner Wasserrinnsale. Der Anblick ließ mich an rostige Ketten denken, die sich zu einem gigantischen Spinnennetz zusammenfügten, und obwohl ich den Blick nicht einmal von der Scheibe löste, meinte ich zugleich doch eine schattenhaft staksend Bewegung an der Decke über mir wahrzunehmen.

Ich gestattete mir nicht, nach oben zu sehen, und irgendwie gelang es mir sogar, die unheimlichen Bilder abzuschütteln, die meine Fantasie ungefragt beisteuern wollte. Aber klang das Geräusch nicht plötzlich anders, nicht mehr wirklich wie Wassertropfen, sondern eher wie das Prasseln winziger Metall- oder Glassplitter, die auf die Scheiben fielen und daran hinabglitten, um sich zu etwas anderem zu vereinen?

Als ich diesmal an meiner Zigarre sog und die rote Dämonenfratze vor mir auftauchen ließ, tat ich das in der Absicht, den viel subtileren Schrecken zu vertreiben, der hinter meinen Gedanken lauerte.

Nicht, dass es mir gelungen wäre.

Mit einem Male kam ich mir so allein und angreifbar vor, dass ich hastig genug zu Nikola ging, um einen erstaunten Blick und ein dazu passendes Stirnrunzeln zu ernten. Bevor er etwas sagen konnte, machte ich eine Kopfbewegung in Richtung des blitzenden Gegenstandes, den er in den Händen hielt, und paffte heftig, um mein Gesicht hinter dem Rauch zu verstecken.

»Haben Sie etwas herausgefunden?«, fragte ich. »Zum Beispiel, wozu es gut ist?«

Nikola wirkte für einen ganz kurzen Moment eher noch misstrauischer, aber dann schüttelte er den Kopf und senkte den Blick auf das merkwürdig glänzende Bruchstück, das er wie einen Schatz aus filigranem Glas, der bei der geringsten unvorsichtigen Bewegung zerbrechen musste, zwischen den Fingerspitzen beider Hände hielt. »Nein«, gestand er, hörte sich dabei zugleich aber schon fast absurd zufrieden an. »Aber wer immer es gefertigt hat, versteht sehr viel von Metallurgie. Ich würde ihn wirklich gerne kennenlernen.«

Um ihm die Chance zu geben, uns endgültig umzubringen?, dachte ich, fragte aber, um höflich zu sein: »Und warum?«

»Weil ich so etwas noch nie gesehen habe!«, konterte Nikola unerwartet heftig.

»Ich auch nicht«, sagte ich. »Wozu ist es gut?«

»Das weiß ich nicht«, antwortete Nikola begeistert. »Aber wozu es auch dienen mag, es ist ein fantastisches Stück Ingenieurskunst. Ich habe so etwas noch nie gesehen, und Sie können mir glauben, dass ich das nicht gerade gewohnt bin. Diese ganze Technik ist mir vollkommen fremd.«

»Die elektrische Entladung, die dieses … Ding zum Kochen brachte«, erinnerte ich.

Nikola sah mich an und schien im ersten Moment ehrlich überrascht, dass ich eine Formulierung wie *elektrische Entladung* ohne Verrenkungen über die Lippen gebracht hatte. Wahrscheinlich, dachte ich verärgert, hielt er jeden, der nicht mindestens zwei Doktortitel in seinem Namen trug, für eine Art Neandertaler. »Was ist damit?«

Abgesehen davon, dass er mehr oder weniger angedeutet hatte, die Entladung seiner Rühmkorff-Lampe habe die Feuerwalze ausgelöst. »Warum hat sie einen so heftigen Effekt gehabt, wenn das alles dort unten doch so weit entwickelt ist?«, fragte ich fast sanft.

»Das weiß ich nicht«, antwortete Nikola. »Ich kann im Augenblick nur Vermutungen anstellen. Aber letztlich ließe sich Ihre Frage nur aus der Kenntnis der vorhandenen Materialien und ihrer Verwendung beantworten – oder meinetwegen auch durch entsprechende Experimente.«

»Wieso?«, fragte ich.

»Weil dieses Ding dort unten, von dem dieses Stück Metall in meinen Händen stammt, unserer heutigen Technik so weit überlegen ist wie Jacobs' Silver Shadow dem ersten Holzrad eines Steinzeitmenschen. Verstehen Sie, was ich meine?«

»Nein«, behauptete ich, obwohl das nicht stimmte. Aber das zuzugeben hätte mein Gefühl dumpfer Beklemmung nur noch weiter angestachelt.

»Es geht dabei natürlich nicht in erster Linie um die Materialien, sondern um ihre Verwendung«, beharrte Nikola. »Denken Sie an diese Schrift, die scheinbar auseinandergefallen ist, nur um sich dann wieder aufs Perfekteste zusammenzufügen. Die dahintersteckende Idee ist nicht wirklich neu, aber sie ist so konsequent weiterentwickelt, als käme die damit entwickelte Technik aus einer tausend Jahre entfernten Zukunft. Wir hätten dort unten nicht solche Zerstörung anrichten dürfen. Das war leichtfertig.«

Ich starrte ihn an und vergaß sogar, an meiner Zigarre zu ziehen. »Wie bitte?«, krächzte ich. »Haben Sie schon vergessen, dass uns dieses ... Ding um ein Haar umgebracht hätte?«

Nikola nickte zwar – zögernd –, fragte aber trotzdem: »Hat es das?«

»Also ich hatte den Eindruck«, antwortete ich sarkastisch. »Und wenn Sie der Meinung sind, dass ich es mir nur eingebildet habe, dann fragen Sie Allison. Oder sehen Sie sich ihren Fuß an.«

»Ich weiß, ich weiß!«, räumte Nikola hastig ein. »Und schließlich habe ich es ja sogar eigenhändig zerstört, wenn Sie sich erinnern!«

Ich erinnerte mich vor allem daran, dass meine Aussichten gar nicht schlecht gestanden hatten, zusammen mit diesem Schlangenmonster zu verbrennen.

»Ich frage mich nur, ob wir nicht vorschnell gehandelt haben«, fuhr Nikola fort und hielt seinen kostbaren Fund weiter ins Licht. »Wahrscheinlich haben Sie recht, und wir hatten gar keine andere Wahl, aber ich frage mich trotzdem, ob es nicht einen besseren Weg gegeben hätte. Wegen solcher Missverständnisse sind schon Kriege ausgebrochen, wissen Sie?«

Schon damit dasselbe nicht zwischen uns geschah, verzichtete ich auf jegliche Antwort und verbrachte die nächsten Minuten damit, ausgiebig an meiner Zigarre zu ziehen und so eine Wand aus grauem Rauch zwischen mir und dem blitzenden Was-auch-immer in Nikolas Händen zu errichten. Nach einer Weile hustete der Professor demonstrativ und wich ein kleines Stück vor mir zurück, doch der graue Rauch verwischte auch die Umrisse seines kostbaren Artefakts und machte es schwer zu erkennen, wo das Fleisch seiner Finger begann und das blitzende Metall aufhörte. Für einen einzelnen, aber sehr unangenehmen Moment musste ich gegen die gespenstische Vorstellung ankämpfen, hilflos dabei zuzusehen, wie sich das Metall langsam in das Fleisch eingrub und damit begann, es in etwas Grässliches und sehr Fremdes zu verwandeln.

Nun war ich es, der übertrieben hustete, um auf diese Weise unauffällig den Rauch zu vertreiben, den ich gerade erst so mühsam produziert hatte, handelte mir damit aber nur einen vorwurfsvollen Blick von Nikola ein. Zum Glück kam in diesem Moment Allison zurück, eine Papierrolle unter dem einen Arm und einen ganzen Stapel abgewetzter Folianten unter dem anderen. Demonstrativ keuchend und mit einem anklagenden Blick in unsere Richtung trug sie alles zu Jacobs' Schreibtisch und lud es unter gewaltigem Poltern und Rascheln darauf ab. Einer der Folianten fiel mit einem übermäßig lauten Knall zu Boden und ging in der Mitte auf. Ich eilte ihr zu Hilfe und hob ihn auf, was mir ein angedeutetes Nicken und einen empörten Blick aus ihren dunklen Augen einbrachte.

»Was haben Sie erbeutet?«, fragte ich scherzhaft. Nikola sah kurz von dem auf, was immer er da gerade tat, und wechselte dann an ein anderes Fenster, wohl in der Hoffnung, besseres Licht zu haben.

»Das sind alte Pläne«, erklärte Allison, während sie die Rolle auf dem Tisch ausbreitete, die sich als eine jener komplizierten Blaupausen entpuppte, die ich noch nie verstanden hatte. Selbst bei besserem Licht hätte mir nicht eine der verschiedenen Linien, Symbole und Ziffern darauf irgendetwas gesagt. »Sie stammen aus der Planungsphase, und wenn man es ganz genau nimmt, fast noch aus der Zeit davor.«

»Haben Sie sie gezeichnet?«

Allison schüttelte knapp den Kopf. »Ich war nicht einmal sicher, ob Stanley sie überhaupt aufgehoben hat, aber dann habe ich mich erinnert, zufällig ein Gespräch mitbekommen zu haben – eigentlich nur den Teil eines Gesprächs, und ich wollte auch ganz bestimmt nicht lauschen, so etwas ist nicht meine Art, und …«

Ich räusperte mich, und Allison brach ab. Sie zog die Unterlippe zwischen die Zähne, räusperte sich ebenfalls ausgiebig und fuhr dann in verändertem und nun wieder sachlicherem Ton fort: »Ich weiß nur, dass es jemand aus der Verwaltung war. Ich weiß seinen Namen nicht und auch nicht, welchem Amt er genau angehörte, aber er hatte irgendetwas mit der Abwasserentsorgung zu tun.«

»Aha«, sagte ich. Hätte ich es nicht ohnehin schon gewusst, dann wäre mir wohl spätestens jetzt klar geworden, dass Allison zu den Menschen gehörte, die zu plappern begannen, wenn sie nervös waren. Und umso mehr, je nervöser sie wurden.

Allison verstand. »Das klingt langweilig, ich weiß, sogar für jemanden wie mich. Aber es geht auch um eine Menge Geld. Sehr viel Geld, glauben Sie mir. Nikola, kommen Sie! Das wird Sie interessieren!«

Das Einzige, was Nikola zurzeit interessierte, hielt er in beiden Händen, und er brauchte eine geschlagene Sekunde, um sich vom Anblick eines kaum daumengroßen Metallbruchstücks loszureißen, an dem das einzig Bemerkenswerte war, dass es nichts Bemerkenswertes daran gab. Dann ließ er es hastig in seiner ausgebeulten Jackentasche verschwinden und kam näher, aber ich musste gegen den bizarren Eindruck kämpfen, dass es sich darin weiter bewegte und klickte und schepperte.

»Was hoffen Sie hier eigentlich zu finden, Allison?«, fragte er in leicht genervtem Ton. »Das sind uralte Pläne, die …«

»… genau das zeigen, was wir gerade gesehen haben«, fiel ihm Allison ins Wort. Ihr Zeigefinger stieß so wuchtig auf den raschelnden Plan hinab, als wollte sie ein Loch hineinrammen. »Sehen Sie selbst.«

»Ich bin kein Architekt«, sagte Nikola zwar, trat aber dennoch dichter an den Tisch heran und beugte sich über die Blaupause. Seine Hand strich über die Jackentasche, als könnte er sich kaum noch beherrschen, nicht hineinzugreifen, und diesmal war ich sicher, mir ein leises metallisches Klicken nicht nur einzubilden.

»Aber Sie können Pläne lesen, oder?«, fragte Allison spitz.

Nikola war klug genug, nicht mehr darauf zu antworten, und ein leicht angestrengter Ausdruck erschien auf seinem Gesicht, während er tat, was Allison von ihm verlangt hatte.

»Ich kann nicht glauben, dass Stanley das getan hat«, sagte sie kopfschüttelnd. »Er hat mir sein Wort gegeben!«

»Dass er *was* getan hat?«, fragte ich. »Ich verstehe das nicht. Wir reden doch nur über Wasser.«

»Wir reden über das, was wir alle gerade gesehen haben,

Quinn«, sagte Allison zornig, »und was uns um ein Haar umgebracht hätte.« Sie machte eine kurze, aber bedeutungsschwangere Pause. »Und über wirklich *viel* Geld.«

»Weil Abwasser ja so teuer ist«, vermutete ich spöttisch

»Das Abwasser selbst natürlich nicht«, schnaubte sie, »aber es loszuwerden dafür umso mehr.«

»Man kippt es in den Kanal oder in die See.«

»Ja, und was dabei herauskommt, das sehen Sie, wenn Sie in eines der Industrieviertel gehen, und je nachdem, wie der Wind steht, können Sie es auch riechen, sogar hier.« Sie sah Nikola an, als erwartete sie mindestens ein zustimmendes Nicken von ihm, wurde aber enttäuscht. »Erst vor einem Monat ist einer dieser Kanäle in Brand geraten, so verseucht war das Wasser. Es gab etliche Tote, und wenn die Feuerwehr nicht so schnell und gut reagiert hätte, dann wäre es vielleicht noch viel schlimmer gekommen.«

»Ich habe davon in der Zeitung gelesen«, bestätigte ich. Ich sagte ihr nicht, dass ich ihr einen solchen Kanal zeigen konnte, und auch nicht, dass ich darin gebadet hatte und sogar ein schmerzhaftes Andenken in meiner Handfläche mit mir herumtrug. »Aber warum erzählen Sie mir das alles?«

»Weil auch das zu den kommenden Zeiten gehört, die Sie so wenig zu schätzen wissen, Quinn.«

»Dass das Wasser noch schmutziger und die Luft noch giftiger wird?«

»Dass gerade das *nicht* geschieht, Quinn«, antwortete sie. »Wollen Sie durch eine unzureichende Kanalisation Seuchen riskieren, wie das in London und vielen anderen Städten schon geschehen ist?« Ihre Stimme sank zu einem Flüstern hinab. »Ganz zu schweigen von der Choleraepidemie auf unser wunderschönen Insel, der meine halbe Familie zum Opfer gefallen ist.«

Ich starrte sie eine Weile wortlos an und begriff. Es war fast immer so. Der Tod naher Menschen konnte ihre Angehörigen dazu bringen, ihr ganzes Leben einer einzigen Sache zu verschreiben. Manchmal war es Rache, manchmal aber auch das unstillbare Bedürfnis, anderen Menschen das eigene grausige Schicksal zu ersparen.

Bei Allison war offensichtlich Letzteres geschehen.

Allisons Blick kehrte aus weit entfernten Erinnerungen in die Gegenwart zurück. »Immer mehr Menschen beginnen zu begreifen, dass es so nicht weitergehen kann.« Ihre Stimme zitterte leicht. »Wir dürfen die Welt, in der wir leben und die wir eines Tages an unsere Kinder übergeben, nicht noch weiter vergiften und rücksichtslos ausbeuten. Ich persönlich werde das auch nicht hinnehmen, müssen Sie wissen.«

Ich paffte an meiner Zigarre und deutete mit dem glühenden Ende auf den Plan. »Und was genau hat das nun damit zu tun?«

»Ich hatte gehofft, nichts«, sagte Allison zornig. »Und ich hatte gehofft, diesen Plan nie wiederzusehen.«

»Stimmt etwas nicht mit ihm?«

»Ich erinnere mich jetzt wieder«, antwortete Nikola an ihrer Stelle. »Es ist der ursprüngliche Plan. Im Grunde kaum mehr als ein erster Entwurf.«

»Ein durch und durch verbrecherischer Entwurf!«, fügte Allison heftig hinzu.

Was sollte denn an ein paar blauen Linien und Zahlen auf einem Blatt Papier verbrecherisch sein? Ich beugte mich nun doch etwas weiter vor und betrachtete die Blaupause so konzentriert, wie ich nur konnte, wenn auch mit dem einzigen Ergebnis, dass ich nun noch weniger verstand und mir dafür das sichere Gefühl einhandelte, Kopfschmerzen zu bekommen, wenn ich es weiter versuchte. Ein Funken fiel von meiner Zigarre und brannte ein überraschend großes Loch in das trockene Papier, bevor die Glut von selbst erlosch. Allison sah mich zwar leicht vorwurfsvoll an, rührte aber auch keinen Finger. Ich hatte plötzlich das Gefühl, dass sie auch weiter tatenlos zugesehen hätte, wäre der ganze Plan verbrannt.

»Verbrecherisch?«, fragte ich. »Wieso?«

»Das ist der ursprüngliche Plan, der allererste Entwurf«, erklärte Allison noch einmal. »Er sah vor, alle Abwässer des Werftgeländes durch ein unterirdisches System aus Rohren und Kanälen direkt ins Meer zu leiten, weit genug nach draußen, damit der Geruch die Besucher nicht belästigt. Und vor allem natürlich hinlänglich verdünnt, nicht, dass am Ende noch die ganze schöne Stadt Feuer fängt.«

»Ein löblicher Vorsatz«, sagte ich, woraufhin Allison mich nur noch vernichtender ansah. Ich nahm mir vor, noch besser auf das zu achten, was ich sagte. Was immer Allison an diesem Plan so empören mochte, war ganz gewiss nicht meine Schuld, aber wie es aussah, gehörte sie zu jenen Menschen, die kein Problem damit hatten, den Überbringer einer schlechten Nachricht zu bestrafen.

Angesichts dessen, was mir Allison gerade erzählt hatte, konnte ich das sogar verstehen.

»Es ist ein ganz und gar schrecklicher Vorsatz«, erwiderte sie. »Nachdem wir unser Bestes getan haben, um die Stadt zu ruinieren, nehmen wir uns als Nächstes den Atlantik vor? Und danach den Rest der Welt?« Sie schüttelte so heftig den Kopf, dass ich instinktiv ein Stück zurückwich. »Gottlob gibt es mittlerweile genügend vernünftige Menschen in der Stadtverwaltung, die anderer Meinung sind. Und die sich letzten Endes durchgesetzt haben.«

»Inwiefern?«

Statt auf meine Frage zu antworten, wandte Allison sich mit

einem fordernden Blick an Nikola. Er sah zwar immer noch konzentriert auf den Plan hinab, schien es aber irgendwie zu spüren, denn kurz darauf nickte er. Sehr widerwillig, wie es mir vorkam. »Das … sieht in der Tat ein bisschen aus wie das, was wir dort unten gesehen haben.«

Allison schnappte nach Luft. »Ein bisschen?«, wiederholte sie aufgebracht. »Nikola, beleidigen Sie mich nicht, indem Sie mir das Gefühl geben, Sie würden mich für dumm halten! Das ist *ganz genau das*, was wir gesehen haben, bis hin zur letzten Schraube!«

»Was haben wir denn gesehen?«, fragte ich, schon um Nikola zu helfen, der mit jeder Sekunde betroffener und unbehaglicher wirkte. Ganz offensichtlich wünschte er sich in diesem Moment weit weg.

»Sie haben den ursprünglichen Plan fallen gelassen«, schnaubte Allison. »Jedenfalls hat man das uns und den Menschen in dieser Stadt so erzählt. Statt über rostige Eisenrohre vor der Küste sollte eine moderne Kläranlage errichtet werden, die sämtliche Abwässer filtert. Aber so etwas ist teuer, wirklich sehr teuer.« Sie stieß verächtlich die Luft durch die Nase aus. »Also ist offensichtlich jemand gekommen und hat Stanley den Vorschlag unterbreitet, es doch bei der ursprünglichen und viel preiswerteren Lösung zu belassen. Man muss ja sehen, wo man bleibt!«

»Aber diese Kläranlage ist gebaut worden«, gab ich zu bedenken. »Ich habe davon in der Zeitung gelesen. Gab es nicht sogar eine Einweihungsfeier, bei der der Bürgermeister anwesend war?«

»Oh ja, und er hat eine salbungsvolle Rede gehalten, in der es von Worten wie Verantwortung und Sicherheit und der Zukunft unseres Landes und unserer Kinder nur so gewimmelt hat, ich weiß«, bestätigte sie. »Ich war dabei, genau wie Stanley.«

Ihr Gesicht verfinsterte sich noch weiter. »Ich fasse es nicht, dass er mich so belügen konnte! Wie dumm war ich eigentlich?« Sie machte eine Kopfbewegung auf den Plan. »Danach ist es nicht mehr als eine aufwendige Attrappe.«

»Eine ziemlich teure, oder?«, fragte ich zweifelnd.

»Aber nichts gegen das, was der Bau und erst recht der Betrieb einer echten Kläranlage kosten würden«, erwiderte Allison. »Stanley hat mir geschworen, sich nicht darauf einzulassen, aber nach dem, was wir gerade gesehen haben …«

»Der Kanal«, vermutete ich, aber Allison schüttelte nur den Kopf. »Die Pumpen. Sie sind genau da eingezeichnet, wo wir sie mit eigenen Augen gesehen haben.«

»Das allein ist noch kein Beweis«, widersprach Nikola lahm. »Sie sind hier eingezeichnet, und es gibt sie auch dort, aber wir sollten jetzt keine voreiligen Schlüsse ziehen. Es sind einfach nur …«

»… Hochleistungspumpen, die all den Schmutz und all das Gift in die See befördern!«, unterbrach ihn Allison, nur noch eine Winzigkeit davon entfernt, wirklich zu schreien. »Sie wissen, wie leistungsstark sie sind, Nikola. Sie haben sie entworfen!«

»Aber doch nicht …«, protestierte Nikola, wurde aber sofort von Allison unterbrochen.

»Nicht zu diesem Zweck, ich weiß. Das war ungerecht, bitte verzeihen Sie.« Sie versuchte mit wenig Erfolg zu lächeln. »Sie sind Ingenieur, Nikola. Ich muss Ihnen nicht erklären, wie leicht es ist, Ihre beabsichtigte Wirkung ins Gegenteil zu verkehren, oder?«

»Natürlich nicht«, antwortete Nikola. »Aber es ist immer noch kein Beweis.«

»Für mich schon.«

Nikola setzte zu einer scharfen Entgegnung an, schüttelte aber dann nur sacht den Kopf und machte eine Geste zum anderen Ende des großen Schreibtisches hin. »Dort drüben liegt ein Brieföffner, Allison. Ein nützliches Werkzeug, aber man kann damit auch einen Menschen verletzen oder töten. Was würden Sie davon halten, wenn man Sie des Mordes bezichtigen würde, nur weil Sie im Besitz eines Gegenstandes sind, mit dem Sie so etwas tun *könnten?*«

Allison dachte tatsächlich eine Sekunde über diese Worte nach, zog aber dann nur eine Grimasse. »Sie reden Unsinn, Nikola, und das wissen Sie auch. Ich wollte es nicht wahrhaben, aber er hat es getan. Stanley hat sich kaufen lassen.«

»Wie können Sie da so sicher sein?«, fragte ich, denn ich hatte es mir schon vor langer Zeit zu eigen gemacht, dann und wann in die Rolle des *Advocatus Diaboli* zu schlüpfen. Es erwies sich oft genug als Vorteil, auch die Gedanken der anderen Seite zu kennen. »Vielleicht gibt es eine ganz harmlose Erklärung für alles.«

Ich hörte selbst, wie das klang, und Allison machte sich nicht einmal die Mühe, darauf zu antworten. Ich bekam jedoch Hilfe von unerwarteter Seite.

»Ich kann mir nicht vorstellen, dass Sir Harland bei so etwas mitmacht«, sagte Nikola.

Allison stieß verächtlich die Luft durch die Nase aus. »Sie meinen diesen aristokratischen Millionär, der so gerne mit Schiffchen spielt, die er mit dem Blut und dem Schweiß seiner Arbeiter baut? Ja, ich habe gehört, dass er ein richtiger Wohltäter und Menschenfreund ist.«

»Ich weiß, dass Sie Harland nicht mögen«, entgegnete Nikola mit der Andeutung eines Lächelns. »Aber das steht hier gar nicht zur Debatte.«

»Ach nein?«, schnappte Allison.

»Nein«, bekräftigte Nikola. »Ich kenne Sir Harland nicht gut genug, um mir ein Urteil über ihn zu erlauben, aber eins weiß ich genau, nämlich dass er nicht dumm ist. Und das da …« – er machte eine Kopfbewegung zur Blaupause hin – »… wäre sogar sehr dumm.«

»Eine Menge schmutziges Geld zu verdienen?«

»Ich kann mir nicht vorstellen, dass ein Mann wie Harland so kurzfristig denkt«, beharrte Nikola. »Wenn das hier ans Licht käme, wäre es eine Katastrophe für Harland & Wolff, und auch für Sir Harland persönlich, sowohl finanziell als auch was seine Reputation angeht. So dumm ist er nicht. Ich bin sicher, dass er nichts davon weiß.«

Ich fragte mich zwar, wieso Nikola einen Mann so vehement verteidigte, den er doch angeblich gar nicht kannte, aber ich konnte mich der Stichhaltigkeit seiner Argumente nicht verschließen, so gerne ich es auch getan hätte.

»Vielleicht hat Nikola ja recht«, warf ich vorsichtig ein. »Ich kenne diesen Harland gar nicht und kann mir noch viel weniger ein Urteil erlauben, aber wenn er wirklich ein so schlimmer Kapitalist ist, wie Sie glauben …«

»Er ist es, und sogar noch schlimmer!«

»… dann wird er bestimmt nicht alles aufs Spiel setzen, um ein paar Pfund zu verdienen.«

»Ein paar Pfund?«, ächzte Allison. »Haben Sie eine Vorstellung davon, was …«

»Die *Titanic* kostet?«, fiel ihr Nikola ins Wort. »Oh ja, ich kenne die Summe. Wenn dieses Schiff scheitert, dann ist auch Harland & Wolff ruiniert. Und Sir Harland persönlich. So dumm ist er nicht, glauben Sie mir.«

»Und wenn ich Sie richtig verstanden habe, dann geht es nicht einmal um Harlands Gewinn«, fügte ich noch hinzu. »Er hätte nichts davon. Außer einem völlig unnötigen Risiko.«

»Das habe ich auch gedacht«, sagte Allison bitter. »Bis ich gesehen habe, was in diesem Kanal fließt. Sie pumpen all diesen

Dreck in den Boden und ins Meer hinein! Ich habe die Rohre angefasst, und Nikola auch. Sie waren *heiß.*«

»Vielleicht waren es heiße Abwässer.« Ich konnte sogar selbst hören, wie das klang.

»Und dieses Ding, das wir gesehen haben?« *Und die Spinne?*

»Ich glaube nicht, dass es real war«, wandte Nikola ein.

»Also, mir ist es ziemlich real vorgekommen«, widersprach ich. Immerhin hatte mir das Ding beinahe das Gesicht weggerissen.

»Mir auch«, gestand Nikola, »aber das heißt nicht, dass es das auch war. Die Konzentration giftiger Dämpfe muss dort unten fürchterlich sein. Es könnte eine Halluzination gewesen sein.«

»Die wir alle drei hatten?«

»Ich weiß, wie das klingt«, gab Nikola zu. »Und ich bin weder Chemiker noch Arzt. Aber Sie haben diese giftige Brühe doch gesehen. Weiß Gott, was sie mit unseren Sinnen angestellt hat oder unserem Verstand. Von unserer Gesundheit ganz zu schweigen.«

»Und es spielt auch gar keine Rolle, begreifen Sie das eigentlich nicht?«, fügte Allison hinzu.

»Nein«, antwortete ich wahrheitsgemäß.

»Es ist doch vollkommen egal, ob all diese giftigen Chemikalien nun tatsächlich irgendwelche menschenfressenden Ungeheuer ausgebrütet haben oder die Menschen nur den Verstand verlieren und an einer Halluzination zugrunde gehen«, sagte sie zornig. »Das muss aufhören! Das *wird* aufhören!«

»Und wie?«, fragte ich. Ich war ganz sicher, dass es keine Sinnestäuschung gewesen war, aber unglücklicherweise hatte Allison recht. Es spielte überhaupt keine Rolle. Nicht im Endergebnis. Mir jedenfalls war es ziemlich egal, ob ich nun von einer eingebildeten oder einer wirklichen Spinne aufgefressen wurde, solange mich am Ende beides umbrachte.

»Ich werde damit an die Öffentlichkeit gehen«, sagte Allison. »Ich habe gute Kontakte zur Presse. Wenn sich schon niemand dafür interessiert, was wir der Welt antun, in der wir alle leben, dann ganz gewiss dafür, um wie viel Geld die Stadt und ihre Bürger betrogen worden sind.« Sie gab sich Mühe, ein möglichst abfälliges Geräusch hervorzubringen. »Geld ist immer ein Thema, das die Leute interessiert.«

Damit hatte sie zweifellos recht, auch wenn ich ihren heiligen Zorn zwar ganz entzückend fand, aber nicht wirklich teilen konnte. Ich hatte Dinge wie diese schon zu oft erlebt, um nicht zu wissen, wie es enden musste: Wenn ihre Geschichte überhaupt den Weg an die Öffentlichkeit fand (was ich bezweifelte), dann würde es ein paar Artikel in den Zeitungen geben, ein wenig Rauschen im Blätterwald und (sehr wenig) echte öffentliche Empörung. Möglicherweise würden sie eine mittlere Charge aus der Verwaltungsebene auf das Schafott führen, und nach diesem Bauernopfer und ein klein wenig verstrichener Zeit würde sich rein gar nichts geändert haben und das Gift weiter in die See fließen, nur durch Rohre, die etwas besser versteckt waren. Aber ich brachte es nicht übers Herz, ihr das so brutal zu sagen.

»Und wie genau«, fragte ich stattdessen und so sanft wie möglich, »wollen Sie das bewerkstelligen?«

Allison begann den Plan zusammenzufalten. »Das hier ist Beweis genug, und alles andere steht in den Büchern. Wenn ich sie den richtigen Leuten zuspiele, dann hat diese Schweinerei ein Ende, das garantiere ich Ihnen!«

»Das mag sein«, sagte ich, »aber ich muss Sie nicht extra darauf hinweisen, dass wir gerade gegen eine ganze Anzahl von Gesetzen verstoßen, oder?«

»Zum Beispiel?«, fragte Allison verächtlich.

»Von Hausfriedensbruch und Unterschlagung einmal ganz

abgesehen«, mischte sich Nikola ein, noch bevor ich antworten konnte, »sind das alles hier noch keine Beweise. Allerhöchstens Indizien. Und nicht einmal das wirklich.«

»Auf welcher Seite stehen Sie eigentlich, Nikola?«, ereiferte sich Allison.

»Auf Ihrer, Allison«, antwortete Nikola ruhig. »Und wenn es sich wirklich so verhält, wie es den Anschein hat, dann zu mehr als einhundert Prozent, glauben Sie mir. Aber wir sollten sehr vorsichtig sein. Wenn Ihre Vermutung zutrifft, dann haben wir es mit gefährlichen Gegnern zu tun. Wenn wir sie zu früh warnen, dann gewinnen wir nichts.« Er deutete auf mich. »Ganz im Gegenteil. Quinn hat recht, wissen Sie? Wir machen uns gerade strafbar.«

»Blödsinn!«, sagte Allison noch einmal. »Was haben wir denn getan, außer die Wahrheit ans Tageslicht zu bringen?«

Ich wollte antworten, doch da flog die Tür auf, und im gelben Licht der bewusst altmodischen Gaslampen draußen auf dem Flur erkannte ich gleich eine ganze Anzahl schattenhafter Gestalten, die hereingestürmt kamen. »Fangen wir mit Einbruch an, junge Dame«, sagte eine tiefe Stimme. »Und so wie ich es sehe, kommt mindestens noch versuchter Diebstahl hinzu. Ich bin sogar sicher, wir finden noch mehr.«

Ich hob die Hand vor die Augen, als sich der Strahl einer wirklich starken Lampe auf mein Gesicht richtete. Sosehr mich das Licht auch blendete, erkannte ich dennoch die Mündung des Revolvers, der direkt auf meine Stirn zielte. »Nicht bewegen«, fuhr Captain Adler fort. »Und ganz langsam die Hände hoch, wenn ich bitten darf, alle drei. Sie sind verhaftet!«

9

Es war weiß Gott nicht das erste Mal, dass ich eine Arrestzelle sah, und auch nicht das erste Mal, dass mir aufging, wie dunkel, kalt, klein und schlichtweg menschenunwürdig diese vergitterten Löcher waren. Das einzige Fenster, durch das jetzt die zögerlichen ersten Strahlen der Morgensonne drangen, war kaum größer als zwei nebeneinanderliegende Hände – und selbstverständlich trotzdem vergittert, hatte dafür aber kein Glas, sodass Kälte und Zugluft ungehindert Einlass fanden. Die Einrichtung bestand aus dem nackten Steinfußboden, der ebenso nackten Decke und der Luft dazwischen; und einer gemauerten Bank, die als Bett diente. Bis auf mein halbes Jahr Haft im *Crumlin Road Gaol* hatte ich keine eigene Knasterfahrung, und das war auch gut so. Was daumendicke Gitterstäbe bedeuteten, begriff man erst, wenn es zu spät war.

»Wie lange wollen sie uns hier noch festhalten?«, quengelte Allison, ganz gewiss nicht zum ersten Mal, seit man uns unsanft hier hereinbugsiert und die Tür hinter uns ins Schloss geworfen hatte. Ich hatte aufgehört zu zählen, wie oft, und ich konnte auch nicht sagen, wie lange wir überhaupt schon hier drinnen waren. Nebst allem anderen, was wir bei uns getragen hatten (wie zum Beispiel meine gerade erst erbeuteten Zigarren), hatten sie mir auch die Taschenuhr abgenommen.

Ich rechnete kurz nach. »Einbruch, versuchter Diebstahl,

widerrechtliches Betreten und was ihnen sonst noch so einfällt … also ich würde sagen, fünf bis sieben Jahre. Vielleicht auch mehr.«

Nikola verzog nur geringschätzig die Lippen, doch Allison, die auf der gemauerten Bank saß, hob mit einem Ruck den Kopf und starrte mich an. »Das ist ein Scherz.«

»Nein«, antwortete ich. »Es sei denn, Sie sagen ihnen endlich, dass Sie Stanley Jacobs' Nichte sind, und klären dieses Missverständnis auf.« Es war nicht das erste Mal, dass ich das sagte, und genau wie die Male zuvor tat sie auch jetzt so, als hätte sie gar nichts gehört.

»Wir sollten einen Anwalt verlangen«, meinte Nikola. »Das steht uns doch zu, oder?«

Ich nickte zwar, aber ich sagte zugleich auch: »Sie haben zu viele Kriminalromane gelesen, Nikola.«

»Weil ich auf meinen Rechten bestehe?«, erkundigte sich Nikola. »Und ich lese keine Kriminalromane.«

»Vielleicht sollten Sie das dann und wann tun«, antwortete ich. »Dann wüssten Sie, in welchen Schwierigkeiten wir stecken.« Ich sah Allison an, während ich das sagte, doch wenn sie die Frage, die sich in diesen Worten verbarg, überhaupt hörte, dann ignorierte sie sie genauso wie alle meine vorangegangenen, direkteren Versuche.

»Was ist überhaupt mit Ihnen?«, fuhr Nikola fort. Er hatte die rechte Hand in der Jackentasche versenkt und fingerte nervös darin herum. Der einzige Moment, in dem er wirklich laut geworden war, war der gewesen, als ihm die Beamten seine geliebten Fundstücke abgenommen hatten. »Waren Sie nicht früher selbst einmal Polizist?«

Ich fragte mich, woher er das wusste. Ich hatte es ihm nicht erzählt, und seit wir uns das erste Mal begegnet waren, hatte Allison es nicht erwähnt, und sie war auch nicht eine einzige Sekunde mit Nikola allein gewesen. »Ich bin als Constabler ausgeschieden«, sagte ich trotzdem. »Und ich weiß, wie es läuft.«

»Und lassen Sie uns auch an Ihrem geheimen Wissen teilhaben, *Constabler?*«, fragte Allison.

Ich versuchte ihren bissigen Ton zu ignorieren. Oder mir wenigstens einzureden, dass er nichts mit mir zu tun hatte, sondern einzig mit unserer misslichen Lage zusammenhing, die an unserer aller Nerven zehrte.

»Ich fürchte, ich muss Sie enttäuschen«, antwortete ich. »Mein geheimes Wissen ist leider ziemlich beschränkt. Ich kenne weder das Polizeirevier hier noch die Männer, die Adler für seine schnelle Eingreiftruppe rekrutiert hat.«

»Schnelle Eingreiftruppe?«, empörte sich Allison. »Um die Arbeiterklasse weiter unterdrücken und schmutzige Geschäfte besser schützen zu können?«

Ich zuckte mit den Achseln. »Vielleicht. In jedem Fall verdanken wir Adlers Aufstieg zum Captain mehr oder weniger der *Titanic*. Denn sie war wohl der Grund dafür, dass man diese Spezialeinheit zusammengestellt hat.«

»Das wird ja immer schöner«, schimpfte Allison. »Der Bau dieses Schiffes wirbelt überall Unrat auf. Und dann sperrt man uns auch noch ohne Anklage weg und lässt uns verrotten!«

»Nun, ganz so weit ist es noch nicht«, wandte Nikola ein, und drehte sich dann zu mir um. »Wie geht es Ihrer Einschätzung nach jetzt weiter?«

»Eigentlich hätten sie uns längst verhören sollen«, antwortete ich. »Aber sie können auch genauso gut bis Montag damit warten. Oder auch noch länger.«

Ich selbst hatte in meiner Zeit als Polizist auch schon einmal den einen oder anderen Burschen gleich mehrere Tage in der Zelle schmoren lassen, um ihn weichzukochen. Aber das verriet ich ihnen lieber nicht.

»Aber das dürfen sie doch gar nicht!«, ereiferte sich Nikola. »Wir haben schließlich Rechte!«

»Ihre Rechte«, belehrte ich ihn, »haben Sie in dem Augenblick eingebüßt, in dem Sie Jacobs' Kontor betreten haben.« Und wenn man es ganz genau nahm, sogar schon in dem Augenblick, in dem uns Allison zu dem Einbruch in sein Büro überredet hatte; selbstverständlich ohne sich die Mühe zu machen, uns darüber aufzuklären, dass es überhaupt ein Einbruch war.

Auch darüber würden wir noch reden, ganz bestimmt sogar, und es würde ihr auch ganz bestimmt nicht gefallen. Aber nicht jetzt.

»Glauben Sie nicht, dass ich mir das bieten lasse«, ereiferte sich Nikola. »Ich werde diesen Inspektor oder Captain oder was immer er auch sein mag …«

»Sie werden nichts tun«, fiel ich ihm ins Wort. »Wenn Sie es auf diese Weise versuchen, dann verbringen wir womöglich noch Silvester hier drinnen. Glauben Sie mir, ich weiß, wovon ich rede.«

»Ja, das scheint mir auch so«, sagte Allison spitz. Sie deutete mit dem Kinn auf Nikola. »Wissen Sie überhaupt, wer das ist?«

»Sollte ich?«, erwiderte ich.

Nikola reagierte gar nicht, aber es gelang ihm auch nicht ganz zu verhehlen, dass ihm Allisons Bemerkung aus irgendeinem Grund unangenehm war.

»Ihr freundlicher Kollege, der uns in dieses reizende Zimmer eingesperrt hat, wird sich wundern, wenn er es erfährt«, fuhr sie dennoch fort. »Nikola ist nicht irgendwer.«

»Natürlich nicht«, antwortete ich. So viel war mir schon selbst klar geworden. »Aber vielmehr interessiert mich eigentlich, warum Sie mir nicht gesagt haben, dass in Jacobs' Firma wirklich niemand weiß, wer Sie sind, Allison.«

»Das habe ich«, sagte Allison.

»Nicht so«, beharrte ich. »Ich weiß, dass Sie kein Kapital aus der Tatsache schlagen wollten, mit Stanley Jacobs verwandt zu sein, und das ehrt Sie zweifellos. Aber Sie könnten dieses Geheimnis jetzt allmählich lüften, damit wir endlich hier herauskommen.«

»Ist Ihnen meine Gesellschaft so zuwider?«

»Oh, ich habe nichts dagegen, das ganze Wochenende mit Ihnen zu verbringen, Allison. Aber nicht unbedingt in einer Gefängniszelle.«

Allison starrte mich ein bisschen konsterniert an, und das war auch ganz genau der Sinn dieser – zugegeben frivolen – Bemerkung gewesen: ihre Reaktion zu prüfen. Doch sie fiel anders aus, als ich erwartet hätte. Allison maß mich zwar mit einem angemessen entrüsteten Blick, zog aber zugleich auch schon wieder die Unterlippe zwischen die Zähne und begann nervös darauf zu kauen. Ich war jetzt sicher, dass sie mir etwas verschwieg, etwas Wichtiges, aber auch, dass es völlig sinnlos wäre, sie danach zu fragen. Eigentlich sollte ich zornig werden, aber es gelang mir nicht.

»Sie schlagen also vor, dass wir klaglos auf alle unsere Bürgerrechte verzichten und uns auch noch für diese skandalöse Behandlung bedanken?«, erkundigte sich Nikola.

Anders als gerade bei Allison musste ich mich jetzt beherrschen, um weiterhin Ruhe zu bewahren. »Ich schlage vor allem vor, dass Sie mir das Reden überlassen«, sagte ich. »Wir sollten erst einmal herausfinden, was genau man uns überhaupt vorwirft, und dann reagieren.«

»Haben es die zu Unrecht Verdächtigten auch so gehalten, als Sie noch Polizist waren?«, schnaubte Nikola. Er legte fragend den Kopf auf die Seite. »Warum haben Sie den Polizeidienst eigentlich verlassen?«

»Aus … privaten Gründen«, antwortete ich ausweichend. »Und weil das, was ich jetzt tue, viel besser bezahlt wird. Aber Sie haben recht. Manchmal vermisse ich es schon, das gebe ich zu.«

»Was?« Nikola machte eine entsprechende Kopfbewegung. »Auf der anderen Seite des Gitters zu stehen?«

»Auch«, antwortete ich. »Aber ganz ehrlich, manchmal hat es auch einen gewissen Reiz, Leute ungestraft schikanieren zu dürfen, wissen Sie? Verdächtige zusammenzuschlagen oder auch schon mal jemanden zu erschießen, wenn einem danach ist … manchmal rettet einem das den Tag.«

»Quinn«, sagte Allison.

»Er hat gefragt«, erwiderte ich achselzuckend.

Streng genommen hatte er das nicht, doch bevor der Streit weiter eskalieren konnte, näherten sich Schritte, und ein uniformierter Polizist erschien auf der anderen Seite des Gitters, drehte einen absurd großen Schlüssel im Schloss und bedeutete mir wortlos, herauszukommen. Ich gehorchte, doch als Nikola mir folgen und Allison von der gemauerten Bank aufstehen wollte, schüttelte der Constabler genauso schweigend den Kopf und verriegelte die Tür wieder.

»Lassen Sie sich nichts gefallen, Quinn«, rief Allison mir nach. »Sie haben Rechte, vergessen Sie das nicht!«

Ich war schon fast froh, als mir der Constabler Handschellen anlegte und mich wegführte. Das Gesicht des Mannes blieb völlig unbewegt, aber ich wusste aus eigener Erfahrung, wie Polizisten auf diese Art von Gefangenen reagierten.

Ich wurde in einen winzigen, fensterlosen Raum gebracht, wo mein Bewacher mich auf eine harte Bank stieß und daran festkettete, dann ging er. Nichts davon überraschte mich. Es würde mindestens eine halbe Stunde vergehen, bis man mich zum Verhör holte, und ich konnte wohl noch von Glück sagen, dass man mich allein eingesperrt hatte und nicht zusammen mit ein paar gelangweilten harten Jungs, die sich auf ihre ganz eigene Art und Weise die Zeit mit mir vertrieben.

Es verging fast eine Stunde, bis mich derselbe Constabler wieder abholte und in ein mit Aktenschränken und überladenen Regalen vollgestopftes Büro brachte, wo ich auf einen nur unwesentlich weniger unbequemen Stuhl befördert und wieder angekettet wurde. Auch damit hatte ich gerechnet.

Allerdings nicht damit, eine weitere geschlagene Stunde warten zu müssen.

Endlich ging die Tür auf, und Adler kam herein.

»Constabler Devlin«, begann er, während er mit energischen Schritten um den Schreibtisch herumeilte und sich in einen Stuhl fallen ließ, der unter seinem Gewicht bedrohlich knirschte. »Bitte verzeihen Sie, dass Sie warten mussten, aber Sie wissen ja, wie das ist: Am Wochenende haben wir immer viel zu wenige Männer und viel zu viel Arbeit … Sie erinnern sich noch, Constabler? Aber eigentlich müsste es ja *Mister* Devlin heißen, und nicht mehr Constabler, nicht wahr?«

Ich hütete mich, auch nur mit einem einzigen Wort darauf zu reagieren. Adler sah mich mit vollkommen unbewegter Miene an, und auch seine Stimme hatte einen vollkommen sachlichen Ton, doch ich musste seine Gedanken nicht lesen, um zu wissen, dass er den Moment in vollen Zügen genoss. Vielleicht war es ihm gestern ja einfach zu schnell gegangen, und er gedachte die Gelegenheit nun zu nutzen, unser Wiedersehen in aller Ruhe auszukosten und dabei Versäumtes nachzuholen.

»Devlin, Devlin, Devlin«, seufzte Adler, nachdem wir uns lange genug schweigend gegenübergesessen hatten, um ihn wohl begreifen zu lassen, dass es ihm nicht gelingen würde, mich niederzustarren. »Sie machen es mir wirklich nicht leicht.

Da sehen wir uns jahrelang gar nicht, und dann muss ich kurz nacheinander gleich zwei so unangenehme Gespräche mit Ihnen führen.«

»Das müssen Sie nicht«, antwortete ich. »Lassen Sie mich und meine Begleiter einfach gehen, und der Rest des Samstags gehört Ihnen und Ihrer Familie.«

Adler machte eine plötzliche Bewegung, und ich rechnete spätestens jetzt damit, von ihm geschlagen zu werden, doch stattdessen griff er nur in die Jackentasche und zog eine Zigarre heraus, deren Banderole ich sofort erkannte, obwohl ich so etwas erst einmal in meinem Leben gesehen hatte. Bedächtig zündete er sie an, wodurch sich zumindest die Anklage wegen Diebstahles zu einem Drittel in Rauch auflöste.

»Ich weiß wirklich nicht, was ich mit Ihnen machen soll, Devlin«, sagte Adler, nachdem er zwei genießerische, lange Züge genommen und sein Gesicht in blaugraue Rauchwolken gehüllt hatte. »Dabei waren Sie doch selbst einmal Polizist. Sie sollten wissen, wie es läuft.«

»Dass man mit ehemaligen Kollegen ganz besonders streng ist, damit niemand auf seltsame Ideen kommt?« Ich nickte. »Ja.«

»Streng, aber gerecht«, bestätigte Adler. »Ja, ich erinnere mich, dass Sie ein Mann sind, der nicht lange um den heißen Brei herumredet. Sie bevorzugen das offene Wort. Das macht es ebenfalls leichter.«

Er zog eine Schublade auf, nahm einen gelben Notizblock und einen pedantisch gespitzten Bleistift heraus und legte beides vor sich auf den Tisch. »Ich hatte mir unser Wiedersehen etwas anders vorgestellt, wenn ich ehrlich sein soll, Quinn – ich darf Sie doch Quinn nennen?«

Ich schüttelte stumm den Kopf, und Adler fuhr fort: »Reden wir also offen. Sie waren einmal ein erfolgreicher Detektiv, und umso mehr betrübt es mich jetzt, dass Sie auf die andere Seite gewechselt sind. Sie sollten doch wissen, dass so etwas nie gut geht.«

»Manchmal vielleicht schon«, erwiderte ich und hätte mir am liebsten selbst auf die Zunge gebissen, überhaupt geantwortet zu haben.

»Ehrlich gesagt, es fällt mir immer noch schwer, das zu glauben«, sagte Adler. »Devlin Quinn, der ehrlichste Polizist, von dem ich jemals gehört habe. Andererseits ...« Er nahm einen weiteren genießerischen Zug aus der Cohiba, und sein Gesicht verschwand fast zur Gänze hinter einem Vorhang aus grauem Rauch. Nur das aufmerksame Blitzen seiner Augen war noch zu sehen. »... andererseits habe ich Sie zusammen mit Ihren Komplizen auf frischer Tat ertappt, das lässt sich nur schwer verleugnen.«

»Ganz so war es nicht.«

»Dann erzählen Sie mir Ihre Version.«

»Zuallererst einmal sind Nikola und Miss Carter nicht meine Komplizen«, begann ich. Eigentlich fuhr ich ihn schon an, und mir entging auch keineswegs das kurze, triumphierende Aufblitzen in Adlers Augen. Ich hatte mich immer gefragt, wieso auch wirklich hartgesottene Burschen manchmal so schnell die Beherrschung verloren, kaum dass das Verhör begonnen hatte. Jetzt, an diesen Stuhl gefesselt, auf dieser Seite des Tisches und angesichts dessen, was mein Gegenüber mir anzutun vermochte, verstand ich es plötzlich ein bisschen besser.

»Was dann?«, fragte Adler.

»Nikola kenne ich kaum«, antwortete ich. Ich hatte entschieden, so nahe an der Wahrheit zu bleiben, wie es nur ging. »Aber Miss Carter ist meine Klientin. Sie hat mich engagiert.«

»Um ins Büro Ihres Arbeitgebers einzubrechen?« Adler paffte.

»Das war kein Einbruch«, widersprach ich. »Miss Carter ist zwar Jacobs' Angestellte, aber auch seine Nichte. Also sind wir nicht eingebrochen. Jedenfalls nicht im juristischen Sinn.«

»Darüber könnte man durchaus unterschiedlicher Meinung sein«, erwiderte Adler, »aber dazu später. Miss Carter hat Sie engagiert, sagen Sie? Wann? Und wozu?«

»Gestern Nachmittag. Oder möglicherweise auch schon vorgestern.«

Adler zog eine goldene Taschenuhr aus der Weste, klappte den Deckel auf und nickte, nachdem er einen langen Blick auf das Ziffernblatt geworfen hatte. »Wenn ich mich beeile, kann ich noch mit meiner Familie frühstücken. Dann setzen wir unser Gespräch am Montag fort – und Sie berechnen Ihrer Klientin zwei zusätzliche Tagessätze.«

Ich lächelte, als hätte ich die Drohung in seinen Worten gar nicht wahrgenommen. Glaubte er denn wirklich, ich wüsste nicht, was er vorhatte?

»Was also sollten Sie für sie tun?«

Ich dachte kurz daran, mich erneut auf meine Schweigepflicht meiner Klientin gegenüber zu berufen, verwarf diesen Gedanken aber auch gleich wieder. Adler würde mich einfach so lange einsperren, bis ich es ihm sagte; und Nikola und Allison gleich mit.

»Stanley Jacobs ist vor ein paar Tagen verschwunden«, sagte ich. »Aber das wissen Sie schon. Wahrscheinlich besser als ich.«

Adler sagte gar nichts dazu, sondern paffte wortlos weiter, was Antwort genug war.

»Miss Carter hat mich beauftragt, ihren Onkel zu finden.«

»In seinem Büro?«

»Wir haben dort nach Hinweisen gesucht.«

»Hinweise auf seinen Verbleib«, vermutete Adler. »Nehmen

wir einmal an, ich würde Ihnen das glauben ... warum hat sie uns dann diese Hinweise nicht übergeben? Sollte ihr nicht daran gelegen sein, ihren ... *Onkel* ... wiederzufinden?«

»Das ist eine ... komplizierte Geschichte«, antwortete ich vorsichtig.

»Die bis Montag Zeit hat?«, fragte Adler. Ich verstand nur zu gut, was er damit wirklich sagen wollte.

»Es war eine Spur, die sich erst heute ergeben hat«, formulierte ich vorsichtig.

»Sie hätten damit trotzdem zu uns kommen müssen«, beharrte Adler tadelnd.

»Vielleicht traut Miss Carter der Polizei ja nicht zu, den Fall zu lösen.«

Erstaunlicherweise reagierte Adler nur mit einem Lächeln darauf. Und mit einem schwer deutbaren Seufzen. »Also gut. Jetzt tun wir einfach einen Moment lang so, als würde ich Ihnen diese hanebüchene Geschichte glauben, Quinn. Ich habe mir ihr Diebesgut angesehen. Ich bin natürlich kein Spezialist für solche Dinge, aber soweit ich es auf den ersten Blick erkennen konnte, handelt es sich um Bauzeichnungen. Materiallisten und Kalkulationen. Solche Dinge eben. Wie sollte das zu dem verschwundenen Mister Jacobs führen?«

»Das weiß ich nicht«, log ich. »Mister Jacobs hat mich vor einigen Tagen engagiert, um ...«

»Mister Jacobs?«, fiel mir Adler ins Wort. »Sagten Sie nicht, Miss Carter hätte Sie engagiert?«

»Beides«, antwortete ich. »Ich weiß, das klingt ein bisschen seltsam, aber so ist es.«

»Aha«, sagte Adler. Er klang fast amüsiert. Aber auf eine Art, die mir ganz und gar nicht gefiel.

»Mister Jacobs hat mich engagiert, weil auf seinen Baustellen eine Menge Material gestohlen worden ist«, setzte ich neu an.

»Möglicherweise hängt das ja mit seinem Verschwinden zusammen. Miss Carter scheint es jedenfalls zu glauben.«

Adler tat mit sehr wenig Überzeugung so, als würde er tatsächlich über diese Möglichkeit nachdenken. »Sie meinen also, jemand hat zuerst Mister Jacobs' Material und dann Mister Jacobs selbst verschwinden lassen?«

»Ich meine gar nichts«, sagte ich. »Aber ich schließe auch prinzipiell nichts von vornherein aus. Und das sollten Sie auch nicht.«

»Ich sollte mir vor allem nicht von einem ehemaligen Constabler erklären lassen, wie ich meine Arbeit zu tun habe«, entgegnete Adler kühl. »Nicht einmal, wenn er so schlau ist wie Sie, Quinn.«

Ich schluckte die Antwort hinunter, die mir auf der Zunge lag. Vorsichtshalber sagte ich gar nichts.

Adler funkelte mich weiter an, dann stand er wortlos auf und ging zu einem der Regale. Als er zurückkam, waren seine Arme mit abgegriffenen Büchern, Listen und zusammengerollten Blaupausen beladen. Ich hatte das alles nur bei schlechtem Licht und nicht sehr lange gesehen, erkannte es aber trotzdem wieder.

»Mister Jacobs ist tatsächlich verschwunden«, stellte Adler fest. »Auf diesem Plan ist nicht zufällig das Versteck zu sehen, in dem er gefangen gehalten wird?«

»Jetzt haben Sie mich erwischt, Captain«, sagte ich zerknirscht. Ich machte eine Kopfbewegung zu dem halben Dutzend Folianten auf dem Tisch. Die Blaupause hatte einen hässlichen neuen Knick, der jedem Besitzer eines Zeichenbretts vermutlich auf der Stelle zu einem Schlaganfall verholfen hätte, aber ich erkannte sie trotzdem. Schon anhand des hässlichen Brandlochs, das ich selbst verursacht hatte. »Darin ist das Material aufgelistet, dass wir gebraucht haben, um das Versteck zu bauen. Sie wissen schon: schalldichte Türen, Fußfesseln, Knebel und …«

Adler schlug mit der flachen Hand auf den Tisch. Es klang wie ein ferner Pistolenschuss. Erstaunlicherweise blieb seine Stimme sehr ruhig. »Sie hat Ihnen also erzählt, sie wäre Stanley Jacobs' Nichte?«

»Ist sie es nicht?«

»Allison Carter?« Adler zog flüchtig die Mundwinkel nach unten. »Nein.«

»Und das wissen Sie, ohne es nachgeprüft zu haben.«

»Ich habe Mister Jacobs überprüft, schon vor Tagen«, sagte Adler. »Ich weiß eine Menge über ihn. Bestimmt mehr als Sie, Quinn. Ich weiß zum Beispiel, dass Stanley Jacobs ein ganz erstaunlicher Mann ist. Wenn Sie so wollen, die Verkörperung des Traums aller kleinen Leute.«

»Reich und dem Portwein zugetan?«

Adler ignorierte die Bemerkung. »Er war niemals Tellerwäscher, soweit ich weiß, aber davon abgesehen … seine Eltern waren einfache Leute. Arbeiter. Er hat nie einen richtigen Schulabschluss gemacht. Und trotzdem gehört er heute zu den hundert vermögendsten und einflussreichsten Männern dieser Stadt. Vom einzigen Kind einer armen Arbeiterfamilie zum Millionär, das nenne ich eine Bilderbuchkarriere. Ich glaube, das ist es, was dieses Land groß gemacht hat, Quinn. Dass die Menschen immer wieder sehen, dass so etwas möglich ist. Für jeden.«

»Was soll das?«, fragte ich. »Warum erzählen Sie mir das?«

»Vielleicht wollte ich herausfinden, ob Sie auch zuhören.«

»Zuhören? Was soll ich denn …« Ich blinzelte. »Sagten Sie: einziges Kind?«

»Stanley Jacobs hat weder einen Bruder noch eine Schwester«, bestätigte Adler. »Und dasselbe gilt übrigens auch für seine Frau. Keine Geschwister.« Er breitete bedauernd die Hände aus. »Also auch keine Nichte.«

»Was soll der Unsinn?«, fragte ich. »Wer soll sie denn sonst sein?«

Adler bemühte sich nicht einmal zu verhehlen, wie sehr ihm dieser Moment gefiel. »Formulieren wir es einmal so: Miss Carter nennt Jacobs vermutlich Onkel, weil es … unverfänglich ist. Die Leute stellen dann nicht so viele Fragen. Auf Reisen zum Beispiel. Oder im Hotel.«

»Das glaube ich nicht«, sagte ich impulsiv.

»Miss Carter ist uns nicht gänzlich unbekannt«, fuhr Adler schon beinahe fröhlich fort. Er ließ mir auch Zeit, diesen Satz wirklich zu begreifen.

»Sie wollen behaupten, sie sei …?«

»Das Wort, nach dem Sie suchen, lautet *aktenkundig*«, bestätigte Adler mit einem Nicken. Er sah auf das leere Blatt vor sich hinab und tat so, als läse er seine Antworten davon ab. »Es ist schon ein paar Jahre her, aber es gab … warten Sie … mehrere Festnahmen wegen Störung der öffentlichen Ordnung, Beschädigung öffentlichen Eigentums und Widerstand gegen die Staatsgewalt. Ihre kleine Freundin ist eine Anarchistin, Quinn.«

»Jetzt wird sie mir direkt sympathisch«, entgegnete ich.

»Das sind ernste Anschuldigungen«, sagte Adler, ohne von seinem Blatt aufzusehen. »Miss Carter ist eine Unruhestifterin. Manche verdächtigen sie nicht nur den Freiheitskämpfern der Gälischen Liga nahezustehen, sondern sogar, eine Kommunistin zu sein.«

»Allison? Eine Kommunistin? Das ist lächerlich!«

»Bisher haben wir sie mehr oder weniger gewähren lassen, weil ein so mächtiger Mann wie Stanley Jacobs seine schützende Hand über sie gehalten hat«, fuhr Adler ungerührt fort.

»Ich beginne mich allerdings zu fragen, ob das nicht ein Fehler war.«

»Sie glauben doch nicht im Ernst, dass Allison etwas mit seinem Verschwinden zu tun hat!«

»Nein«, bekannte Adler unumwunden. »Das wäre dumm, und man kann gewiss so manches über Miss Carter sagen, aber nicht, dass sie dumm ist. Wann bekommt eine zugegeben sehr attraktive kleine technische Zeichnerin schon einmal die Gelegenheit, sich an einen Mann wie Jacobs heranzumachen? Das würde sie nicht einfach aufgeben.«

»Technische Zeichnerin?«

Adler nickte. »Was hat sie Ihnen denn gesagt, was sie ist?«

»Architektin.«

Adlers Grinsen wurde nun eindeutig anzüglich. »Jacobs hat sie wohl als solche eingestellt, um sie entsprechend bezahlen zu können. Aber wenn es Sie beruhigt, Constabler: Ich habe gehört, sie soll sehr gut sein in dem, was sie tut. Allerdings weiß ich nicht, wie gut sie zeichnen kann.«

Ich biss mir auf die Unterlippe, um nichts zu sagen. Es spielte überhaupt keine Rolle, ob Adlers Behauptung der Wahrheit entsprach oder nicht. Er hatte nicht das Recht, so über Allison zu reden.

Adlers Grienen wurde sogar noch breiter, aber seine Stimme wieder ernst. »Sie war eine recht talentierte Studentin, habe ich mir sagen lassen. Ihre Professoren waren sehr zufrieden, und mancher hat ihr sogar eine große Zukunft prophezeit. Vielleicht wäre sie wirklich eine erfolgreiche Architektin geworden, wer weiß?«

»Was ist passiert?«

»Was so oft passiert«, sagte Adler. »Sie ist in … wie sagt man … in falsche Gesellschaft geraten. Hat sich mit irgendwelchen Wirrköpfen und Freiheitskämpfern zusammengetan, von denen es an den Universitäten ja leider nur so wimmelt. Dummköpfe, die nicht nur glauben, dass Irland ohne das Vereinigte Königreich besser dran wäre, sondern auch gegen alles und jedes protestieren. Sie kennen diese Chaoten. Eine traurige Geschichte, wenn man es genau nimmt.« Er sah mich an und wartete ganz offensichtlich darauf, für diese Erkenntnis gelobt zu werden. Als das nicht geschah, sog er noch einmal an seiner Zigarre und fuhr fort: »Und das ist auch der Grund, weshalb ich sie nicht gehen lassen kann, Quinn. Nicht einmal, wenn ich es wollte.«

»Weil sie so gefährliche Ideen hat?«

»Wäre sie tatsächlich nur eine junge Frau, die sich mit einem wohlhabenden älteren Mann ... angefreundet ... hat, dann wäre es etwas anderes. Darüber mag man denken, wie man will, aber es ist nicht verboten, und es macht sie eher unverdächtig. Aber mit dieser Vorgeschichte ...«

»Das ist doch Unsinn!«, begehrte ich auf. Allison eine Kommunistin? Lächerlich!

»Ich fürchte, das ist es nicht«, sagte Adler ernst. »Und auch auf Sie wird eine Menge Ärger zukommen, Quinn. Ich kann Sie nicht gehen lassen. Sie wissen, wie das läuft. Sowohl Sie als auch Ihre kleine Freundin werden bei uns bleiben müssen.«

»Und wie lange?«

»Bis ich weiß, was sie wirklich in Jacobs' Büro gesucht haben«, sagte Adler. »Oder Mister Jacobs wieder auftaucht.«

Ich setzte mich gerade auf (soweit die Kette das zuließ, mit der ich an den Stuhl gefesselt war, hieß das) und holte Luft, um Adler nun eine wirklich scharfe Antwort zukommen zu lassen, als die Tür aufgerissen wurde. »Wenn das so ist, dann gibt es keinen Grund mehr, Mister Devlin und eine meiner zuverlässigsten Angestellten widerrechtlich hier festzuhalten, nicht wahr, Inspektor?«, fragte Stanley Jacobs.

Ich hätte in diesem Moment nicht einmal sagen können, wer überraschter war – ich selbst, den nahezu kahlköpfigen Geschäftsmann mit dem dafür umso gewaltigeren Backenbart und der rot geäderten Säufernase so urplötzlich in der Tür auftauchen zu sehen, oder Adler, der Jacobs so fassungslos anstarrte, als sähe er ein Gespenst.

»Mister ... Jacobs?«, keuchte er schließlich.

»In der Tat«, antwortete Jacobs. »Ich freue mich, dass Sie mich wiedererkennen, Inspektor. Wir wurden uns schon einmal vorgestellt, Mister Adler. Sie erinnern sich? Vor sechs Monaten auf dem Polizeiball.«

»Natürlich, ich ...«

»Das ist gut, denn es erspart uns beiden eine Menge Unannehmlichkeiten und mir vor allem die Peinlichkeit, mich ausweisen zu müssen oder gar nach meinen Anwälten zu schicken. Wenn Sie jetzt also bitte die Freundlichkeit hätten, Mister Devlin loszubinden und meine Mitarbeiterin und ihren Begleiter holen zu lassen? Ich habe eine Menge zu tun und würde ungern noch mehr kostbare Zeit verlieren.«

»Aber ... aber so einfach geht ... geht das nicht«, stammelte Adler.

»Wieso nicht?«, fragte Jacobs. »Sie haben es doch gerade selbst gesagt: Ich bin wieder da.«

»Aber ich brauche Ihre Aussage!«, protestierte Adler. »Eine Untersuchung wurde eingeleitet, und da ist auch noch der Einbruch in Ihr Büro und ...«

»Das war ein Missverständnis«, unterbrach ihn Jacobs. »Der Portier ist neu und kennt Miss Carter noch nicht. Ich habe bereits mit ihm gesprochen, und er wird es Ihnen bestätigen.«

»Aber so einfach ...«, versuchte es Adler noch einmal, doch Jacobs sprach so ungerührt weiter, als hätte er gar nichts gesagt: »Und was meine Aussage angeht, so werden sich meine Anwälte gleich Montagfrüh bei Ihnen melden, um alle Ihre Fragen zu beantworten.« Seine Stimme veränderte sich fast unmerklich. »Gibt es sonst noch irgendein Problem, Constabler?«

Adler sah ganz so aus, als könnte er gleich mit einer ganzen Wagenladung Probleme aufwarten, doch er klappte lediglich den Mund auf und wieder zu und machte dann eine Bewegung, die mit einigem guten Willen als Kopfschütteln durchging.

»Dann ist es ja gut«, fuhr Jacobs fort. »Wenn Sie jetzt bitte Mister Devlin losmachen würden. Und holen Sie Miss Carter und ihren Begleiter. Meine Zeit ist begrenzt, Constabler.«

»Captain«, begann Adler, war dann jedoch klug genug, den Satz nicht zu Ende zu sprechen. Er sprang hastig auf und löste meine Handfesseln. Ich riss die Arme nach vorne und begann abwechselnd meine Handgelenke zu massieren. Die Handschellen waren so eng gewesen, dass meine Finger zu prickeln begannen und die entzündete Wunde in meiner Handfläche pochte.

»Gut«, sagte Jacobs. »Und jetzt die beiden anderen. Bitte.«

Adler versuchte es noch ein allerletztes Mal. »Aber so einfach …«

»… ist es in der Tat, Constabler«, unterbrach ihn Jacobs.

»Captain.«

»Noch.«

Adler schluckte hörbar.

»Es war nur ein bedauerliches Missverständnis, eine Straftat liegt nicht vor, Constabler«, sagte Jacobs ungerührt. »Ich kann darüber natürlich auch gerne mit Ihren Vorgesetzten reden, falls Sie die Verantwortung nicht übernehmen möchten. Ich weiß allerdings nicht, wie der Polizeipräsident reagiert, wenn ich ihn wegen einer solchen Lappalie am Samstagmorgen störe.«

Adler sah tatsächlich so aus, als wollte er noch einmal widersprechen, aber dann gewann seine Vernunft (und sein Selbsterhaltungstrieb) wohl doch die Oberhand, und er hatte es plötzlich sehr eilig, das Büro zu verlassen.

Jacobs sah ihm kopfschüttelnd nach. »Was für ein Dummkopf. Ich beginne zu verstehen, warum Sie sich einen anderen Beruf gesucht haben, Devlin.« Er drehte sich zu mir um. »Ist alles in Ordnung?«

Ich sah zu ihm hoch und versuchte meine Gedanken zu sortieren, was mir aber nicht gelingen wollte. Es kam selten vor, doch in diesem Moment wusste ich nicht mehr, was ich denken sollte und was geschah. Was um alles in der Welt *tat* Jacobs hier, und was stimmte nicht mit ihm?

»Ich verstehe nicht«, sagte ich lahm. »Wieso ...?«

»Ja, das ist mir klar«, fuhr mir Jacobs genauso über den Mund, wie er es gerade mit Adler getan hatte. »Und das können Sie auch gar nicht. Glauben Sie mir, Devlin, es ist alles noch viel komplizierter, als Sie jetzt ohnehin schon annehmen.«

»Dann erklären Sie es mir«, verlangte ich nicht besonders originell. Ich hörte auf, meine Gelenke zu massieren, aber meine verbundene Hand schmerzte noch immer.

»Das werde ich, sobald wir diesen ungastlichen Ort verlassen haben«, versprach Jacobs. »Aber jetzt sollten wir uns wirklich beeilen. Ich habe nicht gescherzt, als ich gesagt habe, dass uns nicht besonders viel Zeit bleibt.« Er machte eine Kopfbewegung hinter sich. »Dieser Narr von Noch-Captain ist vielleicht ein Feigling, der Angst vor seinem eigenen Schatten hat, aber er ist auch kein völliger Dummkopf. Sobald er seinen ersten Schrecken überwunden hat und sein bisschen Gehirn wieder einschaltet, könnte er auf den Gedanken kommen, uns doch hier festzuhalten, und glauben Sie mir, Devlin, dann würde etwas wirklich sehr Schlimmes passieren.«

»Und was?«

Jacobs machte ein Gesicht, als hätte er genau diese Frage

erwartet, ärgerte sich aber trotzdem darüber. Dennoch beantwortete er sie. Oder auch nicht. »Sie werden alles erfahren, und wahrscheinlich sogar mehr, als Sie überhaupt wissen wollen. Aber jetzt müssen wir hier weg. Ich warte draußen im Wagen auf Sie. Holen Sie Allison. Und vielen Dank, dass Sie so gut auf sie achtgegeben haben … Sie haben sich doch tadellos benommen, hoffe ich?«

»Sie könnte meine Tochter sein!«, antwortete ich entrüstet.

»Wie wahr«, erwiderte Jacobs. »Genau wie meine. Oder auch meine Enkelin.«

»Ich versichere Ihnen …«, begann ich und brach dann wieder ab, als ich das spöttische Funkeln in Jacobs' Augen sah. Mit denen überdies irgendetwas nicht stimmte, auch wenn ich nicht sagen konnte, was.

»Das war ein Scherz«, erklärte Jacobs.

»Ja. Das … ähm … dachte ich mir«, murmelte ich. Ich kam mir unbeschreiblich dumm vor.

»Und auch darüber reden wir später«, sagte Jacobs. »Jetzt holen Sie Allison. Ich warte draußen auf Sie. Beeilen Sie sich.«

Er wollte gehen, doch ich hielt ihn noch einmal zurück. »Eine Frage noch, Mister Jacobs.«

»Ja?«

»Fünfundachtzig Pfund und ein Sixpence«, sagte ich.

Jacobs legte den Kopf auf die Seite und sah mich verständnislos an.

»Fünfundachtzig Pfund und ein Sixpence«, sagte ich noch einmal. »Das ist genau die Summe, die Sie mir angewiesen haben.«

»Das ist richtig«, bestätigte Jacobs. »Sie haben für mich gearbeitet, also steht Ihnen für diese Zeit auch eine angemessene Entlohnung zu. Ich habe Ihr normales Honorar zugrunde gelegt und mit den Stunden multipliziert, die Sie hätten aufwenden müssen, um meinen Auftrag zu erledigen. Und als Zeichen meiner Zufriedenheit habe ich mir erlaubt, noch einen gewissen Bonus hinzuzurechnen. Stimmt etwas damit nicht? Sind Sie nicht zufrieden?«

»Doch«, sagte ich hastig. »Es ist nur …«, doch Jacobs fuhr schon fort: »Selbst wenn, dann sollten wir das später klären. Wir werden uns schon einig, keine Sorge.«

Und damit verschwand er so schnell, dass es schon fast wieder unheimlich war. Ich verschwendete sinnlose Sekunden darauf, die offen stehende leere Tür hinter Jacobs verwirrt anzustarren, und weitere, um mit dem Gedanken zu spielen, die Blaupause und Bücher aus Jacobs' Büro mitzunehmen, verwarf diese Idee jedoch gleich wieder und machte mich auf die Suche nach Nikola und Carter.

10

Und das im wortwörtlichen Sinne. Das Polizeirevier, in dem sich Adlers *Schnelle Einsatztruppe* eingenistet hatte, war mir aus meiner aktiven Zeit nicht nur gänzlich unbekannt, sondern auch unerwartet groß. Ich hatte zwar geglaubt, mir den Weg hierher eingeprägt zu haben, aber das war wohl eher ein frommer Wunsch gewesen. Ich verlief mich zweimal in dem Labyrinth aus Korridoren und ineinander geschachtelten winzigen Räumen, und hätte ich nicht irgendwann Allisons zornige Stimme gehört, die mir den Weg wies, dann hätte ich sie vielleicht gar nicht gefunden.

Adler hatte sich Verstärkung besorgt. Gleich zwei uniformierte Constabler, die zwar noch nicht wirklich ihre Waffen gezogen hatten, aber ganz den Eindruck machten, es gerne zu tun, um sich gegen Carter zu verteidigen, die sie mit einer immer lauter und energischer werdenden Flut wenig damenhafter Flüche und Beschimpfungen eindeckte. Als sie meiner jedoch ansichtig wurde, brach sie mitten im Wort ab, und der heilige Zorn auf ihrem Gesicht verwandelte sich schlagartig in eine Mischung aus Erleichterung und Sorge. Und einer Spur von Vorwurf, der keinen Grund brauchte.

»Quinn! Wo sind Sie so lange gewesen? Hat man Ihnen etwas getan?«

»Es ist alles in Ordnung«, sagte ich rasch. »Das Missverständnis hat sich aufgeklärt. Wir können gehen.« Ich wandte mich an Adler. »Das können wir doch, oder?«

Adler nickte abgehackt. Er sagte nichts, sondern presste die Kiefer nur so fest aufeinander, dass man es hören konnte, gab den beiden Constablern aber auch einen Wink, von Carter abzulassen.

»Das wurde aber auch Zeit!«, schimpfte sie unverdrossen weiter. »Was fällt Ihnen ein, uns hier stundenlang und widerrechtlich festzu …?«

»Die Beamten haben nur ihre Arbeit gemacht«, fiel ich ihr ins Wort. »Es war ein Missverständnis. Der Portier hat die Situation falsch eingeschätzt, aber nun hat sich alles aufgeklärt.«

»Vorerst«, knurrte Adler, und sein Blick fügte lautlos hinzu, dass die Sache damit noch lange nicht ausgestanden war. Nicht, was mich und ihn anging.

»Es war ein aufregender Tag für uns alle«, wandte er sich an Allison. »Es hat eine Menge Missverständnisse gegeben, auf beiden Seiten. Lassen wir es für heute dabei bewenden.«

Allison sah nicht so aus, als wollte sie auch nur irgendetwas irgendwann dabei bewenden lassen, sodass ich mich rasch wieder zu Adler umdrehte, bevor sich ihr Unmut ganz gegen mich richtete. »Wir wollen Mister Jacobs nicht unnötig warten lassen.«

»Mister …?« Allison sog scharf die Luft zwischen den Zähnen ein, und hinter ihr erhob sich Nikola von der gemauerten Bank und sah mit einem Male sehr aufmerksam aus. Ich musste mir selbst leicht verwirrt eingestehen, dass ich ihn glatt vergessen hatte. »Stanley? Sie haben ihn gefunden? Wo? Wie geht es ihm?«

»Sie haben es ihr noch nicht gesagt?«

»Ich wollte Ihnen schließlich nicht den ganzen Spaß verderben«, versetzte Adler bissig.

»Sie haben Stanley gefunden und sagen mir kein Wort?«, ereiferte sich Allison. »Das ist ...«

Adler drehte sich wortlos weg und ging, und ich legte ihr rasch die Hand auf den Arm, bedeutete Nikola mit einem Blick, ihnen zu folgen, und zog sie mit mir hinter dem Captain her, bevor sie noch der Schlag traf – oder Adler, sollte sie sich losreißen und ihm nachstürzen.

»Wo ist er?«, fragte sie aufgeregt. »Wie geht es ihm? Hat man ihm etwas angetan?«

»Ihrem *Onkel* geht es gut«, antwortete ich so betont, dass nicht einmal mehr sie so tun konnte, als hätte sie es nicht gehört, sondern für einen Moment bestürzt (und ein bisschen schuldbewusst) aussah. Dann übernahm die alte Allison wieder das Regime, und sie schürzte die Lippen und fragte knapp: »Wo ist er?«

Ich ging weiter. »Er wartet draußen auf uns. Ich habe ihn nur kurz gesehen und weiß so wenig wie Sie. Aber ich bin sicher, dass er uns alles erklärt.«

Allison schenkte mir zwar noch einen verstörten Blick, hüllte sich darüber hinaus aber in eingeschnapptes Schweigen. Ich konnte trotzdem spüren, wie es in ihr arbeitete. Diese ganze Geschichte entpuppte sich mittlerweile als wirklich kompliziert.

Wir holten Adler an einem kleinen vergitterten Schalter ein, hinter dem ein missmutig dreinblickender Constabler uns aufforderte, eine Quittung zu unterschreiben, damit er uns unsere persönlichen Dinge wieder aushändigen konnte. Ich verbiss mir die Bemerkung, dass mich niemand nach meiner Unterschrift gefragt hatte, als man uns unsere Habseligkeiten abgenommen hatte, kritzelte einen Haken unter die handgeschriebene Liste und zündete mir zuallererst in aller Ruhe eine Zigarre an – zwei fehlten, wie mir nicht entging –, während Allison ebenfalls ihr

Hab und Gut in Empfang nahm, wobei sie allerdings nicht mit spitzen Bemerkungen geizte.

Adlers Augen verengten sich, als er sah, dass ich mir eine der teuren Zigarren angesteckt hatte, die ich aus Jacobs' Büro hatte mitgehen lassen. Er selbst hielt keine Zigarre mehr in den Händen, wofür ich ganz dankbar war. Es hätte mir noch gefehlt, in ein Wettrauchen mit dem Mann einzutreten, der nichts unversucht ließ, mich zu demütigen.

Ich hätte das gastliche Polizeirevier am liebsten auf der Stelle verlassen. Aber das ging nicht, denn bei Nikola gestaltete sich die Herausgabe seiner Habseligkeiten etwas komplizierter als bei mir und Allison. Was der Constabler ihm durch das Gitter zuschob, das schien durchaus zu reichen, um eine weitere seiner geheimnisvollen Maschinen zu bauen. Umständlich zählte er die einzelnen Teile nicht nur gleich mehrfach, sondern begutachtete auch jedes Metallstück ausgiebig, bevor er es in einer seiner verwirrend vielen Jackentaschen verschwinden ließ.

»Wo ist Stanley?«, wollte Allison wissen. »Wartet er draußen?«

»Mister Jacobs?« Adler gab die Frage mit einer Geste an den Constabler weiter, der jedoch nur mit einem verwirrten Blick darauf reagierte.

»Stanley Jacobs«, sagte Adler unwirsch. »Glatze, zweihundert Pfund schwer, Backenbart und Säufernase. Er muss hier vorbeigekommen sein.«

»Ich bin seit einer Stunde hier«, antwortete der Constabler. »Bis auf ein paar Kollegen ist hier keiner vorbeigekommen.«

»Aber es ist der einzige Weg nach draußen.«

»Deshalb weiß ich ja auch, dass Mister Jacobs nicht vorbeigekommen ist«, beharrte der Constabler. »Ich habe mich seit einer Stunde hier nicht weggerührt.«

»Sie müssen sich täuschen«, meinte Adler, und das in einem

Ton, der deutlich machte, dass sie darüber noch sprechen würden, beließ es im Augenblick jedoch dabei, Nikola mit wachsender Ungeduld anzustarren. Mir erging es nicht sehr viel anders. Mir war gar nicht aufgefallen, wie viele Trümmerstücke Nikola in diesem schrecklichen Keller eingesammelt hatte. Auch Adler schien sich zu fragen, was Nikola mit all diesem blitzenden Metall wollte. Als er endlich fertig war, atmeten sowohl Adler als auch ich selbst erleichtert auf und wollten uns abwenden, doch Allison schüttelte den Kopf.

»Wo ist der Rest?«, fragte sie.

»Welcher Rest?« Der Constabler machte eine unwirsche Geste. »Das ist alles, was ich in Verwahrung hatte.«

»Der Bauplan und die Journale.« Allison wandte sich herausfordernd an Adler. »Ich habe gesehen, dass Ihre Leute alles mitgenommen haben. Ich möchte es zurück.«

»Sie haben das Recht auf Ihr persönliches Eigentum«, antwortete Adler kühl. »Alles andere gehört Mister Jacobs und wird ihm zu gegebener Zeit schon zurücker ...«

»Mein Onkel wartet draußen auf uns?«, fiel ihm Allison ins Wort, und sie gab ihm gar nicht erst die Gelegenheit zu antworten. »Nun, dann muss ich wohl hinausgehen und ihm erklären, warum er noch einmal herkommen und Sie auffordern muss, ihm sein Eigentum zurückzugeben. Vertrauliche Unterlagen, die Ihre Männer widerrechtlich aus seinem Büro entfernt haben, nebenbei bemerkt.«

»Übertreiben Sie es nicht, junge Dame«, sagte Adler gepresst. Ich konnte ihm in Gedanken nur beipflichten. Ein Teil von mir kam nicht umhin, ihre Dreistigkeit zu bewundern, doch ich hoffte auch, dass sie den Bogen nicht überspannte. Männer wie Adler legten das Gesetz mitunter erschreckend leichtfertig nach eigenem Gutdünken aus, aber tief in sich hatten sie sich einen Rest von Stolz bewahrt, den man besser nicht herausforderte. Wenn sie ihn zu sehr in die Enge trieb, dann war ihm durchaus zuzutrauen, dass er etwas tat, was keinem von ihnen gefallen würde; mich selbst eingeschlossen.

Doch dieser Punkt schien noch nicht erreicht zu sein. Adler starrte mit ärgerlich zusammengezogenen Brauen auf sie herab, aber dann reagierte er nur mit einem abgehackten Nicken, fuhr auf dem Absatz herum und verschwand im Sturmschritt. Allison erlaubte sich ein ebenso flüchtiges wie zufriedenes Lächeln, folgte ihm aber dann so schnell, dass Nikola und ich uns unsererseits sputen mussten, um nicht den Anschluss zu verlieren.

Wir holten Adler nur ein, weil er die Tür zu seinem Büro aufgerissen hatte und dann wie erstarrt stehen geblieben war.

»Was ist passiert?«, entfuhr es mir.

Hinter meiner Stirn begann eine lautlose Alarmglocke zu schrillen, allein weil ich sah, wie Adler dastand. Wie ein Mann, der buchstäblich vor Schrecken erstarrt war.

»Worauf warten Sie, Inspektor?« Allison versuchte ihn aus dem Weg zu schieben, doch genauso gut hätte sie auch versuchen können, die Wand daneben mit bloßen Händen einzureißen. Adler wog gut und gerne doppelt so viel wie sie.

»Wenn Sie glauben, dass ich auf so einen billigen Trick …«

Ich legte ihr beide Hände auf die Schultern und schob sie kurzerhand zur Seite, während ich mich zugleich auf die Zehenspitzen stellte, um über Adlers Schulter zu blicken. Viel war es nicht, was ich sehen konnte, aber es war unheimlich genug.

Adlers gesamtes Büro schien zum Leben erwacht zu sein oder doch zumindest sein Schreibtisch und ein kleiner Bereich des Bodens ringsum. Überall wuselte und raschelte es, bewegten sich blitzende und klickende … *Dinge* und lebendig gewordene Schatten, und nun registrierte ich auch das dazugehörige Geräusch, ein Klickern und Trippeln wie von einer Million eiserner Termiten, das aus allen Richtungen zugleich zu kommen schien und in der Enge des Raumes nur umso lauter widerhallte. Ein bisschen erinnerte mich der Anblick an Nikolas Labor auf der Werft, nur war es in dieser scheinbar normalen Umgebung beinahe noch unheimlicher.

»Was zum Teufel …?«, murmelte Adler, erwachte dann aus seiner Starre und schrie: »Verdammt! Constabler Owen, kommen Sie her!«, und wollte losstürmen.

Ich konnte ihn gerade noch zurückreißen und bezahlte mit einem so hässlichen Schmerz in meiner verletzten Hand dafür, dass mir die Tränen in die Augen schossen. Trotzdem zerrte ich Adler nur noch heftiger zurück und gestikulierte mit der anderen Hand in Richtung Schreibtisch; oder das Schreckliche, in das er sich verwandelt hatte.

»Tun Sie das nicht«, sagte ich. »Sehen Sie!«

Adler ließ es sich selbstverständlich nicht nehmen, sich so grob loszureißen, dass ich fast das Gleichgewicht verloren hätte, und meine Hand noch mehr wehtat. Aber immerhin blieb er stehen, und spätestens wenn er zur Ruhe gekommen war und über diesen Moment nachdachte, würde er mir insgeheim dafür dankbar sein, ihn zurückgehalten zu haben.

Es war natürlich nicht wirklich sein Schreibtisch, der zum Leben erwacht war. Es war etwas daneben, darunter und darauf, unzählige winzige Geschöpfe, die über- und nebeneinander herkrochen und rissen und fraßen und fetzten. Es waren zu viele, und sie bewegten sich zu schnell und zu ruckhaft, um Einzelheiten zu erkennen, aber ich hatte einen vagen Eindruck von etwas durch und durch abstoßend Insektenhaftem.

»Was zum Teufel ist das?« Immerhin brachte Adler den Satz jetzt zu Ende. »Was geht hier … *Devlin, erklären Sie mir das!*«

Wie kam er auf die Idee, dass ich das konnte?

Ich schüttelte nur den Kopf, schob mich aber trotzdem an

Adler vorbei und hob die unversehrte Hand, um ihn zurückzuhalten.

Wahrscheinlich wäre es gar nicht mehr nötig gewesen, denn was immer hier drinnen auch geschah, schien mit unserem Eintreten zu enden. Die pulsierende Bewegung wich vor uns zurück, floss gleich einer zu blitzendem Metall und hartem Chitin geronnenen Brandungswelle über die Tischplatte und hinterließ nichts als eine stiebende Wolke aus Staub und winzigen Papierfetzen, die wie Schnee in der Luft hing. Es vergingen tatsächlich nur noch wenige weitere Sekunden, und der Spuk war vorbei und die rasselnde Woge aus reiner Bewegung unter dem Regal hinter Adlers Schreibtisch verschwunden. Ich machte einen einzelnen Schritt in dieselbe Richtung und blieb wieder stehen. Mein Herz klopfte, und ich merkte nicht einmal, dass ich die Hände fest genug zu Fäusten geballt hatte, um die Wunde in meiner Linken erneut aufplatzen zu lassen.

»Aber was …?« Adler erwachte endlich aus seiner Starre, schob mich einfach aus dem Weg und war mit zwei großen Schritten auf der anderen Seite des Tisches, wo er sich in die Hocke sinken ließ. Etwas Glitzerndes huschte unter seiner ausgestreckten Hand hervor und schlug einen hastigen Haken, und um ein Haar wäre es ihm sogar entwischt … was für Adler eindeutig besser gewesen wäre, denn plötzlich ertönte ein helles metallisches Schnappen, und Adler riss mit einem Fluch die Hand zurück. Ein messingfarbener Funke verschwand unter dem Regal, und von Adlers Fingerkuppe tropfte Blut, bevor er sie mit einem gepressten Fluch in den Mund steckte.

Zögernd folgte ich ihm, wagte es aber nicht, mich dem Tisch weiter als auf einen Schritt Abstand zu nähern. Das auch vorher schon betagte Möbelstück bot einen bizarren Anblick: Die Platte war mit Hunderten tiefer frischer Kratzer und Schrammen übersät, als hätte ein Wahnsinniger in einem Anfall von

Tobsucht immer und immer wieder mit einem Messer oder einem anderen scharfen Werkzeug darauf eingeschlagen. Unzählige winzige Papierschnipsel bedeckten die Tischplatte und den Boden, und etliche hingen noch immer fast reglos in der Luft, wie um nicht nur allen Naturgesetzen, sondern auch der Logik zu spotten. Allisons Blaupause war verschwunden, und was von den Büchern übrig geblieben war (und so gut wie allem anderen, was auf Adlers Schreibtisch gelegen hatte), das war wenig mehr als grauer und weißer Papierstaub und ein paar Fetzen von etwas, das wie zerkautes Leder aussah. Absurderweise waren sowohl Adlers gelber Notizblock als auch sein Bleistift vollkommen unversehrt und sahen inmitten all dieser Zerstörung nicht nur völlig deplatziert aus, sondern geradezu grotesk.

Hinter mir drängten auch die anderen beiden herein, und auf dem Flur vor der Tür wurden aufgeregte Schritte und Stimmen laut. Allison schlug mit einem erschrockenen Keuchen die Hand vor den Mund, während Nikola sich mit einem raschen Blick in die Runde begnügte und dann neben Adler war, um sich ebenfalls in die Hocke sinken zu lassen. »Seien Sie vorsichtig«, sagte er, scheinbar an niemand Besonderen gewandt. »Fassen Sie nichts an!«

Zumindest auf Adlers Schreibtisch gab es auch nicht mehr allzu viel anzufassen. Abgesehen von ein paar kümmerlichen Resten war er schlichtweg leer gefressen – ein anderes Wort fiel mir nicht dafür ein –, und auf den zweiten Blick erkannte ich, dass auch die übrige Einrichtung nicht ganz ungeschoren davongekommen war, solange sie nicht aus Hartholz oder einem noch zäheren Material bestand. Bücher und Aktendeckel waren zerfetzt, Papierstapel verrutscht und wie von Axthieben getroffen, und der ganze Raum sah aus, als wäre ein Blizzard hindurchgetobt und hätte nichts als weißes Chaos zurückgelassen. Selbst die Luft war noch immer voll mikroskopisch feinem

Papierstaub, den sie einatmeten und der eine glimmende Korona um das Ende meiner Zigarre bildete, wenn ich daran zog.

»Mein Gott, Quinn, was ... was ist denn hier ... passiert?«, stammelte Allison.

Selbst wenn ich darauf hätte antworten können – und wie auch? –, wäre ich gar nicht dazu gekommen, denn Allison wurde grob zur Seite gestoßen, als sich gleich zwei Constabler hinter ihr hereindrängten, von denen einer den Schlagstock in der halb erhobenen Hand hielt, wodurch in dem ohnehin kleinen Raum schlagartig eine fast erdrückende Enge herrschte. Draußen auf dem Gang eilten noch mehr Männer heran, die aber gottlob darauf verzichteten, ebenfalls hereinkommen zu wollen, und ich meinte auch, das Klicken von Waffen zu hören, die gespannt wurden.

»Was ist hier ...?«, begann der Constabler mit dem Schlagstock, wurde aber sofort von Adler unterbrochen, der auf dem Absatz herumwirbelte und mit einem blutenden Zeigefinger wie mit einem Dolch nach seinem Gesicht stocherte. Ich sah, dass er sich eine kleine, aber überaus hässliche Wunde in der Fingerkuppe eingehandelt hatte.

»Das fragen Sie noch, Sie Idiot?«, brüllte er. »Was ist das hier für eine Schweinerei? Wie kommt dieses verdammte Ungeziefer hier herein? *Antworten Sie!*«

Das konnte der arme Bursche natürlich nicht –, sondern sah sich nur mit aufgerissenen Augen und wachsendem Entsetzen um. Ein erschrockenes Keuchen war zu hören. Ein Papierstapel kam ins Rutschen und glitt wie ein kalbender Eisberg vom Regal, was einen neuerlichen Wirbelsturm weißer Papierschnipsel zur Folge hatte. Eine winzige zischende Stichflamme züngelte aus meiner Zigarre und erlosch sofort wieder. Allison hustete hart und unecht, vielleicht um einen weiteren Schrei zu unterdrücken.

»Und wo sind diese verdammten Viecher überhaupt?«, fuhr Adler kaum weniger laut fort. »Sucht dieses Ungeziefer! Ich will, dass es ausgerottet wird!«

Das war einigermaßen lächerlich. Sollte der arme Bursche die Millionen winziger Schädlinge vielleicht erschießen oder mit seinem Stock erschlagen? Der Mann sah ihn denn auch nur hilflos an und zerbrach sich sichtbar den Kopf nach einer Antwort, als von der anderen Seite des Schreibtisches Nikolas Stimme ertönte:

»Das kann ich Ihnen sagen, Captain. Sie haben sich durch die Wände gefressen.« Er lachte leise. »Sie brauchen einen guten Kammerjäger, will mir scheinen.«

Wenn das ein Scherz sein sollte, so konnte niemand darüber lachen. Ganz im Gegenteil machte sich plötzlich ein Gefühl von Beklemmung im ganzen Raum breit, das mir schier die Kehle zuschnürte und es mir sogar unmöglich machte, an meiner Zigarre zu ziehen.

»Was soll das heißen?«, polterte Adler. Sein immer noch blutender Zeigefinger stieß nun anklagend auf Nikola hinab. »Hier gibt es kein Ungeziefer in den Wänden!«

»Es gibt überall Ungeziefer in den Wänden«, antwortete Nikola, beugte sich noch weiter vor – und langte blitzschnell unter das Regal.

»Oder wie nennen Sie das hier?«, fragte er triumphierend, während er sich mit einem Ruck wieder aufrichtete und etwas Kleines und Zappelndes schwenkte, das er zwischen Daumen und Zeigefinger hielt. Er klang unangemessen zufrieden, fand ich.

Neugierig, aber eingedenk Adlers immer noch blutender Fingerkuppe auch mit angemessenem Respekt trat ich näher. Das Geschöpf, das Nikola mit sichtbarer Anstrengung zwischen Daumen und Zeigefinger hielt, ähnelte auf verblüffende Weise einer Kakerlake und sah zugleich so anders aus, wie es nur ging. Es war halb so lang wie ein Zeigefinger, aber gut doppelt so dick und hatte einen mehrfach gegliederten Körper, der wie poliertes Metall glänzte (ich hatte das beunruhigende Gefühl, dass er auch genau daraus *bestand*), und musste einmal sechs Beine gehabt haben, von denen die vier hinteren allerdings zerquetscht waren – vermutlich der Grund, warum Nikola es überhaupt hatte fangen können. Sein verbliebenes Beinpaar ruderte hektisch, und an seinem dreieckigen Kopf mit den winzigen Glasaugen schnappten noch winzigere, aber rasiermesserscharfe Zangen wie mikroskopische Skalpelle. Was sie anzurichten vermochten, das bewies Adlers Zeigefinger.

»Das ist faszinierend«, staunte Nikola. Seine Augen leuchteten vor Begeisterung, während er das winzige zappelnde Geschöpf näher ans Gesicht hielt, um es eingehend zu betrachten. Die Messing-Kakerlake versuchte mit ihren winzigen Mandibeln nach ihm zu schnappen, und ich meinte ein helles Scharren zu hören, wie winzige Messerklingen, die aneinander vorbeischrammten, und vielleicht war da sogar etwas wie ein wütendes Zischeln, gerade an der Grenze des überhaupt noch Hörbaren.

»Was ist faszinierend?«, polterte Adler. »Eine Kakerlake? Ich muss ein ernstes Wort mit unserem Hausmeister reden!«

Nikola ignorierte ihn. »Ein Glas!«, sagte er. »Ich brauche irgendeinen Behälter! Am besten ein Glas, mit einem Deckel!«

»Was wollen Sie denn …?«, begann einer der Constabler, und Adler blaffte ihn augenblicklich an: »Haben Sie nicht gehört, Owen? Holen Sie ein Glas! Und alle anderen raus hier! Sucht mir diesen verdammten Hausmeister! Oder erschießt ihn am besten gleich!«

Sowohl der Constabler als auch sein Kollege hatten es plötzlich sehr eilig, den Raum zu verlassen, und ein einziger böser

Blick Adlers reichte auch, die anderen Beamten zu verscheuchen, die sich draußen vor der Tür drängelten, um einen Blick herein zu erhaschen.

»Was für eine verdammte Schweinerei!«, fuhr Adler eher noch wütender fort. Missmutig betrachtete er seine immer noch blutende Fingerkuppe, setzte dazu an, sie erneut in den Mund zu stecken, und nahm wieder Abstand von der Idee, nachdem er einen weiteren Blick auf das schnappende Etwas in Nikolas Hand geworfen hatte.

»Legen Sie das weg, Nikola!«, verlangte Allison. »Das ist widerlich!« Sie hatte ihre Fassung zurückerlangt, doch ich war nicht ganz sicher, ob ich mich darüber freuen sollte.

»Wo ist die Blaupause?«, fragte sie. »Und die Kontobücher und Lieferlisten?«

Adler starrte sie fassungslos an. »Wie bitte?«

»Sie glauben doch nicht, dass ich auf diesen billigen Trick herein…«

»Seien Sie still«, fiel ihr Adler ins Wort. »Noch ein Laut, und ich sperre Sie wieder ein, und dann hilft Ihnen nicht einmal mehr Ihr *Onkel*, haben Sie das verstanden?«

Allison riss die Augen auf. »Sind Sie verrückt geworden?«, ächzte sie. »Was fällt Ihnen ein?«

Sie war dabei, sich lächerlich zu machen, begriff ich. Wenn nicht Schlimmeres. Rasch trat ich zwischen Adler und sie, hob besänftigend die Hand und hätte ihr mit meiner Zigarre um ein Haar die Wange verbrannt, hätte sie nicht hastig das Gesicht weggedreht. Das brachte mir nun zwar einen zornigen Blick ein, aber zumindest richtete sich ihr Ärger jetzt gegen mich und nicht mehr gegen Adler, was sicher die bessere Wahl war.

»Wir sollten jetzt vor allem die Ruhe bewahren«, sagte ich. »Das hier ist … wirklich seltsam und ein bisschen beunruhigend, aber ich glaube nicht, dass den guten Captain die Schuld daran trifft.«

»Ausgerechnet den einzigen Beweis verschwinden zu lassen, den es möglicherweise noch gibt?«, fragte Allison.

»Beweis wofür?«, wollte Adler wissen. Er sah immer noch zornig aus, zugleich aber auch plötzlich höchst interessiert.

»Nur eine Theorie«, sagte ich ausweichend, »und keine sehr überzeugende. Wir sollten jetzt vor allem die Ruhe bewahren«, wiederholte ich und wandte mich wieder direkt an Allison, »und vor allem Ihren Onkel nicht noch länger warten lassen. Er ist sicher schon ungeduldig.«

»Ich gehe hier bestimmt nicht ohne die Pläne weg!«, beharrte Allison, was nun wirklich übertrieben war.

Adler zog eine verächtliche Grimasse. »Ich lasse Ihnen gern einen Topf mit Klebstoff bringen. Und eine Pinzette.«

In Allisons Augen blitzte es kampflustig auf, doch zu meiner Erleichterung kam nun endlich der Constabler zurück und schwenkte ein nicht ganz sauberes Glas mit einem Schraubdeckel. Den Arm so weit ausgestreckt, wie es überhaupt nur ging, reichte er es mir, und Nikola ließ seine zappelnde Beute in das durchsichtige Behältnis fallen und zog die Hand schnell wieder zurück. Trotzdem drehte sich das bizarre Geschöpf noch im Fallen um und versuchte nach ihm zu schnappen, und obwohl es verstümmelt war, warf es sich sofort gegen das Glas und wollte daran emporklettern. Als ihm das nicht gelang, schlug es mit seinen winzigen Zangen wie besessen auf das Glas ein; ein Geräusch wie Fingernägel auf einer Fensterscheibe. Nikola schraubte den Deckel zu und hielt das Glas in die Höhe, um seinen zappelnden Inhalt zu betrachten.

»Ein aggressives kleines Biest«, stellte er fest.

»Ein widerliches kleines Biest«, bestätigte Adler finster. »Wieso lebt es überhaupt noch, so übel wie es zugerichtet ist?«

Nikola hob das Glas noch etwas höher und drehte es hin und her, um seinen Fund besser begutachten zu können. »Ich bin nicht sicher, ob es überhaupt jemals gelebt hat. Das ist faszinierend! Ich muss es ins Labor bringen, um es genauer zu untersuchen. Ich darf es doch mitnehmen, Captain? Sie haben ja noch genug davon.«

Adler versuchte ihn niederzustarren, was aber misslang. »Sie gehen jetzt besser«, stieß er gepresst hervor. »Bevor ich es mir anders überlege.«

»Ich sagte doch, dass ich hier nicht ohne …«, begann Allison schon wieder, und ich fiel ihr ins Wort und legte ihr zugleich besänftigend die Hand auf den Arm.

»Lassen wir Stanley nicht noch länger warten«, sagte ich. »Bestimmt wird er uns erklären können, was das alles zu bedeuten hat.«

Darauf antwortete Allison gar nicht mehr, aber ihre Augen verschossen kleine Blitze in Adlers Richtung. Bevor sie etwas sagen und damit die nächste Runde einläuten konnte, ergriff ich ihre Schulter und schob sie schon fast gewaltsam aus der Tür.

11

Es hatte leicht zu nieseln begonnen, während wir in Adlers Büro gewesen waren. Ein feiner, eisiger Regen, den der Wind in schrägen Schleiern vor sich her trieb, mit denen er gleichermaßen die Straßen versilberte, wie er auch jeden vor sich her scheuchte, der leichtsinnig genug war, sich trotz der fortgeschrittenen Stunde noch im Freien aufzuhalten.

Jeden außer Stanley Jacobs, der einen befremdlichen Anblick bot, wie er so reglos inmitten der eisigen Schwaden stand und uns entgegensah, als nähme er uns nicht einmal zur Kenntnis. Befremdlich genug jedenfalls, um nicht nur mich, sondern auch Allison zögern zu lassen. Gleich darauf verdüsterte sich ihr Gesicht jedoch, und sie legte die restliche Distanz im Sturmschritt zurück.

»Wie konntest du das nur tun?«, fuhr sie ihn übergangslos an. »Ich habe dir vertraut, Stanley! Wie konntest du mich nur so hintergehen?«

Jacobs legte so demonstrativ die Stirn in Falten, dass er eigentlich gar nichts mehr hätte sagen müssen. Und eigentlich tat er es auch nicht, jedenfalls nicht so, wie Allison es vermutlich erwartet hatte. Zwar sah er sie noch einen weiteren Moment auf dieselbe sonderbare Weise an, drehte dann jedoch mit einem Ruck den Kopf und blickte auf das Glas in Nikolas Hand. »Nikola! Sind Sie unter die Entomologen gegangen?«

»Man kann niemals genug wissen, Stanley«, antwortete Nikola fröhlich. »Und wenn ich mich nicht vollkommen irre, dann habe ich hier eine wirkliche Sensation, deren wahre Bedeutung jetzt noch gar nicht abzusehen ist. Ich muss unbedingt in mein Labor, um es genauer zu untersuchen! Können Sie mich hinbringen?«

»Stanley!«, sagte Allison scharf.

»Vielleicht später«, sagte Jacobs so ungerührt zu Nikola, als hätte sie gar nichts gesagt. »Zuallererst lassen Sie uns von hier verschwinden, bevor dieser übereifrige Captain noch auf dumme Ideen kommt. Ich sollte wirklich dafür sorgen, dass er wieder in den Streifendienst versetzt wird.« Er wandte sich mit einem fragenden Blick an mich. »Möchten Sie seinen Posten, Mister Devlin? Ich könnte das durchaus bewerkstelligen.«

Ich glaubte ihm das auf Anhieb, schüttelte jedoch trotzdem den Kopf und dachte über eine Antwort nach, doch jetzt war Allisons Geduld wohl endgültig aufgebraucht. Sie trat mit einem zornigen Schritt vor Jacobs und stampfte mit dem Fuß auf, was sie aber offensichtlich augenblicklich bedauerte. Ich sah, wie ihre Mundwinkel vor Schmerz zuckten. Aber das machte sie nur noch zorniger.

»Hör sofort auf so zu tun, als wäre ich gar nicht da!«, fuhr sie ihn an. »Das lasse ich mir nicht bieten!«

»Aber das tue ich nicht, meine Liebe«, antwortete Jacobs. »Ich beantworte dir gerne alle deine Fragen und Ihnen auch, Quinn. Aber nicht jetzt und vor allem nicht hier. Ganz abgesehen von Ihrem übereifrigen Kollegen dort drinnen ist es kalt, und ich halte auch nicht viel davon, im Regen zu stehen, wenn wir uns ebenso gut in meinem Wagen unterhalten können. Er steht auf der anderen Straßenseite.«

Er wartete keine Antwort ab, sondern drehte sich weg und trat, ohne nach rechts oder links zu blicken, auf die Straße hinaus. Ich wäre geneigt gewesen, dieses vermeintlich leichtsinnige Verhalten auf die fortgeschrittene Stunde zu schieben oder den Regen, der auch die wenigen Unverdrossenen von den Straßen spülte, aber da war noch etwas anderes. Ich konnte keinen Grund für dieses Wissen benennen, aber es war eben auch ganz eindeutig *Wissen*, nicht nur eine Vermutung. Jacobs trat so selbstsicher auf die Fahrbahn, weil er ganz genau wusste, dass ihm nichts passieren konnte.

Darüber hinaus konnte ich ihm nur beipflichten, was das Herumstehen im Regen anging. Das eisige Nieseln hatte bereits sein erstes Opfer gefunden: eine sehr teure kubanische Zigarre, die genau in diesem Moment mit einem kläglichen Zischen in meiner Hand erlosch.

Wir folgten Jacobs auf die andere Straßenseite, wo eine Überraschung auf uns wartete. Ganz wie er es gesagt hatte, stand sein Fahrzeug dort, aber eines von einer Bauart, wie ich es noch nie zuvor gesehen hatte; und möglicherweise überhaupt noch niemand.

Auf den ersten Blick schien es ein ganz normaler viersitziger Wagen zu sein, wenn auch von fragiler Bauweise und aus einem mir unbekannten Material gefertigt. Auf den zweiten Blick ergab sich ein ganz anderes Bild. Es gab ein Dach, aber keine geschlossenen Türen, und einen separaten Sitz für den Fahrer, vor dem sich ein metallenes Speichenrad erhob, ganz ähnlich dem Steuerrad eines Schiffes, nur kleiner und im Fünfundvierzig-Grad-Winkel angebracht. Ich war nicht wirklich erstaunt, weder einen Motor noch einen Dampfkessel zu sehen. Das Gefährt sah auf sonderbare Art unfertig aus; und auf eine Weise *fremd*, die unmöglich in Worte zu kleiden war.

Nikola stockte mitten im Schritt und starrte, und Allison fragte: »Ich dachte, die Polizei hätte Ihren Wagen sichergestellt?«

»Das stimmt auch«, antwortete Jacobs, der bereits mit sonderbar spinnenartigen Bewegungen auf den Kutschbock stieg. »Das hier ist ein anderes Modell.«

»Ein anderes Modell?«, ächzte Nikola.

»Ich habe es noch ein wenig modifizieren lassen«, erklärte Jacobs, während er bereits hinter dem sonderbaren Steuerrad Platz nahm.

»Sie?«

»Sie sind nicht der Einzige, der sich ein wenig auf Maschinen versteht, Nikola«, sagte Jacobs. »Aber nun steigen Sie bitte ein. Und halten Sie sich gut fest. Ich werde schnell fahren müssen.«

Ich fragte mich zwar womit, stieg aber gehorsam ein und streckte die Hand aus, um auch Allison behilflich zu sein. Natürlich ignorierte sie meine angebotene Hilfe, kletterte aus eigener Kraft in den Wagen und ließ sich so schwungvoll neben mir auf die gepolsterte Bank fallen, dass das gesamte filigrane Gefährt zu schwanken begann.

»Und jetzt sag mir endlich, was das alles zu bedeuten hat!«, verlangte sie. »Und wo bist du gewesen? Was weißt du über diese Schweinerei in der Werft?«

Jacobs tat irgendetwas, das ich nicht genau erkennen konnte, und ein durchdringendes tiefes Brummen erklang. Nikola richtete sich auf der gegenüberliegenden Bank kerzengerade auf und sah plötzlich aus, als hätte er ein Gespenst gesehen.

»Ich erzähle dir alles, wenn du darauf bestehst, Allison«, sagte Jacobs, während er die linke Hand auf das seltsame Rad legte und mit der anderen etwas tat, das ich immer noch nicht erkennen konnte. Das Brummen wurde lauter, steigerte seine Tonhöhe und wurde jetzt eher zu einem Singen, bis es schließlich eine Frequenz erreichte, die für das menschliche Ohr wohl nicht mehr wahrnehmbar war. Aber immer noch zu spüren.

»Es ist dennoch sehr viel einfacher, wenn ich es euch allen zeige.«

Ganz kurz hatte ich wieder dieses seltsame Kribbeln in Finger- und Zehenspitzen, dann – und jetzt völlig lautlos – setzte sich der Wagen in Bewegung und rollte nicht nur auf die Straße hinaus, sondern wurde auch rasch schneller.

»Also das ist … wirklich erstaunlich«, sagte ich, angemessen beeindruckt und vielleicht ein ganz kleines bisschen erschrocken. Ich konnte mich nicht erinnern, mich jemals auch nur annähernd so schnell in einem Fahrzeug bewegt zu haben, das nicht auf Schienen fuhr. Und ich hatte den Eindruck, dass der Wagen noch deutlich schneller hätte sein können, wenn sein Fahrer es nur gewollt hätte.

Eigentlich war ich ganz froh, dass er es nicht wollte.

Die Fahrt wurde auch so schon immer unangenehmer. Der Regen hatte nicht wirklich zugenommen, aber der Wagen schoss jetzt so schnell über die spiegelnde Straße, dass er eine glitzernde Kielspur hinterließ und die silbernen Schleier durch die offenen Seiten hereingeweht wurden. Wir waren längst alle vollkommen durchnässt, und die Kälte begann unbarmherzig in unsere Körper zu kriechen. Ich musste mich schon sehr bald beherrschen, um nicht mit den Zähnen zu klappern, und auch Allisons Hände zitterten sacht. Am liebsten hätte ich sie in die Arme genommen, um sie zu wärmen, und ich tat es eigentlich nur nicht, weil ich fürchtete, dass sie es falsch verstehen könnte.

Oder auch richtig, das kam ganz auf den Standpunkt an.

Es war zweifellos der falsche Moment und erst recht der falsche Ort, und doch zwang ich mich zum ersten Mal ganz bewusst darüber nachzudenken, was Allison Carter für mich eigentlich war, abgesehen von einer Klientin, die einem das Leben wirklich schwer machen konnte.

Sie war eine entzückende junge Frau, gewitzt, intelligent und schlagfertig und von einer Schönheit, die sich erst auf den zweiten Blick offenbarte und möglicherweise auch im Auge des Betrachters lag, also in meinem, aber welchen Unterschied machte das schon?

Da war noch viel mehr, Dinge, die ich nicht in Worte fassen konnte und auch gar nicht wollte. Allison verwirrte mich. Sie hatte mir nicht die Wahrheit gesagt (vor dem Wort *Lüge* schreckte ich immer noch zurück), was mir eigentlich zutiefst zuwider sein sollte, doch es gelang mir einfach nicht, es ihr übel zu nehmen. Nicht so, wie ich es sollte. Mehr noch, mir war vollkommen klar, dass sie mich manipulierte, worüber ich mich aber ebenfalls nur auf einer rein intellektuellen Ebene empören konnte.

Hatte ich mich in sie verliebt?

Der Gedanke sollte lächerlich sein. Ich war zu alt für sie. Gewisse Fantasien einem so frischen jungen Ding gegenüber waren ja in Ordnung, solange sie sicher in meinem Kopf eingesperrt blieben (was nichts daran änderte, dass ich mich ihrer ein bisschen schämte), aber was mich wirklich umtrieb, das war etwas ganz anderes. Etwas, das nicht sein sollte.

Aber es war da, und es machte mir zu schaffen, basta.

Der Wagen schoss so vehement um eine Kurve, dass Allison auf ihrer Bank das Gleichgewicht verlor und gegen mich prallte. Hastig erkämpfte sie sich ihre Balance zurück, verzichtete aber auch darauf, die Gelegenheit gleich zu nutzen, um ein Stück weiter von mir wegzurutschen, was mich mit einem kurzen, aber intensiven Gefühl von Wärme erfüllte.

»Verzeihung«, murmelte sie und fuhr sich fahrig mit dem Handrücken übers Gesicht, um das Regenwasser wegzuwischen.

Was gab es da zu verzeihen? Ich wartete auf die nächste Kurve!

»Dieses Fahrzeug ist wirklich ganz erstaunlich!«, rief Nikola über das immer lauter werdende seidige Rauschen des Regens hinweg. »Woher haben Sie es, Stanley? Und womit wird es angetrieben?«

Jacobs zog es vor, die erste Frage nicht zu beantworten. »Mit Elektrizität, Nikola«, sagte er, ohne sich zu ihnen umzudrehen. Ich hoffte, dass er das auch weiter so hielt und sich auf die Straße konzentrierte, statt mit Nikola über irgendwelche technischen Kinkerlitzchen zu schwadronieren, denn der Wagen jagte mittlerweile mit einem Tempo dahin, das an das eines galoppierenden Pferdes grenzte. »Ich bin ein wenig erstaunt, dass Sie es nicht von selbst gemerkt haben. Es ist die einzige Möglichkeit!«

»Die einzige Möglichkeit?«, wiederholte ich. »Wozu?« Sich auf möglichst spektakuläre Art und Weise umzubringen?

»Automobile sind die Zukunft, Mister Devlin«, antwortete Jacobs. Zu meiner Bestürzung drehte er nun doch den Kopf und sah mich an. Sein Gesicht glänzte vor Nässe, und ungeschützt, wie er auf dem offenen Kutschbock saß, klebten seine Kleider längst wie eine zweite faltige Haut an ihm. »Sie werden sehen, schon bald werden die Kutschen und Fuhrwerke vollkommen aus dem Stadtbild verschwinden, und jeder wird ein Automobil haben wollen und auch bekommen. Wie sollte es anders gehen als mit Elektrizität? Etwa mit Petroleum oder Benzin?« Er schüttelte heftig den Kopf, um seine eigene Frage so empört zu beantworten, wie es ihr zukam. »Die Menschen würden einfach ersticken, weil die Luft vom Gestank verbrannter Abgase verpestet wäre! Und wo sollte all dieser Treibstoff auch herkommen? Sie müssten ja ganze Landstriche verwüsten, um Öl aus dem Boden zu pumpen! Nein, so dumm sind nicht einmal die Menschen. Glauben Sie mir, Elektrizität ist die einzige Lösung!«

Und wo sollte all die Elektrizität herkommen?, dachte ich, hütete mich aber, die Frage laut auszusprechen, schon damit Jacobs nicht etwa auf die Idee kam, sie zu beantworten, sondern sich lieber auf die Straße und das Fahren konzentrierte.

Nikola wirkte irritiert, und auf Allisons Gesicht begann sich ein Ausdruck breitzumachen, den ich nicht deuten konnte.

»Und all das aus dem Mund eines Mannes, der angeblich alles tut, um die Stadt zu vergiften?«

Erst als Nikola die Stirn runzelte und Allison mit einem Ruck den Kopf drehte und mich ansah, wurde mir überhaupt klar, dass ich diesen Gedanken laut ausgesprochen hatte. Besonders unangenehm war, dass Jacobs selbst die Bemerkung auch gehört haben musste, denn er antwortete darauf. »Glauben Sie mir, Sie werden alles verstehen, wenn wir da sind.«

»Das will ich hoffen«, murmelte Allison und klammerte sich hastig an der Sitzbank fest, als Jacobs sein bizarres Gefährt so vehement um die nächste Kurve jagte, dass ich befürchtete, wir könnten umkippen.

»Du bist mir eine Erklärung schuldig, mindestens!«, fuhr sie dann fort, als wäre gar nichts geschehen.

Jacobs reagierte nicht, und auch ich schwieg dazu, aber ich tat es wohl auf eine ganz bestimmte Art, sodass Allison sich anscheinend genötigt fühlte, mir einen trotzigen Blick zuzuwerfen. »Ja, und ich Ihnen auch, ich weiß.«

»Ich habe nichts gesagt«, merkte ich an, hätte mir die Feststellung aber lieber gespart, denn nun blitzte echter Zorn in ihren Augen auf, und da Jacobs offensichtlich nicht geneigt war, sich diesem zu stellen, entlud er sich prompt über mir.

»Aber *wie* Sie es getan haben«, schnaubte sie. »Sagen Sie nicht, Sie wüssten es nicht!«

»Was?«

Allison kam nicht sofort dazu zu antworten, denn Jacobs ließ seine rollende Höllenmaschine noch schneller um die nächste Kurve schießen, und diesmal mussten wir uns alle an unseren Sitzen festklammern, um nicht einfach hinausgeschleudert zu werden. Der Wind pfiff uns nur so um die Ohren.

»Sie gehören zu den Menschen, die eine ganze Menge sagen können, ohne dass ein einziges Wort über ihre Lippen kommt«, behauptete Allison. »Und versuchen Sie erst gar nicht zu behaupten, Sie wüssten das nicht, Quinn!«

Das hatte ich nicht vorgehabt. Ich hatte schon vor langer Zeit begriffen, dass es oftmals das Beste war, gar nichts zu sagen und den anderen einfach reden zu lassen. Ein bisschen unangenehm war mir zwar, dass sie immer noch laut genug sprach, um auch von Nikola und Jacobs verstanden zu werden, aber wenn es ihr nichts ausmachte …

Dann machte es *mir* etwas aus. Aber daran war nichts zu ändern.

»Das Verhältnis zwischen Stanley und mir ist …«

»Kompliziert?«, schlug ich vor, als sie nicht weitersprach. Ihr Blick huschte kurz über Jacobs' Rücken und Hinterkopf, ehe sie antwortete. Zu meiner Erleichterung tat sie es auch deutlich leiser. »Sogar noch viel komplizierter, als Sie glauben«, bestätigte sie. »Und vor allem anders.«

Sie warf einen beredten Blick in Nikolas Richtung, und ich verstand. Ich hatte nicht die geringste Ahnung, wie gut Nikola sie und ihren angeblichen Onkel kannte, aber von ihrer speziellen Beziehung wusste er offensichtlich nichts, und wie hätte ich das Recht gehabt, etwas daran zu ändern?

Unvermittelt – und ohne sie auch nur anzusehen – sagte Nikola: »Ich weiß Bescheid. Stanley hat mir alles erzählt, und ich habe kein Problem damit.«

Allison möglicherweise schon, dem konsternierten Blick

nach zu schließen, mit dem sie ihn maß. »Es ist anders, als Sie es sich jetzt vielleicht vorstellen, meine Herren.«

»Da haben Sie wohl einen wunden Punkt getroffen, Quinn, wie?«, gluckste Jacobs.

Allison sah verletzt aus. »Nein«, sagte sie, presste die Lippen zu einem schmalen Strich zusammen und wandte sich dann in verändertem – und noch einmal leiserem – Tonfall an mich. »Oder doch, ja. Ich bin nicht stolz auf das, was ich getan habe.«

Was hatte sie denn getan? »Adler hat mir alles erzählt«, sagte ich. »Aber es geht mich nichts an.«

Das meinte ich sogar ernst. Und trotzdem und in ihrem speziellen Fall störte es mich; und was das wiederum bedeutete, darüber wollte ich gar nicht nachdenken.

»Dieser Dummkopf denkt ganz genau das, was er denken soll«, sagte Allison abfällig. »Genau wie Sie wahrscheinlich, und die meisten anderen. Aber so ist es nicht. Ich hatte ... ehrbare Absichten.«

»Wie gesagt: Das geht mich nichts an«, wiederholte ich, erntete aber jetzt ein nur noch abfälligeres Schnauben und einen dazu passenden, fast schon verächtlichen Blick.

»Natürlich nicht«, sagte sie, »so wenig wie irgendeinen anderen. Was die Leute aber nicht davon abhält, sich die Mäuler zu zerreißen. Vielleicht erkläre ich es Ihnen, aber jetzt müssen Sie mir einfach glauben, dass es mir nicht um Stanleys Geld ging.«

»Wie beruhigend«, sagte Jacobs.

Ich ignorierte ihn. »Sondern?«

Allison schüttelte den Kopf, und ich kam auch nicht dazu, eine weitere Frage zu stellen, denn Jacobs drehte sich nun wieder auf seinem Sitz um und sagte: »Sie sollten sich jetzt besser festhalten. Dieser sture Captain hat offensichtlich beschlossen, uns zu verfolgen.«

Ich reckte den Hals und suchte die Straße hinter uns noch etwas auffälliger ab, konnte aber nichts weiter erkennen als stiebendes Silber.

»Ich muss ein wenig schneller fahren«, sagte Jacobs.

»Noch schneller?«, fragte ich entsetzt.

»Noch schneller«, bestätigte Jacobs.

Und das tat er dann auch.

12

Ich hätte hinterher nicht sagen können, wie lange die Höllenfahrt gedauert hatte. Vermutlich lange, denn wir waren nahezu ans andere Ende der Stadt gerast. Meine Knie zitterten, als wir unser Ziel erreichten und anhielten, und ich war einfach nur noch froh, am Leben zu sein.

Allison vermutlich auch, doch sie kompensierte ihre Nervosität auf ihre ganz eigene Art.

»Und ich dachte schon, du wolltest uns umbringen«, sagte sie, während sie auf der anderen Seite aus dem Wagen stieg und vorsichtshalber ein paar Schritte von dem unheimlichen Gefährt zurückwich, als hätte sie Angst, es könnte zu eigenem Leben erwachen und nachholen, was ihm bisher nicht gelungen war.

»Wenn das die neueste Erfindung auf dem Markt ist, Nikola, sollten Sie besser keinen Penny in dieses Projekt stecken. Kein Mensch wird so etwas kaufen.«

Ich war nicht ganz sicher, worauf sie mit dieser Bemerkung hinauswollte, aber Nikola lächelte nur amüsiert. »Sind Sie schon einmal so schnell durch die halbe Stadt gefahren?«, erkundigte er sich.

»Nein, und das will ich auch ganz bestimmt nicht noch einmal!«, antwortete Allison heftig. »Niemand, der seine fünf Sinne beisammen hat, wird das wollen! Wollte Stanley uns umbringen?«

Der so unverschämt Beschuldigte kam in diesem Moment mit ausgreifenden Schritten um den Wagen herum und sagte etwas, was ich nicht genau verstand und was von Nikola mit einem leisen Lachen kommentiert wurde. Ich achtete auch nicht wirklich darauf, sondern sah mich mit wachsendem Unbehagen um. Ich war erleichtert, dass die Höllenfahrt zu Ende war (für den Rückweg würde ich ganz bestimmt nicht noch einmal in dieses Ding steigen, sondern schlimmstenfalls zu Fuß gehen), aber diese Gegend hier gefiel mir nicht. Wir hatten das lebendige und stets hell erleuchtete Zentrum der Stadt längst hinter uns gelassen und befanden uns nun in einem Viertel, das mich auf unangenehme Weise an das erinnerte, in das Jacobs mich bestellt und in dem ich meine wenig erbauliche Begegnung mit der Spinne gehabt hatte. Hier brannte kaum noch Licht, und die Luft roch fast genauso schlecht wie an jenem Tag am Kanal. In beiden Richtungen war die Straße völlig menschenleer, und abgesehen vom fernen Grundrauschen der Stadt war es vollkommen still. Ich hatte nicht das Gefühl, dass das nur an der vorgerückten Stunde lag.

Immerhin hatte es aufgehört zu regnen.

Allison setzte an, etwas zu sagen, wich aber dann erschrocken einen Schritt zurück, als das seltsame Gefährt leise zu knacken begann; wie eine heiß gelaufene Maschine, die ausgeschaltet wurde und nun langsam abkühlte. Grauweißer Dampf stieg von den blitzenden Metallteilen auf, und heißes Wasser tropfte zischend auf den Boden.

Nichts von alledem gefiel mir, und am liebsten hätte ich es ihr nachgemacht und eine möglichst große Distanz zwischen mich und diese sonderbare Maschine gebracht. Vielleicht hätte ich es sogar getan, doch natürlich wäre Nikola so etwas nie in den Sinn gekommen.

Ganz im Gegenteil legte er die Hand auf eines der filigranen Speichenräder, lauschte mit halb geschlossenen Augen und ließ sich dann in die Hocke sinken, um unter den Wagen zu sehen.

»Was haben Sie, Nikola?«, fragte Allison. »Was sehen Sie?«

Nikola antwortete nicht gleich, sondern ließ seinen Blick noch etliche Sekunden aufmerksam über die Unterseite des bizarren Gefährts tasten, ehe er sich wieder aufrichtete und den Kopf schüttelte. »Nichts«, sagte er. »Gar nichts. Das ist es ja gerade.«

Allison blickte fragend, und Nikola trat nun doch einen Schritt zurück und betrachtete das seltsame Gefährt mit einem demonstrativen Stirnrunzeln. »Da ist gar nichts. Kein Motor.«

»Wahrscheinlich weil es elektrisch funktioniert«, sagte sie.

»Das dachte ich zunächst auch. Elektrofahrzeuge sind ja gar nicht so selten, auch wenn zurzeit Dampfautomobile und Autos mit Verbrennungsmotoren die Nase vornhaben.« Nikola schüttelte den Kopf. »Aber auch ein Elektromotor ist ein Motor, oder? Da ist gar nichts.«

Allison versuchte zu lachen, aber es misslang. Sie ging ebenfalls in die Hocke und begutachtete den Wagen nicht nur von unten, sondern danach auch noch ausgiebig von allen Seiten. Ich tat nach einem Moment dasselbe – mit demselben Ergebnis.

»Das ist wirklich erstaunlich«, sagte sie schließlich. Mir wäre ein anderes Wort dafür eingefallen, doch jetzt war nicht der richtige Zeitpunkt dafür. Nikola zog es vor, gar nichts zu sagen. Ich hätte mir gerne eingeredet, dass er verwirrt wirkte, aber in Wahrheit sah er einfach nur erschrocken aus.

»Ich muss so einiges von dem zurücknehmen, was ich über dich gedacht habe, Stanley«, sagte Allison. »Und ehrlich gesagt, wie ich gestehen muss: Das ist wirklich eine ganz und gar erstaunliche Maschine.«

»Wenn das eine Maschine ist«, murmelte ich.

»Was soll es denn sonst sein?«

Ich konnte nur mit den Schultern zucken und bedauerte schon fast, diese Bemerkung überhaupt gemacht zu haben. »Ich hatte gehofft, Ihr *Onkel* könnte uns das beantworten«, fügte ich mit einem schrägen Blick auf Jacobs hinzu.

»Hören Sie endlich auf«, sagte Allison, die meine Worte offensichtlich schon wieder in den falschen Hals bekommen hatte; jetzt aber eher resigniert als zornig. »Wenn Sie sich moralisch über mich erheben wollen, dann …«

»Das habe ich nicht vor«, unterbrach ich sie. »Ich bin nur verwirrt, das ist alles.«

»Und was gibt es da nicht zu verstehen?«, fragte Allison müde. »Ich bin eine verkrachte Studentin, die sich an einen reichen alten Mann herangemacht hat. War das ungefähr das, was Adler Ihnen erzählt hat?«

Ich schwieg.

»Ja, das kann ich mir denken«, sagte sie mit einem bitteren Lächeln. »Und wissen Sie, was das Schlimmste ist? Er hat sogar recht.«

»Das geht mich nichts an«, wiederholte ich meine Worte von vorhin. Ich wollte dieses Gespräch nicht führen. Nicht jetzt und schon gar nicht mit ihr und *erst recht* nicht, wenn sich der Mann, über den wir sprachen, weniger als zwei Meter entfernt befand. Und ich glaubte es auch nicht.

»Es war nicht so, Stanley«, murmelte Allison, nun wieder an Jacobs gewandt. »Ich habe es gewiss nicht so gemeint.«

»Doch, das hast du«, sagte Jacobs. »Aber das macht nichts. Ich wusste es schließlich vom ersten Moment an.«

»Was?«, fragte Allison. Sie klang fast entsetzt.

»Mein Kindchen«, seufzte Jacobs. »Sieh mich an, und sieh dich an. Hältst du mich wirklich für so naiv, auch nur eine Sekunde lang ernsthaft zu glauben, dass eine so junge, wunderschöne Frau wie du sich in einen fetten alten Mann wie mich verlieben könnte?« Er schüttelte abermals den Kopf. »Aber es ist schon in Ordnung. Wir haben beide von diesem kleinen Arrangement profitiert, nicht wahr?«

»Stanley, ich …«

»Und wir haben auch wirklich Wichtigeres zu besprechen«, fuhr Jacobs fort und drehte sich wieder zu Nikola und mir um. »Kommen Sie. Und keine Fragen. Ich kann mir denken, was jetzt in Ihnen vorgeht, aber glauben Sie mir einfach, es geht schneller, wenn ich es Ihnen zeige.«

»Dieses Fahrzeug …«, begann Nikola noch einmal, wurde aber schon wieder, zwar weiter mit einem unerschütterlichen Lächeln, aber auch in ganz sacht ungeduldigem Ton von Jacobs unterbrochen: »… ist nur eines von etlichen erstaunlichen Dingen, die ich Ihnen zeigen muss, Nikola.«

»Muss?«

»Sie würden es mir ohnehin nicht glauben, wenn ich es Ihnen einfach nur erzählen würde.« Jacobs deutete auf den Wagen. »Was hätten Sie gesagt, hätte ich Ihnen davon erzählt?«

Das hätte gerade einen Mann wie Nikola überzeugen müssen, aber das Gegenteil war der Fall. Er wirkte eher erschrocken, doch diesmal ließ ihm Jacobs gar keine Zeit mehr zu widersprechen, sondern drehte sich um und machte zugleich eine befehlende Geste, der sich keiner von ihnen entziehen konnte.

Ich wollte das nicht. Etwas war hier … *falsch*, so falsch, dass ich es fast mit Händen greifen konnte, aber ich vermochte es immer noch nicht in Worte zu kleiden.

Allison nahm mir die Entscheidung ab, indem sie mit schnellen Schritten um den Wagen herum an Jacobs' Seite trat. Sie sah aus wie das personifizierte schlechte Gewissen, aber darunter spürte ich immer noch den Trotz, den ich so an ihr mochte, auch wenn ich selbst nicht wusste, warum eigentlich.

Wir überquerten die Straße, und mir fiel nicht nur erneut der scharfe Geruch auf, der in der Luft lag, sondern auch, wie unheimlich und abweisend das große Ziegelsteingebäude wirkte. Jacobs eilte eine rostige Metalltreppe hinauf, die so altersschräg und erbärmlich an der Wand lehnte, dass er es sich unter normalen Umständen wohl dreimal überlegt hätte, freiwillig auch nur einen Fuß darauf zu setzen, und unter unseren Schritten bedrohlich zu ächzen begann. Ich wollte immer weniger dort hinauf, und wäre es hier nur um mich gegangen, dann wäre ich jetzt ganz bestimmt nicht hier. Nicht einmal auf dieser Seite der Stadt. Aber ich würde Allison auch sicher nicht alleine lassen.

Jacobs öffnete eine Tür, die auf hörbar rostigen Angeln in Höhe des ersten Stockwerkes ins Gebäude führte, doch ich begriff erst, wo wir waren, als ich hinter Allison und Jacobs eintrat und die mit Öl verschmierten Ketten sah, die in dicken Bündeln oder auch einzeln von der Decke hingen. Wie vom sprichwörtlichen Donner gerührt blieb ich stehen.

»Um Gottes willen, Allison, kommen Sie zurück!«, keuchte ich. »Raus hier! Schnell!«

»Keine Sorge«, sagte Jacobs rasch. »Wir sind nicht in Gefahr. Sie ist nicht hier.«

»Sie?«, fragte Allison nervös. Obwohl Jacobs und sie kaum drei Schritte vor mir standen, konnte ich sie nur noch als Schemen erkennen, die mit der Dunkelheit ringsum und miteinander zu verschmelzen begannen. Aber ich spürte ihre Furcht. Vielleicht auch meine eigene.

»Sie … Sie wissen davon?«, fragte ich erschrocken. War da ein Schatten, der sich irgendwo an der Decke über uns bewegte, ein großes, monströses Ding, das auf staksenden Beinen lautlos näher kam?

»Sie hätten auf den Jungen hören sollen, Mister Devlin«, sagte Jacobs. »Er hat Ihnen doch meinen Brief übergeben, oder?«

»Das schon, aber …« Und erst jetzt begriff ich, was ich da gerade gehört hatte. »Soll das heißen, Sie haben *gewusst*, dass dieses … *Ding* hier lauert?«, krächzte ich.

»Aus keinem anderen Grund habe ich Sie hierher bestellt, Mister Devlin«, erwiderte Jacobs. »Aber ich wollte nicht, dass …«

»… ich gefressen werde?«, fiel ich ihm zornig ins Wort. »Oder auch bei lebendigem Leibe eingesponnen und ausgesaugt?«

»Wovon … reden Sie, Quinn?«, fragte Allison nervös.

»Das hätte sie nicht getan«, behauptete Jacobs. »Ich versichere Ihnen, dass ich Sie gewiss nicht in Gefahr bringen wollte. Als mir klar wurde, was hier geschieht, habe ich Ihnen sofort eine Nachricht zukommen lassen.«

»Sie hätten selbst kommen können!« Immerhin waren wir verabredet gewesen.

»Ich war leider verhindert«, antwortete Jacobs. »Glauben Sie mir, Devlin, ich war nur um Ihr Wohl besorgt. Ich habe diesem Jungen explizit aufgetragen, Ihnen meine Nachricht auszuhändigen und dafür zu sorgen, dass Sie auf gar keinen Fall dieses Gebäude betreten. Ich habe ihm fünf Sixpence dafür gegeben.«

»Fünf?«, vergewisserte ich mich.

»Ich wette, er hat versucht, Ihnen noch einen weiteren Sixpence abzuknöpfen, oder sogar noch mehr.« Jacobs war immer noch nicht mehr als ein verschwommener Schatten, aber ich meinte sein schadenfrohes Grinsen regelrecht hören zu können. »Manchmal ist es nicht klug, zu großzügig zu sein. Nur zu oft erntet man Gier statt Dankbarkeit.«

Auch wenn ich es ganz gewiss nicht wollte, im Grunde glaubte ich Jacobs. Ich hatte Chip nicht nur mehr oder weniger genötigt, mich hierher zu bringen (und Jacobs' Brief ignoriert, der an Eindeutigkeit nicht zu überbieten gewesen war), sondern durch meine vermeintliche Großzügigkeit sicher auch die Gier des Burschen geweckt; der an diesem Tag wohl ohnehin das Geschäft seines Lebens gemacht hatte.

»Und Sie wollen mir das hier zeigen?«, fragte ich.

»Nein«, sagte Jacobs. »Das ist eher eine … unschöne Begleiterscheinung. Im Moment ist sie nicht hier, aber wir sollten trotzdem nicht zu lange an diesem Platz verweilen.«

Dem konnte ich mich nur anschließen. »Und was dann?«

»Würdet ihr mir verraten, was das alles hier zu bedeuten hat?«, beschwerte sich Allison.

»Wir müssen nach unten. In den Keller. Aber geben Sie acht, wo Sie hintreten.« Jacobs machte eine wedelnde Geste. »Es ist nicht ganz ungefährlich hier.«

»Gut, dass Sie mich warnen«, sagte ich spöttisch.

»Ich will ja nicht, dass Sie zu Schaden kommen«, gab Jacobs zurück. »Kommen Sie. Wir müssen nach unten.« Allison forderte er nicht eigens auf, sondern legte ihr in einer vertrauten Geste den Arm um die Schultern, die mir einen dünnen, aber tiefen Stich versetzte.

Missmutig (und weil mir gar keine andere Wahl blieb) folgte ich den beiden, blieb aber schon nach wenigen Schritten wieder stehen, als mein Fuß gegen etwas stieß, das klappernd davonschlitterte, bis es von einer Kette aufgefangen wurde, die daraufhin ein lang anhaltendes schepperndes Klirren anstimmte. Ich sah nun doch nach oben, und mein Herz begann so schnell und hart zu klopfen, dass ich es bis in die Schläfen spürte. Selbstverständlich ließ es sich meine Fantasie nicht nehmen, mir einen monströsen Schatten vorzugaukeln, der lautlos und auf acht haarigen Beinen über uns an der Decke entlanghuschte.

Aber diesmal war es tatsächlich nur meine Fantasie. »Was tun Sie, Mister Devlin?«, fragte Jacobs. »Sie sollten leise sein. Und sich beeilen.«

Was den ersten Punkt anging, stimmte ich vollkommen mit ihm überein. Ich sah trotzdem nach unten und strengte meine Augen an, und nach einer weiteren Sekunde konnte ich mein Glück kaum fassen, als ich sah, was ich da weggekickt hatte.

Es war ein langläufiger sechsschüssiger Colt. Ohne zu zögern, bückte ich mich und hob ihn auf.

»Was haben Sie da?«, fragte Allison. Die beiden Schatten lösten sich voneinander, und sie kam zurück und legte demonstrativ die Stirn in Falten, als sie den Colt in meiner Hand sah. »Hat hier jemand seine Waffe verloren?«

»Ja«, antwortete ich. »Ich.« Ich ignorierte ihren fragenden Gesichtsausdruck und klappte die Trommel heraus, um die Munition zu kontrollieren. Sie enthielt noch zwei Patronen, und da ich die Waffe für verloren gehalten hatte, hatte ich auch keine Reservemunition eingesteckt. Aber zwei Patronen waren besser als nichts, und ich war froh, den Revolver zurückzuhaben. Gute Waffen waren sehr teuer.

»Wir sollten jetzt wirklich …«, begann Jacobs, und ich brachte ihn zum Verstummen, indem ich die Trommel mit einem gekonnten Schwung aus dem Handgelenk wieder einschnappen und die Waffe aus derselben Bewegung heraus unter der Jacke verschwinden ließ.

Jacobs machte ein anerkennendes Gesicht. »Ich wusste nicht, dass Sie mit Billy the Kid verwandt sind.«

Wir gingen weiter. Ich wich nicht nur den Kettensträngen so sorgfältig aus, wie es mir bei der Dunkelheit hier drinnen möglich war, mir fiel auch auf, dass Jacobs dasselbe tat, und das mit einer schon fast traumwandlerischen Sicherheit.

Am anderen Ende der großen Halle angekommen, blieb

Jacobs stehen und wartete, bis ich zu ihm aufgeschlossen hatte, bevor er eine schwere Feuerschutztür öffnete, die ich nicht einmal *sah*. Dahinter führte eine gegossene Treppe in schwindelerregendem Winkel in eine von trübem Gaslicht erhellte Tiefe. Ein schweres, an- und abschwellendes Geräusch und ein Schwall ebenso abgestandener wie chemisch scharf riechender Luft schlug uns entgegen, und ich musste nicht zum ersten Mal gegen den Impuls ankämpfen, einfach davonzurennen.

Stattdessen folgte ich Jacobs die schmalen Stufen nach unten, wobei ich mich mit der linken Hand an der schimmeligen Mauer abstützte und mich nicht nur dabei ertappte, die rechte griffbereit in der Nähe der wiedergefundenen Waffe zu halten, sondern mich vor allem darum zu sorgen, ob Allison auf den ausgetretenen Stufen die Balance hielt.

Der Keller, in den wir gelangten, war ebenso heruntergekommen wie der Rest des Gebäudes, aber eindeutig noch unheimlicher, denn nun konnte der Bau seinen wahren Charakter nicht mehr verhehlen. Überall stießen wir auf Spuren dessen, was dieses Gebäude einmal gewesen war, nämlich eine Fabrik, in der das Töten zu industrieller Perfektion getrieben worden war: große gemauerte Becken, schwarz von Blut, das über Jahrzehnte Tag für Tag darin eingetrocknet war, rostige Beile und Sägen, die an nicht minder rostigen Gestellen an der Wand hingen, und einmal kamen wir an einem ganzen Raum voller gebleichter Schweineschädel vorbei, die bis fast unter die Decke gestapelt waren. In unregelmäßigen Abständen brannten Gaslampen an den Wänden, die trotz all des Verfalls allesamt noch funktionierten. Auch hier befand sich eine klebrig schwarze Schicht auf dem Boden, die bei jedem Schritt unangenehm saugende Laute erzeugte.

»Wohin bringst du uns, Stanley?«, wisperte Allison. »Es ist

unheimlich hier. Und wo ist Nikola geblieben? Was willst du uns hier unten zeigen?«

Sie bekam keine Antwort und erwartete sie wohl auch nicht. Ich ertappte mich dabei, die Hand ganz ohne mein Zutun auf den Revolvergriff zu legen, wie um mich an ihm festzuhalten. Ich fand es hier unten mehr als nur *unheimlich*.

Auch das Geräusch, das uns oben an der Treppe in Empfang genommen hatte, war lauter geworden, und nun schien es mir weniger ein Summen zu sein als vielmehr ein Rauschen, das mir fast bekannt vorkam, ohne dass ich es im Moment zuordnen konnte.

»Nikola ist verschwunden«, wiederholte Allison. »Eben war er doch noch hier ...« Sie drehte sich einmal um ihre eigene Achse. »Stanley, ich will hier nicht sein! Bring mich weg.«

»Gleich, Liebes«, sagte Jacobs. »Nikola ist dort drinnen. Er wartet auf uns.«

Ein halblautes und viel zu lang anhaltendes Klimpern und Klirren ertönte, als er in die Jackentasche griff und einen Schlüsselbund hervorzog, der zu groß erschien, um überhaupt Platz darin zu finden. Wieder hatte ich das Gefühl, mich eigentlich an etwas erinnern zu sollen, und auch jetzt wieder, ohne dass es mir gelang.

Dafür fiel mir etwas anderes auf. Auch in diesem Teil des Kellers konnte das Gebäude sein wahres Alter nicht verhehlen, denn statt moderner Glühlampen verbreiteten Gaslampen ein gelblich mildes Licht, an dem mich dasselbe vage Gefühl von *Falsch* störte wie an allem hier. Was ich vermisste, das war das kaum merkliche Zischen des ausströmenden Gases. Und die Wärme. Gaslampen wurden warm, je nach Konstruktion auch heiß, was schon zu mehr als einem Zimmerbrand geführt hatte.

Diese Lampen waren kalt. Selbst als ich die Hand hob und den Finger dicht über das Glas hielt, spürte ich keinerlei Hitze.

Und das Licht flackerte auch nicht, wie Gaslicht es tun sollte, sondern brannte so gleichmäßig wie die Sonne am Himmel.

Dann begriff ich.

Es war ebenfalls elektrisch.

Ich konnte zumindest eine der Lampen deutlich genug sehen, um zu erkennen, dass es keinerlei Leitungen gab, weder für Gas noch für elektrischen Strom. Nicht einmal einen einzelnen Draht. Es war eine leuchtende, kalte Kugel aus Glas.

Hatte Jacobs uns hierher gebracht, um uns das zu zeigen? Zwar konnte sich die Zuleitung in der Wand befinden, statt in einem Stahlrohr-Aufputz verlegt zu sein, wie es üblich war, aber eine Glühbirne, die, während sie in Betrieb war, keine große Hitze ausstrahlte – dafür fand ich keine Erklärung.

Das Geräusch quietschender Angeln drang in meine Gedanken, und ich drehte mich gerade noch rechtzeitig herum, um zu sehen, wie Jacobs die Tür öffnete und Allison die andere Hand auf die Schulter legte, um sie hindurchzuschieben. Was sich in dem Raum dahinter befand, war nicht zu erkennen, nur dass er vom gleichen blassen elektrischen Licht erfüllt war, das auch hier draußen herrschte. Mit einem Mal hatte ich ein wirklich ungutes Gefühl.

Ich beeilte mich, die beiden einzuholen, um zu sehen, was auf der anderen Seite auf sie wartete. Doch ich war einen Sekundenbruchteil zu spät.

Und dann ging alles so schnell, dass ich hinterher fast Mühe hatte, mich an die Dinge in der richtigen Reihenfolge zu erinnern, zumal sich Jacobs plötzlich mit einer Schnelligkeit bewegte, die nichts Menschliches hatte.

Allison stieß einen spitzen Schrei aus, als Jacobs sie so hart durch die Tür schob, dass sie mit rudernden Armen um ihr Gleichgewicht kämpfen musste. Schatten explodierten zu reiner Bewegung überall rings um mich herum und verwirrten mich zusätzlich, da war ein Klirren und Klingen und eigenartiges Rascheln, und praktisch gleichzeitig (und absurderweise, ohne dass er sich wirklich zu bewegen schien) packte mich Jacobs am Arm und stieß mich mit einer Kraft an sich vorbei durch die Tür, der kein lebender Mensch auf der Welt irgendetwas entgegenzusetzen gehabt hätte. Genau wie Allison kämpfte ich mit hektisch rudernden Armen um meine Balance, und genau wie sie verlor ich diesen Kampf.

Aber auch ich fiel nicht. Öl, verschmiertes hartes Metall und klebriger Schmand fingen meinen Sturz auf, und das Klirren und Klingen wurde so laut, dass es sowohl mein zorniges Keuchen als auch Allisons noch immer anhaltenden Schrei einfach verschlang. Ganz instinktiv wollte ich nach dem Revolver in meinem Gürtel greifen, doch etwas, das so geschmeidig und schnell wie eine Schlange und so unnachgiebig und hart wie Stahl war, wickelte sich um mein Handgelenk und hielt es mit unnatürlicher Kraft fest. Als ich jetzt aufschrie, tat ich es vor Schmerz, weil mir die Glieder an den Leib gepresst wurden und mir dann die Luft wegblieb.

»Hören Sie auf, sich zu wehren, Mister Devlin«, sagte Jacobs. »Sie machen es nur schlimmer, und es liegt wirklich nicht in unserem Interesse, Ihnen unnötiges Unbehagen zuzufügen. So etwas ist nicht unsere Art.«

Ich stellte meinen sinnlosen Widerstand tatsächlich ein, wenn auch nicht so sehr wegen dieser Worte, sondern weil der erhebliche Druck auf meine Glieder und meinen Brustkorb immer nur noch weiter zunahm, sodass ich es ernstlich mit der Angst zu tun bekam, einfach zerquetscht zu werden.

Unverzüglich ließ der mörderische Druck nach, wenn auch nur gerade so weit, dass ich wieder atmen konnte. Mein allererster Blick galt Allison, und ich war nicht froh über das, was ich sah.

Sie befand sich nur ein kleines Stück neben mir, und ihr Anblick war schrecklicher als alles, was ich je gesehen hatte. Sie stand aufrecht und mit halb ausgebreiteten Armen und angewinkeltem rechtem Bein da, als wäre sie mitten in ihrem ungeschickten Stolpern erstarrt – oder genauer gesagt von dem dichten Netz aus unterschiedlich dicken Kettensträngen aufgefangen worden. Dicke Stränge hielten sie unverrückbar an Ort und Stelle, indem sie sich um ihren Leib und ihre Glieder gewickelt hatten, und weitere, dünnere Ketten fesselten ihre Hand- und Fußgelenke und hatten sich um ihren Hals und selbst quer über ihr Gesicht gelegt, wo sie tief in die Haut schnitten.

Mir selbst erging es nicht besser. Auch ich hatte mich in einem Gespinst aus unterschiedlich dicken Ketten verfangen, die aus dem Boden, der Decke, aber auch den Wänden wuchsen und den gesamten Raum in ein einziges silbernes und schwarz glänzendes Chaos aus gespannten Metallsträngen verwandelten; gleich dem Nest einer monströsen stählernen Spinne, die unter der Erde auf ihre ahnungslose Beute lauerte, um sie hierher zu schleppen und einzuspinnen.

Allison und ich waren nicht die Einzigen. Ich gewahrte weitere menschliche Körper, die teils aufrecht, zum Teil aber auch in fast grotesken Haltungen in dem metallenen Netz eingesponnen waren, und hier und da auch große, formlose Klumpen aus rostigem Silber, in denen sich weitere hilflose Opfer verbergen mochten.

Die Herrin über dieses Schreckenspanoptikum hockte nur ein paar Schritte entfernt mit weit gespreizten Beinen auf dem Boden; gerade weit genug am Rande meines Gesichtsfelds, um nicht genau erkennbar zu sein, aber dennoch nicht in Vergessenheit geraten zu können.

Ein Stöhnen erklang, und ich drehte den Kopf, soweit es

das eiserne Kettennetz zuließ, um nach seinem Verursacher zu sehen.

Ich hatte geglaubt, dass es hier unten nichts mehr gäbe, was mich noch schrecken könnte, aber natürlich stimmte das nicht. Es konnte immer noch schlimmer kommen. Und im nächsten Moment sog ich so scharf die Luft zwischen den Zähnen ein, dass der Atem wie ein dünnes Messer in meine Kehle schnitt, und neben mir stieß auch Allison einen weiteren spitzen Schrei aus.

Nicht weit neben uns, aber auf halber Höhe zwischen Boden und Decke, sodass sie von dem silbernen Gespinst scheinbar frei in der Luft gehalten wurde, hing eine massige Gestalt in einem mittlerweile hoffnungslos verdreckten Anzug. Der Mann musste um die zweihundert Pfund wiegen – oder einmal gewogen haben, denn nun schlotterten seine Kleider nur so um die ausgezehrten Glieder. Sein Gesicht war grau, sodass ich ihn auf den ersten Blick fast für tot gehalten hätte. Der ehedem beeindruckende Backenbart hing in traurig verklebten Strähnen herab, und halb geronnenes Blut war aus seinem Mundwinkel gelaufen und in einem bizarren Muster auf dem Kinn erstarrt.

»Stanley?«, keuchte Allison. Und dann so laut, dass es in den Ohren gellte: *»Stanley!«*

Und es war tatsächlich Jacobs, auch wenn ich mich am liebsten geweigert hätte, den einst so beeindruckenden großen Mann in diesem Zerrbild von einem Menschen wiederzuerkennen.

Aber wer stand dann vor uns?

Ich drehte mit einem Ruck den Kopf und starrte die hochgewachsene, massige Gestalt an, die ich bisher für den Stanley Jacobs gehalten hatte, in dessen Auftrag ich das erste Mal hier gewesen war, und der meinen Blick ruhig aus Augen erwiderte, in denen ich vergeblich nach etwas Menschlichem suchte.

»Wer …?« Ich verbesserte mich. »Was sind Sie?«

»Und was haben Sie mit Stanley gemacht?«, fügte Allison wimmernd hinzu.

»Es geht ihm gut«, antwortete das Jacobs-Ding. »Er ist bei uns. Wir wollen niemandem etwas zuleide tun.«

Die Spinne klapperte zustimmend mit ihren metallenen Fängen, und Allison wimmerte leise. Ich hätte gern dasselbe getan, doch stattdessen raffte ich all meinen Mut zusammen und sah dem unheimlichen Doppelgänger so fest ins Gesicht, wie ich konnte.

»Was sind Sie?«, fragte ich. »Was haben Sie mit Jacobs gemacht. Und was … was haben Sie mit uns vor?«

Zumindest die letzte Frage hätte ich mir wohl auch selbst beantworten können, doch zugleich hatte ich solche Angst vor dieser Antwort, dass ich den Gedanken mit Gewalt abbrach. Verstohlen versuchte ich an meinen Revolver zu gelangen, aber die Ketten schnürten sich sofort wieder enger zusammen und pressten meinen Arm so fest an den Leib, dass ich mir einbildete, meine Knochen knacken zu hören.

»Bitte unterlassen Sie das, Mister Devlin«, sagte der Jacobs-Doppelgänger ruhig. »Sie fügen sich nur selbst Schmerzen zu, und das ist nicht in unserem Sinne.«

Ich entspannte mich, und sofort ließ auch der Druck der Ketten nach, wenn auch nicht sehr. »Warum haben Sie das nicht gleich gesagt?«, knurrte ich. »Ich möchte Ihnen natürlich auf keinen Fall Schwierigkeiten bereiten.«

Das Jacobs-Ding nickte. »Sarkasmus. Eine menschliche Eigenart, die wir noch nicht ganz verstanden haben.«

»Dann sind Sie kein Mensch«, schloss ich.

»Wir können alles sein, was wir wollen«, antwortete der Doppelgänger. Ich wartete darauf, dass er weitersprach, doch stattdessen geschah etwas ungleich Entsetzlicheres:

Eine Sekunde lang stand das Ding, das wie ein Mensch aussah und es ganz bestimmt nicht war, wie zur Statue erstarrt da, dann hob ein merkwürdiges Klingen und Rasseln an, und eine unheimliche Wellenbewegung huschte über die ganze Gestalt. Alle Farben verblassten, dann sämtliche Details, und für einen unendlich kurzen Moment meinte ich einer Statue aus grauem Metall gegenüberzustehen, die nur noch grob menschliche Umrisse hatte. Dann erschienen Risse auf der grauen Oberfläche, Tausende und Tausende und Abertausende von Rissen, als wäre sie aus unzähligen winzigen Metallsplittern zusammengesetzt, von denen keines dieselbe Form und Größe hatte wie das andere und die sich nun mit einem unheimlichen metallenen Rascheln voneinander lösten.

Und neu zusammenfügten.

Die Gestalt schrumpfte, veränderte ihre Proportionen und Größe, und dann kehrten Details und Farbe zurück, und ich stand einem Burschen von zwölf oder vielleicht dreizehn Jahren gegenüber, der ehemals teure, jetzt aber schäbig gewordene Kleider trug, die weder in der Größe noch im Schnitt so recht zusammenpassen wollten.

»Sie hätten wirklich auf mich hören sollen«, sagte Chip. »Das hier lag nicht in unserer Absicht, aber Sie werden einsehen, dass wir Sie nun auch nicht mehr gehen lassen können.«

»Das verstehe ich doch«, sagte ich. »Geben Sie meine Hand frei, damit ich an meine Waffe komme, und ich jage mir selbst eine Kugel in den Kopf und nehme Ihnen die Arbeit ab.«

Ein bisschen wunderte ich mich selbst, woher ich den Mut für diese Worte nahm, doch der vermeintliche Junge nahm sie mir nicht übel. Nach dem, was ich gerade gehört hatte, vermutete ich, dass er ihren wirklichen Sinn gar nicht verstand.

»Wenn Ihr Tod für uns von Nutzen wäre, dann hätten wir Sie bereits getötet«, sagte Chip.

Wieder rasselte die Spinne zustimmend mit ihren stählernen Mandibeln, und ich zwang mich, meinen Ekel niederzukämpfen und das fast ponygroße Ungetüm anzusehen. Das Wissen, es nicht mit einem Geschöpf aus Fleisch und Blut zu tun zu haben, sondern mit einer Kreatur aus Metall, Glas und unheimlichen Mächten, änderte nichts an dem Grauen, mit dem mich der Anblick erfüllte.

»Habt ihr deshalb dieses Ungeheuer gezüchtet, weil ihr niemanden erschrecken wollt?«, fragte ich.

»Diese Spezies ist der perfekte Jäger«, antwortete Chip. »In einer urbanen Umgebung wie dieser gibt es kein besseres Werkzeug.«

»Werkzeug wofür?«, fragte ich böse. »Um Terror zu verbreiten?«

»Das Konzept des Terrors ist uns geläufig«, antwortete Chip, »aber in dieser Phase eher kontraproduktiv.«

»Welcher Phase?«, murmelte ich.

Neben mir begann sich Jacobs stöhnend zu regen, sodass das stählerne Netz klirrte, in dem ich gefangen war. Seine Lider flatterten, doch seine Augen blieben weiterhin trüb. Ein gequältes Ächzen kam über seine Lippen, und er versuchte den Kopf zu drehen. Es gelang ihm nicht ganz, aber ich sah, dass ein dünner silberner Dorn aus seinem Hals ragte, von dem sich ein noch dünnerer, wie ein Wurm geringelter Draht erstreckte, der im Gewirr des Netzes verschwand.

»Stanley?«, flüsterte Allison.

Die vertraute Stimme schien zu Jacobs' gemartertem Geist durchzudringen, denn sein Blick klärte sich nun doch, und er versuchte erneut, den Kopf zu heben.

»Allison?«, murmelte er.

»Ich bin hier, Stanley«, antwortete Carter.

»Allison«, stöhnte Jacobs. »Lauf … weg!«

Chip hob die Hand, und die Spinne explodierte zu einem Schemen aus wirbelnden Beinen und reiner Bewegung. Ich spannte mich in Erwartung des kommenden Schmerzes, doch das Ungeheuer sprang nicht mich an, sondern stürzte sich auf Allison und umklammerte sie zur Gänze mit ihren langen, haarigen Beinen. Allison schrie, bäumte sich auf und kreischte in reiner Todesangst, doch dann erschlaffte sie jäh, als ihr die Spinne die Klauen in den Hals schlug.

Auch ich brüllte und stemmte mich nun mit aller Gewalt gegen die Ketten, erreichte damit aber nur, dass das Metall noch tiefer in meine Haut schnitt und dass mir das Blut über die Hände lief.

So schnell sie sie angesprungen hatte, ließ die gigantische Spinne wieder von Allison ab und stakste zu Chip zurück, um dort erneut zu erstarren. Allison seufzte noch einmal tief und erschlaffte dann endgültig, und ich erkannte entsetzt, dass auch aus ihrem Hals nun ein dünner silberner Dorn ragte. Blut lief aus der Einstichstelle und färbte ihr Kleid dunkel.

»Was hast du getan, du verdammtes Ungeheuer?!«, brüllte ich.

»Machen Sie sich keine Sorgen um sie, Quinn«, sagte Chip …

… und verwandelte sich abermals.

Nach einem Moment des Klirrens und Rasselns und ebenso grässlicher wie durch und durch unmöglicher Bewegung stand Allison Carter an seiner Stelle da und führte den Satz lächelnd und mit ihrer Stimme zu Ende: »Es geht mir gut.«

Das war zu viel. Ich bäumte mich auf und riss und zerrte und zog mit aller Gewalt an den stählernen Fesseln, warf mich hin und her, brüllte und schrie und tobte so lange, bis mich die Kräfte verließen und mein Herz zu zerspringen drohte. Ich verlor nicht wirklich das Bewusstsein, aber es dauerte eine Weile, bis ich auch nur wieder einen halbwegs klaren Gedanken fassen und den Kopf heben konnte, um zu Allison hinzusehen. Der echten Allison.

Sie hatte das Bewusstsein verloren. Ihre Augen waren nur halb geschlossen, aber leer, und die Wunde an ihrem Hals blutete immer noch heftig.

»Was hast du getan?«, wimmerte ich. »Du hast sie umgebracht!«

»Nein«, stöhnte Jacobs. In seiner Stimme war etwas, das mir einen eisigen Schauer über den Rücken jagte. »Sie sollten ihr wünschen, dass es so wäre, aber so gnädig ist es nicht.«

»Was … was soll das … heißen?«, flüsterte ich. Ich bekam keine Antwort, aber ich hatte das schlimme Gefühl, es bald ohnehin zu erfahren.

»Du täuschst dich, Stanley«, sagte die Allison-Kopie mit Allisons Stimme und Allisons einnehmendem Jungmädchen-Lächeln. »Würdest du nur aufhören, dich gegen uns zu wehren, dann hättest du längst verstanden, dass du uns nicht zu fürchten brauchst.«

»Hör auf«, wimmerte Jacobs. »Sprich nicht mit mir! Nicht mit ihrer Stimme!«

Die Allison-Kopie schüttelte den Kopf. Sie sah traurig aus. »Wir bedauern dich, Stanley Jacobs«, sagte sie. »Wir wissen, dass du dieser Frau in letzter Zeit nicht mehr getraut hast, doch dieses Gefühl war unbegründet. Das wissen wir nun, wo wir auch sie in uns aufgenommen haben. Wenn es dir ein Trost ist: Sie war am Anfang dein Feind und hat deine Nähe gesucht, um deine Geheimnisse zu ergründen und dich in aller Öffentlichkeit bloßzustellen. Aber dann hat dieses komplizierte Gefühl von ihr Besitz ergriffen, das ihr Liebe nennt. Wir verstehen es noch nicht, aber es ist ein sehr mächtiger Faktor. Sie hat deine Geheimnisse aufgedeckt und noch viel mehr ergründet, als sie selbst geahnt hat, und sie war sehr erschrocken und auch zornig. Aber sie wollte nur mit dir reden, dich nicht mehr öffentlich bloßstellen. Das hätte sie nie getan.«

»Welche Geheimnisse?«, fragte ich.

Ich rechnete nicht damit, eine Antwort zu erhalten, doch ich bekam sie, wenn auch nicht von Jacobs oder dem Ding, das in Allisons Gestalt geschlüpft war, sondern einer anderen Stimme, die hinter mir erscholl: »Seiner kleinen Schweinerei auf der Werft. Wir haben es die ganze Zeit über schon geahnt, aber wir hatten keinen Beweis.«

»Nikola?«, fragte ich. Ich versuchte den Kopf weit genug zu drehen, um hinter mich zu blicken, doch es gelang mir nicht. Ich konnte hören, wie sich Nikola hinter mir in seinen Ketten bewegte und seine Bemühungen gleich darauf wieder einstellte.

»In der Tat«, sagte Nikola, und schickte ein leises, humorloses Lachen hinterher. »Und auch wenn ich weiß, dass es zu spät dafür ist, nehmen Sie trotzdem einen Rat von mir an: Trauen Sie niemandem, dem Sie nicht in den Finger geschnitten und bei dem Sie sich nicht selbst davon überzeugt haben, dass er blutet.«

»Von welcher Schweinerei reden Sie?«, beharrte ich. Das Allison-Ding legte den Kopf auf die Seite und sah mich plötzlich sehr aufmerksam an, schien aber nichts gegen das Gespräch einzuwenden zu haben.

»Stanleys kleines Geschäft mit dem Stadtrat«, schnaubte Nikola. »Sie haben die Pumpen doch gesehen, oder?«

Ich nickte. Ich wusste nicht, ob Nikola die Bewegung sah, aber die Ketten, in die ich eingesponnen war, setzten sie in ein anhaltendes Klirren und Rasseln um.

»Ich habe Allison kennengelernt, als sie noch studiert hat«, berichtete Nikola. »Ich weiß, es fällt vielen schwer, das zu glauben, denn ich bin ein Mann der Technik und genieße einen gewissen Ruf, aber auch ich war stets der Auffassung, dass wir ein gewisses Maß an Rücksicht der Welt gegenüber an den Tag legen sollten, von der wir schließlich leben. Und eines Tages auch unsere Kinder.«

»Ja, so ähnlich hat sich Miss Carter auch ausgedrückt«, sagte ich zögernd. Und ich begann auch zu ahnen, woher sie diese Überzeugung hatte.

Die Carter-Kopie lachte leise und – wie es mir vorkam – gutmütig. »Warum so förmlich, Quinn? Wir wissen, was Sie für sie empfinden. Und es ist umgekehrt nicht anders.«

Ich wollte darüber nicht reden, und Nikola war so dezent, so zu tun, als hätte er die Worte gar nicht gehört.

»Diese giftigen Abwässer, all der Dreck und Schmutz, den Sie draußen in den Kanälen sehen können, all diese Abfälle, die sie gedankenlos wegkippen, vergiften uns allmählich. Die Menschen in dieser Stadt nehmen das nicht mehr länger hin. Nicht, wenn sie krank werden und dabei zusehen müssen, wie ihre Kinder dahinsiechen und sterben.«

»Ja, das hat sie mir auch erzählt«, sagte ich und musste trotz meiner misslichen Lage kurz lächeln, als ich an den heiligen Zorn dachte, der ihre Worte durchdrungen hatte. »Sie hatte also recht? Diese Kläranlage …«

»… ist ein Schwindel!«, fiel Nikola mir aufgebracht ins Wort. »Ein perfekter Schwindel und ein sehr teurer dazu, aber die Stadt spart immer noch eine gewaltige Summe. Und einen hübschen Anteil davon hat sich unser Freund Stanley eingesteckt. Allison und ich wollten es ans Tageslicht bringen.«

»Deshalb hat sie sich also mein Vertrauen erschlichen«, schnaubte Jacobs müde.

»Ja, und sich praktischerweise auch gleich in Sie verliebt, dieses dumme Kind«, polterte Nikola, und ließ gleich darauf ein eindeutig resignierendes Seufzen hören. »Aber das soll jetzt kein Vorwurf sein. Ich bin wahrlich der Letzte, der das Recht dazu hätte.«

»Warum?«, fragte ich.

»Weil es uns ohne ihn nicht gäbe«, antwortete das Carter-Geschöpf an Nikolas Stelle.

»Was soll das heißen?«, fragte ich.

Weder die Allison-Kopie noch Nikola antworteten, doch nun bewegte sich die Spinne behäbig auf mich zu, und mein Herz begann schneller zu schlagen, als ich die blitzenden Fänge des Ungetüms sah, und dem Blick der kalten gläsernen Augen begegnete.

»Sie hat recht«, gestand Nikola. »Sie haben die Pumpen doch gesehen, oder?«

»Sie wollen sagen, *Sie* haben diese Dinger gebaut?«, ächzte ich. »Nach allem, was Sie gerade so scheinheilig gepredigt haben?«

Ich empfand eine gerechte Empörung – doch als Nikola antwortete, schlug das Gefühl praktisch sofort in ein umso schlechteres Gewissen um. »Natürlich nicht, um dieses Gift in die See zu pumpen, Sie Narr!«

»Wozu dann?«

»Ein so gewaltiges Unternehmen wie der Bau eines so großen Schiffes wie der *Titanic* benötigt auch gewaltige Mengen Wasser«, belehrte mich Nikola. »Es war die einfachste Lösung, es direkt aus der See zu pumpen.«

»Und Sie haben sie gebaut.«

»Sie sind zehnmal leistungsfähiger als alles andere, was es vorher gab«, bestätigte Nikola mit einem vollkommen unangemessenen Anteil von Stolz in der Stimme.

»Ich verstehe«, sagte ich. »Und jemand ist auf die Idee gekommen, dass man das System auch genauso gut andersherum benutzen kann.«

Darauf sagte Nikola nichts mehr, aber die Kette klingelte heftig, als er nickte.

»Sie sind ein schlechter Mensch, Mister Jacobs«, sagte ich. »Schlecht und skrupellos.«

»Was Sie nicht daran gehindert hat, das Geld zu nehmen, das ich mit meiner Skrupellosigkeit verdient habe, nicht wahr?«, höhnte Jacobs.

Ich machte mir nicht einmal die Mühe, darauf zu antworten, sondern sah wieder das Geschöpf an, das in Allisons Maske geschlüpft war. »Was bist du? Was *willst* du?«

»Ich bin viele«, antwortete das unheimliche Wesen kryptisch. »Und wir wollen dasselbe wie ihr. Leben.«

»Und deshalb bringt ihr uns um?«

»Es lag nie in unserer Absicht, euch Schaden zuzufügen«, antwortete Allison. »Ihr habt uns gemacht.« Sie deutete mit einer Kopfbewegung auf einen Punkt hinter mir, vermutlich auf Nikola. »Er hat uns erschaffen.«

»Nikola?«, fragte ich. Allison deutete mit den Augen ein Nicken an, und ich fragte mit erhobener Stimme: »Nikola? Ist das wahr?«

»Es war nicht nur das Gift, das sie in die See gepumpt haben«, antwortete Nikola. »Es war unter der Werft. Es muss etwas mit unseren Experimenten zu tun haben. Mit *meinen* Experimenten. Mehr weiß ich nicht.«

»Mit dem elektrischen Strom«, sagte ich. Ich glaubte zu hören, wie Nikola nickte. »All diese Chemikalien und all dieses Gift und der elektrische Strom …«

Und plötzlich war ich wieder in jenem schrecklichen Gang, kniete über dem Kanal mit seinen giftigen Dämpfen und spürte das elektrische Kribbeln auf der Haut, während ich auf das rhythmische Schlagen des gewaltigen stählernen Herzens lauschte, das Nikola gebaut hatte. In Wirklichkeit hatte ich nur Schemen gesehen, doch nun in meiner Erinnerung meinte ich die grässlichen Schlangenwesen in aller schrecklichen Deutlichkeit zu erkennen.

Als ich es begriff, war der Gedanke einfach zu bizarr, um ihn zu akzeptieren. Auch wenn ich zugleich wusste, dass es so war.

»Sie haben Leben erschaffen«, flüsterte ich.

Allison deutete ein Lächeln an und ein Kopfschütteln, bei dem ihre ungebändigten Locken wie gesponnenes rotes Metall raschelten. »Er hat es nur geweckt, Quinn. Es war schon immer da. Sie haben es immer noch nicht verstanden.«

»Was?«, stieß ich verächtlich hervor. »Dass du wahnsinnig bist?«

Die Allison-Kopie lächelte. »Dass das Leben überall ist«, antwortete sie ruhig. »Es war immer, und es wird immer sein, schon lange, bevor es euch gab, und noch lange, nachdem es euch nicht mehr geben wird.«

»Was möglichst rasch der Fall sein soll, nehme ich an«, vermutete Jacobs.

»Du hast nichts verstanden«, sagte die Allison-Kopie. Sie klang traurig. »Wir wollen niemandem etwas tun. Das solltest du wissen. Du warst Teil von uns.«

»Du verdammtes …!«, begann Jacobs und verstummte, als hinter mir Ketten klirrten und ein leises Wimmern erklang. Ich drehte hastig den Kopf und sah, dass sich Allison – die echte Allison Carter, nicht dieses schreckliche Ding vor mir – wieder halb in ihren geschmiedeten Fesseln aufgerichtet und sogar die Augenlider gehoben hatte. Ich war allerdings nicht sicher, ob mir gefiel, was ich dahinter sah. Vor allem Schmerz. Aber auch eine unvorstellbare Angst.

»Allison! Ist alles in Ordnung?«

Es war eine wirklich dumme Frage, und Allison reagierte auch nur mit einem qualvollen Keuchen und einer Bewegung, die wohl ein Kopfschütteln geworden wäre, hätte sie die Kraft gehabt, sie zu Ende zu führen.

»Was ist … passiert?«, hauchte sie. »Wo …?«

Ihre Kräfte versagten erneut, und ihre Lider schlossen sich, als sie diesmal in eine Ohnmacht ganz anderer Art sank. Aber ich begriff auch so, dass sie nichts von dem bizarren Gespräch mitbekommen hatte. Doch sie lebte, und das war das einzig Wichtige.

Als ich den Kopf hob, sah ich dem Mann mit dem Leberfleck ins Gesicht, dem wir in der Bahn begegnet waren. Ich war nicht überrascht.

»Wie viele von euch gibt es schon?«, fragte ich.

»Du wirst alles verstehen«, sagte der Mann mit einer Stimme, die noch immer ein bisschen wie die Allisons klang, aber auch nach etwas Scharrendem und Rostig-Metallenem, das mir einen kalten Schauer über den Rücken jagte. »Bald wirst auch du zu uns gehören.«

Die Spinne setzte sich wieder in Bewegung, blieb jedoch nach einem Schritt erneut stehen, als der Mann den Kopf auf die Seite legte und mich fragend ansah. Worauf wartete er?

»Ich will nicht zu euch gehören!«

»Das liegt nicht in deiner Macht«, schnarrte der Mann.

»Aber wir müssen es doch irgendwie anders regeln können«, sagte ich hastig. Ich hatte schreckliche Angst. »Deine … deine Art und unsere. Wir müssen uns nicht bekämpfen!«

»Nein, das müssen wir nicht«, antwortete der Mann. »Wir sind niemandes Feind. Doch ihr seid auch niemandes Freund. Ihr würdet niemals eine andere Art neben euch dulden. Ihr zerstört die Welt, die euch hervorgebracht hat und euch ernährt, und ihr tötet einander aus nichtigen Gründen, und oft genug ganz ohne Grund. Ihr würdet unsere Existenz niemals hinnehmen.«

Ich hätte ihm gerne widersprochen, doch wie hätte ich es gekonnt?

»Und deshalb müssen wir jetzt sterben?«

»Nur eure Körper. Ihr werdet in uns weiterexistieren. Du wirst ewig leben. Auf eine gewisse Weise.«

»Damit kommt ihr nicht durch«, presste Jacobs hervor. »Ihr könnt uns vielleicht umbringen, aber das wird euch nichts nutzen! Wir sind zu stark für euch! Und zu viele!«

»Das wissen wir«, antwortete der Mann. »Wir sind stark, aber ihr seid zu viele. Noch.« Er gab der Spinne einen Wink, und sie setzte ihren Weg fort, blieb vor mir stehen und richtete sich auf die beiden hinteren Beinpaare auf. Ihre vorderen Gliederpaare ruhten auf meinen Schultern und den straff gespannten Ketten über meinem Kopf, und die mörderischen Fänge blitzten nun unmittelbar vor meinem Gesicht. Meine Angst erreichte die Grenzen des Vorstellbaren und wuchs noch weiter.

»Du wirst alles verstehen, sobald du zu uns gehörst«, sagte der Mann mit dem Leberfleck. Er hob die Hand, und die Giftklaue der Spinne näherte sich meinem Hals.

Das Metall fühlte sich kalt an und auf schwer in Worte zu fassende Weise fast angenehm, wie lebendig, aber das würde nur noch einen Sekundenbruchteil so bleiben, und ich wartete auf den finalen grausamen Schmerz und das Unbeschreibliche, das ihm folgen musste.

13

Der Schmerz kam, und er war sogar noch schlimmer, als ich es erwartet hatte, ein weißglühender Dolch, der sich in meinen Hals und abwärts grub und eine Schleppe aus reiner Agonie hinter sich herzog und noch etwas, das noch einmal unendlich viel schlimmer war und nach mir selbst zu greifen versuchte, um mir jedes Geheimnis und auch noch den letzten Gedanken zu entreißen.

Ein donnerndes Krachen erscholl, und statt ihre Giftklauen ganz in mein Fleisch zu rammen, prallte die Spinne mit solcher Wucht gegen mich, dass ich wohl quer durch den Raum geschleudert worden wäre, hätten mich die stählernen Ketten nicht nach wie vor mit unbarmherziger Kraft gehalten. Um den Preis allerdings, dass mir die Luft aus den Lungen getrieben wurde und eine Lohe gänzlich anderen Schmerzes hinter meinen Augen explodierte. Blut lief in einem dünnen Rinnsal an der Seite meines Halses hinab.

Als das rote Feuer wieder durchsichtig genug wurde, um mehr als Substanz gewordenen Schmerz zu erkennen, hatte die Spinne von mir abgelassen und versuchte sich behäbig umzudrehen – wenigstens das, was noch von ihr übrig war.

Sie war nicht mehr komplett.

Der Anblick erinnerte auf schon fast unheimliche Weise an unser gestriges Erlebnis, nur um ein Hundertfaches vergrößert: Der Spinne fehlten etliche ihrer gerade noch acht Beine und auch fast die Hälfte ihres Schädels sowie ein langer dreieckiger Streifen aus dem aufgedunsenen Hinterleib. Darunter kamen jedoch kein zerfetztes Fleisch und dampfendes Blut zum Vorschein, sondern ein Durcheinander aus zerrissenen Drähten und anderen mechanischen … *Dingen,* die sich bewegten und stampften und zischten und gelbe Funken und ätzenden grauen Rauch ausstießen. Schreie und Kettenklirren und entsetzte Rufe erfüllten den Raum wie das Getöse eines fernen Weltuntergangsgewitters, irgendwo darin auch Allisons Stimme, die in schierer Panik kreischte, und von der ich mir so wünschte, dass es mein Name war, den sie schrie, und noch bevor ich mir diesen Gedanken als Wunschdenken eingestehen konnte, krachte es ein zweites Mal, und die Spinne verschwand kurzzeitig in einer Wolke aus fliegenden Trümmerteilen, Funken und grauem Qualm und wurde wie von einem unsichtbaren Hammer getroffen auf die Seite geschleudert, wobei sie ein weiteres Bein verlor, das in absurdem Winkel abknickte und dann davonflog.

Ich hörte weitere entsetzte Schreie (ich war ganz und gar nicht sicher, dass es nicht meine eigene Stimme war), strengte die Augen an, um die dichte Wolke aus Pulverdampf zu durchdringen, die die Tür verschlungen hatte, und sah gerade noch, wie Adler seine doppelläufige Schrotflinte aufklappte und zwei zerfledderte Hülsen auf den Boden kippte. Die Spinne kreischte, nicht wie etwas Lebendiges, sondern wie eine riesige leidende Maschine, versuchte unbeholfen auf ihre verbliebenen Beine zu kommen und sich in Adlers Richtung zu schleppen, und auch der Mann aus der Bahn fuhr herum und griff in die Tasche, vielleicht um eine Waffe zu ziehen.

Wenn es so war, dann kam er nicht mehr dazu.

Scheinbar ohne die geringste Hast schob Adler zwei neue

Patronen in den Doppellauf, klappte ihn zu und betätigte die beiden Abzüge so schnell hintereinander, dass es fast wie ein einziger, lang nachhallender Schuss klang.

Der erste traf die Spinne und schleuderte sie endgültig zurück und auf den Rücken, der andere sprengte den Kopf des Mannes in Stücke, und das wortwörtlich.

Ich war in der glücklichen Lage, noch niemals gesehen zu haben, wie das Gesicht eines Menschen aus allernächster Nähe von einer Schrotladung getroffen wurde, sehr wohl aber, wie das anschließend aussah.

Das hier war anders. Auf seine Art beinahe noch grässlicher, aber vollkommen anders. Es gab kein Blut und spritzendes Fleisch oder Knochensplitter, sondern eher eine trockene Explosion silbergrauen Staubs, begleitet von einem Laut, als schlüge eine Faust in einen Mehlsack. Der Kopf der scheinbar so menschlichen Gestalt verschwand einfach, sodass der Rest der Schrotkugeln ungehindert über den Torso hinwegjagte. Mehr als nur eine davon schrammte an meinem Arm und meiner Seite vorbei, aber das spürte ich nicht einmal, denn ich starrte nur fassungslos weiter den zusammenbrechenden Mann an.

Wenn man es genau nahm, dann *zerfiel* er.

Es war wie eine Wiederholung der schrecklichen Szene aus der Straßenbahn, nur rasanter und auf seltsame Art endgültiger. Beginnend mit seinen Schultern zerfiel der Mann entlang einer rasend schnell nach unten sackenden Linie in immer kleinere und kleinere Bruchstücke, die wie eiserner Hagel auf den Boden klapperten. Der Anblick war so bizarr, dass Adler mit offenem Mund und Augen dastand und glotzte, und es hätte nicht viel gefehlt, und seine Fassungslosigkeit hätte ihn das Leben gekostet.

Noch bevor die Überreste des angeblichen Mannes auch nur ganz zu Boden gerieselt waren, warf sich die Spinne mit einer

Bewegung wie eine aufschnappende Hand wieder herum, raste hoppelnd und klappernd auf ihn zu und hätte ihn zweifellos von den Füßen gefegt (und wahrscheinlich ganz zerrissen), hätte Adler nicht im allerletzten Moment einen Stoß in den Rücken bekommen, der ihn noch einen halben Schritt auf das Funken sprühende und zischelnde Ungetüm zustolpern ließ, ihn zugleich aber auch zur Seite und auf die Knie schleuderte. Die Spinne hatte nur noch eine Zange, die jedoch eine nicht minder tödliche Waffe darstellte, schlug sie doch wie eine barbiermesserscharfe Machete dorthin, wo sich seine Kehle befunden hätte, wäre er nicht auf die Knie gefallen. So kappte sie nur seinen runden Hut dicht genug über seinen Haaren, um ihm eine unfreiwillige Tonsur zu verpassen.

Zu einer zweiten Attacke kam sie nicht. Weitere Schüsse fielen, zwei, drei, eine ganze Salve, die die Spinne trafen und Funken und schmorende Metall- und Glastrümmer aus dem abscheulichen Leib rissen. Ich hatte fast erwartet, sie auf dieselbe unheimliche Weise zerfallen zu sehen wie den Mann mit dem Leberfleck, doch das geschah nicht. Die pure Wucht der Geschosse riss die ohnehin nicht mehr sehr standfeste Spinne von den verbliebenen Beinen und verwandelte sie in einen davonrollenden Ball aus hilflos peitschenden Gliedmaßen, der wohl durch den gesamten Keller geschlittert wäre, hätte er sich nicht in einem der Kettenbündel verfangen – in dem sie sich prompt noch mehr verhedderte, als sie sich aufzuraffen versuchte.

Weitere Schüsse krachten, die in der Enge des Raumes lauter als Kanonenschläge schienen, und an Adler vorbei stürmten drei weitere uniformierte Polizisten seiner *schnellen Eingreiftruppe* herein, die allesamt auf das vielbeinige Ungetüm schossen.

Die meisten Kugeln verfehlten ihr Ziel und prallten vom

Boden oder Funken sprühenden Ketten ab, die sich mit einem Rasseln über die grobe Behandlung beschwerten, aber etliche trafen auch die Spinne und rissen nicht nur weitere Funkenschauer und Fetzen unbekannter Zusammensetzung aus ihrem aufgeblähten Leib, sondern schlugen ihr auch noch eines der meterlangen Beine ab. Funken sprühend und ein Gewirr abgerissener Drähte und schmieriges schwarzes Öl anstelle zerfetzter Innereien und Blut hinter sich herziehend humpelte das Ungeheuer weiter und sprang den ersten Mann an, der leichtsinnig genug war, durch die Tür zu kommen. Das Ding verzichtete zu dessen Glück aber darauf, ihm die dolchlangen Fänge ins Fleisch zu rammen, sondern rannte ihn lediglich über den Haufen und war einen halben Atemzug später verschwunden. Aus dem Gang war ein ganzer Chor gellender Schreckens- und Entsetzensschreie zu hören, und noch zwei oder drei weitere Schüsse, die jedoch allesamt als heulende Querschläger endeten.

Für einen Moment verließen mich endgültig die Kräfte. Ich musste wohl das Bewusstsein verloren haben, wenn auch nur ganz kurz, denn plötzlich stand Adler vor mir und zusammen mit ihm noch drei weitere Männer, die die schwarze Uniform und die großen Hüte der Belfaster Polizei trugen; vier, wenn ich den Mann mitrechnete, der neben dem Eingang kniete und sein Abendessen auf den Fußboden spie.

»Was zum Teufel ist hier los, Quinn?«, polterte Adler. »Was ist das für eine Schweinerei?«

Ich raffte all meine Kraft zusammen, um zu antworten, doch Adler war bereits einen Schritt zur Seite getreten und hob die Hände, um sich um Allison zu kümmern, wagte es aber dann doch nicht, sie zu berühren.

»Was zum Teufel …?«, murmelte er noch einmal, brach dann mitten im Satz ab und zerrte vergebens mit beiden Händen an den Ketten, die Allison fesselten. Hilflos fuhr er den erstbesten Mann an: »Holen Sie Werkzeug! Eine Zange oder sonst was!«

»Aber woher …?«, stammelte der Constabler, warf dann einen zweiten Blick in Adlers Gesicht und kam wohl zu dem Schluss, dass es besser war, jetzt gar nichts mehr zu sagen. Er drehte sich um, um loszuhasten, und wäre dabei beinahe über seinen Kollegen gestolpert, der immer noch auf den Knien lag und fest entschlossen schien, seinem Abendessen auch noch den vorangegangenen Lunch folgen zu lassen.

»Und jetzt sagen Sie mir, was das alles hier zu bedeuten hat!«, brüllte mich Adler an. »Was geht hier vor?«

»Das ist …«, begann ich mühsam und war fast dankbar, als mich eine andere Stimme in scharfem Ton unterbrach: »… nicht so leicht zu erklären, Captain, aber noch viel schlimmer, als Sie annehmen. Machen Sie uns los, schnell! Dieses Monstrum kommt zurück!«

Ich konnte nicht sagen, ob Nikola damit recht hatte oder nicht, aber auf Adler verfehlten die Worte ihre Wirkung nicht. Er starrte mich noch einen halben Atemzug lang an und war mit der Situation eindeutig hoffnungslos überfordert. Dann hob er abermals die Hände und begann mit aller Kraft an Allisons Ketten zu zerren.

»Hören Sie auf, Sie Idiot!«, rief Nikola. »Sie machen es nur schlimmer!«

Adler zerrte weiter an dem eisernen Spinnennetz herum, erreichte aber nicht mehr, als dass Allison leise wimmerte und noch mehr Blut über ihre Hände und Unterarme lief.

»Aber was …?«, stammelte er, doch dann wurden seine Augen groß, und ein Laut schieren Entsetzens kam über seine Lippen, als er den silbernen Dorn sah, der aus Allisons Hals ragte. »Was …?«, hauchte er noch einmal.

»Rühren Sie sie nicht an!«, keuchte Nikola. »Wollen Sie sie umbringen?«

Adler schluckte so schwer, dass man es hören konnte, machte einen stolpernden Schritt rückwärts und riss die Augen dann noch weiter auf, als sein Blick meinen Hals streifte und er den silbernen Dorn sah, der auch darin steckte …

… und dessen ich mir selbst auch in diesem Moment überhaupt erst bewusst wurde; und das auf eine Art, auf die ich liebend gerne verzichtet hätte.

»Aber … aber was …?«, stammelte Adler. Und vermutlich war er von allen hier drinnen am meisten erleichtert, als der Constabler genau in diesem Moment zurückkam und eine rostige Bolzenzange schwenkte, die er irgendwo gefunden hatte. Mehr als nur ein wenig grob riss er dem Mann das Werkzeug aus der Hand, trat wieder auf Carter zu, und ich konnte ihm gerade noch mit krächzender Stimme zurufen:

»Ich zuerst!«

Adler wirkte fast empört, doch dann schien wohl selbst er zu begreifen, dass ich weniger die erste Rettung als vielmehr das erste Risiko für mich reklamierte. Mit einem Ruck hob er seine Zange und knipste irgendetwas links neben meinem Gesicht durch. Ich spannte mich innerlich in Erwartung eines kommenden Schmerzes, doch es geschah rein gar nichts, allenfalls blieb ein vages Gefühl von Leere zurück, als hätte ich etwas verloren, von dem ich gar nicht gewusst hatte, dass ich es besaß.

Adler sah mich abschätzend an, nickte dann knapp und setzte seine Zange an einem der Kettenglieder an, die meine Arme fesselten. Er brauchte seine ganze Kraft, um es zu durchtrennen, und obwohl er kein Schwächling war, lief sein Gesicht vor Anstrengung rot an, und die Sehnen an seinem Hals traten wie straff gespannte Drähte hervor. Schon nach dem dritten oder vierten Kettenglied war er so erschöpft, dass er das Werkzeug an einen der Constabler weitergeben musste.

Es dauerte etliche Minuten, bis sie mich weit genug losgeschnitten hatten, dass mich das Netz freigab. Selbstverständlich machte sich niemand die Mühe, mich aufzufangen. Ich fiel so schwer auf Hände und Knie, dass ich vor Schmerz stöhnte, rappelte mich aber sofort wieder auf und wandte mich zu Allison um.

Ich konnte nicht sagen, ob sie bei Bewusstsein war oder nicht. Ihre Augen waren nach wie vor halb geöffnet, aber auf erschreckende Weise leer, und wenn sie noch atmete, dann so flach, dass es praktisch nicht mehr zu sehen war.

Adler hatte die Zange wieder an sich genommen und sah mich fragend an, doch ich ignorierte ihn. Stattdessen lauschte ich in mich hinein. Abgesehen von diversen Schmerzen fühlte ich nichts Verdächtiges. Wenn die Klauen der Spinne vergiftet gewesen waren, dann wirkte ihr Gift zumindest bis jetzt noch nicht.

»Ist alles in Ordnung?«, rief Nikola.

Ich schüttelte den Kopf und sagte laut: »Ja.«

Daraufhin hob Adler seine Zange, doch Nikolas Stimme kam ihm zuvor. »Dann schneiden Sie mich los! Rasch! Glauben Sie mir, ich weiß, was ich tue!«

Ich war geneigt, ihm zu glauben, und auch Adler nickte nach einigem Zögern. Der Captain gab die Zange einem der Constabler, der zu Nikola eilte und ihn loszuschneiden begann.

»Allison?«, flüsterte ich. Mein Herz klopfte, was jetzt nichts mit dem zu tun hatte, was mir widerfahren war. »Allison? Miss Carter!«

Vielleicht gerade weil ich flüsterte, schien meine Stimme jetzt zu ihr durchzudringen. Sie begann sich zu bewegen, soweit die rostigen Ketten das zuließen, und stellte ihre Bemühungen gleich darauf mit einem leisen Wimmern wieder ein.

»Bewegen Sie sich nicht«, sagte ich. »Sie sind gleich frei.« Beiläufig fragte ich mich, warum ich eigentlich ausgerechnet Nikolas Wort vertraute, der an all dem hier wohl nicht ganz unschuldig war, aber Allison reagierte tatsächlich mit einem angedeuteten schwachen Nicken darauf, und ich gestattete mir ein Gefühl vorsichtiger Erleichterung. Sie lebte, und abgesehen von etlichen bösen Schrammen und hässlichen Schnitten schien sie auch weitestgehend unversehrt zu sein.

Wenn ich von dem glänzenden Metallstift absah, der aus ihrem Hals ragte.

Meine vorsichtig gefasste Hoffnung zerplatzte wie eine Seifenblase, als ich sah, wie tief der spitze Dorn in ihr Fleisch eingedrungen sein musste. Ihr Kleid war dunkel und schwer von ihrem eigenen Blut, und ihre Stirn glänzte vor Schweiß. Ihr Gesicht zeigte jetzt keine vornehme Blässe mehr, sondern kränkliche.

»Sie werden mir jetzt auf der Stelle sagen, was das hier zu bedeuten hat!«, polterte Adler, der endlich seine Fassung zurückerlangt hatte, wenigstens zum Teil.

»Das tue ich«, versprach ich, »sobald ich es selbst weiß.«

Adlers Miene verdüsterte sich noch weiter, doch ich ignorierte ihn und versuchte Allisons Blick einzufangen. Vergeblich. Ihre Augen waren jetzt weit geöffnet, doch wenn sie etwas sah, dann war es nicht mein Gesicht, sondern etwas durch und durch Entsetzliches.

»Ich weiß nicht, ob Sie mich verstehen, Allison«, sagte ich mit bebender Stimme. »Aber es wird alles gut, das verspreche ich Ihnen. Ich hole Sie hier raus.«

Neben mir klirrte und rappelte es, und Jacobs fauchte heiser:

»Versprechen Sie besser nichts, was Sie nicht halten können, Devlin. Keiner von uns kommt hier raus.«

»Warum nicht?«, schnaubte Adler, bevor ich etwas sagen konnte. »Was wissen Sie?«

»Nichts«, presste Jacobs qualvoll hervor. »Aber glauben Sie mir, das, was ich nicht weiß, ist schon weit mehr, als Sie wissen wollen.«

Adlers Gesicht verdüsterte sich. »Sind Sie der Meinung, dass jetzt der richtige Zeitpunkt für dumme Wortspielchen ist?«, fauchte er. »Hier sind Menschen gestorben!«

»Und es werden noch mehr sterben«, sagte Jacobs mit einem hysterischen Kichern und begann dann qualvoll zu husten; erst noch mühsam unterdrückt, dann immer lauter. Schließlich japste er: »Und keiner von uns kommt hier lebend raus.«

»Warum?«, fragte Adler.

Jacobs hustete erneut, bevor er antwortete. Es klang feucht, als begännen sich seine Lungen mit Blut zu füllen. »Sie kommt zurück, Sie Narr! Glauben Sie, sie wäre die einzige?«

»Sie reden von dieser …« Adler schien Probleme zu haben, das Wort auszusprechen. »… Spinne?«

»Das ist keine Spinne«, keuchte Jacobs. »Das ist etwas … viel Schlimmeres.«

Etwas klirrte, und ich hörte einen eher zornigen als schmerzerfüllten Schrei. Ich drehte gerade noch rechtzeitig den Kopf, um zu sehen, wie Nikola hektisch mit den Armen zu rudern begann und kopfüber aus dem Kettennetz kippte. Nicht besonders sanft, wie es sich anhörte, schlug er auf dem harten Boden auf, strampelte heftig mit den Beinen, um sich endgültig frei zu machen, und rappelte sich dann unverzüglich auf. Auch aus seinem Hals ragte ein metallener Stift, an dem noch ein armlanger Rest durchgeschnittenen Drahtes hing. Er sah aus wie ein bizarr harpunierter Fisch.

»Ich brauche Werkzeug«, sagte er. »Die Zange, einen Schraubendreher, alles, was ihr findet! Schnell!«

Adler nickte zustimmend, und derselbe Mann, der die Zange geholt hatte, rannte wieder hinaus und kam schon nach einem kurzen Augenblick mit einem ganzen Arm voller rostiger Werkzeuge zurück. Offensichtlich hatte er so etwas wie einen Lagerraum gefunden. Während Nikola ihm seine Last abnahm und mit hektischen Bewegungen irgendetwas zu tun begann, wandte sich Adler erneut an Jacobs.

»Welche Gefahr droht uns? Sagen Sie die Wahrheit, Jacobs! Wenn Sie schweigen und noch mehr Menschen zu Schaden kommen, dann rettet Sie auch all Ihr Geld und Ihr Einfluss nicht mehr!«

Jacobs lachte hysterisch, als hätte er einen besonders guten Scherz gehört, und einen Moment lang rechnete ich ernsthaft damit, dass Adler ihn ohrfeigte, um ihn wieder zur Vernunft zu bringen.

Vielleicht hätte er es sogar getan, hätte da nicht das Licht geflackert. Funken zischten, und Nikola stieß einen Fluch aus, den ich einem so distinguierten Mann niemals zugetraut hätte. Das Licht flackerte stärker, noch mehr Funken sprühten, und dann meinte ich einen enervierenden Laut zu hören, bevor mir klar wurde, dass nun gerade ein unterschwelliges Geräusch nicht mehr da war, das ich die ganze Zeit über gehört hatte. Plötzlich hob ein allgemeines Klirren und Rasseln an, und neben mir fiel Jacobs wie der sprichwörtliche nasse Sack zu Boden (und aufs Gesicht). Auch Allisons Fesseln gaben plötzlich nach. Ich konnte gerade noch hinzuspringen, um sie aufzufangen, als sie nach vorne kippte.

Obwohl sie kaum mehr als hundert Pfund wiegen konnte, riss sie mich von den Füßen. Ich fiel schwer, und mein Hinterkopf machte Bekanntschaft mit dem harten Boden, ich konnte mich aber immerhin so drehen, dass sie auf mir zu liegen kam und sich nicht noch mehr verletzte.

Das Licht flackerte zum dritten Mal und blieb für eine Sekunde ganz aus, dann sprühten noch mehr Funken, und Nikolas Stimme klang jetzt eher triumphierend, als die seltsamen Lampen zu neuem Leben erwachten.

»Ist alles in Ordnung?« Ich versuchte ungeschickt unter Allison hervorzukriechen, ohne ihr dabei wehzutun oder sie unschicklicher zu berühren, als unbedingt nötig war. Ich bekam tatsächlich eine Antwort, auch wenn sie nur aus einem wortlosen Nicken bestand, stemmte mich unbeholfen auf die Knie und ließ ihre Schultern erst los, als ich mich davon überzeugt hatte, dass sie aus eigener Kraft sitzen konnte.

»Devlin, kommen Sie her!«

Ich gehorchte Adlers Befehl zwar, aber erst, nachdem mir klar geworden war, dass Allison auf meine Ansprache sowieso nicht reagierte. Überall rings um uns herum hatten die Ketten ihre sonderbare Netzanordnung verloren und hingen nun wieder schlaff von der Decke, und ich erschrak bis ins Mark, als ich sah, wie groß die Anzahl regloser Gestalten war, die jetzt auf dem Boden lagen; es musste ein Dutzend sein, wenn nicht mehr.

Rasch ging ich zu Adler und fuhr abermals sichtbar zusammen, als ich die Gestalt erkannte, neben der der Captain kniete. Es war der Mann aus der Straßenbahn. Wenigstens schloss ich das aus seiner Kleidung.

Ob es wirklich der Mann mit dem Leberfleck war, vermochte ich nicht zu sagen, denn der Leberfleck war genauso verschwunden wie der Rest seines Gesichts, und wenn man es genau nahm, sogar der größte Teil seines Kopfes. Wo sein Gesicht sein sollte, klaffte ein mehr als faustgroßer blutiger Krater, durch den man einen Blick auf den blutbesudelten Boden darunter werfen konnte. Ein widerlicher Geruch nach verbranntem Fleisch und schmorenden Knochen stieg mir in die Nase, und die dunkelrote Lache wurde größer.

»Aber wie … wie kann das sein?«, stammelte Adler. »Das ist doch gar nicht …« Er sprach nicht weiter, sondern drehte mit einem Ruck den Kopf und starrte aus aufgerissenen Augen dorthin, wo der unheimliche Doppelgänger gestanden hatte. Er erbleichte, und es war ein durch und durch unheimlicher Anblick, denn es geschah langsam und vom Scheitel abwärts entlang einer geraden Linie, genau wie die Grenze der Vernichtung, die den Doppelgänger aufgezehrt hatte.

»Aber wie kann das sein?«, hauchte Adler. »Ich habe doch nicht …«

»Staunen Sie später, Captain«, fiel ihm Nikola ins Wort. »Ich brauche Ihre Hilfe. Und die Ihrer Männer! Schnell!«

Adler war sichtlich froh, dem entsetzlichen Anblick entfliehen zu können, denn er rannte regelrecht zu Nikola, während es mich fast meine gesamte Willenskraft kostete, mich von dem morbiden Anblick loszureißen. Selbst in meiner Zeit als Polizist hatte ich selten etwas Schlimmeres zu Gesicht bekommen.

Ich stand rasch auf und ging zu Allison zurück. Sie hatte sich einigermaßen gefangen und zitterte zumindest nicht mehr wie Espenlaub, aber ihr Blick war nach wie vor leer, und sie reagierte auch nur mit einem schwachen Nicken, als ich sie ansprach.

Auch wenn mir die Erkenntnis schier das Herz brach, so sah ich doch ein, dass ich im Moment nichts für sie tun konnte, also ging ich zu Jacobs, der jedoch das Bewusstsein verloren hatte, wenn er nicht gar tot war, sodass ich mich den anderen Überlebenden dieser grässlichen Menschenfalle zuwandte. Es waren schrecklich viele, eindeutig mehr als das Dutzend, das ich ohnehin befürchtet hatte. Mindestens die Hälfte von ihnen war tot oder bewusstlos. Ich war nicht wirklich überrascht, als ich einen Jungen von vielleicht zwölf oder vierzehn Jahren fand, der noch am Leben und sogar bei Bewusstsein war, mich aber nur aus leeren Augen anstarrte und mir schrecklich abgemagert vorkam; zwischen dem Chip, an den ich mich erinnerte, und diesem ausgezehrten Jungen lagen mindestens dreißig Pfund, wenn nicht mehr.

Von den anderen Opfern des Spinnenungeheuers kannte ich keines, auch wenn mich der Anblick eines weiteren Mannes zutiefst erschreckte, denn er trug eine Polizeiuniform.

»Fragen Sie nicht, Quinn!«, schalt mich Nikola. »Helfen Sie lieber! Hier, nehmen Sie diesen Draht!«

Ich riss mich auch von diesem Anblick los, ging zu Nikola und nahm gehorsam einen dünnen Kupferdraht entgegen, den er mir reichte. »Befestigen Sie ihn an der Kette dort, gleich neben der Tür«, befahl er. »Achten Sie darauf, dass das Metall sicheren Kontakt hat.«

Ich hatte nicht einmal eine Ahnung, was ich da eigentlich machte, aber ich tat mein Bestes, genau wie Adlers Constabler, die kein Problem damit zu haben schienen, dass Nikola kurzerhand das Kommando übernommen hatte.

»Was zum Teufel tun wir hier eigentlich?«, polterte der Captain, dem es anscheinend erst jetzt auffiel, dass er nicht mehr das Sagen hatte.

»Ich versuche Ihnen und allen anderen hier das Leben zu retten, Captain«, antwortete Nikola. »Ach ja, und mir auch … falls Sie nichts dagegen haben.«

»Was soll der Unsinn? Wir müssen hier raus! Diese Menschen müssen zu einem Arzt!«

»Sie kommt zurück, verstehen Sie das denn nicht?«

»Nein«, antwortete Adler. »So wenig wie Sie! Woher wollen Sie wissen, wie dieses Ungeheuer denkt?«

»Weil es gar nicht denkt«, antwortete Nikola. »Es ist eine Maschine, und ich weiß, wie Maschinen funktionieren. Und jetzt machen Sie sich nützlich. Wir haben nicht viel Zeit. Sie wird bald zurück sein. Wenn sie auch nur halbwegs so konstruiert ist, wie ich annehme, dann hat sie sich schon fast wieder repariert.«

»Sie hat sich …« Adler japste hörbar nach Luft und versuchte dann zu lachen. Es misslang schrecklich. »Eine Maschine, die sich selbst repariert? Sie sind ja verrückt!«

»Ich wollte, es wäre so«, antwortete Nikola ernst. »Möchten Sie Ihr Leben darauf verwetten?«

»Ich habe einen Mann draußen postiert, der uns warnt«, behauptete Adler, und das musste wohl auch stimmen, denn er hatte noch nicht einmal ganz zu Ende gesprochen, da wehte das lang nachhallende peitschende Echo eines Schusses durch die offene Tür zu uns herein, gefolgt von einem gellenden Schrei, der in schier unmenschliche Höhen anstieg und dann mit so erschreckender Plötzlichkeit abbrach, dass die nachfolgende Stille umso Furcht einflößender klang.

Allerdings währte sie nicht einmal eine Sekunde, dann ertönte ein fürchterlicher, reißender Laut, dem das Trappeln zahlreicher harter Beine folgte, und Nikola schrie so laut, dass es in den Ohren gellte: »Die Tür!«

Ich reagierte, ohne wirklich zu denken – dafür war keine Zeit –, und raste zum Eingang. Auf dem letzten Stück stolperte ich ausgerechnet über Jacobs' ausgestreckte Beine, doch das Schicksal hatte ausnahmsweise ein Einsehen mit mir: Ich fiel zwar, wandelte meinen Sturz aber im letzten Moment in einen lang gestreckten Hechtsprung um, an dessen Ende meine Handflächen wuchtig genug gegen die Tür prallten, dass sie mit einem Knall ins Schloss geschmettert wurde; und auch wuchtig genug, um das meterlange haarige Bein abzuquetschen, das genau in diesem Sekundenbruchteil zu uns hereinkommen wollte. Funken sprühten, und ich meinte etwas wie einen eisernen Schmerzensschrei zu hören. Doch dann prallte etwas mit solcher Urgewalt gegen die Tür, dass sie hinter einer explodierenden Wolke aus Staub verschwand und sogar eine der schweren Angeln aus der Wand gerissen wurde, mit denen sie befestigt war.

Meine Handflächen, Knie und Kinn bluteten, und meine Unterarme fühlten sich an, als wären sie gebrochen. Dennoch stieß ich mich mit aller Kraft ab, rammte die Schulter gegen die Tür und legte mit fliegenden Fingern den Riegel vor.

Und das keinen Sekundenbruchteil zu früh.

Die Tür dröhnte unter einem zweiten, ungleich heftigeren Schlag, der mich etliche Schritte zurückstolpern und so hart auf das Hinterteil plumpsen ließ, dass mir die Luft mit einem Schmerzensschrei aus den Lungen entwich. Wie durch ein Wunder hielt die Tür jedoch auch diesem Hammerschlag stand, obwohl eine der massiven Angeln aus der Wand gerissen wurde und wie ein Geschoss durch den Raum flog und eine sichtbare Delle im Metall der Tür hinterließ. Erneut erklang ein zorniger Laut von einer Art, wie ich ihn noch nie zuvor gehört hatte, und mir drohten die Sinne zu schwinden.

Als sich der dampfende Nebel wieder hob, waren gleich drei von Adlers vier Constablern damit beschäftigt, die Tür mit allen möglichen Dingen zu verbarrikadieren, und ein dunkles Augenpaar blickte auf mich herab, dessen bloßer Anblick reichte, mich allen Schmerz vergessen und mein Herz jubilieren zu lassen.

»Wie fühlen Sie sich, Quinn«, fragte Allison. »Sind Sie verletzt? Geht es Ihnen gut?«

»Ich glaube, ich habe das schon einmal gesagt«, murmelte ich benommen, »aber sollte nicht eigentlich ich es sein, der Ihnen diese Frage stellt?«

Allison versuchte zu lächeln, aber so blass und abgekämpft,

wie ihr Gesicht war, geriet es eher zu einer Furcht einflößenden Grimasse. Ich hoffte, dass sie mir mein Erschrecken nicht zu deutlich ansah, aber ich fragte mich zugleich auch, ob ich wohl einen ähnlichen Anblick bot.

Auch wenn ich die Antwort eigentlich kannte.

Mühsam setzte ich mich auf. »Wie geht es Ihnen?«

»Ich habe zuerst gefragt«, erwiderte Allison, und diesmal gelang wenigstens ihren Augen ein halbwegs überzeugendes Lächeln. Dann wurde sie wieder ernst. »Was geschieht hier, Quinn? Ich verstehe nicht, was das alles zu bedeuten hat.«

Diese Frage sollte sie wohl eher an Nikola richten, dachte ich, hütete mich aber, den Gedanken laut auszusprechen. Stattdessen stemmte ich mich umständlich in die Höhe – wobei ich tapfer ihre hilfreich ausgestreckte Hand ignorierte, nach der zu greifen mein Stolz niemals zugelassen hätte – und drehte mich zu Nikola um, der inzwischen herbeigeeilt war und das abgerissene Spinnenbein aufgehoben hatte. Ich hasste Spinnen, und der Anblick sollte mir eigentlich den Magen umdrehen, doch dazu war ich einfach zu aufgedreht.

Dabei erwies sich das unheimliche Ding auch von Nahem betrachtet als kaum weniger ekelerregend. Obwohl mir meine Augen nach wie vor etwas anderes sagen wollten, hatte ich doch mittlerweile endgültig begriffen, es mit nichts anderem als einer Maschine zu tun zu haben. Aber die Ähnlichkeit war einfach verblüffend. Wenn auch hundertfach zu groß, so hätte ich doch geschworen, es mit dem Bein einer echten Spinne zu tun zu haben, hätten nicht abgerissene Drähte statt Muskelfasern und zerrissener Nerven aus dem Stumpf geragt, und wären nicht schmieriges Öl und schillerndes Fett aus den zerfetzten künstlichen Adern getropft. Das schien Nikola jedoch nicht zu stören. Er hatte ein kleines Taschenmesser gezogen und stocherte mit der Klinge in den metallenen Innereien herum. Obwohl von ihrem Körper getrennt, schienen die zahllosen Drähte und Leitungen weiterhin elektrischen Strom zu führen, denn noch immer stoben Funken, und es stank nach schmorendem Gummi.

»Das ist eine wirklich erstaunliche Konstruktion.« Seine Augen leuchteten, und er gab sich nicht einmal Mühe, die Begeisterung in seiner Stimme zu verhehlen. »Die Technik ist der unseren Jahrhunderte voraus und zugleich höchst einfach. Das ist genial!«

Adler schien seine Begeisterung nicht unbedingt zu teilen, denn ich sah ihm an, wie mühsam er seinen Zorn zu unterdrücken versuchte. »Sind Sie der Meinung, dass jetzt der richtige Zeitpunkt dafür da ist, um Ihre Neugier zu befriedigen?«, polterte er.

Und wie um seinen Worten noch den nötigen Nachdruck zu verleihen, krachte etwas mit solcher Urgewalt gegen die Tür, dass das gesamte Gebäude in seinen Grundfesten zu erbeben schien.

Nikola sah fast ein bisschen überrascht aus, als hätte das bizarre Artefakt seine Aufmerksamkeit so sehr gefesselt, dass er alles um sich herum vergessen hatte – selbst unsere missliche Lage und das todbringende Ungeheuer. Eine Sekunde lang starrte er die Tür an, dann den Captain, und schließlich nickte er. »Ja.«

Adler keuchte: »Sie …!« Doch Nikola hörte schon gar nicht mehr hin, sondern ließ das Spinnenbein fallen und verfiel in plötzliche Aktivität. »Macht weiter!«, befahl er, an die Constabler gewandt und hektisch gestikulierend. »Und schnell! Verteilt alles so, wie ich es euch gezeigt habe! Schnell!«

Zumindest zur Eile antreiben, musste er niemanden mehr. Die Tür erbebte unter einem weiteren gewaltigen Anprall, der sie alle nicht nur mit Staub und Ziegelsteinsplittern überschüttete, sondern auch einen fingerbreiten gezackten Riss in der Wand darüber hinterließ. Die Männer – selbst ich, obwohl ich im Grunde keine Ahnung hatte, was ich da eigentlich tat – lösten die Ketten von der Decke und legten sie in einem komplizierten Spiralmuster vor und neben der Tür aus, während Nikola schon wieder im rückwärtigen Teil des Kellers verschwand und irgendetwas zu tun begann, das von heftigem Funkenflug, lautstarkem Zischen und einer Flut noch lautstärkerer Flüche in einer mir unbekannten Sprache begleitet wurde.

Die Tür erbebte unter einem weiteren gewaltigen Anprall, der den Riss darüber deutlich verbreiterte, und sie hielt sogar noch einem Angriff stand, doch dann konnte ich regelrecht spüren, wie sie aus ihrem eisernen Rahmen gerissen wurde, noch bevor es wirklich geschah. Sie fiel mit einem gewaltigen Krachen nach innen, wobei sie um ein Haar einen Constabler halbiert hätte, der sich gerade noch mit einem verzweifelten Hüpfer in Sicherheit bringen konnte.

»Zurück!«, schrie Nikola, was vermutlich nicht nur ich als höchst überflüssigen Rat erachtete; auch wenn ich mich zugleich beeilte, ihn zu befolgen. Dafür sorgte schon die gigantische fünfbeinige Spinne, die mit deutlicher Schlagseite, aber Furcht einflößender Schnelligkeit hereingeschossen kam, um sich unverzüglich auf den am nächsten stehenden Mann zu stürzen.

Unglücklicherweise war ich das.

»Zurück!«, brüllte Nikola noch einmal. Ein dumpfes, rasch an Lautstärke zunehmendes Summen erklang, die Spinne bäumte sich noch weiter auf und hackte mit ihren Eisenklauen nach meinem Gesicht, und ich selbst prallte zurück und begriff mit schrecklicher Endgültigkeit, dass ich es nicht schaffen würde.

Das Summen wurde lauter und zu einem Brummen, das

binnen eines einzigen Sekundenbruchteils bis in meine Fingerspitzen und Zähne vibrierte, und nun war auch das enervierende Gewittergefühl wieder da, diesmal so intensiv, dass es beinahe wehtat. Etwas zerrte an meinem Gürtel, und ich bemerkte aus den Augenwinkeln, wie einem der Constabler die Knöpfe von der Uniform gerissen wurden, um als kleine, gefährliche Geschosse durch die Luft zu zischen. Ein kaltes blaues Leuchten jagte über die Kettenglieder überall rings um mich herum, und Jacobs wachte gerade lange genug aus seiner Bewusstlosigkeit auf, um mit einem Schrei die Hand vor den Mund zu schlagen, aus dem plötzlich eine Fontäne aus rotem Blut und etwas Kleines und Dunkles schoss. Das Brummen war noch einmal lauter geworden, hatte eindeutig die Grenze zu echtem Schmerz überschritten und näherte sich nun der des Erträglichen, um sie zweifellos ebenso zu überschreiten und die finsteren Gefilde dahinter zu erkunden.

Darüber hinaus fragte ich mich, wieso ich eigentlich noch lebte.

Die Spinne stand seit etlichen Sekunden vollkommen reglos da, ihre fünf verbliebenen Beine wie die Finger einer verstümmelten Hand zum Zupacken geöffnet und die rasiermesserscharfen Fänge (es waren wieder zwei) nur noch Zentimeter von meinem Gesicht entfernt. Ich sah, dass an ihren Spitzen zwei ölig glänzende Tröpfchen schimmerten, von denen ich mir zu gerne eingeredet hätte, dass es nur irgendein Schmiermittel war und kein Gift.

Aber sie griff nicht an.

Das Summen hatte auch von ihr Besitz ergriffen. Ich konnte sehen, wie all die unzähligen winzigen Drahthärchen auf ihrem Leib im Rhythmus des an- und abschwellenden unhörbaren Geräusches zitterten, und da war etwas, tief in ihren starrenden Glasaugen, das ich nicht mit Worten und nicht einmal wirklich in Gedanken beschreiben konnte, zugleich aber auch unübersehbar war. Hätte mir der klägliche verbliebene Rest meines logischen Denkens nicht versichert, dass so etwas bei einer Maschine gar nicht möglich war, ich hätte geschworen, es wäre Überraschung, wenn nicht gar Furcht.

Wenn es so war, dann zu Recht.

Tief in den starrenden Glasaugen des Ungeheuers begann ein düsteres blaues Licht zu pulsieren, die optische Umsetzung eines schlagenden Herzens, das immer schneller und schneller raste und immer heller und heller leuchtete …

… und dann so jäh erlosch, dass auch mein Herz für einen einzelnen Schlag ins Stolpern kam und mir die Luft wegblieb.

Die Folgen für die Spinne waren weitaus dramatischer. Das mechanische Ungeheuer zuckte, als hätte es einen Stromschlag bekommen, stolperte auf seinen hinteren Beinen zurück und fiel dann auf die Seite, wobei sich seine Beine wie die Finger einer Faust schlossen. Das mechanische Ungetüm starb sogar wie die Kreatur, die es sich zum Vorbild genommen hatte.

Erst jetzt – und viel zu spät – kam auch ich auf den Gedanken zurückzuspringen. Prompt verfing sich mein Fuß in einer der kreuz und quer ausgelegten Ketten, und ich versuchte erst gar nicht, um mein Gleichgewicht zu kämpfen, sondern konzentrierte mich lieber darauf, meinen Sturz abzurollen, was sich als durchaus kluge Entscheidung erwies. Fast schon elegant kam ich wieder auf die Füße und fuhr zu Allison herum, während hinter und neben mir ein Chor erschrockener Schreie und Rufe laut wurde, als wäre ich nicht der Einzige, der erst mit gehöriger Verspätung überhaupt begriffen hatte, was geschah, und darauf reagierte. Das Licht flackerte wieder, und das sonderbare Summen war immer noch zu hören, wurde aber nun ebenso schnell wieder leiser, wie es zuvor angeschwollen war.

Fast schon ängstlich rief ich Allisons Namen, doch sie nahm mich gar nicht zur Kenntnis, sondern hatte sich tief über Jacobs gebeugt und fuhr mit zitternden Fingerspitzen über sein Gesicht, während sie unentwegt seinen Namen flüsterte – ein Anblick, der mir einen tiefen Stich vollkommen absurder, aber dennoch schmerzhafter Eifersucht versetzte.

Ich verscheuchte den Gedanken erschrocken und ließ mich neben Jacobs und der jungen Frau auf die Knie sinken. Jacobs hatte das Bewusstsein wieder verloren, wimmerte aber dennoch leise. Allison hatte seinen Kopf auf die Seite gedreht, sodass das Blut aus seinem Mund laufen konnte und er nicht Gefahr lief, daran zu ersticken, doch ich sah, dass ihm mindestens zwei Zähne fehlten, wenn nicht mehr, die wie mit brutaler Gewalt aus seinem Kiefer herausgerissen worden zu sein schienen.

Wieder flackerte das Licht, ging dann für eine Sekunde ganz aus und brannte danach deutlich trüber weiter.

»Ist jemand verletzt?«, fragte Nikola laut.

»Nein!«, rief Adler, und Allison fügte praktisch gleichzeitig und mindestens ebenso laut ein »Ja« hinzu.

»Gut«, sagte Nikola, vorsichtshalber nicht erklärend, worauf sich diese Bemerkung nun bezog. »Dann sollten wir von hier verschwinden. Ich bin nämlich ganz und gar nicht sicher, dass das schon alles war.«

14

Über der Stadt ging eine Sonne auf, die mir genauso schmutzig, aufgebläht und falsch vorkam wie das ferne graue Häusermeer, zu dem die Dämmerung darunter gerann. Rot und missgestaltet und sowohl in Form als auch in Farbe eher an eine halb zermatschte Orange erinnernd kam es mir beinahe so vor, als verharrte sie seit einer kleinen Ewigkeit dort auf dem Horizont und könnte sich nicht entscheiden, ob sie ihren Weg fortsetzen oder angesichts des deprimierenden Anblicks nicht doch lieber kehrtmachen und ihr Antlitz vor Scham verhüllen sollte.

Unter normalen Umständen hätte ich über einen derart abwegigen Gedanken bestenfalls gelächelt, mir wahrscheinlich selbst eine Rüge erteilt, aber jetzt ließ er einen üblen Nachgeschmack zurück, der vielleicht eine Warnung beinhaltete.

Ich stand nun schon seit mindestens einer Stunde am Fenster des dritten Stocks des altehrwürdigen und erstaunlich weitläufigen Gebäudekomplexes, in den man uns gebracht hatte, nachdem wir dem Überfall in dem Schlachthof entkommen waren. Von unruhigen Gedanken gequält hatte ich auf den Sonnenaufgang gewartet, nur um dann vor dem, was ich sah, zurückzuschrecken. Ich verstand nicht genau, warum. Obwohl meine Heimat, hatte ich Belfast niemals wirklich gemocht, aber sein Anblick war auch stets weit davon entfernt gewesen, mich zu ängstigen. Das hatte sich geändert. Vielleicht weil ich nun wusste, dass unter dieser hässlichen Oberfläche etwas noch viel Hässlicheres und Furchteinflößenderes lauerte.

Ich blickte auf meine Hand, die nun nicht mehr bandagiert war. Das Dämonenauge, das mich so sehr beunruhigt hatte, war verschwunden. Es hatte sich nicht etwa zurückgebildet und eine Narbe hinterlassen, sondern war einfach nicht mehr da. Ein Blick in den Spiegel hatte mich davon überzeugt, dass sich auch meine sonstigen Verletzungen zurückgezogen hatten. Und wenn ich mich bewegte, fühlte ich mich nun nicht mehr wie ein Achtzigjähriger, dem man den Krückstock geklaut hatte, sondern fit genug, um gleich mehrfach hintereinander die Treppe zu Jacobs' Büro hochsprinten zu können, sollte mir danach sein.

Was es nicht war. Ich hätte froh sein können, dass ich mich so schnell erholt hatte. Aber das war ich nicht. Der ganze Wahnsinn hatte am Anfang der Woche an dem stinkenden Kanal begonnen, und von Tag zu Tag hatte ich das Gefühl gehabt, mehr an Energie zu verlieren. Dass sich das jetzt ins Gegenteil verkehrte und ich nach all der Prügel, die ich hatte einstecken müssen, an diesem Sonntagmorgen fast unbeschadet dastand, sah man einmal von den unangenehm brennenden Einstichstellen an meinem Hals ab, machte mir Angst.

Ich war eindeutig erleichtert, als ich ein Geräusch an der Tür vernahm, das mir einen Grund lieferte, mich vom Fenster abzuwenden.

»Es geht ihm ein bisschen besser«, sagte Allison, während sie beiläufig die Tür hinter sich schloss und mir ein ebenso beiläufiges grüßendes Nicken zukommen ließ; was mich ein bisschen verletzte. »Er schläft.«

Sie ging zum Tisch, ließ sich schwer auf einen der einfachen Stühle fallen und griff mit beiden Händen nach einer

Wasserkaraffe und einem Glas, schenkte sich aber nicht ein. »Der Doktor sagt, wir hätten nicht viel später kommen dürfen.«

Ich wusste sehr wohl, wovon sie sprach, fragte aber trotzdem: »Wer?«

»Stanley«, antwortete Allison. »Er hat eine Menge Blut verloren, aber das ist nicht einmal das Schlimmste.«

Wie kam sie eigentlich auf die Idee, dass mich ausgerechnet *Jacobs'* Wohlergehen interessierte?, dachte ich, nickte aber trotzdem und gab mir alle Mühe, Interesse zu heucheln.

»Er hat mindestens dreißig Pfund abgenommen«, fuhr Allison fort, immer noch mit Glas und Karaffe spielend, ohne sich einzuschenken. Ich überlegte, ihr die kleine Mühe abzunehmen, entschied mich aber dann dagegen. »Der Doktor sagt, er sei in einem Zustand wie ein Mann, der monatelang gedarbt hat. Aber ich habe ihn vor ein paar Tagen noch gesehen, und da hat er sich bester Gesundheit erfreut!« Sie stellte die Karaffe ab, behielt das Glas aber in der Hand. »Aber wie ist so etwas möglich?«

»Wie geht es *Ihnen*, Allison?«, fragte ich.

Allison sah mich zwar leicht vorwurfsvoll an, hob aber die Linke an den Hals und berührte den frischen weißen Verband, den sie genau wie ich selbst trug. Bei ihr sah er allerdings aus wie ein modisches Accessoire, fand ich, und noch dazu eines, das ihr ausgezeichnet stand.

»Es tut noch ein wenig weh«, gestand sie, »wenn auch nicht annähernd so sehr, wie ich gefürchtet habe, als ich all diese Messer und Zangen und anderen Instrumente gesehen habe. Es ist auszuhalten.«

Mir war es ganz ähnlich ergangen. Und wenn ich bedachte, wie sehr mein Hals immer noch schmerzte, kam sie mir noch tapferer vor, als es ohnehin schon der Fall gewesen war.

»Und die anderen?«, fragte ich, schon um sie nicht unnötig in Verlegenheit zu bringen.

»Ich verstehe einfach nicht, was das alles zu bedeuten hat«, flüsterte sie. Ihr Blick ging geradewegs durch mich hindurch. »Haben wir das alles wirklich erlebt, oder war es nur ein böser Traum?«

Den wir alle zugleich geträumt hatten? Kaum.

Schritte näherten sich, und ich war jetzt sogar noch erleichterter, als die Tür aufging und mich der Peinlichkeit enthob, antworten zu müssen; wenn auch nur so lange, bis Nikola, Captain Adler und ein Mann mit schütterem Haar und weißem Kittel hereinkamen. Auf dem Kittel prangten Blutflecken unterschiedlicher Frische, und er sah ebenso erschöpft wie verstört aus. Der Mann hatte sich mir vorgestellt, doch ich hatte seinen Namen vergessen, sodass ich es bei einem gemurmelten »Doktor« beließ.

»Mister Devlin.« Uneingeladen ließ er sich auf den freien Platz neben Allison sinken, langte nach Karaffe und Glas und trank einen großen Schluck Wasser. So gierig, wie er ihn herunterstürzte, hätte man meinen können, er wäre vollständig ausgedörrt. »Würde mir einer der Herren jetzt freundlicherweise erklären, was ich da gerade getan habe?«

»Sobald Sie uns erzählt haben, wie es Ihren Patienten geht«, erwiderte Adler. »Was genau ist diesen Leuten widerfahren?«

»Eigentlich hatte ich gehofft, dass *Sie* mir diese Frage beantworten, Inspektor«, antwortete der Arzt, plötzlich nur noch mühsam beherrscht. Seine Finger schlossen sich so fest um das Glas, dass ich ernsthaft um beides zu fürchten begann. »Zwei oder drei dieser armen Menschen werden die kommende Nacht nicht überleben, und die anderen sind in einem Zustand, als wären sie wochenlang unter menschenunwürdigen Zuständen gefangen gehalten worden, als hätte man sie gefoltert.«

»Gefoltert?«, hakte ich nach. »Wie?«

Der Arzt deutete mit seinem Wasserglas auf den Verband an meinem Hals. »Sie hatten noch Glück, Mister Devlin. Ich konnte diesen ... Fremdkörper entfernen, ohne Ihnen größeren Schaden zuzufügen. Bei den meisten anderen sieht es leider nicht so gut aus.«

»Was meinen Sie damit?«, fragte Nikola erschrocken, und auch Allison legte instinktiv die Fingerspitzen an den weißen Verband an ihrer Kehle.

»Bei Miss Carter und Ihnen war es mir leider nicht möglich, diese sonderbare ... wie soll ich es nennen? Gerätschaft? ... ganz zu entfernen.«

»Was genau soll das heißen, Doktor Watson?«, fragte Adler. Seine Augen wurden schmal.

»Sagen Sie es mir!«, fuhr ihn der Arzt mit unerwartetem Mut an. »Und kommen Sie mir nicht mit *Darüber darf ich nicht sprechen* oder so einem Unsinn! Ich habe zwei Tote dort unten, und fast ein Dutzend Menschen, von denen ich nicht weiß, wie viele von ihnen die nächsten Tage überleben werden oder ob überhaupt jemand! Ihnen ist doch klar, dass ich diesen Vorfall den Behörden melden muss, oder?«

»Nur zu«, sagte Adler. Obwohl er unverwandt weiterlächelte, war da plötzlich eine fühlbare Spannung zwischen den beiden Männern. »Melden Sie, ich bin hier.«

Watsons Lippen wurden zu einem blutleeren Strich, und ich hätte meine langjährige Erfahrung als Polizist nicht gebraucht, um zu erkennen, wie es hinter seiner Stirn arbeitete und dass da offensichtlich noch eine Rechnung zwischen diesen beiden Männern offen war.

Nikola räusperte sich übertrieben und berührte den Verband an seinem Hals, und Watson blickte ihn nun eine kleine Ewigkeit schmallippig an, bevor er fortfuhr: »Ich konnte nicht alles entfernen. Ein Teil dieser Gerätschaften ist … abgebrochen.« Ich hatte das sichere Gefühl, dass ihm eigentlich ein anderes Wort vorgeschwebt hatte, er es aber aus irgendeinem Grund nicht wagte, es zu benutzen.

»Soll das heißen, ich habe jetzt ein Stück *Eisen* im Leib?«, ächzte Allison.

»So wie sie alle, ja.«

»Warum haben Sie es nicht einfach herausgeschnitten, wie bei ihm?« Adler machte eine Kopfbewegung auf mich.

»So etwas übersteigt meine Fähigkeiten«, bekannte Watson offen. »Und selbst wenn es nicht so wäre, könnte ein so großer Eingriff nur in einem richtigen Krankenhaus vorgenommen werden und mit einem ganzen Team von Assistenzärzten.«

»Ein *richtiges* Krankenhaus?«, fragte Allison alarmiert. »Und was ist das dann hier?«

Das fragte ich mich auch. Ich war jedenfalls in einem gut ausgestatteten Behandlungszimmer gewesen und hatte auf dem Weg hier herauf eine Menge Männer in weißen Kitteln und Krankenschwestern getroffen. Natürlich waren wir in einem Krankenhaus, wo denn sonst?

Watson überging die Frage, was mich aber nicht im Geringsten überraschte. »Dieses Metall ist … irgendwie eine Verbindung mit dem Fleisch eingegangen, anders kann ich es nicht beschreiben«, sagte er nervös. Ich konnte ihm ansehen, wie schwer es ihm fiel, diese Worte auszusprechen. »Es ist, als … als hätte es Wurzeln getrieben. Ich weiß, wie sich das anhört, aber besser kann ich es nicht beschreiben.«

»Und Sie konnten es nicht entfernen?«, vergewisserte sich Nikola.

»Nicht, ohne Sie schwer zu verletzen oder gar in Lebensgefahr zu bringen«, antwortete Watson. »Wie gesagt: Ich bin kein Spezialist für so etwas, aber ich fürchte, dass niemand das ist. Ich habe so etwas noch nie gesehen.«

Eine sonderbare Art von Schweigen begann sich für einen Moment zwischen uns auszubreiten, eine Stille, in der Hunderttausend unausgesprochene Schrecken lauerten, sodass niemand sie zu unterbrechen wagte, aus Furcht, mit auch nur einem einzigen Wort die Tür für unsere Ängste zu öffnen und ihnen damit Gestalt und Wahrhaftigkeit zu verleihen. Schließlich räusperte sich Adler unecht.

»Dann sollten Sie sich jetzt wieder um Ihre Patienten kümmern, Doktor«, sagte er, wobei er das Kunststück fertigbrachte, zugleich sanft und ein bisschen feindselig zu klingen. »Aber ich würde Sie gerne noch einmal unter vier Augen sprechen, bevor wir Ihr Institut verlassen.«

Institut. Noch so ein Wort, das mir nicht gefiel.

Watson setzte dazu an zu protestieren, doch dann musste er etwas in Adlers Blick gesehen haben, das ihn dazu bewog, es bei einem abschließenden bösen Blick zu belassen und die Tür hinter sich ins Schloss zu werfen, als er hinausstürmte.

»Was für ein *Institut?*«, fragte Allison in einem Ton, der auf einer Antwort bestand.

Sie bekam trotzdem keine.

»Vielleicht sollten wir die Männer doch in ein richtiges Krankenhaus bringen«, sagte Nikola. »Ihr Freund scheint mit der Sache ein wenig … überfordert zu sein.«

»Doktor Watson ist nicht mein Freund«, antwortete Adler kühl. Wie auch? Ich war sehr sicher, dass er weder Freunde hatte noch wirklich wusste, was dieses Wort bedeutete. »Und nach dem, was ich in der vergangenen Nacht gesehen habe, fürchte ich, dass jeder mit dieser Situation überfordert wäre, außer …«

»Außer?«, fragte Nikola, als Adler nicht weitersprach, sondern ihn sehr berechnend anschaute.

»Wieso kann ich mich des Eindrucks nicht erwehren, dass Sie mehr über diese Sache wissen, als Sie zugeben?«, fragte Adler.

»Das weiß ich nicht«, erwiderte Nikola gelassen. »Ich kenne mich ein wenig mit der Wechselwirkung zwischen Elektrizität und Magnetismus aus, das ist wahr, aber was in diesem Keller geschehen ist …« Er hob demonstrativ die Schultern. »Ich kann natürlich gern ein bisschen herumraten und wild spekulieren, wenn Sie das möchten, Constabler.«

»Captain.«

»Das Herumraten ist eher eine Spezialität der Polizei«, entschlüpfte es mir.

Zu meiner Überraschung beließ es Adler bei einem ärgerlichen Blick, wandte sich aber dann in umso schärferem Ton wieder an Nikola. »Immerhin wussten Sie ziemlich genau, wie man dieses … Ding unschädlich machen kann.«

»Das wusste ich nicht«, antwortete Nikola. »Mir sind bestimmte technisch-physikalische Effekte geläufig, das ist alles. Es war eher ein verzweifelter Versuch.«

»Und deshalb hätten Sie uns alle um ein Haar umgebracht?«, ächzte Allison, wenn auch in nur sanft vorwurfsvollem Ton. »Es ist schon ein kleines Wunder, dass wir nicht alle einen tödlichen Stromschlag erlitten haben!«

»Das war kein Stromschlag«, belehrte sie Nikola nachsichtig. »Ich hänge auch ein wenig am Leben, Allison. Darüber hinaus wäre es nicht besonders klug, elektrischen Strom gegen eine Maschine einzusetzen, deren Lebenselixier Elektrizität ist.«

»Magnetismus«, vermutete ich. »Sie haben wahrscheinlich irgendwie …«

»… ein starkes Magnetfeld initialisiert, indem ich Sie und die anderen die Ketten in einem bestimmten Muster auslegen ließ«, bestätigte Nikola. Er sah ein wenig überrascht aus. »Wie gesagt, es war eine spontane Idee. Eine ziemlich gewagte Theorie, wie ich gestehen muss, aber die einzige, die mir in diesem Moment eingefallen ist. Gottlob hat es funktioniert …« Er legte den Kopf schräg. »Aber ohne Ihnen zu nahe treten zu wollen, Mister Devlin, ich bin doch ein wenig erstaunt, dass es Ihnen aufgefallen ist. Sagten Sie nicht, dass Sie – wie soll ich sagen? – kein Freund der modernen Technik sind?«

»Die Knöpfe«, antwortete ich. »Und Jacobs' Zähne.« Meinen Revolver nicht zu vergessen, der mir fast den Gürtel vom Leib gerissen hätte.

Jetzt sah Nikola tatsächlich beeindruckt aus und fast ein bisschen stolz; wie ein Lehrer, dem ein Schüler eine unerwartet kluge Antwort gegeben hatte. Er deutete zwar nur ein Nicken an, aber Allisons Augen verdunkelten sich vor Zorn.

»*Sie* sind schuld, dass Stanley so schwer verletzt worden ist!«

»Und dass er noch lebt«, bestätigte Nikola lächelnd.

»Aber seine Zähne waren doch nicht aus Eisen, sondern aus Gold, nehme ich an«, sagte ich – hauptsächlich um das Gespräch zwischen Allison und Nikola nicht noch weiter eskalieren zu lassen.

»Magnetkraft wirkt nicht nur auf Eisen«, belehrte mich Nikola mit einem gönnerhaften Lächeln, das ihn sogleich wieder etliches von meiner gerade erst gewonnenen Sympathie kostete. »Ich weiß, die meisten glauben das, und dieser Irrtum ist auch verständlich. Aber wenn sie stark genug ist, dann kann sie wirklich *alles* bewegen.«

»Dann muss sie sehr stark gewesen sein.« Ich behielt Nikola bei diesen Worten aufmerksam im Auge, und obwohl ich auch jetzt nur ein Nicken zur Antwort bekam, war ich doch sicher, dass meine Schlussfolgerung Nikola vielleicht selbst am meisten überrascht hatte.

»Verzweifelte Situationen verlangen manchmal nach verzweifelten Maßnahmen«, sagte er jedoch nur.

Adler schnaubte. »Eines Tages werden es Leute wie Sie sein, die uns alle in die Luft jagen.«

»Wer weiß?«, erwiderte Nikola ungerührt. »Aber vielleicht waren es ja auch Leute wie ich, die dafür gesorgt haben, dass wir nicht mehr auf Bäumen leben und uns mit Kokosnüssen bewerfen.«

Ich hob besänftigend die Hand. »Bitte. Wir sind alle nervös, aber es bringt uns nicht weiter, wenn wir uns streiten.«

»Das ist wahr«, bestätigte Nikola, doch Allison sah ihn nur weiter zornig an.

»Sie hätten ihn umbringen können, Nikola«, sagte sie vorwurfsvoll. Dass er nicht nur Jacobs, sondern uns allen mit seiner Idee das Leben gerettet – oder uns möglicherweise vor einem noch viel schlimmeren Schicksal bewahrt – hatte, schien in diesem Zusammenhang keine Rolle für sie zu spielen.

Nikola setzte zu einer Entgegnung an, doch jetzt kam ihm Adler zu Hilfe. »Warum gehen Sie nicht nach unten und sehen nach, wie es Mister Jacobs geht, Miss Carter?«

»Wollen Sie mich loswerden?«

»Ich muss vor allem noch einmal mit Mister Jacobs reden und ihm einige Fragen stellen«, entgegnete Adler. »Doktor Watson sagt zwar, dass es ihm den Umständen entsprechend gut geht, aber mir wäre wohler, wenn Sie diese Meinung bestätigen, bevor ich mit ihm rede. Sie kennen ihn besser als dieser Quacksalber.«

Allisons Gesichtsausdruck ließ keinen Zweifel daran, was sie von diesen Worten hielt, doch der erwartete Zornesausbruch blieb aus. Nach einer weiteren Sekunde stand sie lediglich mit einem Ruck auf, der um ein Haar ihren Stuhl umgeworfen hätte, warf den Kopf in den Nacken und stolzierte hinaus. Nikola sah ihr lange nach, noch nachdem sie die Tür hinter sich ins Schloss geworfen hatte, bevor er sich mit einem Stirnrunzeln an Adler wandte. »Sie *wollten* sie loswerden.«

»Ja«, gestand Adler unumwunden. »Wie gut kennen Sie Miss Carter? Und seit wann?«

»Allison?« Nikola wirkte ein bisschen alarmiert. »Seit vielleicht einem halben Jahr. Warum?«

»Und wie haben Sie sie kennengelernt?«

»Stanley hat uns bekannt gemacht. Warum fragen Sie das?«

»Weil er glaubt, dass sie irgendetwas damit zu tun hat«, antwortete ich, bevor Adler es tun konnte.

»Das ist doch Unsinn!«, protestierte Nikola. »Wie kommen Sie darauf?«

»Weil ich mich ein wenig darauf verstehe, wie Polizisten denken«, antwortete ich in einer ganz bewussten Anlehnung an Nikolas eigene Worte – was mir einen bösen Blick von Adler und ein belustigtes Aufblitzen in Nikolas Augen einbrachte; und ein leises Gefühl von schlechtem Gewissen, das ich selbst nicht erklären konnte. Ich wusste sehr wohl, worauf Adler hinauswollte, und eigentlich sollte mich der bloße Verdacht empören … aber ein winziger Rest von Zweifel blieb. Ich wusste, wie Polizisten denken, weil ich tief in mir noch immer einer war.

Nikola schien das wohl auch zu begreifen, denn er rückte ein ganz kleines Stück von mir ab, und auch seine Körpersprache änderte sich. »Das meinen Sie nicht ernst! Allison ist …«

»… eine attraktive junge Frau, die sich ihr Äußeres und ihren Charme zunutze gemacht hatte, um sich in Jacobs' Vertrauen zu schleichen«, fiel ihm Adler ins Wort und schnitt den empörten Protest, zu dem Nikola augenblicklich ansetzte, mit einer energischen Geste ab. »Das werden Sie kaum bestreiten wollen, oder? Ich persönlich finde so etwas moralisch verwerflich, aber es fällt auch nicht in meinen Aufgabenbereich.«

»Wie wahr«, schnaubte Nikola.

»Entführung und Mord schon.«

»Entführung?« Nikola riss die Augen auf. »Mord?«

»Oder wie nennen Sie das, was wir in diesem Keller gefunden haben?«, fragte Adler. »Und was Ihnen selbst widerfahren ist?«

»Das ist doch Unsinn!«, polterte Nikola. »Allison war doch selbst gefangen und wäre um ein Haar getötet worden!«

»Das kann ein Trick gewesen sein, oder etwas ist nicht nach Plan verlaufen«, wandte Adler ein und kam Nikolas Protest auch jetzt wieder mit einer entsprechenden Geste zuvor. »Ich sage nicht, dass es so war, aber Sie müssen mich verstehen. Ich habe es mit zwei Toten zu tun, und es wird nicht dabei bleiben. Die Menschen in dieser Stadt bezahlen mich dafür, über ihre Sicherheit zu wachen und Schaden von ihnen abzuwenden. Was ich in diesem Keller gesehen habe, das verstehe ich nicht, aber es erscheint mir durchaus etwas zu sein, das den Menschen in Belfast und vielleicht sogar ganz Irland schaden kann. Ich muss alle Eventualitäten berücksichtigen.«

»Das war ein beeindruckender Satz«, sagte Nikola. »Können Sie ihn noch einmal wiederholen?«

Erstaunlicherweise blieb Adler nicht nur ruhig, sondern lächelte sogar. »Können Sie ausschließen, dass Miss Carter etwas mit dieser Sache zu tun hat?«

»Ja«, sagte Nikola überzeugt.

»Sie hat mich selbst engagiert«, gab ich zu bedenken. »Warum hätte sie das machen sollen, wenn sie selbst *etwas damit zu tun hat*, wie Sie sagen?« Um ein Haar wäre mir entschlüpft, dass Allison eine Menge von dem, was er ihr unterstellte, ja selbst zugegeben hatte, aber ich erinnerte mich auch gerade noch rechtzeitig daran, dass der Captain und seine Männer erst später dazugekommen waren und deshalb nichts davon wissen konnten.

Adler nickte zwar, sagte aber trotzdem: »Haben Sie nicht gerade behauptet, Sie wüssten noch, wie Polizisten denken?«

»Ich erinnere mich«, antwortete ich kühl. »Und auch an den Grund, weshalb ich keiner mehr bin.«

»Genau wie ich, Constabler Devlin.« Adler konnte sich weder diese Bemerkung noch ein süffisantes Lächeln verkneifen und wartete offensichtlich darauf, dass ich antwortete, um den Schlagabtausch fortzusetzen, doch diesen Gefallen tat ich ihm nicht. Es war nicht klug, sich auf einen Faustkampf einzulassen, wenn der andere Boxhandschuhe aus Eisen trug.

15

Niemand brachte uns etwas zu essen oder neues Wasser, und Nikolas einziger Versuch, das Zimmer zu verlassen, scheiterte an einem ebenso freundlichen wie hartnäckigen Constabler, der auf einem Stuhl draußen auf dem Flur saß und uns hartnäckig beschied, dass wir auf die Rückkehr des Captains zu warten hätten.

Was eine Stunde dauerte. Dann noch eine und noch eine und auch noch ein bisschen länger. Erst als sich die Zeiger von Nikolas Taschenuhr der Zwölf näherten, wurde die Tür geöffnet, und derselbe Mann kam herein, der bisher draußen gesessen und die Rolle des Zerberus gespielt hatte. Ziemlich gut, wie ich fand.

»Ich soll Sie zu Captain Adler bringen«, sagte er freundlich und in so beiläufigem Ton, als hätte er uns nicht gerade über drei Stunden in einem Zimmer eingesperrt, das sich höchstens insofern von einer Gefängniszelle unterschied, dass es ein wenig größer und etwas weniger spartanisch eingerichtet war. Aber eingesperrt blieb letztendlich eingesperrt.

»Wie geht es Miss Carter?«, sprudelte Nikola sofort los. »Haben Sie etwas von ihr gehört?«

Der Constabler blickte ihn nur einen Moment irritiert an und dann den unbequemen Stuhl, auf dem er die letzten drei Stunden gesessen hatte, ohne sich von der Stelle zu rühren, und als wäre das Antwort genug, schlurfte er mit einem Kopfschütteln los.

Nikola sah ein bisschen verärgert aus, aber ich gönnte es ihm. In den gut drei Stunden, in denen wir zusammengesessen hatten, hatte Nikola nicht nennenswert mehr Worte mit mir gewechselt. Und ich konnte mir nicht einmal erklären, warum, geschweige denn mich daran erinnern, etwas Falsches gesagt zu haben.

Wir gingen die drei Etagen wieder hinunter, aus deren Höhe ich auf die erwachende Stadt hinabgesehen hatte, und obwohl unser uniformierter Führer gewiss nicht zufällig ein seitliches Treppenhaus nahm, dessen verwahrloster Zustand bewies, wie selten es frequentiert wurde, bekam ich doch eine immer deutlichere Vorstellung davon, wo wir wirklich waren. Alle Fenster waren vergittert, und in der Luft lag der typische Krankenhausgeruch, den keiner je wieder vergisst, der einmal länger in einer solchen Anstalt verbracht hat. Ein- oder zweimal glaubte ich einen fernen Schrei zu hören und ein weiteres Mal ein nicht ganz so fernes hysterisches Lachen.

Unten angekommen öffnete der Constabler eine schwere Eisentür, wie ich sie in dieser Art eher auf einem Panzerschiff erwartet hätte, und durch die wir in einen schmalen Gang hinaustraten, an dessen Ende uns ein mindestens genauso massives Eisengitter erwartete. Der Constabler trug einen großen Schlüsselbund am Gürtel, zu dem er aber nicht griff, sondern mit seinem Schlagstock gegen das Gitter hämmerte, was ein lang nachhallendes Dröhnen zur Folge hatte. Ein rothaariger Bursche in einer Art grobschlächtiger Krankenhausuniform erschien, die kurz vor der Entdeckung des amerikanischen Kontinents einmal weiß gewesen sein musste, nun aber mit einer Unzahl Flecken übersät war, deren genaue Herkunft ich gar nicht wissen wollte. Der sommersprossige Bursche war nicht sehr groß, aber so massig, dass er an einen laufenden Würfel erinnerte, und er kam mir vage bekannt vor, auch wenn ich nicht wusste, woher.

Mit einem Grunzen, das er wohl für eine Begrüßung hielt, schloss er die Tür auf, winkte uns ungeduldig hindurch und schloss hinter uns sorgfältig wieder ab, bevor er vorausging. Ich tauschte einen fragenden Blick mit Nikola, erntete aber nur ein hilfloses Achselzucken.

Es stand für mich schon lange außer Frage, dass wir uns in einem Krankenhaus befanden, allerdings einem … nun ja: *seltsamen* Krankenhaus. Die Wände waren hellgelb gekachelt, was mich eher an ein Schlacht- als an ein Krankenhaus erinnerte, und alle Fenster vergittert. In der Luft lag nicht nur ein so durchdringender Geruch nach Desinfektionsmittel, dass mir das Atmen schwer wurde, sondern auch noch etwas anderes und Übleres. Zwei Frauen in weißen Kitteln und hohen Stöckelschuhen kamen uns entgegen, die beide dieselbe strenge Knotenfrisur und denselben verhärmten Gesichtsausdruck trugen, und ein anderes Mal ein ebenfalls weiß gekleideter Mann unbestimmbaren Alters, der von seiner Ausstrahlung her nichts anderes als ein Arzt sein konnte. Als er an uns vorbeiging und ich den beiläufigen Blick bemerkte, der den Constabler streifte, wurde mir einiges klar. Polizeiuniformen waren ganz und gar nichts Besonderes hier, sondern gehörten offensichtlich zum Alltag.

»Was zum Teufel ist das hier für ein seltsames Krankenhaus?«, wunderte sich Nikola, dessen Überlegungen bis zu einem gewissen Punkt in dieselbe Richtung gegangen zu sein schienen. Nur nicht weit genug.

»Eine Klapse«, antwortete ich. »Haben Sie das immer noch nicht gemerkt?«

»Eine *was?*«

»Eine Nervenheilanstalt, Professor«, erklärte der Constabler. »Das Arkham-Institut für die seelisch Kranken. Captain Adler war wohl der Meinung, dass die … Patienten hier besser aufgehoben sind.«

»In einer Irrenanstalt?«, ächzte Nikola.

Der Constabler hob nur auf eine Art die Schultern, die deutlich machte, dass er nicht weiter über dieses Thema reden würde, und ich sagte rasch: »So ungern ich es zugebe, aber da hat der gute Captain Adler wohl ausnahmsweise einmal die richtige Entscheidung getroffen.«

»Ach ja?« Nikola klang ehrlich erstaunt. »Und wieso?«

»Weil niemand wissen darf, was wir in diesem Keller gefunden haben, Professor. Nicht, bevor wir es nicht selbst wissen.«

Ich war ein wenig verblüfft, den Gedanken – wortwörtlich – zu hören, den ich gerade hatte aussprechen wollen. Nur war es nicht meine Stimme, die diese Worte formuliert hatte.

Ich blieb stehen, sah über die Schulter zurück und begegnete nicht nur Adlers Blick, sondern fragte mich auch, wie lange er schon hinter uns (und vor allem in Hörweite) war, und Adler beantwortete auch diese unausgesprochene Frage mit einem süffisanten Lächeln: »Lange genug, Devlin.«

In manchen Augenblicken war es offenbar sehr leicht, meine Gedanken zu lesen.

Adler bedeutete uns mit einer ungeduldigen Geste, weiterzugehen, und setzte sich an Nikolas Seite. »Wie Sie selbst am besten wissen, müssen wir ein Dutzend Verwundete versorgen, Professor. Verwundete mit sehr seltsamen Verletzungen, von denen noch dazu einige sehr seltsame Dinge erzählen würden. Was glauben Sie, wie lange wir das in einem normalen Krankenhaus geheim halten könnten?«

»Geheim halten? Aber wieso denn?«

»Möchten Sie eine Panik in Belfast auslösen, Professor?«,

fragte Adler in erstaunlich geduldigem Ton. »Was glauben Sie denn, was passiert, wenn die Leute von menschenfressenden Riesenspinnen und Küchenschaben aus Eisen hören und Maschinen, die perfekte Kopien von Menschen sind? Die ganze Stadt würde im Chaos versinken.«

Das war zweifellos übertrieben, so wie es genauso zweifellos genug Wahrheit enthielt, um Nikola noch ein bisschen mehr erbleichen zu lassen. Aber das war nicht alles. Adler verschwieg uns etwas. Oder um es präziser auszudrücken: Er wusste etwas, das möglicherweise von entscheidender Bedeutung war.

»Und das ist hier anders, weil das Personal daran gewöhnt ist, dass die Patienten verrücktes Zeug erzählen, ich verstehe«, sagte Nikola, was ihn aber auch nicht daran hinderte, zugleich den Kopf zu schütteln. »Sind die Ärzte und Pfleger hier auch daran gewöhnt, Menschen mit solchen Verletzungen zu behandeln?«

»Ich habe nicht behauptet, dass es eine ideale Lösung ist«, entgegnete Adler scheinbar ungerührt. »Wir haben noch eine Menge zu tun und leider sehr viel mehr offene als beantwortete Fragen.«

Wir waren vor einer geschlossenen Tür stehen geblieben, und Adler machte eine entsprechende Geste, schüttelte aber auch den Kopf, als Nikola die Hand nach der Klinke ausstrecken wollte. »Doktor Watson benötigt Ihre Hilfe, Professor.«

»Der Arzt, mit dem wir vorhin gesprochen haben?«

»Er leitet dieses Institut, ja.« Adler drückte die Klinke nach unten, und nun war es Nikola, der ihn zurückhielt, indem er ihm die Hand auf den Unterarm legte. »Ich bin kein Arzt.«

Adler sah auf seine Hand hinab und runzelte die Stirn. Nikola zog den Arm fast erschrocken wieder zurück, schüttelte aber trotzdem noch einmal bekräftigend den Kopf. Hatte er nicht vor gar nicht einmal so langer Zeit behauptet, alles zu können?

»Ich glaube, er braucht dennoch Ihre Hilfe, Professor.« Adler öffnete die Tür, und graues Licht und ein Schwall wirklich schlechten Geruchs schlug uns entgegen. Nicht der süßlich chemische Gestank, an den ich mich aus dem Labor erinnerte, sondern etwas Übleres, das eine nagende Erinnerung in mir anrühren wollte.

Adler führte uns eine lange Treppe hinab, die uns mit jeder Stufe tiefer in eine schäbigere Vergangenheit führte, die weiter oben nur unter Farbe und dem allgegenwärtigen Geruch nach Desinfektionsmitteln verborgen war. Die Wände bestanden hier aus nacktem Mauerwerk, in dessen Fugen sich weißer Schimmel festgesetzt hatte, und es gab hier unten tatsächlich noch Gaslampen, die unseren Weg mit einem leisen Zischen begleiteten. Ich musste an ein Nest wimmelnder nasser Schlangen denken, die in dunklen Ecken und hinter den Wänden auf uns lauerten, und es gelang mir trotz aller Anstrengung nicht, das Bild ganz abzuschütteln.

»Was ist das hier?«, fragte Nikola unbehaglich.

Adler antwortete erwartungsgemäß gar nicht, sondern ging nun zwei Schritte voraus, während der Constabler wie zufällig um dieselbe Distanz zurückfiel. Ich kam mir ein bisschen wie ein Gefangener auf dem Weg zum Schafott vor.

Adler öffnete eine weitere Tür, und aus meinem unguten Gefühl wurde noch unangenehmere Gewissheit. Wir betraten einen niedrigen, aber unerwartet weitläufigen Gewölbekeller, über dessen Bestimmung schon der Geruch Auskunft gab. Abgesehen von Watson selbst hielten sich drei Männer in schlichten weißen Kitteln darin auf, die an ebenso vielen, mit schmuddeligen Tüchern abgedeckten Tischen standen und mit gedämpften Stimmen miteinander redeten. Sie verstummten augenblicklich, als wir hereinkamen, und schauten Adler an. In Adlers Richtung, um genau zu sein.

»Professor.« Adler deutete auf den Arzt, der ihm mit einem schon fast angewiderten Ausdruck entgegensah. »Doktor Watson möchte Ihnen etwas zeigen. Ich hoffe doch, Sie haben nicht zu ausgiebig gefrühstückt.«

»Wofür Sie ja dankenswerterweise gesorgt haben«, sagte Nikola.

Adler lächelte nur knapp und wiederholte seine auffordernde Bewegung. Nikola verzichtete zu meiner Erleichterung auf jedwede Antwort, während er Watson entgegentrat.

»Kommen Sie, Professor.« Watson machte eine einladende Geste zu einem Tisch hinter sich, und einer seiner Kollegen schlug das fleckige Tuch beiseite.

Es war nicht das erste Mal, dass ich so etwas sah, und ich hatte gewusst, was kam, fuhr aber trotzdem zusammen. Der Anblick war eindeutig nichts für schwache Nerven, und er erinnerte mich nicht nur daran, dass ich schon etliche Jahre nicht mehr Polizist war, sondern auch, dass ich das eine oder andere von damals nicht unbedingt vermisste.

Der Mann lag nackt auf dem Rücken, und nur seine Scham war mit einem zusätzlichen kleinen Tuch dezent abgedeckt worden. Sein Oberkörper war aufgeschnitten worden und Fleisch und Muskulatur wie ein grausiges Flügelpaar ausgebreitet, sodass der Blick auf die entblößten Rippen und die darunter liegenden inneren Organe frei war. Wenn es damit irgendeine Besonderheit hatte, so fiel sie mir jedenfalls nicht auf und Nikola wohl auch nicht, denn er verzog zwar angewidert das Gesicht, trat aber trotzdem neben Watson an den Tisch und wirkte insgesamt eher neugierig als schockiert.

»Ich sage es gerne nur der Ordnung halber noch einmal«, sagte Nikola. »Ich bin kein Arzt.

»Wären Sie das, hätte ich Sie nicht gerufen«, sagte Watson. »Haben Sie so etwas schon einmal gesehen?«

Nikola schüttelte erschrocken den Kopf, und um ein Haar hätte ich dasselbe getan. Ich hatte schon eine Menge Tote gesehen – auch von innen –, aber so etwas noch nicht.

Watson hatte den Körper vom Schambein bis zur Brust und von dort in beide Richtungen schräg aufwärts geöffnet, um den typischen Y-Schnitt zu bilden, den ich schon oft in Räumen wie diesem gesehen hatte. Das Gesicht des Toten war unter seiner eigenen hochgeklappten Haut verborgen, doch ich sah trotzdem, dass auch aus seiner Halsbeuge einer jener unheimlichen metallenen Dorne ragte, wie ich sie auch bei Allison, Jacobs und den anderen gesehen hatte. Nun aber sah ich, was es im Inneren des Körpers anrichtete: Wo der Dorn endete, da entsprang ein dünnes silberfarbenes Gespinst aus haarfeinen metallenen Fäden, das sich in unterschiedlich dicken Strängen durch sein gesamtes Körperinnere gearbeitet hatte. Soweit ich das beurteilen konnte, berührte dieses unheimliche Gespinst jedes einzelne seiner Organe, aber auch die meisten großen Knochen und Muskeln … wobei *berührte* vielleicht nicht das richtige Wort war. Wenn man es genau nahm, dann schien es mir eher, als wäre es damit verwachsen.

»Großer Gott, was … ist das?«, murmelte Nikola.

»Ich habe gehofft, Sie könnten uns das sagen, Professor«, sagte Watson betrübt. »Ich habe so etwas in all meinen Berufsjahren noch nicht gesehen.«

»Und wieso ich?«

»Ist das eine Krankheit?«, fragte ich, bevor Watson antworten konnte. »Vielleicht so eine Art … Parasit?« Tatsächlich hatte dieses Geflecht etwas Pilzartiges, auch wenn es zugleich ganz anders aussah.

»Nur wenn es irgendwo Pilze aus Stahl gibt, Mister Devlin«, antwortete Watson. Er lächelte nicht.

»Aus Stahl?«

Watson nickte bekräftigend und streckte die Hand aus, woraufhin ihm einer der Assistenten eine emaillierte Nierenschale reichte, in der ein Bündel blutverschmierter silberfarbener Myzelien schwamm. »Ich habe eine Drahtschere gebraucht, um diese Probe zu entnehmen. Es ist ganz eindeutig Metall. Oder etwas ebenso Stabiles.«

»Metall?«, vergewisserte ich mich. Mein Mund war mit einem Male ganz trocken. Ich musste daran denken, wie tief einer dieser schrecklichen Dornen in Allisons Fleisch eingedrungen war.

Ganz abgesehen davon, dass sich ein solcher Dorn auch in mein Fleisch gebohrt hatte …

»Ja«, bestätigte der Arzt. Nikola nahm ihm die Schale aus der Hand und begutachtete aufmerksam ihren Inhalt, verzichtete zu meiner Erleichterung aber wenigstens darauf, es mit den Fingern zu tun.

»Und es ist …« Ich musste mir mit der Zungenspitze die Lippen befeuchten und neu ansetzen. »Und das ist bei allen so?«

»Bei diesem hier ist es am schlimmsten«, sagte Watson, »aber ja, alle Toten sind damit infiziert.«

»Und die Überlebenden?«

»Ich nehme es an«, antwortete Watson. »Aber um das genau zu sagen, müsste ich sie aufschneiden.«

Ich beschloss spontan, ihm diese Bemerkung übel zu nehmen.

»Und dieses … *Zeug* hat all diese Menschen umgebracht?«, fragte Nikola.

»Nein«, erwiderte Watson. »Jedenfalls nicht unmittelbar. Wie ich Ihnen heute Morgen schon gesagt habe: Wüsste ich es nicht besser, dann würde ich sagen, dass diese Menschen verhungert sind, so als …«

»Aber deshalb sind wir nicht hier«, mischte sich Adler ein. »Doktor?«

Watson trat gehorsam beiseite, und Adler nahm nicht nur seinen Platz am Tisch ein, sondern schlug auch den Hautlappen zurück, der das Gesicht des Toten bedeckte. Ich starrte das totenbleiche Antlitz ebenso fassungslos an, wie Nikola es tat. Lange.

»Ich sehe, Sie erkennen Constabler Bannison«, sagte Adler.

Nikola nickte, während ich den Toten nur weiter anstarren konnte. Das Gesicht hatte sich verändert und war ausgezehrt wie das eines Menschen, der tatsächlich über Monate hinweg jämmerlich verhungert war, und der kränkliche graue Ton der Haut war nicht nur dem Tode geschuldet. Die erloschenen Augen waren so weit in die Höhlen zurückgekrochen, dass sie ebenso gut auch hätten verschwunden sein können, und ich sah auch, dass die meisten Zähne fehlten; ausgefallen, nicht etwa ausgeschlagen.

»Das ist … vollkommen unmöglich«, stammelte Nikola. »Kein Mensch kann … kann so schnell so … so verfallen!«

Derselben Meinung war ich auch. Ich hatte den Mann noch vor wenigen Tagen gesehen, nur war er da höchst lebendig gewesen, hatte mindestens hundert Pfund mehr gewogen, eine Polizeiuniform getragen und uns in die Zelle eingeschlossen, die uns Adler auf der Polizeistation zugewiesen hatte.

»Seltsam, aber wortwörtlich dasselbe habe ich auch gedacht, als ich dieses Trümmerfeld von Gesicht endlich wiedererkannt habe«, sagte Adler mit einer Stimme, der jeglicher Humor abging. »Wie lange dauert es, bis ein Mensch so verfällt, Doktor Watson?«

»Monate«, antwortete Watson widerwillig.

»Aber vor ein paar Tagen war er noch vollkommen gesund und in bester Verfassung«, sagte ich. »Ich habe ihn gesehen.«

»Nicht diesen Mann«, beharrte Watson. »Es war vielleicht sein Zwillingsbruder oder ein anderer naher Verwandter.«

»Constabler Bannison hatte keine Verwandten«, sagte Adler. »Und schon gar keinen Zwillingsbruder.«

»So wenig wie der arme Bursche, den Sie erschossen haben«, bestätigte Nikola. »Oder die anderen, eingeschlossen Jacobs.«

Und Allison, fügte ich in Gedanken hinzu, und Nikola sah mich so erschrocken an, als hätte ich es laut ausgesprochen. Aber vermutlich schoss ihm gerade genau dasselbe durch den Kopf. Meine Hand tastete ganz ohne mein Zutun nach dem schmalen Verband an meinem Hals, und für eine Sekunde oder zwei lauschte ich gebannt in mich hinein, voller banger Erwartung, dort etwas zu spüren, das wuchs und fraß und mich von innen heraus verzehrte. Aber da war nichts.

Watsons Blick folgte meiner Bewegung, und er wirkte sehr viel mehr gespannt als besorgt, und dann (und damit verscherzte er es sich endgültig mit mir) sogar ein bisschen enttäuscht, als ich die Hand weder sinken ließ und mir keine Antennen aus dem Kopf wuchsen.

»Und alle anderen sehen genauso aus?«, fragte Nikola noch einmal.

»Die anderen Toten, ja.« Watson nickte sehr ernst. »Ich habe so etwas noch nie gesehen und kann nur raten, aber es kommt mir so vor, als hätte dieses … Myzelium sie von innen heraus aufgezehrt, sodass sie uns verhungert vorkommen.«

»Vielleicht haben sie einfach nichts zu essen bekommen«, vermutete Adler, erntete aber nur ein fast schon zornig anmutendes Kopfschütteln.

»Dann wären der Magen und die Verdauungsorgane verkümmert«, behauptete Watson. »Aber dieser Mann hat gegessen und getrunken. Nur hat etwas seinem Körper alle Energie entzogen, bevor er sie verarbeiten konnte. Genau wie bei allen anderen.«

»Und die anderen«, fragte Nikola, »die noch am Leben sind? Wie Jacobs oder dieser Junge?« Oder Allison.

»Solange noch niemand einen Weg gefunden hat, in einen menschlichen Körper hineinzusehen als wäre er aus Glas …« Watson hob die Schultern.

Nikola überlegte, schien etwas sagen zu wollen, klappte den Mund wieder zu und griff stattdessen in die Jackentasche. Nach einigem Herumgekrame zog er die Hand wieder zurück und hielt einen vielleicht anderthalb Zoll messenden Würfel aus mattschwarzem Material in die Höhe.

»Noch eine von Ihren fantastischen Erfindungen?«, fragte ich.

»Die beste überhaupt«, bestätigte Nikola todernst. »Mir ist nur noch kein passender Name dafür eingefallen. Ich dachte an etwas wie … *Magnet?*« Mit gewichtiger Miene hob er den Würfel über die Nierenschale. Zunächst geschah nichts, dann meinte ich ein sachtes Zittern zu sehen, und als Nikola den Würfel ein wenig senkte, hob sich das ganze silberne Geflecht ein kleines Stück … und fiel auseinander. Nikola sah sehr zufrieden aus.

Ohne irgendetwas zu sagen, senkte er den Würfel in den geöffneten Brustkorb des toten Polizisten und erreichte auch dort einen ganz ähnlichen Effekt. Das Metallgespinst begann zu zittern und löste sich hier und da mit matschigem Geräusch aus dem nassen Fleisch, fiel aber praktisch sofort auseinander und zerstob dann zu anthrazitfarbenem Staub.

»Es ist magnetisch«, stellte Watson überflüssigerweise fest.

»Und Fleisch und Knochen geben ihm den nötigen Halt«, fügte Nikola hinzu. Ohne ein weiteres Wort trat er an den benachbarten Tisch. Als er das Tuch zurückschlug, sah ich, dass auch darunter eine Leiche lag, die auf dieselbe obszöne Weise geöffnet worden war wie Constabler Bannison. Ich hatte nicht das Bedürfnis, noch mehr unappetitliche Details zu sehen, doch es war auch nicht schwer zu erraten, was Nikola dort tat.

Was er als Nächstes tat, dafür umso mehr.

Ohne sich die Mühe einer Erklärung zu machen (oder gar um Erlaubnis gefragt zu haben), kam er zurück, hob seinen Magneten und drückte ihn gegen den Verband an meinem Hals.

»He!«, protestierte ich. »Was …?« Dann schlug ich Nikolas Hand beiseite und die eigenen Finger gegen den Verband an meinem Hals und sog scharf die Luft zwischen den Zähnen ein, als ein greller Schmerz durch meinen Hals schoss. Der Verband unter meinen Fingern wurde feucht, und Nikola wich vorsichtshalber zwei rasche Schritte vor mir zurück. Er sah kein bisschen so aus, als hätte er ein schlechtes Gewissen, fand ich.

»Das ist vielleicht eine etwas drastische Methode, aber sie scheint zu funktionieren«, sagte Watson.

»Sie sollten sich einen stärkeren Magneten besorgen«, fügte Adler hinzu.

»Einen sehr viel stärkeren«, bestätigte Nikola. »Und vor allem einen vernünftig regelbaren.«

Ich hatte mich endlich weit genug gefangen, um Nikola wenigstens etwas von dem zu sagen, was mir auf der Zunge lag, doch nun kam mir Watson zuvor, indem er meine Hand grob herunterdrückte und nach dem Verband griff, um ihn zu entfernen. Blut lief an meinem Hals hinab und tränkte meinen Kragen. Es tat *weh.*

Watson begutachtete die wieder neu aufgebrochene Wunde in meiner Halsbeuge und machte sich nicht die Mühe, nach einer Pinzette oder etwas anderem zu suchen, sondern nahm Nikola den Magneten ab und presste ihn gegen meinen Hals.

Diesmal tat es wirklich *sehr weh.* Ich hätte seine Hand weggeschlagen, wäre Adler nicht rasch hinter mich getreten und hätte meine Arme festgehalten; natürlich mit sehr viel mehr Kraft, als nötig gewesen wäre.

Weder fiel ich in Ohnmacht, noch kam mehr als ein leises Wimmern über meine Lippen, doch meine Knie wurden weich, und auch wenn ich den Teufel tun und es zugeben würde, war ich doch plötzlich ganz froh, dass Adler mich festhielt, denn meine Knie zitterten.

Nikola nahm dem Arzt den Magneten ab und betrachtete aus eng zusammengepressten Augen den anthrazitfarbenen Staub, der darauf klebte, zusammen mit meinem Blut. »Haben Sie hier irgendwo ein Mikroskop?«, fragte er.

Watson starrte ihn nur an, doch ich fuhr herum und stürmte zur Tür.

Ich musste zu Allison.

Sofort.

16

Allerspätestens als ich den Raum betrat, in dem Allison wie ein Tier gehalten wurde, hätte ich gewusst, in welcher speziellen Art von Klinik wir uns befanden. *Raum* traf es nicht wirklich, denn es handelte sich ganz eindeutig um eine Zelle, der im Grunde nur noch das Stroh auf dem Boden und eiserne Ringe an der Wand fehlten, um die Bezeichnung *Kerker* zu verdienen. Das Fenster war sehr klein, ließ sich nicht öffnen und hatte extrem dickes Glas, war aber trotzdem noch zusätzlich vergittert. Die schmale Pritsche wäre selbst in einem Armenhospiz schon längst ausgemustert worden, und der einzige andere Einrichtungsgegenstand war ein emaillierter Eimer mit einem Deckel, der nicht ganz schloss. Er war leer, stank aber trotzdem erbärmlich.

Allison und ich saßen so dicht nebeneinander auf der schmalen Pritsche, wie es gerade noch schicklich war – schon weil es keine andere Sitzgelegenheit hier drinnen gab –, und es war sehr still geworden, seit ich aufgehört hatte zu reden. Das einzige Geräusch war ein leises Schaben, mit dem Allisons Fingerspitzen über den weißen Verband strichen, der ihren Hals zierte.

»Das ist … eine recht beunruhigende Geschichte«, sagte Allison endlich.

»Ja«, antwortete ich einsilbig und bekam keine Antwort.

»Wenn es denn wirklich so ist«, fuhr ich nach einer weiteren, zumindest mir endlos erscheinenden Pause fort. »Sie kennen ja Nikola. Wie hat er selbst gesagt: Manchmal steht mir meine eigene Genialität im Wege?«

»Gerade weil ich Nikola so gut kenne, weiß ich, dass es so ist«, antwortete Allison ernst. Ihre Hand erstarrte mitten in der Bewegung, aber ich hatte das entsetzliche Gefühl, dass sich nun etwas *unter* ihrem Verband bewegte.

»Und hat er Ihnen auch gesagt, wie man dieses … *Zeug* … wieder loswird?«

»Ihm wird sicher etwas einfallen«, sagte ich. Vielleicht tat ich es etwas zu schnell oder zu überzeugt, denn Allison sah mich zwar nur schweigend an, aber die Dunkelheit in ihren Augen strafte ihr verkrampftes Lächeln Lügen.

»Nikola sprudelt nur so vor Ideen«, fügte ich trotzdem mit einem alles andere als überzeugenden Lächeln hinzu. »Wenn es jemanden gibt, der eine Lösung findet, dann er.«

»Sie haben ja Angst um mich!« Allison lachte ganz leise. »Das ist ganz entzückend von Ihnen, Quinn, und ich fühle mich wirklich geschmeichelt. Aber vielleicht ist es ja auch gar nicht so schlimm. Ich meine: Ich fühle mich gut. Ich sage das nicht so, und ich bin auch nicht hysterisch. Aber ich fühle mich sogar besser, als ich es selbst erwartet habe. Sehen Sie, hier.«

Sie stand auf und entfernte das Pflaster von ihrer Stirn, und ich sah erstaunt, dass darunter tatsächlich nichts als unversehrte rosige Haut zum Vorschein kam. Die hässliche Wunde, die sie sich in dem geheimen Raum unter dem Labor zugezogen hatte, war so spurlos verschwunden, als hätte es sie nie gegeben.

»Das … ist tatsächlich ein kleines Wunder«, gab ich zu. »Sie scheinen gutes Heilfleisch zu haben. Oder es war doch nicht so schlimm, wie es zunächst ausgesehen hat.«

»Ja, vielleicht«, antwortete Allison und tat dann etwas, das mich wirklich überraschte: Sie stellte den Fuß auf die Bettkante, zog den Rock hoch, wodurch sie mir einen Blick auf ein äußerst wohlgeformtes Bein und auch noch die Hälfte des Knies gewährte, und beugte sich vor, um mit beiden Händen nach den Schuhriemen zu greifen.

»Allison, was … tun Sie da?«, fragte ich unbehaglich. Es war ja nicht so, dass mir der Anblick nicht gefallen hätte – ganz im Gegenteil –, aber ich spürte trotzdem, wie ich rote Ohren bekam und konnte mich gerade noch beherrschen, nicht ein weiteres Stück von ihr wegzurutschen.

Allisons Locken waren weit nach vorne gefallen, sodass ich ihr Gesicht nicht erkennen konnte, aber ich meinte das spöttische Funkeln in ihren Augen trotzdem zu sehen. »Nicht das, was Sie anzunehmen scheinen, Quinn. Ich möchte Ihnen lediglich etwas zeigen. Gehen Sie mir zur Hand?«

Sie wartete meine Antwort erst gar nicht ab, sondern beharrte mit einem Kopfschütteln darauf, dass ich ihren Halbstiefel ergriff und fest genug hielt, dass sie mit einem energischen Ruck hinausschlüpfte. Was mir einen Blick auf einen noch viel wohlgeformteren Fuß mit einer schlanken Fessel gewährte.

Einer vollkommen unversehrten Fessel. Auch die rote Schwellung, die ihr das Schlangenmonster als unwillkommenes Andenken hinterlassen hatte, war verschwunden. Ich starrte ihren Knöchel und ihren ebenso wohlgeformten wie unversehrten Unterschenkel so fassungslos an, dass ich sogar die Peinlichkeit der Situation vergaß.

Und natürlich war das der Moment, in dem die Tür aufging und Captain Adler hereinkam. Ich musste mich nicht einmal umdrehen, um zu wissen, dass er mitten in der Bewegung erstarrte. Und auch nicht, um seinen Gesichtsausdruck zu erraten.

»Ich hoffe doch, ich störe nicht?«, fragte er. »Ich kann später wiederkommen, wenn es gerade nicht günstig ist.«

Allison sah zwar mit einem Ruck auf, machte aber keine Anstalten, den Rock wieder zurückzuschlagen, sondern lächelte Adler geradezu absurd herzlich an. »Ich habe Mister Devlin lediglich gezeigt, dass seine Sorgen ganz und gar unbegründet sind. Mir fehlt nichts. Ganz im Gegenteil. Ich fühle mich ausgesprochen wohl.«

»Ja, das … ähm … scheint mir auch so.« Adler räusperte sich unbehaglich. »Doktor Watson hat mich informiert, dass Sie nur leichte Verletzungen davongetragen haben, und ich bin froh zu sehen, dass sie bereits verheilt zu sein scheinen.«

»Ich auch, Captain«, versicherte Allison.

»Ja, das … ähm … freut mich. Aber deshalb bin ich nicht hier. Devlin?«

»Captain?«

»Doktor Watson hat mich gebeten, Sie zu holen«, sagte Adler, der anders als ich nicht einmal daran dachte, diskret wegzusehen, sondern Allison ganz und gar schamlos anstarrte. »Es geht um den Jungen. Ich glaube, Sie kennen ihn.«

»Chip? Was ist mit ihm?«

»Er stirbt«, sagte Adler.

Allison starrte ihn an und ließ vor Schrecken ihren Rocksaum los, der raschelnd wieder nach unten glitt. Auch ich benötigte eine geschlagene Sekunde, um zu begreifen, dass Adler sich keineswegs einen seiner geschmacklosen Scherze erlaubte, sondern es bitterernst meinte. Dann aber war ich so schnell auf den Beinen und an ihm vorbei auf dem Flur, dass er sich gerade noch mit einem hastigen Schritt in Sicherheit bringen konnte, um nicht über den Haufen gerannt zu werden.

»Der Junge ist in …«, begann Adler.

Es war unnötig, dass er seinen Satz beendete. Die Tür von Chips sogenanntem Krankenzimmer stand auf, und da es sich nur wenige Schritte entfernt befand, stürmte ich bereits hinein, noch bevor Allison ihre Zelle überhaupt verlassen hatte. Watson drehte sich erschrocken zu mir um, als ich hinter ihn trat und auf das Bett hinabstarrte, auf dem Chip um sein Leben kämpfte.

»Dem Jungen geht es nicht gut?«, polterte ich los, ohne ihm auch nur die Chance für irgendetwas gegeben zu haben. »Was soll das heißen? Was ist mit ihm?«

»Ich fürchte, es geht zu Ende. Aber ich weiß einfach nicht, warum«, sagte Watson. »Ich bin vielleicht nicht der beste Arzt der Welt, aber ich habe hier schon weit Schlimmeres gesehen. Wir haben seine Verletzungen versorgt und ihm ein Stärkungsmittel gegeben, aber es hat bisher keine Wirkung gezeigt.«

»Aber was hat er?«, fragte Allison. Natürlich hatte Adler versucht, sie daran zu hindern, uns zu folgen, und ebenso natürlich war es ihm nicht gelungen.

»Das weiß ich nicht«, gestand Watson. »Oder so ziemlich alles, suchen Sie sich aus, was Ihnen weniger Angst macht.« Übergroßes Einfühlungsvermögen schien nicht seine Stärke zu sein.

Ich gab Allison mit einer stummen Geste zu verstehen, was ich davon hielt, verzichtete aber darüber hinaus darauf, Watson in die Schranken zu verweisen. Ich wusste noch nicht genau, was ich von ihm halten sollte. Dass er Adler so ganz offensichtlich nicht leiden konnte, machte ihn zu einer Art Verbündeten, aber das bedeutete nicht, dass er mein Freund war. Wahrscheinlich tat ich gut daran, niemanden als Freund zu betrachten, der in dieser sonderbaren Klinik arbeitete.

Während Allison eines ihrer typischen Wortgefechte mit Watson begann, ließ ich mich auf den niedrigen Schemel neben dem Bett des Jungen sinken.

Ich war kein Arzt, doch das musste ich auch nicht sein, um zu sehen, dass der arme Junge im Sterben lag. Er schlief oder befand sich im Griff einer tiefen Bewusstlosigkeit, und mir war klar, dass er nicht mehr daraus erwachen würde. Sein Atem ging so flach, dass man schon genau hinsehen musste, um ihn überhaupt zu bemerken, und seine Gesichtsfarbe hob sich kaum noch von den weißen Laken ab, auf denen er lag.

Auch er unterschied sich auf so furchtbare Art von dem vorwitzigen Jungen, den ich vor wenigen Tagen kennengelernt hatte, dass es mir fast schwerfiel, ihn überhaupt anzusehen. Er war nicht nur auf dieselbe schreckliche Art abgemagert wie alle anderen, sondern wirkte auf eine so endgültige Art ausgezehrt, dass er kaum noch etwas Menschenähnliches hatte.

Ich verstand plötzlich, was Watson gerade gemeint hatte, auch wenn ich es ebenso wenig in Worte hätte fassen können. »Ist er noch einmal wach geworden, oder hat er etwas gesagt?«

»Ich bin nicht sicher«, antwortete Watson, sein Geplänkel mit Allison auf der Stelle unterbrechend. »Er hat ein paar Worte hervorgestoßen, aber das war nur Kauderwelsch.«

»Er redet im Fieber«, vermutete Adler.

»Wohl eher im Schlaf«, antwortete Watson.

»Er hat Albträume?«, vergewisserte sich Allison.

Ich sah stirnrunzelnd zu ihr hoch. Sie sah mit einem Male sehr aufmerksam aus, fast mehr erschrocken als besorgt. Aber warum?

»Sein Puls ist erhöht«, erwiderte Watson, als hätte er Allisons Frage gar nicht gehört, »aber seine übrigen Körperfunktionen lassen nach. Ich bin mit meinem Latein jedenfalls am Ende. Ich weiß nicht, was ich – oder einer meiner Kollegen hier – noch für ihn tun kann.« Ganz kurz, aber sehr nervös, streifte sein Blick Allisons Gesicht. »Und für die anderen.«

»Dann sollten Sie ihn vielleicht an eine andere Klinik überstellen, Doktor«, sagte ich behutsam.

»Nichts, was ich lieber täte, Mister Devlin«, sagte Watson.

»Ich bin nicht so vermessen zu glauben, es gäbe keinen besseren Arzt als mich. Vielleicht gibt es Kollegen, die diesen Jungen retten können. Ich kann es nicht. Wenn er hierbleibt, dann wird er sterben.«

»Warum ist er dann noch hier?«, empörte sich Allison.

Statt zu antworten, drehte Watson nur betont langsam den Kopf und sah Adler an, doch der Captain deutete nur ein Schulterzucken an.

»Was soll das heißen?«, begehrte Allison auf. »Sie wollen diesen Jungen einfach sterben lassen?«

»Ich will nichts dergleichen«, antwortete Adler so beiläufig, als hätte sie ihn nach der Uhrzeit gefragt. »Aber haben Sie schon vergessen, was wir in diesem Keller gesehen haben, Miss Carter?«

Allison hob die Hand an ihren Verband, vermutlich ohne sich der Bewegung überhaupt bewusst zu sein, und schüttelte zornig den Kopf. »Nein«, sagte sie kalt. »Sie?«

»Nicht eine Sekunde«, antwortete Adler. »Wollen Sie diesen Horror wirklich auf andere Menschen loslassen?« Er schüttelte den Kopf, um seine eigene Frage unverzüglich selbst zu beantworten. »Niemand verlässt diese Klinik, bevor wir nicht wissen, womit wir es überhaupt zu tun haben.«

»Dann bringen Sie einen anderen Arzt hierher«, sagte ich, obwohl ich die Antwort zu kennen glaubte. »Einen Spezialisten.« Und wofür? Für ciserne Spinnenbisse?

Ich wurde nicht enttäuscht. »Auch das kann ich nicht erlauben«, beschied uns Adler. »Bitte glauben Sie nicht, dass mir das Leben dieses armen Jungen gleichgültig wäre, Devlin.«

»Nein, ist es nicht?« Ich versuchte verletzend zu klingen, doch es gelang mir nicht.

»Nein«, sagte Adler. »Ich weiß, Sie können mich nicht leiden, Devlin, aber bittc, stellen Sie mich nicht als Ungeheuer hin. Ich bin selbst Vater, und ich habe diesen Beruf unter anderem gewählt, um die Menschen vor genau so etwas zu schützen. Aber ich bin nicht nur für dieses eine Leben verantwortlich, sondern für viele. Sagen Sie mir, womit wir es zu tun haben, und Sie und die anderen können gehen, und ich bringe diesen Jungen persönlich in ein richtiges Krankenhaus. Solange Sie das nicht können, bleiben wir alle hier: ich und jeder Beamte, der gestern Nacht dabei war, eingeschlossen.« Er beendete das Thema, indem er sich demonstrativ zu Watson drehte und dabei auf den schlafenden Jungen deutete. »Wie lange hat er noch?«

»Einen Tag«, antwortete Watson und hob die Schultern. »Eine Woche. Oder auch nur noch eine Stunde. Ich weiß nicht, was ihn tötet, also kann ich auch nicht sagen, wann.«

»Und die anderen?«, fragte Adler. »Mister Jacobs? Devlin?«

Und Allison?

Watson sah zuerst mich und dann, als hätte er meine Gedanken gelesen, etwas länger Allison an und hob schließlich abermals die Schultern. »Miss Carter und Mister Devlin geht es verhältnismäßig gut, auch wenn ich sie natürlich weiter im Auge behalten muss. Bei den anderen bin ich mir nicht sicher. Vor allem Mister Jacobs macht mir Sorgen. Ich habe ihn und die anderen in einen künstlichen Schlaf versetzt und verabreiche ihnen Beruhigungs- und Stärkungsmittel, aber ob das am Ende hilft, vermag ich nicht zu sagen.« Er sah noch einen Moment auf den schlafenden Jungen hinab, und ein trauriges Lächeln erschien auf seinen Lippen, das augenblicklich wieder erlosch. »Vielleicht bleiben Sie noch einen Augenblick bei ihm. Niemand weiß, ob er etwas von unserer Anwesenheit spürt, aber wenn, dann wird es ihm sicher helfen, Ihre Nähe zu spüren, Mister Devlin.«

»Warum?«, fragte ich.

»Weil er Ihren Namen genannt hat«, antwortete Watson. »Wie gesagt: Manchmal redet er im Schlaf.«

»Devlin?«, mischte sich Adler ein, bevor ich reagieren konnte, in plötzlich wieder misstrauischem Ton. »Ich dachte, Sie kennen diesen Burschen kaum?«

»Das ist auch so«, antwortete ich.

»Darüber werden wir noch zu reden haben«, drohte Adler und hätte wohl auch noch mehr hinzugefügt, hätte sich nun nicht Watson eingemischt. »Das können Sie gerne tun, Inspektor.«

»Captain.«

»Aber nicht hier und jetzt. Dieser Junge braucht Ruhe. Und ich möchte jetzt Miss Carter und Mister Devlin erst einmal ausgiebig untersuchen.« Er nickte Allison zu. »Kommen Sie in mein Ordinationszimmer, sobald Sie hier fertig sind.«

Damit ging er, und der einzige Grund, aus dem er die Tür nicht hinter sich ins Schloss warf, war wohl, dass sie viel zu schwer dafür war. Wie alle Türen in diesem Gebäude.

Adler sah ihm irritiert nach und schien zum ersten Mal nicht zu wissen, wie er reagieren sollte. Offensichtlich hatte er nicht sehr viele Erfahrungen im Umgang mit Ärzten. Mein Mitleid hielt sich allerdings in Grenzen. Schließlich folgte er Watson, blieb aber noch einmal stehen und funkelte mich mit mühsam unterdrücktem Zorn an. »Ich will mit Ihnen reden.«

»Sobald wir hier fertig sind«, beschied ihm Allison, »und Doktor Watson seine Untersuchungen abgeschlossen hat.«

Ich meinte Adlers Zähne knirschen zu hören, doch er drehte sich wortlos um und war kurz darauf verschwunden.

»Sie sollten das nicht tun, Allison«, sagte ich.

»Was? Mir nicht alles von diesem Dummkopf gefallen lassen?«

Ich musste gegen meinen Willen lächeln, aber meine Stimme wurde nur noch ernster. »Sie sollten diesen Mann nicht unterschätzen. Er ist gefährlich, glauben Sie mir.«

Allison sah eine ganze Weile die leere Tür an, in der Adler gerade noch gestanden hatte, dann runzelte sie die Stirn und sagte: »Er ist der Grund, warum Sie kein Polizist mehr sind, habe ich recht?«

Die letzte Frage war im Grunde überflüssig. »Sie sind eine sehr kluge Frau, Allison.«

»Was ist passiert?«, fragte sie, mit einem flüchtigen Lächeln auf mein Kompliment reagierend. »Wenn Sie darüber reden wollen, heißt das.«

Was ich ganz bestimmt nicht wollte. Umso überraschter war ich, als ich mich sagen hörte: »Wir waren einmal Kollegen, das ist richtig. Um es kurz zu machen: Am Anfang war ich sein Vorgesetzter, dann waren wir gleichberechtigte Partner, und schließlich wurde ich vom Inspektor wieder zum einfachen Constabler degradiert. Das wäre weniger schlimm gewesen, wenn Adler nicht kurz darauf befördert worden wäre und ich plötzlich unter seinem Kommando gestanden hätte.«

»Und deshalb hassen Sie ihn, weil er auf der Karriereleiter an Ihnen vorbeigezogen ist?«, stichelte Allison gutmütig

»Er ist nicht schneller befördert worden, weil er besser war als ich«, antwortete ich, »sondern weil er brutal und rücksichtslos ist. Ich weiß, dass ich das nicht sagen sollte, aber manchmal löst man einen Fall tatsächlich schneller, indem man die Wahrheit aus einem Verdächtigen herausprügelt.«

»Was Sie natürlich nie getan haben.«

Ich überging die Frage. »Wer schnellere Erfolge vorweist, der wird auch schneller befördert.«

»Also haben Sie ihn angezeigt«, vermutete Allison. Sie ließ sich neben mir auf die Bettkante sinken, und irgendwie spürte ich, dass sie die Hand nicht zurückziehen würde, wenn ich nach ihr gegriffen hätte. Aber ich tat es nicht. Sosehr ich es mir wünschte, wäre es mir doch unpassend erschienen.

»Nein«, sagte ich. »Das habe ich getan, nachdem ich die Augen nicht mehr davor verschließen konnte, wie korrupt und durch und durch verbrecherisch er mittlerweile geworden war. Er ist nichts anderes mehr als das, was wir zu bekämpfen geschworen hatten. Nur dass er eine Uniform trägt.«

»Was es nur noch schlimmer macht«, seufzte Allison. »Lassen Sie mich raten. Ich glaube, ich weiß, wie es weiterging: Sie haben ihn angezeigt, und jemand ist gefeuert worden oder sogar im Gefängnis gelandet … aber es war nicht Adler?«

»Sechs Monate *Crumlin Road Gaol*«, bestätigte ich. »Es hätten drei Jahre werden sollen, aber der Richter hat meine Vergangenheit als Polizist und meine tadellose Akte berücksichtigt und Gnade vor Recht ergehen lassen.«

»Und deshalb haben Sie jetzt Angst vor ihm?«

Das verletzte mich ein bisschen, aber nicht so sehr, dass ich wirklich zornig auf sie geworden wäre. »Nein. Aber ich begehe nicht noch einmal den Fehler, ihn zu unterschätzen. Dieser Mann ist gefährlich und völlig skrupellos.«

»Ja, das ist mir auch schon aufgefallen«, bestätigte sie mit finsterem Gesichtsausdruck.

»Sehen Sie sich nur diese sogenannte Klinik an. Dass hier etwas nicht stimmt, springt einem doch regelrecht ins Gesicht!«

»Sie haben nicht sonderlich viele Erfahrungen mit … Einrichtungen wie dieser, habe ich recht?«, fragte Allison.

»Nein«, gestand ich. »Sie?«

Der schlafende Junge neben ihr regte sich, und Allison griff nach seiner Hand und hielt sie fest, bevor sie antwortete. »Nicht mit dieser speziellen Klinik, aber ich kenne solche Einrichtungen. Hierher bringt man die, die niemand mehr haben will. Sie haben das Loch gesehen, in das sie mich gesteckt haben? Das sind keine Krankenzimmer, sondern Gefängniszellen!«

Eingedenk dessen, was ich schon mit Allison Carter erlebt hatte, hätte ich es besser wissen müssen, aber ich sagte trotzdem sehr behutsam: »Das hier ist auch kein normales Krankenhaus, Allison, sondern eine Nervenklinik. Manche der Patienten sind gefährlich.«

»Zumindest die, die man noch nicht ruhiggestellt hat, um sie vor sich selbst zu schützen oder zu beruhigen, nicht wahr?«

Ich hütete mich, darauf zu antworten, und erteilte mir sogar im Gegenteil selbst in Gedanken einen scharfen Verweis. Was hatte ich erwartet? Obwohl wir uns vor gerade einmal vier Tagen das erste Mal begegnet waren, sollte ich Allison doch nun schon gut genug kennen, um zu wissen, dass man diese Art von Gespräch besser nicht mit ihr führte. Ich hatte sie nicht nach ihrem Alter gefragt und würde es auch ganz gewiss nicht tun, war aber mittlerweile zu dem Schluss gekommen, dass sie ein gutes Stück älter sein musste, als ich bislang angenommen hatte. Aber in dieser erwachsenen und sehr klugen Frau gab es zugleich auch immer noch das Mädchen, das die Welt nach selbst aufgestellten Kriterien in Gut und Böse aufgeteilt hatte und gnadenlos darüber richtete; und auch keinerlei Schattierungen dazwischen zuließ.

Das war nicht meine Sicht der Dinge. Um mich nicht in sinnlose Diskussionen darüber zu verstricken, wandte ich mich wieder dem bewusstlosen Jungen zu. Die Augäpfel hinter seinen geschlossenen Lidern begannen sich hektischer zu bewegen und kündigten wohl einen neuen Albtraum an. Ich streckte die Hand aus, um nach seinem Puls zu tasten, und kaum hatte ich ihn berührt, da fühlte ich eine tiefe Verbundenheit zwischen uns, beinahe so, als kannten und vertrauten wir uns schon ein Leben lang. Und das war nicht alles. Das Gefühl verging so schnell, dass es praktisch schon wieder vorbei war, noch bevor ich erschrocken zurückprallte, doch für diesen einen, fast zeitlosen Moment war es, als wüsste ich *alles* über ihn, jede Erinnerung, jedes Gefühl, jeden Gedanken, den er in seinem kurzen Leben gedacht hatte, so als hätte ich dieses Leben tatsächlich selbst gelebt.

Kaum hatte ich den Jungen wieder losgelassen, da war alles weg, wie eine einzelne Erinnerung, die so weit verblasst war, dass nur noch das Wissen um ihre bloße Existenz zurückblieb, nicht aber ihr Inhalt.

»Quinn?« Allisons Stimme klang alarmiert.

»Es ist alles in Ordnung«, sagte ich hastig genug, um dieser Behauptung jedwede Glaubwürdigkeit zu nehmen. »Ich war nur …«

Ich hob die Schultern, einfach nur um Zeit zu gewinnen, und rettete mich schließlich in ein verlegenes Lächeln. Ob dasselbe wohl auch geschah, wenn ich ihre Hand berührte? »Der Junge tut mir einfach nur leid. Er hat noch gar nicht richtig angefangen zu leben, und schon ist es vorbei. Und sein einziges Verbrechen bestand darin, zur falschen Zeit am falschen Ort gewesen zu sein. Verzeihen Sie.«

»Aber wofür entschuldigen Sie sich denn?«, wunderte sich Allison. »Dass Ihnen dieser arme Junge leidtut?«

»Ich kannte ihn ja praktisch gar nicht.«

»Deswegen bleibt er doch ein Mensch, oder? Ein halbes Kind sogar noch, wenn man es genau nimmt. Sie sollten sich nicht dafür entschuldigen, dass Ihnen sein Tod nahegeht. Im Gegenteil. So etwas unterscheidet Sie wohltuend von Männern wie Adler, und …« Sie unterbrach sich, legte den Kopf auf die Seite und fuhr in verändertem Ton fort: »Sie geben sich doch nicht etwa die Schuld an dem, was ihm zugestoßen ist?«

»Natürlich nicht«, sagte ich hastig.

»Das will ich auch hoffen!«

»Andererseits wäre ihm vielleicht gar nichts zugestoßen, wenn ich mich nicht in Dinge eingemischt hätte, die mich nichts angehen.«

»Und der arme Busche, dem Adler in den Kopf geschossen hat, wäre vermutlich auch noch am Leben, wenn Sie und ich nicht in die Bahn gestiegen wären, nicht wahr?«, fragte Allison grimmig. »Quinn Devlin, hören Sie sofort auf, solch einen Unsinn zu reden! Machen Sie noch eine Minute so weiter, und Sie geben sich noch die Schuld an dem, was mit Stanley passiert ist!«

Sie stand mit einem Ruck auf und drehte sich mit einer nicht minder heftigen Bewegung zur Tür. »Und jetzt gehen wir zu Doktor Watson. Ich werde ihn bitten, Sie bei dieser Gelegenheit auch gleich auf Ihren Geisteszustand zu untersuchen. Dazu sind wir hier ja offensichtlich gleich am richtigen Ort.«

Ich hatte nicht vor, der Einladung des Arztes zu folgen, aber ich wollte plötzlich auch nicht länger mit Chip in einem Raum sein. So sonderbar verbunden ich mich immer noch mit dem Jungen fühlte, so erschien mir mein bizarres Erlebnis doch mit jedem Moment, den ich darüber nachdachte, unheimlicher. Und dass allein dieser Gedanke schon wieder dazu führte, mir wie ein Verräter an dem Jungen vorzukommen, machte es nicht wirklich besser.

17

Wir waren nicht mehr zu Watson gegangen, und ich hatte auch das Verhör mit Adler geschwänzt und mich in das mir zugewiesene Zimmer zurückgezogen, denn nach allem Überstandenen hatte sich mein Körper nun doch mit Nachdruck gemeldet und darauf bestanden, mich wenigstens kurz hinzulegen und ihm eine oder zwei all der Stunden Schlaf zurückzugeben, die ich ihm in den zurückliegenden Tagen vorenthalten hatte.

Ich erwachte mit quälendem Durst, der noch quälenderen Erinnerung an ebenso krude wie erschreckende Albträume und dem sicheren Wissen, nicht nur ein paar Stunden geschlafen zu haben, sondern den Rest des Tages und auch noch die darauffolgende Nacht. Vorsichtig schwang ich die Beine von der ausgeleierten Metallfederpritsche, wunderte mich ein bisschen, keine kalten Füße zu bekommen, als ich den Steinfußboden berührte, und begriff erst jetzt, dass ich mich nicht nur mit meinen Schuhen, sondern komplett angezogen hingelegt hatte und auf der Stelle eingeschlafen war. Meine Kleider hatten schon vorher ausgesehen, als hätte ich seit einer Woche darin geschlafen, jetzt sahen sie aus, als hätte ich darin eine Woche in einer Kloake verbracht. Wahrscheinlich rochen sie auch so. Aber ich hatte so meine Zweifel, dass ich in diesem Etablissement eine funktionierende Wäscherei finden würde. Oder Kleider zum Wechseln.

Während ich geschlafen hatte, hatte jemand einen dreibeinigen Schemel hereingebracht, auf dem eine zerschrammte Emailleschüssel mit Wasser und ein Handtuch lagen, das nicht nur wie Sandpapier aussah. Ich benutzte beides trotzdem ausgiebig und konnte die Spinnweben des Schlafes wenigstens aus meinem Gesicht wischen, wenn auch nicht aus meinen Gedanken. Da war noch immer die Erinnerung an quälende Albträume, die nicht annähernd so gestaltlos gewesen waren, wie ich es mir gewünscht hätte, sodass ich mich hütete, diesen Bereich meiner Erinnerung zu genau zu erforschen.

Stattdessen dachte ich an Allison, deren Zimmer nur wenige Türen weiter auf demselben Flur lag, fuhr noch einmal mit beiden Händen über meine Kleider, um sie so weit in Ordnung zu bringen, wie es eben möglich war, und wollte mich dann zu ihr begeben. Doch ihr Zimmer war bereits verlassen und das Bett ordentlich gemacht. Ich war ziemlich sicher, dass Allison das selbst getan hatte.

Ich machte mich auf die Suche nach ihr, fand jedoch weder Allison noch Chip und lief dafür dem stämmigen rothaarigen Pfleger in die Arme, der mir schon gestern aufgefallen war, und der mir auch jetzt wieder das Gefühl gab, ihn eigentlich erkennen zu müssen. Doch auch heute gelang es mir nicht.

»Inspektor«, begrüßte er mich, immer noch gähnend. »Kann ich Ihnen helfen?«

»Sie können mir verdammt noch mal sagen, wieso diese Tür abge…?« Ich stockte. *Inspektor?* »Kennen wir uns?«

»Mulligan«, erwiderte der Pfleger, immer noch mühsam gegen das Gähnen ankämpfend, aber nun nahm er wenigstens die Hand vor den Mund. So appetitlich war der Anblick seiner schlechten Zähne auch nicht, dass ich Wert auf eine Fortsetzung gelegt hätte. »Sie haben mich zweimal verhaftet. Aber das haben Sie bestimmt schon längst wieder vergessen.«

Das hatte ich tatsächlich, doch nun erinnerte ich mich. Mulligan war ein waschechter irischer Dickschädel, dessen Fäuste oftmals schneller reagierten als sein Gehirn und der sich damit immer wieder ins Gefängnis zurückgeboxt hatte.

»Ja, ich erinnere mich«, sagte ich. »Körperverletzung, Diebstahl und Hehlerei, nicht wahr? Es freut mich ehrlich zu sehen, dass Sie die Kurve doch noch gekriegt haben.«

»Captain Adler hat mir aufgetragen, Sie sofort zu ihm zu bringen, wenn Sie wach sind«, brummte Mulligan.

»Hat er das?«, wiederholte ich kühl. »Ich nehme an, Miss Carter ist auch bei ihm?«

»Die junge Lady, die zusammen mit Ihnen gekommen ist?« Mulligan schüttelte heftig den Kopf. »Die ist schon seit heute Morgen unten beim Professor.«

Seit heute Morgen? *Großer Gott, wie lange hatte ich geschlafen?* »Dann bringen Sie mich zu ihr.«

»Aber Captain Adler ...«

»... hat Sie mindestens ebenso oft verhaftet wie ich, wenn nicht öfter«, fiel ich ihm ins Wort, nicht wirklich laut, aber genau mit jenem Quäntchen Nachdruck, von dem ich wusste, dass es bei Männern wie Mulligan seine Wirkung tat. »Aber das hier ist kein Gefängnis, und Sie sind nicht verhaftet, oder? So wenig wie ich, nebenbei bemerkt. Also bringen Sie mich zu Miss Carter, bitte. Und sollte Ihnen Captain Adler Schwierigkeiten machen, dann schicken Sie ihn zu mir.«

Wie er so dastand und mit sich rang, tat er mir fast schon ein bisschen leid. Aber eben nur fast. Schließlich machte er eine Kopfbewegung in die Richtung, aus der er gerade gekommen war. »Sie sind unten im Labor.«

»Es gibt hier ein Labor?«

Mulligan sah mich genauso irritiert an, wie Watson es gestern mit Nikola getan hatte, aber immerhin antwortete er: »Jeannie Mac! Das hier ist ein Krankenhaus, Inspektor.«

Ich seufzte. Ich hatte schon ganz vergessen, dass Leute seines Schlags häufig die irische Kurzform *Jeannie Mac* für *Jesus, Maria und Joseph und sicherheitshalber auch noch alle alten Götter* verwendeten. Man konnte ja den Kriminellen Irlands eine ganze Menge nachsagen, aber nicht, dass sie keinen Bezug zu ihren Schutzheiligen hätten.

Allison und Nikola – und zu meiner Überraschung auch Watson, auch wenn ich ihn zuerst kaum wiedererkannte, denn statt des fleckigen Arztkittels trug er heute einen eleganten dreiteiligen Anzug, in dem er mindestens zehn Jahre jünger aussah – befanden sich in einem weiteren düsteren Gewölbekeller ganz am Ende des Korridors. Seine Größe war nicht abzuschätzen, denn es brannte nur eine einzige elektrische Lampe, unter der ein großer Tisch stand. Ich hätte ihn vermutlich auch so zweifelsfrei als Nikolas Arbeitsplatz identifiziert, denn er war hoffnungslos überladen und mit allen möglichen technischen Apparaturen und Versuchsanordnungen vollgestellt. Nikola hatte ganz eindeutig einen Grundsatz der Physik außer Kraft gesetzt, nach dem nicht mehr in einen Raum hineinpasste, als sein Volumen ausmachte.

Fast als hätten sie mich erwartet, begrüßten mich Watson und Carter nur mit einem wortlosen Nicken beziehungsweise Lächeln. Nikola dagegen hielt sich erst gar nicht mit einer Begrüßung auf, sondern winkte mich aufgeregt heran. »Quinn, kommen Sie!«, sprudelte er los. »Ich muss Ihnen etwas zeigen!«

Ich begrüßte Allison und den Arzt mit einem Nicken und einem fragenden Blick, der ohne Antwort blieb, und trat gehorsam neben ihn. Nikola deutete beinahe noch aufgeregter weiter auf ein Mikroskop hinab, das schräg wie die Schornsteine der *Titanic* aus dem Durcheinander auf dem Tisch ragte. Ich hatte zwar keine Ahnung, was mich erwartete, beugte mich aber gehorsam vor und sah durch die Okulare. Alles, was ich erblickte, war ein Durcheinander aus Schatten und Formen, das irgendwie an das Chaos auf Nikolas Tisch erinnerte, nur kleiner und leicht unscharf.

»Interessant«, sagte ich. »Was ist das?«

Allison lachte leise – wahrscheinlich hätte sie ganz genauso reagiert –, und Nikola sagte: »Rechts ist eine Schraube, mit der Sie die Schärfe justieren können.«

Ich folgte seiner Aufforderung, und das wimmelnde Chaos wurde tatsächlich schärfer. Ich meinte winzige, wirklich winzige Zahnrädchen und Kolben zu sehen, ineinandergreifendes Gestänge und Scharniere, Scheiben und Kugeln und Würfel und sonderbar gerippte Flächen, aber das alles so klein und fragil, dass ich es im Grunde mehr erriet als wirklich sah und es ebenso gut auch etwas gänzlich anderes sein konnte. »Aha. Wirklich interessant. Aber was ist das?«

»Das Mikroskop ist nicht stark genug, um sicher zu sein«, fuhr Nikola fort, als hätte er meine Gedanken gelesen, »aber ich beginne es zu begreifen. Auch wenn meine Ratio immer noch darauf besteht, dass es vollkommen unmöglich ist.«

»Dass *was* vollkommen unmöglich ist?«, fragte ich geduldig. Dabei war ich es nicht. Je länger ich auf dieses wimmelnde … *Etwas* sah, desto mehr beunruhigte mich der Anblick. Ich betrachtete etwas, das nicht sein sollte, das war mir vollkommen klar. Ich wusste auch, warum sich Nikola so zierte. Es war wohl wirklich so, wie er behauptete: Der Wissenschaftler und logisch denkende Techniker in ihm sah sich mit etwas konfrontiert, das nicht in sein streng gegliedertes Weltbild passte, und er brauchte diesen Umweg, um Worte auszusprechen, die ihm so schwer über die Lippen kamen wie Stacheldrahtfetzen.

Unauffällig tauschte ich über den Rand der Okulare hinweg einen Blick mit Allison und las dasselbe in ihren Augen: eine

Mischung aus Beunruhigung und mühsam im Zaum gehaltenen Spott.

»Sie erinnern sich an gestern, als ich den Magneten ausprobiert habe?«, fragte Nikola.

Ich sah ihn nur wortlos an, konnte meine Hand aber nicht daran hindern, nach dem Verband an meinem Hals zu greifen. Nikola nahm das als Antwort und forderte mich mit einer entsprechenden Geste auf, wieder durch das Mikroskop zu sehen.

»Was Sie dort erblicken, Quinn, ist das, was der Magnet aus ihrem Blut gezogen hat. Beziehungsweise das, was davon übrig ist.«

Ich drehte behutsam an dem Rädchen des Mikroskops, und das Bild wurde noch einmal um eine Winzigkeit schärfer. »Das sind … Maschinen«, murmelte ich. »Winzig kleine Maschinen.«

»Mikroskopisch kleine Maschinen, um genau zu sein«, bestätigte Nikola. »Und nicht nur das.«

»Was denn sonst noch?«, fragte ich. Meine Stimme klang beunruhigter, als ich zugeben wollte.

»Ich weiß, es klingt verrückt, aber die einzige Erklärung für das, was wir alle gesehen haben, ist die, dass es Von-Neumann-Maschinen sind.«

»Aber das ist ja ganz entsetzlich!«, stieß Allison hervor und machte auch das dazu passende Gesicht. Dann zog sie die Stirn kraus. »Und was sind das für Maschinen?«

»Winzig kleine«, antwortete Watson, bevor Nikola es konnte. »Oder auch gigantisch große. Aber vor allem kann es sie gar nicht geben.«

»Dann schauen Sie durch das Mikroskop, und Sie können mit eigenen Augen sehen, was es gar nicht geben kann!«, giftete Nikola. Ich bezweifelte, dass die beiden in absehbarer Zeit Freunde werden würden.

Watson zog nur verächtlich die Brauen hoch und schwieg, aber Allison fragte besorgt: »Und diese … *Dinger* haben wir nun in uns?« Ihre Hand strich über den Verband an ihrem Hals, der mir plötzlich gar nicht mehr so kleidsam erschien.

»Ich fürchte«, sagte Watson. Er wich ihrem Blick aus.

»Dann schneiden Sie es heraus«, verlangte Allison. »Ganz egal, wie weh es tut und wie schmerzhaft es vielleicht …«

»Das ist unmöglich«, unterbrach ich sie. Anders als Allison hatte ich gesehen, was dieses Zeug im Inneren eines Körpers anrichtete. Watson sagte nichts, aber er nickte sehr ernst.

»Aber es gibt vielleicht eine andere Möglichkeit«, meinte Nikola. Er deutete auf mich. »Wir haben es schon ausprobiert, wenn auch eher unabsichtlich.«

»Kommen Sie bloß nicht auf dumme Ideen«, warnte ich ihn.

»Das würde niemand überleben«, bestätigte auch Watson. »Selbst wenn Sie einen Magneten mit genügend Kraft hätten …«

»Den brauche ich gar nicht.«

»… würde es sie einfach in Stücke reißen«, schloss Watson. Er wich Allisons Blick immer noch aus.

»Nicht unbedingt«, widersprach Nikola. »Reichen Sie mir das Glas, Quinn?«

Ich brauchte ein paar Sekunden, um in dem Durcheinander auf dem Tisch zu entdecken, was Nikola meinte: das Glas mit dem Schraubdeckel, das er aus der Polizeiwache mitgebracht hatte. Die Messingkakerlake befand sich noch immer darin, und kaum hatte ich es berührt, da erwachte sie aus ihrer vermeintlichen Totenstarre und rannte wie besessen immer wieder gegen die unsichtbare Barriere an. Allison machte ein zugleich angewidertes wie neugieriges Gesicht, während Watson nur die Stirn runzelte.

Nikola nahm das Glas mit ebenso spitzen Fingern entgegen

und stellte es auf einen freien Platz auf dem Tisch, von dem ich nahezu sicher war, dass es ihn gerade noch nicht gegeben hatte. Daneben ragten zwei handspannenlange … nun ja: Dinge … in die Höhe, die vornehmlich aus Kupfer, Messing und Glas bestanden. Nikola platzierte das Glas genau zwischen diesen Stäben und trat nicht nur zurück, sondern vollführte eine dramatische Geste. Er kam mir wie ein Zauberkünstler vor, der die Bühne betrat und sich der Aufmerksamkeit seines Publikums versicherte.

»Und?«, fragte Allison.

»Nur einen Moment Geduld«, bat Nikola, trat wieder an den Tisch heran und drehte an einem Stellrad aus braunrotem Bakelit. Ein Summen erklang und nahm rasch an Lautstärke zu, und mit der Messingkakerlake geschah etwas höchst Bizarres: Sie begann zu zittern – und dann sah es aus, als würden sie zwei unsichtbare Hände packen, um sie auseinanderzuzerren.

»Ein Elektromagnet?«, vermutete Watson. Nikola nickte nur und drehte wieder an dem Rad, und die unsichtbare Kraft zog das Metalltierchen nun gut auf das Zweifache seiner ursprünglichen Größe auseinander. Ich sah, wie sich die winzigen Metallfüßchen ins Glas zu krallen versuchten und dann eines nach dem anderen abbrach.

»Ein zähes kleines Biest, nicht wahr?«, fragte Nikola. Er klang unangemessen amüsiert, fand ich.

Etwas knackte, ein heller peitschender Laut, der mich zuerst glauben ließ, das Glas wäre geplatzt. Doch es war die Kakerlake, die zuerst in der Mitte entzwei- und dann in immer kleinere und kleinere Stücke zerbrach, die sich wie goldfarbener und schwarzer Staub auf der Innenseite des Glases verteilten.

»Aber so zäh nun auch wieder nicht«, meinte Allison.

Nikola nickte zwar, sagte aber trotzdem: »Wer weiß.« Er machte eine ungeduldige Handbewegung. »Und jetzt treten

Sie bitte alle zurück.« Allison schien widersprechen zu wollen, aber als ihr Blick dem Nikolas begegnete, schien sie darin etwas zu lesen, das ihren Widerstand im Keim erstickte, und sie folgte dem Beispiel Watsons, der sich bereits ein gutes Stück zurückgezogen hatte.

»Sie nicht, Quinn Devlin«, sagte Nikola, als auch ich mich zu Allison gesellen wollte. »Ich brauche Sie noch.«

»Wozu?«

Nikola schüttelte nur kurz den Kopf und drehte dann den Schalter zurück.

Ich hatte es zwar halbwegs erwartet, aber ich fuhr trotzdem erschrocken zusammen, als der vermeintliche Staub auf den Boden des Glases rieselte und sich wie in einem bizarren rückwärts ablaufenden Film wieder zur Form einer aus Messing nachgebauten Kakerlake zusammensetzte. Sie begann sich wirklich zu bewegen.

»Tatsächlich ist es sogar ein ganz besonders zähes kleines Biest«, sagte Nikola. »Aber das nutzt ihr nichts.« Er wandte sich direkt an Allison. »Vielleicht treten Sie besser noch ein paar Schritte zurück.«

Allison wirkte einfach nur verwirrt und auch ein bisschen empört, trat aber dennoch gehorsam so weit wie möglich vom Tisch zurück, und Nikola drehte den Schalter mit einem Ruck bis zum Anschlag.

Die Kakerlake explodierte. Wenigstens nahm ich das an, denn in einem Moment war sie noch da, im nächsten war das Glas zur Gänze von wirbelndem goldenem und anthrazitfarbenem Staub erfüllt, in dem eine Million winziger weißer Funken aufblitzten und sofort wieder erloschen.

Genau wie in mir. Es tat nicht wirklich weh, war aber so unangenehm, dass mir ein echter Schmerz beinahe lieber gewesen wäre: In meinem Hals, dem weichen Fleisch unter dem

Kinn, der Schulter und einer dünnen Linie, die wie ein straff gespannter Draht schräg abwärts bis zu meinem Herzen führte, schienen ebenfalls zahllose winzige weiße Funken zu erblühen und gerade einen Sekundenbruchteil vor dem Moment wieder zu erlöschen, in denen sie mein Fleisch verbrennen und zu echtem Schmerz werden konnten. Etwas zupfte an meiner Haut, und für einen noch kürzeren, fast schon zeitlosen Moment hatte ich das grässliche Gefühl, von innen nach außen gestülpt und neu – aber nicht *ganz* richtig – wieder zusammengesetzt zu werden. Dann erlosch es auch schon wieder.

Jemand sagte etwas, das ich nicht verstand, etwas klirrte und schepperte, und das gesamte zusammengewürfelte … *Zeug* auf dem Tisch begann zu zittern, zu beben und zu klappern, jedes Teil auf seine eigene Art und Möglichkeit. Erst jetzt begriff ich, dass ich selbst der Urheber dieses misstönenden Konzertes war, denn ich hatte in meinem Schrecken den Tisch heftig angerempelt.

Niemand schien Notiz davon zu nehmen, und Nikola fuhr in fast schon anstößig fröhlichem Ton fort: »Aber ganz so zäh nun auch wieder nicht.«

Ich fuhr mir mit den Fingerspitzen übers Gesicht, stellte fest, dass es noch da war, und sah dann wieder auf das Glas hinab. Die Wolke aus Staub und messingfarbenen Splittern hatte sich wieder gesenkt und bildete nun eine flockige Ascheschicht auf seinem Boden.

»Und wenn Sie den Strom wieder ausschalten, setzt es sich erneut zusammen?«, vermutete Allison.

»Ich *habe* den Strom bereits ausgeschaltet«, antwortete Nikola und deutete auf den Schalter, der tatsächlich wieder am anderen Ende der Skala stand. »Wenn das Magnetfeld stark genug ist, zerstört es die Struktur der Maschinen. Ich nehme an, dass sie von Elektromagnetismus angetrieben werden. Und wenn er eine gewisse Stärke übersteigt …«

»... dann stolpern sie gewissermaßen über ihre eigenen Füße und zerstören sich selbst in ihrer Hast, sich wieder zusammenzusetzen«, führte ich den Satz an seiner Stelle zu Ende.

»Gut geraten«, sagte Nikola anerkennend.

»Das war nicht geraten«, erwiderte ich missmutig. »Ich konnte es spüren. In mir.«

Nikola wirkte weder überrascht noch betroffen. »Dann hat der Magnet gestern doch nicht alles entfernt. Nun, damit war zu rechnen.«

»Sie hätten ihn warnen können«, sagte Watson. »Aber das wollten Sie gar nicht, habe ich recht?«

Nikola zog es vor, nicht darauf zu antworten, hob nur die Schultern – und drehte den Schalter mit einem Ruck noch einmal bis zum Anschlag. Das Brummen erklang erneut, aber in meinem Inneren explodierten keine Funken mehr, und mein Gesicht versuchte auch nicht noch einmal, von meinem Schädelknochen zu springen. »Sparen Sie ein wenig Strom, Nikola«, sagte ich übellaunig. »In mir ist nichts mehr.«

Nikola drehte den Schalter wieder zurück und sagte auch dazu nichts.

»Dann können Sie mit diesem ... Magnetfelddingsbums dieses schreckliche Zeug aus Stanley und den anderen herausholen?«, fragte Allison. »Und aus mir?«

»Ja«, sagte Nikola, und Watson und ich wie aus einem Mund: »Nein!«

»Aber ich kann es«, beharrte Nikola. Er schlug mit der flachen Hand auf das Glas, und der Staub darin tanzte.

»Und sie damit umbringen«, knurrte ich.

»Ich habe es schon probiert«, beharrte Nikola. »Ich war heute Nacht nicht untätig. Ihr Einverständnis vorausgesetzt, Doktor, habe ich dieses kleine Experiment mit einem der Toten wiederholt. Was soll ich sagen: Es funktioniert.«

»Bei einem Toten, ja«, sagte Watson verärgert. »Einem lebenden Menschen könnte es schwere Schäden zufügen. Oder ihn sogar umbringen.«

»Und wenn wir gar nichts tun?«

»Dann passiert möglicherweise auch gar nichts«, sagte ich, allmählich ernsthaft wütend. »Sie werden niemanden mit Ihren Experimenten in Lebensgefahr bringen!«

»Und schon gar nicht Allison«, sagte Nikola. »Natürlich nicht. Wofür halten Sie mich, Quinn?«

»Wollen Sie das wirklich wissen?«

»Aber es macht mir nichts«, sagte Allison.

Ich war nicht der Einzige, der sie anstarrte.

»Ich bin mir der Gefahr durchaus bewusst«, fuhr sie fort, »aber ich bin bereit, dieses Risiko in Kauf zu nehmen.«

»Sie haben keine Ahnung, wovon Sie da reden, junge Dame«, sagte Watson.

»Ich denke schon«, antwortete Allison kopfschüttelnd. »Und Sie sollten es auch, Doktor. Sie haben Stanley und die anderen doch untersucht! Ich will nicht so enden!«

»Sie wollen lieber in Stücke gesprengt werden?«, fragte ich.

»Das wäre immer noch besser, als bei lebendigem Leibe zu verhungern oder von diesem Zeug langsam aufgefressen zu werden, ja.« Allison wandte sich mit kampflustig vorgerecktem Kinn an Nikola. »Was genau ist eine Von-Neumann-Maschine noch einmal, sagten Sie, Nikola?«

Nikola hatte gar nichts gesagt, und er tat es auch jetzt nicht, aber er wirkte mit einem Mal sehr nachdenklich.

»Eine Idee«, antwortete Watson an seiner Stelle, »und eine ziemlich verrückte dazu.«

»Von Ihnen, Professor?«, hakte Allison nach.

Nikola erwachte aus seiner Erstarrung. »Ja«, bestätigte er und schüttelte gleich darauf den Kopf. »Eigentlich stammt sie von einem Kind, auf das ich vor ein paar Wochen auf der Weltausstellung in Brüssel aufmerksam geworden bin.«

»Einem *Kind*?«

»Ein gewitzter kleiner Busche, acht oder neun Jahre alt, der sich wie ich für moderne Schiffsmaschinen interessierte«, bestätigte Nikola. »Ich bin auf ihn aufmerksam geworden, als er sich gerade eine Vierzylinder-Torpedobootsmaschine mit Lentz-Ventilsteuerung angesehen hat, die …«

»Professor!«, unterbrach ihn Allison.

Nikola zuckte entschuldigend mit den Schultern. »Der Bursche war mit seiner Gouvernante da, aber eigentlich hatte ich den Eindruck, dass nicht sie ihm etwas beibringen konnte, sondern dass es eher umgekehrt war. Er hat ihr die Maschine erklärt. Und dadurch sind wir ins Gespräch gekommen.«

»Also so eine Art Wunderkind wie Mozart«, vermutete ich. »Nur kein Musiker …«

»Sondern ein angehender Wissenschaftler«, schnitt mir Nikola das Wort ab. »Und damit Sie es gleich wissen: Radikale Ideen sind nicht weniger wert, nur weil sie von einem Kind stammen.«

»Und welche radikale Idee meinen Sie genau?«, fragte Allison.

»Nun, angesichts der Raketentriebwerke von Robert Goddard und seiner Mondflug-Idee spekulierten wir, ob Menschen in ferner Zukunft nicht zu den Sternen fliegen und andere Welten besiedeln könnten.«

»Ja, es sieht Ihnen ähnlich, so einen Unsinn mit einem Kind zu *besprechen*«, sagte ich.

Nikola schüttelte energisch den Kopf. »Ganz so verrückt finde ich die Idee gar nicht. Aber das tut im Moment nichts zur Sache. Dieser Junge – von-Neumann – hatte die Idee, dass man nur eine einzelne Maschine bräuchte, um einen ganzen

Planeten zu kolonisieren, so groß wie unsere Erde oder sogar noch größer.«

»Das müsste aber eine gewaltige Maschine sein«, antwortete ich.

»Eher im Gegenteil, eine sehr kleine«, widersprach Nikola. »Das Elegante ist, dass sie im ersten Schritt nichts weiter tun müsste, als sich selbst zu reproduzieren. Sie verstehen?«

»Nein«, antworteten Allison und ich gleichzeitig, während Watson mit einem Mal interessiert wirkte. »Wenn sie ihre Aufgabe lange genug erfüllt hat und ihre Zahl genügend weit angewachsen ist, beginnen sie eine andere Art von Maschinen zu produzieren«, fuhr Nikola fort. »Noch kleiner und noch einmal simpler. Winzig klein, verstehen Sie, vielleicht so klein wie ein Staubkorn oder noch kleiner. Und deren einzige Aufgabe wiederum ist es …«

»… sich zu allen möglichen anderen Maschinen zusammenzusetzen, die gerade eben gebraucht werden«, schloss Watson. Ich starrte ihn verärgert an, weil ich gerade das Gleiche hatte sagen wollen.

»Ja«, bestätigte Nikola. »Die Idee ist so simpel wie genial, meinen Sie nicht?«

Ich fand die Idee ebenso monströs wie abstoßend, und ich wollte diese Vorstellung nicht noch aufwerten, indem ich auch nur darüber nachdachte.

»Und wie hilft uns das jetzt weiter?«, fragte Allison.

Nikola und Watson tauschten einen raschen Blick, antworteten aber nicht.

»Haben Sie geglaubt, mich mit dem Gerede über Sternenreisen und sich selbst reproduzierenden Maschinen von meinem Entschluss abbringen zu können?« Allisons Stimme klang mit einem Mal wieder kampfeslustig. »Daraus wird nichts, meine Herren. Mein Entschluss steht fest. Ich werde das Experiment wagen.«

»Das ist viel zu gefährlich«, sagte Watson. »Ich weiß, dass Sie keine besonders hohe Meinung von diesem Institut haben und von mir vermutlich erst recht nicht. Das bedauere ich, aber ich bin an allererster Stelle Arzt, und als solcher werde ich ein so haarsträubendes Experiment ganz gewiss nicht erlauben.«

»Sie sehen lieber zu, wie wir alle sterben?«, fragte Allison. »Das ist nicht Ihr Ernst, oder?«

»Natürlich nicht!«, verteidigte sich Watson. Er klang ein bisschen empört. »Wir werden einen anderen Weg finden.«

»Der Junge«, sagte Nikola.

»Welcher Junge?«, fragte ich. »Chip? Was ist mit ihm?«

»Ist er noch am Leben?«, wandte sich Nikola an den Arzt.

»So gerade noch«, sagte Watson. »Er ist zäh. Erstaunlich zäh für einen Jungen so schlechten Allgemeinzustands, das stimmt. Aber ich glaube dennoch nicht, dass er noch einen weiteren Tag übersteht. Es tut mir leid.«

»Dann helfen Sie mir, ihn zu retten.« Nikola deutete auf seine Versuchsanordnung.

»Sie wollen mit diesem armen Jungen experimentieren?«

»Ich will ihm das Leben retten«, sagte Nikola eindringlich. »Ja, es ist gefährlich. Aber wie würden Sie als Arzt entscheiden, wenn Sie einen Patienten hätten, der mit Sicherheit an einer Krankheit stirbt, und ein neues Medikament, das ihn vielleicht ebenfalls tötet, ihn mit einiger Wahrscheinlichkeit aber auch ins Leben zurückholen könnte?«

»Das ist billig«, sagte Watson.

»Das ist die Wahrheit«, verbesserte ihn Nikola. »Ich gebe zu, es ist brutal, aber das ist die Wahrheit zuweilen nun einmal.«

Watson überlegte. Lange. Dann nickte er, aber er tat es sehr widerwillig und mit einer Miene, als bereitete es ihm körperliches Unbehagen. »Also gut. Aber Sie müssen Ihre … Höllenmaschine zusammenpacken und nach oben bringen.«

»Das wird kompliziert und …«

»Es ist ein Wunder, dass der Junge noch lebt«, unterbrach ihn Watson. »Wenn Sie darauf bestehen, ihn hier herunterzuschaffen, können Sie ihm genauso gut auch gleich die Kehle durchschneiden.«

»Ich wusste gar nicht, dass Sie ein solches Faible fürs Melodramatische haben«, sagte Nikola.

»Nur für die Wahrheit«, berichtigte ihn Watson. »Und Sie beeilen sich besser, bevor ich meine Entscheidung bereue und es mir anders überlege. Ich schicke Ihnen Mulligan, damit er Ihnen hilft.« Damit ging er, noch bevor Nikola etwas erwidern konnte.

»Ich werde diesem Grobian mit seinen zwei linken Händen ganz gewiss nicht meine empfindlichen Instrumente anvertrauen!«, schnaubte Nikola.

»Dann helfen wir Ihnen«, bot sich Allison an. Wäre Allison nicht Allison gewesen, dann hätte ich sie jetzt vermutlich gefragt, wer sie eigentlich gebeten hatte, meine Entscheidungen zu treffen. So aber nickte ich nur und war mehr als bloß ein bisschen erleichtert, als Nikola nach kurzem Überlegen den Kopf schüttelte.

»Es sind wirklich sehr empfindliche Geräte«, sagte er. »Nur eine falsche Bewegung, und ich brauche möglicherweise Stunden, um sie neu zu justieren. Ich mache das selbst. Aber wenn Sie mir helfen wollen, dann gehen Sie nach oben und sehen sich das Zimmer an, in dem der Junge liegt. Ich brauche eine stabile Stromversorgung. Können Sie dafür sorgen?«

Ich hatte nicht die leiseste Ahnung von all diesen Dingen, aber im Augenblick war mir fast alles lieber, als noch länger in Nikolas Nähe zu bleiben; und der seiner unheimlichen Maschinen.

18

Schon als ich Allison gestern in ihrem *Zimmer* aufgesucht hatte, war mir dieses mehr wie eine Kerkerzelle als irgendetwas anderes vorgekommen. Angesichts der Insassen dieses Gebäudes war es das wohl auch, und sosehr ich mich auch gegen diese Einsicht zu wehren versuchte, zumindest bis zu einem gewissen Grad sogar zu Recht. Ich hatte Allisons Ausbruch nicht vergessen, und da es nun einmal sie war, pflichtete ich ihr auch zu gerne bei, was ihre Meinung Einrichtungen wie dieser gegenüber anging. Nur zu oft dienten sie nur dem Zweck, diejenigen wegzusperren, die ihren Angehörigen oder der Allgemeinheit zur Last fielen oder ihnen Angst machten. Zweifellos mussten etliche von ihnen weggesperrt, ja sogar an ihren Betten fixiert oder mit Zwangsjacken gebunden werden, weil sie für sich oder andere gefährlich waren. Aber wie alles hatte auch diese Medaille zwei Seiten. Wo Menschen Macht über andere hatten, da gediehen stets auch Willkür und Gedankenlosigkeit, selbst unter den edelsten Absichten … von denen ich ganz und gar nicht sicher war, dass sie hier vorlagen oder es jemals getan hatten.

»Also, ich wäre dann so weit«, drang Nikolas Stimme in meine Gedanken. »Und wir sollten uns vielleicht ein wenig beeilen. Das Wetter schlägt um.«

Damit hatte er recht. Schon als wir hier heraufgekommen waren, hatte es leicht zu regnen begonnen. Der Himmel über dem schmalen Fenster hatte sich verdunkelt, und aus dem seidigen Rauschen des Nieselns auf dem schmutzigen Glas war längst ein hartes Klopfen wie von den Fingerknöcheln eines Skeletts geworden. Wenn ich mich konzentrierte, dann konnte ich ein leises Grollen und Rumoren hören, wie ferne Meeresbrandung, nur nicht so gleichmäßig. Ein Gewitter zog auf.

»Ham Se Angst, nass zu werden?«, kicherte Mulligan.

Das brachte ihm nicht nur einen tadelnden Blick Watsons ein, sondern auch Allisons Unmut. Nikola aber deutete nur ein knappes Kopfschütteln an und wies zum Fenster hoch.

»Ein Gewitter zieht auf, Mister Mulligan«, sagte er. »Blitze setzen gewaltige elektrische Spannungen frei, und wir experimentieren hier mit Elektrizität.«

»Experimentieren?«, fragte Allison scharf.

»Arbeiten«, verbesserte sich Nikola ungerührt. »Bei einem Gewitter werden gewaltige elektrische Kräfte freigesetzt, von denen niemand genau weiß, was sie bewirken können, nicht einmal ich. Ich möchte hier ungern mit fluktuierenden Magnetfeldkaskaden arbeiten, wenn über uns ein Gewitter tobt. Können Sie das verstehen, Mister Mulligan?«

Mulligan glotzte, und Allison, die noch vor einer Sekunde den Eindruck erweckt hatte, als würde sie ihm am liebsten die Augen auskratzen, hatte plötzlich alle Mühe, das spöttische Funkeln in ihrem Blick nicht zu offensichtlich werden zu lassen. Ein erster, einzeln stehender Donnerschlag rollte aus der Ferne zu uns heran, wie um Nikolas Worte zu unterstreichen, und Mulligan sah plötzlich sehr unglücklich aus.

»Holen Sie mir noch eine Flasche Chloroform, Mulligan«, bat Watson. »Nur für alle Fälle.«

Mulligan hatte es plötzlich sehr eilig, den Raum zu verlassen, und ich sah ihm kopfschüttelnd nach. »Jetzt haben Sie den armen Kerl verstört. Ich glaube nicht, dass er es verstanden hat.«

»Haben Sie es verstanden?«, erkundigte sich Nikola mit unbewegter Miene.

»Nein«, gestand ich.

»Das hätte mich auch gewundert«, sagte Nikola. »Es war vollkommener Unsinn.«

»Aber es klang gut«, amüsierte sich Allison.

»Kein Unsinn war allerdings, was ich über Gewitter und elektrische Spannung gesagt habe«, fuhr Nikola fort. »Ich persönlich glaube nicht, dass eine Gefahr besteht, aber wir sollten kein Risiko eingehen.« Er deutete auf den schlafenden Jungen auf dem Bett. »Ich weiß nicht, wie viel Zeit uns noch bleibt.«

»*Uns?*«, fragte Allison, wieder in spitzerem Tonfall.

Nikola verzichtete klugerweise auf eine Antwort. Ich konnte nun nicht mehr anders, als das zu tun, was ich mehr oder weniger erfolgreich vermieden hatte, seit wir hereingekommen waren: nämlich, den schlafenden Jungen anzusehen.

Chip bot einen erbarmungswürdigen Anblick. Er lag nur mit einer zerschlissenen Unterhose bekleidet auf dem Bett, sodass man deutlich sehen konnte, wie abgemagert er war. Ich glaubte nicht, dass er noch nennenswert mehr als fünfzig oder sechzig Pfund wog. Seine Haut sah aus wie hundert Jahre altes Pergament, auf dem schon mindestens ebenso viele Texte aufgeschrieben und wieder gelöscht worden waren. Die Rippen und Gelenke stachen wie Messer durch die Haut, und den Anblick seines Gesichtes zu ertragen fiel mir wirklich schwer. Es sah aus wie ein Totenschädel, der mit schmutzigem Sackleinen überzogen worden war, und es hatte nicht nur mehrere Zähne verloren, sondern auch einen Gutteil seines Haars.

Das Gesicht eines Greises auf dem Körper eines verhungerten Kindes, ein Anblick, der mir schier die Kehle zuschnürte. Und das technische Hexenwerk, das Nikola um sein Bett herum aufgestellt hatte, machte den Anblick irgendwie noch schrecklicher. Aus den zwei Kupferstäben waren vier geworden, die mir auch deutlich größer vorkamen als die, die ich vorhin unten im Keller gesehen hatte, und zahlreiche Kabel und blitzende Kupferdrähte schlängelten sich um und über Chips ausgemergelten Körper; ein Anblick, der mich aus gegebenem Anlass an ein metallenes Spinnennetz erinnerte.

»Dann lassen Sie uns anfangen«, sagte Watson. Ich konnte ihm ansehen, wie schwer ihm diese Worte fielen.

»Sind Sie sicher?«, fragte Allison.

»Nein«, antwortete Watson. »Aber er lebt vielleicht noch eine Stunde. Eigentlich müsste er schon tot sein. Fangen Sie an.«

Nikola streckte auch prompt die Hand nach seinem Drehschalter um, zögerte aber dann noch einmal und sah zu Allison hoch. »Ich habe die Spannung noch einmal erhöht. Vielleicht treten Sie besser ein Stück weiter zurück.«

Allison wich gehorsam bis zur Tür zurück, was Nikola aber noch nicht zu genügen schien. »Nicht unbedingt unter einen Türrahmen aus Metall«, sagte er.

Allison ging hastig zwei Schritte weiter bis auf den Flur zurück, und Nikola führte seine angefangene Bewegung zu Ende und drehte den Schalter bis zum Anschlag. Das mir schon vertraute Summen erklang, und unzählige winzige Funken jagten einander zu den Spitzen der Kupferstäbe hinauf.

Im allerersten Moment war das alles, was geschah. Im zweiten ebenfalls und auch noch so lange, wie Nikola brauchte, um die Stirn zu runzeln und einen besorgten Ausdruck auf seinem Gesicht erscheinen zu lassen.

Dann schrie Chip, ein hoher, gellender Laut, der sich nicht wirklich so anhörte, als stammte er aus einer menschlichen Kehle. Er bäumte sich auf, als wäre in seinem Körper plötzlich eine gewaltige stählerne Feder losgelassen worden. Ich hörte einen Laut, der mich auf grässliche Weise an das Geräusch von zerbrechendem Holz erinnerte, aber *aus* Chips Leib zu kommen schien. Aus den Augenwinkeln sah ich, wie Allison die Hand vor den Mund schlug und eine Bewegung machte, wie um hereinzustürzen, dann aber ganz im Gegenteil entsetzt zurückprallte. Doch der schauerliche Anblick schlug mich zugleich auch zu sehr in den Bann, um darauf zu reagieren.

Und es war noch nicht vorbei, sondern schien gerade erst anzufangen. Chip schrie noch einmal und sank dann mit erschreckender Plötzlichkeit wieder auf das Bett zurück. Sein Kopf rollte zur Seite, und blutiger Schaum erschien auf seinen Lippen.

Und nicht nur dort.

Zuerst glaubte ich, es sei Schweiß, der ihm schlagartig und am ganzen Leib ausbrach, doch das war es nicht.

Es war Blut.

Unzählige winzige rote Tröpfchen erschienen wie schimmernde Stecknadelköpfe überall auf seiner Haut und liefen zu roten Rinnsalen und Strömen zusammen, sodass er nach kaum einer halben Minute wie lebendig gehäutet aussah.

Und endlich überwand ich meine Erstarrung und wollte zu ihm, doch Nikola legte mir rasch seine Hand mit gespreizten Fingern auf die Brust, um mich zurückzuhalten, und auch Watson schüttelte den Kopf.

»Lassen Sie ihn«, sagte er.

»Nur noch einen Moment«, fügte Nikola hinzu. »Wenn wir zu früh aufhören, dann war alles umsonst, und der Junge stirbt vielleicht.«

»Ich fürchte, damit hat er recht«, sagte Watson betrübt. »Aber noch eine oder zwei Minuten mehr …«

Und wir bringen ihn ebenfalls um, beendete ich den Satz in Gedanken, als Watson es nicht laut tat. Der Junge wimmerte jetzt nur noch, statt zu schreien, und seine Glieder zuckten, als erlitte er Krämpfe oder einen elektrischen Schlag nach dem anderen. Noch immer quoll Blut aus seiner Haut, wenn auch nicht mehr so heftig wie kurz zuvor. Funken tanzten über die Kupferstäbe, die sein Bett an allen vier Eckpunkten flankierten, und die Luft stank plötzlich durchdringend nach Ozon.

»Hören Sie auf, um Gottes willen!«, keuchte ich. »Sie bringen ihn um!« Ich musste an mein eigenes schreckliches Erlebnis mit Nikolas *Magnetmaschine* denken, und meine Fantasie versagte vor der Aufgabe, sich vorzustellen, was Chip gespürt haben musste, um so zu reagieren. Ein weiterer, dieses Mal sehr viel näherer Donner erscholl, und nun griff Nikola endlich nach dem Schalter und drehte ihn zurück. Chip wimmerte noch einmal, rollte sich auf der Seite zusammen und begann zu weinen.

Ich wollte an sein Bett treten, doch Watson schob mich grob aus dem Weg, beugte sich über den wimmernden Jungen und fing an, ihn mit kundigen Bewegungen zu untersuchen.

Ich sah über die Schulter zurück, als ich Schritte hörte, doch es war nicht Allison, sondern Mulligan, der zurückkam und eine braune Glasflasche so sorglos in der Hand balancierte, dass mir eingedenk ihres Inhalts ein kalter Schauer über den Rücken lief. Allison selbst war bis zur anderen Wand zurückgewichen und hatte die Hand vor den Mund geschlagen, wie um einen Schrei zu unterdrücken.

»Er lebt«, sagte Watson. Kam es mir nur so vor, oder klang er überrascht? »Mulligan, stehen Sie nicht rum und halten Maulaffen feil, sondern kommen Sie her und helfen Sie mir! Alle anderen raus hier!«

Mulligan schob mich unsanft aus dem Weg, und ich trat widerstrebend rücklings aus der Zelle hinaus und wandte mich dann wieder zu Allison um.

Fast wünschte ich mir, ich hätte es nicht getan.

Allison hatte die Hand vor den Mund geschlagen, aber nicht,

um einen Schrei ob des Schrecklichen zu unterdrücken, das Chip widerfahren war, wie ich vermutet hatte. Jedenfalls nicht nur.

Auch Allisons Gesicht und ihr Handrücken waren voller Blut. Nicht annähernd so viel, wie es bei Chip der Fall gewesen war, doch ihre Haut war mit Hunderten winziger roter Punkte gesprenkelt, wie die schlimme Version von Sommersprossen, und der gerade noch blütenweiße Verband an ihrem Hals hatte sich schon wieder zur Hälfte rot gefärbt.

»Großer Gott, Allison!«, entfuhr es mir. »Ist …«

»Alles in Ordnung«, unterbrach sie mich auf eine Art, die das genaue Gegenteil bewies.

»Das sieht aber nicht so aus«, sagte ich. »Sie bluten!«

»Das ist nichts«, behauptete Allison. »Ich war wohl … noch nicht weit genug entfernt. Selbst schuld.«

»Ja, sicher«, grummelte ich und schrie fast: »Doktor! Schnell!«

Beinahe schon zu meiner Überraschung sah Watson nicht nur von Chips Krankenbett auf, sondern kam auch mit drei schnellen Schritten zu uns heraus. Ungefragt griff er nach Allisons Hand und betrachtete sie knapp im schwachen Licht des Korridors, bevor er sich ihrem Gesicht zuwandte. Allison versuchte sich loszumachen, allerdings ohne sonderlich viel Kraft.

»Wie fühlen Sie sich?«, fragte Watson. »Ist Ihnen übel? Schwindelgefühl? Herzrasen?«

»Ja, ja und ja«, antwortete Allison. »Aber das ist nicht so schlimm.«

»Und das ist gelogen, junge Dame«, sagte Watson, »und nicht einmal besonders überzeugend. Aber der Junge braucht meine Hilfe jetzt dringender, fürchte ich.«

»Wie geht es ihm?«

»Erstaunlicherweise ist er noch am Leben«, antwortete Watson, »und damit das auch so bleibt, muss ich mich zuerst um ihn kümmern. Mulligan wird Sie in mein Büro bringen. Bitte warten Sie dort auf mich. Und reden Sie mit niemandem.«

»Wir finden schon selbst dorthin«, behauptete ich, doch Watson drehte sich bereits um und eilte zu Chip zurück. »Selbst wenn das so wäre«, stieß er hervor, »haben Sie immer noch keinen Schlüssel. Mulligan!«

Mulligan, und in seinem Schlepptau auch Nikola, traten zu uns heraus. Nikola fuhr ein bisschen zusammen, als er Allisons blutiges Gesicht und Hände sah und senkte dann hastig den Blick, während es Mulligan entweder gar nicht auffiel, oder er solche und schlimmere Anblicke gewöhnt war.

Auch jetzt wieder ein abgelegenes Treppenhaus und wenig frequentierte Gänge benutzend, führte Mulligan uns zu Watsons Büro, das nicht nur ebenfalls in einem Seitentrakt des Gebäudes lag, sondern vor allem durch seine Größe glänzte – beziehungsweise deren Abwesenheit. Obwohl aus zwei Zimmern bestehend und mit einem großzügigen Fenster ausgestattet, war es nicht nennenswert geräumiger als meine Kombination aus Schlafraum und Büro, und auch das Mobiliar erschien mir kaum weniger betagt als mein eigenes.

Immerhin gab es eine Kommode mit einer kleinen Waschgelegenheit, die Allison unverzüglich ansteuerte, während ich mich diskret umwandte und die Gelegenheit gleich nutzte, um mich an Mulligan zu wenden. »Rufen Sie einen Arzt, der sich um Miss Carter kümmert!«

»Das wird Doktor Watson gleich machen«, antwortete Mulligan. »Sobald er mit dem Bengel fertig ist.«

»Der *Bengel*«, versetzte ich scharf, wobei ich mich beherrschen musste, um nicht noch lauter zu werden, »hat einen Namen, Mulligan! Und Sie werden sofort einen Arzt rufen! Sehen Sie sich Miss Carter doch an!«

»Ja, vielen Dank auch für das Kompliment«, sagte Allison

hinter mir. Ich hütete mich, zu ihr zurückzusehen und mich an ihrem Blick zu verbrennen, doch ich konnte hören, wie sie die Hände in die Waschschüssel tauchte.

»Doktor Watson kommt bestimmt so schnell er kann«, versicherte Mulligan nervös. »Und ich … ich darf keinen anderen Arzt holen! Auch nicht Doktor Jefferson oder Doktor Harris, die auf anderen Stationen Dienst tun.«

»Wieso nicht?«, hakte Nikola nach.

»Weil ich …« Mulligan fuhr sich nervös mit dem Handrücken über das Kinn. »Captain Adler hat es verboten«, bekannte er schließlich. »Niemand darf mit Ihnen reden oder … oder den anderen.«

»Captain Adler?«, wiederholte Nikola grimmig. »Nun, *Captain* Adler wird sich vielleicht schon sehr bald mit den besten Anwälten der ganzen Stadt auseinandersetzen müssen, wenn Miss Carter ihn auf Schadenersatz und Schmerzensgeld verklagt oder gar bleibende Schäden zurückbehält, weil ihre Verletzungen zu spät behandelt worden sind.«

In Mulligans sommersprossigem Gesicht war es schwer zu erkennen, aber mir entging trotzdem nicht, wie blass er plötzlich wurde. »Aber ich … ich sage doch nur …«

»Lassen Sie den armen Mann in Ruhe, Nikola«, sagte Allison. »Er tut schließlich nur, was man ihm befohlen hat. Wenn Sie jemanden brauchen, auf dem Sie herumtrampeln können, dann suchen Sie diesen Captain.«

»Worauf Sie sich verlassen können«, versicherte Nikola. Er zielte mit dem ausgestreckten Zeigefinger wie mit einer Waffe auf Mulligans Brust. »Sie bringen mich jetzt zu ihm!«

Selbst dieser irische Sturkopf war wohl klug genug, einzusehen, wann es keinen Sinn mehr hatte weiterzukämpfen, denn er schluckte schwer, nickte aber dann nur umso hastiger und hatte es plötzlich sehr eilig, uns zu verlassen. Nikola folgte ihm so dichtauf, dass die beiden unter der Tür um ein Haar zusammengestoßen wären.

Ich drückte die Tür hinter ihnen ins Schloss, bemerkte aus den Augenwinkeln, dass Allison immer noch damit beschäftigt war, sich zu säubern, und trat diskret ans Fenster, um so lange hinauszusehen, bis sie fertig war.

Den Anblick als deprimierend zu bezeichnen wäre geschmeichelt gewesen. Aus dem leichten Nieseln war ein schwerer Regenfluss geworden, und der Himmel hatte sich nicht nur noch weiter zugezogen, vom Meer her näherte sich jetzt auch eine Wand aus schwarzen Wolken, in der es immer wieder stroboskopisch aufleuchtete. Seltsamerweise hörte ich kein einziges Donnern mehr, aber ich meinte das elektrische Knistern der Blitze wie die Berührung von Spinnweben auf dem Gesicht zu spüren.

Allisons Vergleich von gestern fiel mir wieder ein, als ich auf den Innenhof hinabsah, eine leicht asymmetrische Raute, die an drei Seiten von nassen Backsteinwänden mit einer Unzahl vergitterter Fenster und an der vierten von einer zwanzig Fuß hohen Mauer gebildet wurde, die eine hässliche Krone aus Glasscherben und Stacheldraht trug. Allison hatte recht gehabt, dachte ich betrübt. Dieses sogenannte Krankenhaus sah nicht nur aus wie ein Gefängnis, es war schlimmer, denn die Insassen eines Zuchthauses hatten wenigstens noch ein Minimum an Rechten.

Das Scharren eines Stuhles verriet mir, dass Allison fertig war und sich gesetzt hatte, also wandte ich mich vom Fenster ab und nahm ebenfalls Platz. Erst dann raffte ich all meinen Mut zusammen und sah ihr ins Gesicht.

Der Anblick war nicht so schlimm, wie ich befürchtet hatte. Allison hatte das Blut von ihrem Gesicht und ihren Händen gewaschen, und ich sah keinerlei Verletzungen, nur eine leichte

Rötung ihrer Haut, als hätte sie sich einen Sonnenbrand zugezogen.

»Auch wenn es vermutlich eine dumme Frage ist«, begann ich unbeholfen, »aber wie fühlen Sie sich?«

»Sie haben recht«, sagte Allison. »Es *ist* eine dumme Frage. Sie wissen doch sicherlich selbst am besten, wie es sich anfühlt: als würde man von innen nach außen gestülpt.«

Das entsprach auf so verblüffende Weise dem, was ich vorhin unten in Nikolas Büro gedacht hatte, dass ich gar nicht anders konnte, als sie zwei oder drei Sekunden lang einfach nur anzustarren – was Allison natürlich vollkommen falsch verstand.

»Ich nehme an, bei Ihnen war es deutlich schlimmer«, vermutete sie.

»Ich habe nicht geblutet«, gab ich zu bedenken.

»Nikola hat gesagt, er hätte die Spannung erhöht«, sagte Allison. »Ich hätte besser auf ihn hören und einen entsprechenden Sicherheitsabstand einhalten sollen. Außerdem …«

»Außerdem?«

»Nichts«, sagte Allison. »Ich bin noch ein bisschen durcheinander. Es war ein … ungewöhnliches Erlebnis.«

Bevor ich nachhaken konnte, machte sie eine rasche Handbewegung. »Glauben Sie, dass der Junge überlebt?«

»Chip?« Ich hob die Schultern. »Ich hoffe es. Es täte mir sehr leid, wenn er es nicht schaffen würde.«

»Weil Sie ihn mögen.«

Das war lächerlich – ich kannte diesen kleinen Straßenjungen ja praktisch gar nicht –, aber ich ertappte mich dabei, trotzdem zu nicken, und Allison fuhr fort: »Ich auch.«

»Sie auch … *was*?«, fragte ich, obwohl ich die Antwort eigentlich kannte.

»Ich mag ihn auch«, sagte sie. »Und ich habe ihn noch nie zuvor gesehen. Ist das nicht eigenartig?«

»Das alles hier ist eigenartig …«, antwortete ich ausweichend. »Wir haben einige wirklich aufregende Stunden hinter uns, Allison. Wir sind fast getötet worden. Sie wurden verletzt …«

»Genau wie Sie.«

»… und wir sind alle sehr aufgeregt und nervös und deuten so manches vielleicht falsch, das sich bei genauerem Hinsehen als vollkommen harmlos herausstellen mag.«

Allison legte den Kopf auf die Seite. »Jetzt hören Sie sich an wie Ihr Freund Adler.«

»Adler ist nicht mein Freund!«, empörte ich mich.

»Ich weiß«, antwortete Allison. »Aber Sie klingen so. Sie wissen genau, wovon ich rede, oder?«

»Tue ich das?«

Jetzt wirkte Allison leicht verärgert. Aber nur einen Herzschlag lang, dann lächelte sie wieder, und ihre Stimme und ihr Blick wurden weich. »Ich konnte ihn spüren, Quinn«, sagte sie. »Als Nikola seinen Magneten eingeschaltet hat, da konnte ich ihn spüren. Nicht nur seinen Schmerz, sondern …«

Sie stockte, und ich sagte: »Alles.«

Allison nickte. »Ja. Ich weiß, wie verrückt sich das anhört, aber ganz kurz hatte ich das Gefühl …«

»Alles über ihn zu wissen. Er zu *sein.*«

»Und es war blitzschnell wieder vorbei«, bestätigte Allison. »Sie haben es also auch gespürt.«

»Es war unheimlich«, bestätigte ich. »Aber wie gesagt: Wir haben ein paar erschreckende Dinge erlebt, und …«

Ich sprach nicht weiter, als sich Allisons Lächeln abermals änderte und zu etwas wurde, das ich nicht genau deuten konnte. »Oh, Quinn«, seufzte sie. »Sie können einfach nicht aus Ihrer Haut, habe ich recht?«

»Wer kann das schon«, fragte ich in dem vergeblichen

Versuch, scherzhaft zu klingen, »wenigstens in der heutigen Zeit?«

»Sie waren Polizist«, sagte Allison. »Ein sehr guter Polizist, wie ich gehört habe.«

»Von wem? Adler?«

Allison ignorierte das. »Sie können einfach nicht anders, nicht wahr?«, fragte sie noch einmal, und das war nicht alles. Ihre Hand bewegte sich über den Tisch und legte sich auf meine Finger. Die Berührung war elektrisierend. »Sie müssen alles analysieren und logisch betrachten und auf seine Schlüssigkeit abklopfen und …«

»Und was spricht dagegen, genau das zu tun, junge Dame?«, fragte Watson von der Tür her.

Wenn es so etwas wie eine lenkende Macht des Schicksals gibt, dachte ich spöttisch (oder wenn man es genau nahm, eher hysterisch), dann muss sie über einen ganz besonderen Sinn für schwarzen Humor verfügen; denn genau in diesem Moment flammte ein greller Blitz am Himmel über dem Institut auf, gefolgt von einem krachenden Donnerschlag, der die Fensterscheiben klirren ließ. Ich nahm ihn nicht einmal zur Kenntnis, so überrascht, wie ich Allison anstarrte, denn das Flackern, auch wenn es nur den Bruchteil eines Lidschlags gewährt hatte, erzeugte einen durch und durch unheimlichen Effekt auf ihrem Gesicht. Schatten und Helligkeit wurden zu krassen Unterschieden aus völliger Schwärze und absoluter Heftigkeit, in der es keine Struktur und keine Tiefe mehr gab. Dennoch konnte ich deutlich sehen, wie sich etwas *unter* ihrer Haut bewegte. Vielleicht war es auch die Haut, die sich über etwas anderem bewegte, als hätten die einzelnen Bestandteile ihres Körpers ganz plötzlich entschieden, nicht mehr zueinanderzupassen und die Nähe der anderen zu meiden.

Der gespenstische Effekt erlosch schon nach einem einzigen

Augenblick, und mein Verstand machte mir klar, dass ich nur einem Trugbild aufgesessen war, bei dem das Flackerlicht des Gewitters und meine eigene Furcht gemeinsame Sache machten, um mich noch ein bisschen mehr zu quälen. Aber das nahm dem Moment nichts von seinem Schrecken. Mein Herz klopfte so hart, dass es fast wehtat, und ich starrte Allison aus aufgerissenen Augen an, für endlose Augenblicke nicht einmal in der Lage zu denken.

»Sie sollten sich mit Nikola zusammentun, Doktor«, sagte Allison, sich nur ganz leicht auf ihrem Stuhl herumdrehend. »Er glaubt auch immer noch, die ganze Welt mit Logik und mathematischen Formeln erklären zu können. Selbst nach allem, was er erlebt hat.«

»Und Sie halten das für falsch?«, erkundigte sich Watson. Die Vorstellung schien ihn zu amüsieren. Er ging um den Schreibtisch herum, der einen Großteil des vorhandenen Platzes beanspruchte, machte Anstalten, sich zu setzen, und kam dann noch einmal zurück. Ohne gefragt zu haben, entfernte er den Verband von Allisons Hals und untersuchte dann auch noch ihr Gesicht und ihre Hände. Was er sah, schien ihn zufriedenzustellen, denn er nickte nur, setzte sich ohne ein weiteres Wort und führte seinen unterbrochenen Gedanken fort, als wäre nur ein Atemzug vergangen und nicht mehrere Minuten.

»Ich widerspreche einer Dame wirklich ungern, Miss Carter, aber ich fürchte dennoch, dass Ihr Freund recht hat. Die Welt ist logisch, und man kann sie durchaus in Formeln der Mathematik und durch die Gesetze der Natur erklären. Wenn es uns manchmal so vorkommt, als wäre das nicht so und es gäbe Unerklärliches oder gar Übernatürliches, dann liegt das einzig daran, dass wir all diese Regeln und Gesetze noch lange nicht verstehen.«

Allison wirkte ein bisschen irritiert, und auch mir erging es nicht viel besser. Aber etwas warnte mich auch davor, diese Art von Diskussion mit Watson zu führen.

»Ich kann Sie beruhigen, Miss Carter«, fuhr Watson mit veränderter Stimme fort. »Ihre Verletzungen – wenn man sie denn überhaupt so nennen will – sind allerhöchstens oberflächlicher Natur. Es wird nichts zurückbleiben, was Ihrer Schönheit Abbruch tut.«

In Allisons Augen blitzte es kurz und zornig auf, doch sie ging nicht weiter auf diese Bemerkung ein. »Wie geht es Chip?«, fragte sie.

»Dem Jungen?« Watson schüttelte den Kopf, zog eine Schublade auf und entnahm ihr mit bedächtigen Bewegungen sämtliche Utensilien, um sich eine Pfeife zu stopfen. »Sein Zustand ist durchaus ernst, aber zugleich erstaunlich stabil. Mit etwas Glück wird er überleben. Ich bin noch nicht ganz sicher, ob Ihr Freund ihm nun das Leben gerettet oder ihm nur auf ganz besonders aufwendige Art den Todesstoß versetzt hat.«

Er riss ein Streichholz an, nahm einen langen, genießerischen Zug aus seiner Pfeife und sah sie durch den bläulichen Rauch nachdenklich an. »Ich werde Ihren Freund dennoch bitten müssen, seine Konstruktion noch einmal zu überarbeiten, bevor ich ihm gestatte, es an einem weiteren Menschen auszuprobieren.«

Wieder flackerte das weiße Licht eines Blitzes herein und erzeugte denselben unheimlichen Effekt auf Allisons Gesicht. Sie wartete ab, bis das Grollen des dazugehörigen Donners verklungen war, bevor sie antwortete. »Was bringt Sie auf den Gedanken, dass Nikola sich irgendetwas verbieten lassen würde, Doktor?«

»Vielleicht der Umstand, dass ich dieses Institut leite und Sie und Ihre Freunde hier nur Gäste sind?«, gab Watson lächelnd zurück. »Gern gesehene Gäste, aber trotzdem Gäste.«

»Sie meinen Gefangene«, warf ich bissig ein.

»Das sind Sie nicht«, behauptete Watson.

»Weshalb ja auch alle Türen abgeschlossen sind, die nach draußen führen«, schnaubte Allison.

»Aber das sind sie hier immer«, beschied ihr Watson und sog erneut an seiner Pfeife. »Das hier ist kein normales Krankenhaus, Miss Carter. Manche unserer Insassen sind sehr gefährlich. Glauben Sie mir, diese verschlossenen Türen dienen auch Ihrem Schutz und dem Ihrer Freunde.«

»Auch?«, fragte Allison. »Und was beschützen sie noch?«

»Vielleicht den Rest dieser Stadt«, antwortete Watson und sog ein letztes Mal ausgiebig an seiner Pfeife, bevor er sie aus der Hand legte und Allison und mich abwechselnd fast traurig ansah. »Vor Ihren Freunden und auch vor Ihnen, sosehr ich es auch bedauere, das sagen zu müssen.«

»Was genau wollen Sie damit andeuten?«, fragte Allison. Ein neuerliches Wetterleuchten tauchte den Raum in grelles Weiß, und Allisons Schatten verdoppelte sich für eine halbe Sekunde. Ich hatte das ebenso bizarre wie Furcht einflößende Gefühl, dass diese Schatten nicht ganz identisch waren – als wären es zwei Personen, die sie warfen.

»Hatten Sie … seltsame Träume in der vergangenen Nacht?«, fragte Watson, statt ihre Frage zu beantworten. Er erklärte auch nicht genau, wem diese Frage galt. Wahrscheinlich war sie an uns beide gerichtet.

»Ist das ein Wunder, nach dem, was sie mitgemacht hat?«, fragte ich, bevor Allison antworten konnte.

»Sie beide«, korrigierte mich Watson ruhig. »Sie haben es beide mitgemacht, nicht wahr? Diese … Maschine, von der der Professor berichtet hat, hat Sie doch auch verletzt.«

»Nicht annähernd so schlimm wie Allison«, antwortete ich. »Das war nur ein Kratzer.«

»Nichtsdestoweniger wurden Sie ebenfalls in Mitleidenschaft gezogen«, sagte Watson kopfschüttelnd. »Niemand von uns weiß, was diese … Maschinen wirklich sind. Ob sie überhaupt Maschinen sind oder vielleicht etwas ganz anderes. Und niemand weiß, was sie ihren Opfern wirklich antun. Aber Sie haben genau wie ich gesehen, *dass* sie ihnen etwas antun, und ich kann mir nicht vorstellen, dass es etwas Gutes ist.«

»Und?«, fragte Allison spröde.

»Captain Adler hat mir berichtet, dass Sie für eine Weile unter … dem … Einfluss dieser Kreatur gestanden haben«, sagte Watson. Ich fragte mich, woher Adler das wissen wollte, denn er war noch gar nicht vor Ort gewesen, als die schreckliche Allison-Kopie erschienen war, doch Carter kam mir zuvor und nickte. »Das ist richtig. Aber ich … erinnere mich an nichts. Wirres Zeug, als hätte ich Fieber gehabt.«

»Als hätten Sie Fieber gehabt«, wiederholte Watson nachdenklich. »Vielleicht kam es Ihnen ja nur so vor, weil dieses Ereignis mit nichts zu vergleichen war, was Sie zuvor schon einmal erlebt hatten?«

»Das ist … Unsinn«, sagte Allison schleppend.

»Und Sie?« Watson wandte sich so ungerührt an mich, als hätte sie gar nichts gesagt, erntete aber auch von mir nur ein stummes Kopfschütteln.

»Es war nur ein kurzer Augenblick, und ich habe Sie untersucht«, fuhr Watson fort. »Deshalb nehme ich an, dass Sie nicht im selben Ausmaß … infiziert worden sind wie die anderen, womit auch immer. Aber ich kann nicht sicher sein.« Er schüttelte mit schlecht gespieltem Bedauern den Kopf. »Solange wir nicht wissen, was mit Ihnen wirklich geschehen ist und ob es eine Gefahr darstellt – und wenn ja, wie wir ihr begegnen können –, darf niemand diese Mauern verlassen. Das sehen Sie doch hoffentlich ein?«

Das Schlimme war, dass ich das tatsächlich tat und auch ziemlich sicher war, dass es Allison ebenso erging. Watsons Worte machten mich trotzdem so zornig, dass es mich kaum noch auf meinem Stuhl hielt. »Das hätten Sie uns sagen müssen!«, stieß ich gepresst hervor.

»Woher weiß ich, dass ich Ihnen trauen kann – oder Miss Carter?«, erwiderte Watson und hob zugleich besänftigend die Hand. »Natürlich nicht Ihnen persönlich, verstehen Sie mich nicht falsch. Aber nach dem, was Sie erlebt haben … überzeugen Sie mich davon, dass ich wirklich Ihnen gegenübersitze und nicht einem perfekten Doppelgänger, Mister Devlin.«

Ich wollte schon wieder zornig werden, doch dann erinnerte ich mich an etwas, das Nikola gesagt hatte. Statt etwas zu sagen, griff ich über den Tisch, nahm Watsons Brieföffner und fügte mir einen harmlosen, aber heftig blutenden Schnitt am linken Daumen zu.

»Reicht Ihnen das als Antwort?«, fragte ich.

Watson betrachtete meinen blutenden Daumen mit schräg gehaltenem Kopf und sagte gar nichts, doch Allison ergriff rasch meine Hand, zog ein besticktes Taschentuch aus ihrer Bluse und wickelte es mit wenig Geschick, aber dafür umso mehr Nachdruck um meinen Daumen. »Das war jetzt wirklich dumm«, schalt sie mich.

»Und auch leider vollkommen nutzlos«, fügte Watson hinzu und griff wieder nach seiner Pfeife. »Noch gestern hätte mir das als Beweis möglicherweise gereicht, aber nun, nachdem ich gesehen habe, wie sich ein Netz aus *Metall* im Körper eines lebenden Menschen ausbreitet …« Er seufzte.

»Aber Nikolas Maschine hat ihn geheilt!«, protestierte Allison.

»Was ich nur zu gerne glauben würde«, sagte Watson, aber er schüttelte zugleich auch den Kopf. »Lassen Sie es mich vom

Standpunkt eines Arztes aus erklären: Solange ich nicht weiß, mit welcher Art von Krankheit wir es zu tun haben, kann ich auch nicht sicher sein, sie besiegt zu haben.«

»Das ist keine *Krankheit*, Doktor Watson!«, begehrte Allison auf und unterbrach sich, um ein neuerliches, dieses Mal gleich mehrere Sekunden anhaltendes Blitzgewitter und das unmittelbar darauf folgende Krachen der Donnerschläge abzuwarten. »Das ist eine Art zu reden, die ich ganz abscheulich finde, *Doktor* Watson! Und kommen Sie mir nicht mit Ihrer verdammten ...«

Diesmal erfolgten Blitz und Donner absolut synchron und so unmittelbar über dem Institut, dass die Fensterscheiben wie unter der Druckwelle einer Explosion klirrten.

»Ihrer verdammten Logik!«, schloss Allison. Aber sie tat es auf eine sehr seltsame Art, fand ich, irgendwie schleppend, als hätte sie mit einem Male Mühe, die richtigen Worte zu finden, und noch ein bisschen mehr, sie auszusprechen. »So redet man ... man nicht über ... über Menschen.«

»Miss Carter?«, fragte Watson.

»Allison?«, wollte auch ich – zwischen zwei Donnerschlägen – wissen. »Alles in Ordnung?«

»Natürlich ist ... ist alles in ... in Ordnung«, sagte Allison schleppend, und ein weiterer und noch einmal lauterer Donnerschlag setzte ein akustisches Ausrufezeichen hinter ihre Worte. Dann und so plötzlich, dass selbst meine blitzartige Reaktion zu spät kam und meine zupackenden Hände ins Leere griffen, fiel sie zu Boden.

»Allison, um Himmels willen!« Ich sprang so hastig auf, dass mein Stuhl nicht nur umfiel, sondern zerbrach, und kniete praktisch gleichzeitig neben Allison. Watson stürzte hinter seinem Schreibtisch hervor und war kurz darauf zur Stelle. Allison war unglücklich aufgeschlagen, und ich sah, dass sie spätestens am nächsten Morgen eine wirklich hässliche Beule an der Schläfe haben würde.

Allison wirkte benommen, war aber bei Bewusstsein, und als ich unter ihre Schultern griff und ihr aufhelfen wollte, wehrte sie meine Hand ab und ließ sich von Watson auf den Stuhl helfen.

»Es ist … alles in Ordnung«, sagte sie benommen. »Danke.«

»Das nennen Sie *in Ordnung?*«, ächzte ich.

»Mir war nur … ein bisschen schwindelig«, behauptete sie mit belegter Stimme. »Eine kleine Unpässlichkeit, das ist alles. Es ist mir peinlich.«

»Eine Unpässlichkeit? Das ist …«

Watson schob mich einfach aus dem Weg und verbrachte die nächsten Sekunden damit, Allisons Puls und Stirn zu fühlen und ihr lange und sehr aufmerksam in die Augen zu sehen. »Ist auch wirklich alles in Ordnung?«, fragte er.

Allison nickte fahrig und versuchte seine Hand wegzuschieben, doch das ließ Watson nicht zu. »Ihr Puls geht sehr schnell, aber Sie haben keine erhöhte Temperatur. Ich müsste Sie natürlich noch gründlicher untersuchen, aber …«

»Das ist wirklich nicht nötig, Doktor«, unterbrach ihn Allison. Ihre Stimme klang noch immer belegt, und da war auch eine Düsternis in ihren Augen, die mich erschreckte. »Allerhöchstens …«

Sie kam nicht dazu weiterzusprechen, denn die Tür wurde aufgerissen, und Mulligan stürzte herein. Wenn er den zerbrochenen Stuhl und die außergewöhnliche Konstellation bemerkte, dann überging er es. »Sie müssen kommen, Doktor!«, rief er aufgeregt. »Schnell! Ihre Patienten! Mister Jacobs und die anderen!«

»Was ist mit ihnen?«, fragte Watson alarmiert.

Mulligan wedelte aufgeregt mit beiden Händen. »Jeannie Mac! Sie sind wach!«

19

Auch wenn wir uns nach wie vor in einem streng separierten Teil des Instituts befanden, ähnelte der Korridor im Augenblick doch eher der Königinnenkammer eines aufgebrachten Ameisenbaus, der zum Krieg rüstete. Die vergitterten Türen standen zum ersten Mal auf, und auf dem schmalen Gang vor den Zellen herrschte eine hektische und unterschwellig aggressive Aktivität. Mindestens ein Dutzend Männer und Frauen in weißen Kitteln kamen uns entgegen oder überholten uns, ein Durcheinander von Stimmen und aufgeregten Rufen schwirrte durch die Luft wie das Summen eines Bienenschwarms. Als wäre das Chaos noch nicht groß genug, hatte Adler seine Constabler vor den Türen postiert, die nun nicht nur alles im Auge behielten, sondern das Personal auch unangemessen scharf kontrollierten und mit unnötigen Fragen traktierten.

Der Verursacher zumindest dieser Seite des Chaos stand vor der letzten Tür auf der linken Seite und hinderte jeden – Nikola eingeschlossen – daran, den Raum hinter ihm zu betreten, unterstützt von einem seiner Constabler, der ein grimmiges Gesicht aufgesetzt und die Hand auf den Schlagstock gelegt hatte. Hinter ihm flackerte das Licht einer Petroleumlampe, und ich sah sich hektisch bewegende Schatten.

»Was geht hier vor?«, blaffte ich Adler an, aber das noch einmal stärker gewordene Unwetter verdarb mir mit einem gleich mehrfachen Donnerschlag den Effekt. Ich musste meine Worte wiederholen, und die gewonnene Zeit reichte Adler, um wieder das gewohnte überhebliche Lächeln auf sein Gesicht zu zwingen.

»Wie schön, dass Sie die Zeit gefunden haben, uns zu besuchen, Mister Devlin«, sagte er bissig. »Hatten Sie etwa Wichtigeres zu erledigen, oder was hat Sie aufgehalten?«

Tatsächlich hatten wir irgendwo auf dem Weg hier herab den Anschluss an Watson und Mulligan verloren, was aber nicht an mangelnder Eile gelegen hatte, sondern eher daran, dass Allison in zunehmendem Maße schwächelte. Natürlich leugnete sie das nicht nur hartnäckig, sondern hatte auf meine Fragen auch mit zunehmender Gereiztheit reagiert, sodass ich es bald aufgegeben hatte, über dieses Thema zu reden und sie nur ebenso aufmerksam wie unauffällig im Auge behielt. Was ich zu sehen bekam, gefiel mir überhaupt nicht: Allisons Bewegungen wirkten sonderbar ziellos und bemüht, und ihr Blick wurde zunehmend unstet. Ihr Gesicht war nicht blass, sondern weiß, und das wenige, das sie gesprochen hatte, kam nur schleppend und mit sichtlicher Anstrengung über ihre Lippen.

Jetzt gerade jedoch war ihre Stimme scharf, und ihre Augen funkelten gewohnt kampflustig. »Es wäre schneller gegangen, wenn Ihre Männer uns nicht wie Sträflinge behandeln würden, Inspektor«, schnappte sie. »Was fällt Ihnen eigentlich ein?«

»Captain«, verbesserte sie Adler beiläufig. »Und Sie tun nur, was ich Ihnen befehle. Und ich befehle Ihnen nur, was notwendig ist.«

Und was notwendig war, das entschied vermutlich ganz allein er, dachte ich, schluckte aber jede entsprechende Bemerkung hinunter und versuchte in die Zelle zu treten. Doch Adler winkte nur Allison vorbei und schüttelte bei mir prompt den

Kopf. »Nur sie«, sagte er. »Miss Carters platonisch-väterlicher Freund hat ausdrücklich nach ihr verlangt.«

»Und er hat auch ausdrücklich gesagt, dass Quinn Devlin nicht dabei sein soll?«, fragte ich.

Adler machte sich nicht einmal die Mühe, darauf zu antworten, sondern verschränkte nur die Arme vor der Brust und funkelte mich herablassend an. Er genoss das, begriff ich, jeden einzelnen Moment in vollen Zügen. Und ich würde den Teufel tun und ihm diesen Genuss auch noch versüßen.

»Das wird Folgen haben, das versichere ich Ihnen«, sagte ich trotzdem. So viel immerhin war ich mir schuldig. »Wenn das hier vorbei ist, werde ich entsprechende Erkundigungen einholen. Und sollte sich herausstellen, dass Sie Ihre Kompetenzen überschritten haben, werde ich das nicht hinnehmen.«

Ich hatte mit allen möglichen – auch drastischen – Reaktionen gerechnet, doch nicht mit dem, was nun geschah. Adler nahm die Arme herunter, und sein höhnisches Feixen erlosch wie abgeschaltet. »Wenn das hier vorbei ist, Devlin«, sagte er mit einem Ernst, der mich hätte frösteln lassen, hätte ich mir eine solche Reaktion im Zusammenhang mit Captain Adler gestattet, »dann können wir alle von Glück sagen, wenn wir noch am Leben sind.«

»Was … soll das heißen?«, fragte ich.

Adler kam nicht mehr zu einer Antwort, da Mulligan und Watson hinter ihm aus der Tür traten. Mulligan schob sie hinter sich ins Schloss und nahm auf dieselbe Weise wie Adler zuvor davor Aufstellung: finsteren Blickes und mit trotzig vor der Brust verschränkten Armen. Obwohl einen guten Kopf kleiner als der Captain, wirkte er in dieser Pose ebenfalls sehr einschüchternd.

»Was soll das?«, erkundigte sich Adler, wobei er allerdings eher verdutzt als zornig klang.

»Mister Jacobs möchte allein mit Miss Carter sprechen«, antwortete Watson an Mulligans Stelle. »Und ich finde, wir sollten das respektieren.«

Adlers Augen wurden schmal. »Ach ja? Warum?« Adler hatte noch nie zu denen gehört, die die Wünsche derjenigen respektierten, die sich hinter vergitterten Türen aufhielten; gleich aus welchem Grund.

»Weil er wahrscheinlich nur noch wenige Stunden zu leben hat, Captain«, antwortete Watson. »Reicht Ihnen das als Grund?«

Der Adler, den ich kannte, hätte vermutlich selbst einem Delinquenten auf dem Weg zum Schafott eine letzte Zigarette verweigert, wenn ihm danach war. Jetzt überraschte er mich, indem er zwar noch einen Moment lang sichtlich mit sich rang, dann aber nur nickte und sich mit einer entsprechenden Geste an Nikola wandte, der dem Gespräch bislang schweigend gefolgt war.

»Dann gehen Sie zu dem Jungen«, sagte er. »Der Doktor soll ihn auf Vordermann bringen. Und das schnell. Ich muss möglichst rasch mit ihm sprechen.«

Der *Doktor*, von dem er sprach und der noch nicht einmal eine Armeslänge neben ihm stand, starrte ihn nur aus großen Augen an und fragte sich ganz offensichtlich dasselbe wie ich, nämlich warum er eigentlich nicht *mit ihm* sprach, sondern über ihn, doch Adler drehte sich einfach auf dem Absatz um und ging, begleitet von seinem Constabler. »Und beeilen Sie sich. Ich habe das Gefühl, dass uns nicht mehr allzu viel Zeit bleibt.«

Den letzten Satz erriet ich mehr, als dass ich ihn verstand, denn das Gewitter schien sich nun unmittelbar über dem Institut festgesetzt zu haben und tat lautstark seinen Unmut darüber kund, seinen Weg nicht fortsetzen zu können. Ich meinte das

Rauschen des Regens sogar hier hören zu können, obgleich ich natürlich wusste, dass das unmöglich war.

»Er hat recht«, sagte Nikola verstimmt. »Verschwenden wir nicht unsere Zeit, sondern sehen nach dem Jungen. Das wollte ich sowieso.«

Ich wollte nichts mehr, als bei Allison sein, doch Mulligan stand noch immer mit verschränkten Armen vor der Tür, und er machte auch nicht den Eindruck, den Weg freiwillig freizugeben. Watson deutete auf eine der anderen Zellen und setzte sich in Bewegung, in leiser Empörung über Adlers Benehmen den Kopf schüttelnd und vor sich hin murmelnd.

Ich warf nur einen flüchtigen Blick durch die offen stehenden Türen, an denen wir vorüberkamen. Mulligan hatte deutlich übertrieben, als er vorhin behauptet hatte, sämtliche Patienten seien aufgewacht. Abgesehen von Jacobs selbst galt das nur noch für zwei weitere Männer und eine Frau mittleren Alters, über deren Identität wir allesamt bisher nichts herausgefunden hatten. Alle anderen waren nach wie vor ohne Bewusstsein, wenn auch deutlich unruhiger als am Morgen. Neben jedem Bett saß eine Krankenschwester (oder ein Pfleger), die die Hand des Kranken hielt, ihren Puls oder ihre Stirn fühlte oder sich anderweitig um sie bemühte, und ich nahm etwas von dem zurück, was ich über Watson gedacht hatte. Zumindest um diese Patienten kümmerte sich Watson so gut es unter den gegebenen Umständen möglich war.

Obwohl es keinen Grund dafür zu geben schien, hatte Watson auch vor der Tür von Chips ausbruchssicherem Krankenzimmer einen Constabler postiert, der sichtlich mit sich rang, ob er uns überhaupt einlassen sollte, dann aber großzügig beiseitetrat.

Auch neben Chips Bett saß ein übermüdet aussehender Pfleger, der hastig aufsprang und zu einer Entschuldigung ansetzte, von Watson aber unwirsch unterbrochen und des Raumes verwiesen wurde. Auf einen Wink des Arztes hin folgte er und schloss die Tür hinter sich, während Watson ein modernes Stethoskop unter der Jacke hervorzog und sich unverzüglich daranmachte, den Jungen zu untersuchen.

Ich erschrak, als ich in Chips Gesicht sah. Jemand hatte den Jungen gewaschen und einigermaßen hergerichtet, doch obwohl alles Blut entfernt worden war und er sogar ein frisches Hemd trug, bot er einen fast noch schlimmeren Anblick als vorhin, denn sein Gesicht und was von seinen Händen und Unterarmen zu sehen war, protzte nun mit unzähligen winzigen halbmondförmigen Wunden, von denen etliche tief genug waren, um sichtbare Narben zurückzulassen. Eines seiner Augen zuckte ununterbrochen, und er zitterte am ganzen Leib, obwohl er sich alle Mühe gab, still zu liegen.

Trotzdem schien Watson zufrieden mit dem zu sein, was er sah, denn er klappte sein Stethoskop nach kurzer Zeit schon wieder zusammen und bedeutete mir mit einem stummen Blick, den Platz mit ihm zu tauschen. Ich gehorchte, wenn auch mit einem unguten Gefühl und nicht ohne Nikola einen vorwurfsvollen Blick zuzuwerfen.

»Ich muss meine Methode noch ein wenig verbessern«, räumte Nikola ein.

Ich verspürte plötzlich Lust, ihm dafür die Zähne einzuschlagen. Ich widerstand diesem Impuls zwar, machte mir in Gedanken aber eine Notiz, ein wirklich ernsthaftes Gespräch mit Nikola über den Unterschied zwischen Experimenten mit seinen heiß geliebten Maschinen und solchen zu führen, die man mit lebenden Menschen anstellte. Bald.

Aber nicht *jetzt*.

»Geht es dir besser?«, wandte ich mich an den Jungen und kam mir dabei sehr unbeholfen vor. Chip blickte mich auch nur stumm an, sodass ich mich in ein hoffnungslos verunglücktes Lächeln rettete, und Nikola sagte ohne die leiseste Spur von Verlegenheit: »Es tut mir leid, wenn wir dir Unbehagen bereitet oder dir sogar Schmerzen zugefügt haben. Das lag nicht in unserer Absicht. Aber es war absolut notwendig.«

Gut, wir müssen wirklich *dringend* über gewisse Dinge reden, dachte ich. Laut sagte ich: »Du erinnerst dich an mich?«

»Nein«, antwortete Chip. »Aber ich kenne Sie trotzdem. Sie sind Devlin.«

»Du kennst mich, obwohl du dich nicht an mich erinnerst? Wie meinst du das?«

»Weil sie alles über Sie wissen«, antwortete Chip. »Und auch über Sie, Nikola.« Er versuchte sich hochzustemmen, schaffte es aber nicht, weil seine Kräfte nicht dazu ausreichten, das Gewicht seines eigenen Körpers zu tragen, und sank mit einem Seufzen wieder zurück. Trotzdem drehte er den Kopf und sah zu Watson hoch. »Sie kennen sie nicht.«

»Wen meinst du mit *sie?*«, erkundigte sich Nikola.

»Die wir alle sind«, antwortete Chip.

Der Junge redete wirr, begriff ich. Was auch immer ihm zugestoßen war, er hatte es noch lange nicht überwunden. Und wahrscheinlich war sein Zustand auch nicht annähernd so gut, wie Watson behauptet hatte. Ich suchte nach einem möglichst sanften Weg, um Chip weitere Fragen zu stellen, und Nikola fuhr fort: »Mit *sie* meinst du den Intellekt, der von dir und den anderen Besitz ergriffen hat? Oder die Spinne?«

»Es ist keine Spinne, sondern nur ein Werkzeug«, antwortete Chip. »Niemand hat Besitz von uns ergriffen. Aber ich war …« Er suchte nach Worten. »Ich war sie. Alle sind sie. Es ist … schwer zu erklären.«

»Du bist durcheinander, und das ist auch kein Wunder, nach allem, was du mitgemacht hast«, mischte sich Watson ein. »Du hast eine Menge schlimmer Dinge erlebt, da ist so etwas ganz normal, glaub mir. Ich werde dir etwas geben, das dich kräftigt, und wenn du dich ein bisschen erholt und ein paar Stunden geschlafen hast, dann wirst du dich bestimmt wieder erinnern.«

»Ja, das ist eine gute Idee, Doktor«, sagte Nikola, »aber nicht jetzt. Zuerst muss er uns ein paar Fragen beantworten. Es könnte sehr wichtig sein.«

»Ich bin Arzt, Professor«, sagte Watson kühl. »Und für einen Arzt gibt es nichts Wichtigeres als das Wohl seines Patienten.«

»Es könnte gut sein, dass es hier um unser aller Wohl geht, Doktor«, entgegnete Nikola ernst, aber das ließ Watson nicht gelten.

»Selbst wenn es so wäre, würde das nichts ändern«, antwortete er. »Ich pflege keine Menschenleben gegeneinander aufzurechnen.«

»Das sollten Sie aber«, Nikolas Stimme war scharf, und bevor Watson – sichtlich noch erregter – etwas darauf erwidern konnte, mischte sich Chip ein.

»Hören Sie auf«, sagte er. »Streiten Sie nicht. Das gibt ihnen nur recht.«

»Ihnen?«, fragte Nikola, und Watson fügte hinzu: »Wem?«

Ich konnte dem Jungen ansehen, wie angestrengt er nachdachte, doch schließlich hob er nur wieder die Schultern und unternahm einen neuen Versuch, sich aufzusetzen. Nikola half ihm dabei, was ihm einen ärgerlichen Blick Watsons einbrachte, aber keinen Protest.

»Versuchen wir es?«, fragte Nikola.

Chip nickte zwar, aber ich hatte das sehr sichere Gefühl, dass er nicht genau wusste, was er überhaupt *versuchen* sollte. Trotzdem zwang er sich zu einem Lächeln. Auch wenn all die Narben, Blessuren und blutigen Schrammen auf seinem Gesicht eher eine erschreckende Grimasse daraus machten.

»Woran erinnerst du dich?«, fragte ich.

Chip hob die Schultern und schwieg.

»Wen genau hast du mit *sie* gemeint?«, fragte Nikola. »Diejenigen, die dich gefangen genommen haben?«

»Niemand hat mich gefangen genommen«, antwortete Chip. »Ich war sie.« Was immer das auch heißen sollte.

»Aber doch bestimmt nicht freiwillig«, warf ich ein. Chip sah mich nur verständnislos an, und ich versuchte es noch einmal und anders. »Du weißt nicht mehr, dass wir uns an dem Schlachthof getroffen haben?«

»Ich war da«, erwiderte Chip zögerlich. »Manchmal findet man dort gute Sachen.«

»Was für Sachen?«, fragte Watson.

»Werkzeug. Und Metall. Kupfer. Einmal habe ich eine Glühbirne gefunden, die noch funktioniert hat.«

»Um sie zu verkaufen«, vermutete ich. Chip sah mich nur schweigend an, aber es gehörte nicht viel Fantasie dazu, sich vorzustellen, wie es weitergegangen war. An diesem Tag hatte Chip nichts gefunden, was er verkaufen konnte. Dafür hatte etwas ihn gefunden. Und dann …

»Und dann?«, fragte Nikola.

»Das …« Wieder rang der Junge vergeblich nach Worten. Es gelang ihm nicht, sie zu finden, und ich empfand plötzlich ein tiefes Mitleid. Der kurze Moment, den wir auf jene sonderbare, fast magische Art verbunden gewesen waren, hatte genügt, um etwas zurückzulassen, das sich unmöglich in Worte kleiden ließ, dennoch aber jenseits allen Zweifels lag. Ich wusste einfach, dass der Junge die Wahrheit sagte und dass er trotz aller Zuversicht tief in sich Höllenqualen litt. Seine Seele hatte eine Verletzung davongetragen, die vielleicht nie wieder ganz heilen würde.

Ich fragte mich erschrocken, ob es Allison wohl genauso

erging, und die Antwort auf *diese* Frage wollte ich gar nicht wissen.

»Und danach hast du mich gesehen?«, fragte ich. »Oder Mister Jacobs?«

»Du hast gesagt, er hätte dir eine Nachricht für Mister Devlin mitgegeben«, erinnerte Nikola, als Chip nicht sofort antwortete.

»Ich war … sie«, antwortete Chip schleppend und mit einer Stimme, die nicht mehr ganz die seine zu sein schien. »Sie beobachten, aber sie wollen euch nichts tun.«

»Aber sie sind auch nicht unsere Freunde«, murmelte ich, und nun konnte ich ein eisiges Frösteln endgültig nicht mehr unterdrücken. Einmal mehr war ich nicht ganz sicher, wem oder was ich wirklich gegenüberstand.

»Was vermutlich ganz besonders auf Sie zutrifft, Devlin. Sie sind nicht einmal Ihr eigener Freund, wie ich zu meinem Bedauern feststellen muss.« Adler kam herein, und natürlich ließ es sich das Gewitter nicht nehmen, seinem Auftritt mit einem grellen Auflodern des Fensters unter der Decke und einem schmetternden Donnerschlag die angemessene Dramatik zu verleihen. Ich registrierte beiläufig, dass die vergitterte Klappe in der Tür offen stand und Adler wohl draußen gewartet und gelauscht hatte. Wahrscheinlich die ganze Zeit.

»Captain Adler, das ist jetzt nicht …«, begann Watson.

Adler machte eine Bewegung mit seinem Stöckchen, die Watson nicht nur erschrocken mitten im Wort abbrechen, sondern auch einen halben Schritt zurückprallen ließ. »Es tut mir leid, Doktor, aber ab hier übernehme ich«, sagte er kalt. »Mister Devlin hatte seine Chance, aber ich fürchte, dass er schon zu lange kein Polizist mehr ist und wohl vergessen hat, wie man ein Verhör führt.«

»Das könnte möglicherweise daran liegen, dass es kein Verhör ist, sondern eine Unterhaltung mit einem sehr kranken Jungen«, sagte Watson.

»Das mag sein, aber darauf können wir im Augenblick leider keine Rücksicht nehmen.« Adler wedelte mit seinem Stöckchen hinter sich. »Lassen Sie mich mit dem Jungen allein, Doktor.«

»Das werden wir ganz bestimmt nicht …«, begehrte Nikola auf, und nicht nur zu seiner Überraschung war es ausgerechnet Watson, der ihn mit einer Geste zum Schweigen brachte, sich aber dann mit ebenso leiser wie schneidender Stimme an Adler wandte.

»Mäßigen Sie sich, Captain. Das ist ein Krankenhaus, nicht die Speakers' Corner in London, wo jeder nach Belieben herumbrüllen kann.«

»Ich werde leise sprechen«, versicherte Adler böse.

»Sie werden sich so benehmen, wie es sich an einem Ort wie diesem geziemt«, wies Watson ihn zurecht. »Wenn Sie dazu nicht bereit sind, dann muss ich Sie bitten, dieses Zimmer zu verlassen.«

»Bitten Sie, worum immer Sie wollen«, antwortete Adler ungerührt, »aber tun Sie es draußen. Bitte.«

Ich war sicher, dass der Arzt nun endgültig explodieren würde, und wahrscheinlich wäre das auch passiert, wenn Chip sich nicht abermals auf seinem Lager gerührt und eingemischt hätte. »Es ist schon gut«, sagte er. »Ich rede mit ihm.«

»Du weißt nicht …«, begann Nikola, doch Chip unterbrach ihn mit einem matten Kopfschütteln. »Gehen Sie ruhig, Professor. Ich sage ihm alles, was er wissen will.«

Nikola sah ihn verwirrt an, dann funkelte er Adler unverhohlen wütend an, wandte sich aber ohne ein weiteres Wort an Watson. »Ich brauche die Baupläne für dieses Gebäude, Doktor.«

»Wozu?«

»Vielleicht finden sich in irgendeinem alten Keller ja noch ein paar Daumenschrauben, die dem Captain nützlich sind, oder sogar noch eine funktionierende Streckbank.«

Adler reagierte nur mit einem verächtlichen Verziehen der Lippen auf diese wenig originelle Spitze und geduldete sich, bis Nikola ging und zuerst Watson und schließlich auch ich ihm folgten. Er zog die Tür hinter sich zu, und der Constabler, der mit uns draußen auf dem Gang blieb, schloss nicht nur die Klappe, sondern nahm auch demonstrativ davor Aufstellung.

»Wenn dem Jungen etwas zustößt, dann werde ich Sie persönlich dafür zur Rechenschaft ziehen, Constabler«, sagte Watson. »Ich hoffe doch, das ist Ihnen klar.«

Er bekam keine Antwort und wandte sich stattdessen noch einmal an mich. »Bitte sehen Sie nach Miss Carter. Und danach würde ich Sie beide gerne in meinem Büro sprechen. Ich muss zuvor nur noch ein dringendes Telefongespräch führen.«

Er ging, ohne eine Antwort abzuwarten, und ich sah ihm mit wachsender Verwirrung nach. »Ich werde nicht schlau aus diesem Doktor. Irgendwie habe ich das Gefühl, dass er nicht das ist, was er zu sein vorgibt.«

»Sie wissen nicht, wer das ist?«, fragte Nikola in leise verwundertem Tonfall.

»Nein. Sie?«

»Selbstverständlich«, antwortete Nikola, aus irgendeinem Grund plötzlich amüsiert. Er machte jedoch keine Anstalten, mich aufzuklären, sondern deutete mit einer Kopfbewegung hinter sich. »Kommen Sie, Quinn. Suchen wir Allison, bevor dieser Verrückte sie sich als Nächste vornimmt.«

Allison war nicht mehr in Jacobs' Zimmer, in dem wir sie zurückgelassen hatten, und auch Adlers uniformierter Wachhund war fort. Die Tür stand einen Spaltbreit offen, und Jacobs lag mit halb geschlossenen Augen auf der schmalen Pritsche und starrte ins Leere. Irgendwie spürte ich, dass er noch lebte, aber sehen konnte man es nicht. Wenn er atmete, dann so flach, dass es praktisch nicht mehr erkennbar war. Eine ältere Frau in weißer Pflegermontur und mit einem strengen Haarknoten saß neben ihm auf einem Schemel und hielt seine Hand. Sie tat es ganz eindeutig, um seinen Puls zu fühlen, aber es war dennoch ein Anblick von solcher Vertrautheit, dass ich gerührt stehen blieb und es Nikola war, der zuerst das Wort ergriff.

»Wie geht es ihm?«, fragte er.

»Er ist sehr schwach«, antwortete die Schwester. »Der Doktor kommt gleich noch einmal und sieht nach ihm. Aber ich glaube, er stirbt.«

»Und Allison?«, fragte ich. »Ich meine: Miss Carter?«

»Die junge Frau, die ihn so aufgeregt hat, dass er jetzt in diesem Zustand ist?«, fragte die Schwester, der es offensichtlich trotz aller Mühe nicht gelang, zumindest diese Bemerkung für sich zu behalten. Ihre Hand ergriff die Jacobs' fester. »Sie ist mit Mulligan gegangen.«

»Mit Mulligan?«, entfuhr es mir. Die Vorstellung, dass Allison – möglicherweise auch noch ganz allein – mit Mulligan irgendwohin unterwegs war, gefiel mir überhaupt nicht.

»Und wohin?«, fragte Nikola.

»Das weiß ich nicht«, behauptete die Schwester. Nur um im nächsten Atemzug hinzuzufügen: »Ich glaube, sie sind unten.«

»Unten?«

Die Schwester wandte sich demonstrativ wieder ganz ihrem Patienten zu. »Sie hat Mulligan nach dem Weg zur Leichenhalle gefragt. Glaube ich.«

Ich tauschte einen beunruhigten Blick mit Nikola, und wir hatten es nun sehr eilig, das Zimmer zu verlassen. Ich wollte mich nach rechts wenden, doch Nikola deutete in die andere Richtung und eilte bereits los. »Dieser Weg ist kürzer.«

»Aha.« Drei Schritte später und vor einer unscheinbaren Tür am Ende des Korridors angekommen fragte ich: »Und woher wissen Sie das, Nikola?«

»Weil ich schon einmal dort unten war«, antwortete Nikola. »Genau wie Sie, im Übrigen.«

Er gab sich nicht einmal die Mühe, überzeugend zu lügen, sondern griff in die Jackentasche und zog einen Schlüsselbund heraus.

»Sie waren schon öfter hier«, vermutete ich. »Und nicht erst gestern.« Warum hatte er mir die ganze Zeit etwas vorgespielt?

»Es ist schon eine Weile her«, räumte Nikola ein, während er bereits die Tür aufschloss und mit sichtlicher Ungeduld darauf wartete, dass ich hindurchtrat. »Damals war hier alles noch etwas … anders. Und nicht so, dass ich Lust auf einen zweiten Besuch bekommen hätte.«

Ich trat an ihm vorbei durch die Tür und wäre um ein Haar die steile Treppe hinuntergestürzt, die unmittelbar dahinter begann. »Wenn das so ist, dann können Sie mir ja auch sicher eine Frage beantworten, die mich schon seit gestern beschäftigt.«

»Und die wäre?«

»Mir ist klar, dass das hier ein Institut ganz besonderer Art ist. Aber ich frage mich trotzdem, wozu sie eine so große Leichenhalle brauchen.«

»Möglicherweise um Leichen darin unterzubringen?«, schlug Nikola vor. Aber er schien auch selbst zu merken, dass sein flapsiger Ton nicht recht zur Situation passen wollte, denn das spöttische Glitzern in seinen Augen machte sofort einem umso größeren Ernst Platz. »Früher war hier alles wirklich … anders. Ich erzähle es Ihnen bei Gelegenheit gerne, aber jetzt bewegt mich eine ganz andere Frage.«

»Zum Beispiel?«, tat ich ihm den Gefallen. Ich musste mich anstrengen, um mit Nikola Schritt zu halten, der die halsbrecherisch steile Treppe in einem Tempo hinabstürmte, das vielleicht noch nicht ganz an Selbstmord grenzte, aber auch nicht mehr allzu weit davon entfernt war.

»Die, warum es ausgerechnet jetzt passiert.«

»Dass *was* ausgerechnet jetzt passiert?« Ich wäre deutlich heftiger geworden, hätte ich nicht den Großteil meiner Konzentration darauf verwenden müssen, auf den kaum handspannenbreiten Stufen nicht die Balance zu verlieren.

Nikola machte eine flatternde Geste zur Decke, die ich erst nach einigen weiteren Sekunden verstand, als ein neuerlicher rollender Donnerschlag durch das dicke Mauerwerk zu uns drang. »Das Gewitter.«

Ich wartete mit meiner Entgegnung, bis wir wieder festen Boden unter den Füßen hatten. »Glauben Sie, Chip … *sie* … haben uns dieses Gewitter geschickt, um uns einzuschüchtern?«

»Es würde mich nicht einmal überraschen, wenn sie tatsächlich dazu in der Lage wären«, antwortete Nikola vollkommen ernst. »In diesem Falle glaube ich allerdings eher, dass es genau umgekehrt ist. Ich kann und will nicht glauben, dass Allison und die anderen durch einen reinen Zufall gerade jetzt aufwachen.«

»Allison ist nicht *aufgewacht*«, betonte ich.

»Dass sie nicht besinnungslos war, bedeutet nicht, dass sie nicht auch unter dem Einfluss dieser … Was-auch-immer … gestanden haben kann«, antwortete Nikola. »Ich erkenne die Zusammenhänge noch nicht, sodass ich nur zu spekulieren vermag, was mir normalerweise höchst zuwider ist. Aber ein Gewitter ist neben vielem anderen auch ein höchst machtvolles elektrisches Phänomen. Und diese – nennen wir sie Entität – scheint mir ebenfalls eine Art elektrisches Phänomen zu sein.«

Ich wusste nicht genau, was Nikola mit *Entität* meinte, begriff aber den Zusammenhang. »Sie ist nicht aufgewacht«, wiederholte ich trotzdem.

»Es ehrt Sie, Quinn, in welchem Ausmaß Sie Allison verteidigen«, sagte Nikola lächelnd, »obwohl das weiß Gott nicht nötig ist, glauben Sie mir.«

Mehr sagte er dazu nicht, aber ich wusste auch so, dass er recht hatte. Es waren eindeutig ein paar Zufälle zu viel, um sie noch als solche durchgehen zu lassen, und gerade oben in Watsons Büro hatte Allison ja sogar selbst dazu angesetzt, eine entsprechende Bemerkung zu machen, nur war es in der Hektik einfach untergegangen.

Ein zweites Mal würde ich das nicht zulassen.

»Dort vorne links«, sagte Nikola überflüssigerweise. Ich hatte den endlosen Gewölbegang längst wiedererkannt. »Und bitte überlassen Sie mir das Reden, wenigstens am Anfang.«

Ganz bestimmt nicht, dachte ich, fragte aber so ruhig ich konnte: »Und verraten Sie mir auch, warum?«

»Weil ich fürchte, dass wir nicht besonders viel Zeit haben«, antwortete Nikola, »und ich dafür umso mehr Fragen.«

Die hatte ich auch, und meine waren ganz bestimmt wichtiger. Ich verzichtete aber wohlweislich darauf, den unausweichlichen Disput schon hier draußen auf dem Gang zu beginnen, sondern folgte Nikola die letzten Schritte wortlos.

Die Leichenhalle kam mir noch größer vor als bei meinem ersten Besuch hier unten, denn es brannten deutlich mehr Lampen als gestern, sodass erst jetzt ihre wahren Abmessungen deutlich wurden. Es gab mindestens zwei Dutzend der großen Metalltische, und Allison und der rothaarige Pfleger standen nebeneinander an einem davon und drehten uns den

Rücken zu. Da wir uns keinerlei Mühe gegeben hatten, leise zu sein, mussten sie unser Eintreten bemerkt haben, rührten sich aber nicht.

Als ich neben sie trat, konnte ich das verstehen. Auf dem Tisch vor uns lag einer der Toten aus dem Keller. Der größte Teil seines Kopfes fehlte, und was davon übrig war, sah aus, als hätte man ihm mit grobem Schrot aus nächster Nähe ins Gesicht geschossen. Es war der Mann aus der Straßenbahn.

»Was für ein furchtbarer Anblick«, begann Nikola. »Und genau darüber muss ich auch dringend mit Ihnen reden, Allison.«

Allison drehte sich halb zu uns um und bedachte mich mit einem zwar flüchtigen, aber sehr warmen Lächeln, wandte sich jedoch sogleich sehr ernst an Nikola. »Ich weiß. Und ich mit Ihnen, Nikola. Über diesen armen Mann und auch über gewisse ... andere Dinge.«

»Allison, was tun Sie hier?«, fragte ich. »Was hat das zu bedeuten, und ...?«

Allison ignorierte mich. »Und nur mit Ihnen, Nikola.«

»Was soll das heißen?«, fragte Nikola. »Allison!«

Ganz so, als hätte sie meine Anwesenheit vergessen, wandte sich Allison an den rothaarigen Pfleger. »Ich verlasse mich darauf, dass Sie verstanden haben, Mister Mulligan.«

»Das habe ich, Madam«, antwortete Mulligan.

»Und dass Sie tun werden, was Sie mir versprochen haben«, fuhr Allison ungerührt fort. »Ich habe Ihr Ehrenwort?«

Mulligan nickte, doch bevor er laut antwortete, sah er noch einmal auf die nahezu kopflose Leiche hinab. »Ja, Madam«, sagte er fast schon feierlich. »Sie haben mein bestes irisches Ehrenwort.«

»Und ich hätte gerne die Antwort einer Irin auf meine Fragen«, beharrte ich. »Was bedeutet das alles hier? Was hat Mulligan Ihnen versprochen?«

»Das geht Sie nun wirklich nichts an«, erwiderte Allison und schüttelte zugleich den Kopf. »Wenn alles vorbei ist, sage ich es Ihnen. Aber jetzt muss ich erst einmal mit Nikola reden. Allein.«

»Wie bitte?«, ächzte ich.

»Bitte«, sagte Allison. »Es tut mir leid, ich weiß, wie sich das in Ihren Ohren anhören muss, Quinn, aber es ist wirklich wichtig, und uns bleibt nur sehr wenig Zeit.«

»Aber das ist doch …«, begehrte ich auf und wurde erneut unterbrochen, jetzt von Nikola. »Bitte bringen Sie Mister Devlin in Doktor Watsons Büro. Miss Carter und ich kommen nach, sobald wir hier fertig sind.«

»He!«, protestierte ich.

»Kommen Sie, Mister Devlin.« Mulligan legte mir eine Hand auf die Schulter, die zwar nicht wirklich wie ein Schmiedehammer aussah, aber mindestens so viel wog. »Gehen wir.«

20

Mulligan hatte nicht wirklich Gewalt angewandt, um mich in Watsons Büro hinaufzuexpedieren, aber er hatte es auf eine Art und Weise *nicht* getan, die keinen Zweifel daran gelassen hatte, dass er es tun würde, wenn ich ihm auch nur den geringsten Vorwand dafür liefern würde. Da ich mich mittlerweile hinlänglich an Mulligan und die eine oder andere Episode erinnerte, die ich mit ihm erlebt hatte, hütete ich mich, ihm diesen Gefallen zu tun. Ich fühlte mich auch so schon elend genug.

Die gute Stunde, die ich anschließend darauf warten musste, dass überhaupt jemand zu mir kam, trug auch nicht unbedingt dazu bei, meine Laune zu bessern. Ich sorgte mich um Allison, und dass sie so offensichtlich Geheimnisse vor mir hatte, verletzte mich mehr, als ich mir selbst eingestehen wollte.

Das Unwetter tobte mit ungebrochener Gewalt weiter, sodass ich nicht sicher war, ob eine Unterhaltung bei dieser Geräuschkulisse überhaupt möglich gewesen wäre. Ein- oder zweimal meinte ich zu hören, wie die Fensterscheiben unter der Urgewalt der Donnerschläge klirrten, und meine Fantasie ließ es sich natürlich nicht nehmen, die Sekundenbruchteile zwischen dem Gleißen der Blitze und der völligen Rückkehr meines Sehvermögens mit den grässlichsten Schreckensvisionen zu füllen.

Wenigstens hoffte ich, dass es nur Visionen waren.

Um mir die Zeit zu vertreiben, stand ich nach einer Weile auf und begann Watsons sparsam eingerichtetes Büro einer gründlichen Inspektion zu unterziehen, schon um mir ein etwas besseres Bild von diesem geheimnisvollen Mann zu machen, aus dem ich immer noch nicht richtig schlau wurde – und zugegebenermaßen auch ein wenig aus purer Neugier. Sehr viel gab es indes nicht zu entdecken. Die Einrichtung war – soweit überhaupt möglich – noch spartanischer als meine eigene und ganz eindeutig älter sowie auf das Allernotwendigste beschränkt.

Auf dem zerschrammten Schreibtisch stand ein modernes Skelett-Telefon, dessen Innereien nicht wie bei Wandapparaten üblich von einem Holzgehäuse verdeckt wurden, sondern auf fast obszön wirkende Weise offen lagen. Im Gegensatz zu diesem hochmodernen Apparat wirkte das danebenstehende verstaubte Mikroskop uralt und vor allem vollkommen unbenutzt. Nahezu der gesamte Stellplatz auf Regalen und Borden wurde von Fachbüchern größtenteils medizinischer Thematik beansprucht. Ich verstand herzlich wenig davon, aber sogar mir fiel auf, dass es sich zum Großteil um allgemeinmedizinische Publikationen zu handeln schien und nicht um solche, die sich mit den Krankheiten der Seele befassten, wie ich sie in einem Institut wie diesem erwartet hätte.

Unschlüssig nahm ich einen der Bände heraus, blätterte ihn durch und wurde mit zahlreichen Illustrationen belohnt, die ausgesprochen detailliert, zum allergrößten Teil aber auch ausgesprochen widerwärtiger Natur waren, ein paar erwiesen sich als recht interessant, wobei einige wenige in einem anderen Kontext auch durchaus als anzüglich gegolten hätten.

Gerade betrachtete ich das Bild einer unbekleideten jungen Frau, an der außer dem Gesicht wirklich alles äußerst detailliert zu erkennen war, und fragte mich, von welch wissenschaftlichem Wert (in einer Klinik für seelisch Kranke) eine solche Abbildung eigentlich war, und selbstverständlich war das der

Moment, in dem die Tür aufging. Genauso selbstverständlich wie es Allison war, die hereinkam, überrascht stehen blieb und dann missbilligend die Stirn runzelte. Die Mühe, ihrem Blick zu folgen, hätte ich mir im Grunde sparen können, tat es aber trotzdem und spürte selbst, wie mir die Schamesröte ins Gesicht schoss, als mir klar wurde, wie deutlich sie die Zeichnung erkennen konnte, auf die ich starrte.

»Ich … ähm … wollte mir nur … also nur ein wenig die Zeit vertreiben«, stammelte ich und beschloss, lieber gar nichts mehr zu sagen, bevor ich mich endgültig zum Narren machte (was vermutlich schon längst geschehen war). Ich klappte das Buch so hastig zu, dass ich die betreffende Seite prompt einknickte. Allison ließ endlich die Türklinke los, kam auf mich zu und nahm mir nicht nur das Buch aus der Hand, sondern schlug es auch dank des von mir fabrizierten Eselsohres wieder auf und betrachtete das Bild einige Sekunden lang interessiert. Hinter ihr kamen auch Watson und Nikola herein, nach einem kurzen Augenblick gefolgt von Captain Adler, der den Raum noch einmal verließ und mit zwei zusätzlichen Stühlen beladen zurückkam.

»Es tut mir leid, dass Sie warten mussten, Mister Devlin«, begann Watson, nachdem er sich gesetzt und einen langen Blick auf das Ziffernblatt seiner Taschenuhr geworfen hatte; so als müsste er sich erst selbst überzeugen, wie viel Zeit wirklich vergangen war.

»Das … ähm … macht nichts«, sagte ich unbeholfen. »Ich musste sowieso über vieles nachdenken.« Ich sah zu der Tür hin, die Adler hinter sich geschlossen hatte, und *ganz bestimmt nicht* in Allisons Richtung, aber was nutzte das schon? Ich konnte körperlich spüren, wie sie mich musterte.

»So wie wir alle«, seufzte Watson, obwohl ich fast bezweifelte, dass er meine Worte überhaupt gehört hatte. Er sah jetzt abwechselnd das Ziffernblatt seiner Uhr an, das Telefon, das mich in seiner stählernen Skelettbauweise unangenehm an eine gewisse Riesenspinne erinnerte, und den zunehmend ungeduldig wirkenden Adler – aber nicht mich.

»Wie geht es Jacobs?«, wandte ich mich an Allison, statt die Frage zu stellen, die mir eigentlich auf der Zunge brannte, nämlich die, wie es *ihr* erging. Aus irgendeinem Grund wollte ich sie nicht stellen, solange Nikola dabei war. Und schon gar nicht vor *Adler*.

»Wirklich nicht gut«, antwortete sie, wobei ihr gutmütig-anzügliches Lächeln mit jedem Wort eine Winzigkeit mehr verblasste und schließlich ganz verschwunden war. »Er ist sehr schwach. Und ich glaube, er weiß, dass er stirbt.«

»Aber Sie haben mit ihm gesprochen?« Und was vor allem hatte sie mit *Mulligan* zu besprechen gehabt, das offenbar so geheimnisvoll gewesen war?

Allison antwortete darauf nur mit einem knappen Nicken, und ihr Blick schien nun geradewegs durch mich hindurchzugehen. Doch ich glaubte zu spüren, dass das Bedauern in ihrer Stimme echt gewesen war, vielleicht sogar wirkliches Mitleid. Was immer sie auch in Wahrheit für Stanley Jacobs empfunden haben mochte, er war ihr nicht gleichgültig.

»Und er hatte Interessantes zu berichten«, fügte Nikola hinzu. »Und Beunruhigendes.«

»Sie haben auch mit ihm gesprochen?

»Leider nur sehr kurz«, bestätige Nikola und fuhr sich müde mit den Fingerspitzen von Daumen und Zeigefinger über die Augen.

»Er hat das Bewusstsein wieder verloren?«

»So wie die anderen auch wieder … zur Ruhe gekommen sind, ja«, bestätigte Adler an Nikolas Stelle. »Oder sie sind gerade dabei. Das alles ist sehr geheimnisvoll.«

Nikola taxierte ihn mit einem giftigen Blick, aber er enthielt sich jeglichen Kommentars. Watson zog die Taschenuhr aus der Weste, die er gerade erst eingesteckt hatte, klappte den Deckel wieder auf und schien ein bisschen erstaunt, dass erst eine Minute vergangen war, seit er dies das letzte Mal getan hatte. Er sah wieder den Telefonapparat an. Dann Allison. »Und Sie?«

»Ich?«

»Wie fühlen Sie sich?«

»Gut«, behauptete Allison scharf. »Warum fragen Sie? Ist das eine Berufskrankheit?«

»Vermutlich«, meinte Nikola an Watsons Stelle. »Aber was der gute Doktor eigentlich fragen will, ist, ob Sie irgendeine Veränderung spüren, seit das Gewitter eingesetzt hat.«

Allison schüttelte eindeutig zu schnell den Kopf, und in ihren Augen flammte Zorn auf, aber er erlosch ebenso schnell wieder und machte etwas gänzlich anderem Platz. Ich musste an das sonderbare Gefühl denken, als ich Chip berührt hatte, und seine noch viel sonderbareren Worte. Und – eigentlich überflüssig zu erwähnen – natürlich flammte in diesem Moment ein weiterer und diesmal von einem ganz besonders lautstarken Donnergrollen gefolgter Blitz draußen über dem Hof auf, und dieses Mal bildete ich mir nicht nur ein, sie deutlich erbleichen zu sehen.

Und dass sich etwas *unter* ihrer Haut bewegte.

»Sie sollten sich vielleicht ein wenig Ruhe gönnen, Miss Carter«, sagte Watson, indem er den verzierten Deckel seiner Taschenuhr zu- und praktisch sofort wieder aufklappte. Er sah auf das Ziffernblatt und tippte dann mit der linken Hand mehrmals hintereinander auf die offen liegenden Glockenschalen seines Skelett-Telefons, als könnte er es so in Funktion setzen.

»Ich fühle mich ganz ausgezeichnet, danke«, versetzte Allison scharf. »Verraten Sie mir lieber, warum Sie so versessen darauf sind, mich loszuwerden. Erwarten Sie einen Anruf, von dem ich nichts wissen darf?«

Watson zog wie ertappt die Hand von dem Telefonapparat zurück. »Ich erwarte tatsächlich ein Ferngespräch aus England«, antwortete er ruhig, »aber das hat nichts mit Ihnen zu tun, Miss Carter. Ich bin nur ein wenig in Sorge um Sie, das ist alles.«

»Und die Tatsache, dass sich ein Irrenarzt um meine Gesundheit sorgt, soll mich nun beruhigen?«, fragte Allison.

Ich konnte Watson ansehen, dass ihn diese Bemerkung eher amüsierte als ärgerte, aber er antwortete dennoch mit leicht erhobener Stimme: »Ich bin Allgemeinmediziner, Miss Carter, kein Psychiater, obwohl ich dieses Institut leite, aber selbst wenn es nicht so wäre, würde es unverantwortlich von mir sein, die Augen vor der Wahrheit zu verschließen. Sie haben eine Menge durchgemacht, und ich weiß immer noch nicht genau, was mit Ihnen geschehen ist. Dazu kommt, dass der Professor recht hat. Alle, die mit Ihnen hergebracht wurden, zeigen gewisse … Reaktionen, seit das Unwetter losgebrochen ist.«

»Was für Reaktionen?«

»Diejenigen, die erwacht sind, scheinen von gewissen Erinnerungen geplagt zu werden«, antwortete Watson. »Aber das wissen Sie ja. Sie haben mit Mister Jacobs gesprochen. An was hat er sich erinnert?«

»An den schieren Unsinn!«, protestierte Allison. »Ich habe mit Stanley gesprochen, das ist wahr! Und ich kann Ihnen versichern, dass er einfach nur im Fieber fantasiert!«

»Vieles, das wir nicht verstehen, tun wir nur zu gerne als Unsinn ab«, sagte Watson. »Das ist eine ganz normale menschliche Reaktion.«

»Sie meinen, es hat mit diesem … Zeug zu tun, das dieses Ungeheuer in uns … *gepflanzt* … hat?«, fragte Allison.

»Wenn Sie es so ausdrücken möchten …«

»Dann holen Sie es aus mir heraus!«, verlangte Allison.

»Ich fürchte, so einfach geht das nicht …«, begann Nikola und wurde sofort mit einer heftig wedelnden Geste in meine Richtung von Allison unterbrochen: »Reden Sie keinen Unsinn, Nikola! Sie haben Quinn geheilt! Und den armen Jungen auch!«

»Und ihn damit beinahe umgebracht«, sagte Adler. »Und Devlin hat es auch nicht wirklich gefallen, wie ich gehört habe.«

»Dieses Risiko gehe ich ein«, sagte Allison.

»Das glaube ich Ihnen gerne«, erwiderte Nikola, »aber in diesem Punkt bin ich ausnahmsweise einmal Captain Adlers Meinung. Das Risiko ist zu groß. Ich muss meine Methode noch einmal verbessern.«

»Das ist doch Unsinn!«, begehrte Allison auf. »Ihre Maschine funktioniert!«

»Das tut sie nicht«, behauptete Adler, und ich fügte praktisch gleichzeitig hinzu: »Und ich lasse das ganz bestimmt nicht zu.«

Allison war nicht die Einzige, die mich verdutzt ansah. »Und was bringt Sie auf den kühnen Gedanken, dass das Ihre Entscheidung wäre, Mister Devlin?«

Ihre spezielle Wortwahl entging mir ebenso wenig wie der spöttische Unterton in ihrer Stimme, aber ich ignorierte beides, so gut ich konnte.

»Der Umstand, dass ich am eigenen Leib gespürt habe, was diese Maschine anrichtet«, sagte ich so ruhig wie möglich und Nikolas beständig finsterer werdenden Gesichtsausdruck geflissentlich ignorierend. »Und mit eigenen Augen gesehen. Genau wie Sie, Allison. Haben Sie vergessen, was Chip widerfahren ist?«

»Dass er gesund geworden ist?«, fragte sie spitz.

»Dass ihm dieser Teufelsapparat fast bei lebendigem Leib die Haut abgezogen hätte«, sagte Adler, was ihm einen empörten Blick Nikolas einbrachte. Ganz zweifellos wäre diesem auch ein geharnischter Protest gefolgt, wäre da nicht ein weiterer greller Blitz so nahe an den großen Fenstern vorbeigezischt, dass ich meinte, das Geräusch der verdampfenden Regentropfen zu hören.

Statt aufzufahren, presste Nikola nur die Lippen zu einer dünnen Linie unter seinem ausladenden Schnurrbart zusammen und wartete, bis das dazugehörige Donnergrollen verebbt war. »Ich gebe zu, dass meine Methode noch verbessert werden muss. Aber sie ist im Prinzip richtig, und mir ist inzwischen auch klar, was ich ändern muss. Es ist im Grunde nur eine Kleinigkeit, auch wenn ich zugebe, dass noch gewisse Vorbereitungen zu treffen sind.« Er griff in die Jackentasche und zog einen zusammengefalteten Zettel heraus. »Ich brauche dazu nur noch einige bestimmte Materialien.«

Ganz offensichtlich erwartete er von Adler nun, nach seiner Liste zu greifen, doch dieser stieß nur verächtlich die Luft durch die Nasenlöcher aus: »Wenn Ihre revolutionäre Maschine so narrensicher ist, Professor, warum probieren Sie sie nicht an sich selbst aus?«

Allison blickte ein wenig konsterniert von einem zum anderen und wollte auffahren, doch nun war sie es, die von einem weiteren Donnerschlag unterbrochen wurde.

»Glauben Sie denn, ich hätte das nicht längst getan, wenn es mir möglich wäre?«, entgegnete Nikola aufgebracht. Er gestikulierte zu dem Verband an seinem Hals. »Ich möchte dieses Teufelszeug ebenso schnell loswerden wie alle anderen!«

»Was hält Sie auf?«, fragte Adler.

»Ich«, sagte Watson. »Und die reine Logik, Captain.«

»Ach?«, fragten Allison und Adler wie aus einem Mund.

»Ich bin Arzt, kein Physiker«, sagte Watson und sah schon wieder auf die Taschenuhr. »Ich maße mir nicht an, die Technik wirklich zu verstehen, die dieser Apparatur zugrunde liegt.

Aber ich weiß immerhin, dass es mehr als fahrlässig wäre, den einzigen Menschen in Gefahr zu bringen, der wirklich weiß, was er tut.«

»Welche Gefahr?«, hakte Adler sofort nach. »Wo es doch so vollkommen sicher ist?«

Ich unterdrückte ein Seufzen und richtete mich innerlich auf eine längere Fortsetzung dieses kindischen Disputs ein, doch Allison rettete die Situation, indem sie mit der flachen Hand so hart auf die Tischplatte schlug, dass es wie ein ferner Schuss klang.

»Nur falls Sie es vergessen haben sollten, meine Herren«, sagte sie scharf, »es geht hier um mich! Und ich bin durchaus alt genug, um das Risiko einschätzen zu können!«

»Sie haben Chip doch gesehen!«, entfuhr es mir.

Allisons Augen verschossen winzige heiße Blitze in meine Richtung. »Ihre Sorge um meine Schönheit ehrt Sie, Quinn, aber sie ist wirklich unbegründet. Ich vertraue Nikola voll und ganz. Er würde niemals etwas tun, das mich in Gefahr brächte … das ist doch so, oder?«

Nikola sah zwar ein bisschen konsterniert aus, schüttelte aber trotzdem den Kopf, und Allison deutete auffordernd auf den Zettel in seiner Hand. »Also, was genau brauchen Sie?«

»Ich muss die Leistung meiner Apparatur noch einmal erhöhen«, antwortete Nikola. »Das klingt dramatischer, als es in Wahrheit ist. Ich habe alle notwendigen Teile in meinem Konstruktionsbüro bei Stockwell & Sons.«

»Und dort werden sie auch bleiben«, sagte Adler grimmig. »Niemand verlässt dieses Institut, bevor ich nicht wirklich sicher sein kann, dass von diesen Ungeheuern keine Gefahr mehr ausgeht.«

»Ungeheuer?«, fragte Allison.

»Nennen Sie sie, wie Sie wollen«, polterte Adler. »Ich bin für die Sicherheit der Menschen in dieser Stadt verantwortlich, und ich nehme diese Aufgabe ernst, ganz egal, wie Ihr Freund Devlin dazu steht! Dieses Institut steht unter Quarantäne, solange diese … Wesen … nicht besiegt sind! Ende der Diskussion!«

Allison war ganz offensichtlich anderer Meinung. »Und Sie haben nicht das Gefühl, dass sich bei dieser Argumentation die Katze irgendwie selbst in den Schwanz beißt?«, spottete sie.

»Haustiere interessieren mich in diesem Zusammenhang nicht«, entgegnete Adler wenig originell. »Ich habe mir etwas dabei gedacht, Sie und die anderen … Überlebenden … aus diesem Keller hierher bringen zu lassen. Niemand verlässt dieses Institut. Auch ich nicht, falls es Sie beruhigt.«

Am Ende hatte sich das Gewitter in seiner Wut wohl selbst verzehrt und entlud seinen restlichen Zorn in einem einzigen unvorstellbar grellen Blitz, der alle Farben aus der Welt tilgte und mir ein elektrisches Kribbeln über den gesamten Körper jagte; fast unmittelbar gefolgt von einem urgewaltigen Donnerschlag, von dem ich mir nicht nur einbildete, dass er die Bodendielen unter meinen Füßen vibrieren ließ.

Dann war es vorbei. Das Trommeln des Regens gegen die Fensterscheiben hielt nicht nur an, sondern schien sogar noch weiter an Intensität zugenommen zu haben, als der Nachhall des letzten Donnerschlages in meinen Ohren verklungen war, doch irgendwie spürte ich auch, dass diesem letzten Blitz kein weiterer folgen würde. Ein allerletzter Donnerschlag setzte ein Ausrufezeichen hinter Adlers Worte, und Nikola nutzte die Zwangspause, um seinen Zettel auseinanderzufalten und ihn Adler nun dergestalt hinzuhalten, dass er gar nicht mehr anders konnte, als danach zu greifen und den Text darauf zu lesen. Er sagte nichts, aber sein Gesichtsausdruck änderte sich mit jedem Wort, das er las. Und nicht zum Guten. Schließlich lachte er humorlos auf.

»Sie sind verrückt«, sagte er. »Sie bräuchten zehn Mann und zwei Wagen, um das alles zu transportieren. Und zwei Tage!«

»Eher zwanzig Mann und vier Tage«, antwortete Nikola ungerührt. »Vor allem die Spulen sind sehr schwer. Und ich brauche es bis morgen früh.«

Adlers Unterkiefer klappte herunter. »Wie?«

»Und ich kann nicht einmal garantieren, dass bis dahin noch alle am Leben sind«, fügte Watson hinzu. »Vor allem Mister Jacobs' Zustand bereitet mir Sorge. Wenn ich ehrlich sein soll, dann verstehe ich nicht, wieso er überhaupt noch lebt.«

»Der alte Knabe ist zäh«, vermutete Nikola.

»Aber auch nicht unzerstörbar«, fügte Allison hinzu. Da war etwas in ihrer Stimme, das mich aufhorchen ließ. Irgendwie hatte sie an Kraft verloren, und dasselbe galt auch für ihren Blick und, wenn man es genau nahm, eigentlich für alles an ihr. Der Eindruck war so vage, dass ich ihn kaum greifen konnte, aber zugleich auch unübersehbar.

Und es schien nicht nur mir so zu ergehen. Nikola tauschte einen ebenso verstohlenen wie unübersehbar alarmierten Blick mit Watson, und auch Adler wurde sichtlich hellhörig. Etwas geschah mit Allison, das war alles, was ich sagen konnte. Und es war nichts Gutes.

»Ist alles in …«, begann ich, und Adler räusperte sich so unecht, dass es schon fast lächerlich klang.

Noch unechter wirkte die Geste, mit der er Nikola seinen Zettel zurückgab. »Eine nette Idee, Professor, aber leider unmöglich zu realisieren.«

»Für mich«, bestätigte Nikola. »Und genau aus diesem Grund bitte ich ja auch Sie, diese Materialien zu besorgen. Sie haben sowohl die nötigen Männer als auch die Kompetenzen, den Transport zu veranlassen.«

»Ich soll zwanzig meiner Männer einer unbekannten Gefahr für Leib und Leben aussetzen, nur auf Ihr Wort hin, Professor?« Adler lachte böse, und Allison setzte dazu an, etwas zu sagen, fuhr sich dann nur nervös mit der Zungenspitze über die Lippen und blinzelte. Sie wirkte verwirrt, hilflos, wie ein Mensch, der unversehens aus einem tiefen Schlaf gerissen wird und sich noch nicht in der Wirklichkeit zurechtfindet.

»Allison?«, fragte ich.

Allison blinzelte noch einmal und antwortete auch jetzt nicht, sondern wirkte nur noch verstörter.

»Allison?«, fragte ich noch einmal. »Ist alles in Ordnung?« Ihr Anblick beantwortete die Frage im Grunde allein, und dass sie zögerlich nickte und sich in ein vollkommen verunglücktes Lächeln zu retten versuchte, machte es allerhöchstens noch schlimmer.

»Es war wohl doch ein bisschen zu viel für Sie«, sagte Watson, nunmehr ganz im Tonfall eines Arztes. »Gönnen Sie sich ein wenig Schlaf, Miss Carter. Im Augenblick können wir ohnehin nichts tun, wie es aussieht.« Er griff unter die Tischplatte, vermutlich um einen dort angebrachten Schalter zu bedienen, denn praktisch sofort ging die Tür hinter uns auf, und Mulligans fragendes Gesicht blickte zu uns herein.

»Bitte, begleiten Sie Miss Carter in ihr Zimmer«, sagte Watson.

»Ich komme mit«, fügte ich hinzu, doch nicht nur Nikola und Watson schüttelten fast erschrocken die Köpfe, sondern auch Allison selbst winkte ab.

»Das ist wirklich nicht nötig, Quinn«, sagte sie. »Doktor Watson hat recht. Es war alles ein wenig viel. Ich werde mich ein bisschen ausruhen, und danach geht es mir bestimmt besser. Aber haben Sie herzlichen Dank für Ihre Sorge.«

Und damit ging sie und ließ nicht nur mich vollkommen

verwirrt und mit verdattertem Gesichtsausdruck zurück, sondern auch Adler, der ganz den Eindruck machte, am liebsten aufspringen und ihr nachstürzen zu wollen.

»Was war das denn?«, murmelte ich. Etliche Sekunden lang antwortete nur das Trommeln des Regens gegen die Fensterscheiben auf meine Frage, doch dann fielen mir die Blicke auf, die Nikola und Watson miteinander tauschten.

»Also?«, fragte ich. »Was geht hier vor?«

»Nichts, was Sie beunruhigen müsste, Quinn«, sagte Nikola in einem Ton, der mich endgültig beunruhigte. »Aber wir wollten in der Tat ... allein mit Ihnen reden.«

»Ohne Allison, meinen Sie? Warum?«

»Ist da irgendetwas Außergewöhnliches, das Ihnen aufgefallen ist, Mister Devlin?«, fragte Watson. Niemand machte sich die Mühe, meine Frage zu beantworten.

»Sie meinen, außer dass ich fast von einer elektrischen Riesenspinne aufgefressen und um ein Haar von einem Schlangenmonster aus der Kanalisation in Stücke gerissen worden wäre?« Ich tat so, als würde ich angestrengt nachdenken. »Nein.«

»Haben Sie seltsame Träume«, fuhr Watson unbeeindruckt fort, »oder glauben Sie Stimmen zu hören?«

»Nur weil das hier ein Irrenhaus ist, muss nicht jeder Stimmen hören, Doktor«, antwortete ich scharf und bedauerte diese Bemerkung schon, bevor mir das letzte Wort über die Lippen gekommen war. Watson nahm die Bemerkung jedoch entweder nicht übel oder war solcherlei Denken so gewohnt, dass es ihn nicht mehr beeindruckte.

»Das Arkham-Institut ist sehr viel mehr als ein Irrenhaus, Mister Devlin«, sagte er gelassen. »Und ich frage aus einem bestimmten Grund.«

Ich glaubte ihn sogar zu kennen, denn nun erinnerte ich mich mit einem jähen Gefühl schlechten Gewissens wieder an das, was Chip gesagt hatte – und vor allem an das sonderbare Gefühl, als ich seine Hand berührt hatte.

»Ich bin nicht sicher«, antwortete ich ausweichend, obwohl ich es natürlich war. »Ich hatte ein paar … seltsame Träume. Aber ich erinnere mich nicht an Einzelheiten.« Ich wollte es auch nicht.

»Das sind nicht nur Träume«, sagte Nikola. »Mir geht es ebenso und Allison auch. Ich nehme an, es gibt da so eine Art … Verbindung … zwischen diesem Maschinenwesen und allen, die die Spinne gestochen hat.«

»Wir sind viele«, murmelte ich.

Nikola zog die Augenbrauen zusammen. »Was?«

»Wir sind viele«, wiederholte ich. »Chip hat das gesagt. Ich habe nicht verstanden, was er gemeint hat.«

»Ein Hive«, sagte Nikola.

Watson runzelte die Stirn. Adler machte dümmlich: »Aha«, und ich fügte ein nur unwesentlich eloquenteres »Was?« hinzu.

»Ein Kollektiv«, erklärte Nikola in nicht einmal annähernd so herablassendem Ton, wie ich erwartet hätte. »Erinnern Sie sich an das, was Allison dort unten in jenem Keller gesagt hat, und an das Geschöpf, das Stanleys Gestalt angenommen hat?«

»Genau wie der Junge«, fügte Watson hinzu. »Es ergibt Sinn.«

»*Was* ergibt Sinn?«, polterte Adler. »Verdammt, ich weiß, dass Sie mich für einen Dummkopf halten, aber haben Sie wenigstens den Anstand, es mich nicht allzu deutlich spüren zu lassen. Wovon zum Teufel reden Sie da?«

»Von einer Gemeinschaftsintelligenz wie bei einem Ameisenstaat oder einem Bienenschwarm«, antwortete Nikola überraschend geduldig. »Menschen, wie die allermeisten anderen Lebewesen auch, die wir kennen, verfügen über ein zentrales Nervensystem und ein Gehirn, das den Körper und unsere Reaktionen und Handlungen lenkt. Bei einer Schwarmintelligenz ist das anders. Es gibt kein Gehirn. Die Summe aller Teile vereinigt sich zu einem einzigen Denken.«

»Bienen und Ameisen haben Königinnen«, gab Adler zu bedenken.

Nikola maß ihn mit einem widerwillig-anerkennenden Blick, schüttelte aber trotzdem den Kopf. »Das ist etwas anderes. Diese Königinnen sind im Prinzip nur für die Fortpflanzung zuständig, aber das scheint mir in diesem Fall anders zu sein.«

»Sie meinen, diese … Entität … besteht aus Tausenden einzelner Teile, die in ihrer Gesamtheit so etwas wie ein großes Gehirn bilden«, sagte Adler nachdenklich, was ihm nicht nur einen noch überraschteren Blick von Nikola einbrachte, sondern auch Chips Stimme noch einmal hinter meiner Stirn erschallen ließ. *Wir sind viele.*

»So könnte man es ausdrücken«, bestätigte Nikola.

»Wenn das stimmt, dann bedeutet das, dass alle alles wissen, was auch nur ein einzelnes dieser Teile weiß«, schloss Adler nachdenklich.

Ich war wirklich beeindruckt, erteilte mir zugleich aber in Gedanken eine weitere Rüge. Ich konnte Adler nicht leiden, aber das bedeutete nicht, dass er dumm war.

Nikola wirkte ebenfalls leise überrascht, schüttelte aber auch jetzt den Kopf. »Nicht zwangsläufig. Der Verdacht liegt nahe, das gebe ich gerne zu, aber so muss es nicht sein.«

»Weil wir dann ohnehin keine Chance mehr hätten«, fügte Adler hinzu. »Denn dann wüssten sie jetzt alles, was wir in Miss Carters Gegenwart besprochen haben.« Er legte den Kopf auf die Seite und betrachtete den Verband an Nikolas Hals. »Und Ihrer.«

»Die Möglichkeit besteht«, räumte Nikola unbeeindruckt ein. »Aber ich glaube es nicht.«

»Weil es nicht in Ihre Theorie passt?«

»Weil wir ebenso gut auch gleich aufgeben können, wenn es wirklich so ist«, sagte Nikola ruhig. »Aber auch, weil mir gewisse Beobachtungen Anlass zu der Vermutung geben, dass es doch nicht ganz so einfach ist. Ich nehme an – oder ich hoffe, das können Sie sich aussuchen, Captain –, dass es zumindest eines einmaligen …« Er suchte nach Worten und hob schließlich die Schultern. »… *Austausches* bedarf, um die Verbindung zu vollenden.«

»Was meinen Sie mit Austausch?«, fragte Adler misstrauisch.

»Abgesehen von Quinn bin ich der Einzige, dessen körperliche Erscheinungsform sie noch nicht adaptiert haben«, sagte Nikola. »Ich nehme an, dass die Verbindung deshalb noch nicht komplett ist.«

»Und wieso … *nehmen Sie das an?*«

Nikola lächelte schmerzlich. »Weil alles andere bedeuten würde, dass wir schon verloren haben«, gestand er. »So etwas nennt man Zweckoptimismus.«

»Ich nenne so etwas ziemlich verrückt«, sagte Adler finster. »Und wie lange wollen Sie dieses Spielchen noch treiben?«

»Das kommt ganz darauf an, wie lange Sie brauchen, um die Dinge zu besorgen, die ich Ihnen aufgeschrieben habe, Captain«, antwortete Nikola. Er hielt Adler seinen Zettel hin und erntete genau den fast schon mitleidigen Blick, mit dem ich gerechnet hatte. Adler rührte keinen Finger, um danach zu greifen. Nikola seufzte, warf Watson einen beinahe flehenden Blick zu und seufzte noch einmal, diesmal lauter. Watson klappte den Deckel seiner Taschenuhr auf und starrte die Zeiger an, und endlich geschah das, worauf Watson (und wahrscheinlich auch Nikola) schon sehnlichst warteten, seit wir hereingekommen waren: Das Telefon erwachte mit einem schrillen, mehrmalig unterbrochenen Klingeln zum Leben, und Watson riss den Hörer von der Gabel. Er wechselte hastig ein paar Worte mit der jungen Frau in der Vermittlungsstelle, die daraufhin den Gesprächspartner durchstellte.

»Watson?«, meldete er sich, schwieg einen Moment und nickte dann mehrmals hintereinander. »Oh nein, das macht doch nichts … ich weiß, wie schwierig es … aber ja, selbstverständlich …«

Es war nicht das erste Mal, dass ich einen Telefonapparat in Aktion erlebte. Ganz im Gegenteil war mir klar, dass diese moderne Art der Kommunikation nicht nur nicht mehr aufzuhalten war, sondern die Welt in naher Zukunft radikal verändern würde. Aber es verhielt sich damit wie mit Jacobs' heiß geliebten Automobilen und den elektrifizierten Straßenbahnen: Ich wusste ihren praktischen Nutzen durchaus zu würdigen, aber sie erschreckten mich auf einer Ebene, die nichts mit Logik zu tun hatte und somit auch nicht damit zu bekämpfen war. An diesen modernen Telefonapparaten irritierte mich am meisten, dass man nur die Hälfte des jeweiligen Gespräches mitbekam; diese dafür aber zumeist so laut, dass man sich fragte, warum der Sprecher überhaupt einen Fernsprechapparat brauchte.

»Ja, genau wie ich es befürchtet …«, fuhr Watson fort, unterbrach sich erneut und sah kurz Nikola und dann deutlich länger Captain Adler an, »… selbstverständlich, Arthur … ja … ich gebe ihn Ihnen.« Er stand halb von seinem Stuhl auf und beugte sich vor, um Adler den Hörer hinzuhalten. »Jemand möchte Sie sprechen, Captain.«

Adler starrte den Hörer an, als wäre er etwas potenziell Gefährliches, das sein Misstrauen verdiente. »Mich? Wer?«

»Bitte, Captain.« Watson wedelte ungeduldig mit dem Hörer. »Sie sollten ihn nicht unnötig warten lassen. Arthur ist kein geduldiger Mann.«

Widerwillig griff Adler nach dem Hörer, hielt ihn ans Ohr und meldete sich, und was danach auf seinem Gesicht geschah, war wirklich sehenswert. Von Verblüffung über Unglauben bis hin zu gerechter Empörung und blankem Zorn wechselte sich fast die gesamte Skala der Gefühle darauf ab. »Ja, das ist ...«, begann er, »... ich sagte ... selbstverständlich nicht ... nein, ich werde gewiss nicht ... Sir, Sie ... Sie können doch nicht von mir verlangen ... ja, den kenne ich ... natürlich, aber ... ich verstehe ... sehr wohl, Sir ... selbstverständlich ... jawohl, Sir, ganz wie Sie ... selbstverständlich ... auf Wiederhören, Sir.«

Mit nunmehr steinerner Miene reichte er Watson den Hörer zurück, wartete, bis dieser sich ebenfalls verabschiedet und eingehängt hatte, und stand auf. Wortlos streckte er die Hand aus, und Nikola reichte ihm ebenso wortlos, aber mit einem schon fast anzüglich breiten Grinsen, den Zettel, auf dem all seine Wünsche vermerkt waren.

»Bis Mitternacht wäre wunderbar«, sagte Nikola fröhlich. »Aber allerspätestens bis Sonnenaufgang. Ich muss noch gewisse Vorbereitungen treffen.«

Adler faltete Nikolas Zettel mit so sorgsam überpräzisen Bewegungen zusammen und steckte ihn ein, dass wohl nicht nur ich ihm ansah, was er sehr viel lieber damit getan hätte. Er würdigte Nikola keines einzigen Blickes, sondern drehte sich steifbeinig um und stolzierte wortlos hinaus. Dann warf er die Tür mit einem Knall hinter sich ins Schloss, der gute Chancen hatte, selbst mit den lautesten Donnerschlägen des vergangenen Gewitters mitzuhalten.

»Was für ein Dummkopf«, sagte Nikola fröhlich.

Adler war vieles, aber gewiss kein Dummkopf, doch jetzt war auch nicht der richtige Zeitpunkt, um darüber zu reden. Stattdessen deutete ich auf den Telefonapparat vor Watson. »Wer war das?«

»Ein Freund«, antwortete Watson auf eine Art, die mir klarmachte, dass er nicht mehr dazu sagen würde.

Ich versuchte es trotzdem. »Es muss ein sehr einflussreicher … Freund sein.«

»In der Tat«, bestätigte Watson. Nikola griente sogar noch breiter. »Ich werde Ihnen bei Gelegenheit alle Ihre Fragen beantworten, Mister Devlin, aber jetzt muss ich mich wieder um meine Patienten kümmern.«

War das seine Art, mich hinauszukomplimentieren? Ich setzte zu einem harschen Protest an, bekam aber Hilfe von unerwarteter Seite.

»Nur noch einen Moment, Doktor«, sagte Nikola. »Diese Träume, Quinn, von denen Sie gesprochen haben … worum genau ging es darin?«

Ich erinnerte mich nicht, überhaupt von meinen Träumen gesprochen zu haben, und wollte es auch ganz bestimmt nicht, aber zugleich hatte Nikolas Frage auch etwas Dringliches. Außerdem wäre ich mir undankbar vorgekommen, ihn sozusagen im Stich zu lassen.

»Ich erinnere mich kaum«, sagte ich wahrheitsgemäß. »Es war nur …« Ich suchte nach Worten und hob schließlich die Schultern. »Ein Gefühl.«

»Aber kein unangenehmes«, vermutete Nikola. »Ganz im Gegenteil. Eher so etwas wie von Geborgenheit. Wie eine warme Umarmung. Das Gefühl, in Sicherheit zu sein.«

Es war das genaue Gegenteil gewesen. Ich starrte ihn an, doch er musste meinen Blick wohl so falsch deuten, wie es überhaupt nur ging, denn er bemühte sich um ein verständnisvolles Lächeln. »Das muss Ihnen nicht peinlich sein, Quinn. Mir ist es genauso ergangen. Und allen anderen auch, mit denen ich geredet habe. Stanley und der Junge. Und Allison.«

Ich sagte auch dazu nichts, doch Nikola las wohl abermals

in meinem Gesicht, und jetzt deutete er meinen Blick offenbar richtig. »Es gibt keinen Grund, eifersüchtig zu sein. Allison und ich sind nur gute Freunde, glauben Sie mir.«

»Eifersüchtig? Was für ein Unsinn!«

»Und der Junge erzählt dasselbe?«, fragte Watson eine Spur zu hastig. Vielleicht war ihm die Richtung peinlich, in die sich das Gespräch zu entwickeln begann.

Nikolas Antwort darauf bestand lediglich aus einem angedeuteten Nicken. »Haben Sie es wirklich vergessen, Quinn?«

»Was vergessen?«

»Was Ihnen ihre Doppelgängerin in diesem Keller erzählt hat«, antwortete Nikola.

Als ob ich es auch nur eine Sekunde lang hätte vergessen können! Ich schüttelte trotzdem den Kopf.

»Für jemanden mit Ihrem Beruf sind Sie ein erbärmlicher Lügner, Quinn«, sagte Nikola. »Und selbst wenn es nicht so wäre, müsste man schon mit Blindheit geschlagen sein, um nicht zu sehen, dass Allison bis über beide Ohren in Sie verliebt ist.«

»Und was genau hat das mit meinen Träumen zu tun?«, fragte ich; schon um nicht weiter über etwas reden zu müssen, worüber ich nicht reden wollte – und *ganz bestimmt nicht* mit ihm.

»Das weiß ich nicht«, gestand Nikola. »Aber wenn es etwas ist, das uns alle mit dem Hive verbindet, dann kann es sich möglicherweise als nützlich erweisen. Jede Information ist wertvoll, solange nicht bewiesen ist, dass sie es nicht ist.«

Mittlerweile kannte ich Nikola gut genug, um zu wissen, wohin sich ein Gespräch entwickeln musste, wenn in seiner Stimme dieser ganz besondere Ton lag. Ich stand auf, und als Nikola diesmal dazu ansetzte, mich zurückzuhalten, ließ ich ihn einfach stehen und stürmte hinaus, um nach Allison zu suchen.

Es gab da das eine oder andere, über das ich dringend mit ihr reden musste.

21

Es blieb bei dem Versuch. Allison zu finden war zwar kein Problem gewesen, doch ich war prompt an einem weiblichen Zerberus in Krankenschwesterntracht gescheitert, der vor ihrer Tür Wache hielt und mir beschied, dass sich die junge Dame zurückgezogen habe und es sich bei dieser Klinik um eine anständige Institution handle, in der es nicht üblich sei, dass sich ein unverheiratetes Paar allein in einem Zimmer aufhielt – und das schon gar nicht, wenn dessen gesamte Einrichtung nur aus einem Bett bestand. Ich sparte mir die Entgegnung, dass so etwas in einem Krankenhaus durchaus schon einmal vorkommen könne, zog mich in mein eigenes Zimmer auf demselben Flur zurück und wartete auf eine bessere Gelegenheit. Früher oder später musste die Furie ihren Wachtposten schließlich verlassen, und sei es nur, um etwas zu trinken oder einem körperlichen Bedürfnis nachzukommen.

Stattdessen schlief ich ein und fand mich unversehens in einem wirren Albtraum wieder, an den ich mich zwar in allen Einzelheiten erinnerte, über den ich aber trotzdem hinterher nicht viel hätte sagen können, denn er hatte keine Handlung und folgte auch keiner erkennbaren Struktur, sondern bestand vornehmlich aus unangenehmen Gefühlen und zusammenhanglosen Bildern. Ich schmeckte Metall und fühlte mich auf widerwärtige Weise berührt, und da waren rotes Licht und das

Tappen und Klacken einer Million winziger stählerner Füßchen auf dem Boden eines schier endlosen eisernen Doms, und ich spürte die Nähe von etwas unvorstellbar Großem und Machtvollem, etwas, das auf grässliche Weise uralt wirkte, es aber nicht war, und mich aus körperlosen Augen belauerte, die bis in die Abgründe meiner Seele blickten.

Vielen Dank auch, Nikola, mich noch einmal daran erinnert zu haben.

Ich wusste nicht, wie spät es war, doch das schmale Fenster schräg über mir hatte sich schwarz gefärbt. In dem großen Gebäude herrschte zwar noch keine vollkommene Stille, aber der allgemeine Geräuschpegel war doch merklich gesunken. Der schlechte Geschmack in meinem Mund und ein Gefühl kribbelnder Taubheit in allen Gliedern bewiesen mir überdies, dass ich mehr als nur wenige Augenblicke geschlafen hatte. Ich war viel zu aufgewühlt, um sofort wieder Schlaf zu finden, und legte zudem keinen Wert auf eine Fortsetzung des kruden Albtraumes, dem ich gerade erst entronnen war.

Darüber hinaus brauchte ich jetzt wirklich dringend eine Zigarre. Und vielleicht auch einen guten Schluck, wenn ich schon einmal dabei war.

Mit mehr Mühe, als ich mir eingestehen wollte, quälte ich mich von der schmalen Pritsche und registrierte, wie schlecht ich roch – nach kaltem Schweiß und Kleidern, die entschieden zu lange getragen worden waren. Das war auch etwas, das ein Ende haben musste.

Da ich alleine in meiner Luxusunterkunft war, räkelte ich mich ausgiebig, gähnte ungeniert mit weit offenem Mund und genoss die kindische Freude, die Hand explizit *nicht* vor den Mund zu halten. Prompt meldete sich mein schlechtes Gewissen, wenn auch aus einem anderen Grund, der mir erst klar wurde, als ich die Zelle verließ und den leeren Stuhl drei Türen weiter sah. Ich hatte mein Gespräch mit Nikola und Watson eigens unterbrochen und war hier heruntergekommen, um mit Allison zu reden, und nun reichten ein wenig Schlaftrunkenheit und die Gier nach einer Zigarre, um sie mich einfach vergessen zu lassen?

Umso entschlossener ging ich zu ihrem Zimmer, öffnete die Tür und tastete so lange an der Wand nach dem Lichtschalter, bis ich mich wieder erinnerte, dass Nikolas schöne neue Zeiten in diesem Teil des Instituts noch nicht Einzug gehalten hatten, und es hier noch Gas- und Petroleumlampen gab.

In Ermangelung einer anderen Möglichkeit zog ich die Tür so weit auf, wie es ging, um das Licht vom Flur hereinfallen zu lassen, und sah immerhin einige vage Schemen. Offensichtlich war ich nicht der Einzige, dessen Körper irgendwann einfach mit Macht einen Teil des lange vorenthaltenen Schlafs zurückverlangte. Allison hatte sich auf der schmalen Liege zusammengerollt und die Decke bis über die Ohren hochgezogen, aber ich hörte ihre gleichmäßigen Atemzüge – und ein gedämpftes Schnarchen, wie ich es bei einer so zarten Person niemals erwartet hätte.

Ich hatte nicht vor, sie zu wecken, blieb aber eine ganze Weile in der Tür stehen und versuchte mir über meine eigenen Gefühle klar zu werden. Es gelang mir nicht … und wie auch? Wenn ich all die Zeit abrechnete, die wir gekämpft, gelitten, um unser Leben gerannt (oder irgendwo eingebrochen) waren, dann kannten wir uns gerade einmal ein paar Stunden.

»Verraten Sie mir, was Sie da tun, Inspektor?«, fragte eine Stimme hinter mir.

Obwohl ich die Stimme erkannte, rechnete ich so fest damit, dem Blick einer äußerst entrüsteten Krankenschwester zu begegnen, dass ich einen Moment lang brauchte, eine passende Antwort zu finden.

»Schlafen Sie eigentlich nie, Mulligan?«

»Nur wenn ich freihabe, Inspektor«, antwortete Mulligan. Sein Blick gefiel mir nicht, beinahe noch weniger als sein Ton. »Was tun Sie hier? Das ist Miss Carters Zimmer.«

»Und ich habe mich nur davon überzeugt, dass alles in Ordnung ist«, antwortete ich wenig originell. »Sollte nicht jemand auf sie aufpassen?«

Mulligan sah einen Moment lang stirnrunzelnd auf den leeren Stuhl und schien über meine Frage nachzudenken. Dann nickte er. »Ja. Eigentlich sollte Schwester Chapel auf sie achtgeben. Das ist seltsam. Sie ist eigentlich sehr zuverlässig.«

»Vielleicht musste sie zur Toilette.«

Mulligan nickte zwar, schob mich aber trotzdem mühelos zur Seite und sah auf die schlafende Allison hinab. »Dann hätte sie mich rufen müssen!«

»Manchmal ist es eilig«, versuchte ich zu scherzen.

Fast schon zu meinem Erstaunen verzichtete Mulligan darauf, mich nun gewaltsam aus dem Weg zu schieben (was er zweifellos gekonnt hätte), sondern zwang sich zu einem unechten Lächeln und trat aus der Tür.

»Wir warten einfach gemeinsam, bis die Schwester zurück ist«, schlug ich vor.

Mulligan nickte zwar auch darauf nur wortlos, ließ es sich aber nicht nehmen, die Tür hinter sich bis auf einen kaum fingerbreiten Spalt zu schließen.

»Wenn sich die Gelegenheit schon bietet«, begann ich im Plauderton, »dann kann ich Ihnen auch eine Frage stellen, die mir schon den ganzen Tag über auf der Zunge liegt.«

Mulligan sah ein bisschen verunsichert aus. »Und … welche?«

»Sie haben nicht zufällig eine Zigarre dabei?«

»Wie?«, murmelte Mulligan.

»Nun, so schlimm ist das auch wieder nicht … aber Sie wollten mir noch verraten, was Sie Miss Carter versprechen mussten.«

»Inspektor?«

»Das Ehrenwort eines Iren. Sie erinnern sich?«

»Das tu ich, Inspektor«, antwortete Mulligan ernst. »Deswegen werde ich auch schweigen wie ein Grab und nicht über die Sache mit Miss Carter reden.«

»Auch mit mir nicht?«

»Vor allem nicht mit Ihnen, Mister Devlin.«

Nicht nur, dass er mich ganz bewusst *Mister Devlin* nannte, ärgerte mich über die Maßen, sondern auch sein herausfordernder Blick. Ich setzte zu einer harschen Entgegnung an, um diesen unverschämten Burschen auf den ihm zustehenden Platz zu verweisen. Doch ich kam nicht dazu. Hinter der geschlossenen Tür erscholl ein einzelner, fast ein bisschen obszöner Laut, den ich in der ersten halben Sekunde nicht einmal einordnen konnte. Und als es mir gelang, war es mir eindeutig peinlich. Es war ein einzelner grunzender Schnarcher, wie ein schleimiges Bellen, das ich einfach nicht mit jemandem wie Allison in Zusammenhang bringen wollte.

Mulligan offensichtlich auch nicht, denn er sah regelrecht entsetzt aus, war dann mit einer einzigen Bewegung nicht nur wieder in Allisons Zimmer, sondern auch an ihrem Bett und riss die Decke herunter. Mein empörter Protest blieb mir im Halse stecken, als ich sah, wer darunter zum Vorschein kam.

Es war nicht Allison. Die Frau war alt genug, um ihre Mutter zu sein, und als ich sie das letzte Mal gesehen hatte, hatte sie mich wie eine ebensolche angefunkelt; mit ausgefahrenen Krallen und bereit, die Ehre ihrer Schützlinge gegen jeden zu verteidigen. Und selbstverständlich ganz besonders gegen mich.

»Jeannie Mac, Schwester Chapel!«, entfuhr es Mulligan.

Hastig fiel er neben der Liege auf die Knie, ergriff sie mit beiden Händen an den Schultern und drehte sie herum. Chapel stieß einen weiteren grunzenden Schnarcher aus, machte eine müde Bewegung, wie um seine Hände beiseitezuwischen – und drehte sich wieder auf die Seite.

»Was ist mit ihr?«, fragte ich beunruhigt.

»Weiß nicht.« Mulligan hob die Schultern und sah sehr hilflos aus. »Ich glaube, sie … sie …«

»Schläft?«, schlug ich vor.

»Aber das ist völlig … unmöglich«, meinte Mulligan. »Sie ist … Schwester Chapel ist zuverlässiger als der Glockenschlag vor der Sonntagsmesse! Das kann nicht sein!«

Seit diese bizarre Geschichte angefangen hatte, waren mir eine Menge Dinge untergenommen, die eigentlich nicht sein konnten, aber das interessierte mich im Augenblick weniger.

»Und wo ist nun Miss Carter?«

Mulligan war so perplex, dass er sich einmal um seine eigene Achse drehte, als erwartete er, sie in einer Ecke stehen und über unsere Ratlosigkeit lächeln zu sehen. Dann stürzte er umso schneller an mir vorbei, wandte sich nach rechts und war schon am Ende des Ganges, bevor ich das Zimmer auch nur verlassen hatte.

Um ein Haar wäre er auf der Nase gelandet. Mit der rechten Hand den Schlüsselbund von seinem Gürtel reißend langte er mit der anderen nach dem Gitter, das den Gang vor ihm halbierte, um sich daran abzufangen, aber es bot ihm keinen Widerstand und daher auch keinen Halt. Das Gitter schwang mit einem erbärmlichen Quietschen auf, und Mulligan stolperte haltlos hinterher und klammerte sich zwar blitzschnell an den rostigen Metallstäben fest, bezahlte dafür aber mit ein paar übel geprellten Fingern, als die Tür mit einem gewaltigen Scheppern gegen die Wand prallte. Mit einem quietschenden

Schmerzenslaut ging er zu Boden, riss die geprellte Hand hinter dem Gitter hervor und klemmte sie sich unverzüglich unter die Achsel.

»Wie zum Teufel ist sie an den Schlüssel gekommen?«, wimmerte er. »Die Tür war die ganze Zeit über abgeschlossen!«

»Das bezweifle ich«, flüsterte ich.

»Was soll das heißen?«, polterte Mulligan. »Das Schloss ...« Er sprach nicht weiter, als er den Blick hob und feststellte, was ich schon zuvor gesehen hatte.

Das Schloss war nicht mehr da. Wo es sein sollte, fehlte ein ovales Stück aus dem Gitter, dessen Ränder so unregelmäßig gezahnt waren, als hätten Tausend winzige Stahltermiten sie herausgebissen. Statt mir das genauer anzusehen, fuhr ich herum und stürmte an Allisons Zelle vorbei, um auch die nächste Tür aufzureißen. Ich war nicht überrascht, den Raum dahinter leer vorzufinden.

Genauso wie den daneben und den daneben. Als ich die vierte Kammer inspizierte – mit demselben Erfolg –, kam mir Mulligan vom anderen Ende des Gangs entgegen, mit vollkommen verstörter Miene und um mindestens drei Nuancen blasser als noch vor einer Minute, sodass die zehntausend irischen Sommersprossen auf seinem Gesicht plötzlich wie winzige Messerstiche aussahen.

»Beim heiligen Patrick, das ist unmöglich«, brabbelte er immer und immer wieder. »Das ist ein Unding! So was passiert nicht!«

Wie gern hätte ich ihm zugestimmt, aber es blieb dabei: Abgesehen von Chip, der sich nun wieder in einem Zustand tiefster Ohnmacht befand, waren sämtliche Überlebenden verschwunden – selbst Jacobs, der ganz bestimmt nicht mehr die Kraft gehabt hatte aufzustehen, geschweige denn zu *gehen*.

»Aber sie können nicht an mir vorbeigekommen sein!«, beharrte er, noch bevor ich auch nur Gelegenheit fand, eine entsprechende Frage zu stellen. »Mein Zimmer ist gleich hinter dem Gitter, und ich hätte es gehört, wenn sie das Schloss aufgebrochen hätten!«

»Das haben sie auch nicht«, antwortete ich, obwohl mir nichts ferner lag, als ihn zu trösten. »Ich erkläre es Ihnen später. Jetzt müssen wir Watson und die anderen alarmieren!«

Das war zumindest etwas Handfestes, womit er etwas anfangen konnte. Nach einem letzten, verstörten Blick in die Runde ergriff Mulligan seinen nutzlos gewordenen Schlüsselbund fester und eilte voraus.

Bis zum Gitter.

Mulligan hatte die Tür – vermutlich aus reiner Gewohnheit – hinter sich geschlossen und stürmte nun einfach darauf los, um sie mit der Schulter aufzustoßen. In der nächsten Sekunde landete er mit einem schrillen Schmerzenslaut auf dem Hosenboden und begann sich die geprellte Schulter zu massieren.

»Was zum Teufel ...?«, japste er, doch er sprach nicht weiter, sondern verstummte mit einem entsetzten Keuchen, als er das Schloss anstarrte.

Es war noch immer verschwunden, aber das Gitter ließ sich dennoch nicht öffnen. Wo gerade noch die stabilen eisernen Scharniere gewesen waren, erblickte ich nun zwei nicht minder massive Würfel aus mattem Metall, das wie Blei aussah, von dem ich aber annahm, dass es um ein Mehrfaches stabiler war. Dasselbe galt für die andere Seite der Gittertür: Sie war an mindestens einem halben Dutzend Punkten mit ihrem eisernen Gegenpart verschmolzen ... auch wenn ich das unangenehme Gefühl hatte, dass *verwachsen* die passendere Bezeichnung gewesen wäre.

Mulligan rappelte sich auf, starrte das auf eine so vollkommen unmögliche Weise veränderte Schloss an und griff dann mit beiden Händen danach, um mit aller Gewalt zu zerren und zu reißen. Ich wusste aus leidvoller Erfahrung, wie stark dieser abgebrochene Riese war, doch das Gittertor bewegte sich nicht um einen Millimeter.

»Das kann nicht sein!«, keuchte Mulligan, als müsste er es nur oft genug wiederholen, um die Realität ungeschehen zu machen. »Das ist unmöglich! Das ... das ist Hexenwerk!«

»So etwas wie Hexenwerk gibt es nicht, Mister Mulligan«, sagte ich, so ruhig ich konnte. Es war nicht besonders ruhig, und ich musste im Gegenteil mit immer mehr Mühe gegen den Impuls ankämpfen, selbst mit beiden Händen nach dem Gitter zu greifen und daran zu rütteln.

»Und was soll das dann sein?« Mulligans Stimme kratzte bedrohlich nahe am Rand der Hysterie entlang, fand ich. Aber woher nahm ich das Recht, ihn zu kritisieren? Mir selbst erging es ja auch nicht viel besser.

»Das ist etwas weit Schlimmeres, Mulligan, glauben Sie mir«, sagte ich.

Mulligan starrte mich nun zwar an, als zweifelte er an meinem Verstand, rüttelte aber nur noch einmal an dem Gitter und fragte fast flehend: »Und was tun wir jetzt?«

Woher sollte ich das wissen? »Gibt es einen anderen Ausgang?«

Mulligan machte eine stumme Kopfbewegung auf die Tür am anderen Ende des Ganges, die ich ja selbst schon einmal benutzt hatte, rührte sich aber nicht von der Stelle. Als ich die wuchtige Tür im blassen Gaslicht musterte, wurde mir auch klar, warum: Die Tür führte in die weitläufigen Kellerlabyrinthe des Instituts hinab, wie ich aus eigener Erfahrung wusste, aber sie hatte auf dieser Seite nicht einmal ein Schlüsselloch, geschweige denn eine Klinke.

»Sonst noch einen Ausgang?«

Mulligan sah mich an, als hätte ich endgültig den Verstand verloren. »Das hier ist die Isolierstation, Inspektor.«

Aber wir *mussten* hier irgendwie raus. »Und Werkzeug, um das Tor aufzubrechen?«

Darauf antwortete er gar nicht mehr.

»Aber was um Himmels willen tun Sie, wenn es hier einen Notfall gibt?«

»Es gibt ein Telefon, mit dem ich direkt in Doktor Watsons Büro anrufen kann«, sagte Mulligan stolz.

»Und wo genau steht dieses Telefon?«

Mulligan druckste eine Weile herum und deutete dann wortlos auf eine weitere, halb offen stehende Tür auf der anderen Seite des Gitters.

»Was … was geht hier vor, Inspektor?«, stammelte Mulligan schließlich. »Was bedeutet das? Sie wissen doch mehr! Beim heiligen Patrick: Rücken Sie endlich mit der Sprache raus!«

Ich wusste, dass es nur Öl ins Feuer gießen war, aber ich konnte nicht anders, als ihn durchdringend anzustarren und dann zu sagen: »Jeder hat nun einmal seine kleinen Geheimnisse, nicht wahr?«

Das war so überzogen, dass ich mich um ein Haar bei ihm entschuldigt hätte. Und wahrscheinlich hätte ich es sogar getan, wäre Mulligan nicht Mulligan gewesen. Er machte einen Schritt auf mich zu und ballte drohend die Faust. Doch dann stieß er zischend die Luft aus, wandte sich von mir ab und stapfte in eine der leer stehenden Zellen, um vor der Wand stehen zu bleiben und erneut die Fäuste zu heben, als wollte er auf sie eindreschen.

Das nahm jetzt langsam groteske Züge an, und ich maßregelte mich in Gedanken nicht nur selbst, sondern folgte ihm, langsamer als notwendig gewesen wäre, schon um mir eine entsprechende Taktik zurechtzulegen, wie ich aus dieser Situation herauskam, ohne endgültig das Gesicht zu verlieren. Nicht, dass ich mich am Ende noch bei diesem Dummkopf entschuldigen musste.

Ich kam nicht in die Verlegenheit. Ein gewaltiges Krachen und Scheppern erscholl, als ich mich der Tür näherte, und Mulligan kam mir entgegen, eine rostige Eisenstange in der Hand, die ich erst auf den zweiten Blick als das Kopfstück einer der altersschwachen Pritschen erkannte. Ich blieb abrupt stehen und wich sogar ein kleines Stück zurück.

»Mulligan, das war nur ein Scherz, und ...«, begann ich und trat dann hastig zur Seite, als Mulligan einfach weiterstampfte.

Doch statt damit zum Gitter zu gehen, schritt er zum anderen Ende des Korridors und rammte das Ende der verbogenen Eisenstange in den Türspalt. Nun rechnete ich damit, dass er seine ganze nicht unbeträchtliche Kraft einsetzen würde, um die Tür einfach aufzuhebeln. Zu einem Teil tat er das wohl auch, denn ich konnte sehen, wie sich seine Schultermuskeln unter dem dünnen Pflegerhemd spannten, aber den Großteil seiner Konzentration wandte er dazu auf, in dem Türspalt herumzustochern und -zufummeln.

Es dauerte dann sogar länger, als ich erwartete, aber schließlich erscholl ein schweres eisernes Klacken, und die Tür sprang eine halbe Handbreit auf.

»Gar nicht schlecht«, sagte ich anerkennend. »Die Tür, die sie nicht aufbekommen ...«

»... muss erst noch gebaut werden«, führte Mulligan den Satz unverhohlen stolz zu Ende. »Manchmal zahlt es sich aus, eine schlimme Vergangenheit zu haben.«

»Weiß Doktor Watson davon?«, fragte ich.

»Dass es eine Zeit in meinem Leben gegeben hat, in der mich die Einflüsterungen Satans vom Weg der Tugend abgebracht haben?« Mulligan nickte heftig und zog die Tür weiter auf. »Oh ja. Er hat mir diese Stellung angeboten, um mir eine zweite Chance zu geben. Ich bin ihm sehr dankbar dafür.«

Ich sagte nichts dazu, schon weil ich nicht sicher war, ob Mulligan mich auf den Arm nahm. Der Mulligan, an den ich mich erinnerte, hätte niemals so geredet.

»Warten Sie mal kurz.« Mulligan klemmte die Eisenstange so in den Spalt, dass sich die Tür nicht von selbst wieder schließen konnte, und verschwand erneut in der Zelle, aus der er sein improvisiertes Brecheisen geholt hatte. Als er zurückkam, schwenkte er eine heftig rußende Petroleumlampe.

»Es gibt hier also kein passendes Werkzeug, um auszubrechen«, spottete ich.

»Hier unten gibt's schon seit Jahren keine Patienten mehr«, sagte Mulligan. »Die Isolierstation war die erste Abteilung, die der Doktor geschlossen hat, nachdem er den Laden übernommen hat. Wollen Sie jetzt hierbleiben und sich noch ein bisschen wichtigmachen, oder kommen Sie mit?«

Vorsichtshalber antwortete ich nicht darauf, sondern schloss mich ihm an, als er seine selbst gebastelte Keule aufhob und die Treppe hinabzusteigen begann. Der mir schon bekannte Geruch von feuchtem Mauerwerk und Tod schlug mir entgegen, gefolgt von einer Armee lautloser amorpher Schatten, die sich alle Mühe gaben, meine Fantasie zu wahren Höchstleistungen anzuspornen (mit Erfolg), was das Ersinnen aller möglichen Schrecknisse anbelangte. Irgendwo weit unter uns – viel zu weit, wie es mir vorkam – flackerte ein sonderbar grünstichiges Licht, und da war noch etwas, das ich zuerst nicht richtig einordnen konnte, das mich aber über die Maßen beunruhigte.

Dann begriff ich, und das mit solcher Heftigkeit, dass ich innehielt und Mulligan noch drei Stufen weiterging, bevor ihm überhaupt auffiel, dass das Geräusch meiner Schritte verstummt war.

»Worauf warten Sie, Inspektor? Es ist nicht weit. Gleich da hinten führt eine Treppe wieder hoch.«

Es war die Luft. Unter all dem Gestank von Schimmel und Verderbnis war noch etwas anderes, das mir nur zu bekannt vorkam. Es war nur ein Hauch, vielleicht nur wenige Moleküle, die die abgestandene Luft durchdrangen, aber wer dieses höllische Miasma einmal gerochen hatte, der vergaß es niemals wieder: eine Mischung aus Chemie, Fäulnis, heißem Metall und etwas, das so widerwärtig und lebensverneinend roch, dass ich einen Würgereiz verspürte.

»Riechen Sie das nicht?«, fragte ich.

Mulligan schnüffelte übertrieben. »Es stinkt«, stellte er fest. Wogegen ich schwerlich etwas einwenden konnte.

Ich ging weiter, und nun war es Mulligan, der sich sputen musste, um vor mir die ausgetretenen Stufen herunterzueilen. »Wir müssen nach oben, so schnell wie möglich. Hier stimmt etwas nicht.«

»Es ist nicht mehr weit, Inspektor.« Mulligan hatte die letzte Stufe erreicht und wedelte mit seiner Lampe, was eine neuerliche Woge unwillkommener lautloser Bewegung in den Schatten vor uns zur Folge hatte. »Nur noch ein paar Schritte, und …«

Mulligan verstummte mitten im Satz, und ich konnte es ihm nicht einmal verübeln.

Genau dort, wo er stehen geblieben war, machte der Gang einen scharfen Knick nach links, und nur wenige Schritte dahinter gähnte ein kreisrundes Loch im Boden. Bisher war es mit einem schweren gusseisernen Deckel verschlossen gewesen, wie ich ihn sonst nur von den Straßen hoch oben über unseren Köpfen kannte, aber etwas hatte dieses zentnerschwere

Metallstück nicht nur einfach gepackt und mit Wucht meterweit an die Wand geschleudert, sodass der massive Stein bis unter die Decke geborsten war, sondern den Kanaldeckel auch nahezu im Fünfundvierzig-Grad-Winkel geknickt. Das unheimlich giftgrüne Licht, das ich schon von oben gesehen hatte, drang aus diesem Schacht, und inzwischen war der Gestank so dicht und grässlich geworden, dass wir nicht nur angeekelt das Gesicht verzogen, sondern man ihn tatsächlich *sehen* konnte, wie das halb transparente Flirren kochender Luft, die aus einem Hochofen oder über der Wüste aufsteigt.

»Was um alles in der Welt ist denn … ist denn hier passiert?«, würgte Mulligan hervor. »Das ist doch … ist doch …«

Das Wort, nach dem er suchte, war *unmöglich*, aber das behielt ich für mich. Schon weil ich der Meinung war, dass es in letzter Zeit eindeutig inflationär benutzt worden war.

Mulligan stellte seine Lampe neben dem Schacht auf den Boden, beugte sich zu meiner Erleichterung aber nicht darüber, sondern ging zu dem weggeflogenen Deckel, um ihn anzuheben. Erstaunlicherweise gelang es ihm nicht, was mich ziemlich überraschte. Schließlich wusste ich, wie stark er war.

»Was zum Teufel ist hier passiert?«, fragte er noch einmal, und in jetzt eher zornigem Ton. »Wer macht denn so etwas?«

»Jemand, der möglichst schnell hier wegwollte«, vermutete ich. »Und ohne gesehen zu werden.«

»Da lang?« Mulligan deutete auf den Schacht und verzog angewidert die Lippen. »Das glauben Sie doch selbst nicht! So verrückt sind doch nicht einmal die Verrückten hier!«

Dann tat er etwas, das meiner Meinung nach mindestens genauso verrückt war: Er ging zum Schacht, ließ sich daneben auf die Knie sinken und beugte sich mit angehaltenem Atem darüber. Die Lampe brauchte er nicht, denn aus dem Schacht drang ein blassgrüner Glanz, als wäre an seinem Grund ein starker Scheinwerfer aufgestellt, der direkt nach oben ausgerichtet war.

Für einen Moment war es, als hielte die Zeit den Atem an. Direkt von unten und von dem kränklichen grünen Licht beschienen, ähnelte Mulligans Gesicht eher einer Dämonenfratze auf einem düsteren mittelalterlichen Gemälde, das selbst einem Hieronymus Bosch Albträume beschert hätte, als einem menschlichen Antlitz, und für die Dauer eines einzelnen, schier endlosen Herzschlages *wusste* ich einfach, dass im nächsten Moment ein Bündel schleimtriefender Tentakel aus schmutzigem Metall und faulendem Fleisch zu ihm heraufschießen und ihn in die Tiefe reißen würde.

Nichts geschah. Das einzig Chaotische hier war meine eigene Fantasie, die nun offenbar endgültig außer Rand und Band geraten war und ihr Möglichstes tat, um mich endgültig über eine Klippe stürzen zu lassen, jenseits derer es keine Wiederkehr mehr gab.

Irgendetwas musste jedoch dort unten sein, denn Mulligan beugte sich plötzlich noch weiter vor und war so überrascht, dass er mit einem Keuchen die Luft einsog – was er seinem Gesichtsausdruck nach zu urteilen zwar augenblicklich bedauerte, ihn aber nicht davon abhielt, sich noch weiter vorzubeugen und die Augen aufzureißen. Sofort – und das konnte ich *sehen* – trieben ihm die ätzenden Dämpfe Tränen in die Augen, doch was er sah, schien ihn so zu schockieren, dass er nicht einmal blinzelte.

»Inspektor! Sehen Sie!«

Ich wünschte mir, er würde endlich mit dem *Inspektor*-Gefasel aufhören, aber in seiner Stimme war auch eine solche Dringlichkeit, dass ich mich widerwillig in Bewegung setzte. Mit angehaltenem Atem und zusätzlich die Hand vor den Mund gepresst trat ich neben ihn und beugte mich mit klopfendem Herzen vor, so weit ich es wagte. Ich wusste, was ich sehen würde: einen reißenden Bach aus zischender Säure, der mit zermalmender Macht durch die Unterwelt schoss und direkt in die Hölle führte.

Stattdessen sah ich zuerst so gut wie nichts, was an den ätzenden Dämpfen lag, die auch mir sofort die Tränen in die Augen trieben.

Nachdem ich sie halbwegs weggeblinzelt hatte, erblickte ich zwar einen geisterhaften grünen Schein, der sonderbarerweise aus keiner bestimmten Quelle zu kommen schien, sondern eher, als wäre die Luft so vergiftet, dass sie aus sich selbst heraus leuchtete. Darüber hinaus jedoch sah ich nichts Dramatischeres als einen vielleicht zehn oder zwölf Fuß messenden runden Schacht, an dessen Wänden sich Fäulnis und Schimmel festgesetzt hatten. Rostige Trittstufen, denen ich bei klarem Verstand nicht einmal das Gewicht einer Katze anvertraut hätte, führten in eine Tiefe, in der stinkendes Wasser und schleimig verpestete Luft träge dahinflossen.

Ich blinzelte noch einmal, wagte einen einzelnen vorsichtigen Atemzug zwischen fest zusammengebissenen Zähnen (den ich augenblicklich bitter bereute) und konnte immer noch nicht erkennen, was Mulligan so augenscheinlich erregte.

»Was?« Mehr zu sagen wagte ich nicht.

»Sehen Sie es denn nicht, Inspektor?« Mulligan wedelte aufgeregt mit dem Arm nach unten. »Dort!«

Aus immer heftiger tränenden Augen folgte ich seiner Aufforderung, und endlich glaubte ich zu erkennen, was er entdeckt hatte. Am Grunde des Schachtes, halb im Wasser liegend und gerade am Rand des durch den Schacht einsehbaren Bereiches lag …

Ich war so schnell auf den brüchigen Trittstufen und schon halb auf dem Weg nach unten, dass ich Mulligans entsetztes

Keuchen erst im Nachhinein registrierte. Die morschen Trittstufen bebten unter meinem Gewicht, als wollten sie bei der geringsten Belastung in Stücke brechen, scharfkantiger Rost schnitt in meine Finger, und die verpestete Luft brannte wie Säure in meiner Kehle, doch ich achtete auf nichts von alledem, sondern kletterte weiter nach unten, an nichts anderes mehr denkend als an die schmale Frauenhand, die wie leblos unter mir im fauligen Wasser pendelte.

Die letzten beiden Stufen überwand ich mit einem gewagten Satz, an dessen Ende ich auf dem schmierigen Untergrund prompt den Halt verlor und um ein Haar in den mit Fäkalien und faulenden Krankenhausabfällen gefüllten Kanal gestürzt wäre. Indem ich ein weiteres Mal ein schmerzhaft geprelltes Handgelenk in Kauf nahm, fing ich den drohenden Sturz im letzten Moment ab und nutzte den Schwung der Bewegung, um über den meterbreiten Kanal zu flanken und neben der reglos daliegenden Frauengestalt auf die Knie zu fallen.

Allison war so auf die Seite gefallen, dass ihr linker Arm in der fauligen Brühe trieb und die Strömung dafür sorgte, dass ihre Hand mir wie zum Abschied zuzuwinken schien. Eine dunkle Blutlache hatte sich unter ihrem Kopf gebildet, und ihre Beine mussten gebrochen sein, so unnatürlich und verkrümmt, wie sie dalag.

Offensichtlich hatte sie auf den morschen Tritten den Halt verloren und war in die Tiefe auf den harten Stein gefallen. Sie war schwer verletzt, oder gar tot, und sie war …

… nicht Allison!

Mit einer viel zu heftigen Bewegung, die meiner verzweifelten Angst geschuldet war, ergriff ich die Frau an der Schulter und riss sie auf den Rücken – weg von der ätzenden Brühe. Ich hörte einen Laut wie von splitternden Knochen, der sich wie eine glühende Dolchklinge in mein Herz grub, und einen Schrei, der in meinen Ohren gellte und das gesamte unterirdische Labyrinth zum Erbeben zu bringen schien. Er schien von mir gekommen zu sein.

Es war nicht Allisons verheertes Antlitz, in das ich sah, sondern das einer vielleicht fünfzigjährigen Frau, das ich das letzte Mal hinter einem schwarzen Gazeschleier und in einem überfüllten Straßenbahnwaggon gesehen hatte.

Doch der Anblick gewährte keinen Trost. Die Frau war tot, daran bestand nicht der geringste Zweifel. Ihre Augen waren erloschen, oder um genau zu sein, gar nicht mehr da. Wo man sie erwartet hätte, da starrten mich zwei glänzende Tümpel aus erstarrtem Quecksilber an, und mehr, entsetzlich viel *mehr* dieses grässlichen silberfarbenen Geflechts bedeckte ihr Gesicht, ihren Hals und die Hände und Unterarme sowie das, was von ihren Waden zu sehen war. Ich musste nicht nachschauen, um zu wissen, dass sich dieses grässliche metallene Aderngeflecht nicht nur auf den sichtbaren Teil ihrer Haut beschränkte. Es war, als wäre sie von Kopf bis Fuß in ein silberfarbenes Spinnennetz gehüllt, das aus derselben grauenhaften Substanz bestand, die Watson vor meinen Augen aus den Körpern der bedauernswerten Opfer geschnitten hatte.

Neben mir landete Mulligan mit einem wenig eleganten, aber deutlich standsicheren Plumps auf dem Stein, trat mit einem großen Schritt über den Kanal und schwenkte seine Lampe, die er unglaublicherweise und auch noch unbeschadet mitgebracht hatte. Das Licht ließ das entsetzliche Eisennetz nicht nur wie geschmolzenes Silber aufblitzen, sondern verlieh ihm zudem eine grässliche Illusion von Bewegung, die auf den Leichnam der armen Frau zu übertragen sich meine Amok laufende Fantasie natürlich nicht nehmen ließ, sodass der furchtbare Eindruck entstand, sie begänne sich zu regen und tastete mit zitternden Händen und vor Qual verzerrtem Gesicht um sich, um von den Toten wieder aufzuerstehen.

»Um Gottes willen!«, wimmerte Mulligan. Er begann am ganzen Leib zu zittern, und ich konnte spüren, wie er mit der freien Hand das Kreuzzeichen vor Brust und Stirn schlug. Dabei wusste ich, dass er zumindest früher kein sehr gläubiger Mann gewesen war, so wenig wie ich, aber das, was ich hier und jetzt erlebte, das wäre durchaus dazu angetan gewesen, mich meine Einstellung gewissen höheren Mächten gegenüber noch einmal auf den Prüfstand stellen zu lassen. Auch wenn ich dabei nicht unbedingt an Gott dachte ...

»Inspektor, was bedeutet das?«, wimmerte Mulligan. »Was ...?«

Ich wollte antworten – irgendetwas –, doch dann bekam auch ich nur einen keuchenden Schreckenslaut heraus, als ich meinen Irrtum begriff.

Es war keine Einbildung gewesen.

Die Tote *bewegte sich tatsächlich.*

Die Arme der Frau fuhren hin und her, und ihre Hände patschten mit gespreizten Fingern über den klebrigen Stein, während sie Kraft zu sammeln versuchte, um sich hochzustemmen. Ich sah jetzt, dass der Sturz wohl tatsächlich tödlich gewesen sein musste, denn eine Hälfte ihres Schädels war eingedrückt und der Knochen gesplittert, sodass er wie weiße Glasscherben durch die pergamenttrockene Haut stach. Dennoch bewegte sich auch ihr Kopf, und im allerersten Moment glaubte ich, dass sich Nackenmuskeln anspannten, um den zertrümmerten Schädel zu heben. Dann begriff ich meinen Irrtum, und ich sah, dass die Wahrheit noch viel, viel entsetzlicher war, vielleicht eben *weil* es so rein gar nichts Übernatürliches daran gab, das dem Verstand wenigstens noch den Ausweg geboten hätte, sich in Bereiche des Esoterischen zu flüchten.

Was wir sahen, war reine Mechanik, wenn auch von der allergrässlichsten Art.

Es war nicht der längst leblose Körper der armen Frau, der sich zu bewegen versuchte.

Es war das silberne Netz auf ihrer Haut, das dem Körper seine Bewegung aufzwang, indem es sich zusammenzog und wieder entspannte, auf der einen Seite schrumpfte und sich auf der anderen ausdehnte, sodass sich sein längst gestorbenes Inneres widerwillig, aber beharrlich aufzurichten begann.

Mulligan schwang seine improvisierte Keule und zertrümmerte ihren Schädel endgültig. Der nunmehr nahezu kopflose Torso kippte nach hinten, blieb eine halbe Sekunde lang liegen und versuchte sich dann auf zitternden Armen abermals hochzustemmen, und Mulligan schrie auf, als würde er gebrandmarkt, ließ die Laterne fallen (ich konnte sie gerade noch auffangen und verbrannte mir an dem heißen Glaskolben gehörig die Finger), ergriff die Eisenstange nunmehr mit beiden Händen und rammte sie der Toten mit aller Gewalt durch die Brust. Das entsetzliche Etwas, zu dem die tote Frau geworden war, begann zu zucken und sich hin- und herzuwerfen wie ein toter Frosch, dessen Glieder man unter Strom gesetzt hatte, und bäumte sich dann noch ein allerletztes Mal mit solcher Gewalt auf, dass Mulligan die Eisenstange aus der Hand gerissen wurde und er haltlos zurücktaumelte.

Als er sein Gleichgewicht wiedergefunden hatte und zurückeilte, war es vorbei. Ich konnte spüren, wie die unheimliche Verhöhnung von Leben erlosch, und wir beide konnten es *sehen*. Das silberne Geflecht erzitterte noch einmal und zog sich dann mit einem Ruck so fest zusammen, dass es die Haut bis auf den Knochen durchschnitt. Dann verlor es seinen silbernen Glanz und zerfiel binnen einer einzigen Sekunde zu dem mir schon hinlänglich bekannten grafitgrauen Staub.

Mulligan nahm mir die Laterne wieder ab, aber es war eine rein mechanische Handlung, derer er sich vermutlich nicht einmal bewusst war. Ich hingegen war nicht nur äußerst dankbar, sondern konnte mich gerade noch beherrschen, meine schmerzenden Finger nicht in der stinkenden Brühe neben uns zu kühlen.

Mulligan schlug erneut das Kreuzzeichen und versuchte vergeblich, seinen Blick von dem verheerten Körper vor uns zu lösen, an dem kaum noch etwas Menschenähnliches war.

»Was … was bedeutet das, Inspektor?«, wimmerte er. »Sagen Sie es mir!«

»Das weiß ich nicht«, log ich. »Und hören Sie endlich auf, mich *Inspektor* zu nennen. Der bin ich schon lange nicht mehr. Mein Name ist Devlin. Oder Quinn, was Ihnen lieber ist.«

Mulligan starrte weiter dergestalt auf den leblosen Körper hinab, dass ich sicher war, dass er meine Worte nicht gehört hatte. Fast beiläufig registrierte ich, dass die neuerlichen Verletzungen, die das sterbende Netz der Toten zugefügt hatte, nicht mehr bluteten.

»Aber das ist doch …«, stammelte Mulligan. »Das kann doch gar nicht … ich meine …«

Ich hob die Hand, um ihn zu unterbrechen, denn ich hatte etwas gehört. Ich meinte auch etwas gesehen zu haben, aber meine Augen tränten noch immer, und nach allem, was ich gerade erlebt hatte, traute ich meinen Sinnen ohnehin nicht mehr. Dennoch stand ich auf, bedeutete Mulligan mit einer entsprechenden Geste, seine improvisierte Waffe wieder an sich zu nehmen und mir zu folgen. Mein Herz klopfte wie wild. Die Stellen an und in meinem Körper aufzuzählen, die nicht schmerzten, wäre deutlich schneller gegangen als all meine Blessuren, und ich hatte furchtbare Angst. Ich wollte nichts mehr, als endlich hier heraus, doch nun, als ich den ersten Schock und die Erleichterung, Allison nicht tot auf dem Boden vorgefunden zu haben, erst einmal verarbeitet hatte, erinnerte ich mich auch wieder daran, warum ich überhaupt hier heruntergekommen war. Allison war irgendwo hier unten, und ich musste sie finden, ganz egal, was es mich kostete.

Dieser Gedanke gab mir die Kraft, ein wenig schneller auszuschreiten (wenigstens redete ich mir das ein), und kurz darauf hörte ich etwas. Unmöglich zu sagen, was, aber es war ein Laut, der nicht in diese Umgebung passte, so morbide sie auch sein mochte. Kurz darauf sah ich auch etwas, wenngleich für diese Beobachtung dasselbe zutraf wie für die Geräusche: Da war etwas, das war alles, Details konnte ich nicht ausmachen.

Doch das reichte mir, um die Verfolgung entschlossen aufzunehmen. Ich sah nicht einmal zurück, um mich davon zu überzeugen, ob Mulligan mir folgte, aber schon kurz darauf hörte ich seine Schritte. Er rief auch etwas, auf das ich aber nicht achtete. Geräusche und schattenhaft blitzende Bewegung entfernten sich weiter, aber niemals so schnell, dass ich sie ganz verloren hätte. Schließlich hörten die Geräusche auf, die ich mittlerweile als sonderbar arhythmische Schritte zu identifizieren glaubte. Ein anderer, noch weit seltsamerer Laut nahm ihre Stelle ein, den ich noch viel weniger einzuordnen vermochte, der mir aber dennoch – oder vielleicht gerade deshalb – einen eisigen Schauer über den Rücken jagte.

Ich ging etwas langsamer, damit Mulligan zu mir aufschließen konnte. Schließlich hatte er die Lampe, und mir fiel erst jetzt auf, dass das unheimliche grüne Leuchten erloschen war, das uns hier heruntergelockt hatte. Unverzüglich wollte ich wieder schneller gehen, doch Mulligan legte mir seine gewaltige Pranke auf die Schulter und hielt mich mit einer Kraft fest, die mir schon wieder die Tränen in die Augen schießen ließ.

»Sie sagen mir jetzt, was hier los ist, Devlin«, drohte er, »oder …«

»Oder?«, unterbrach ich ihn, beinahe im Flüsterton, aber mit fester Stimme und seinem Blick standhaltend. Sein Zorn war nur Ausdruck seiner Furcht (was mehr oder weniger auch für mich galt, nur dass ich sehr wenig Zorn in mir fand, der mir hätte Halt bieten können). Ich spürte etwas Warmes an der Wange; das besudelte Ende seiner improvisierten Keule, die er aus dem Leib der toten Frau gezogen hatte. Es fiel mir schwer, aber ich kämpfte meinen Ekel nieder und widerstand dem Impuls, seine Hand wegzuschlagen.

Wie ich es erwartet hatte, erlosch die Wut in Mulligans Augen genauso schnell, wie sie gekommen war, und er nahm die Hand von selbst herunter und trat sogar unsicher einen Schritt zurück. »Was, beim heiligen Patrick … was geht hier vor, Mister Devlin?«, stammelte er. »Das ist Teufelswerk!«

Er wollte schon wieder das Kreuzzeichen schlagen, doch ich nahm seine Hand und hielt sie mit sanfter Gewalt fest. »Ich weiß auch nicht genau, was das alles bedeutet, Mulligan«, sagte ich, »aber ich kann Ihnen versichern, dass es nichts mit dem Teufel oder irgendwelchen anderen übernatürlichen Mächten zu tun hat.«

»Und was … was ist es sonst?«, stammelte er.

»Das weiß ich nicht.« Ich machte eine Kopfbewegung in die Richtung, aus der das Schaben und Knirschen jetzt immer deutlicher zu hören war. »Aber wenn Sie mich begleiten, dann haben wir gute Aussichten, es herauszufinden.«

Mulligan sah nicht so aus, als wäre er sonderlich scharf darauf, auch nur irgendetwas herauszufinden. Aber noch sehr viel weniger versessen schien er darauf, allein zurückzubleiben, denn zu meiner Erleichterung rang er zwar noch kurz mit sich selbst, aber dann nickte er und bedeutete mir mit einer entsprechenden Geste weiterzugehen. Ich konnte nur hoffen, dass er mir meine Erleichterung nicht allzu deutlich anmerkte. Immerhin brauchte ich seine Lampe. Möglicherweise auch seine Muskeln. Und die Eisenstange war auch nicht schlecht.

Je deutlicher die scharrenden und klickenden Laute vor uns wurden, desto langsamer gingen wir. Auch das grüne Leuchten war nun wieder da, zuerst nur als kaum wahrnehmbarer Schimmer wie glühender Dunst, der jedoch bald wieder an Leuchtkraft zunahm, sodass ich nun auch seinen Ursprung ausmachen konnte – oder doch zumindest die Richtung, aus der er kam. Vor uns beschrieb der halbrunde gemauerte Tunnel einen scharfen Knick, das Scharren und Klappern und Knirschen wurde immer lauter, und nun meinte ich auch Stimmen zu hören, war aber nicht ganz sicher.

Ein weiteres Dutzend Schritte später hielt ich noch einmal inne und gab Mulligan mit einem Wink zu verstehen, dass er die Lampe auf den Boden stellen sollte, damit uns ihr Lichtschein nicht verriet – eine Vorsichtsmaßnahme, die sich als vollkommen überflüssig erwies, als ich vorsichtig um die Biegung lugte. Ich hatte gedacht, dass es nichts mehr gäbe, was mich in noch größeres Erstaunen versetzen konnte, aber natürlich erwies sich das als Irrtum.

Der Gang setzte sich in gerader Linie weiter fort, als ich sehen konnte, endete aber dennoch schon nach einem kurzen Stück vor einem massiven Gitter aus fast daumendicken Stäben, von denen es in der Kanalisation eine Menge gab, obwohl ich noch nie so richtig verstanden hatte, warum eigentlich.

Das knappe drei Viertel Dutzend Gestalten, das davorstand und mir den Rücken zukehrte, offensichtlich auch nicht. Zumindest war es mit seiner Existenz nicht einverstanden, denn mindestens zwei Männer hatten die Arme gehoben und zerrten und rissen mit aller Gewalt daran, was zugleich auch der

Grund für das Scheppern und Klirren war, das noch immer anhielt. Darauf achtete ich aber kaum, denn nun offenbarte sich mir auch die Herkunft des grünen Leuchtens. Es war mit Abstand das Unheimlichste, was ich bis zu diesem Augenblick gesehen hatte.

Nicht nur die tote Frau hinter uns war über und über mit dem silbernen Geflecht bedeckt. Der grässliche Effekt erstreckte sich über jede einzelne der acht oder neun Gestalten, die vor uns standen und mir den Rücken zuwandten – und unter denen ich zu meinem Entsetzen auch Stanley Jacobs und Allison erkannte. Es war nur sehr wenig freie Haut und kein einziges Gesicht zu erkennen, doch dieses wenige war über und über mit dem unheimlichen Spinnengeflecht bedeckt. Und nicht nur dort. Mein Verdacht wurde zur Gewissheit, als ich den grünen Glanz sah, der hier und da durch ein zerschlissenes Kleidungsstück oder einen Riss in einem Hemd oder einer Bluse schimmerte.

Es leuchtete. Wo ich das silbrige Geflecht erkennen konnte, da war es mit zahllosen winzigen Punkten übersät, die ausnahmslos in jenem kränklichen blassgrünen Ton glommen, der mich auch hierher geleitet hatte.

Mulligan langte endlich stolpernd neben mir an und konnte ein entsetztes Keuchen nicht mehr unterdrücken, doch der Laut ging in einem gewaltigen Splittern und Bersten unter, das mit einem Male losbrach und mir in seiner Folge etwas offenbarte, das mir sogar noch viel unglaublicher vorkam als alles andere, das ich bisher hier unten gesehen hatte.

Die beiden Männer, die die Hände nach dem Gitter ausgestreckt hatten, rissen es in Stücke.

Um ein in letzter Zeit arg überstrapaziertes Wort noch ein weiteres Mal zu bemühen: Das war vollkommen unmöglich.

Die beiden Männer mochten kräftig sein, aber das Gitter bestand aus daumendicken Stäben, und rostig oder nicht, es war massiv genug, selbst einem tollwütigen Kaffernbüffel standzuhalten. Und trotzdem rissen die beiden – einer von ihnen war Jacobs! – es nun vor meinen Augen auseinander, ganz gewiss nicht mühelos, aber doch Stück für Stück und mit einer Beharrlichkeit, die etwas Maschinenhaftes hatte.

Und genau das war es wohl auch.

Hin- und hergerissen zwischen Entsetzen und morbider Faszination sah ich weiter zu und begriff, dass es im Grunde nicht die beiden Männer waren, die das Unmögliche da vor meinen Augen vollbrachten. Es war dieses Netz, das ihre Körper wie ein außen liegendes Skelett umschloss und ihnen seinen Willen aufzwang. Die Gitterstäbe verbogen sich kreischend oder brachen gleich ganz in Stücke, und an dem rostigen Eisen blieben Blut, abgerissene Fingernägel und ganze Fleischstücke hängen, während wimmernde Schmerzenslaute über die Lippen der beiden gefolterten Männer kamen. Das Netz nahm jedoch keinerlei Rücksicht darauf, sondern trieb sie erbarmungslos weiter an, bis die letzte Metallstrebe brach. Möglicherweise auch der eine oder andere Knochen, zumindest in Jacobs' Fall, denn er bückte sich zwar unter dem aufgebogenen Metallgeflecht hindurch, machte aber nur noch einen einzelnen taumelnden Schritt, bevor er gegen die Wand prallte und haltlos daran zu Boden sank. Sowohl der zweite Mann als auch alle anderen setzten ihren Weg gänzlich unbeeindruckt fort und gingen einfach an ihm vorbei.

Bis zu dem Moment, in dem Allison an ihm vorüberging, und es war auch genau dieser Anblick, der den lähmenden Bann brach, der von mir Besitz ergriffen hatte. Jacobs versuchte sich auf die Beine zu kämpfen – genauer gesagt versuchte das silberne Netz ihn auf die Beine zu *zwingen* –, doch sein Körper war wohl schon zu sehr in Mitleidenschaft gezogen. Ich sah (und hörte!), wie eines seiner Beine brach, als hätte sich der Knochen von einer Sekunde auf die nächste in mürbes Glas verwandelt. Jacobs sank zurück, als das stützende Skelett plötzlich seines inneren Halts beraubt war. Er schlug mit einem noch viel grässlicheren nassen Laut aufs Gesicht, und die Einzige, die davon auch nur Notiz nahm, war Allison. Sie stockte kurz, und ich sah, dass sie den Kopf senken wollte, um auf Jacobs hinabzusehen, vom Netzgeflecht aber daran gehindert wurde, das sie mit brutaler Gewalt zum Weitergehen zwang.

Das war zu viel. Selbst nach allem Schrecken, dessen ich bisher ansichtig geworden war, war mir der Gedanke einfach unerträglich, dass irgendjemand ausgerechnet Allison zu einem so hartherzigen Verhalten zwingen sollte. Ich sprang auf, schrie ihren Namen und riss mich los, als Mulligan mich ganz instinktiv festhalten wollte.

Und tatsächlich blieb Allison stehen, drehte sich halb nach mir um und sah mich aus sehr traurigen Augen an. Ich hatte das sichere Gefühl, dass sie gelächelt hätte, aber selbst das verhinderte das grässliche Spinnengeflecht auf ihrem Gesicht.

»Allison!«, brüllte ich noch einmal, konnte gerade noch den Kopf einziehen, um mir nicht an den verbogenen Metallstäben die Augen auszustechen, und taumelte mehr weiter, als ich lief. Mulligan brüllte irgendetwas, das ich nicht verstand, und jagte hinter mir her, und nun drehte sich auch der Mann neben Allison um und hob mit einem sonderbar vogelartigen Ruck den Kopf. Die grünen Lichter in seinem Netz flammten heller, und seine Augen verwandelten sich in spiegelnde Seen aus reinem Silber. Seine Hand, von einem silbernen Netzhandschuh in eine tödliche Klaue verwandelt, zuckte hoch und zielte nach meinen Augen.

»Inspektor! Runter!«

Ich warf mich ganz instinktiv zur Seite, und das bewahrte mich immerhin davor, von Mulligan den Schädel eingeschlagen zu bekommen, der seine improvisierte Keule mit ebenso großer Vehemenz wie mangelnder Zielsicherheit schwang. In meiner Hast verlor ich das Gleichgewicht, prallte mit der Schläfe gegen die Mauer und sank halb benommen neben Jacobs auf die Knie.

Mulligan hatte deutlich weniger Glück. Sein Hieb, so ungeschickt er auch anmuten mochte, hätte den Schädel des Mannes zweifellos zu Mus geschlagen, doch dieser drehte im allerletzten Moment und mit ganz und gar übermenschlicher Schnelligkeit die Hand, fing die Eisenstange auf und brach sie in zwei Teile, indem er lediglich die Faust darum schloss. Mit der anderen Hand packte er Mulligan an der Kehle, riss ihn ohne die geringste Mühe von den Füßen und warf ihn wuchtig genug gegen das Gitter hinter uns, um ihn augenblicklich das Bewusstsein verlieren zu lassen.

Als sich mein Blick wieder halbwegs klärte, stand Allison über mir und sah aus Augen auf mich herab, in denen ein fremder Wille keine Gefühle zuließ. Der Mann, der Mulligan niedergeschlagen hatte, stand halb hinter ihr, und ich wartete darauf, dass er mich töten würde, bis mein Verstand mir klarmachte, dass ich diesen Gedanken gar nicht mehr hätte haben können, wenn das tatsächlich seine Absicht gewesen wäre. Ich suchte Allisons Blick – oder den Blick des Geschöpfes, das in ihrer Gestalt vor mir stand.

»Allison …«, murmelte ich.

»Lass es gut sein, Quinn Devlin«, sagte Allison mit einer Stimme, die nicht ihre eigene war – nicht einmal mehr die eines Menschen. »Versucht nicht, uns zu folgen, dann geschieht auch niemandem etwas.«

Obwohl halb wahnsinnig vor Angst um sie und von Schmerzen geplagt stemmte ich mich an der Wand hoch und streckte den Arm aus, um sie zu berühren, was sie aber nicht zuließ.

»Was habt ihr mit Allison gemacht?«, flüsterte ich. »Und mit den anderen? Was habt ihr mit ihnen vor?«

»Du hast nichts zu befürchten, Quinn Devlin«, antwortete Allison. »Deinen Freunden wird nichts geschehen. Wir tun niemandem etwas zuleide, denn wir sind niemandes Feind. Aber wir werden uns verteidigen, wenn man uns dazu zwingt. Geh zurück zu deinen Freunden, Quinn Devlin, und sag ihnen das.«

Ich wollte etwas darauf erwidern, doch nun beugte sich ihr Begleiter vor. Und diesmal beließ er es nicht bei einem drohenden Blick.

22

Ich hatte nicht wirklich das Bewusstsein verloren, aber für die nächsten zehn Minuten (die mir wie eine Stunde vorkamen), wünschte ich mir fast, es wäre so gewesen. Bis heute erinnere ich mich nicht wirklich daran, wie Mulligan, der aus seiner Bewusstlosigkeit erwacht war, mich wieder durch den Schacht und die schier endlose Treppe nach oben geschafft hat. Ich redete mir mit einigem Erfolg ein, dass er sich einfach meinen Arm um den Stiernacken gelegt und mich halb gestützt und halb neben sich hergeschleift hatte, aber die Wahrheit war wohl viel simpler (und ein bisschen entwürdigend): Er hatte mich wohl schlichtweg getragen, worauf allein der frische – und beunruhigend große – Blutfleck auf seiner linken Schulter hinwies. Strenggenommen war es ein glatter Fall von Diebstahl, denn dieses Blut gehörte mir. Es strömte schließlich noch immer aus der hässlichen Platzwunde an meiner Stirn, die mir Allisons unfreundlicher Begleiter verpasst hatte.

Dieser Gedanke war so lächerlich, dass ich trotz der hämmernden Schmerzen zwischen meinen Schläfen lachen musste, und Mulligan hielt auch prompt auf der drittobersten Stufe inne und tat etwas mit meinem Arm, das alles andere als angenehm war, aber auch dazu führte, dass ich mich halb gegen die Wand lehnen und mir so wenigstens einreden konnte, aus eigener Kraft zu stehen. Wenn man nur tief genug in der Bredouille steckte, dann gab man sich auch mit kleinen Triumphen zufrieden.

»Was ist so lustig, Inspektor?«, brummte Mulligan. Sein Atem ging schwer, und mir fiel erst jetzt auf, dass er ebenfalls Mühe hatte, auf seinen Beinen zu stehen, ohne sich gegen die Wand lehnen zu müssen. Mein schlechtes Gewissen meldete sich. Wenn auch nicht heftig genug, um in angemessenen Worten Ausdruck zu finden.

»Nichts«, sagte ich. »Ich habe mich noch gar nicht bei Ihnen bedankt.«

»Is nich nötig«, erwiderte er schlecht gelaunt. »Der Kerl hat mich überrascht, das ist alles. Sah aus wie ein Büro-Hänfling, war aber stark wie ein Bulle.«

Jetzt musste ich wirklich lachen, auch wenn ich es augenblicklich bitter bereute, denn die Anstrengung tat meinem malträtierten Schädel alles andere als gut. Es fühlte sich an wie Hammerschläge, die hinter meiner Stirn dröhnten. Und als wäre das nicht genug, meldete sich mein schlechtes Gewissen noch einmal mit Nachdruck, denn nun sah ich, dass Mulligan auch nicht ganz so ungeschoren davongekommen war, wie ich bisher ganz selbstverständlich vorausgesetzt hatte. Nicht alles Blut auf seinem ehedem weißen Hemd gehörte von Rechts wegen mir. Die linke Hälfte seines Gesichts begann bereits anzuschwellen, und das dazugehörige Auge blinzelte ununterbrochen, und nicht im Takt mit dem anderen. Ich meinte noch einmal den dumpfen Laut zu hören, mit dem er gegen das Gitter geprallt war. Und aus der sachten Erinnerung meines schlechten Gewissens wurde ein unangenehmes Nagen.

»Ich schulde Ihnen trotzdem etwas, Mulligan«, sagte ich. »Sobald wir hier raus sind, gebe ich Ihnen ein Bier aus.«

»Ich trinke nicht mehr, Inspektor«, antwortete er mit großem Ernst. »Alkohol ist ein Geschenk des Satans, um uns vom rechten Pfad abzubringen.«

Ich starrte ihn an, blinzelte, starrte ihn weiter an und wartete darauf, dass er breit grinste oder wenigstens ein spöttisches Funkeln in seinen Augen erschien. Als mir klar wurde, dass er das vollkommen ernst meinte, beschloss ich, mir jeden Spott zu verkneifen.

Das Denken fiel mir ohnehin noch schwer. Meine Gedanken weigerten sich, mit der gewohnten Schnelligkeit abzulaufen, und das Dröhnen der Hammerschläge zwischen meinen Schläfen nahm noch einmal zu. Es fehlte nicht mehr viel, und es würde mir die Tränen in die Augen treiben.

Seltsamerweise legte jetzt auch Mulligan den Kopf auf die Seite und schien zu lauschen, als könnte er meine Kopfschmerzen hören.

»Können Sie gehen, Inspektor?«, fragte er.

»Selbstverständlich«, antwortete ich leicht beleidigt und machte auch gleich einen Schritt, um meine Behauptung unter Beweis zu stellen. Immerhin war Mulligan reaktionsschnell genug, um mich nicht nur aufzufangen, sondern sich auch gleich meinen Arm um den Nacken zu legen, um mich zu stützen. Mit der anderen Hand (in der er zusätzlich auch noch die Laterne hielt) stieß er die Tür auf, nachdem wir die letzten drei Stufen hinter uns gebracht hatten, und im gleichen Moment, in dem er es tat, explodierte das Dröhnen hinter meiner Stirn zu purer Agonie, die den Treppenschacht von einem Ende zum anderen ausfüllte.

Und das wortwörtlich, denn das Dröhnen erklang nicht wirklich in meinem Schädel, sondern schallte uns vom anderen Ende des Zellengangs entgegen. Hinter dem miteinander verschmolzenen Gittertor drängte sich eine Menge von fünf oder sechs größtenteils uniformierten Männern, die dem auf so unheimliche Weise aufgetauchten Hindernis mit ebenso schwerem Gerät wie immenser Geräuschentwicklung zu Leibe rückten. Unter ihnen entdeckte ich sowohl Adler – der sich zu meinem sachten Erstaunen nicht zu schade war, die Ärmel aufzukrempeln und ebenfalls einen Hammer mit kurzem Stiel und dafür umso schwererem Kopf zu schwingen – als auch Watson – der mit besorgter Miene dastand –, nicht jedoch Nikola, was mir einen kleinen Stich versetzte. Tief in meinem Herzen hatte ich gehofft, dass er nicht mit den anderen geflohen war.

»Quinn!«, brüllte Adler, kaum dass ich noch immer schwer auf Mulligans Schulter gestützt durch die Tür gehumpelt kam. »Wo zum Teufel treiben Sie sich rum? Ich schreie mir hier die Seele aus dem Leib! Können Sie nicht wenigstens antworten?«

Ich hätte noch eine Menge mehr getan, nur damit er endlich aufhörte zu brüllen. Jedes einzelne seiner Worte bohrte sich wie eine glühende Nadel zwischen meine Augen. Aber wenigstens schlug er nicht weiter mit seinem Hammer auf das Gitter ein, was mir wahrscheinlich glatt die Schädeldecke weggesprengt hätte. Ich ließ endlich Mulligans Schulter los und schaffte es, halbwegs aufrecht neben ihm her zu humpeln, auch wenn mir keineswegs entging, dass dieser mich aufmerksam im Auge behielt, um sofort zuzupacken, sollten mich die Kräfte verlassen. Vielleicht war es sogar diese letzte Beobachtung, die mich mit hinlänglichem Trotz erfüllte, um tatsächlich die Schultern zu straffen und mit etwas energischeren Schritten weiterzugehen. Wenigstens so lange, bis Adler tief genug Luft geholt hatte, um weiterzubrüllen:

»Verdammt, Devlin, bewegen Sie Ihren inkompetenten Arsch ein bisschen schneller, und …«

Ich konnte selbst über die Distanz von noch immer einem Dutzend Schritten hinweghören, wie er schluckte und dann beinahe entsetzt die Augen aufriss. »Um Himmels willen, Mann, was ist mit Ihrem Gesicht passiert?«

»Und wo sind die anderen?«, fügte Watson hinzu, während er mit einem einzigen Schritt und dem Ausdruck größter Besorgnis neben Adler trat.

»Sie sind weg«, antwortete Mulligan, bevor ich etwas sagen konnte, und konnte sich natürlich nicht verkneifen, auch noch hinzuzufügen: »Zwei sind tot, und die anderen durch die Kanalisation verschwunden.«

»Tot?«, entfuhr es Watson. »Wie? Was ist passiert?«

»Und was heißt hier verschwunden?«, fügte Adler hinzu und wollte offensichtlich gar keine Antwort, denn er schwang noch während dieser Worte wieder seinen Hammer und ließ ihn mit solcher Gewalt auf das Gitter niederfahren, dass mir das ohrenbetäubende Dröhnen nun tatsächlich die Tränen in die Augen schießen ließ. Das auf so unheimliche Weise veränderte Schloss nahm die grobe Behandlung schon fast beleidigend unbeeindruckt hin, aber einer der dicken Gitterstäbe darüber zerbrach mit einem peitschenden Knall, und durch diesen Erfolg angespornt, schwang Adler seinen Hammer noch zwei-, drei-, viermal hintereinander mit großer Begeisterung und prügelte mich damit nicht nur endgültig an den Rand der Bewusstlosigkeit, sondern brach auch den Widerstand des Schlosses. Die Tür flog mit einem Knall auf und prallte heftig gegen die Wand. Ein gequältes Wimmern kam über meine Lippen, das gottlob auch in selbigem Getöse und dem Trampeln zahlreicher Schritte unterging, als das halbe Dutzend Männer scheinbar gleichzeitig auf uns zuzustürmen schien.

Vielleicht war in der Zwischenzeit etwas geschehen, wovon ich nichts wusste, vielleicht hatte ich eine falsche Bewegung gemacht, oder einige der Constabler übten sich besonders emsig in vorauseilendem Gehorsam – zwei von ihnen fühlten sich jedenfalls bemüßigt, mich nicht nur niederzuzwingen und auf den Bauch zu drehen, sondern sie klemmten mir auch die Arme auf den Rücken. Ich bemerkte aus den Augenwinkeln, dass es Mulligan nicht besser erging, auch wenn sie mit ihm deutlich mehr Mühe hatten.

»Hören Sie sofort mit dem Unsinn auf!«, polterte Watson. »Lassen Sie die Männer los!« Allerdings machte er auch keine Anstalten, mir darüber hinaus irgendwie zu Hilfe zu eilen, sondern verschwand eilig in einer der Zellen, wo ich ihn erschrocken die Luft zwischen den Zähnen ausstoßen hörte.

»Sie haben den Doktor gehört, Constabler«, schnauzte Adler. »Lassen Sie den Mann los.«

Die Worte schienen nicht dem Burschen zu gelten, der auf meinem Rücken kniete und sein Möglichstes tat, dem Wort Kugelgelenk eine vollkommen neue Bedeutung zu verleihen. Stattdessen sah ich, wie Mulligan derb auf die Füße gezerrt und so grob gegen die Wand gestoßen wurde, dass er beinahe wieder gestürzt wäre. Erst danach wurde mein Arm losgelassen. Und selbstverständlich machte sich niemand die Mühe, mir aufzuhelfen.

Zitternd kam ich auf die Knie, spielte eine halbe Sekunde lang ganz ernsthaft mit dem Gedanken, eine Ohnmacht vorzutäuschen und Mulligan den Teil mit den Erklärungen und gegenseitigen Schuldzuweisungen zu überlassen, kam jedoch fast augenblicklich zu dem Schluss, dass das eine wirklich schlechte Idee wäre. Also raffte ich das bisschen Kraft zusammen, das ich noch in mir fand, und quälte mich auch noch die andere Hälfte des Weges in die Höhe.

»Was ist hier passiert?« Watson hatte die kurze Zeit genutzt, um auch die anderen Zellen zu durchsuchen und festzustellen, dass sie leer waren. »Was ist mit Schwester Chapel geschehen, und wo sind meine Patienten?«

»Reden Sie, Mann!«, fuhr mich Adler an, ohne mir auch nur die winzigste Chance zum Antworten zu geben. »Was haben Sie getan?«

»Und wer hat Sie und Mister Mulligan so zugerichtet?«, wollte Watson wissen. Nicht, dass ihn irgendjemand beachtete.

Bevor die Lage weiter eskalieren oder Adler einen Vorwand finden konnte, handgreiflich zu werden, versuchte ich zu antworten, aber nun forderten die Anstrengungen der zurückliegenden Stunde (und die Prügel, die ich bekommen hatte) endgültig ihren Tribut: Mir wurden die Knie weich, und alles umfassende Schwärze hüllte mein Blickfeld ein.

Es war auch diesmal wieder Mulligan, der mich auffing, nicht Adler oder einer seiner Männer. Wie durch einen Vorhang aus nasser Watte hindurch registrierte ich, wie er mich in eine der leer stehenden Zellen führte und alles andere als sanft auf die Bettkante bugsierte, dann wurde für eine unbestimmte Zeit alles vage und verschwommen. Watson fummelte eine geraume Weile an mir herum, was zwar kein bisschen half, aber durchweg unangenehm war, und irgendwann war wohl auch Adlers Duldsamkeit aufgebraucht, denn er kam herein und verlangte so lautstark und unwillig nach Aufmerksamkeit, dass sich selbst die Benommenheit zurückzog. Kopfschmerzen und Übelkeit natürlich nicht.

»Sie haben sich jetzt lange genug ausgeruht, Devlin«, blaffte er. »Also, was ist hier passiert? Wohin sind hier alle verschwunden, und was ist mit der Schwester passiert?«

»Ich darf doch bitten, Captain!«, schalt ihn Watson. »Sehen Sie nicht, in welchem Zustand sich Mister Devlin befindet? Der Mann hat eine Gehirnerschütterung, wenn nicht Schlimmeres. Fragen Sie Mulligan!«

»Devlin hat einen harten Schädel«, versetzte Adler. »Und Ihr

Mister Mulligan redet nur Unsinn – nur falls Sie es noch nicht selbst gemerkt haben sollten.«

Watson – jetzt wieder ganz Arzt, der sich schützend vor seinen Patienten stellte – wollte auffahren, doch ich brachte ihn mit einer Handbewegung zum Schweigen und blinzelte ein paarmal, um die beiden verschwommenen Schemen, als die ich Adler vor mir stehen sah, zu einer einzigen Silhouette zu verschmelzen. Ganz wollte es mir nicht gelingen. Vielleicht entsprach das, was Watson gerade über eine Gehirnerschütterung gesagt hatte, ja der Wahrheit.

»Schon gut, Doktor. Es geht schon wieder.«

Watsons Blick machte deutlich, was er von dieser Behauptung hielt, aber er beließ es bei einem mürrischen Schulterzucken, und ich begann mit möglichst sachlichen Worten zu erzählen, was Mulligan und ich in der zurückliegenden halben Stunde erlebt hatten.

Erstaunlicherweise unterbrach mich Adler kein einziges Mal, und es war mir vollkommen unmöglich, in seinem Gesicht zu lesen. Ich musste noch einmal etliches von dem zurücknehmen, was ich über ihn gedacht hatte. Tief in ihm musste sich noch immer ein guter Polizist verbergen. Solange ich redete, hörte er aufmerksam zu und ließ sich mit keiner Miene anmerken, was er von dem Gehörten hielt. Und auch danach sah er mich noch eine ganze Weile vollkommen ausdruckslos an und schien über das nachzudenken, was ich ihm erzählt hatte.

»Nun?«, fragte ich, als mir nach einer Minute endlich dämmerte, dass ich auch weiter keine Antwort bekommen würde. »War das so ungefähr der *Unsinn*, den Mulligan erzählt hat?«

»Nahezu wortwörtlich«, bestätigte Adler ungerührt. »Aber nur weil zwei Leute dasselbe erzählen, muss es noch nicht wahr sein.«

»Dann schicken Sie doch einen Ihrer Constabler nach unten, um nachzusehen.«

Adler bemühte sich mit wenig schauspielerischem Geschick um ein betroffenes Gesicht. »Wie gut, dass Sie mich darauf aufmerksam machen, Mister Devlin. Ich selbst wäre wahrscheinlich niemals darauf gekommen.« Er schnaubte. »Das Gitter ist tatsächlich aufgebrochen, und wir haben Mister Jacobs' Leiche gefunden und auch die dieser armen Frau.«

»Dort unten liegen zwei Tote, und das sagt mir niemand?« Watson richtete sich kerzengerade auf.

»Wie Sie es sagen, Doktor«, bestätigte Adler ruhig. »Zwei Tote. Ich bin zwar kein Arzt, aber sogar ich kann Ihnen versichern, dass Sie ihnen nicht mehr helfen können.« Er wandte sich wieder direkt an mich. »Was wir allerdings nicht gefunden haben, das ist irgendein grünes Spinnennetz.«

»Silbern.«

»Und mein Constabler meint auch, dass das Gitter so rostig aussieht, dass es wohl sogar ein Kind aufbrechen könnte.«

»Und worauf wollen Sie hinaus?«, fragte Watson, bevor ich das Wort ergreifen und etwas sehr viel Unfreundlicheres sagen konnte.

»Das weiß ich nicht«, bekannte Adler rundheraus. »Irgendetwas geht hier nicht mit rechten Dingen zu, das ist alles, was ich zurzeit mit Sicherheit sagen kann. Glauben Sie mir, diese Worte kommen mir nicht leicht über die Lippen. Aber hier sterben Menschen, und das werde ich nicht länger zulassen – ganz egal, was Sie von mir halten mögen, Devlin.«

Sein Zorn berührte mich nicht wirklich, denn ich sah ihm sogar an, dass das einfach nur sein Weg war, mit der Anspannung fertig zu werden. Dennoch konnte ich mir nicht verkneifen, in einem alles andere als versöhnlichen Ton hinzuzufügen: »Das ist auch vorher schon geschehen.«

»Mag sein«, konterte Adler scharf. Seine Augen wurden zu schmalen Schlitzen, und ich vermutete, dass ich wohl auf die falsche Taste gedrückt hatte. »Aber da waren diese Menschen noch nicht meiner Obhut anvertraut. Ich werde nicht tatenlos zusehen, wie sie umgebracht werden oder ihnen gar Schlimmeres angetan wird.«

»Was soll es denn Schlimmeres geben als den Tod«, fragte Watson spröde.

Ich hätte ihm diese Frage beantworten können, doch mir war nicht danach, ausgerechnet *Adler* zu verteidigen … obwohl ich mich dabei ertappte, sogar so etwas wie Mitleid für ihn zu empfinden, was mich selbst vielleicht am meisten überraschte. Ich war jedoch willensstark genug, dem Impuls zu widerstehen, möglicherweise etwas Freundliches zu sagen.

»Ich sehe nach dem Jungen«, meinte Watson, »und Schwester Chapel. Und danach werde ich zu Nikola gehen und ein paar Antworten von ihm verlangen.«

»Nikola?«, fragte ich. »Ist er denn noch hier?«

»Das nehme ich an«, antwortete Watson. »Ich habe einen Mann vor seiner Tür postiert. Und bis jetzt hat er noch keinen Alarm geschlagen.«

»Vor seiner Tür«, wiederholte ich dümmlich und sah zur Tür meiner eigenen Luxusunterkunft.

Watson deutete meinen Blick wohl richtig. »Er ist nicht hier unten untergebracht. Ich verstehe … Sie haben angenommen, er wäre ebenfalls … *verschwunden.*«

Tatsächlich hatte ich Nikola dort unten in der Kanalisation nicht gesehen, aber selbstverständlich vorausgesetzt, dass er ebenfalls unter dem Einfluss des Hive stand und geflohen war.

»Dann ist er noch hier?«, fragte ich, was sogar mir selbst überflüssig vorkam.

»Das will ich doch hoffen«, entgegnete Adler grimmig.

»Schon weil ich ebenfalls ein paar Antworten von ihm haben will. Und diesmal lasse ich mich nicht mit irgendwelchen Ausflüchten abspeisen oder mit pseudowissenschaftlichem Gebrabbel, das niemand versteht.«

»Ich begleite Sie«, sagte ich.

Erstaunlicherweise widersprach Watson mir nicht, sondern fragte mich besorgt: »Sind Sie dazu in der Lage?«

»Nein«, antwortete ich, »aber ich muss mit Nikola reden.«

»Da sind wir schon zwei«, sagte Adler grimmig. »Aber glauben Sie nicht, dass ich auf Sie warte.«

Was er natürlich doch tat, schon weil wir ein halbes Dutzend weiterer verschlossener Türen hinter uns bringen mussten und Watson nicht im Traum daran dachte, ihm seinen Schlüsselbund auszuhändigen, sondern ganz im Gegenteil mehrmals demonstrativ wartete, bis ich zu ihm und der kleinen Armee aufschloss, die sich in Adlers Gefolge befand. Ich kannte nicht alle Gesichter der uniformierten Männer und hatte mir auch vorher nicht die Mühe gemacht, sie mir einzuprägen, war aber sicher, dass es mehr geworden waren. So viel zu Adlers eiserner Entschlossenheit, nicht noch mehr Menschenleben in Gefahr zu bringen.

Das Zimmer, in dem Nikola untergebracht war, befand sich sonahezu am anderen Ende des weitläufigen Gebäudetrakts, sodass wir gute zehn Minuten brauchten, um es zu erreichen. Ich bereute meinen Entschluss schon auf halber Strecke, denn mir fiel jeder Schritt ein wenig schwerer als der vorherige. Der hämmernde Schmerz in meinem Kopf war zwar auf ein erträgliches Maß zurückgegangen, doch dafür konnte ich nun regelrecht spüren, wie meine Kräfte versiegten. Aber ich musste mit Nikola sprechen, nicht nur um mich davon zu überzeugen, dass er noch da war, sondern weil er auch der Einzige war, der mir vielleicht sagen konnte, was mit Allison passiert war.

Ich erkannte Nikolas Zimmer sofort, als wir den entsprechenden Gang betraten. Dieser Teil des Arkham-Instituts war elektrisch beleuchtet, und in dem hellen und fast schattenlosen Licht der Glühbirne war der Constabler gut zu erkennen, der auf einem Stuhl vor der Tür saß und sich so postiert hatte, als wäre er in die Lektüre einer zerknitterten Gazette vertieft. Bevor er eingeschlafen und mit dem Gesicht auf besagte Gazette gesunken war, hatte diese Maskerade vielleicht sogar funktioniert. Wäre ich nicht viel zu nervös und angespannt für solcherlei Gefühle gewesen, dann hätte ihn mir das wahrscheinlich auf Anhieb sympathisch gemacht.

»O'Brien!«, brüllte Adler, noch bevor er den ersten Fuß in den Korridor gesetzt hatte. »Nennen Sie das Ihren Dienst versehen, Sergeant? Sind Sie von allen guten Geistern verlassen?«

Zumindest sein Gleichgewichtssinn hätte den bedauernswerten Mann um ein Haar verlassen, als er so hastig aufsprang, dass sein Stuhl mit einem lautstarken Poltern umfiel und er sich auch noch in seiner Gazette verhedderte, von der mir überhaupt erst jetzt auffiel, dass er sie falsch herum hielt.

Adler stürmte so schnell durch die Tür, dass Sergeant O'Brien kaum Zeit fand, zur Seite zu springen. An Adlers Schatten erkannte ich, wie er mitten in der Bewegung und einen Herzschlag lang erstarrte. Was er danach schrie, verstand ich nicht, aber ich stürmte dennoch auf der Stelle los. Irgendwie brachte ich sogar das Kunststück fertig, noch vor Watson und O'Brien durch die Tür zu stürzen.

Adler hatte darauf verzichtet, das Licht einzuschalten, doch der Raum war dennoch so hell erleuchtet, dass ich blinzeln musste. Was ich in diesem schon fast unangenehm hellen Licht sah, gefiel mir jedoch keineswegs. Adler stand mit aufgerissenem Mund und Augen da und starrte auf Nikola hinab, der nur mit einer knielangen Hose und absurderweise einem einzigen

Strumpf bekleidet auf dem Bett lag und sich wie in Krämpfen zusammengekrümmt hatte. Seine Hand- und Fußgelenke waren mit dünnem Kupferdraht umwickelt, der zu vier mir nur zu bekannten Metallsäulen führte, die an den Bettpfosten befestigt waren. Nikolas Haut war über und über mit Blut besudelt, und in der Luft lag der durchdringende Gestank von verbranntem Kautschuk und schmorendem Metall. Über dem Bett und Nikolas regloser Gestalt hingen Ascheflocken in der Luft.

»Aus dem Weg!« Watson stieß mich so grob beiseite, dass ich gegen Adler prallte und nur deshalb nicht fiel, weil dieser wie der berühmte Fels in der Brandung dastand und mich gedankenschnell festhielt. Watson war mit einem einzigen weiteren Schritt bei Nikola, drehte ihn auf den Rücken und fluchte, als einer der metallenen Pfeiler ins Wanken geriet und Funken sprühend umfiel. »Schalten Sie diese Höllenmaschine ab!«, befahl er, an niemand Bestimmten gewandt. »Und besorgen Sie mir heißes Wasser und sauberes Verbandszeug! Und jemand soll Doktor Harris rufen! *Schnell!*«

23

Watson und sein bald darauf aufgetauchter Kollege hatten sich – plötzlich wieder ganz und ausschließlich Ärzte – nicht nur mit aller Kraft um Nikola gekümmert, sondern ihn auch mit noch größerer Vehemenz vor mir und sogar vor Adler abgeschirmt und uns schließlich mehr oder weniger unverblümt hinausgeworfen. Adler – auch wieder ganz er selbst – hatte sich revanchiert, indem er zwar auf Handschellen verzichtet hatte, mich aber ansonsten wie einen Schwerverbrecher von gleich zwei seiner Constabler zurück in den Isolationstrakt eskortieren und in eine der leer stehenden Zellen einsperren ließ.

Weder wollte ich es, noch rechnete ich in meinem aufgewühlten Zustand damit, doch nachdem ich die abgeschlossene Tür endlich lange genug hasserfüllt angestarrt hatte, um zu begreifen, dass ich das Schloss nicht durch pure Willenskraft aufschmelzen konnte, sank ich doch in einen unruhigen Schlaf, aus dem ich erst spät am nächsten Vormittag erwachte. Zur Abwechslung einmal ohne Kopfschmerzen, aber mit einem widerwärtigen Geschmack im Mund und einem absurden Anflug schlechten Gewissens, in einem Moment wie diesem geschlafen zu haben. Der Schlaf, der hinter mir lag, war nicht erquickend gewesen. Zwar fühlte ich mich körperlich auf fast schon obszöne Weise erholt, innerlich aber dafür umso mehr gebeutelt. Ich hatte geträumt, von – selbstverständlich – Allison, aber auch von durch und durch monströsen Dingen, an die ich mich nicht wirklich erinnerte und es schon gar nicht wollte. Was mir an körperlicher Unbill bei diesem Erwachen erspart blieb, das machten diese kruden Erinnerungsfetzen mehr als nur wieder wett.

Vielleicht zehn Minuten – unnötig zu sagen, dass sie mir wie zehn Stunden vorkamen – starrte ich die schmutzige Decke über mir an, gestand mir endlich ein, auch kein Loch in dieses Hindernis starren zu können, und schwang die Beine von der Pritsche. Da wurde die Tür aufgemacht, und der einzige von Adlers Männern mit Sergeant-Streifen auf der Uniformjacke kam herein, ein Tablett mit trockenem Zwieback und einer dampfenden Tasse in den Händen. Ich registrierte erst im Nachhinein, dass ich weder das Geräusch eines Riegels noch das Klirren eines Schlüsselbunds gehört hatte, und ärgerte mich ein wenig über mich selbst, die Tür nicht gleich nach meinem Aufwachen überprüft zu haben.

»Soll das heißen, ich bin kein Gefangener mehr?«, fragte ich, ohne mich mit irgendwelchem überflüssigen Geplänkel aufzuhalten.

»Captain Adler entschuldigt sich für die Unannehmlichkeiten, Mister Devlin«, sagte Sergeant O'Brien. Er wartete vermutlich darauf, dass ich ihm das Tablett abnahm, doch ich dachte ja gar nicht daran, und so stellte er es auf das einzige Möbelstück, das es außer dem Bett hier drinnen noch gab: einen wackeligen dreibeinigen Schemel, der unter dem Gewicht des Tabletts hörbar ächzte. »Er hat mir aufgetragen, Sie noch um ein wenig Geduld zu bitten.«

Seit wann hatte Adler jemals um etwas *gebeten?* Ich schluckte diese Frage zwar hinunter, sagte aber in nun deutlich sachlicherem Ton: »Bitte bringen Sie mich zu Captain Adler.«

»Nichts lieber als das, Mister Devlin«, antwortete der Sergeant. »Aber Captain Adler ist gar nicht im Haus. Ich habe Befehl, Sie zu ihm zu bringen, sobald er zurück ist.«

»Und wenn ich darauf bestehe, dieses gemütliche Zimmer zu verlassen?«

Ich brachte O'Brien mit dieser Frage in Verlegenheit, das war unübersehbar, und dass er auf meine Frage nicht antwortete, war eigentlich Antwort genug. Er räusperte sich unbehaglich und machte eine Kopfbewegung auf das Tablett. »Wenn Sie noch etwas brauchen, dann sagen Sie nur Bescheid, Mister Devlin. Ich warte draußen vor der Tür.«

Um ganz sicherzugehen, dass ich sie auch ja nicht benutzte, fügte ich in Gedanken hinzu. Ganz kurz spielte ich ernsthaft mit der Idee, es einfach darauf ankommen zu lassen und an ihm vorbeizugehen, verwarf diesen Einfall aber nach einem Blick auf die beeindruckenden Muskelpakete meines Gegenübers rasch wieder.

»Dann werde ich mich gedulden, bis Captain Adler zurück ist«, sagte ich. Ich wartete, bis O'Brien sich umgedreht und die Hand schon wieder halb nach der Klinke ausgestreckt hatte, und fragte dann: »Waren Sie gestern Abend dabei?«

Der Sergeant fuhr so heftig zusammen, dass seine Antwort im Grunde überflüssig wurde. »Wir haben ... den ganzen Kanal abgesucht, aber keine Spuren gefunden. Es tut mir leid.« Und damit ging er. Ich setzte mich wieder und tat mich an dem dünnen Kaffee und dem steinhartem Zwieback gütlich, der nicht nur so aussah, als wäre er noch von der Schlacht von Trafalgar übrig geblieben, sondern auch so schmeckte. Natürlich stachelten die wenigen Bissen meinen Hunger eher noch weiter an, statt ihn zu stillen, doch die Genugtuung, ihn um mehr zu bitten, wollte ich O'Brien nicht gönnen, weshalb ich die nächsten Stunden mit knurrendem Magen und dem schlechten Nachgeschmack des dünnen Kaffees auf der Zunge verbrachte.

Als das Licht hinter dem schmalen Fenster über mir allmählich zu verblassen begann, hörte ich endlich Schritte draußen auf dem Gang. Kurz darauf wurde die Tür geöffnet.

Zu meiner Überraschung war es nicht der Sergeant, der hereinkam, sondern Mulligan. Er trug zur Abwechslung eine makellos weiße Pflegermontur und hatte sich rasiert, sah darüber hinaus aber so übernächtigt und müde aus, dass ich nicht fragen musste, um zu wissen, dass er kein Auge zugetan hatte, seit wir uns das letzte Mal begegnet waren.

»Mister Devlin«, begrüßte er mich. »Geht's Ihnen gut?«

»Auf jeden Fall besser, als Sie aussehen«, antwortete ich schlecht gelaunt. »Wo ist Nikola? Und haben Sie etwas von Allison und den anderen gehört?«

»Nein«, antwortete er. »Aber der Professor ist in Ordnung … glaube ich.«

»Glauben Sie?« Ich musste mich beherrschen, um meiner üblen Laune nicht gänzlich freien Lauf zu lassen. Mein Verstand sagte mir, dass Mulligan von allen hier wohl die wenigste Schuld traf, aber er war auch ein dankbares Opfer, und – viel wichtiger – er war gerade greifbar.

»Der Doktor und seine Kollegen kümmern sich um ihn«, antwortete er. »Machen Sie sich keine Sorgen. Er ist in guten Händen.«

Tatsächlich sorgte ich mich mehr um Nikola, als ich mir selbst erklären konnte – oder gar zugegeben hätte –, aber noch sehr viel mehr sorgte ich mich um …

»Allison«, sagte ich. »Miss Carter. Haben Sie irgendetwas von ihr gehört oder den anderen?«

»Captain Adler hat mich die halbe Nacht in die Mangel genommen, um das aus mir rauszukitzeln. Aber Sie wissen ja, dass ich nichts weiß.«

»Und was hat Adler in der Zwischenzeit getan?«, fragte ich

mürrisch. Draußen auf dem Gang raschelte es, und ich meinte vor meinem inneren Auge regelrecht zu sehen, wie sich O'Brien auf seinem Stuhl unbehaglich bewegte.

»Das … müssen Sie ihn schon selbst fragen«, antwortete Mulligan. Das – eben nur *fast* – unmerkliche Zögern in seinen Worten entging mir genauso wenig wie der Blick, den er mir dabei zuwarf. Möglicherweise war da ja etwas, das O'Brien draußen auf seinem Stuhl nicht mitbekommen sollte.

»Er ist zurück?«, fragte ich.

»Ich soll Sie zu Doktor Watson und ihm bringen«, bestätigte er. »Ich glaub, die beiden haben was entdeckt, und …«

»Dann sollten wir den guten Captain nicht unnötig warten lassen«, fiel ich ihm ins Wort. Ich hatte nichts gegen O'Brien und meinte ganz im Gegenteil zu spüren, dass er eigentlich ein recht patenter Bursche war … aber das bedeutete auch nicht, dass er alles wissen musste.

»Dann bringen Sie mich zu ihm«, bat ich. Ich konnte Mulligan ansehen, dass das nicht das war, was er hatte hören wollen – vielleicht lag ihm ja auch etwas auf der Seele, was er mir unbedingt sagen wollte, und er war genau wie ich der Meinung, dass unser freundlicher Gesellschafter draußen auf dem Gang nicht unbedingt *alles* hören musste –, doch nach einem abermaligen Zögern nickte er nur und hatte es dann umso eiliger, die als Krankenzimmer getarnte Kerkerzelle zu verlassen. Schnell schlüpfte ich in meine Schuhe und warf mir die Jacke über den Arm, um sie auf dem Weg nach oben anzuziehen. Es wäre jedoch gar nicht nötig gewesen, mich so zu beeilen. Mulligan war nur bis zu dem vergitterten Durchgang gekommen, dessen aufgebrochene Gitterstäbe nun durch eine grobe Kette und ein Vorhängeschloss zusammengehalten wurden, für das er ganz offensichtlich keinen Schlüssel besaß. Der Sergeant stand neben ihm, sah demonstrativ durch ihn hindurch und wartete noch offensichtlicher darauf, dass ich mich zu ihnen gesellte, bevor er sich dazu herabließ, einen altmodischen Doppelbartschlüssel aus der Jackentasche zu klauben und das Schloss zu entriegeln.

Wenigstens versuchte er es. Das Schloss hatte seine besten Tage entweder schon lange hinter sich oder war noch schwergängiger konstruiert, als es ohnehin schon aussah, denn der Sergeant fummelte eine Weile mit wachsender Ungeduld daran herum, ohne irgendetwas zu bewirken. Mulligan ließ ihn gerade lange genug zappeln, um aus der Verlegenheit in seinem Blick eine erste Spur erwachender Panik zu machen. Dann schob er ihn zur Seite und schien Schloss und Schlüssel kaum berührt zu haben, als der Bügel auch schon mit einem irgendwie höhnisch klingenden Klicken aufsprang, das dem Sergeant augenblicklich das Blut in die Ohren schießen ließ. Beiläufig fragte ich mich, wie er wohl reagiert hätte, hätte Mulligan das Schloss ganz ohne Schlüssel und in kaum mehr Zeit geöffnet – wozu er meiner Überzeugung nach durchaus imstande gewesen wäre –, hielt mich damit aber auch nicht weiter auf. Unwillig schob ich nun Mulligan beiseite und eilte voraus, ohne so recht zu wissen wohin, und insgeheim froh, als er mich nach ein paar Schritten wieder einholte und die Führung übernahm. Schweigend gingen wir nebeneinander her und die hallende Treppe zum eigentlichen Erdgeschoss des Instituts hinauf. Mulligan brach diese unangenehme Stille erst, als er sich mit einem raschen Schulterblick davon überzeugt hatte, dass der Sergeant uns auch wirklich nicht folgte, sondern zurückgeblieben war, um ein nun endgültig leer stehendes Kellergeschoss zu bewachen. Wenn ich daran dachte, was uns in der zurückliegenden Nacht darin widerfahren war, dann hätte ich nicht mit ihm tauschen wollen.

»Erzählen Sie es mir jetzt?«, fragte Mulligan, fast als hätte ich den Gedanken laut ausgesprochen.

Ich stellte mich trotzdem dumm. »Was?«

»Was hier los ist, Inspektor. Ich habe bisher nur an Gott und die Heilige Jungfrau Maria geglaubt, aber nicht an den Leibhaftigen. Doch seit letzter Nacht zermartere ich mir das Hirn, ob das nicht falsch war.«

»Ich sage es Ihnen«, antwortete ich, »wenn Sie mir verraten, welches Versprechen Sie Miss Carter gegeben haben.«

Das war billig, und es hätte Mulligans entrüsteten Blicks gar nicht bedurft, um mir das selbst klarzumachen. Bevor er dieser Entrüstung mit Worten Ausdruck verleihen konnte, fuhr ich auch schon in verändertem Ton fort: »Verzeihen Sie. Ich wollte Sie nicht unter Druck setzen. Aber ich kann es Ihnen nicht sagen, weil ich es nicht weiß, und das ist die Wahrheit. Ich kann Ihnen jedoch versichern, dass es nichts mit dem Teufel zu tun hat. Und auch nicht mit Gott.«

Mulligan sah mich so durchdringend an, dass ich seinem Blick nur noch mit Mühe standhalten konnte, doch er schien sich mit dieser Erklärung auch zufriedenzugeben. Er nickte gewichtig und machte dann eine Geste nach oben. »Doktor Watson hat versprochen, mir alles zu erklären.«

»Und Sie denken, er würde Ihnen etwas anderes sagen als ich?«

Auch diese Bemerkung tat mir schon leid, bevor sie mir auch nur ganz über die Lippen gekommen war, doch Mulligan nahm sie mir nicht übel. »Vielleicht wissen Sie ja etwas anderes als er.«

Mulligan musste sich vorgenommen haben, mich jedes Mal aufs Neue zu überraschen, wenn wir uns trafen, und es gelang ihm. »Nikola weiß vielleicht als Einziger, was das alles bedeutet«, sagte ich. »Weder Doktor Watson noch Captain Adler oder ich.«

Mulligan deutete meine Antwort offensichtlich richtig, denn er sah noch ein bisschen bekümmerter aus, aber er stellte zu meiner Erleichterung auch keine weitere Frage mehr, sondern beschleunigte seine Schritte, bog nach links ab und ging dann eine weitere Treppe nach oben, schließlich nach rechts, und spätestens das war der Moment, in dem ich wieder einmal die Orientierung verlor und mich ernsthaft zu fragen begann, ob er vielleicht absichtlich jedes Mal einen anderen Weg nahm, damit ich mir nicht merken konnte, wo Watsons Büro denn nun genau lag.

Das half mir, mir die Zeit für die nächsten geschätzten fünfundzwanzig Meilen zu vertreiben, bis wir endlich einen Korridor betraten, den ich als ebenjenen wiederzuerkennen glaubte, an dessen Ende Watsons Büro lag – hauptsächlich an den beiden uniformierten Männern, die beiderseits der Tür auf unbequemen Stühlen saßen und sich nicht einmal die Mühe machten aufzustehen, sondern uns nur gelangweilt bedeuteten hindurchzugehen.

Ich trat ein, ohne anzuklopfen. Adler saß mit dem Rücken zur Tür da und drehte nicht einmal den Kopf zu uns herum, während Nikola und Watson immerhin ihr Gespräch unterbrachen und uns ein angedeutetes Nicken zukommen ließen. Zu meiner Überraschung gewahrte ich nicht nur zwei zusätzliche Stühle, die hereingebracht worden waren und hier auf Mulligan und mich warteten, sondern auch eine weitere Person, mit der ich nun wirklich nicht gerechnet hätte: Chip.

Der Junge saß weit nach vorne gebeugt auf einem Stuhl, der ganz so aussah, als wäre er zu keinem anderen Zweck gebaut worden als dem, möglichst unbequem zu sein, und bot trotz der frischen Krankenhauskleidung und der (möglicherweise zum ersten Mal in seinem Leben) sauber gekämmten Haare einen jämmerlichen Anblick. Zugleich aber auch einen überraschend guten, wenn man bedachte, was hinter ihm lag. Er war ein zäher kleiner Bursche, das musste man ihm lassen, denn von Rechts wegen sollte er gar nicht mehr am Leben sein.

Als hätte er meine Gedanken gelesen, erschien ein erschrockener Ausdruck auf Chips Gesicht. Er setzte sich gerade hin und hob an, um etwas zu sagen, doch Adler brachte ihn mit einer beiläufigen Geste zum Schweigen. Mit einer herrischen Handbewegung befahl er mir, mich zu ihm zu setzen. Ich zögerte so lange, bis mir Watson einen fast flehenden Blick zuwarf, und setzte mich auch dann so weit von Adler weg, wie es überhaupt nur ging – fast auf die Kante des Stuhles.

»Mister Devlin«, begrüßte mich Watson mit einiger Verspätung. »Die Frage nach Ihrem Wohlbefinden erübrigt sich wohl. Konnten Sie wenigstens ein bisschen schlafen?«

Ich nickte, wenn auch schon wieder schlechten Gewissens eingedenk der Tatsache, dass sowohl er als auch die beiden anderen aussahen, als hätten sie es nicht getan.

»Wenigstens einer«, brummelte Adler denn auch prompt. Gut, *ihm* gönnte ich es.

Gerade zerbrach ich mir den Kopf über eine entsprechend gehässige Bemerkung, als mir etwas auffiel, das ich wohl schon im allerersten Moment gesehen, aber irgendwie nicht realisiert hatte.

Es war Nikola.

Etwas stimmte nicht mit seinem Gesicht und auf den zweiten Blick auch nicht mit seinen Händen und vermutlich auch nicht mit seinem gesamten Körper. Er sah noch immer starr aus dem Fenster, doch das, was ich von seinem Gesicht erkennen konnte, glich eher einer Kraterlandschaft aus unzähligen winzigen Rissen, Schrammen und Wunden, die zur Hälfte verschorft und zur anderen noch nässende Untiefe waren.

»Nikola, was um alles in der Welt haben Sie getan?«, keuchte ich.

»Wenn Sie mich fragen, hat er eine besonders komplizierte Methode gefunden, sich umzubringen«, sagte Adler.

Was ich ihm übel nahm, war nicht einmal das, was er sagte, sondern die Art, *wie* er es tat. Ich ignorierte ihn. Oder versuchte es immerhin. »Was ist nur in Sie gefahren? Warum haben Sie Ihre Maschine an sich selbst ausprobiert?«

»Das hat er doch gar nicht«, stellte Adler belustigt fest. »*Ausprobiert* hat er sie an Ihnen.«

Ich ignorierte ihn weiter. »Was haben Sie getan?«, fragte ich noch einmal. »Haben Sie den Verstand verloren, Nikola? Sie hätten sich umbringen können!«

»Und um ein Haar wäre es ihm auch gelungen«, fügte Watson hinzu.

Nikola war es offensichtlich leid, dass in seiner Anwesenheit über ihn gesprochen wurde, und drehte langsam den Kopf. Und nun erschrak ich wirklich. Vermutlich ganz bewusst hatte er sich so gesetzt, dass nur die weniger in Mitleidenschaft gezogene Hälfte seines Gesichts zu sehen war. Die andere war regelrecht verheert. Große aufgeplatzte Hautpartien wechselten sich mit verschorften Stellen und messerstichtiefen Wunden ab, und direkt über der Schläfe war ihm ein ganzes Büschel Haare ausgerissen worden. Seine Augen hatten einen leicht irren Blick, wie ich fand, und seine ebenfalls zerschundenen Hände schlossen sich so fest um die Lehnen, dass die Sehnen wie straff gespannte Drähte durch die Haut stachen.

»Ich hatte keine andere Wahl«, antwortete er, wobei ich sah, dass auch sein Zahnfleisch zerschunden und die Zähne rosa verfärbt waren – was vermutlich an dem gleichfarbigen Speichel lag, der auf seinen Lippen glänzte.

»Als sich fast umzubringen? Warum haben Sie nicht auf die neue Maschine gewartet?«

»Weil ich dann nicht mehr hier wäre«, antwortete er.

»Wie meinen Sie das?«, fragte ich irritiert.

»Ich wollte es auch«, antwortete Nikola. »Verstehen Sie

nicht, Quinn? Ich … ich wollte nichts mehr als nach Hause!«

»Nach Hause«, wiederholte ich. Was zum Teufel sollte das heißen? Aber sehr viel mehr interessierte mich natürlich etwas anderes. »Haben Ihre Männer eine Spur gefunden?«, wandte ich mich an Adler. »Wir müssen Allison suchen.« Nach einer Sekunde und Adlers spöttische Miene ignorierend fügte ich noch hinzu: »Und die anderen.«

Adler genoss es sichtlich, sich ganz offen an meinem Schrecken zu weiden und mich noch etliche Sekunden zappeln zu lassen, ehe er mit einem süffisanten Lächeln antwortete: »Aber das müssen wir gar nicht, Quinn. Wir wissen, wo sie sind.«

Ich starrte ihn an. »Sie …?«

»Wir wollen nicht vorgreifen, Captain«, mischte sich Watson ein. »Wir haben eine Menge zu besprechen, aber wir sollten es der Reihe nach tun und mit der gebotenen Ruhe.«

»Ruhe?«, ächzte ich. »Wir müssen sofort los! Allison ist in großer Gefahr, und …«

»Nein, das ist sie nicht«, unterbrach mich Nikola. »Jedenfalls nicht mehr als schon die ganze Zeit über.«

»Und ich fürchte, wir können im Moment rein gar nichts für sie tun«, ergänzte Watson.

»Was soll das …?« Ich wollte aufbegehren, aber etwas sagte mir, dass ich es damit nur noch schlimmer machen würde. Mühsam beherrscht und mit jedem einzelnen Herzschlag ein wenig beunruhigter wandte ich mich an Watson und bedeutete ihm mit einem Nicken fortzufahren.

»Der Professor«, begann Watson mit einer Geste auf Nikola, doch dieser unterbrach ihn mit einem matten Kopfschütteln: »Nennen Sie mich nicht Professor, Doktor. Nikola reicht völlig.«

»Nikola«, bestätigte Watson. »Nikola also hat uns ein paar

interessante Neuigkeiten mitzuteilen. Aber auch ebenso beunruhigende, fürchte ich.«

»Sie wissen, wo Allison und die anderen hingegangen sind?«, versuchte ich es noch einmal.

»Sie ist bei ihnen«, sagte Chip. »Sie sind alle bei ihnen.« Seine Stimme zitterte und hörte sich gänzlich anders an, als ich sie in Erinnerung hatte.

»Was soll das heißen, bei ihnen?«, widerholte ich.

»Haben Sie es nicht gespürt?«, fragte Nikola. »Während des Gewitters?«

Ich schüttelte den Kopf.

»Und vorher?«

Was sollte vorher gewesen sein? Ich sah ihn nur fragend an.

»Was Nikola meint, sind die Träume«, sagte Watson.

»Welche ... Träume?« Warum beunruhigte mich diese Frage eigentlich so?

»Die Sie alle hatten, Mister Devlin«, antwortete Watson geduldig, fast schon sanft. »Mister Jacobs, Miss Carter und Ihr junger Freund ... alle, mit denen ich gesprochen habe.« Er wies zusätzlich auf Nikola. »Bleiben Sie wirklich dabei, keine ... sonderbaren Träume gehabt zu haben?«

»Selbst wenn es so wäre«, antwortete ich ausweichend, »was hat das mit Allison zu tun?«

»Alles«, antwortete Nikola an Watsons Stelle. »Wir hatten alle denselben Traum, verstehen Sie denn nicht, was das bedeutet?«

»Nein«, sagte ich ehrlich. »Sie?«

»Oh ja«, antwortete Nikola bitter. »Ich habe es gespürt. Und ich war ein verdammter Dummkopf. Wir alle waren Narren.«

»Aha«, sagte ich, wartete darauf, dass Nikola weitersprach, und fragte schließlich: »Warum?«

Nikola schloss die Augen und fuhr sich mit der Zungenspitze über die aufgeplatzten Lippen. »Lassen Sie mich … erst einmal zu Kräften kommen, Captain. Und etwas trinken. Ich bin furchtbar durstig.«

»Das ist der Blutverlust«, sagte Watson. »Und Sie werden hässliche Kopfschmerzen bekommen. Ungefähr eine Minute für jedes Wort, das Sie jetzt reden.« In seiner Stimme schwang kaum Mitleid mit.

Nikola streckte die Hand aus, und Watson reichte ihm das Glas Wasser, das vor ihm auf dem Tisch gestanden hatte. Ich nahm an, dass es nicht das erste war.

»Es ist unsere Schuld«, fuhr Nikola fort, nachdem er das Glas mit wenigen gierigen Schlucken geleert hatte. »Vor allem aber meine. Ich hätte es wissen müssen. Es ist noch schlimmer, als ich befürchtet habe.«

»Was haben Sie denn befürchtet?«, fragte ich.

»Das weiß ich nicht«, sagte Nikola.

»Und warum ist es unsere Schuld?«

»Zum allergrößten Teil wohl meine«, wiederholte Nikola. »Ich habe es gespürt, aber ich habe es zu spät begriffen.«

»Sie haben *was* gespürt, Professor?«, fragte ich.

Nikola sah mich an. Sehr aufmerksam. »Sie haben nichts gespürt?«

Ich wollte den Kopf schütteln, besann mich dann aber eines Besseren und blieb bei der Wahrheit, obwohl ich noch keine Minute zuvor das Gegenteil behauptet hatte. »Seltsame Träume«, gestand ich. »Beunruhigende Träume.«

»Sonst nichts?«, fragte Nikola. Ich verneinte, und jetzt wirkte er zum ersten Mal wirklich erleichtert. »Das bedeutet, dass meine Maschine tatsächlich funktioniert.«

»Haben Sie daran gezweifelt?«, fragte Adler.

Zu meiner Erleichterung ging Nikola nicht darauf ein. »Es war während des Gewitters. Ich habe gespürt, dass sich irgendetwas ... verändert hat, aber ich habe es einfach zu spät begriffen.«

»Und verraten Sie uns Normalsterblichen auch, was Sie zu spät begriffen haben, Professor, oder müssen wir noch ein bisschen raten?«, fragte Adler mühsam beherrscht.

Nikola blieb vollkommen ruhig, und selbst Watson beließ es bei einem missbilligenden Stirnrunzeln. »Das Gewitter«, erklärte Nikola. »Es hat etwas verändert. Aber ich habe es erst verstanden, als es viel zu spät war.«

»Und was?«, fragte Adler, erstaunlicherweise immer noch fast ruhig, aber ich war vermutlich nicht der Einzige, der den drohenden Unterton in seiner Stimme wahrnahm.

»Das weiß ich nicht«, antwortete Nikola, was es nicht unbedingt besser machte. »Aber ich habe eine Theorie. Diese vernetzte Wesen müssen hauptsächlich elektrischer Natur sein – was im Übrigen nicht nur auch auf uns Menschen zutrifft, sondern genau genommen auf jedes Lebewesen, das ...«

Ich räusperte mich demonstrativ. »Nikola.«

»Ich wollte das nur klarstellen«, sagte er, schon wieder ein bisschen patzig, trotz seines desolaten Zustands. »Damit es auch alle verstehen.« Immerhin verzichtete er darauf, Adler bei diesen Worten anzuschauen, was ihn vermutlich davor bewahrte, noch ein wenig desolater auszusehen. Ich konnte Adler mittlerweile ansehen, dass er kurz davor stand zu explodieren.

»Es ist kompliziert«, setzte Nikola neu an, »und zugleich sehr einfach. Ich hätte es erkennen müssen.« Er fuhr sich mit dem Handrücken über das Kinn und verschmierte das Blut auf seinen Lippen dabei noch mehr. »Es ist, wie ich es vermutet habe. Sie alle sind eins.«

»Das heißt, sie wissen alles, was hier geschehen ist«, stellte Watson fest.

»Und alles, was wir besprochen haben«, fügte Adler hinzu, der plötzlich weit mehr beunruhigt als verärgert klang.

»Es ist mir erst aufgefallen, als es vorbei war«, fuhr Nikola fort. »Als wären Sie farbenblind geboren geworden und könnten plötzlich Rot und Grün und Blau sehen, verstehen Sie?«

Watson nickte, und Adler und ich sagten wie aus einem Mund: »Nein.«

»Allison und den anderen muss es genauso ergangen sein«, sagte Nikola. »Deshalb war sie auch so nervös, als wir gestern Nachmittag in Ihrem Büro miteinander gesprochen haben, Doktor.«

Ich konnte mich gar nicht erinnern, dass Allison in irgendeiner Form besonders nervös gewesen war, doch Watson forderte ihn nur mit einem wortlosen Nicken auf weiterzusprechen.

»Das Gewitter muss die Verbindung zum Kollektiv unterbrochen haben«, bestätigte er. »Es war, als … könnte ich plötzlich wieder frei denken, aber ich habe einfach nicht begriffen, was es wirklich bedeutet. Erst als das Gewitter vorbei war und ich gespürt habe, wie es zurückkommt.«

»Und was hat das jetzt mit dem Irrsinn zu tun, den Sie mit sich selbst veranstaltet haben?«, wollte ich wissen.

»Begreifen Sie das wirklich nicht?«, begehrte Nikola auf. »Sie wissen alles, was wir wissen. Sie wissen alles, was *ich* weiß! Und ich konnte spüren, wie die Stimmen zurückkommen! Ich hatte gar keine andere Wahl, als es zu riskieren!«

»Sie hätten dabei sterben können«, sagte ich ernst.

»Es war der einzige Ausweg, Quinn«, antwortete Nikola bestimmt. »Alles ist besser, als nicht mehr Herr über seine eigenen Gedanken zu sein, glauben Sie mir. Außerdem«, fügte er mit einem nicht wirklich überzeugenden Lächeln in meine Richtung hinzu, »war das Risiko überschaubar. Sie und Chip haben es schließlich auch überstanden. Und ich vertraue meiner eigenen Arbeit.«

»Ich bringe Ihnen gleich einen Spiegel«, schnaubte ich, »und nachdem Sie hineingesehen haben, unterhalten wir uns noch einmal über die Qualität Ihrer famosen Erfindungen.«

»Sie verstehen noch immer nicht, was das bedeutet, oder?«, fragte Nikola.

»Dass Sie in Zukunft einen besseren Schlag bei der holden Weiblichkeit haben werden«, sagte Watson. »Man sagt doch, dass viele Frauen Narben bei einem Mann interessant finden.«

»Jetzt bin ich enttäuscht«, sagte Nikola. »Ich hatte gehofft, dass Sie Ihrer eigenen Arbeit genauso vertrauen wie ich meiner.«

Adler beendete den unsinnigen Streit, indem er kurzerhand das Gespräch übernahm. »Sie leben ja noch, Professor, und nach dem, was gestern Nacht passiert ist, sollten wir alle sehr froh sein, dass Sie es riskiert haben.«

Nikola blinzelte einen vorwitzigen Blutstropfen weg, der ihm aus dem Augenwinkel gelaufen war, was ein sonderbar gespenstischer Anblick war. »Meine Erfindung … Allison war dabei, als ich davon erzählt habe, verstehen Sie das denn nicht?«

»Nein«, antwortete ich wahrheitsgemäß.

»Anscheinend hatten sie Angst, dass sie funktioniert, und sind geflohen, bevor die Teile für die Verbesserung hier sind, die ich geplant hatte.«

»Wozu brauchen sie dazu Miss Carter«, fragte Adler, »wenn sie mit allen verbunden sind … also auch mit Ihnen?«

Nikola sah ihn an, als wäre er überrascht, eine so kluge Frage ausgerechnet aus seinem Mund zu hören. Dann aber schüttelte er den Kopf. »Das alles sind nur Theorien, Captain, vergessen Sie das nicht, aber ich nehme an, dass vor allem die Dauer der Verbindung eine Rolle spielt. Quinn war noch nicht einmal vollständig mit diesem Netz verbunden und ich nur wenige Augenblicke. Aber vielleicht hatte ich auch einfach nur Glück.«

Mit Glück hatte das alles hier herzlich wenig zu tun, aber ich hütete mich, ihn zu unterbrechen. So, wie er aussah, kam es mir schon wie ein kleines Wunder vor, dass er überhaupt reden konnte.

»Was im Umkehrschluss bedeutet, dass Ihre Maschine funktioniert, Professor«, sinnierte Adler. »Oder es … sie … zumindest Angst haben, dass sie funktionieren könnte. Sonst gäbe es keinen Grund für diese überhastete Flucht.«

Dagegen konnte ich nicht viel sagen, so gerne ich es auch getan hätte, doch Adler überraschte mich ein weiteres Mal, indem er fortfuhr: »Und wieso sind Sie nicht ebenfalls geflohen?«

»Oh, das wollte ich«, versicherte Nikola. »Glauben Sie mir, Captain, es gab kaum etwas, das ich mehr wollte, in diesem Moment. Aber mir war auch klar, dass ich dann nie wieder zurückkommen würde.«

»Und da haben Sie beschlossen, Ihre Maschine an sich selbst auszuprobieren?«, sagte Watson und nickte auch gleich, um seine eigene Frage zu beantworten. »War das nun ganz besonders dumm oder außergewöhnlich mutig?«

»Es war ganz besonders feige, Doktor«, sagte Nikola. »Sie haben es nicht gespürt, und Sie können es auch nicht verstehen, solange Sie es nicht selbst gefühlt haben. Was Sie im Schwarm erwartet, das ist schlimmer als der Tod.«

Er sah mich auf eine Art an, als erwartete er zumindest Zustimmung von mir, wenn nicht gar Unterstützung, aber ich hielt seinem Blick einfach nur stand, ohne eine Miene zu verziehen. Was mir schwer genug fiel. Es musste wohl so sein, wie Nikola vermutete. Das Spinnenmonster hatte auch mich gebissen, doch ich hatte Glück gehabt und war nicht annähernd in dem Maße mit dem unheimlichen Myzelium infiziert worden wie

Nikola oder gar Allison und die anderen. Und dennoch hatte auch ich zumindest in meinen Träumen die Hölle aus maschinengeborenem Un-Leben und reiner Furcht erblickt, das im Hive auf Allison und die anderen wartete. Ich wusste, was er meinte. Aber es auch nur mit einem Nicken zuzugeben hätte mir das Gefühl vermittelt, Allison zu genau dieser Hölle zu verdammen.

»Sie haben also gespürt, dass es …«, sagte Adler. Er suchte sichtlich nach Worten.

»Zurückkommt, ja«, half ihm Nikola aus. »Das Gewitter hat die Verbindung unterbrochen, aber ich konnte es spüren, ja.«

Adler setzte unverzüglich zu einer weiteren Entgegnung an, doch dieses Mal kam ich ihm zuvor und stellte die Frage, die mir schon die ganze Zeit auf der Zunge brannte. »Und Allison? Und die anderen? Sie wissen, wo sie sind, und was mit ihnen passiert ist?«

Nikola sah mich viel zu lange schuldbewusst an, um aus seinem anschließenden Kopfschütteln irgendetwas anderes als eine barmherzige Lüge zu machen.

»Sie sind bei ihnen«, sagte Chip, auch jetzt wieder mit jener unheimlichen Stimme, die mir einen eisigen Schauer über den Rücken gejagt hätte, hätte ich es zugelassen – als wären seine Stimmbänder zerschnitten und nicht wieder richtig zusammengesetzt worden.

»Du weißt, wo sie sind?«, fragte ich.

Chip sah mich an und zugleich geradewegs durch mich hindurch. Er antwortete mit einer Bewegung, die ebenso viel von einem Nicken wie von einem Kopfschütteln hatte.

»Aha«, sagte Adler mürrisch. »Und was genau bedeutet das nun? Sprich gefälligst nicht in Rätseln, Bürschchen!«

»Alle sind sie«, antwortete Chip kryptisch. Nun sah er mich direkt an, doch ich hatte immer noch das Gefühl, dass er zugleich etwas anderes und ungleich Furchteinflößenderes erblickte. »Sie sind viele, aber auch eins. Und überall.«

»Der Bursche redet wirres Zeug«, stellte Adler fest. Ich hätte ihm gerne zugestimmt, aber damit hätte ich es mir wohl zu leicht gemacht. Etwas nicht zu verstehen bedeutete nicht zwingend, dass es keinen Sinn ergab.

Obwohl mir selbst diese kleine Anstrengung im Moment überaus groß erschien, stand ich auf, ging die wenigen Schritte zu ihm hin und ließ mich neben Chip in die Hocke sinken. Sein Blick folgte mir zwar, aber nur mit einer spürbaren Verzögerung, so als bewegte ich mich einfach zu schnell für die versetzte Zeitebene, auf der er nun existierte.

Was für ein seltsamer Gedanke.

Vorsichtig griff ich nach seiner Hand und zögerte noch einmal unmerklich, ehe ich sie berührte, doch das Unheimliche, auf das ich wartete, blieb diesmal aus. Das Gefühl unwillkommener Verbundenheit basierte wohl auf Gegenseitigkeit, und nun, wo wir beide von dem unheiligen Myzelium befreit waren, war da nichts als ein vages Empfinden von Leere. Es gehörte zu dem Unheimlichsten, das ich je erlebt hatte. Ich musste mich überwinden, die Hand nicht sofort wieder zurückzuziehen, sondern seine Finger im Gegenteil noch fester zu ergreifen.

Eine ganze Weile saßen wir einfach in vertrautem Schweigen da, und ich glaubte zumindest zu spüren, wie sich so etwas wie ein vorsichtiges Vertrauen zwischen uns aufzubauen begann. Aber da war noch mehr. Es war unmöglich in Worte zu fassen, nicht einmal wirklich in Gedanken, aber da war etwas wie das Sichregen der verschütteten Erinnerung an etwas, das ich nie erlebt hatte; das Flüstern lautloser Stimmen, die in einer Sprache miteinander wisperten, die ich niemals gelernt hatte und doch eigentlich verstehen sollte.

Und natürlich war es Adler, der den Moment auf seine eigene unverwechselbare Weise beendete. »Sollen wir euch zwei Turteltäubchen für eine Weile allein lassen, oder können wir allmählich wieder zum Thema kommen?«

»Sie sind ein Dummkopf, Captain«, sagte Nikola verärgert, und Watson drückte noch einiges mehr mit dem verächtlichen Blick aus, mit dem er Adler maß, wandte sich dann aber mit umso ruhigerer Stimme und sogar der Andeutung eines Lächelns an den Jungen.

»Erzähl Mister Devlin, was du uns gesagt hast, Chip«, bat er.

Auch jetzt vergingen wieder etliche Augenblicke, bevor Chip zeigte, dass er diese Worte verstanden hatte. Er reagierte allerdings nicht so, wie es sich Watson (und erst recht Adler) vorgestellt hatte, sondern wandte sich direkt an mich. »Es tut mir leid.«

»Was?«

»Was ich getan habe«, antwortete Chip. »Und was ich gesagt habe.«

»Was hast du denn getan?«, fragte Watson sanft.

»In der Abdeckerei«, antwortete der Junge, ohne dass sein Blick meine Augen auch nur für einen Moment losgelassen hätte.

»Du hast mich in eine Falle gelockt«, antwortete ich, nach Kräften bemüht, es nur wie eine Feststellung klingen zu lassen und nicht wie einen Vorwurf, der mir unangemessen erschienen wäre. »Aber du wolltest es nicht. Du hattest keine andere Wahl, habe ich recht?«

»Nein«, widersprach er.

»Nein?« Zumindest aus den Augenwinkeln heraus sah ich, dass ich nicht der Einzige war, den dieses Eingeständnis überraschte.

»Nein«, bestätigte Chip sehr ruhig und sehr ernst. »So ist es nicht. Sie haben mich nicht gezwungen. Zu nichts.«

»Aha«, machte ich, was ehrlich gesagt das Einzige war, das mir in diesem Moment einfiel.

»Soll das heißen, du hast ihn absichtlich in diesen Hinterhalt gelockt?«, fragte Adler, und in seiner Stimme war ganz eindeutig eine Drohung zu hören.

»Er wurde gewarnt«, antwortete Chip und nickte. Sein Blick ließ mich immer noch nicht los.

»Er wurde …«, ereiferte sich Adler, und Nikola und ich unterbrachen ihn im exakt gleichen Sekundenbruchteil – Nikola, indem er die Hand hob und eine zornige Bewegung machte, ich mit deutlich erhobener Stimme und den Worten »Das ist die Wahrheit. Er hat mich gewarnt, nicht weiterzugehen«.

»Oh ja, und ganz bestimmt mit dem nötigen Nachdruck, nicht wahr?«, höhnte Adler. »Aber ja, das hätte ich ja beinahe vergessen. Der arme Junge war ja nicht Herr seines freien Willens.«

Nikola gab ein abfälliges Geräusch von sich. »Jetzt machen Sie es sich ein bisschen einfach, Captain.«

»Du warst … sie«, vermutete ich zögernd. Chip nickte, und ich hütete mich, eine weitere Frage zu stellen, deren Antwort ich vermutlich ohnehin nicht verstanden hätte. Ich war nicht einmal sicher, ob ich sie überhaupt hören wollte.

Ich bekam sie trotzdem. »Sie sind nicht unsere Feinde«, sagte er, und auch jetzt – wie schon einmal zuvor – hatte ich das sonderbare Gefühl, dass diese Worte nicht nur ganz allein mir galten, sondern auch noch einen tieferen und verborgenen Sinn beinhalteten, der nur mich anging. Unglücklicherweise blieb er mir allerdings auch verborgen. »Und sie zwingen niemanden. Ich wollte es. Ich war sie.«

»Und Sie sind völlig sicher, dass der Junge wieder ganz gesund ist, Doktor?« Adler tippte sich bezeichnend mit der Fingerspitze gegen die Schläfe, womit er sich noch einen verärgerten Blick Watsons einhandelte.

Dennoch antwortete er ganz ruhig: »Vollkommen, Captain.«

»Und was bringt Sie auf die Idee, dass wir diesem kleinen Straßenjungen und Langfinger vertrauen können?«

»Ich bin kein Dieb«, protestierte Chip, und Watson antwortete Adler im gleichen unverändert ruhigen Ton: »Weil er jetzt nicht mehr sie ist.«

»Ach so«, sagte Adler. Dann verdüsterte sich sein Gesicht. »Wollen Sie mich auf den Arm nehmen, Doktor?«

Watson musste inzwischen wohl zum gleichen Schluss gekommen sein wie ich, nämlich dass es nur einen einzigen sinnvollen Weg gab, mit Adler umzugehen, indem man ihn schlichtweg ignorierte. Er wandte sich mit einer demonstrativen Drehung des Oberkörpers direkt an Chip. »Erzähl uns, woran du dich erinnerst, mein Junge«, bat er. Adlers Gesicht verdüsterte sich noch weiter. »Du weißt also, was sie denken?«

»Und planen?«, fügte Adler hinzu.

Chip schien einen Moment zu überlegen und deutete dann – nicht nur zu meiner Enttäuschung – ein Kopfschütteln an.

»Was soll das heißen?«, schnappte Adler. Er klang ein bisschen triumphierend, fand ich. »Ich denke, du warst sie? Dann musst du doch auch wissen, welche Absichten sie verfolgen, und wie ihre Pläne sind!«

»Sie denken schon wieder zu kurzfristig, Captain«, sagte Nikola. »So einfach ist es nicht, glauben Sie mir.«

»Ach ja?«, giftete Adler. »Dann erklären Sie es einem dummen Menschen wie mir doch bitte, Professor.«

Ich kann es ja wenigstens versuchen. Gut, das sagte Nikola nicht laut, aber man sah ihm an, wie gerne er es getan hätte. »Wenn ich für diesen Moment Sie wäre, Captain – ich meine, Ihre Gedanken denken würde, was wüsste ich dann über Sie?«

»Alles?«, vermutete Adler. Ganz offensichtlich konnte er mit dieser Frage nicht wirklich etwas anfangen.

»Kaum.« Nikola schüttelte mit einem Lächeln den Kopf, für

das Adler ihn vermutlich noch in zehn Jahren hassen würde. »Sie kennen natürlich all Ihre Geheimnisse, Captain. All Ihre intimsten Wünsche und Ängste. All Ihre großen und kleinen Sünden. Ihr ganzes Leben, jede einzelne Erinnerung, von Ihrer frühesten Erinnerung an bis zu dem, was ich vor einer Sekunde gesagt und getan habe, und …«

»Ja, schon gut«, knurrte Adler. »Ich glaube, ich habe verstanden.«

Das glaubte ich nicht. Und Watson und Nikola offensichtlich auch nicht.

»Lassen Sie es mich anders formulieren, Captain«, sagte Nikola lächelnd. »Wenn ich in diesem Moment, ich meine genau in dieser Sekunde, in Ihren Kopf sehen könnte …«

»Gott bewahre!«, grummelte Adler, und Nikola fuhr völlig unbeeindruckt fort: »… Was würde ich dann sehen? Ihr ganzes Leben, mit jeder einzelnen Erinnerung, egal ob gut oder schlecht? Oder nur diesen Moment jetzt?«

Adler sah ihn nur verwirrt an, und das konnte ich gut verstehen. Ich hatte selbst gewisse Schwierigkeiten, diesem Gedanken bis in seine letzte Konsequenz zu folgen.

»Stellen Sie sich eine Fotografie vor«, sagte Nikola. »Eine wirklich gute Fotografie mit mehr Details, als überhaupt technisch möglich ist. Sie sehen die Person genau so, wie sie in diesem Moment aussieht, aber Sie wissen rein gar nichts über das, was gestern war oder vor einer Woche oder einem Jahr.«

Adler glotzte.

»Aber du weißt, wie sie denken«, wandte ich mich direkt an Chip, schon damit das Gespräch nicht endgültig in philosophische Gefilde abglitt und wir morgen noch hier saßen und versuchten, Adler das kleine Einmaleins beizubringen.

Chip nickte. »Sie sind nicht unsere Feinde«, sagte er noch einmal.

»Ich glaube, das haben wir schon einmal gehört«, knurrte Adler. »Aber was sind sie dann?«

Weil ich spürte, wie unangenehm dem Jungen diese Frage war (und ich mich hütete, auch nur darüber nachzudenken, warum) –, brachte ich Adler mit einer unwilligen Handbewegung zum Schweigen und sagte meinerseits: »Erzählst du uns, woran du dich erinnerst?«

»Sie wollen … nur leben«, sagte Chip zögernd. Nervös fuhr er sich mit dem Handrücken über die Lippen, und erst jetzt wurde mir bewusst, wie schrecklich verheert auch sein Gesicht war. Anders als bei Nikola waren all die kleinen Wunden und Schründe gründlich gesäubert worden und frei von verkrustetem Blut, doch gerade dadurch sah ich, wie tief viele seiner Blessuren waren. Er würde für den Rest seines Lebens nicht mehr in den Spiegel sehen können, ohne an diesen Tag erinnert zu werden.

»Und deshalb bringen sie uns um?«, schnaubte Adler.

»Sie brauchen Leben, um zu leben«, murmelte Chip, was nicht unbedingt hilfreich war.

»Aber du weißt, wo Miss Carter und die anderen hingegangen sind?«, fragte Watson.

Chip löste zum ersten Mal den Blick von meinem Gesicht und sah ihn etliche Sekunden lang durchdringend und stumm an, ehe er endlich mit einer Bewegung antwortete, die irgendwo zwischen einem Nicken, einem Kopfschütteln und einem hilflosen Heben der Schultern angesiedelt war.

»Was denn nun?«, polterte Adler. »Weißt du es, oder weißt du es nicht?«

»Nein«, gestand Chip, ließ geschlagene fünf Sekunden verstreichen, in denen er nun wieder mich ansah, und fügte dann hinzu: »Aber ich kann … sie finden.«

Jetzt war ich es, der ihn verblüfft ansah. »Du kannst … was?«, fragte ich schließlich, und Nikola brachte es auf den Punkt: »Du weißt nicht genau, wo sie sind, aber du kannst sie aufspüren und uns zu ihnen bringen?«

Chip nickte zögerlich. Er sah nicht glücklich aus.

»Worauf warten wir dann noch?«, fragte ich aufgeregt und sprang unverzüglich in die Höhe. »Bring uns hin!«

Chip sah mich nur weiter fast scheu an, doch Nikola schüttelte den Kopf und hob besänftigend die Hand. »So einfach ist es nicht, fürchte ich. Erzähl Mister Devlin, was du uns vorhin gesagt hast, mein Junge.«

Chip nickte zwar, ließ aber auch wieder etliche Sekunden verstreichen, ehe er antwortete. »Sie sind noch da.« Er berührte seine Schläfe. »Hier. Ich kann sie spüren. Ganz tief in mir.«

»Das heißt, sie wissen noch immer alles?«, fragte Adler alarmiert. »Auch das, was wir gerade jetzt in diesem Augenblick besprechen?«

Chip schwieg, und Nikola sagte zögernd: »Ich glaube nicht. Wir haben den allergrößten Teil des Myzeliums entfernt. Wenn überhaupt, dann sind es vielleicht ein paar rudimentäre Reste.«

»Also sind wir sicher?«, insistierte Adler.

Nikola zögerte gerade lange genug, um ein hörbares Fragezeichen hinter seine Antwort zu setzen. »Wir sollten auf jeden Fall vorsichtig sein. Schon um Allison und die anderen nicht in Gefahr zu bringen.«

»Und was genau schlagen Sie also vor?«, fragte Adler feindselig.

»So, wie die Dinge liegen«, seufzte Nikola, »bleibt uns nur eines übrig, fürchte ich.« Er zuckte mit den Schultern. »Warten.«

»Und worauf?«, erkundigte sich Adler böse. »Auf besseres Wetter?«

»Nein«, antwortete Nikola ernst. »Im Gegenteil, Captain. Auf schlechteres. Auf das nächste Gewitter.«

24

Im Laufe der nächsten drei Tage lernte ich neben sehr vielem anderen auch noch etwas radikal Neues über das Wetter, mit dem ich niemals gerechnet hätte – nämlich dass auf schlechtes Wetter zu warten nicht nur genauso an den Nerven zerrte wie auf gutes, sondern dass es eindeutig länger dauerte.

Nikola hatte ausgeführt, dass wir auf das nächste Gewitter warten mussten, dessen *elektrische Verschmutzung* die Sinne des Hive blendete, wollten wir ganz sichergehen, das Versteck der Maschinenwesen auch wirklich ungesehen zu erreichen, und ich maßte mir zwar nicht an, auch nur einen nennenswerten Bruchteil dessen zu verstehen, was er im Anschluss weitschweifig erklärte – aber wer war ich zu widersprechen, wenn weder Adler noch Watson sein Veto einlegte?

Auch wenn mir der Gedanke, die Hände in den Schoß zu legen und tatenlos abzuwarten, schier unerträglich war – wie lange konnte es schon dauern, bis das nächste Gewitter kam?

Lange.

Allein dreimal am ersten Tag zog sich der Himmel weit genug zu, um mir Hoffnung auf das ersehnte Unwetter zu machen, und einmal wetterleuchtete es sogar hinter dem Horizont, und ich bildete mir wenigstens ein, ein fernes Donnergrollen zu hören. Aber dabei blieb es auch. Der Winter nahte mit Riesenschritten, was an den ständig fallenden Temperaturen draußen und in meiner Zelle deutlich zu spüren war, aber bis zu den ersten Frühjahrsstürmen konnten noch Monate vergehen, und an wirklich schwere Gewitter mitten im Winter konnte ich mich auch nicht erinnern.

Ich versuchte mich abzulenken, indem ich Streifzüge durch das Institut unternahm, die jedoch meistens vor verschlossenen Gittertüren oder in längst leer stehenden Räumen endeten. Die beiden einzigen Male, in denen ich meinen Bewachern entwischte und nicht an einer abgeschlossenen Tür scheiterte, erinnerte mich das, was ich zu sehen bekam, derart an Allisons Worte über den Umgang der Gesellschaft mit allen, die nicht in die kommende schöne neue Welt passten, dass mir die Lust auf weitere Exkursionen verging.

Immerhin hatte uns Adler verlassen, nachdem seine improvisierte Quarantäne überflüssig geworden war. Er hatte zwar angedroht, stets in der Nähe eines Telefonapparates zu bleiben und beim ersten Anzeichen schlechten Wetters (mit Verstärkung) zurückzukommen, aber für die nächsten Tage gab es zumindest niemand mehr in meiner unmittelbaren Nähe, der nur darauf wartete, dass ich mich auf die eine oder andere Weise verplapperte.

Quasi als Ausgleich machte ich wieder einmal Bekanntschaft mit etwas, das mir keineswegs neu war, ich aber immer schon gefürchtet habe: der Langeweile. Ich versuchte zu lesen, doch wie sich zeigte, war den Patienten hier der Luxus einer Tageszeitung nicht vergönnt, und die Krankenhausbibliothek bot lediglich eine erbärmlich kleine Auswahl zerlesener Romane, von denen mich kein einziger interessierte. Meine diversen Versuche, mit meinen uniformierten Bewachern ins Gespräch zu kommen, blieben fruchtlos, und ich nahm an, dass Adler den Männern mit standrechtlichem Erschießen oder doch zumindest öffentlicher Auspeitschung gedroht hatte, für den Fall, dass sie mir auch nur die korrekte Uhrzeit verrieten.

Watson zeigte sich nur am ersten Morgen, um meine diversen Wehwehchen und Schrammen zu untersuchen und neu zu verbinden, danach überließ er diese lästige Pflicht Mulligan, der sie zwar erstaunlich gekonnt erfüllte, für meinen Geschmack aber eindeutig zu grob, sodass ich meine ohnehin nur noch oberflächlichen Blessuren doch lieber selbst behandelte.

Am mittlerweile vierten Morgen wurde ich von einem sehr nervösen Mulligan geweckt, der mir mitteilte, dass der Doktor und Nikola mich sehen wollten. Ich blinzelte mir den Schlaf aus den Augen und warf einen hoffnungsvollen Blick zum Fenster hoch, aber das Grau hinter den verdreckten Scheiben war nur der normale trübe Herbsthimmel über Belfast, nicht der Vorbote des Gewitters, auf das wir alle so dringend warteten. Mulligan hatte schon wieder meine Zelle verlassen und wartete draußen auf dem Flur darauf, dass ich seiner Aufforderung Folge leistete.

Das tat ich auch, allerdings deutlich langsamer als nötig, denn in den zurückliegenden Tagen hatte ich mich doch sehr über diesen starrsinnigen Burschen geärgert. Mulligan war mir nicht nur nach Kräften aus dem Weg gegangen, sondern schien bei den wenigen Gelegenheiten, die ich ihn hatte festnageln können, seine Zunge verschluckt zu haben, denn er hatte nicht einmal auf direkte Fragen geantwortet. Sollte er doch einmal am eigenen Leib spüren, wie es sich anfühlte, wie Luft behandelt zu werden!

Natürlich meldete sich sofort meine Vernunft und machte mir klar, dass ich mir damit selbst keinen Gefallen tat, aber nach drei Tagen mentaler Einzelhaft und nagender Sorge um Allison war ich nicht mehr in der Stimmung für Vernunft. So verbrachte ich etliche weitere Minuten damit, mich in aller Ruhe mit dem kalten Wasser aus meiner Waschschüssel zu waschen, und noch eine geraume Zeit mehr, um mit den komplizierten Schnürbändern meiner Schuhe zu kämpfen, was ich nicht einmal schauspielern musste. Meine Finger zitterten so heftig, dass ich mit dieser einfachen Aufgabe schon fast überfordert war. Ich hatte lange geschlafen – schließlich war das so ziemlich das Einzige, was ich hier überhaupt tun konnte –, fühlte mich aber matt und wie gerädert. Ich hatte auch in der zurückliegenden Nacht wieder geträumt und war sehr froh, mich nicht wirklich daran zu erinnern; allenfalls dass da ein vager Eindruck eines dunklen Augenpaares war, das mich verzweifelt um eine Hilfe anflehte, die ich nicht leisten konnte.

Noch dazu erwies sich meine kleine Retourkutsche als vollkommen wirkungslos. Mulligan stand mit vor der Brust verschränkten Armen vor der demolierten Gittertür und starrte, ohne zu blinzeln, ins Leere. Mir wurde zu spät klar, dass Warten vermutlich die Tugend war, die ein Pfleger in einer Einrichtung wie dieser am dringendsten benötigte. Auf einen Wettkampf in Sturheit sollte ich mich mit ihm besser nicht einlassen.

Ich erwartete, dass er nun das Gitter öffnen und vorausgehen würde, doch stattdessen machte er eine Kopfbewegung in die Richtung, aus der ich kam, und steuerte die Tür zum Kellergeschoss an. Ich wollte ganz bestimmt nicht noch einmal dorthin – nicht nach allem, was ich in diesen unheimlichen Gewölben bisher erlebt hatte –, aber noch viel weniger wollte ich allein hier zurückbleiben. Und vielleicht hatten Nikola oder der Doktor ja etwas von Allison gehört.

»Wissen Sie, warum Watson mich sehen will?«, platzte ich denn auch heraus, kaum dass wir die ersten beiden Stufen hinter uns gebracht hatten.

»Nein«, sagte Mulligan einsilbig. Doch diesmal gedachte ich ihn nicht so einfach davonkommen zu lassen.

»Und hat er Ihnen auch verboten, mit mir zu sprechen?«, fragte ich. Mulligan sah mich nur verstört an und schüttelte den Kopf. Ich fuhr fort: »Warum tun Sie es dann?«

»Was?«, fragte Mulligan.

Ich hielt auf halber Höhe der Treppe an und redete mir mit Erfolg ein, dass ich es nicht hauptsächlich deshalb tat, weil mir die Dunkelheit an ihrem unteren Ende Angst machte. »Sie gehen mir aus dem Weg, Mulligan«, sagte ich geradeheraus. »Das ist Ihr gutes Recht. Aber dann nennen Sie mir wenigstens den Grund. Wenn ich etwas falsch gemacht oder Sie beleidigt habe, dann tut es mir aufrichtig leid, aber geben Sie mir wenigstens die Chance, mich zu entschuldigen.«

Mulligan sah nun endgültig so verstört aus, dass er mir unter anderen Umständen einfach nur leidgetan hätte. »Ich habe nicht ...«, begann er unsicher, »ich meine, das ... das ist es nicht.«

»Sondern? Ist es wegen dem, was wir dort unten erlebt haben?«

Mulligan schüttelte den Kopf und nickte und hob unglücklich die Schultern, alles in einer einzigen Bewegung. »Doktor Watson hat es mir erklärt. Aber ich ... bin nicht sicher, ob ich es verstanden habe.«

Was daran liegen mochte, dass *niemand* es verstand, dachte ich, abgesehen vielleicht von Nikola. Aber ich war neugierig. »Was genau hat er Ihnen denn erzählt?«

»Nur dass es da ... eine große Gefahr gibt«, antwortete er nervös. »Etwas Schlimmes, das uns alle bedroht.«

Das kam der Wahrheit ziemlich nahe – auch wenn es sie zugleich hoffnungslos verharmloste –, aber es waren auch genau jene Art von Gemeinplätzen, wie ich sie Watson eigentlich nicht zugetraut hätte. »Und das ist alles?«, fragte ich enttäuscht.

Diesmal war Mulligans Bewegung noch komplizierter. »Der

Professor hat auch noch eine Menge gesagt, aber das habe ich auch nicht verstanden. Und der Junge.«

»Chip?«

»Er ist mir unheimlich«, bestätigte Mulligan.

»Was hat er Ihnen denn so Unheimliches erzählt?«

»Er spricht nicht.« Mulligan ging weiter, bevor er fortfuhr. »Aber ich bringe ihm Essen und saubere Kleider, und manchmal redet er im Schlaf. Meist sinnloses Zeug, das niemand verstehen kann. Aber was ich verstehe, das ... das macht mir Angst.«

Und das vermutlich zu Recht. Aber ich spürte auch, dass er abzuschweifen begann, und ging drei oder vier Stufen schweigend neben ihm her, bevor ich das Gespräch behutsam wieder in die richtige Richtung zu lenken begann. »Hat er irgendetwas über Miss Carter und die anderen gesagt?«

Mulligan zögerte gerade lange genug, den Kopf zu schütteln, um mich nicht wirklich zu überzeugen. »Ich will nicht wieder dorthin.«

»In den unterirdischen Kanal?« Wie kam er darauf, das zu müssen? Ich für meinen Teil würde ganz bestimmt keinen Fuß mehr in diesen Höllenpfuhl setzen!

»Sie haben den Deckel wieder geschlossen«, sagte er, »aber nicht richtig. Ich glaube, Sie wollen wieder dort runter.«

Das beunruhigte mich. »Hat Doktor Watson das gesagt?«

»Nein!« Diesmal kam seine Antwort mindestens genauso zu schnell, wie sie gerade zu zögerlich gewesen war. »Der Doktor würde mich nie zu etwas zwingen! Er ist ein guter Mensch.«

Das war nicht das, was ich gefragt hatte, aber vielleicht erfuhr ich ja auf diesem Umweg mehr als auf direkte Nachfrage. »Sie mögen Doktor Watson?«

»Er ist ein guter Mensch«, bestätigte Mulligan. »Er hat mir eine Chance gegeben, mein Leben neu zu bedenken. Ohne ihn würde ich im *Crumlin Road Gaol* verrotten.«

Oder tot sein, dachte ich, behielt das aber vorsichtshalber für mich. »Er scheint ohnehin ein besonderer Mensch zu sein«, pflichtete ich ihm vorsichtig bei. »Umso mehr wundert es mich, ihn ausgerechnet an einem solchen Ort zu finden.«

»Es ist schlimm hier, ich weiß«, sagte Mulligan. »Aber es war noch viel schlimmer, bevor der Doktor gekommen ist. Er hat vieles verbessert, und er wird es noch besser machen.«

Er sagte das mit einer Inbrunst, die mich aufhorchen ließ. »Sie wissen, wie es hier vorher war?«

Dieses Mal zögerte Mulligan sogar noch länger, aber schließlich nickte er knapp. »Zwei Jahre.«

Also war irgendein Richter wohl gnädig genug gewesen, Mulligan nach irgendeinem seiner fehlgeschlagenen Geniestreiche in die Klapse zu schicken und nicht aufs Schafott. Ich beließ es bei einem fragenden Blick, den er allerdings ignorierte.

»Er hat die Isolierstation geschlossen, und niemand wird mehr geschlagen.«

Was im Umkehrschluss bedeutete, dass die Patienten hier früher mit harter Hand angefasst worden waren. Gut, dass Allison das nicht hörte. »Und Sie?«

Mulligan sah mich fragend an, und ich deutete auf sein weißes Hemd. »Vor zwei Jahren waren Sie hier Patient, und jetzt sind Sie Pfleger.«

»Ich wollte nicht gehen«, antwortete er. »Der Doktor hat mich gesund gemacht, aber ich wusste nicht, wohin. Da hat er mir angeboten, hier zu arbeiten.«

»Einfach so?«

Mulligan schüttelte den Kopf. »Der Doktor hat schon vielen geholfen. Bevor er den Laden übernommen hat, waren hier fast doppelt so viele Patienten.«

»Und er hat sie alle geheilt?«, fragte ich, ohne einen gewissen Zweifel aus meiner Stimme verbannen zu können.

Mulligan schüttelte den Kopf. »Nur die, die wirklich krank waren. Viele waren es gar nicht.«

So wie er, vermutete ich. Man hatte offensichtlich viele etwas einfach gestrickte Kleinkriminelle hierhin abgeschoben. Allison hatte offensichtlich recht gehabt, auch wenn ich es noch immer nicht zugeben wollte.

Vor uns wurden Geräusche laut, die ich nicht deuten konnte, aber beunruhigend fand. Ich beschleunigte meine Schritte und wäre prompt fast über ein dickes gummiummanteltes Kabel gestolpert, das sich über den Boden schlängelte und in einer offen stehenden Tür verschwand. Dabei machte es einen respektvollen Bogen um einen schweren hölzernen Deckel, der fast die Hälfte der Gangbreite einnahm. Der improvisierte Kanaldeckel, von dem Mulligan gesprochen hatte. Sowohl er als auch ich schlugen instinktiv einen Bogen um den Einstieg in eine Welt, die so viel Schrecken für uns bereitgehalten hatte. Mulligan sprach erst weiter, nachdem wir einen gehörigen Abstand zwischen uns und den Deckel gebracht hatten.

»Ohne den Doktor hätten sie mich wahrscheinlich schon irgendwo verbuddelt«, sagte er überzeugt. »Und so manch anderen hier hätte wohl auch schon der Sensenmann geholt. Er ist ein wirklich guter Mensch.«

Ich war beinahe sicher, so etwas wie eine vage Drohung aus seinen Worten herauszuhören, zumindest aber eine Mahnung, und wechselte behutsam das Thema. »Und sein Freund?«

»Sir Arthur?«

»Sie kennen ihn?«, fragte ich überrascht.

»Ein feiner Mann«, bestätigte Mulligan. »Ich habe ihn einmal getroffen, und er war wirklich nett zu mir. Hat mich freundlich behandelt, fast wie einen Gleichgestellten, obwohl er ein Edelmann ist.«

»Ein Adeliger?« Warum war ich eigentlich überrascht? Immerhin hatte Watson seinen einflussreichen Bekannten ja auch am Telefon *Sir Arthur* genannt. Ich hatte das Gefühl, dass mir diese Erkenntnis etwas Bestimmtes – Wichtiges – sagen wollte, doch gerade als ich den Gedanken greifen wollte, plapperte Mulligan weiter. »Er ist Ausländer. Aus England, glaube ich. Ein wirklich feiner Mensch.«

Wahrscheinlich hätte er auch noch eine ganze Weile so weitergemacht, hätten wir da nicht die Tür erreicht und wären eines Anblickes gewahr geworden, der mich schlagartig auf andere Gedanken kommen ließ. Nicht unbedingt angenehme.

Nikola hatte die Zeit genutzt, sein improvisiertes Labor noch chaotischer zu gestalten als sein Konstruktionsbüro bei Stockwell & Sons. Überall standen und lagen und hingen die unterschiedlichsten Dinge herum, die vornehmlich aus Metall oder Glas bestanden und von denen ich gar nicht erst versuchte, sie zu verstehen. Etwas sehr Sonderbares erfüllte den gesamten Raum, das unsichtbar und lautlos war, aber auf der Haut kribbelte wie unsichtbare Spinnweben. Eingerahmt von Ketten, Drähten, Kabeln und zahlreichen Glaskolben, in denen sich flackernde blaue Funken jagten, erhob sich in der Mitte des Raumes ein metallener Tisch, von dem ich annahm, dass noch vor zwei oder drei Tagen der Körper eines Verstorbenen darauf gelegen hatte, und der sich jetzt schier unter der Last der darauf gestapelten Apparaturen durchzubiegen schien.

Es roch durchdringend nach verschmortem Kautschuk, und die vier Ecken des Tisches wurden von mehr als mannshohen Konstruktionen markiert, die mich an jene Kupferstäbe erinnerten, mittels derer Nikola mich, Chip und sich selbst von dem schrecklichem Myzelium befreit hatte, nur dass sie eben ungleich größer (und komplizierter) waren und von einer blitzenden Messingkugel gekrönt wurden. Das seltsame Kribbeln, das ich auf Gesicht und Händen spürte, ging eindeutig von dieser bizarren Konstruktion aus. Und nun, einmal darauf aufmerksam geworden, gewahrte ich auch einen nebelhaften Schimmer, der die Messingkugeln oben auf den Stäben umgab. Im ersten Moment hielt ich ihn für Dunst, doch auf den zweiten Blick offenbarte er sich tatsächlich als Licht, auch wenn es sich eher wie eine Flüssigkeit verhielt und träge hin und her zu schwappen schien. Die ganze Konstruktion strahlte eine Kraft und Urgewalt aus, die mir einen eisigen Schauer über den Rücken jagte.

»Quinn, endlich! Wo sind Sie so lange gewesen?«

Ich wandte mich – froh, von dem bizarren Anblick erlöst zu werden – in die Richtung, aus der die Stimme kam, und sah erst Watson (und zu meinem großen Missvergnügen auch Captain Adler samt zwei seiner ständig missgelaunten Männer) und schließlich Nikola, von dem diese Worte gekommen waren.

Und sperrte ungläubig Mund und Augen auf.

Sein Anblick schoss eindeutig den Vogel ab, und ich stand geschlagene fünf Sekunden lang da, glotzte und fragte mich, ob ich nun in brüllendes Gelächter ausbrechen oder mich voller Grausen abwenden sollte.

Nikola bot einen grotesken Anblick: Hemd und Hose hatte er gegen eine schwere Montur aus dickem Leder getauscht, die über und über mit Ketten verschiedenster Stärke behangen war und aussah, als wöge sie eine Tonne. Er trug metallene Überschuhe, die eindeutig von einer mittelalterlichen Ritterrüstung stammten, und seine Hände steckten in dünnen Handschuhen aus einem feinmaschigen Kettengeflecht, wie ich sie schon des Öfteren bei Metzgern und Schlachtern gesehen hatte.

Das Absurdeste aber war das, was er vermutlich für einen Helm hielt.

Es war eine Konstruktion aus dünnen Messingstäben, von der ich argwöhnte, dass sie noch vor Kurzem das Heim eines

Kanarienvogels oder kleinen Papageis gewesen war. Ein vielfach gewundenes Kabel führte vom Gürtel dieser grotesken Montur zu einer der summenden Metallsäulen, und als Nikola einen einzelnen tapsigen Schritt in meine Richtung machte, wurde er von einem lautstarken Scheppern und Klirren begleitet, das unangenehme Assoziationen in mir wachrief.

»Nikola?«, fragte ich verwirrt.

»Ja, ja, mir ist schon klar, dass ich einen eigenartigen Anblick biete«, antwortete Nikola. Ich nahm an, dass er im Inneren seines Kanarienvogelhelms lächelte, aber ganz sicher war ich nicht. »Aber ich kann sie beruhigen, Quinn. Natürlich handelt es sich nur um einen Prototypen. An der Praktikabilität und einem gefälligen Äußeren muss ich zugegebenermaßen noch arbeiten.«

»Ein Prototyp wofür?«, murmelte ich verdattert. Vielleicht hatte ich mich ja geirrt, als ich angenommen hatte, dass ein Mann wie Nikola nicht in eine Einrichtung wie diese gehörte.

Nikola wedelte aufgeregt mit beiden Armen, wie um nun endgültig einen zu groß geratenen Eisenvogel zu imitieren, was den ganzen Raum mit einem lang anhaltenden Scheppern und Klirren und Kettenrasseln erfüllte. »Die Idee ist mir gekommen, nachdem Captain Adlers Leute so freundlich waren, mir die bestellten Materialien aus meinem Labor zu bringen.«

»Die Sie gar nicht mehr gebraucht haben«, fügte Adler grummelnd hinzu. »Meine Constabler haben wirklich etwas Besseres zu tun, als nutzlose Apparaturen durch die halbe Stadt zu transportieren.«

»Ja, in der Tat«, sagte Nikola fröhlich. »Mir ist ebenfalls jegliche Art von Verschwendung zuwider, mein lieber Captain. Deshalb habe ich mir auch Gedanken gemacht, wie uns meine Spulen bei unserem aktuellen Problem helfen könnten.«

»Wir könnten damit nach diesen Dingern werfen«, schlug Adler vor.

»Dazu sind sie ein wenig zu schwer«, antwortete Nikola ganz ernsthaft, »aber sie könnten durchaus zur Lösung unseres Problems beitragen.«

»Wozu … ist das überhaupt gut?«, fragte ich zögernd.

Eigentlich hatte ich damit seinen abenteuerlichen Aufzug gemeint, doch Nikola hatte wohl nur auf dieses Stichwort gewartet, denn seine Augen leuchteten auf, und er drehte sich scheppernd und klirrend zu seiner eigentlichen Konstruktion um. »Ich gehe schon lange mit dieser Idee schwanger«, sagte er stolz. »Ich muss gestehen, dass ich bisher noch nicht so recht von der Stelle gekommen bin.«

»Aber jetzt schon?«

»Nein«, gestand Nikola, nach wie vor im gleichen unangemessen fröhlichen Tonfall. »Seit ich mit Elektrizität arbeite, lässt mich ein bestimmter Gedanke nicht los, Quinn.«

»Professor, bitte!«, stöhnte Adler und verdrehte die Augen. Aber ich kannte Nikola mittlerweile gut genug, um zu wissen, dass er nun ohnehin nicht mehr zu bremsen sein würde, und so beschloss ich, es hinter mich zu bringen, und fragte: »Und welcher?«

»Die Welt wird mehr und mehr elektrifiziert, Quinn! Schon in wenigen Jahren wird elektrischer Strom eine Selbstverständlichkeit sein, für jeden und in jedem Haus, selbst für die Ärmsten der Armen.«

»Das mag sein«, antwortete ich, eigentlich ganz und gar nicht seiner Meinung, aber auch nicht tollkühn genug, um ihm zu widersprechen. »Und?«

»Das Problem ist die Versorgung.« Er stieß mit seinem gepanzerten Fuß nach einem der zahllosen Kabel, die sich kreuz und quer auf dem Boden schlängelten. »Elektrischer Strom fließt durch Kabel, die verlegt und ordnungsgemäß installiert werden müssen. Es gibt Kurzschlüsse, Brände, Menschen bekommen schmerzhafte oder gar tödliche Schläge …«

»Und?«, fragte ich und musste mir widerwillig eingestehen, dass mich seine Worte neugierig gemacht hatten.

Nikola ließ zwei oder drei Sekunden verstreichen, um seiner nachfolgenden Eröffnung die gebührende Dramatik zu verleihen. »Was wäre, wenn man keine Kabel mehr bräuchte?«, fragte er triumphierend,

Ich starrte ihn nur an, Adler verdrehte noch einmal die Augen, und Watson fragte: »Sie reden von drahtloser Stromübertragung, Nikola? Sie wissen, dass das unmöglich ist.«

»Nicht mit meinen Spulen«, behauptete Nikola aufgeregt gestikulierend, was seine abenteuerliche Rüstung erneut zum Scheppern brachte.

»Sie funktionieren?«, fragte Watson.

»Nein«, gestand Nikola. »Aber es ist mir gelungen, mit der Erzeugung eines hinreichend starken elektromagnetischen Feldes die elektrodynamischen Eigenschaften der Von-Neumann-Maschinen zu stören.«

Ich verstand kein Wort (und befand mich damit offensichtlich in guter Gesellschaft), meinte aber immerhin zu begreifen, worauf er hinauswollte. »Sie meinen, es würde die Doppelgänger zerstören?«

»Vereinfacht ausgedrückt, ja«, antwortete Nikola. Aus einem Grund, den ich nicht ganz nachvollziehen konnte, klang er ein bisschen enttäuscht.

Und Adler wäre selbstverständlich nicht Adler gewesen, hätte er nicht noch einen draufgesetzt und gesagt: »Ungefähr so einfach, wie es wird, mit diesem ganzen Gerümpel zum Hafen hinauszufahren, ohne dass die Neumanns es merken?«

Neumanns? Eine interessante Bezeichnung. Nikola zog hinter seinen Gitterstäben auch prompt eine Grimasse, und Adler entblödete sich nicht, noch hinzuzufügen: »Aber es reicht ja vielleicht schon, wenn Sie in diesem Affenkostüm vor uns herlaufen. Niemand wird auf uns achten.«

»Das ist nicht hilfreich, Captain«, sagte Watson, bevor er sich wieder an Nikola wandte. »Sie glauben, Sie könnten Ihre Spulen verkleinern?«

»Hinlänglich genug, dass sie auf einen normalen Wagen passen«, bestätigte Nikola. »Verstehen Sie? Dann hätten wir so eine Art Streitwagen mit einem unsichtbaren Schutzschild, dem sich keines dieser Geschöpfe nähern könnte.«

»Das stimmt«, sagte Adler. »Es sei denn, sie steigen auf Dächer oder Schornsteine und bewerfen uns mit Steinen.«

In Nikolas Augen war klar und deutlich das Wort *Spielverderber* zu lesen, aber er beließ es bei einem trotzigen Schürzen der Lippen und suchte sichtlich nach einer Antwort, die nicht darin bestand, ihm kurzerhand den Schädel einzuschlagen.

Durch die offen stehende Tür wehte ein Geräusch herein, das mich an etwas erinnern wollte, ohne dass es mir gelang. Nur dass es unangenehm war. Auch Adler hatte den Laut gehört, und möglicherweise funktionierte sein Gedächtnis besser als das meine, denn er sah nicht nur eindeutig besorgt aus, sondern befahl einem seiner Constabler mit einem knappen Wink, nachzusehen.

Nikola wartete, bis der Mann den Raum verlassen hatte, bevor er Adler leicht gereizt antwortete: »Ich habe nicht behauptet, den Stein der Weisen entdeckt zu haben, Captain.«

Adler warf der bizarren Konstruktion einen schrägen Blick zu und schwieg.

»Ich kann die Geräte verkleinern und effizienter machen, aber ich kann nicht zaubern«, fuhr Nikola fort. »Und irgendetwas müssen wir tun.«

»Warum warten wir nicht einfach ab«, fragte Mulligan. »Ich denke, sie vertragen kein Gewitter?«

Gut, vielleicht half es, zu den einfach im Geiste Gestrickten zu gehören, um die nächstliegende Frage zuerst zu stellen. Beinahe gelang es mir sogar, das selbst zu glauben.

»Ja, ich weiß, dass ich das selbst gesagt habe, Mulligan«, sagte Nikola, »und die Idee ist nach wie vor gut. Das Problem ist nur, dass wir die Herbstgewitter wahrscheinlich bereits hinter uns haben. Der Winter steht vor der Tür.«

»Und bis zu den ersten Frühlingsstürmen können noch Monate vergehen«, fügte Watson hinzu. »So lange können wir nicht warten.«

»Monate!« Watson wollte etwas sagen, aber ich ließ ihn gar nicht zu Wort kommen, sondern fuhr ihn nur noch einen Deut vom Schreien entfernt an: »Haben Sie den Verstand verloren? Sie können Allison nicht Monate dort ...«

»Das hat auch niemand vor«, unterbrach mich Nikola ruhig, wenn auch mit einer weiteren scheppernden Geste auf seine verrückte Erfindung. »Genau aus diesem Grund tue ich das doch alles, Quinn. Allison bedeutet mir ebenfalls sehr viel, wenn auch sicherlich in anderer Hinsicht als Ihnen.« Er bemühte sich um etwas, das er vermutlich für ein aufmunterndes Lächeln hielt, auf mich aber die genau gegenteilige Wirkung hatte. »Wir werden Allison und die anderen befreien, aber wir müssen sehr vorsichtig zu Werke gehen. Blindwütig draufloszustürmen hilft ihnen nicht.«

Damit hatte er zweifellos recht, aber der Gedanke, Allison auch nur noch einen einzigen weiteren Tag in der Gewalt dieser Ungeheuer zu lassen war mehr, als ich ertragen konnte. »Dann hole ich sie eben allein«, polterte ich los, »und ...«

»Das werden Sie schön bleiben lassen«, unterbrach mich Adler. »Ich habe keine Lust, mich auch noch mit einem Doppelgänger von Ihnen herumzuschlagen.« Er schnaubte. »Das Original ist schon schlimm genug.«

Das nahm ich ihm übel, aber jetzt war nicht der richtige Zeitpunkt, um deswegen einen Streit zu beginnen.

Von draußen drang schon wieder dieses seltsame Geräusch herein, nur dass es jetzt nicht nur näher klang, sondern auch eindeutig bedrohlicher. Adler hob mit einem Ruck den Kopf und starrte mit gerunzelter Stirn zwei oder drei Sekunden lang geradewegs durch mich hindurch. Dann hob er die Hand und winkte Sergeant O'Brien heran. »Sehen Sie nach, Sergeant. Aber seien Sie vorsichtig. Ich habe keine Lust, Sie auch noch zu suchen.«

O'Brien sah nicht besonders glücklich aus, aber er nickte gehorsam und ging an mir vorbei zur Tür. Aus den Augenwinkeln sah ich, dass er seine Waffe zog, bevor er den Raum verließ. Ich hielt das für keine gute Idee.

»Und selbst wenn es wirklich noch länger dauern sollte«, fuhr Adler so ungerührt fort, als spräche er über das Wetter, »wäre das nicht das endgültige Aus für Miss Carter und all die anderen. Sie werden ihnen nichts antun.«

»Ach, und das wissen Sie?«, giftete ich.

»Nein«, erwiderte Adler. »Aber Ihr neuer Freund, dieser Junge.«

»Chip?«

»Sie haben ihn doch gehört«, antwortete Adler. »Es wird ihnen nichts passieren. Im Gegenteil. Wenn ich mich richtig erinnere, dann hat er gesagt, dass er sich … wie war das doch gleich? … geborgen und sehr sicher gefühlt hat.«

Ich starrte ihn fassungslos an. Adler musste endgültig den Verstand verloren haben, wenn er glaubte, dass ich Allison auch nur eine einzige Sekunde länger als nötig in der Gewalt dieser Ungeheuer ließ, wenn ich es verhindern konnte – ganz egal, was ich dafür riskieren musste!

»Auch wenn es mir schwerfällt«, sagte Nikola, »aber in diesem Fall muss ich Captain Adler zustimmen. Ich weiß nicht wieso, aber nach allem, was wir erlebt haben, bin ich ziemlich sicher, dass sie ihre Opfer lebendig und in guter körperlicher Verfassung brauchen.«

Er log, und er machte sich nicht einmal die Mühe, es halbwegs überzeugend zu tun, was mich nicht unbedingt sanftmütiger stimmte. »Nach allem, was Sie erlebt haben, Nikola«, sagte ich böse, »haben Sie anscheinend vergessen, in welchem Zustand wir die Menschen in diesem Keller vorgefunden haben. Wenn ich mich richtig erinnere, dann sind zwei oder drei von ihnen bei lebendigem Leib verhungert!«

»Vier«, verbesserte mich Watson.

»Darüber hinaus sucht die halbe Belfaster Polizei nach Miss Carter und den anderen«, fuhr Adler fort. »Wir haben ...«

Diesmal war es nicht das protestierende Geräusch von gepeinigtem Metall, das ihn unterbrach, sondern ein gänzlich anderer, viel näherer und viel *lauterer* Laut, der scheinbar unmittelbar hinter mir erklang und uns alle erschrocken herumfahren ließ: das unverkennbare Bersten von Holz, das von einer gewaltigen Kraft einfach in Stücke gerissen wurde, beinahe unmittelbar gefolgt von einem entsetzten Schrei und weniger als eine halbe Sekunde darauf vom Krachen eines Pistolenschusses, der in dem engen Gang draußen wie ein Kanonenschlag dröhnte. Alle begannen sinnlos durcheinanderzuschreien, und auch der dritte Constabler zog nun eine Schusswaffe und wollte zur Tür stürmen.

Mulligan kam ihm zuvor, indem er herumwirbelte und ebenfalls losrannte. Aber auch er erreichte die Tür nicht, denn mit einem Mal tauchte O'Brien vor ihm auf, den noch rauchenden Revolver in der rechten Hand und das Gesicht mit Blut überströmt. Er schrie irgendetwas, das niemand verstand und vermutlich auch gar keinen Sinn hatte, rammte Mulligan einfach mit der Schulter aus dem Weg und hätte dasselbe vermutlich auch mit mir getan, wäre Adler nicht plötzlich wie aus dem Nichts vor ihm aufgetaucht und hätte ihn mit einer Kraft und Behändigkeit herumgerissen, die ich einem Mann seiner Konstitution niemals zugetraut hätte.

»O'Brien, verdammt, beruhigen Sie sich!«, brüllte er. »Reißen Sie sich zusammen, Mann!«

Es wirkte. O'Brien erschlaffte in seinem Griff und hätte beinahe seinen Revolver fallen gelassen. »Sie sind da«, stammelte er. »Sie kommen aus dem Boden!«

25

»Reden Sie Klartext, Mann!«, blaffte Adler. »Wer kommt? Auf wen haben Sie geschossen? Und wo ist Hendricks?«

Natürlich bekam er keine Antwort, doch sie war auch nicht nötig, denn der Constabler tauchte genau in diesem Moment hinter mir auf. Etwas stimmte nicht mit ihm, alle meine Instinkte schlugen aus Leibeskräften Alarm.

»Hendricks?«, fragte Adler. »Wo zum Teufel sind Sie gewesen?«

Er bekam keine Antwort, doch der Constabler machte einen einzelnen, sonderbar unbeholfen wirkenden Schritt in den Raum hinein, und Mulligan schlug mit einem Keuchen die Hand vor den Mund und prallte vor ihm zurück.

»Hendricks?«, fragte Adler.

»Gehen Sie nicht auf ihn zu!«, keuchte Nikola.

Adler blieb stehen, doch Hendricks ging weiter, und nun, wo sich der Winkel änderte, sah auch ich, was Mulligan über die Maßen erschreckt hatte.

Aus seinem Rücken entsprangen ein halbes Dutzend dünner, messingfarben schimmernder Drähte, als wäre er in Wahrheit nicht mehr als eine menschengroße Marionette, die an horizontalen Fäden hing und einem anderen Willen gehorchte. Und erst jetzt sah ich, dass sich auch seine Augen verändert hatten. Es waren nicht die schrecklichen Silbertümpel wie bei

Allison und den anderen, aber sie sahen auch nicht aus wie die Augen eines Menschen. Es war kein Leben darin, doch sie waren auch nicht leer, sondern von etwas erfüllt, das mich bis ins Mark erschreckte.

»Um Gottes willen, Quinn!«, keuchte Nikola. »Kommen Sie her! Schnell! Alle zu mir!«

Hatte er etwa gedacht, dass ich mich auf einen Ringkampf mit dieser grotesken Kreatur einlassen wollte? Ich befand mich bereits auf dem Weg zu ihm, genau wie Mulligan, und bemerkte aus den Augenwinkeln, dass sogar Adler das einzig Richtige tat und vor dem näher tapsenden Metallgolem zurückwich.

Einzig Sergeant O'Brien war anderer Meinung. Adler begriff es wohl im letzten Moment und versuchte ihn noch zurückzuhalten, doch er war nicht schnell genug. Der Sergeant hob den Revolver mit beiden Händen und drückte zweimal rasch hintereinander ab. Die erste Kugel verfehlte den Constabler und schlug draußen Funken aus der Wand. Die zweite traf seine Schulter und stanzte scheinbar mühelos hindurch, wie bei einem Treffer aus unmittelbarer Nähe mit einer so großkalibrigen Waffe nicht anders zu erwarten.

Was dann geschah, war allerdings nicht zu erwarten gewesen.

Statt Blut und Knochensplittern explodierte eine Wolke aus winzigen Metallsplittern und grafitgrauem Staub aus der Schulter des Mannes, und die schiere Wucht des Aufpralls ließ ihn torkeln. Aber er fing sich auch beinahe sofort wieder und setzte seinen tapsenden Vormarsch fort, was eigentlich unmöglich sein sollte. Seine Schulter war verrutscht und begann immer stärker unter seiner Uniform in sich zusammenzusacken, als begänne der ganze Körper seinen inneren Zusammenhalt zu verlieren, und auf seinem Gesicht war noch immer nicht die mindeste Regung zu erkennen.

Der Sergeant schoss zum dritten Mal, und jetzt versuchte Adler nicht mehr, ihn davon abzuhalten. Er zielte auch besser.

Die Kugel stanzte den Scheitelpunkt eines perfekt gleichschenkeligen Dreiecks in Hendricks Schädel, dessen beide anderen Eckpunkte von seinen Pupillen gebildet wurden, und genau wie bei seiner Schulter gerade flog auch ein Gutteil seines Hinterkopfs in einer Explosion aus Metallsplittern und bleistiftfarbenem Staub davon. Hendricks' Kopf prallte wie von einem Fausthieb getroffen nach hinten, und das Unheimliche in seinen Augen erlosch. Für einen kurzen Moment geriet er ins Wanken und schien sogar den Halt zu verlieren, doch dann konnte ich regelrecht sehen, wie das unheimliche Nicht-Leben in seinen Körper zurückkehrte, der nur noch wie der eines Menschen aussah, aber längst zu etwas anderem und durch und durch Grässlichem geworden war.

Entsetzt prallte ich zurück, doch ich war nicht schnell genug. Hendricks' Linke schoss vor und schloss sich mit solcher Gewalt um mein Handgelenk, dass ich meinte, das Brechen meiner eigenen Knochen zu hören.

Ganz so schlimm war es dann doch nicht (auch wenn es sich genauso anfühlte), doch der Schmerz trieb mir die Tränen in die Augen und einen spitzen Schrei über die Lippen. Mit der schieren Kraft, die nur reine Todesangst freisetzen kann, warf ich mich zurück und wurde nicht nur mit einem neuerlichen und noch schlimmeren Schmerz belohnt, sondern auch damit, meinen unheimlichen Gegner beinahe aus dem Gleichgewicht gebracht und mich selbst losgerissen zu haben.

Beinahe.

Im allerletzten Moment errang er die Gewalt über seinen Gleichgewichtssinn zurück, und nun hatte ich es mit einem Gegner zu tun, der mit der Kraft einer Maschine kämpfte und dem ich nichts entgegenzusetzen hatte. Statt freizukommen, wurde ich nun auf ihn zu gezerrt, und seine andere Hand kam hoch und zielte nach meinem Gesicht.

Gerade als er zuschlug, packte jemand meinen anderen Arm und riss mich mit solcher Vehemenz zurück, dass ich mir diesmal nicht nur einbildete, mein Schultergelenk knacken zu hören. Die Hand, deren Finger zu gefährlichen Krallen geworden waren, zischte so dicht an meiner Wange vorbei, dass ich den Luftzug spüren konnte. Ich wurde noch einmal zurückgerissen und hätte um ein Haar mein Gleichgewicht verloren. Der Maschinenmann packte nur noch fester zu, und ich hörte, wie die straff gespannten Drähte an seinem Rücken vor Anspannung zu summen begannen.

Meine Schulter stand in Flammen, und ich fragte mich ganz ernsthaft, was zuerst zerreißen würde, die Drähte, an denen mein elektrischer Widersacher hing, oder ich.

O'Brien schoss noch einmal. Es hörte sich an, als täte er es unmittelbar neben meinem linken Ohr, und das ungeheuerliche Krachen raubte mir nicht nur fast das Bewusstsein, sondern ließ auch etwas tief in meinem Ohr reißen, wie mir eine neuerliche Schmerzexplosion noch tiefer in meinem Schädel bewies. Für eine halbe Sekunde war ich fast blind, und ich musste mir wohl auf die Zunge gebissen haben, denn mein Mund war voller Blut.

Trotzdem sah ich, dass der Sergeant wohl ein wahrer Meisterschütze sein musste. Die Kugel traf das Handgelenk des Geschöpfes, das in Hendricks' Gestalt geschlüpft war, und zerschmetterte es. Metallsplitter und grauer Staub, die Fleisch, Knochen und schwarzen Uniformstoff imitierten, flogen in einer pulverigen Explosion davon, und einen Sekundenbruchteil lang sah ich, dass das Innere des Eisenwesens sogar das Knochengerüst samt Elle und Speiche nachgebildet hatte. Vermutlich war die praktikabelste Lösung die, die die Natur gefunden hatte, und da unsere Gegenspieler praktisch veranlagt waren, verschenkten sie nichts, auch keine guten Lösungen.

Dann zerbarsten sowohl das Handgelenk der Hendricks-Kopie als auch dieser erschreckende Gedanke, und ich wurde mit einem Ruck zurück gegen Nikola gerissen. Hendricks' verbliebene Finger lösten sich von meinem Handgelenk und verwandelten sich auf dem Weg zum Boden in Millionen winzige Metallsplitter, die sich endgültig in silbernen Staub auflösten, noch bevor sie auf dem Boden aufschlugen.

Der schiere Ruck brachte auch den Hendricks-Doppelgänger aus dem Gleichgewicht, und seine Reaktion darauf beraubte ihn nun endgültig jeder Menschenähnlichkeit. Jeder andere an seiner Stelle hätte mit hektisch wedelnden Armen oder auf andere Weise um seine Balance gekämpft, doch dieses Wesen schien sich auf unmögliche Weise in sich zu verdrehen, Gelenke und Muskeln und Fleisch neu anzuordnen und binnen eines Sekundenbruchteils wieder in perfekter Angriffsposition zu sein.

O'Brien feuerte seine letzte Kugel aus unmittelbarer Nähe ins Gesicht des unmenschlichen Angreifers, das aber diesmal nicht explodierte, sondern Wellen schlug wie ein See aus pulverfeinem Staub, in den ein Stein geworfen worden war, und anschließend neu und deformiert wieder zusammenfloss. Nikola tat sein Bestes, meinen Arm endgültig aus dem Gelenk zu reißen, indem er mich noch weiter zu sich zerrte, bis wir nebeneinander gegen den umfunktionierten Leichentisch prallten. Aus den Augenwinkeln – so flüchtig, dass ich den Bildern erst im Nachhinein und mit gehöriger Verspätung einen Sinn zuzuordnen vermochte – sah ich, wie Nikola nach einem großen Hebel griff und ihn mit beiden Armen und sichtlich großer Anstrengung umlegte. Ein dumpfes Summen hob an, mit einem Mal waren überall flackernde blaue und weiße Blitze und winzige Elmsfeuer, und das kribbelnde Spinnwebengefühl auf der Haut wurde intensiver.

»Zurück!«, schrie Nikola. »Alle zu mir!«

Sowohl Adler als auch seine beiden Männer bedurften keiner zweiten Aufforderung, und selbst Mulligan war mit einem Satz neben uns, doch unglückseligerweise folgte auch das Hendricks-Ding Nikolas Aufforderung, indem es seine verbliebene Hand (natürlich nach mir) ausstreckte und näher kam.

Es schaffte es nicht.

So dicht vor uns, dass seine ausgestreckte Hand weniger als eine Armeslänge von meinem Gesicht entfernt war, blieb es stehen. Ein seltsamer Ausdruck erschien auf seinen verheerten Zügen – Schrecken, Verwirrung, Überraschung, unmöglich zu sagen, was der Ausdruck dieses auf so grässliche Weise verschmolzenen Gesichts wirklich bedeutete –, und seine Hand begann zu zittern. Hätte ich nicht gewusst, dass ein unbeseeltes Wesen wie dieses zu einer solchen Empfindung gar nicht fähig war, ich hätte geschworen, dass es Angst hatte.

Fast behutsam bewegte sich der Doppelgänger weiter. Seine ausgestreckte Hand zitterte, beinahe als spürte er eine unbekannte Gefahr und versuchte sich ihr zu nähern – so wie es ein Mensch mit einem schwelenden Holzscheit tun würde, von dem er nicht sicher weiß, ob er sich die Finger daran verbrennen würde oder nicht.

O'Brien lud mit fliegenden Fingern die Trommel seines Revolvers nach, doch Nikola drückte hastig seinen Arm herunter, dann machte die Hendricks-Kopie einen weiteren, vorsichtigen halben Schritt, und ich war nicht der Einzige, der ungläubig die Augen aufriss.

Seine Finger bewegten sich. Nicht so, wie sie es sollten, in Muskeln und Gelenken, sondern *in sich* – anders konnte ich es nicht ausdrücken –, so als hätten sich Fleisch, Knochen und

Muskelgewebe unter der Haut auf grässliche Weise verflüssigt und versuchten ihr fleischfarbenes Gefängnis zu sprengen. Ich hatte Schlimmeres gesehen, ungleich Abstoßenderes und Ekelerregenderes, aber selten etwas, das mich derart erschüttert hätte.

»Es funktioniert!«, keuchte Nikola.

Das tat es offensichtlich, auch wenn ich nicht den Hauch einer Ahnung hatte, wovon Nikola überhaupt sprach. Hendricks schob die Hand unendlich behutsam weiter, und es war, als durchstießen seine Finger eine unsichtbare Barriere, jenseits derer die Gesetze der Physik nicht mehr galten. Im allerersten Moment sah es so aus, als begänne seine Haut zu schwelen, dann sah ich, dass es in Wahrheit eine Wolke aus mikroskopisch feinem grafitgrauem Staub war, der von seiner Hand aufstieg. Als Nächstes löste sich das auf, was sich darunter verbarg und vorgab, Fleisch zu sein, und als der blitzende metallene Fingerknochen zum Vorschein kam, zog sein mechanisches Gehirn endlich die richtigen Schlüsse und er die Hand mit einem Ruck zurück.

Aber *vielleicht!* war es schon zu spät.

Hendricks stolperte – ganz wie ein Mensch, der sich unerwartet wehgetan hatte – etliche Schritte weit zurück und betrachtete seine beschädigte Hand, auf der die lautlose Zerstörung unerbittlich voranschritt. Haut und künstliches Fleisch färbten sich grau und zerbröckelten, bevor sie endgültig als feiner Staub zu Boden rieselten.

Doch damit war es nicht vorbei.

Hendricks stolperte rücklings von uns weg, aber nun begannen sich auch seine Finger wie von selbst zu bewegen. Der Mittelfinger krümmte sich und zerbrach in drei ungleich große Stücke, die ebenfalls zu Staub wurden, noch bevor sie den Boden erreichten. Erst als er schon nahezu zur Tür zurückgewichen war, hörte der unheimliche Effekt auf, aber bis dahin war seine komplette Hand schon zu einer vielfingerigen eisernen Skelettklaue geworden.

»Es funktioniert!«, sagte Nikola zum zweiten Mal. »Meine Maschine funktioniert!«

»Ja, es hat ganz den Anschein«, grollte Adler. »Muss ich mir Sorgen machen, weil Sie so überrascht klingen, Professor?«

»Das tue ich doch gar nicht!«, protestierte Nikola. »Ich war lediglich …«

Er wurde unterbrochen, als die Hendricks-Kopie einen unbeholfenen Schritt zur Seite machte und dann mit dem Geräusch stählerner Murmeln gegen die Wand neben der Tür prallte, allerdings nicht aus Schwäche, wie ich mir im allerersten Moment zu hoffen gestattete, sondern um einer zweiten und gleich darauf einer dritten Gestalt Platz zu machen, die neben ihr hereinkamen. Es waren ein Mann und eine Frau mittleren Alters, die ich nicht kannte, und anders als der Doppelgänger des ehemaligen Constabler hingen sie nicht an Messingdrähten, sondern bewegten sich frei und auch deutlich natürlicher als er – als hätten sie Gelegenheit gehabt, sich eingehender mit ihrem gestohlenen Erscheinungsbild vertraut zu machen.

O'Brien hob schon wieder seinen Revolver, doch diesmal drückte Adler seinen Arm herunter. »Nicht so hastig. Wir sollten nicht sinnlos Munition verballern …«

»Sie können uns nichts tun«, unterbrach ihn Nikola. »Keine Sorge. Wir sind in Sicherheit.«

Seine Stimme klang nicht so felsenfest überzeugt, wie ich es mir gewünscht hätte, aber wie die Dinge lagen, blieb uns keine andere Wahl, als darauf zu vertrauen. Selbst wenn wir noch mehr und besser bewaffnet gewesen wären, so reichte ein einziger Blick in Hendricks' zerstörtes Gesicht, um zu beweisen, wie wirkungslos jegliche von Menschenhand geschaffene Waffe gegen diese grotesken Ungeheuer war.

Und wie um das unmittelbar unter Beweis zu stellen, näherten sich nun alle drei Doppelgänger der unsichtbaren Grenze, jenseits derer Hendricks' Hand sich aufgelöst hatte. Die Frau hob den Arm, hielt aber im letzten Augenblick inne und bewegte die Finger dann nur noch millimeterweise, bis sich die Haut an ihren Fingerspitzen zu kräuseln begann und ein feiner grauer Dunst aufstieg. Genauso langsam, wie sie sie ausgestreckt hatte, zog sie die Hand wieder zurück und betrachtete stirnrunzelnd ihre Fingerspitzen. Lange. Fünf Sekunden. Zehn. Schließlich für eine endlose halbe Minute, dann ließ sie den Arm wieder sinken, und sie und ihre Begleiter wichen zwei oder drei Schritte vor der unsichtbaren Bedrohung zurück, die uns umgab.

Erst als ich mit einem Keuchen, das sich fast wie ein erstickter Schrei anhörte, nach Luft rang, begriff ich, dass ich vor Anspannung die ganze Zeit über den Atem angehalten hatte –nicht als Einziger. Für einen Moment redeten und schrien wir alle wild durcheinander, ohne dass auch nur ein einziges sinnvolles Wort dabei herausgekommen wäre, dann sagte Nikola zum dritten Mal und jetzt mit Inbrunst: »Es funktioniert tatsächlich!«

»Hatten Sie denn kein Zutrauen zu Ihrer Apparatur?«, erkundigte sich Watson.

»Doch, natürlich«, erwiderte Nikola. »Aber es ist immer ein erhebendes Gefühl, wenn sich eine Theorie gleich beim ersten Praxistest bewährt.«

»Was nicht bedeutet, dass sie das auch zwingend beim zweiten Mal tut«, sagte Watson in dozierendem Tonfall. »Sie wissen, dass jedes Ergebnis mindestens dreifach verifiziert werden muss, um als empirischer Beweis zu gelten.«

Ich konnte nicht anders, als Nikola und ihn abwechselnd

und mit offenem Mund anzustarren. Glaubten diese beiden Narren tatsächlich, dass jetzt der richtige Moment für diese Art von Diskussion war?

»Aber sie sind doch zu dritt«, meinte Mulligan.

Ich hatte keine Ahnung, ob er das ernst meinte oder den Unbedarften nur spielte, um seiner Nervosität Herr zu werden, aber es wirkte. Die Spannung war mit einem Male nicht mehr ganz so unerträglich. Selbst die drei Doppelgänger wirkten plötzlich weniger bedrohlich als gerade noch.

Was auch daran liegen mochte, dass jetzt hinter ihnen etwas ungleich Gefährlicheres erschien.

Ich hätte mir gerne eingeredet, dass es dieselbe Spinne war, die ich schon aus dem Schlachthaus kannte, schon weil es dann nur dieses eine Ungeheuer gegeben hätte. Das achtbeinige Monster aus der Abdeckerei hätte jedoch nicht einmal durch die Tür gepasst. Dieses Ungetüm war dagegen deutlich kleiner (wobei ich nicht etwa den Fehler beging, kleiner mit klein zu verwechseln) und obwohl es weder Zangen noch einen Stachel hatte, erinnerte es mit seinem lang gestreckten Körper und dem gegliederten Plattenpanzer im Grunde eher an einen absurd großen Skorpion.

Einer der Constabler begann hysterisch zu schreien, und O'Brien ließ sich nun endgültig nicht mehr vom Schießen abhalten und leerte die gesamte Trommel seines Revolvers auf das mechanische Ungeheuer. Die Kugeln prallten jedoch allesamt wirkungslos von den dicken Panzerplatten ab und heulten als Funken sprühende Querschläger davon, die allenfalls uns selbst in Gefahr brachten. Immerhin begann ich zu ahnen, warum diese Kreatur so viel besser gepanzert war als die Spinne. Das Kollektiv lernte schnell.

Zwar hatte die bloße Wucht der Kugeln das Ding auf die Seite geschleudert, doch es rappelte sich sofort und mit schon fast beleidigender Mühelosigkeit wieder auf und sprang erneut vor – prallte aber an derselben Stelle zurück, an der auch die drei Doppelgänger angehalten hatten.

O'Brien griff in die Jackentasche, förderte eine Handvoll Patronen zutage und begann seinen Revolver nachzuladen. Als er die Waffe heben wollte, machte Adler eine abwehrende Geste. »Schluss jetzt mit der Munitionsverschwendung«, sagte er streng. *Es könnte sein, dass wir Ihre Waffe noch anderweitig brauchen.* Das sagte er zwar nicht laut, aber irgendwie tat er es so, dass es trotzdem jeder hörte.

»Sie können uns nichts tun«, wiederholte Nikola mit sturer Penetranz. Vielleicht bildete er sich ja ein, dieses Mantra nur oft genug wiederholen zu müssen, um ihm Wahrhaftigkeit zu verleihen. Mich begann es aber allmählich nervös zu machen.

»Aber wie … wie kommen wir hier raus?«, fragte Mulligan nervös. »Gibt es noch einen anderen Ausgang?«

»Auf der anderen Seite«, antwortete Watson und machte eine Kopfbewegung in den hinteren, unbeleuchteten Teil des Gewölbes, und die Spinne – ob es nun Zufall war oder sie die Worte tatsächlich verstanden hatte – machte einen weiteren Vorstoß, um den genauen Verlauf unseres unsichtbaren Schutzschilds zu erkunden. Kaum war es ihr gelungen, begann sie auf nur vermeintlich behäbig staksenden Beinen den Tisch und damit auch uns zu umkreisen. So viel zu Mulligans Idee zu fliehen.

»Aber jemand wird … wird doch kommen und … und uns helfen«, stammelte Mulligan, und ich warf ihm einen aufmerksamen Blick zu und fragte mich zugleich, ob ich vielleicht Grund hatte, mich zu sorgen. Einfach weil Mulligan eben Mulligan war, hatte ich gar keinen Gedanken daran verschwendet, wie all das hier auf ihn wirken musste. Was vielleicht ein Fehler gewesen war.

»Warum rufen Sie nicht die Polizei?«, sagte Adler böse.

Mulligans Blick flackerte. »Aber jemand wird doch kommen«, murmelte er. »Ich meine … jemand hat doch bestimmt die Schüsse gehört und kommt, um … um nachzusehen.«

»Die Schüsse gehört?«, fragte Adler. »Hier unten? Vergessen Sie es.«

Auch Watson schüttelte bedauernd den Kopf, doch O'Brien hob wieder seinen Revolver. »Er hat recht«, sagte er. »Wir müssen etwas unternehmen. Ausbrechen.«

»Mit zwei Pistolen und einer Handvoll Patronen?«, fragte Nikola. Er schüttelte den Kopf und sah zu den summenden Kupfersäulen hinter uns hoch. Kaltes blaues Licht sammelte sich an ihrem Fuß zu knisternden Reigen, die scheinbar jedem Gesetz der Physik spottend schwerelos nach oben stiegen und sich in knisternden und tausendfach verästelten Blitzen im Nichts entluden. »Gewalt bringt uns hier nicht weiter, mein Freund.«

Zum ersten Mal, seit sie hereingekommen war, gab die vermeintliche Spinne ein Geräusch von sich, ein metallenes Klappern und Rasseln, das an das schon weidlich bekannte Glasmurmelgeräusch gemahnte, zugleich aber den Eindruck erweckte, als versuchte die Kreatur auf diese denkbar ungeeignete Weise Laute und vielleicht sogar verständliche Worte zu bilden. Zugleich hielt es in seiner nervösen Umkreisung inne, wandte sich ganz Nikola zu und begann nervös mit dem linken vorderen Bein auf den Boden zu klopfen. Es klang ein bisschen wie der stümperhafte Versuch zu morsen.

»Wir wollen euch nichts tun«, begann Nikola.

Im allerersten Moment dachte ich, die Worte galten dem Hendricks-Doppelgänger oder einem der beiden anderen, doch dann wurde mir klar, dass er tatsächlich zu der Spinnen-Kreatur sprach. Es war ein bizarrer Anblick, ebenso unwirklich wie grotesk.

Die Spinne morste irgendeinen Unsinn zurück, und Nikola nahm das zum Anlass, die Schultern zu straffen und ihr einen halben Schritt entgegenzugehen, was ich für keine gute Idee hielt. Die Spinne offensichtlich auch nicht, denn sie trippelte noch nervöser auf der Stelle und wich dann um dieselbe Distanz vor ihm zurück.

Nikola bewies, dass sein Vorrat an schlechten Ideen noch lange nicht erschöpft war, indem er einen weiteren und diesmal sogar größeren Schritt auf das metallene Geschöpf zumachte, wodurch er meiner Einschätzung nach gefährlich nahe an den Rand unseres unsichtbaren Schutzschilds geriet. Und offensichtlich nicht nur nach meiner.

»Nikola«, sagte Watson nervös.

Nikola machte sogar noch einen weiteren Schritt und zwang sich hinter seinem Vogelkäfighelm zu einem nervösen Lächeln. Aber seine Stimme klang erstaunlich fest. »Wir sollten jetzt nicht übereilt handeln. Die Missverständnisse zwischen uns lassen sich bestimmt ausräumen.«

Die Spinne hämmerte eine Antwort auf den Boden, deren Sinn ich zu erraten glaubte, denn sie wich noch einmal um zwei trippelnd-klickende Schritte zurück, und Nikola berührte nun endgültig jene imaginäre Linie, die ich im Geiste gezogen hatte.

»Nikola!«, sagte Watson noch einmal, und jetzt meinte ich eine Spur von Panik in seiner Stimme zu hören.

»Ja, ich weiß, wie ich heiße«, antwortete Nikola nervös. »Und unsere Freunde hier auch, glaube ich.« Er machte einen weiteren, kettenrasselnden Schritt auf das achtbeinige Monstrum zu, und nun war er wohl nicht nur meiner Meinung nach endgültig schutzlos.

Watson rief (nein: schrie) zum dritten Mal seinen Namen. O'Brien riss den Revolver in die Höhe, Adler seinen Stock, und

Mulligan hielt plötzlich eine rostige Eisenstange in der Hand. Selbst ich war nahe daran, irgendeinen Unsinn zu machen. Aber nichts von alledem hätte noch irgendetwas geändert, da Nikola einen weiteren Schritt machte und damit endgültig und ohne jeden Zweifel seinen Schutz aufgab.

Die Spinne sprang ihn mit einem unvorstellbar schnellen Satz an und richtete sich zugleich auf die hinteren beiden Beinpaare auf, sodass sich ihr Maul mit den gefährlichen Giftklauen und die vier vorderen Beine auf Höhe seines Gesichts befanden.

Eine halbe Sekunde lang passierte nichts, dann geschah alles gleichzeitig.

O'Brien schoss, und die Kugel verfehlte nicht nur ihr Ziel, sondern heulte auch als gleich mehrfacher Querschläger dergestalt durch den Raum, dass wohl nur durch ein Wunder niemand getroffen wurde. Watson brüllte noch lauter, und Mulligan schwang seine Eisenstange und hätte wahrscheinlich Nikola damit erwischt, hätte Adler ihn nicht im letzten Moment zurückgerissen. Die Giftzähne der Spinne hackten wie winzige spitze Dolche nach Nikolas albernem Helm.

Und explodierten.

Nicht im übertragenen Sinne, sondern wortwörtlich.

Ich war nahe genug, um nicht nur geblendet zu werden, sondern auch in allen Einzelheiten zu sehen, was geschah: Den Bruchteil eines Augenblicks bevor die metallenen Giftklauen in Nikolas Gesicht hacken konnten, erwachte ein Gewitter aus Millionen winziger weißer und blauer elektrischer Funken auf dem Vogelkäfig, sprang auf die Giftklauen über und riss sie einfach in Stücke. Glühende Metallsplitter spritzten in alle Richtungen, und die Wucht der Entladung riss den Oberkörper der Spinne so weit zurück, dass sie um ein Haar hintenüber gefallen wäre und das nur verhinderte, indem sie ihre beiden vorderen

Beine um Nikolas Schultern schlang – was sich allerdings auch als keine besonders gute Idee erwies.

Der elektrische Funkenschlag wiederholte sich, und diesmal wurde die Spinne zur Gänze in ein zischendes Netz blauer elektrischer Funken gehüllt und quer durch den Raum gegen die Wand geschleudert, an der sie brennend und mit haltlos zuckenden Gliedmaßen heruntterglitt. Mindestens eines ihrer Beine brach ab, möglicherweise auch mehr.

»Ja, es sieht so aus, als würde es tatsächlich funktionieren«, sagte Nikola. »Beinahe sogar besser, als ich zu hoffen gewagt hätte.«

Scheinbar ungerührt machte er zwei rasche Schritte zurück, sodass er beinahe wieder den Tisch berührte, und sah interessiert auf die lodernden Überreste der Spinnenmaschine hinab. Die zerbrochenen Gliedmaßen des mechanischen Ungetüms bewegten sich immer noch in den Flammen, aber ich spürte, dass es kein bewusstes Regen mehr war, sondern nur noch das Zittern einer verbrennenden Maschine.

Nikola wandte sich an Hendricks und die beiden anderen Doppelgänger. »Das tut mir leid«, sagte er und klang dabei ehrlich aufrichtig. »Es lag nicht in meiner Absicht, euch Schaden zuzufügen.«

»In meiner schon«, knurrte Adler. Er hielt plötzlich ebenfalls einen langläufigen Revolver in den Händen, während er mit einem entschlossenen Schritt neben Nikola trat – wobei er allerdings sorgsam darauf achtete, seiner elektrisch geladenen Kettenrüstung nicht zu nahe zu kommen. Er versuchte Hendricks' Blick zu fixieren, aber das wäre vermutlich niemandem gelungen, schon weil es in den Augen in dem auf so unfassbare Weise verschmolzenen Gesicht nichts gab, woran ein lebendiger Blick Halt finden konnte.

»Das nennt man wohl ein klassisches Patt«, fuhr Adler fort,

nachdem ihm aufgegangen war, dass er keine Antwort bekommen würde. »Einen von euch haben wir erledigt, Freunde. Wer meldet sich freiwillig für die nächste Runde?«

»Verdammt, halten Sie endlich den Mund, Sie Dummkopf«, sagte Nikola, womit er vermutlich aussprach, was wir alle dachten. Mit veränderter Stimme und nun wieder einem gezwungen Lächeln wandte er sich erneut an Hendricks und seine beiden Begleiter.

»Niemandem ist damit gedient, wenn wir uns gegenseitig Schaden zufügen«, sagte er.

»Also mir schon«, merkte Adler an. »Obwohl mir einseitig durchaus reichen würde.«

Niemand beachtete ihn.

»Wir könnten die Sache friedlich beilegen«, fuhr Nikola fort. »Ich bin sicher, dass wir eine Menge voneinander lernen können.«

Der Hendricks-Doppelgänger reagierte auch darauf nicht, sondern sah ihn nur weiter aus seinen unheimlichen Augen an. Vielleicht konnten diese speziellen Maschinenwesen ja gar nicht sprechen.

»Warum teilt ihr uns nicht mit, was ihr von uns wollt?«, versuchte es Nikola anders. »Vielleicht gibt es ja eine Lösung, um die wir nicht kämpfen müssen.«

Hendricks schwieg auch dazu, sodass ich nun beinahe sicher war, dass weder er noch die beiden anderen überhaupt des Redens mächtig waren. Da legte seine weibliche Begleitung den Kopf auf die Seite und sagte mit einer Stimme, die nichts ähnelte, was ich je gehört hatte: »Dich.«

»Daraus wird nichts, Freunde«, sagte Adler böse. »Warum nehmen Sie Ihre neue Freundin nicht einmal freundschaftlich in den Arm, Nikola?«

»Wir wollen dich zurück, Nikola. Komm nach Hause.«

»Wie bitte?«, entfuhr es Nikola.

»Wir warten auf dich«, antwortete die Frau.

»Was soll das heißen?«, hakte Adler unüberhörbar misstrauisch nach, was ihm ungefähr genau so viel Beachtung einbrachte wie alles andere, was er davor gesagt hatte. »Was haben Sie mit den Neumanns zu tun?«

Nikola machte sich nicht einmal die Mühe, seine Frage auch nur zur Kenntnis zu nehmen, sondern fragte seinerseits: »Warum?«

»Du gehörst zu uns. Wir beschützen unsere Kinder.«

»Das wird ja immer besser«, grollte Adler. »Wie war noch mal Ihr Nachname, Nikola? Neumann?«

»Was für ein Unsinn«, knurrte Nikola. »Ich wünschte mir, ich hätte Ihnen niemals von diesem hochbegabten Jungen erzählt.« Er wandte sich wieder an die Frau. »Ich verstehe wirklich nicht, was das bedeutet. Erklärst du es mir?«

»Wir könnten die Sache friedlich beilegen«, antwortete die Frau, nicht nur getreulich Nikolas Worte von gerade wiederholend, sondern auch seine Betonung; und als wäre das allein noch nicht unheimlich genug, für diesen einen Satz sogar mit seiner Stimme. »Wir lassen unsere Kinder nicht im Stich.«

»Dann haben wir wohl ein Problem, wie?«, mischte sich Adler in fast schon fröhlichem Tonfall ein. »Euer verlorener Sohn will nicht mit euch kommen, und ihr kommt nicht an uns heran. Sagte ich schon, dass man es bei uns ein klassisches Patt nennt?«

Ich wünschte mir wirklich, er würde endlich die Klappe hatten, und Nikola erging es wohl ebenso. Er wirkte über die Maßen angespannt, enthielt sich aber jeden Kommentars.

»Warum … tun Sie nichts, Professor?«, fragte Mulligan nervös. »Bitte!«

»Ich wüsste nicht, was«, gestand Nikola.

Seine mechanisierten Gegenspieler möglicherweise schon,

denn sowohl die namenlose Frau als auch ihr ebenso unbekannter Begleiter traten nun langsam einen Schritt zurück und senkten die Köpfe. Ihre Blicke tasteten über das Durcheinander aus Gummischläuchen, Kabeln und Drähten überall auf dem Boden, und mich beschlich ein wirklich ungutes Gefühl. Spätestens in dem Moment, in dem die Hendricks-Kopie dasselbe tat, stutzte, einen halben Schritt zur Seite machte und sich dann in die Hocke sinken ließ, um mit ihrer vierfingerigen Skeletthand nach einem der Kabel zu greifen.

»Nein!«, entfuhr es Nikola, und Adler brüllte nur einen Sekundenbruchteil später: »O'Brien! Schießen Sie!«

Der Sergeant gehorchte, aber seine Reaktion kam genauso zu spät wie Nikolas schon fast verzweifelt anmutender Versuch, in seiner zentnerschweren Kettenrüstung loszustürmen und das Hendricks-Ding in die Arme zu schließen, um es ebenso zu verbrennen, wie er es mit der Spinne getan hatte.

Das Krachen des Revolvers und das gewaltige Scheppern und Klirren, mit dem Nikola über seine eigenen Füße stolperte und der Länge nach hinschlug, ertönten nur einen Sekundenbruchteil nachdem sich Hendricks' Metallklaue in das Kabel gebohrt hatte und zu einer zischenden weißen Flamme explodiert war.

Das Licht flackerte und erlosch, aber es wurde nicht dunkel, denn Hendricks' verbliebene Metallfinger begannen grellweiß zu glühen, und kaum weniger gleißende Flammen leckten an seinem Handgelenk und dem schwarzen Uniformärmel empor und setzten ihn prompt in Brand. Sämtliche Glühbirnen im Raum explodierten mit einem einzigen, peitschenden Knall und versprühten ein Feuerwerk aus blitzenden blauen und roten Funken, und an mindestens einem Dutzend Stellen brachen kleine, heftig rußende Brände aus. Alle schrien erneut sinnlos durcheinander, und ich sah erst jetzt, dass O'Brien auch dieses Mal wieder mit der schon gewohnten Präzision getroffen hatte.

Die Kugel hatte ein münzgroßes Loch direkt über Hendricks' Herz in die schwarze Uniform gestanzt, nur dass kein Blut aus der Wunde quoll, sondern ein Sprühregen gelber Funken, als wäre unter seiner Jacke eine Wunderkerze entzündet worden. Hendricks' Hand war mit dem Stromkabel verschmolzen und brannte noch immer in einem weißen, hellen Feuer, und aus seinem Mund, der Nase und selbst den Ohren kräuselte sich grauer Rauch. Sogar seine Augen hatten sich verändert und glichen jetzt brodelnden schwarzen Seen, in denen es ununterbrochen aufblitzte und funkelte.

O'Brien schoss noch einmal, verfehlte in seiner Aufregung aber diesmal sein Ziel, und die Kugel schlug nur Funken aus der Dunkelheit draußen auf dem Gang. Ich registrierte aus den Augenwinkeln, wie auch Adler plötzlich seine Waffe hob und wild genug damit herumzufuchteln begann, um nicht nur uns allesamt in akute Lebensgefahr zu bringen, sondern auch sich selbst. Der dritte Constabler zerrte ebenfalls an irgendetwas unter seiner Jacke, sicherlich auch an einer Waffe.

Der Einzige, der einigermaßen schnell (wenn auch vielleicht nicht ganz klug) reagierte, war Mulligan, der vorsprang und seine improvisierte Brechstange auf Hendricks' Eisenschädel krachen ließ. Das Ergebnis war ein weiterer und noch gewaltigerer Funkenschauer und ein gellender Schrei, mit dem Mulligan seine Waffe fallen ließ und ein halbes Dutzend Schritte zurückstolperte, bevor er unsanft auf dem Hinterteil landete.

Jemand schoss – keine Ahnung, wer –, aber auch diese Kugel verfehlte ihr Ziel, und in all dem Chaos und Durcheinander registrierte ich erst jetzt, dass auch die beiden anderen Mechanischen längst aus ihrer Erstarrung erwacht waren und sich auf Nikola geworfen hatten. Die so zerbrechlich aussehende Frau hatte die Finger ihrer linken Hand in seine Kettenrüstung gekrallt und ihn scheinbar mühelos auf die Füße gezerrt, mit der anderen Hand und offensichtlich noch weniger Anstrengung riss sie ihm nicht nur den albernen Vogelkäfighelm vom Kopf, sondern auch die Ketten vom Leib, als wären es nicht mehr als eisenfarbene Papierschlangen.

Der zweite Neumann stürmte mit weit ausgebreiteten Armen Adler und seinen beiden Männern entgegen, und ich war nicht im Geringsten überrascht, dass er es mühelos mit allen drei gemeinsam aufnahm. Adler war (wie ich ohne Scham eingestehen muss, nicht zu meinem Bedauern) der Erste, der zu Boden ging und eine Fontäne hellroten Blutes und mindestens einen Zahn ausspuckte, und das helle Knacken, mit dem ein Handkantenschlag des Angreifers O'Briens Arm hinabschmetterte, sodass er seine Waffe fallen ließ und sich nur einen halben Atemzug später zu ihr auf den Boden gesellte, konnte ich über dem allgemeinen Geschrei und elektrischen Zischen deutlich hören.

Nikola schrie auf, als ihn die Frau mit sich hinaus auf den Gang riss, und ich begriff voller Panik, dass wir drauf und dran waren, den Professor zu verlieren. Adler spuckte neben einem weiteren Zahn auch ein unverständliches Kommando aus, und der dritte Constabler riss seine Waffe gerade weit genug hoch, dass der Angreifer seine Arme nach oben und ihm den Pistolenlauf hart genug über das Gesicht schlagen konnte, um ihn auf der Stelle ins Reich der Träume zu schicken, und das – endlich – war der Moment, in dem ich aus meiner selbst auferlegten Starre aus Unglauben und ganz ordinärer Angst erwachte und losstürmte, um mir ebenfalls meinen Anteil Prügel abzuholen.

26

Ich hätte nicht sagen können, ob das sonderbar grau gefärbte Licht, das durch die schmalen Fenster von Watsons Büro drang, zur Morgen- oder Abenddämmerung gehörte oder es vielleicht nur an den schmutzigen Scheiben lag. Wenn ich ganz ehrlich war, konnte ich zumindest in diesem Moment nicht einmal sagen, was Morgen- oder Abenddämmerung überhaupt *war*.

Mein Schädel schmerzte so unerträglich, dass mir der Gedanke, in den nächsten Minuten an einer inneren Verletzung oder einer Gehirnblutung zu sterben nicht so unattraktiv erschien wie die meisten anderen denkbaren Alternativen, und ich hatte immer noch Mühe, klar zu sehen. Ich war nicht einmal besonders lange bewusstlos gewesen, sondern schon wieder zu mir gekommen, als Mulligan mich wie einen nassen Sack über die Schulter geworfen hatte und die steile Treppe nach oben trug, doch ich war nicht sicher, ob man die Zeit seither wirklich als *Wachsein* bezeichnen konnte. Watson hatte meinen ramponierten Schädel so gut oder schlecht versorgt, wie es unter den gegebenen Umständen eben möglich gewesen war. Doch selbst das bisschen graue Licht, das durch das schmutzige Fenster hereinsickerte, stach wie Messerklingen in meine Augen, wenn ich den Fehler beging, direkt hineinzusehen.

Unglückseligerweise hatte ich kaum etwas anderes zu tun.

Mulligan hatte mich in Watsons Büro geschleppt und mir beschieden, mich zu gedulden, bis der Doktor die anderen Verletzten versorgt hatte und zu mir kommen konnte. Das war eine halbe Stunde her, mindestens, wenn nicht eine ganze, und alles, was ich seither zu tun gehabt hatte, war, darauf zu warten, dass die Zeit verging und meine Kopfschmerzen nachließen. Eines von beidem hatte sogar funktioniert.

Obwohl mir mehr Knochen im Leib wehtaten, als ich überhaupt hatte, quälte ich mich von dem unbequemen Besucherstuhl in die Höhe und trat an das schmutzige Fenster heran, nur um festzustellen, dass es gar nicht schmutzig war. Das graue Licht war einfach grau, weil es sich seinen Weg durch eine dichte Wolkendecke bahnen musste, die wie ein Dach aus geschmolzenem schmutzigem Teer über dem Institut und der ganzen Stadt hing; so tief, dass man meinen konnte, nur den Arm ausstrecken zu müssen, um sie zu berühren. Weiter im Osten und über dem Meer begannen die Wolken dunkler und schließlich schwarz zu werden, und ich meinte sogar ein mattes Wetterleuchten wahrzunehmen. Doch als ich noch einmal hinsah, war da nichts. Vermutlich nur Wunschdenken.

Wie auf ein Stichwort hin begann es zu regnen, ein feiner, staubiger Schleier, der mit einem Geräusch wie Seide über die Fensterscheibe strich und den asymmetrischen Hof unter mir zu versilbern begann. Meine Fantasie tat sich mit meinen Kopfschmerzen zusammen und gaukelte mir die Schatten gewaltiger Tentakel vor, die hinter den Wolkenmauern wogten und mit einer Million gieriger zahnbewehrter Mäuler nach allem schnappten, was sich bewegte.

Das Wissen, nur einem bösen Spuk aufzusitzen, half mir kein bisschen dabei, mich des Schreckens zu erwehren, mit dem mich selbiger erfüllte. Hastig wandte ich mich vom Fenster ab und ließ meinen Blick durch den überfüllten Raum schweifen, und sei es nur, um etwas zu finden, an das ich mich in der Normalität festhalten konnte.

Mein Blick glitt über Schränke und Regale voller medizinischer Gerätschaften, Gläser unbekannten (und größtenteils unappetitlichen) Inhalts und Reihen um Reihen medizinischer Bücher, bis er an dem Band mit den zahlreichen Illustrationen hängen blieb, den ich beim letzten Mal hervorgezogen hatte. Ich erinnerte mich mit einem Gefühl heftiger Scham daran, wie mich Allison dabei überrascht hatte, als ich gerade das Bild einer unbekleideten jungen Frau in diesem Bildband betrachtet hatte – und stutzte dann, als ich ein offensichtlich neueres Buch entdeckte, das aus der allgemeinen Papierflut hervorstach: ein aufwendig in teures Leder gebundener und goldgeprägter Band, der an einem exponierten Platz in Griffweite von Watsons Schreibtisch stand.

Eigentlich ohne triftigen Grund ging ich hin, nahm ihn vom Regal und stellte zu meinem nicht geringen Erstaunen fest, dass es sich um ein Stück Literatur handelte, das ich im Besitz eines Mannes wie Watson niemals erwartet hätte, nämlich einen Kriminalroman um den trotz seines noch recht jungen Alters schon legendären Sherlock Holmes. Und als wäre das noch nicht genug, schlug ich das Buch auf und fand eine persönlich an den Doktor adressierte Widmung, wie sie inniger und herzlicher kaum sein konnte.

Das Geräusch der Tür drang in meine Gedanken, aber ich war noch immer so benommen, dass ich erst aufsah und mich umdrehte, als Watson mich schon fast erreicht hatte und mir das Buch aus der Hand nahm. Aus irgendeinem Grund schien ich wohl seinen Unmut erregt zu haben, denn er riss mir den Band nicht nur übertrieben grob aus den Händen, sondern schlug ihn auch mit einem noch übertriebeneren Knall zu und rammte ihn regelrecht an seinen Platz zurück. Ohne ein weiteres Wort ließ er sich in seinen betagten Stuhl fallen und knurrte: »Wie ich sehe, geht es Ihnen ja schon wieder prächtig.«

Ich verstand nicht wirklich, was ich getan hatte, spürte aber instinktiv, dass es besser war, es einfach dabei zu belassen, und nahm wortlos auf der anderen Seite des Tisches Platz – nur um schon im nächsten Moment wieder aufzuspringen, als Adler und ein reichlich mitgenommener Sergeant O'Brien hereinkamen, der gerade noch die Kraft zu haben schien, sich auf den einzigen freien Stuhl neben mir fallen zu lassen. Sein Arm war bandagiert, und sein Gesicht nicht einfach nur bleich, sondern grau.

»Devlin.« Adler begrüßte mich mit einem angedeuteten Kopfnicken und einem Blick, als erwartete er allen Ernstes von mir, dass ich aufstand und ihm meinen Stuhl anbot. Nicht, dass er nicht so aussah, als hätte er es nötig. Sein Gesicht war genauso fahl wie das seines Sergeant, aber einseitig dunkel verfärbt und schon jetzt so unförmig angeschwollen, dass er vermutlich eine Woche lang nur unter Schmerzen feste Nahrung zu sich nehmen würde. Seine Lippen waren aufgeplatzt, und ich sah, dass er tatsächlich nicht nur einen, sondern gleich drei Zähne verloren hatte. Ich konnte nicht verhindern, ihn mir mit den entsprechenden Goldkronen vorzustellen.

»Was ist so komisch, Devlin?«, fragte Adler übellaunig. Ich hütete mich, darauf in irgendeiner Weise zu reagieren, nahm mir aber fest vor, in Zukunft noch genauer darauf zu achten, dass meine Gedanken nicht den Weg in meine Mimik fanden. Adler schien das allerdings nicht zu genügen, denn er plusterte sich zu einer noch schärferen Bemerkung auf, von der Watson ihn allerdings mit einer zu gleichen Teilen unwirschen wie müde wirkenden Geste abhielt.

»Bitte, Inspektor«, seufzte er.

»Captain.«

Watsons Reaktion darauf bestand darin, eine Schublade aufzuziehen, aus der er eine schon fertig gestopfte Pfeife nahm und in Brand setzte. Er sprach erst weiter, nachdem er eine dicke graublaue Rauchwolke in unsere Richtung geblasen, Adler zum Husten gebracht und mich daran erinnert hatte, wie lange meine letzte Zigarre schon zurücklag. Genau wusste ich es selbst nicht. Auf jeden Fall zu lange.

»Ich kann ja durchaus verstehen, dass wir im Augenblick alle ein wenig nervös sind, meine Herren. Aber sind Sie nicht auch der Meinung, dass uns dafür die Zeit fehlt?«

Ich war nicht ganz sicher, was er mit *dafür* meinte, und auch Adler verzog sein geschwollenes Gesicht zu einer fragenden Grimasse. »Wieso?«

»Ist das nicht offensichtlich?«, fragte Watson zwischen zwei paffenden Zügen.

»Nein«, antwortete Adler. Ich warf dem Buch hinter Watson einen fragenden Blick zu, und er reagierte darauf, indem er nach dem Roman griff und ihn so umdrehte, dass man den Titel nicht mehr lesen konnte.

»Wie geht es Fred?«, fragte O'Brien.

»Ihrem Kollegen?« Watson paffte erneut und warf ihm einen fast dankbaren Blick zu. »Den Umständen entsprechend. Ich fürchte, er hat sich einen Schädelbruch zugezogen.«

»*Zugezogen* würde ich das nicht nennen, Doktor«, sagte Adler feindselig. »Jemand hat ihm den Schädel eingeschlagen, trifft es schon eher.«

»Wie auch immer.« Watson sog erneut an seiner Pfeife und bemühte sich um einen beruhigenden Tonfall, als er an O'Brien gewandt fortfuhr. »Doktor Jefferson operiert ihn gerade. Machen Sie sich keine Sorgen. Er ist in besten Händen. Er wird wieder gesund, keine Angst.«

O'Brien machte keinen wirklich beruhigten Eindruck.

»Meinen Sie nicht, dass er besser …«, begann er unbehaglich und brachte den Rest der Frage dann zwar nicht über die Lippen, aber Watson nahm ihm die Mühe ab.

»… in einem richtigen Krankenhaus aufgehoben wäre?«, fragte er und schüttelte auch gleich den Kopf. »Vor einem Jahr hätten Sie diese Frage durchaus zu Recht stellen können, aber inzwischen haben sich die Dinge hier geändert. Und Doktor Jefferson ist ein ausgezeichneter Arzt.« Damit schien das Thema für ihn erledigt zu sein, denn er wartete eine mögliche Antwort erst gar nicht ab, sondern stand auf und trat ans Fenster, um etliche paffende Züge lang wortlos auf den Hof hinabzusehen.

Und natürlich war es Adler, der das Schweigen als Erster und auf seine gewohnt charmante Art brach. »Was gibt es dort draußen eigentlich so Spannendes zu sehen, Doktor?«, polterte er. »Die Antworten auf alle unsere Fragen?«

»In der Tat«, sagte Watson, blies eine weitere graublaue Rauchwolke gegen die Fensterscheibe und drehte sich erst dann zu uns um. »Zumindest auf die, die mich am meisten beschäftigt hat. Wollen Sie uns amüsieren und raten, welche es war, Captain?«

Für einen so distinguierten Mann wie Watson war das überraschend forsch, fand ich, und auch ein bisschen leichtsinnig. Ich war nicht sicher, ob es klug war, Adler zu provozieren, wenn er in einer derart gereizten Stimmung war.

»Ich habe keine Lust auf Spielchen«, polterte Adler dann auch prompt. »Verdammt, einer meiner Männer ist tot, zwei weitere schwer verletzt, und der Professor ist verschwunden! Ich habe für einen Tag genug Spaß gehabt! Wir müssen etwas tun!«

»Und Sie fragen sich gar nicht, warum?«, wollte Watson wissen. Adler starrte ihn nur an, und Watson fuhr mit einem resignierenden Seufzen fort: »Ich meine, warum sie diesen riskanten Überfall überhaupt gewagt haben? Immerhin hat es sie zwei ihrer … sagen wir: Männer … gekostet.«

»Weil der Professor recht hatte und seine Maschine funktioniert?«, fragte O'Brien.

Watson nahm die Pfeife aus dem Mund und sah ihn eindeutig überrascht an. Adler enttäuschte mich auch diesmal nicht, indem er ein übertrieben abfälliges Schnauben ausstieß. »Hören Sie auf mit Nikola«, fauchte er. »Ihm haben wir diese ganze Katastrophe doch zu verdanken!«

»Wie kommen Sie darauf?«, fragte ich.

»Haben Sie nicht zugehört?«, fuhr mich Adler an, unüberhörbar froh, ein neues Opfer gefunden zu haben. »Er gehört zu ihnen! Sie hat es doch gesagt!«

»Und jetzt meinen Sie, er hätte uns verraten?«, fragte Watson. Er klang ein bisschen amüsiert.

»Das habe ich nicht gesagt! Ich bin nicht dumm, Doktor Watson, auch wenn ich keinen Doktor vor meinem Namen trage. Immerhin hat seine Maschine zwei von diesen Bestien erledigt. Im Übrigen haben Sie vollkommen recht, Doktor. Ich glaube keine Sekunde lang, dass sie uns heute ganz zufällig angegriffen haben. Weil sie nämlich ganz genau gewusst haben, was er sich da in seinem Keller zusammenbastelt, genau wie sie über alles andere Bescheid wissen, was wir tun und reden.«

»Sie meinen, wir sind irgendwie noch immer mit dem Kollektiv verbunden?« Meine Stimme klang nicht annähernd so spöttisch, wie ich es gerne gehabt hätte, und auch Watsons Stirnrunzeln hätte nach meinem Dafürhalten deutlich zweifelnder ausfallen können. Dass ich prinzipiell nichts gut fand, was Adler sagte oder tat, bedeutete nicht, dass er nicht manchmal recht haben konnte.

»Ich wüsste keine andere Erklärung«, bestätigte Adler.

»Ich auch nicht«, pflichtete ihm Watson bei, nicht unbedingt zu meinem Vergnügen. Hinter ihm wurde der Regen unversehens stärker und strich nun nicht mehr wie ein wehender Seidenschal über das Fenster, sondern begann wie unzählige winzige weiche Fäuste gegen das Glas zu trommeln. Da war plötzlich ein ganz bestimmter Gedanke, der in meinem Kopf Gestalt annehmen wollte, aber bevor es ihm gelang, fuhr Watson fort: »Aber das ist nicht der Grund.«

»Natürlich nicht«, sagte Adler böse. »Also, ich entschuldige mich, dass ich offensichtlich zu dumm bin, um den Gedankengängen eines halbwegs intelligenten Menschen zu folgen. Aber würden Sie uns trotzdem an Ihrer Weisheit teilhaben lassen, *Doktor?*«

Sarkasmus war der falsche Weg, um Watson beizukommen. Er sog an seiner Pfeife und wies mit dem Mundstück auf das Fenster hinter sich. »Ihnen fällt nichts auf, Captain?«

»Es regnet, ja«, schnaubte Adler.

»Sonst nichts?«

Es war wirklich Zufall, aber es hätte nicht besser geplant sein können: Adler zögerte kurz und setzte dann zu einer Antwort an, und noch bevor er den ersten Ton herausbekam, erglühten die Wolken über dem Meer in einem matten weißen Schein. Das Gewitter war noch viel zu weit entfernt, um wirklich einen Blitz zu sehen, und ich bezweifelte auch, dass es der Donner überhaupt bis an unser Ohr schaffen würde, aber an dem Anblick gab es zugleich nichts zu deuteln.

»Ein … Gewitter?«, murmelte Adler trotzdem.

»Der einzig logische Grund, aus dem sie so überhastet angegriffen haben«, bestätigte Watson. »Ich habe mich die ganze Zeit nach dem Grund gefragt. Sie haben zweifellos mehr Möglichkeiten, als uns zwei ihrer Geschöpfe und eine nicht besonders gefährliche Kampfmaschine zu schicken, die meines Erachtens nach noch nicht einmal gänzlich ausgereift war.«

»Nicht besonders gefährlich?«, ächzte Adler.

»Die Spinne war gefährlicher«, bestätigte ich. »Sie haben sie gesehen.«

Adler schwieg, aber er starrte mich wütend genug an, um mir zu beweisen, dass er mir zustimmte.

»Sie können nicht gewusst haben, dass ausgerechnet heute ein Gewitter kommt«, brummte er trotzig. »Heute Morgen war der Himmel noch wolkenlos. Ich war draußen am Hafen. Das Meer war glatt wie ein Spiegel.«

»Ist das nicht oft so, kurz vor einem Sturm?«, fragte ich.

»Ja, und noch öfter kurz vor *keinem* Sturm«, versetzte Adler. Er schüttelte heftig den Kopf »Was immer Sie auch gehört haben mögen, Doktor, ist bestenfalls Seemannsgarn. Niemand kann ein Gewitter auf diese Weise vorhersagen.«

»Ein Mensch vielleicht nicht«, sagte Watson. »Aber eine Lebensform, die auf Elektrizität beruht statt auf Chemie ... das könnte ich mir durchaus vorstellen. Sie nicht?«

»Keine Ahnung. Aber selbst wenn, was hätten wir davon?«

»Zweierlei«, sagte Watson. Er sog wieder an seiner Pfeife, und ich musste gegen den immer stärker werdenden Wunsch ankämpfen, sie ihm aus den Händen zu reißen. »Zum einen wissen wir, dass Nikolas Maschine funktioniert, wenn sie ein solches Risiko eingehen, um sie zu zerstören.«

»Und des Mannes habhaft zu werden, der sie erfunden hat«, ergänzte O'Brien. Adler funkelte ihn böse an.

»Und zum anderen«, fuhr Watson fort, »wissen sie offensichtlich, dass wir ihren Schwachpunkt kennen.«

»Nikolas Maschine?«, fragte Adler.

»Das Gewitter«, vermutete ich.

Watson nickte. »Ich bin noch nicht allzu lange hier an der

Küste, aber ein wenig glaube ich mich doch schon auszukennen. Der Wind hat aufgefrischt. Ich schätze, dass das Gewitter in einer Stunde über dem Hafen ist. Und dann dürften sie zumindest für eine Weile blind und taub sein.«

»Eine Stunde?« Adler richtete sich kerzengerade auf. »Und das sagen Sie jetzt erst? Wir müssen sofort …«

»Was?«, unterbrach ihn Watson. Er deutete mit einer spöttischen Geste auf den Telefonapparat. In diesem Moment kam er mir wie ein mechanisches Insekt vor, das gerade zum Sprung ansetzte. »Die Regierung anrufen? Die Armee alarmieren, damit sie den Hafen stürmt und noch mehr Menschen zu Schaden kommen?« Er lachte, aber es klang nicht im Geringsten amüsiert. »Glauben Sie nicht, ich hätte das schon versucht? Ich habe mit Arthur gesprochen, und er wiederum mit einigen wirklich einflussreichen Leuten, aber ich fürchte, niemand glaubt ihm.«

Wenn Arthur der war, für den ich ihn hielt, dann wunderte mich das kein bisschen.

»Ich fürchte, wir sind auf uns allein gestellt, wenn wir Miss Carter und die anderen finden wollen.«

»Sind Sie verrückt?«, fragte Adler. »Wissen Sie, wie groß der Hafen ist? Das ist eine ganze Stadt!«

»Das ist wahr«, bestätigte ich und stand auf. »Aber es gibt jemanden, der weiß, wo wir sie finden.«

Adler blinzelte: »Wie?«

»Der Junge«, sagte Watson.

Ich nickte. »Chip. Ja.« Immerhin hatte er gesagt, dass er sie finden konnte.

»Sie meinen denselben Jungen, der Sie in eine Falle gelockt und auch noch zugegeben hat, dass er es gerne getan hat?«, vergewisserte sich Adler.

»Ganz so hat er es nicht gesagt«, korrigierte ihn Watson,

wofür ich ihm im Stillen zwar dankbar war, was bei Adler aber nicht besonders gut ankam.

»Haarspalterei«, polterte Adler. »Sie wollen diesem Bengel tatsächlich alle unsere Pläne offenbaren?«

»Was für Pläne?«, fragte ich spöttisch.

Adler nahm meinen Einwurf nicht einmal zur Kenntnis. »Warum schicken Sie den Neumanns nicht gleich ein Telegramm, um unseren Besuch anzukündigen?«, fauchte er. »Oder benutzen Ihren schicken Telefonapparat, damit es schneller geht?«

Watson musterte den Apparat so nachdenklich, als hätte Adlers Vorschlag ihn tatsächlich auf eine Idee gebracht, doch dann sog er nur wieder an seiner Pfeife und schüttelte den Kopf. »Ich glaube nicht, dass das Hive auf eine derart simple Technik angewiesen ist. Und warum nennen Sie sie *Neumanns?* Das ist ein ziemlich dummer Name.«

»Der Professor nennt sie doch auch so!«

»Nikola?« Watson dachte eine Weile nach und schüttelte dann mit einem angedeuteten Lächeln den Kopf. »Oh ja, ich erinnere mich. Aber nicht alle seine Ideen sind genial. Die meisten schon, wie ich zugeben muss, aber diese nicht.« Er winkte mit dem Pfeifenstiel ab, als Adler widersprechen wollte. »Sei's drum. Uns bleibt nicht viel Zeit für Vorbereitungen. Vielleicht kann uns der Junge wirklich helfen, und …«

»Ganz bestimmt nicht«, unterbrach ihn Adler in verändertem und plötzlich sehr ernstem Tonfall. »Wenn Sie recht haben, dann ist das vielleicht unsere einzige Chance, um die vermissten Personen zu finden und zu befreien. Ich werde sie nicht verschenken, nur auf die vage Möglichkeit hin, dass es dieser Junge ehrlich mit uns meint.« Er machte eine entschiedene Geste, um sein mangelndes Vertrauen zu unterstreichen, und der ehemalige Polizist in mir konnte nicht anders, als seiner professionellen Einschätzung beizupflichten, auch wenn sich alles andere in mir weigerte, seine Worte auch nur als bloße Möglichkeit in Betracht zu ziehen.

»Ich stimme Ihnen eingeschränkt zu, Inspektor …«

»Captain.«

»… und plädiere dafür, ihm nicht mehr zu verraten, als er sowieso schon weiß. Nicht, bevor das Gewitter wirklich da ist. Aber danach sollten wir sicher sein.«

»Sollten reicht mir nicht, Doktor«, antwortete Adler, nicht nur zu meiner Überraschung mit jedem Wort sachlicher und ruhiger werdend. Ich musste mir widerwillig eingestehen, ihn wohl trotz allem noch immer unterschätzt zu haben. Gut, Adler war eben Adler, womit im Prinzip auch schon alles gesagt war, was es über ihn zu wissen gab, aber nun reagierte er so professionell, wie man es von einem Mann in seiner Position nur erwarten konnte. Das hätte mir gefallen sollen, tat es aber selbstverständlich nicht. »Die oberste Priorität ist die Sicherheit der Entführten. Mir ist nicht daran gelegen, noch mehr Menschen in Gefahr zu bringen.«

»So wenig wie mir«, bestätigte Watson. »Aber wir sollten auch keine Möglichkeit ungenutzt lassen und …«

Adler unterbrach ihn erneut. »Das verbiete ich, Doktor. Niemand wird irgendein Husarenstück versuchen und damit das Leben der Opfer und möglicherweise auch meiner Männer in Gefahr bringen.«

»Dann haben Sie einen besseren Plan, nehme ich an?«

Adler deutete mit einer Kopfbewegung auf den Telefonapparat. »Ich bin vielleicht nicht so vermögend und einflussreich wie Ihr geheimnisvoller Freund, aber ich weiß, was meine Männer können, und auch, dass ich mich auf sie verlassen kann. Eine Stunde ist mehr als ausreichend, um ein Dutzend guter Beamten zusammenzutrommeln und zum Hafen hinauszufahren.«

»Um was zu tun?«, fragte ich.

Adler erinnerte mich schon wieder an den alten Adler, indem er mich geschlagene fünf Sekunden lang ansah, als gäbe er mir ganz allein die Schuld an allem, was geschehen war. »Ich bin Polizist, Devin. Es ist mein Beruf, verschwundene Personen zu finden.«

»Und menschenfressende Riesenspinnen aus Eisen.«

Adler funkelte mich nur noch böser an, aber Watson sagte: »Dann sollten wir es zweigleisig versuchen, Captain. Sie mit Ihren Männern, und Mister Devlin und ich …«

»Sie werden gar nichts, Doktor«, unterbrach ihn Adler zum dritten Mal scharf. Ich konnte mir nicht vorstellen, dass er damit bei Watson punktete. Vor allem nicht, als er weitersprach. »Ich weiß Ihren Enthusiasmus zu schätzen, Doktor, und wir sind lange genug Ihren Weg gegangen. Wohin er uns geführt hat, haben wir gesehen. Ab jetzt ist handfeste Polizeiarbeit gefragt.«

»Aber wir können doch wenigstens …«

»Und weil ich Sie zwar für einen sehr klugen Mann halte, Doktor«, fuhr Adler vollkommen unbeeindruckt fort, »aber Ihnen und Mister Devlin auch eine Menge Dummheiten zutraue, muss ich leider gewisse Sicherheitsmaßnahmen ergreifen.«

»Sicherheitsmaßnahmen?«, fragte Watson alarmiert.

»Ich muss Mister Devlin und Sie bitten, hier im Institut zu warten, bis alles vorbei ist«, sagte Adler.

Es war das allererste Mal, dass Watson in meiner Gegenwart seine unerschütterliche Ruhe einbüßte. Er nahm die Pfeife aus dem Mund und sah den Captain mit hochgezogenen Brauen an, was bei ihm vermutlich einem Temperamentsausbruch gleichkam. »Sie … verhaften uns?«, fragte er stockend.

»Mir wäre das Wort Hausarrest lieber«, antwortete Adler. »Aber wenn Sie es so nennen möchten …«

»Dazu haben Sie kein Recht!«, protestierte Watson.

Adler deutete schon wieder auf das Telefon. »Sie können gerne Ihren ominösen Freund anrufen und sich über mich beschweren, Doktor. Aber erst wenn alles vorbei ist.« Damit gab er O'Brien einen Wink, und der vermeintlich schwer angeschlagene Mann beugte sich blitzartig vor, griff mit dem gesunden Arm über den Tisch und riss den Telefonapparat nicht nur herunter, sondern das Kabel auch gleich aus der Wand.

»Selbstverständlich komme ich für den Schaden auf«, sagte Adler.

»Sie müssen den Verstand verloren haben«, knurrte ich. »Ich wusste schon immer, dass Sie kriminell sind, Adler. Aber ich habe Sie eigentlich nie für dumm gehalten.«

»Ja, ich kann Sie auch nicht leiden«, antwortete Adler fröhlich und wandte sich wieder an Watson. »Sergeant O'Brien wird bei Devlin und Ihnen bleiben, und meine Männer bewachen die Ausgänge. Bitte machen Sie keine Dummheit, Doktor.«

Watson senkte traurig den Blick. »Sie wissen ja nicht, was Sie da tun, Captain.«

»Ich glaube doch«, antwortete Adler, schon halb in der Bewegung, um sich zur Tür zu wenden. »Und wenn ich mich irre, dann bin ich der Allererste, der sich bei Devlin und Ihnen entschuldigt, sobald ich zurück bin.«

»Wenn Sie sich irren«, erwiderte Watson eher traurig als aufgebracht, »dann kommen Sie nicht zurück.«

Adler antwortete nicht mehr darauf, sondern nickte O'Brien nur noch zu und ging. In dem Augenblick, in dem er die Tür hinter sich öffnete und wieder schloss, meinte ich eine Bewegung draußen auf dem Flur wahrzunehmen, war aber nicht sicher. Bevor ich Watson etwas sagen konnte, wandte er sich mit schon fast beschwörender Stimme an O'Brien. »Sergeant, bitte!

Sie können das doch unmöglich ernst meinen! Captain Adler hat keine Ahnung, womit er es zu tun hat!«

O'Brien balancierte den zerstörten Telefonapparat mit nur einer Hand auf dem Schoß und sah mit jedem Augenblick unglücklicher aus. »Ich glaube doch. Wir haben es gesehen.«

»Aber Sie haben keine Ahnung, wozu sie fähig sind«, fiel ich ein. »Diese Geschöpfe sind nahezu allmächtig. Sie müssen uns helfen! Adler rennt in sein Unglück.«

Draußen vor der Tür polterte etwas, und O'Brien sah stirnrunzelnd hoch. »Captain Adler weiß, was er tut. Er ist ein guter Polizist.«

»Aber er weiß nicht, womit er es zu tun hat«, beharrte Watson. »Sie müssen uns gehen lassen, Sergeant.«

»Das kann ich nicht tun, Doktor.«

»Und wenn ich jetzt einfach den Raum verlasse?«, fragte ich.

»Dann muss ich Sie daran hindern.«

Ich sah bezeichnend auf seinen bandagierten Arm hinab, aber ich war mir nicht annähernd so sicher, wie ich mich gab. O'Brien war angeschlagen, aber er war auch ein ausnehmend kräftiger Mann.

Wie sich zeigte, wurde ich nicht auf die Probe gestellt, denn in diesem Moment ging die Tür auf, und Mulligan kam herein. »Sergeant?«

O'Brien verdrehte den Hals. »Ja?«

»Captain Adler will Sie sehen.«

»Captain Adler? Mich?« O'Brien griff mit der gesunden Hand zu, um das Telefon daran zu hindern, endgültig von seinem Schoß zu rutschen, und war zwar kurz abgelenkt, antwortete aber trotzdem: »Das glaube ich nicht.«

»Es ist auch nicht wahr«, sagte Mulligan lächelnd und versetzte ihm ansatzlos einen Kinnhaken, der ihm nicht nur auf der Stelle das Bewusstsein raubte, sondern ihn auch mitsamt seinem Stuhl nach hinten kippen ließ. Ich griff gedankenschnell zu und bekam das Telefon rasch genug zu fassen, bevor der empfindliche Apparat zu Boden fallen und am Ende noch Schaden nehmen konnte.

»Und ich dachte wirklich, Sie hätten der Gewalttätigkeit endlich abgeschworen, Mulligan«, seufzte Watson.

»Ein einfaches Danke hätte vollkommen gereicht, Doktor«, grummelte Mulligan, während Watson und er sich neben dem bewusstlosen Sergeant in die Hocke sinken ließen, um sich jeder auf seine Weise um O'Brien zu kümmern. Mulligan, indem er zwei schon vorbereitete Stricke aus der Jackentasche zog und ihm Hand- und Fußgelenke zusammenband (was er seinem verletzten Arm damit antat, wollte ich lieber gar nicht wissen), Watson, indem er ihn flüchtig zu untersuchen begann.

»Was ist mit den anderen?« Watsons Finger tasteten über O'Briens Hals, um seinen Puls zu fühlen, mit der anderen Hand hielt er mir die Pfeife hin, die ihm jetzt offensichtlich im Weg war.

»Der Posten draußen macht ein Nickerchen«, antwortete Mulligan. »Aber es stehen noch zwei am Tor und jeweils einer an den übrigen Eingängen. Soll ich mich um sie kümmern?«

Ich tat Watson den Gefallen, ihn von der Pfeife zu befreien, damit er beide Hände frei hatte, um den bedauernswerten Sergeant zu versorgen, und trat damit ans Fenster. Das Wetterleuchten im Osten war intensiver geworden, und nun glaubte ich tatsächlich einen fernen, noch hauchdünnen Blitz zu erkennen, auch wenn weiterhin kein Laut zu hören war. Ich war eigentlich kein Pfeifenraucher und verabscheute diese meiner Meinung nach eher affektierte Art des Tabakrauchens für gewöhnlich. Aber in diesem Moment schmeckte sie ganz ausgezeichnet.

»Es hat für einen Tag schon mehr als genug Gewalt gegeben,

Mulligan«, sagte Watson streng. »Und Adlers Männer werden ihren Posten auch gewiss nicht verlassen, solange wir ihnen keinen Grund dafür liefern. Sind das alle?«

»Unten bei dem Jungen ist noch einer«, antwortete Mulligan. »Ich kümmere mich um ihn, sobald der Tanz losgeht.«

»Welcher Tanz?«, fragte ich. War ich hier eigentlich der Einzige, der von nichts eine Ahnung hatte?

»Das Gewitter.« Watson stand auf und zögerte merklich, ehe er weitersprach. Möglicherweise irritierte es ihn ja, dass mir grauer Rauch aus Mund und Nase gekommen war, während ich meine Frage gestellt hatte. Aber er ging nicht darauf ein. »Wir müssen warten, bis das Gewitter näher heran ist.«

»Und wie lange wird das dauern?« Ich widerstand der Verlockung, noch einen weiteren Zug aus der Pfeife zu nehmen, und wollte sie ihm zurückgeben, doch er ignorierte meine ausgestreckte Hand und ging um seinen Schreibtisch herum, um die gleiche Schublade aufzuziehen und eine Zigarre herauszunehmen, die ich ohne große Mühe als eine Cohiba noch höherer Preisklasse identifizierte als die, die ich in Jacobs' Büro erbeutet hatte. Ich war sogar fast sicher, so etwas wie ein schadenfrohes Aufblitzen in Watsons Augen zu gewahren, als er ein Streichholz anriss und einen ersten, genießerischen Zug nahm. »Das weiß ich nicht«, antwortete er. »Noch lieber würde ich warten, bis das Gewitter auch hier bei uns angekommen ist. Nur um ganz sicherzugehen. Aber ich fürchte, dass uns so viel Zeit nicht bleibt.«

»Um was zu tun?«

»Miss Carter und die anderen zu retten«, antwortete Watson. »Ach ja, und vielleicht den Rest der Welt.«

27

»Warum heißt es eigentlich Arkham-Institut?«, fragte ich später, als ich neben Mulligan die kaum beleuchtete Treppe hinunterging, zwischen zwei tiefen Zügen aus einer teuren Zigarre, von denen mir Watson schließlich eine ganze Handvoll überlassen hatte. Ich war ihm dankbar, konnte mich aber des Gedankens auch nicht erwehren, dass in manchen Gefängnissen den Delinquenten auf dem Weg zum Galgen noch eine gute Zigarre zugestanden wurde. Was nichts daran änderte, dass sie mir ganz vorzüglich mundete.

»Das weiß ich nicht«, antwortete Mulligan, der jetzt, als wir wieder allein waren, in den breitesten Cork-Dialekt verfallen war, den ich je gehört hatte. »War wohl eine Idee von Sir Arthur. Weiß nicht, was es bedeutet.« Er zuckte mit den Schultern, was von einem hellen metallischen Klappern begleitet wurde. »Oder ob es überhaupt eine Bedeutung hat.«

Ein neuerliches Achselzucken hatte ein abermaliges und sogar noch länger anhaltendes Scheppern zur Folge, das mir einen kalten Schauer über den Rücken jagte. Ich wünschte mir, er würde damit aufhören, auch wenn dieser Laut eine ganz natürliche Ursache und seinen Ursprung nicht irgendwo in Mulligans Körper hatte, sondern in dem abgewetzten Seesack, den er in der Linken trug. Ich hatte ihn gefragt, was darin war, aber keine Antwort erhalten, und eigentlich war ich auch ganz froh darüber.

»Was hat dieser Arthur mit dem Institut zu tun?«, fragte ich und bekam nur ein drittes Schulterzucken und ein noch länger anhaltendes Klirren und Rasseln zur Antwort. Auf ein viertes Mal würde ich es nicht ankommen lassen. Watson hatte mir zwar eine Tablette gegen mein Kopfweh gegeben, aber ich hatte das Gefühl, dass sie es eher schlimmer gemacht hatte.

»Er kommt manchmal hierher, den ganzen langen Weg von London aus, und der Doktor und er quatschen nächtelang. Aber ich weiß nicht, worum es geht. Ich lausche nicht.«

»Weil sich das nicht gehört?«

Nebst etlichem anderen war Mulligan wohl auch für Ironie vollkommen unempfänglich, denn er sah mich nun sehr ernst an und nickte dann noch ernsthafter. Warum musste ich auch fragen?

Wir hatten das Ende der Treppe erreicht, und vor uns lag eine verschlossene Tür, hinter der ich das Gitter und den Zellengang des Isolationstraktes wusste, der nur noch einen einzigen Bewohner (mit einem persönlichen Bewacher) hatte. Mulligan gab mir mit einem stummen Wink zu verstehen, dass ich zurückbleiben sollte, und stellte den Seesack vollkommen lautlos ab. Er konnte es also doch.

»Warten Sie hier«, sagte er überflüssigerweise.

Ich gedachte nicht, ihm zu widersprechen, sondern beschäftigte mich ausgiebig mit meiner Zigarre, während ich nachdenklich zu dem schmalen Fenster hoch oben in der Wand hinaufsah. Es war so schmutzig, dass es das Licht eher aus dem Raum herauszusaugen als den Tag einzulassen schien, und es war unmöglich zu sagen, ob ich nun in heraufziehende Gewitterwolken oder schmutziges Glas starrte. Blitze oder Wetterleuchten bemerkte ich jedenfalls nicht, meinte aber ein fernes

Donnergrollen zu hören. Aber das konnte reines Wunschdenken sein. Oder Angst. Drei Tage lang hatte ich händeringend auf schlechtes Wetter gewartet. Jetzt ertappte ich mich dabei, mir nichts sehnlicher zu wünschen als strahlenden Sonnenschein und Windstille.

Mulligan kam schon nach erstaunlich kurzer Zeit zurück, einen fröhlichen Ausdruck auf dem Gesicht und zumindest ohne Blut an den Händen. Wortlos nahm er seinen Seesack auf und bedeutete mir, ihm zu folgen, was ich ebenso schweigend tat.

Die Gittertür stand offen, und der Stuhl vor der letzten Tür des Gangs war umgefallen. Ich fragte nicht, was genau passiert war.

Vor der Tür stellte er seinen Seesack ab und trat mit einer einladenden Geste beiseite, die die Frage überflüssig werden ließ, ob er mir hineinfolgen würde. »Lassen Sie sich nicht zu viel Zeit«, knurrte er. »Wir haben nämlich keine mehr.«

Ich verschwendete eine halbe Sekunde damit anzuklopfen, trat dann aber, ohne abzuwarten, ein und hatte in der fast völligen Dunkelheit zuerst Mühe, überhaupt etwas zu erkennen. Trotzdem spürte ich, dass sich etwas verändert hatte. Was es war, begriff ich erst, als ich Chips Stimme hörte.

»Ich habe auf Sie gewartet, Mister Devlin.«

Er war nicht nur wach, sondern hatte sich auf seiner Pritsche aufgesetzt, und ich glaubte zu spüren, dass er mich ansah. Und auch, dass etwas nicht stimmte.

»Sie sind fort«, fuhr Chip fort.

Ich konnte gerade noch dem Impuls widerstehen, mich in der winzigen Zelle umzusehen. »Wer?«

»Die Stimmen«, antwortete er. »Ich höre sie nicht mehr. Ich habe geträumt, dass ich wieder zu Hause wäre, und dann waren die Stimmen fort, und ich bin aufgewacht. Da wusste ich, dass Sie kommen.«

Also war Watsons Theorie richtig gewesen. Zumindest bisher.

»Und warum?«

»Sie haben gefragt, ob ich Ihre Freunde finden kann.«

»Und das kannst du?«

»Wenn Sie mich nach Hause bringen.«

Das verstand ich nicht. »Du … willst zurück?«, fragte ich ungläubig. »Zurück zum Kollektiv?«

»Ich gehöre dorthin«, antwortete er. »Sie waren gut zu mir.«

Und vielleicht war es sogar das allererste Mal gewesen, dass irgendjemand gut zu diesem armen Jungen gewesen war. Der Gedanke schnürte mir schier die Kehle zu. In was für einer Welt lebten wir, wenn der einzige Ort, an dem ein Kind Geborgenheit fand, das Hirn einer Maschine war?

»Es ist nicht so, wie Sie glauben, Mister Devlin.«

»Es ist nicht schlimm, wenn du deinen freien Willen aufgibst?«, fragte ich ungläubig. »Und wenn sie …«

»Aber so ist es nicht«, unterbrach mich Chip. Ich konnte sein Gesicht nicht erkennen, aber ich spürte sein Lächeln. »Sie haben es doch auch gespürt, in Ihren Träumen.«

Ich hatte tatsächlich etwas gespürt, aber das war weit davon entfernt gewesen, mir zu gefallen. So weit wie es überhaupt nur ging, um genau zu sein.

»Sie waren noch nicht bereit«, fuhr er fort. Ich konnte hören, wie er aufstand. Sehr mühsam, wie es schien. »Die Verbindung wurde unterbrochen, bevor sie wirklich zustande kommen konnte. Aber Sie haben es gespürt, genau wie Ihr Freund.«

»Nikola?«

»Ja.«

»Dann gehört er auch zu euch … zu ihnen?«

»Mehr als Sie, aber nicht genug. Er kann es noch nicht erkennen.«

»Was? Dass sie euch alle das Gehirn umgekrempelt haben?«

»Ich erwarte nicht, dass Sie es verstehen«, erwiderte Chip. »Das geht wahrscheinlich nicht. Ich würde nur so gerne wieder zu ihnen gehören.«

Ich sah den hellen Fleck, als den ich sein Gesicht im matten Zwielicht erkennen konnte, durchdringend an und fragte mich, ob Adler nicht vielleicht recht hatte und Chip uns nicht zu Allison und den anderen führte, sondern geradewegs in eine tödliche Falle.

Aber welche andere Wahl hatten wir schon?

»Und du würdest uns hinbringen?«, fragte ich.

»Ich will wieder nach Hause.«

»Aber damit würdest du deine Freunde verraten.«

»Sie werden ihnen nichts tun?«, fragte Chip. »Sie wollen sie nicht vernichten, sondern nur die Frau retten, die Sie lieben?«

Die Frage versetzte mir einen tiefen, brennenden Stich in die Brust, und plötzlich war ich froh, dass er mein Gesicht vermutlich genauso wenig erkennen konnte wie ich seins. »Ich nicht«, sagte ich mühsam, »aber ich kann nicht für Adler sprechen.«

»Captain Adler kann ihnen nichts anhaben. Geben Sie mir Ihr Wort, dass es Ihnen nur um die Frau geht, und ich bringe Sie hin.«

Wie hätte ich anders auf diese Frage antworten können als mit einem Nicken?

Chip hob etwas vom Bett auf – vermutlich ein Kleidungsstück –, doch als er es überstreifen und sich umdrehen wollte, um zu gehen, hielt ich ihn noch einmal zurück: »Eine Frage noch, Chip.«

»Gern.«

Ich hatte das Gefühl, dass er sie bereits kannte, doch dadurch fiel es mir nur umso schwerer, sie auszusprechen. »Was ihr mir über sie erzählt habt … über Allison … und … und was sie für mich empfindet. Ist das wahr?«

»Dass sie Sie liebt?« Chip senkte beinahe feierlich den Kopf zu einem Nicken. »Ja. Von der ersten Sekunde an.«

»Dann bring mich zu ihr.«

Chip schlüpfte endgültig in seine Jacke und verließ die Zelle. Ich folgte ihm und traf auf einen Mulligan, der zwar nicht ungeduldig auf den Zehen wippte, aber ganz den Eindruck erweckte, als täte er es. Und er war nicht alleine.

»Was zum Teufel tun Sie hier?«, herrschte ich Watson an.

»Ich habe gerade noch einmal aus dem Fenster gesehen«, antwortete er. »Das Gewitter ist fast über der Stadt, aber natürlich weiß niemand, wie lange es andauert. Wir sollten uns also besser beeilen.«

»Wir?«

»Selbstverständlich wir«, antwortete Watson.

»Ich kann Sie nicht mitnehmen.«

»Und warum nicht? Weil ich Arzt bin und Sie der Meinung sind, *so etwas* wäre nichts für einen gebildeten Mann?«

»Es könnte in der Tat gefährlich werden«, bestätigte ich.

»Wohl kaum gefährlicher, als hier zu bleiben und auf Ihren Freund Adler zu warten«, sagte Watson. »Oder was meinen Sie, was er machen wird, wenn er begreift, was wir getan haben?«

»Dann kommen Sie mit, Doktor«, entgegnete ich kühler, als ich eigentlich wollte. »Aber ich kann nicht auf Sie aufpassen.«

Aus einem Grund, den ich nicht verstand, schien das Mulligan zu amüsieren, und auch in Watsons Augen blitzte es kurz und spöttisch auf. Mulligan warf sich seinen scheppernden Seesack über die Schulter und sah Chip auffordernd an. Ich muss gestehen, dass ich ein wenig erschrak, als er den Arm hob und auf die Tür am Ende des Gangs deutete. Wir waren sehr still, während wir hintereinander die steile Treppe hinabgingen.

Selbst Mulligan gelang es nun, seinen Seesack ohne das leiseste Scheppern und Klirren zu transportieren. Doch das änderte nichts daran, dass mir mit jeder Stufe unwohler zumute wurde.

Ein trübes Notlicht brannte, und die Luft roch wie nach einem Blitzeinschlag, war zugleich aber auch von süßlichem Leichengestank durchdrungen, der seine Ursache wohl unter einem blutigen Bettlaken hatte, das dergestalt quer in dem schmalen Gang lag, dass wir alle mit einem großen Schritt darüber hinwegsteigen mussten. Niemand hatte sich bisher die Mühe gemacht, Hendricks' Leiche wegzuschaffen, was ich trotz allem einigermaßen befremdlich fand.

Chip blieb stehen und sah stirnrunzelnd auf das besudelte Bündel hinab. Selbst unter dem Tuch war zu erkennen, wie schrecklich verstümmelt der Körper war, sodass ich die Hand ausstreckte, um Chip zurückzuhalten, als er sich danach bücken wollte. Ich wollte nicht, dass der Junge sah, was sich darunter verbarg.

Chip streifte meine Hand jedoch ab und schlug das Laken mit einem Ruck beiseite, und mir wurde ein wenig flau, als ich sah, was darunter zum Vorschein kam.

Wenn man es genau nahm, erkannte ich den Constabler nur noch an den Verletzungen, die er sich vor unser aller Augen zugezogen hatte. Sein Körper hatte sich in der typischen Embryonalhaltung zusammengekrümmt und war bis zur Unkenntlichkeit verbrannt. Ich hatte gehört, dass menschliche Körper schrumpfen, wenn sie verbrennen, aber mir nie vorstellen können (und es auch nicht gewollt), in welchem Ausmaß. Der verschmorte Leib vor uns sah eher aus wie der eines zehnjährigen Knaben, nicht mehr wie der Leichnam eines mehr als sechs Fuß großen, muskulösen Mannes. Haut und Uniform waren so sehr miteinander verschmolzen, dass es unmöglich zu erkennen war, wo verkohlter Stoff aufhörte und verschmortes Fleisch anfing. Es war ganz unzweifelhaft Hendricks, denn er hatte keine Hände mehr, und sein Kopf schien von gleich mehreren Kugeln regelrecht zertrümmert worden zu sein. Der Geruch war beinahe unerträglich, und ich war nicht sicher, ob ich in meinem ganzen Leben jemals wieder einen *Irish Stew* essen konnte, ohne mich augenblicklich übergeben zu müssen.

»Was tust du da, mein Junge?«, fragte Watson. Ich hatte ganz selbstverständlich vorausgesetzt, dass ihm der Anblick nichts ausmachte, denn schließlich war er Arzt. Aber seinem Gesichtsausdruck nach zu urteilen stimmte das wohl nicht so ganz.

Chip sah schweigend zu ihm hoch, richtete sich umständlich auf und ging auf die offen stehende Tür des improvisierten Labors zu. Zwar legte ich keinen Wert darauf, noch einmal hierher zurückzukehren, aber ich folgte ihm trotzdem und wurde mit einem Anblick belohnt, der noch deutlich schlimmer war, als ich ohnehin schon befürchtet hatte.

Ich musste wohl das Spannendste verpasst haben, und eigentlich wäre das der Moment gewesen, mich zu wundern, dass wir alle noch am Leben und das Institut nicht bis auf die Grundmauern niedergebrannt war. Die Luft roch so scharf, dass sie wie mit Messern in meine Kehle schnitt. Es brannte nur noch eine einzige elektrische Lampe, die noch dazu in einem verwirrenden Takt flackerte, als wollte sie den Anblick endgültig in ein höllisches Panoptikum verwandeln.

Nicht, dass es noch nötig gewesen wäre. Der Raum war nahezu zur Gänze ausgebrannt. Von Nikolas bizarrer Maschine war nur noch ein wirrer Haufen aus zerschmolzenem Metall und zu weißer Asche verkohltem Holz übrig geblieben, und hier und da war die Hitze so gewaltig gewesen, dass selbst der harte Ziegelstein der Wände geborsten war. In einer Ecke neben der Tür lag ein verbogenes Etwas, das ich mit sehr viel Fantasie als die Überreste des geschmolzenen Spinnenmonsters identifizierte, und dann gewahrte ich noch ein zweites, nur unwesentlich weniger verheertes Metallskelett ohne Hände und mit zerschmettertem Schädel.

Etliche Sekunden lang stand ich einfach nur da und starrte den zerstörten Hendricks-Doppelgänger an, dann wieder das verbrannte jämmerliche Bündel, das hinter uns auf dem Boden lag, und tief in mir und nur ganz allmählich begann ich etwas zu begreifen, das ich im Grunde schon die ganze Zeit über gewusst und nur nicht hatte wahrhaben wollen.

Trotzdem fragte ich: »Wolltest du mir das zeigen?«

Chip nickte, ohne den Blick von dem zerstörten Metallskelett zu lösen, das sich auf dieselbe unheimliche Weise auf dem Boden zusammengekrümmt hatte wie sein ehemals lebendes Vorbild, nur dass es nicht geschrumpft war. Erst nach einer geraumen Weile wandte er sich zu mir um und wiederholte sein Nicken. »Sie haben mir etwas versprochen, Mister Devlin. Ich wollte, dass Sie das hier sehen. Vergessen Sie es nicht.«

»Darf ich fragen, was Sie ihm versprochen haben, Mister Devlin?«, fragte Watson hinter mir.

»Ja. Dass ich ihn nach Hause bringe.«

Bevor Watson nachhaken konnte, forderte ich Chip mit einer stummen Kopfbewegung auf, dass er die Führung übernehmen sollte. Ich war noch weniger überrascht als gerade, als er an mir vorbei und zu dem zum zweiten Mal gewaltsam aufgebrochenen Kanaldeckel ging.

Und noch weniger begeistert.

28

Wenn es wirklich einen allmächtigen Gott gab, der sich noch dazu um das Schicksal jedes einzelnen Menschen kümmerte – eine Frage, mit der ich mich von Zeit zu Zeit immer wieder einmal beschäftigt hatte, ohne je zu einer endgültigen Überzeugung zu gelangen –, dann musste er mir wohl an diesem ganz besonderen Tag seine ganz besondere Aufmerksamkeit gewidmet haben.

Vielleicht hatte er es ja auch auf mich abgesehen. Es war jetzt zwei Wochen her, dass Chip mich in den stinkenden alten Schlachthof geführt hatte, und auf der einen Seite erschien mir diese Zeitspanne als sehr kurz, doch auf der anderen schien sie fast endlos gewesen zu sein, so viel war inzwischen passiert. Wenn ich mich richtig erinnerte, war es ein Montag gewesen, als ich auf die Riesenspinne getroffen war, und nun war ich den zweiten Sonntag in Folge in einen Kampf verstrickt, den ich nur gewinnen konnte, wenn sich das aufziehende Unwetter mit Blitz und Donner über dem Hafen austobte.

Wenn denn überhaupt noch etwas zu gewinnen war.

Chip hatte uns im Schein einer flackenden Petroleumlampe bis zu jenem Gitter geführt, an dem unsere erste Verfolgung ein so abruptes Ende genommen hatte. Adlers Männer bewachten es zwar nicht, wie ich insgeheim befürchtet hatte, hatten darüber hinaus aber ganze Arbeit geleistet: Das Gitter war zwar unübersehbar provisorisch und in großer Hast, nichtsdestotrotz aber äußerst stabil wieder hergerichtet worden, sodass unser geheimer Ausflug wohl schon an dieser Stelle geendet hätte, wären Mulligan und sein Seesack nicht gewesen. Ohne auch nur eine Sekunde zu zögern, öffnete er ihn und entnahm ihm eine gewaltige Drahtschere, mit der er die kleinfingerdicken Gitterstäbe ebenso mühelos durchknipste wie die massiven Ketten, mit denen sie gesichert waren.

Erst als sie auf der anderen Seite zu Boden klirrten und ich vergebens nach einem Schloss oder Anfang oder Ende des Kettengewirrs suchte, ging mir auf, dass es möglicherweise gar nicht Adlers Männer gewesen waren, denen wir dieses lästige Hindernis verdankten.

Aber ich stellte vorsichtshalber keine entsprechende Frage, als wir über die sonderbar ineinander gewachsen wirkenden Metallteile stiegen. Es stank hier unten so grässlich, dass mir schon wieder ganz sacht übel zu werden begann. Immerhin waren wir hier in der Kanalisation, in der nicht nur alle vorstellbaren menschlichen Abfälle schwammen (und ein paar ganz und gar unvorstellbare), sondern auch noch die eines kompletten Krankenhauses, was sich zusammen mit meinem noch immer angeschlagenen Zustand, der Erinnerung an überstandene Schrecken und der Furcht um Allison als ein Großangriff auf meine Sinne herausstellte, sodass ich schon nach ein paar Dutzend Schritten unbeholfen hinter Chip herwankte. Mehr als einmal ertappte ich Watson dabei, mich besorgt zu mustern, und mindestens einmal sagte er auch etwas, das mir vermutlich nicht gefallen hätte, wäre ich nicht viel zu erschöpft und durcheinander gewesen, um seinen Worten Verständlichkeit abzuringen.

Gefühlt vergingen endlose Stunden – in Wahrheit wohl nur eine Handvoll Minuten, die aber einfach kein Ende nehmen wollten –, bis Chip endlich eine rostige Eisenleiter erreichte, die er mit geradezu unverschämter Leichtigkeit erklomm. Eindeutig weniger schnell (und elegant) folgte ich Mulligan und ihm und registrierte mit müdem Erstaunen, wie beiläufig und mit nur einer Hand er den schweren eisernen Deckel über sich wegschlug. Graues Licht und staubiger eisiger Sprühregen empfingen uns, und ich hörte ein helles Knacken, gefolgt von einem schmerzhaften Einziehen der Luft zwischen den Zähnen.

Dann war Chip auch schon verschwunden, und es wurde heller und kälter, aber zugleich schlug mir auch ein Schwall von so köstlich sauber riechender Luft entgegen, dass ich für einen Moment alles vergaß und die Leiter hinter Mulligan regelrecht hinaufflog. Auf dem allerletzten Stück langte Mulligans Hand zu mir herab, ergriff mich am Kragen und zog mich die letzten zwei oder auch drei Fuß so mühelos in die Höhe, dass ich mir vornahm, mir in Zukunft sehr genau zu überlegen, wie ich mit ihm sprach.

Mit beinahe noch weniger Mühe schob er mich zur Seite, damit Watson hinter mir als Letzter aus dem Schacht steigen konnte, und stellte mich erst dann auf die Beine. Neugierig sah ich mich in meiner neuen Umgebung um.

Wären wir nicht gerade aus der Kanalisation gekrochen, dann hätte der Anblick nicht anders als deprimierend auf mich gewirkt. Wir waren in einer schmalen grauen Straße herausgekommen, die nicht unbedingt so aussah, als hätte nur der eisige Regen jegliches Leben vertrieben. Wenn es hier überhaupt Bewohner gab, dann hatten sie sich hinter geschlossenen Türen und vorgelegten Läden verkrochen, hinter denen kein einziges Licht brannte. Der eisige Winterregen und die Erinnerung an den Kanalisationsgestank ließen die Luft besser schmecken, als sie war, doch unter der eingebildeten Frische spürte ich auch den Geruch von brennender Kohle und altem Pferdemist, von abgestandenem Schweiß, kaltem Tabakrauch und Moder. Wir waren nicht unbedingt in einer der feineren Gegenden der Stadt gelandet. Allerdings hatte ich auch nicht damit gerechnet, dass das Institut in einer solchen lag.

»Du dummer Junge! Was hast du dir nur dabei gedacht?«, erklang Watsons Stimme hinter mir, sodass ich mich besorgt zu ihm umdrehte. Watson war mir nicht gefolgt, sondern hatte sich neben Chip in die Hocke sinken lassen, der seinerseits auf ein Knie gesunken war und den rechten Arm an den Leib presste. Wenn ich mich richtig erinnerte, war das derselbe, mit dem er den Kanaldeckel weggestoßen hatte. Ich konnte Chips Gesicht nicht sehen, aber seine Stimme bebte vor Schmerz, als er antwortete.

»Das ist nicht so schlimm, Doktor. Es tut nur ein bisschen weh.«

»Nicht so schlimm?« Watson griff nach Chips versehrtem Arm und tat irgendetwas damit, das dem Jungen einen kurzen Schmerzenslaut abnötigte. »Red keinen Unsinn! Dein Handgelenk ist gebrochen, und diese beiden Finger wahrscheinlich auch. Wie kann man nur so dumm sein?«

»Es ist wirklich nicht schlimm, Doktor.« Wohl um diese Behauptung unter Beweis zu stellen, machte Chip seinen Arm los und stemmte sich in die Höhe – wenn auch mit dem Ergebnis, dass er sogleich vor Schwäche taumelte und prompt wieder gestürzt wäre, hätte Mulligan ihn nicht aufgefangen.

»Was ist passiert?«, fragte ich unbeholfen und mit einiger Verspätung.

»Haben Sie das nicht gesehen«, fragte Watson zornig.

»Doch«, musste ich einräumen. »Aber ich dachte, ich hätte es mir eingebildet. Ich wusste gar nicht, dass so etwas möglich ist.«

»Sie würden sich wundern, was einem menschlichen Körper alles möglich ist, Mister Devlin«, sagte Watson ärgerlich.

»Die meisten vergessen nur, dass er dabei auch manchmal kaputt geht.«

»Aber es ist wirklich nicht …«, begann Chip und schrie dann noch einmal und lauter auf, als Watson erneut nach seinem Arm griff.

»Und jetzt halt still!«, sagte er barsch. »Viel ist es nicht, was ich im Augenblick für dich tun kann, aber mit einem festen Verband tut es vielleicht nicht ganz so weh.«

»Das ist wirklich nicht nötig«, meinte der Junge. »Sobald ich zu Hause bin, werden sie mir die Schmerzen nehmen.«

Watson verdrehte nicht nur die Augen, um zu demonstrieren, was er von dieser Behauptung hielt, sondern versorgte Chips Handgelenk auch auf eine Weise, dass sich der Junge vermutlich wünschte, es wäre schon so weit. Ganz instinktiv wollte ich mich über seine Grobheit empören, doch stattdessen fragte ich mich, wo eigentlich geschrieben stand, dass Ärzte zusammen mit dem hippokratischen Eid auch gleichzeitig das Versprechen ablegten, zu sanftmütigen Heiligen zu werden.

Watson legte dem Jungen einen festen Verband an und fesselte seinen verletzten Arm dann zusätzlich so fest an seinen Leib, dass er wahrscheinlich kaum noch Luft bekam, wobei er den dafür benötigten Stoff kurzerhand aus Chips Hemd riss. Er gehörte wirklich nicht zu den Ärzten, zu denen ich meine Kinder bringen würde, hätte ich denn welche gehabt.

»Das muss halten, bis wir zurück sind«, schloss Watson und ließ es sich auch nicht nehmen, Chip einen aufmunternden Klaps auf die (verletzte) Schulter zu geben.

»Es ist auch nicht mehr weit«, antwortete Chip mit zusammengebissenen Zähnen und so, dass ich nur hoffen konnte, dass das der Wahrheit entsprach. Ich glaubte nämlich nicht, dass er noch sehr lange durchhalten würde.

»Dann geh voraus«, bat ich.

Chip atmete noch einmal hörbar durch die Nase ein, dann straffte er tapfer die Schultern und ging voraus.

Wir waren erst seit wenigen Augenblicken unter freiem Himmel, und doch war ich nicht nur bereits bis auf die Haut durchnässt, sondern begann schon vor Kälte mit den Zähnen zu klappern. Noch vor wenigen Augenblicken hatte ich das Gewitter trotz allem begrüßt, und mein Verstand tat das auch immer noch. Aber der Teil von mir, der fror und immer stärker mit den Zähnen klapperte, kam allmählich zu der Erkenntnis, dass es ein großer Unterschied war, sich so etwas in der behaglichen Sicherheit einer von dicken Mauern geschützten Zelle zu wünschen, oder in denkbar unpassender Kleidung durch ein ebensolches Gewitter zu stolpern.

Gottlob hatte Chip die Wahrheit gesagt, und es war nicht mehr weit. Obwohl es immer dunkler wurde und Blitz und Donner zwar noch nicht mit Urgewalt über uns herfielen, aber doch zunehmend heftiger wurden, erkannte ich meine Umgebung nun wieder. Vermutlich in direkter Luftlinie zum Hafen hatten wir tatsächlich schon einen Großteil der Strecke zurückgelegt, von der ich dachte, sie läge noch vor uns. Wir überquerten die Straße, auf der ich das erste Mal zusammen mit Allison hierhergekommen war, und ich konnte mich eines eisigen Fröstelns nicht erwehren, als wir an einem bestimmten Gittertor vorbeigingen und zu meiner Erleichterung dann den Weg zur Werft einschlugen. Aber warum eigentlich? Immerhin wollten wir uns einer ungleich größeren Gefahr stellen, der wir außer einer vagen Theorie und einer Menge Hoffnung herzlich wenig entgegenzusetzen hatten.

Aus meinem unguten Gefühl wurde Gewissheit, als wir uns dem Werftgelände näherten. Wie um uns noch ein wenig mehr zu demoralisieren, erscholl ein einzelner, besonders heftiger Donnerschlag als Ouvertüre zum Aufbrüllen des eigentlichen

Gewitters, das nun direkt über unseren Köpfen und mit der von mir vorhin (nicht wirklich) vermissten Urgewalt losbrach. Auf den letzten Metern peitschte uns der Wind mit solcher Macht in die Gesichter, dass wir nur noch weit nach vorne gebeugt gehen und kaum noch etwas sehen konnten.

Immerhin herrschte am Tor nicht mehr das schreckliche Gedränge wie bei meinem ersten Besuch, und das Gewitter und die eisigen Temperaturen hatten selbst die mit Knüppeln bewaffneten Schläger, die sich als Sicherheitspersonal ausgaben, in den Schutz einer beheizten Zuflucht gejagt. Dennoch war mir nicht wohl bei dem Gedanken, einfach so durch das Tor zu spazieren, als wäre es das Selbstverständlichste auf der Welt. Immerhin gab es da noch den Pförtner in seiner gepanzerten Loge, die mir einmal mehr wie der Geschützturm eines modernen Schlachtschiffes vorkam.

»Und du glaubst, sie lassen uns einfach so hereinspazieren?« Ich musste fast schreien, um mich mit Chip zu verständigen. In diesem Moment meinte ich eine Bewegung hinter den regennassen Scheiben über uns wahrzunehmen und die körperlose Berührung bohrender Blicke zu spüren.

»Er gehört zu uns«, antwortete Chip. »Er glaubt, dass ich nach Hause komme.«

Oder winkt uns freundlich zu, weil wir so nett waren, freiwillig in eine Falle zu tappen, von der wir noch dazu genau wussten, dass sie da war, fügte ich in Gedanken hinzu. Watson dachte dasselbe. Ich konnte es beinahe hören.

Wie um seine Worte unter Beweis zu stellen, hob Chip den Arm und grüßte den unsichtbaren Beobachter über uns. Es war unmöglich, zu erkennen, ob er eine Antwort bekam, aber immerhin schoss niemand auf uns, als wir das Werftgelände betraten, und es tauchten auch weder eiserne Spinnen noch Säure verspritzende Tentakelmonster auf, um uns zu attackieren. Ganz im Gegenteil wirkte das weitläufige Werftgelände schon fast gespenstisch verlassen, wenn auch zugleich alles andere als ruhig. Der Gewittersturm hatte die Menschen nach drinnen getrieben, wo sie zumindest vor der Kälte und den niederstürzenden Wassermassen in Sicherheit waren, erfüllte das Gelände aber zugleich mit einem Chaos reiner Bewegung und hektisch flackernden Lichtes, das mir fast vollständig die Orientierung raubte.

Bei meinem ersten Besuch hier war mir der gigantische Rumpf der *Titanic* Ehrfurcht gebietend und Furcht einflößend zugleich erschienen, und ich hatte mich so klein und schrecklich unbedeutend gefühlt wie jeder normal denkende Mensch beim Anblick dieses stählernen Kolosses. Jetzt war es – obwohl doch eigentlich heller Tag – so dunkel, dass selbst das gigantische Schiff beinahe unsichtbar zu sein schien. Das Gewitter hatte die Werft nun endgültig erreicht und tobte mit einer apokalyptischen Gewalt über unseren Köpfen. Alles, was zu sehen war, war das in den Augen schmerzende Gleißen der Blitze.

Erschreckend viele Blitze und so hell, wie ich es nie zuvor erlebt hatte. Sie folgten in immer kürzeren Abständen aufeinander, sodass sich das titanische Schiff nun endgültig in einen schwarzen Abgrund aus Nichts verwandelte, der gleich einem gierig aufgerissenen Maul in der Wirklichkeit klaffte und sich jedes Mal ein wenig weiter geöffnet zu haben schien, wenn ein neuer Blitz die unnatürliche Nacht zerriss. Vielleicht hatten wir uns ja alle geirrt, und heute war nicht der Moment, in dem ich Allison befreite, sondern der Tag der Apokalypse, das Jüngste Gericht, das die Fanatiker und Verwirrten seit so langer Zeit in den düstersten Farben an die Wand malten.

Der Wahnsinn, der vor uns lag, erfüllte mich mit einer Angst, der ich nichts entgegenzusetzen hatte und die in immer stärkerem Maße nicht nur mein Denken, sondern auch meine Bewegungen zu lähmen begann. Und offensichtlich nicht nur meine, denn auch Chip und meine beiden anderen Begleiter wurden immer langsamer.

Zum Teil mochte das an dem fast schon arktisch anmutenden Sturm liegen, durch den wir uns quälten, aber besonders in Chips Fall bereitete mir diese Beobachtung doch zunehmend Sorge. Seine Bewegungen wurden immer schwerfälliger, und er sah sich zunehmend unschlüssiger um. Schließlich blieb er stehen, und sein Blick spiegelte nichts anderes als Ratlosigkeit.

»Wohin?«, brüllte Mulligan. Eigentlich erriet ich das Wort mehr, als ich es verstand, denn das Heulen des Sturms und der mittlerweile fast ununterbrochen rollende Donner machten eine Verständigung beinahe unmöglich.

Chip sah nach rechts, links und dann wieder nach rechts und schien völlig hilflos. Schließlich deutete er auf ein großes Gebäude, das halb hinter dem schwarzen Schlund der *Titanic* verborgen lag und im flackenden Licht der Blitze tanzte. Meine Furcht vergrößerte sich nochmals. Wir alle waren wie ganz selbstverständlich davon ausgegangen, dass Chip wusste, wohin wir uns wenden mussten, doch wenn das nicht stimmte, wie sollten wir Allison und die anderen dann jemals finden? Diese Werft war größer als so manche Kleinstadt auf unserer viel gepriesenen grünen Insel, und hier arbeiteten nicht nur ein paar Hundert, sondern Tausende von Menschen!

Watsons Miene ließ mich vermuten, dass seine Überlegungen in dieselbe Richtung gingen, aber er beließ es bei einer auffordernden Geste, während er sich das Regenwasser aus dem Gesicht wischte, was vergebliche Liebesmüh war. Der Regen peitschte mittlerweile nicht nur fast waagerecht über das Werftgelände, sondern hatte meiner subjektiven Einschätzung nach auch die Qualität von Wasserstrahlen erreicht, wie sie moderne Feuerwehrspritzen verschossen. Chip sah weiter ratlos aus, was mich noch mehr beunruhigte, hob dann die Schultern und ging weiter. Was konnten wir schon anderes tun, als ihm zu folgen?

Ich versuchte mir selbst Mut zu machen, indem ich mir sagte, dass bisher doch nahezu alles nach Plan verlaufen war. Wir hatten Adlers Bewacher übertölpelt, waren ungesehen hierhergekommen und mitten in das heftigste Gewitter geraten, an das ich mich erinnern konnte. Wir mussten einfach darauf bauen, dass unser Glück noch eine kurze Zeit anhielt und wir die Entführten fanden. Vielleicht gab es ja doch einen Gott, der die Hand über uns hielt.

Nein. Er hatte es ganz eindeutig auf mich abgesehen. Ein letzter, noch einmal um einiges grellerer Blitz setzte den Himmel über uns in Brand und erlosch flackernd.

Zusammen mit dem Gewitter.

Der Regen hörte auf. Nicht wie ein normaler Regenfall aufhören sollte, indem er schwächer wurde und dann allmählich versiegte, auch nicht, als hätte sich der Wind gedreht und triebe die eisigen Schauer nun von uns weg, sondern so schlagartig und abrupt wie abgeschaltet. Dem letzten gleißenden Blitz folgten nur noch die grünen und sandfarbenen Nachbilder, die er in meine Netzhaut gebrannt hatte, und selbst der Donner verstummte einfach mitten im Ton, statt mit einem ärgerlichen Grollen zu verebben, was er doch eigentlich tun sollte. Es wurde so still, dass es in den Ohren dröhnte.

Nichts von alledem war normal. So hörten Gewitter nicht auf, und schon gar nicht ein solcher Weltuntergangssturm.

»Was …?«, murmelte Mulligan. Watson sagte gar nichts, aber er legte den Kopf in den Nacken und sah aufmerksam nach oben. Es war immer noch so dunkel, dass ich den Ausdruck auf seinem Gesicht mehr erriet, als ich ihn erkennen konnte. Er gefiel mir nicht.

»Doktor?«, fragte ich.

»Das … ist nicht normal«, murmelte Watson. Ich hatte nicht das Gefühl, dass die Worte wirklich mir galten oder er meine Frage überhaupt gehört hatte.

»Dass ein Gewitter so plötzlich aufhört?«, fragte ich trotzdem. »Ja, das ist wirklich seltsam.«

»Spüren Sie es denn nicht?«, murmelte Watson. Er starrte noch immer in das schwarze Leichentuch aus Wolken hinauf, das über der Stadt lag und jedes Licht fraß. Durch das stroboskopische Flackern der Blitze längst an die Grenzen meiner Aufnahmefähigkeit gebracht, hatte ich bisher nicht einmal bemerkt, dass überall auf der Werft Lichter angegangen waren, Hunderte von Fenstern und erleuchteten Türen, die uns allesamt anzustarren schienen.

Aber sie kamen mir blasser vor, als sie es sein sollten, kraftloser. Was ich gerade in Gedanken so beiläufig formuliert hatte, erschien mir plötzlich wie ein böses Omen, mit dem ich einen unbekannten Schrecken heraufbeschworen hatte. Hier war tatsächlich etwas, das das Licht fraß, und das galt nicht nur für die Gebäude und Fenster der Werft, sondern auch für das Schiff. Ich wusste, dass auf der *Titanic* vierundzwanzig Stunden am Tag und sieben Tage die Woche gearbeitet wurde, und somit sollten auch an diesem Sonntag dort zahllose Lichter brennen. Aber der riesige Schiffsrumpf ragte nach wie vor vollkommen schwarz über uns auf, ein ungeheuerlicher Schatten, dessen bloßer Anblick mir die Kehle zuschnürte.

»Sie spüren es wirklich nicht?«, fragte Watson.

Ich schüttelte vollkommen wahrheitsgemäß den Kopf, und gerade als Watson zu einer Erklärung ansetzte, drehte sich auch Chip herum, und ich sah in seine Augen.

Sie waren es nicht mehr.

Das hieß, natürlich waren es noch seine Augen, aber der zwölfjährige verängstigte Junge, der dahinter gelebt hatte und eigentlich nur nach Hause wollte, war nicht mehr da. Stattdessen starrte mich etwas anderes an – etwas Kaltes und durch und durch Unmenschliches.

»Chip?«, fragte ich.

Etwas, das jemand, der nicht wirklich wusste, was es bedeutete, für ein Lächeln halten mochte, erschien in seinen fremden Augen, als er mit einem einzigen Wort antwortete: »Auch.«

Ich bemerkte aus den Augenwinkeln, wie Mulligan zusammenfuhr und mit einem Mal sprungbereit wirkte. Watson hielt ihn mit einer raschen Bewegung zurück, und ich raffte all meinen Mut zusammen und fragte so ruhig ich konnte: »Wart ihr die ganze Zeit über bei uns?«

»Wir wussten, dass ihr kommt«, antwortete Chip, was streng genommen keine Antwort war. »Ihr sorgt euch um eure Freunde. Genau wie wir es auch tun.«

»Nikola?«, vermutete ich.

Diesmal nickte die Chip-Kopie. »So wie dieser Körper.«

»Und … ich?« Mein Herz begann schneller zu schlagen, während ich diese Frage stellte.

Chip verneinte. »Wir wissen viel über dich, Quinn Devlin. Von der Frau, die so sehnsüchtig auf dich wartet, und dem Mann, den du Nikola nennst. Wir freuen uns darauf, dich willkommen zu heißen.«

»Daraus wird nichts«, grollte Mulligan. Er stellte seinen Seesack ab und begann darin zu kramen, doch Watson legte ihm noch einmal die Hand auf den Unterarm.

»Das Gewitter«, sagte er betont. »Habt ihr es … abgeschaltet?«

Chip zögerte gerade lange genug damit, zu nicken, um dieser Antwort das entscheidende Quäntchen Glaubwürdigkeit zu nehmen.

»So mächtig seid ihr also doch noch nicht«, bemerkte Watson, der zu demselben Schluss gekommen war wie ich.

»Warum stellst du eine Frage, wenn du die Antwort nicht glauben willst?«, erwiderte Chip, noch immer mit dem unheimlichen Nicht-Lächeln auf dem Gesicht.

»Wenn ihr es könntet, dann hättet ihr das Gewitter erst gar nicht zugelassen. Habe ich recht?«, fragte Watson.

»Sie sind ein sehr kluger Mann, Doktor Watson«, sagte das, was wie Chip aussah. »Wir freuen uns darauf, Sie bei uns zu begrüßen. Wir werden viel von Ihnen lernen können. Und Sie von uns.«

»Und wenn ich das nicht will?«, fragte Watson. Er nahm die Hand von Mulligans Arm, und der bullige Pfleger setzte seine Suche in dem Seesack fort. Ich war neugierig, welche Art von Waffe er wohl zutage fördern würde.

Chip lächelte zwar weiter, aber sein Blick suchte nun einen Punkt irgendwo hinter uns, sodass ich mich umdrehte und bemerkte, dass die Tür der gepanzerten Pförtnerloge aufgegangen und ihr Bewohner auf den eisernen Steg herausgetreten war. Er trug etwas in der Armbeuge, das ich über die große Entfernung nicht genau erkennen konnte. Aber das musste ich auch nicht, um zu wissen, dass es ein Gewehr war.

»Das ist neu«, sagte Watson ruhig. »Fürchtet ihr uns so sehr, dass ihr jetzt schon Waffen braucht?«

Unter dem offen stehenden Tor des Werftgeländes erschienen zwei weitere Männer, die ebenfalls mit Gewehren bewaffnet waren, und ich war sehr sicher, dass sich uns aus der Dunkelheit noch mehr Gestalten näherten.

»Wir brauchen keine Waffen«, antwortete das Chip-Ding. »Wozu sollten sie gut sein? Wir sind nicht … nicht eure Feinde.«

Das hatte ich nun wirklich schon so oft gehört, dass ich es

eigentlich gar nicht mehr zur Kenntnis nahm. Das beinahe eine Sekunde andauernde Stocken in seinen Worten dafür umso deutlicher, sodass ich mich rasch wieder zu ihm drehte und zuallererst Watsons Stirnrunzeln registrierte. Ihm war es also auch aufgefallen. Natürlich war es ihm aufgefallen.

»Was hast du gesagt?«, fragte er.

»Wir müssen keine Feinde sein«, antwortete der Junge. »Und es wäre auch sinnlos. Wir wollen nicht ... nicht gegen euch kämpfen. Aber wenn ihr uns zwingt, dann werden wir gewinnen.«

Diesmal hatte das Stocken sogar noch länger gedauert, und seine Worte hatten auch irgendwie an ... *Wahrhaftigkeit* verloren.

Watson wollte etwas sagen, doch Chip machte eine vage Geste in keine bestimmte Richtung und fuhr fort: »Kommt. Ich bringe euch zu euren Freunden. Sie warten auf euch.«

»Und wenn wir uns weigern?«, fragte Watson. Gleichzeitig richtete sich Mulligan wieder auf und zog eine doppelläufige Schrotflinte aus seinem Sack. Etwas summte, ein vibrierender Laut wie von einem Schwarm boshafter Metallinsekten, der so schnell wieder verschwand, wie er entstanden war, und irgendetwas flackerte hell in meinen Augenwinkeln und war genauso rasch wieder fort.

»Das ... könnt ... ihr ... nicht«, antwortete Chip schleppend.

Auf einer dem bewussten Begreifen entzogenen Ebene musste ich es wohl vorher gespürt haben, denn ich schloss im allerletzten Moment die Augen, aber der Blitz war so grell, dass er mühelos durch meine Lider drang und mir ein schmerzhaftes Zischen abnötigte. Der fast unmittelbar darauf folgende Donner tat sein Bestes, um mir die Trommelfelle zu zerreißen und verfehlte sein Ziel nur um Haaresbreite. Ebenfalls gleichzeitig heulte der Sturm mit doppelter Wucht wieder los, wie um die versäumte Zeit wettzumachen. Wasser klatschte mir wie eine mit eisigen Stacheln besetzte Hand ins Gesicht und ließ mich taumeln, und Chip wankte zurück und wäre gestürzt, hätte Watson nicht blitzschnell zugegriffen und ihn festgehalten.

Hastig sah ich über die Schulter zurück und suchte nach den beiden Bewaffneten und dem Pförtner, konnte sie aber in dem apokalyptischen Toben, das die Welt hinter mir verschlungen hatte, nicht mehr entdecken. Ich konnte nur hoffen, dass von ihnen keine Gefahr mehr ausging.

»Bist du wieder zurück?«, hörte ich Watson über das Heulen des Sturmes und das fast ununterbrochene Grollen hinweg schreien. Er bekam keine Antwort, aber ein einziger Blick in die Augen des Jungen machte das auch überflüssig.

»Waren sie das?«, brüllte Watson. »Haben sie den Sturm angehalten?«

Chip nickte nur, und Mulligan fügte noch hinzu: »Dann können sie es wieder tun? Wann? Wie viel Zeit bleibt uns?«

»Nicht viel«, antwortete Chip. »Es hat sie sehr erschöpft, aber sie erholen sich rasch. Ich weiß jetzt, wo der Professor und Ihre Freunde sind.«

»Dann bring uns zu ihnen!«, verlangte Watson.

»Und ich darf …?«

»Du kannst bei ihnen bleiben, wenn du das wirklich willst«, sagte Watson. »Ich verspreche es dir. Aber jetzt bring uns hin, bitte!«

Chip zögerte noch einen letzten Augenblick, der sich inmitten des infernalischen Sturmes zu einer kleinen Ewigkeit dehnte, doch schließlich nickte er und setzte sich taumelnd, dennoch aber mit raschen Schritten in Bewegung. Ich hatte damit gerechnet, dass er eine der gewaltigen Montage- und Produktionshallen ansteuerte, doch das tat er nicht.

Er lief geradewegs auf die *Titanic* zu.

29

Nach allem, was ich erwartet hatte, war die Stille vielleicht das Überraschendste. Natürlich war es nicht wirklich still, ganz im Gegenteil. Wir hatten das gigantische Schiff über eine vollkommen unspektakuläre Planke betreten, die in halsbrecherischem Winkel vom Boden zu einer halbrunden Öffnung im Rumpf hinaufführte und selbstredend nicht über den Luxus eines Geländers verfügte, dafür aber umso heftiger unter unserem Gewicht auf und ab hüpfte. Der Zugang erweckte zumindest von unten betrachtet nicht den Eindruck einer Tür – die man bei einem Schiff *Schott* nannte, meinte ich mich zu erinnern –, sondern gemahnte mich eher an ein aufgerissenes Drachenmaul, das nur auf ein paar Dummköpfe wartete, die freiwillig hineinspazierten.

Und an dieser unheimlichen Assoziation änderte sich auch nichts, als wir näher kamen. Das Loch war nicht gleichmäßig geformt und so klein, dass sich selbst Chip hindurchbücken musste. Es hatte sonderbar ausgefranste Ränder, als wäre es aus dem drei Zoll dicken Stahl herausgebissen worden oder unter enormer Hitze geschmolzen. Hier und da waren lange, spitz zulaufende eiserne Stalaktiten zurückgeblieben, was die Assoziation an ein Drachengebiss noch verstärkte.

Dahinter erwartete uns vollkommene Schwärze, sodass wir kurz innehalten mussten, damit sich unsere Augen an die veränderten Lichtverhältnisse anpassen konnten. Doch wenn man es genau nahm, *war* es nicht wirklich still, nicht einmal wirklich *leise*. Nicht einmal der dicke Stahl der Wände vermochte den infernalischen Lärm des Unwetters vollkommen zu dämpfen, der noch immer zunahm, als hätte ein übellauniger Gott nun endgültig beschlossen, die Welt in Stücke zu schlagen. Und dazu kamen die Geräusche, die aus dem Schiff selbst drangen und die wir trotz aller Umsicht selbst verursachten. Sie klangen verzerrt hallend durch die enorme Größe des stählernen Doms, in dem wir uns befanden. Zugleich war da eine gespenstische Stille, die unter allem lag und den Lauten ihre Realität zu rauben schien. Es war, als stünden wir am Tor zu einer vollkommen fremden Welt, einem Universum, das so anders war, dass menschliche Sinne es nicht zur Gänze erfassen konnten, dafür aber umso deutlicher spürten, dass etwas Wesentliches fehlte.

Was natürlich keineswegs bedeutete, dass es auch etwas Gutes war.

Mulligan murmelte in einem nun vollkommen unverständlichen Slang vor sich hin, während er unentwegt scheppernd in seinem Seesack grub, dann ertönte ein Summen, und neben mir glühte ein mattes, bläulich rotes Licht auf, wie ich es schon einmal gesehen hatte, nur dass es jetzt blasser war und wie der Schlag eines bizarren elektrischen Herzens pulsierte. Schweigend reichte er die Rühmkorff-Lampe an Watson weiter und förderte noch ein zweites dieser klobigen Instrumente aus seinem Sack zutage, das er ebenfalls einschaltete. Auch dessen Strahl war seltsam kraftlos und flackerte sogar noch stärker.

»Das liegt am Gewitter«, erklärte Watson, der die entsprechende Frage wohl in meinen Augen gelesen hatte. »Die Entladungen der Blitze wirken wie elektromagnetische Pulse. Das stört den Energiefluss.«

»Aha«, machte ich. Gut, dass er es mir erklärt hatte.

Watson bedachte mich mit einem sacht spöttischen Blick und ließ den Strahl seiner Rühmkorff-Lampe im Halbkreis wandern. Ich hatte den Eindruck von Weite und sah tatsächlich etwas, konnte aber nicht sagen, was. Auch Mulligan schien es ganz ähnlich zu ergehen, denn seine Miene verdüsterte sich noch weiter, als er sich an Chip wandte.

»Geh voraus«, sagte er barsch.

Chip nickte zwar, aber ich fand, dass er reichlich unglücklich dabei aussah. Wenn er überhaupt schon einmal hier gewesen war, dann musste es lange her sein, und dieses Schiff war wirklich *groß*. Nach einem letzten unbehaglichen Zögern deutete er in die Richtung, in die Watsons Lampe schien. Für mich sah es einfach nur wie geraten aus.

Wir folgten ihm trotzdem.

Schon draußen war es nicht ungefährlich gewesen, mehr oder weniger blind durch einen Hindernisparcours aus Ersatzteilen, vergessenen Werkzeugen und allen möglichen gefährlichen Dingen zu stolpern. Hier drinnen wurde es lebensgefährlich. Wir befanden uns in einem gewaltigen eisernen Dom, in dem es nach frischer Farbe, glühendem Metall und Rost roch. Abgestandenes und mit Öl verschmutztes Wasser klatschte unter unseren Füßen, wenn wir in eine der zahllosen Pfützen traten, die das Licht der beiden Lampen wie die Scherben eines zerbrochenen Spiegels reflektierten. Zur Rechten krümmte sich eine gerippte Stahlwand in unbekannte Höhen, in allen anderen Richtungen erblickte ich nur völlige Dunkelheit, die das Licht der beiden Lampen durstig aufzusaugen schien. Wie groß *war* dieses verdammte Schiff?

»Wo genau sind wir hier?«, fragte Watson.

»Das sind die Ballasttanks«, antwortete Mulligan, bevor Chip es tun konnte. »Sie sind in sechzehn Sektionen unterteilt, die sich bei Wassereinbruch durch Schotts schließen lassen.«

»Sie waren schon einmal hier?«, fragte ich überrascht.

»Nein.« Ich konnte Mulligans Kopfschütteln hören. »Aber ich lese alles, was ich über das Schiff finden kann. Da stecken so viele großartige Ideen drin – und die meisten stammen von uns Iren.«

Ich war angemessen erstaunt – nicht nur, dass Mulligan lesen konnte –, doch meine schon fast automatische Häme schmeckte schal. Dies war nicht die passende Umgebung für solcherlei Gefühle.

Außerdem machte mir genau diese Umgebung zunehmend zu schaffen. Ich musste daran denken, was Mulligan über die Größe der eisernen Katakomben gesagt hatte, und fragte mich ganz ernsthaft, ob sich das Schiff vor uns möglicherweise im gleichen Maße weiter ausdehnte, in dem wir in seine stählernen Eingeweide vordrangen.

Zu diesem abstrusen Gedanken passend verstärkte sich das Gefühl bizarrer Nicht-Stille, das mit jedem Schritt zunahm. Aus dem Toben des Weltuntergangssturmes war längst ein tiefes Grollen und Vibrieren geworden, gerade noch an der Grenze des Hörbaren, zugleich aber so machtvoll, dass es jedes einzelne Molekül unserer Körper zum Schwingen brachte. Und der elektrische Geruch in der Luft – anders konnte ich es nicht beschreiben – schien mit jedem Schritt noch intensiver zu werden. Aber zumindest wurde es vor uns endlich wieder hell. Ein – diesmal richtiges – Schott, das sich natürlich am oberen Ende einer wenig vertrauenerweckend aussehenden Leiter in gut zwanzig Fuß Höhe befand, ließ das gelbe Licht von Petroleum- oder Gaslampen ein, und nun meinte ich noch andere Geräusche wahrzunehmen, auch wenn sie mir nichts sagten. Aber es waren richtige Geräusche, Laute, die aus unserer Welt stammten und zumindest die Illusion von Vertrautheit in diese Dimension des Wahnsinns und der Angst brachten, in die wir uns noch dazu freiwillig begeben hatten.

So dicht hintereinander, dass mir erst hinterher aufging, wie sehr wir die zusammengeschusterte Leiter bis an ihre Grenzen belastet hatten, kletterten wir hoch.

Oben angekommen fand ich mich in einer Umgebung wieder, die mir deutlich vertrauter erschien, aber kaum weniger bizarr. Blasses Gaslicht, das normalerweise von einer Anzahl jetzt ausnahmslos erloschener elektrischer Glühbirnen unterstützt wurde, offenbarte uns eine Maschinenhalle von wahrhaft zyklopischen Ausmaßen, die trotzdem beengt wirkte, denn sie war hoffnungslos mit den gewaltigsten und wohl auch modernsten Maschinen vollgestopft, die ich jemals zu Gesicht bekommen hatte.

Obwohl ich herzlich wenig von solcherlei Dingen verstand und es auch gar nicht wollte, meinte ich doch zu erkennen, dass nur sehr wenige von ihnen fertig zusammengebaut oder gar einsatzbereit waren. Dieses Schiff sollte direkt nach dem Winter vom Stapel laufen, doch es sah in großen Teilen so aus, als wären die Arbeiten gerade erst begonnen worden. Ich sah halb zusammen- (oder auseinander-?) gebaute Maschinen, die mich an die Kadaver großer ausgeweideter Metalltiere erinnerten, ganze Bündel nicht angeschlossener elektrischer Kabel und Drähte und halb mannsdicke Dampfrohre, die im Nichts endeten, Eisenbahnloren voller Einzelteile und Werkzeuge, die sich wohl auf eigens dafür verlegten provisorischen Schienen bewegten, und überall auf dem Boden verstreut weitere Ersatz- und Einzelteile und noch mehr Werkzeug.

Was ich nicht sah, waren Menschen. Durch die schiere Überfülle an Maschinen und ... *Dingen* ..., deren Anblick auf meine Sinne einstürzte, war es mir auf den ersten Blick gar nicht aufgefallen, doch meine drei Begleiter und ich schienen tatsächlich die einzigen Menschen in dieser großen Halle zu sein.

Zumindest die einzigen noch lebenden Menschen.

Mulligan sog erschrocken die Luft zwischen den Zähnen ein, und ich begriff meinen Irrtum, als mein Blick dem pulsierenden Lichtstrahl seiner Lampe folgte. Er war auf einen gewaltigen Generatorblock von der Größe einer Lokomotive gerichtet, aber Mulligans unübersehbarer Schrecken galt nicht den Abmessungen dieses Kolosses, sondern dem Beinpaar, das hinter seiner Kante hervorlugte. Während Mulligan und ich noch damit beschäftigt waren, den Anblick zu verarbeiten, stürmte Watson bereits los und war schon hinter dem Generatorblock verschwunden, noch bevor ich überhaupt ganz begriff, was dieser schreckliche Fund bedeuten mochte. Für Mulligan schien es jedenfalls auf etwas anderes hinzuweisen als für mich. Als er sich endlich (vor mir) in Bewegung setzte, hatte er die Lampe nun in einer Hand und in der anderen wieder seine barbarische Schrotflinte.

Die Beine, die wir gesehen hatten, gehörten zu einem großen Mann in grober Arbeitskleidung, der so lang ausgestreckt und ruhig auf dem metallenen Boden lag, als schliefe er nur. Selbst sein Gesichtsausdruck wirkte friedlich, fast schon heiter. Das Einzige, das nicht so recht zu diesem absurden Arrangement passen wollte, war die große hellrote Blutlache, in der sein Hinterkopf lag und die sich selbst jetzt immer noch weiter ausbreitete. Watson saß nur auf den Fußspitzen balancierend in der Hocke neben ihm, und seine Finger waren ebenfalls rot, als er am Hals des Mannes nach dem Puls tastete.

Allerdings nicht sehr lange. Schon nach wenigen Augenblicken schüttelte er den Kopf und stand auf. »Ich kann nichts mehr für ihn tun. Er ist tot.«

So, wie er das sagte, klang es wie das Eingeständnis einer

bitteren persönlichen Niederlage, fand ich. Vielleicht hatte ich doch etwas vorschnell über ihn geurteilt.

»Was ist passiert?«, fragte Mulligan. Ich fand diese Frage ziemlich überflüssig – woher sollte der Doktor das denn bitteschön wissen? –, doch Watson schien tatsächlich eine Sekunde darüber nachzudenken. Dann sah er nach oben und richtete den Strahl der Rühmkorff-Lampe dorthin, sodass er auf einen langen Streifen aus frischem Blut zeigte, der sich über die Flanke der Maschine zog. Das seltsame Licht der Lampe färbte es fast violett.

»Er muss dort oben gearbeitet haben, als das Gewitter losging«, sagte er. »Wahrscheinlich hat er das Gleichgewicht verloren und ist heruntergefallen.« Der Lichtstrahl tastete noch einmal über die wie schlafend daliegende Gestalt und blieb an einem großen Schraubenschlüssel hängen, der neben ihrer linken Hand lag.

»Armes Schwein«, murmelte Mulligan. Was ihn aber nicht daran hinderte, den doppelten Lauf seiner Schrotflinte so unverwandt weiter auf den Toten zu richten, als rechnete er ernsthaft damit, er könnte im nächsten Moment aufspringen und sich auf ihn stürzen. Um ehrlich zu sein: *Ich* rechnete damit.

»Wir … müssen weiter«, sagte Watson, noch immer mit hörbar belegter Stimme. Er wandte sich an Chip. »Wohin?«

Der Junge sah sich auch jetzt wieder auf dieselbe unschlüssige Art um und hob schließlich die Schultern. »Ich bin nicht sicher«, gestand er. »Ich war noch nie hier. Aber ich glaube, da entlang.« Vorsichtshalber legte er sich aber nicht mit einer entsprechenden Geste auf irgendeine Richtung fest.

»Du glaubst?«, polterte Mulligan. »Was soll das heißen, du glaubst?«

»Ich war doch noch nie hier«, protestierte Chip.

»Ich dachte, du gehörst zu ihnen«, erinnerte ihn Mulligan,

und nun war ich sicher, einen drohenden Unterton in seiner Stimme zu hören, gegen den auch Watson keinen Protest erhob. »Dann solltest du doch auch wissen, was sie wissen.«

»Sie sehen mit anderen Augen«, antwortete Chip.

»Und was genau soll das heißen?«, fragte Mulligan lauernd. »Wenn du uns hinhalten willst, wirst du das bedauern, das verspreche ich dir!«

»Man kann es nicht erklären«, antwortete Chip mit großem Ernst. »Ihr müsst es selbst sehen.«

»Dazu müssen wir sie zu allererst einmal finden.« Mulligans Gewehr deutete noch nicht ganz auf den Jungen, aber schon fast.

»Sag uns einfach, woran du dich erinnerst, mein Junge«, sagte Watson um einiges sanfter als Mulligan. »Ich halte mein Wort, keine Angst. Wir bringen dich nach Hause. Aber Mister Mulligan hat recht. Dazu müssen wir wissen, wo wir suchen müssen.«

Chip begann seinen verletzten Arm zu massieren, und seine Mundwinkel zuckten. Wahrscheinlich hatte er Schmerzen. »Es ist warm dort. Warm und sicher. Ein großer Raum. Sehr dunkel, und es gibt keine Fenster.«

Ja, wunderbar, dachte ich. Das half uns weiter.

»Wie genau sieht dieser Raum aus?«, fragte Mulligan. »Ist er rund, eckig? Gibt es Treppen oder viele Türen?«

Ich wollte ihn unwillig zum Schweigen bringen, doch Watson kam mir zuvor, indem er mit einer entsprechenden Geste dasselbe mit mir tat und Chip zugleich bedeutete, die Frage zu beantworten.

»Da sind … Türen«, sagte der Junge schleppend. »Ich weiß nicht genau, ob es Türen sind. Aber es sind viele. Manche sind klein.«

»Klein?« Mulligan machte ein nachdenkliches Gesicht, und ich empfand etwas ganz Ähnliches, nur dass es eher ihn betraf und nicht den Jungen. Konnte es sein, dass ich mich so sehr in ihm getäuscht hatte, und das über so lange Zeit?

Chip nickte zögernd.

»Und es gibt Gitter auf dem Boden und große Lüftungsrohre, die aus der Decke kommen?« Mulligan beantwortete seine eigene Frage praktischerweise gleich selbst mit einem Kopfnicken und fuhr jetzt eindeutig nur noch an sich gewandt fort: »Ich habe vor ein paar Tagen einen Artikel gelesen. Der Reporter hat sich darüber ausgelassen, dass die Reederei bisher noch keine Kohle geordert hat. Und es sind auch noch keine Verhandlungen über spätere Lieferungen erfolgt.«

»Worauf wollen Sie hinaus?«, fragte Watson. »Vielleicht hat Harland & Wolff ja feste Verträge mit seinen Zulieferern.«

»So etwas wird immer neu verhandelt«, widersprach Mulligan. »Dabei geht es um sehr viel Geld. Ein so großes Schiff verbraucht unvorstellbare Mengen an Treibstoff.«

»Das mag ja sein«, sagte ich ungeduldig. »Aber wir machen uns doch nicht gerade wirklich Sorgen um Sir Harlands Bilanzen, oder?«

»Es geht um die Kohle«, sagte Mulligan.

»Stellen Sie sich vor, das habe ich verstanden«, erwiderte ich. »Und?«

»Sehr viel Kohle«, beharrte Mulligan. »Tausende von Tonnen.«

»Und?!«

»Die nicht da sind«, fügte Watson hinzu.

»Aber dafür die Kohlebunker«, bestätigte Mulligan, und Watson schloss: »Sehr große, sehr leere Räume.«

Und endlich verstand ich. Reichlich spät, zugegeben, aber ich verstand. »Wo sind diese Kohlebunker?«

Mulligan sah sich einen Moment lang suchend um, doch anders als bei Chip gerade hatte ich das Gefühl, dass er wusste, was er tat, und auch nach etwas Bestimmtem Ausschau hielt. »Dorthin«, sagte er schließlich und deutete in die ungefähre Richtung, in die wir uns sowieso bewegten.

»Sind Sie da sicher?«, fragte ich.

»Nein«, erwiderte Mulligan gelassen. »Sie?«

Dagegen konnte ich schwerlich etwas sagen, denn in einer Situation wie der unseren war vermutlich alles besser, als nichts zu tun. Also folgten wir Mulligan, der seine Schrotflinte dergestalt auf der Lampe platziert hatte, dass die doppelten Läufe dem flackernden Lichtstrahl folgten. Ich hoffte nur, dass sein Nervenkostüm ebenso stark war, wie seine Überlegungen scharfsinnig geworden waren.

Wenigstens das Grollen des Gewitters hielt an, während wir Mulligan durch den riesigen Maschinenraum weiter in die geschmiedeten Eingeweide eines stählernen Drachen hineinfolgten, den ich immer weniger als etwas von Menschenhand Erschaffenes ansehen konnte. Mein Herz klopfte.

Wir hatten das andere Ende des Maschinenraums fast erreicht, als mir noch etwas einfiel. »Dieses Schiff läuft in wenigen Monaten aus«, sagte ich.

»In sehr wenigen«, bestätigte Watson.

»Aber das kann es nicht ohne Kohle«, spann ich meinen Gedanken weiter.

»Und spätestens dann würde auffallen, dass etwas an Bord ist, das hier nicht hingehört, ja.« Watson nickte mir gönnerhaft zu. »Ich verstehe, worauf Sie hinauswollen. Ein Grund mehr zu hoffen, dass wir Erfolg haben.«

Ein Grund, der mich im Augenblick aber ziemlich kaltließ. Vorsichtshalber ließ ich das unerwähnt, während wir weiter durch kaum beleuchtete Hallen und Korridore voller Dinge gingen, die ich nicht erkennen konnte und die mich dennoch bis ins Mark erschreckten. Ich hatte Angst wie selten zuvor in meinem Leben, und es gab eigentlich nur noch einen einzigen Grund, weshalb ich nicht längst kehrtgemacht hatte und aus Leibeskräften gerannt war, bis ich ins Meer fiel oder mein Herz platzte. Dieser Grund hieß Allison. Ob ich die Augen nun schloss oder nicht, ich sah immer wieder ihr faszinierendes Gesicht vor mir und vor allem den letzten Blick, den sie mir dort unten in der Kanalisation zugeworfen hatte. Ich würde ihn nie vergessen, ob es uns nun gelang sie zu retten oder nicht. Aber wenn es mir nicht gelang, dann wollte ich auch nicht mehr leben.

Diese Entschlossenheit hatte nicht sehr viel mit dem zu tun, was Chip mir über sie erzählt hatte. Zu erfahren, dass sie meine Gefühle nicht nur tolerierte, sondern sogar zu erwidern schien, hatte mich innerlich jubilieren lassen, aber ich hätte mein Leben auch, ohne zu zögern, in die Waagschale geworfen, wäre es nicht so gewesen.

Eigentlich nur, um mich abzulenken, zwang ich mich, meine Umgebung nun doch etwas genauer in Augenschein zu nehmen und alles Unangenehme möglichst auszublenden. Es gelang mir nicht. Nicht, weil ich die fremden Einflüsse nicht ganz verleugnen konnte (ich war schon immer gut darin gewesen, mich selbst zu belügen), sondern weil ich auch auf der Ebene des Normalen und Verständlichen nicht sehr viel Angenehmes sah.

Ich hatte es bisher tunlichst vermieden, mir wirklich Gedanken über das zu machen, was uns an Bord dieses Wunderschiffes erwarten mochte, aber man lebte nicht in einer Stadt wie Belfast, ohne so viel über die *Titanic* zu hören, dass ich einfach eine Menge Glanz und Glamour und auch ganz unverhohlenen Prunk erwartete. Wir bewegten uns jedoch durch Bereiche des Schiffes, die nie ein zahlender Passagier zu Gesicht bekommen würde, nicht einmal die Reisenden der dritten Klasse.

Die vorherrschende Farbe hier war Rost, dem durchdringenden Gestank frischer Ölfarbe und Lacke zum Trotz, der manchmal so intensiv wurde, dass er in der Kehle brannte und mir die Augen tränten. Flugrost, der Erzfeind jedes Ästheten, der unerbittlich jedes nicht behandelte Stück Eisen befiel und ihm das Aussehen eines hundert Jahre alten Trümmerstücks verlieh – obwohl er deutlich mehr als nur ein Jahrhundert gebraucht hätte, um einem Gebilde von dieser Größe ernsthaften Schaden zuzufügen.

Aber das war längst nicht alles, vielleicht nicht einmal das Schlimmste. Alles hier wirkte unfertig, und was fertiggestellt war, machte einen ungeschlachten, rohen und manchmal fast schon primitiven Eindruck. Was für die schiere Größe dieses Schiffes galt, das traf wohl zumindest zum Teil auch auf seine Technik zu, ungeachtet dessen, was man in den Zeitungen las. Was nicht mit Finesse und Erfindungsreichtum gelöst werden konnte, das hatten die Konstrukteure des Schiffes mit brachialer Gewalt getan und, wie ich zu meinem Erstaunen feststellte, wohl sogar mit Erfolg. Trotzdem: Wenn Nikola wirklich in die Konstruktion dieses Schiffes involviert war, wie er ein paarmal angedeutet hatte, dann musste ich ihm dringend raten, noch etwas an der Ästhetik dieses Monsters zu tun.

Wenn Nikola noch lebte.

Und wenn es uns gelang, ihn zu befreien.

Und wenn *wir* hinterher noch lebten und in der Lage waren, irgendjemandem einen Rat zu geben.

Ich verbot mir, weiter in diese Richtung zu denken, und konzentrierte mich einfach nur auf die nächsten Schritte und beschäftigte mich mit der Frage, wie lange wir eigentlich schon hier drinnen waren und wie lange das Gewitter noch vorhalten würde.

Natürlich fand ich weder auf die eine noch auf die andere

Frage eine Antwort. Mein Zeitgefühl war längst auf der Strecke geblieben, und was das Gewitter betraf, so ging es mir wie den allermeisten anderen: Ich hatte natürlich das eine oder andere schwere Unwetter erlebt, aber niemals wirklich darüber nachgedacht, wie lange sich ein Gewitter durchschnittlich hinzog. Meine Logik folterte mich mit dem Gedankengang, dass es sich vermutlich umso schneller selbst verzehrte, je wütender es tobte. Und wir waren schon viel zu lange im Innern des Schiffes.

Wenn ich bedachte, dass hier angeblich bis zu viertausend Menschen gleichzeitig arbeiten sollten, hätten wir ununterbrochen auf Überlebende treffen müssen, doch das Schiff blieb gespenstisch leer. Ein- oder zweimal meinte ich eine Bewegung aus den Augenwinkeln wahrzunehmen oder ein Geräusch zu hören, aber immer wenn ich genauer hinsah oder mich zu konzentrieren versuchte, war da nichts. Ich war einfach nur nervös, das war alles.

Und ich begann mich allmählich ganz ernsthaft zu fragen, ob es vielleicht Dinge gab, an die man besser nicht dachte, wollte man nicht Gefahr laufen, sie damit heraufzubeschwören, denn als wir den nächsten flugrostroten Raum betraten, standen wir gleich drei Männern gegenüber, die uns allesamt finster anstarrten und schwere Schraubenschlüssel oder andere zu Waffen umfunktionierte Werkzeuge in den Händen hielten.

Allerdings rührten sie sich nicht. Sie standen vollkommen reglos da, nicht nur *wie*, sondern als seien sie tatsächlich Statuen.

Mulligan gab mir trotzdem seine Lampe und näherte sich den Männern in einem weiten Halbkreis, sein Gewehr mit beiden Händen weiter auf sie gerichtet. Den letzten Schritt legte er zollweise zurück, streckte schließlich die linke Hand aus und berührte unendlich behutsam die Schulter des ersten Mannes. Ein erstaunter Ausdruck erschien auf seinem Gesicht.

»Mulligan?«, fragte Watson besorgt.

Mulligan zog die Finger so hastig zurück, als hätte er glühende Kohle berührt, wirkte aber nur noch verwirrter. »Kommen Sie her, Doktor!«, sagte er aufgeregt. »Jeannie Mac, das müssen Sie sich ansehen!«

Ich hatte nicht das Gefühl, dass Watson sonderlich erpicht darauf war, sich *irgendetwas anzusehen*, doch nachdem er sichtlich mit sich gerungen hatte, ging er doch hin und betastete vorsichtig denselben Arm wie Mulligan zuvor. Er wirkte genauso verblüfft wie dieser, als er zurücktrat und den Mann noch einmal mit einem langen Blick von Kopf bis Fuß maß. Dann streckte er erneut die Hand aus, um diesmal sein Gesicht zu betasten.

»Das ist wirklich erstaunlich«, sagte er. »Kommen Sie her, Mister Devlin! Sehen Sie sich das an!«

Noch sehr viel weniger als er selbst hatte ich Lust, mir etwas anzusehen, doch ich kannte Watson mittlerweile auch gut genug, um zu wissen, dass seinen Wunsch zu erfüllen wohl die bequemste (und schnellste) Möglichkeit darstellte, unseren Weg fortzusetzen. Also ging ich hin, berührte die Hand des vermeintlichen Mannes und konnte mich eines eisigen Fröstelns nicht erwehren, obwohl ich geahnt hatte, was ich fühlen würde.

Was wie Haut bis hin zum allerkleinsten Detail aussah, das fühlte sich kalt und hart wie Stahl an. Vor mir stand genau das, womit ich es im allerersten Moment instinktiv verglichen hatte: eine Statue, die einem Menschen so perfekt nachempfunden war, wie es überhaupt nur ging, möglicherweise bis zur mikroskopischen Ebene. Und doch war es eben nicht mehr als eine eiserne Figur ohne Leben.

Jedenfalls hier und jetzt.

Mulligans Lampe blinzelte mir zu, um mich daran zu erinnern, wie schnell sich das ändern konnte, und auch Watson rang seine wissenschaftliche Neugier mit unübersehbarer Mühe nieder und rief sich noch unübersehbarer selbst in Gedanken zur Ordnung. »Das ist wirklich faszinierend«, sagte er und klang dabei leise enttäuscht. »Sehen Sie sich nur diesen Detailreichtum an! Ich bin sicher, dass man nicht einmal unter dem Mikroskop einen Unterschied feststellen könnte!«

»Es sei denn, sie treten Ihnen auf den Fuß«, sagte Mulligan pragmatisch.

»Ja, vermutlich.« Watson lächelte flüchtig und schüttelte dann mit einem sehr enttäuscht klingenden Seufzer den Kopf. »Ich gäbe meine linke Hand dafür, einen davon gründlich untersuchen zu können. Diese Technik ist der unseren um Jahrhunderte voraus, wenn nicht Jahrtausende! Aber ich fürchte, Mister Devlin hat recht, und wir sollten weitergehen.«

Ich konnte mich gar nicht erinnern, auch nur eine einzige entsprechende Silbe geäußert zu haben, aber ich war zufrieden damit und behielt jeglichen Kommentar für mich.

Wir gingen weiter.

Genau drei Schritte, bevor Watson wieder stehen blieb und einen erstaunten Laut hören ließ.

Vor ihm, gerade noch am Rande des ungleichmäßig pulsierenden Keils aus rötlich blauem Licht, den seine Lampe in die Dunkelheit schnitt, befand sich ein weiterer Mann. Er lag auf dem Boden ausgestreckt und sah friedlich aus wie der Tote, den wir vor wenigen Minuten gefunden hatten, nur dass sich unter seinem Kopf keine Blutlache gebildet hatte. Und dass sein rechter Arm kurz über dem Ellbogengelenk abgebrochen war und ein gutes Stück neben ihm lag, die Finger zur Kralle gekrümmt und in Richtung des verstümmelten Körpers ausgestreckt, als hätte er versucht, an seinen angestammten Platz zurückzukriechen.

Auch dieser Mann musste wohl aus großer Höhe abgestürzt

sein, doch da er nicht aus Fleisch und Blut bestand, hatte er auf vollkommen andere Weise Schaden genommen. Seine Kleider waren hier und da gebrochen – nicht zerrissen –, und der Kiefer war eingedrückt, wie ich auf einen zweiten und etwas genaueren Blick bemerkte. Nicht zerschmettert, sondern in sich verschoben, was einen eindeutig schrecklicheren Anblick bot, obwohl ich doch wusste, dass ich nichts anderem als einer Maschine gegenüberstand.

Watson schwenkte seine Lampe, und immer mehr und mehr reglos dastehende oder -liegende eiserne Menschenstatuen tauchten aus der Schwärze auf und verschwanden wieder darin, wenn der Lichtstrahl weiterwanderte. Viele standen einfach nur da, so wie die ersten drei, auf die wir gestoßen waren, etliche schienen mitten in einer Bewegung erstarrt zu sein und boten einen geradezu grotesken Anblick, und manche waren auch gestürzt oder lagen oder hockten in nicht minder bizarren Haltungen am Boden. Keiner jedoch war auf so schlimme Weise beschädigt wie der, neben dem wir standen, und diese Erkenntnis erfüllte mich mit Erleichterung. Auch wenn es sich nur um mechanische Doppelgänger handelte.

Mein promovierter Begleiter musste wohl der Meinung sein, dass ich noch nicht demoralisiert genug war, denn nun wies er mit seiner Lampe nach oben, und was der sanft pochende Lichtstrahl aus der Dunkelheit über unseren Köpfen riss, das ließ mir den Atem stocken.

Der Raum war gute drei oder auch vier Stockwerke hoch und hatte die Abmessungen einer kleinen Kathedrale, unter deren Decke sich gewaltige technische Installationen mir unbekannten Zwecks entlangzogen. Vielleicht auf halber Höhe befand sich ein schmaler metallener Steg, der vermutlich um die ganze Halle herumführte. Falls er irgendwann einmal ein Geländer bekommen sollte, dann war es jedenfalls noch nicht montiert, aber ich gewahrte trotzdem etliche weitere Gestalten, die auf dem unsicheren Steg standen und ins Leere sahen. Damit war immerhin klar, wo der Todessturz des Mannes seinen Ausgangspunkt genommen hatte.

Aber ich war nicht besonders glücklich darüber. Der Lichtstrahl ließ mindestens zwei oder drei Dutzend regloser Menschenstatuen in der Dunkelheit aufblitzen und wieder darin untertauchen, und ich fragte mich, wie viele leblose Augenpaare uns noch aus der Dunkelheit heraus anstarrten.

Watsons Lampe flackerte stärker, ging aus und wieder an und noch einmal aus, und nachdem sie das nächste Mal wieder angegangen war, brannte sie nicht nur deutlich heller, sondern auch gleichmäßig und ohne das geringste Flackern.

Ebenso wie die Mulligans.

Und wie die zahllosen elektrischen Lampen, die eine nach der anderen nicht nur unter der Decke angingen, sondern auch überall in der weitläufigen Halle.

Ich war so überrascht, dass ich zunächst nicht begriff, was diese Beobachtung bedeutete, sondern es erst Mulligans warnenden Schreis bedurfte. Neben mir nahm ich eine schattenhafte Bewegung aus den Augenwinkeln wahr, die ich mehr erahnte als wirklich sah. Ich war nicht sicher, ob ich ihr aus eigenem Anlass auswich oder ob es Mulligan war, der mich an der Schulter ergriff und zurückriss, sodass ich der täuschend menschlich wirkenden Eisenhand um Haaresbreite entging, die plötzlich nach mir griff.

Dafür erwischte mich eine andere.

Spätestens in dem Moment, in dem sich eine eisenharte und kalte Hand um meinen Nacken legte und mit einer Gewalt zudrückte, die mir sofort die Tränen in die Augen trieb, verloren die nachgemachten Männer auch noch das letzte bisschen Menschenähnlichkeit. Jemand schrie – vermutlich ich –, und noch mehr elektrische Lampen erwachten flackernd zum Leben. Es roch verbrannt, und irgendwo tief unter unseren Füßen schien eine mächtige Maschine zum Leben zu erwachen.

Dafür war etwas anderes nicht mehr da, und angesichts meiner misslichen Lage war es wirklich nicht schwer zu erraten, was das war.

Ich versuchte mich loszureißen, schaffte es auf den zweiten Anlauf, bezahlte dafür aber mit dem Verlust meines Gleichgewichts, sodass ich noch einen ungeschickten Schritt zur Seite stolperte und dann der Länge nach hinfiel. Eine scharfe Metallecke schnappte nach meinem Gesicht und verfehlte es so knapp, dass schon der bloße Anblick wehtat. Eine weitere Metallhand schloss sich um meinen Knöchel und zerrte mich mit brutaler Kraft zurück. Irgendetwas krachte so laut, dass ich annahm, Mulligan hätte seine Schrotflinte abgefeuert, zumal es nun überall rings um mich herum winzige Metallwürfel, -kugeln und -splitter zu regnen begann.

»Nicht!«, hörte ich Chip brüllen. »Das dürfen Sie nicht! Nicht schießen!«

Tatsächlich hatte Mulligan seine Waffe gar nicht abgefeuert, wie ich feststellte, als ich mich hastig aufrappelte und zugleich nach ihm und dem Jungen Ausschau zu halten versuchte, sondern dem Mann, der mich gepackt hatte, die beiden Läufe in den Leib gerammt. Das aber mit solcher Kraft, dass es wohl kaum noch einen Unterschied machte. Der Angreifer brach nicht nur zusammen, sondern schien regelrecht auseinanderzufallen, wobei sich all seine Glieder in unterschiedliche Richtungen zu bewegen schienen. Der unheimliche Moment währte jedoch nicht einmal so lange wie zwei aufeinanderfolgende Herzschläge, dann hatte sich der Mann wieder erinnert, wie man sich bewegte und wie nicht, wandte sich ganz Mulligan zu und nahm ihm das Gewehr weg. Mulligan wehrte sich entschlossen mit seiner ganzen Kraft, was sein mechanisches Gegenüber jedoch nicht einmal zur Kenntnis zu nehmen schien. Mit der einen Hand riss er Mulligan das Gewehr aus den Fingern und ließ es achtlos fallen, mit der anderen versetzte er ihm einen Stoß, der ihn etliche Schritte zurück in die Arme eines weiteren Maschinenmannes stolpern ließ. Es gelang ihm zwar, sich sofort wieder loszureißen, aber ich hatte das sehr sichere Gefühl, nur weil der Mann es ihm gestattete.

Mulligan machte unverzüglich einen Schritt nach vorne und wollte sich nach der Schrotflinte bücken, doch Chip sagte noch einmal: »Das ist wirklich nicht nötig, Mister Mulligan. Sie können uns nicht verletzen. Haben Sie denn gar nichts von dem verstanden, was ich Ihnen zu zeigen versucht habe?«

Er sprach jetzt wieder mit dieser anderen, entsetzlichen Stimme, die so sehr seiner eigenen ähnelte und doch so wenig von einer menschlichen Stimme hatte, wie es bei gesprochenen Worten überhaupt nur ging. Ich redete mir mit einigem Erfolg ein, ihm nur nicht in die Augen sehen zu wollen, weil ich ohnehin wusste, was ich darin erblicken würde, aber in Wirklichkeit tat ich es wohl nicht, weil ich entsetzliche Angst vor dem hatte, was jetzt darin lauerte.

»Also hast du uns doch in eine Falle gelockt«, stellte Watson fest. »Das bedauere ich. Wo ihr doch angeblich nicht unsere Feinde seid.«

»Aber ihr seid auch nicht unsere Freunde«, erwiderte Chip.

Das kam mir irgendwie bekannt vor, nicht nur die Wahl der Worte, sondern auch die Art, wie er sie aussprach, zwar perfekt moduliert, aber zugleich auch … *nicht richtig*. Es klang nicht nur auswendig gelernt und heruntergeleiert, sondern so emotionslos abgespult wie der Ton einer Edison-Walze oder einer modernen Grammofonplatte.

Dann ordneten sich meine Gedanken endgültig, und mir

wurde klar, wie nahe ich mit diesem Vergleich der Wirklichkeit möglicherweise gekommen war. Ich stand ja tatsächlich einer Maschine gegenüber – also gut, es war ein wenig komplizierter, denn Chip bestand zweifelsfrei (zum allergrößten Teil) aus Fleisch und Blut, doch was seine Worte und sein Handeln im Moment lenkte, das war ganz zweifellos der Intellekt einer Maschine. Und genau mit einer solchen sprachen wir gerade.

Keiner besonders schlauen, wie mir schien.

»Nicht eure Feinde«, sagte Chip gerade nicht nur noch einmal und mit exakt derselben Betonung, sondern sogar demselben Ausdruck im Blick – tatsächlich wie eine gesprungene Grammofonplatte, deren Stahlnadel festhing. Mulligans Lampe flackerte, nur ein einziges Mal und so rasch, dass ich es fast nicht gesehen hätte, aber dasselbe wiederholte sich in Chips Augen, und zugleich war es, als … stolperte die Zeit in ihrem normalen Fluss und rumpelte spürbar, bevor sie wieder in ihren gewohnten ruhigen Lauf zurückfand.

»Aber ihr seid auch nicht unsere Freunde«, wiederholte Chip.

»Ach nein?«, fragte Mulligan. »Das habe ich jetzt nicht wirklich verstanden. Kannst du es uns vielleicht noch einmal erklären? Am besten so, dass wir es auch wirklich verstehen?«

»Mulligan!«, sagte Watson streng.

»Was?«, erkundigte sich Mulligan.

»Aber ihr seid auch nicht unsere Freunde«, wiederholte Chip. Noch einmal. Und mit einer nun wirklich sonderbar leiernden Betonung. Mulligans Lampe flackerte noch einmal, und jetzt stimmte auch Watsons plumpe Laterne in dieses lautlose Blinzeln mit ein. Erneut hatte ich das bizarre Gefühl, dass die Wirklichkeit eine Art Schluckauf bekam und sich erst nach einem spürbaren Zögern dazu durchringen konnte, weiterzuexistieren. Diesmal konnte ich es nicht als Sinnestäuschung oder einfach nur Unsinn abtun. Etwas geschah. Etwas sehr Schlimmes.

»Nicht unsere Freunde«, stammelte Chip. »Weil ihr niemandes Freunde seid.«

»So richtig viele Worte kennen sie ja nicht«, murmelte Mulligan.

Ich nahm an, dass es ein Scherz sein sollte, aber seine Worte jagten mir einen eisigen Schauer über den Rücken, und auch Watson sah auf eine beunruhigte Art nachdenklich aus.

»Niemandes Freunde«, nuschelte Chip. Das sonderbare Feuer in seinen Augen flackerte nun genauso heftig wie das Licht der beiden Rühmkorff-Lampen.

Wenn man es genau nahm, sogar im gleichen Takt.

Ich hatte das Gefühl, dass dieser Gedanke wichtig war, doch ich kam nicht dazu, ihn zu Ende zu verfolgen, denn nun sah ich aus den Augenwinkeln eine Bewegung, die weder von Chip noch von Mulligan oder Watson stammen konnte. Instinktiv machte ich einen Schritt zur Seite und entging so im letzten Moment einer schwieligen Hand, mit der einer der vermeintlichen Werftarbeiter nach mir grabschte.

Allerdings musste ich auch zugeben, dass es nicht besonders schwer war, ihr auszuweichen, denn der Angriff war zwar ungemein kraftvoll und im urtümlichen Sinne des Wortes unmenschlich stark ausgeführt, aber zugleich auch beinahe grotesk langsam und auf eine Art ziellos, die sonderbar irritierend wirkte, beinahe komisch.

Das war wohl auch der Grund, warum mich ein anderer um ein Haar erwischt hätte. Mulligan schrie im letzten Moment: »Inspektor!«, doch bevor ich begriff, dass es eine Warnung war, war es beinahe zu spät. Und wenn man es genau nahm, nicht einmal wirklich beinahe, sondern ganz eindeutig zu spät, denn es war Watson, der mich am Schlafittchen ergriff und mit einer

Kraft zurückriss, die ich einem Mann seiner Statur niemals zugetraut hätte.

Dieses Mal verfehlten die zuschnappenden Eisenfinger mein Gesicht so knapp, dass sie vier heftig brennende Kratzer auf meiner Wange hinterließen, die augenblicklich zu bluten begannen. Der Ruck brachte mich nicht nur aus dem Gleichgewicht, sondern hätte mich wohl auch zu Boden geschleudert, hätte Watson mich nicht mit der anderen Hand festgehalten.

Mir blieb weder Zeit, meiner Verwunderung Ausdruck zu verleihen, noch, mich bei ihm zu bedanken, denn schon bestürmte mich ein weiterer Eisenmann. Auch Mulligan und der Doktor sahen sich nun mit gleich drei perfekten Menschen-Kopien konfrontiert, die tollpatschig nach ihnen griffen oder sie mit plump tapsigen Schritten einzukreisen versuchten. Nun, da sie den Vorteil der Überraschung nicht mehr auf ihrer Seite hatten, war es sowohl Watson als auch Mulligan – und sogar mir – ein Leichtes, ihnen auszuweichen und ihre ungeschickten Bewegungen vorauszuahnen.

Das Problem war nur, dass es sehr viele waren. Möglicherweise zu viele, um ihnen zu entkommen. Aus allen Richtungen näherten sich Männer, langsam und mit grotesk torkelnden Bewegungen, mit leeren Gesichtern und wie tastend ausgestreckten Armen, als wären sie betrunken oder blind oder Opfer des Kugelfischgiftes, das die Schamanen gewisser Stämme auf Kuba oder Hispaniola angeblich benutzten, um Menschen in gehorsame Marionetten ohne eigenen Willen und quasi ohne Intellekt zu verwandeln.

Der Anblick war Furcht einflößend und grotesk zugleich. Wäre die Lage nicht von Sekunde zu Sekunde bedrohlicher geworden, hätte ich mich eines hysterischen Lachens wahrlich nicht länger ermahnen können.

Ich versuchte nicht einmal die Anzahl der Gestalten zu

schätzen, die scheinbar aus allen Richtungen zugleich auf uns zuwankten. Es mussten Dutzende sein, und die Dunkelheit hinter ihnen war von einer Art, der anzusehen war, dass sie noch mehr feindselige Bewegung barg. Ich bemerkte aus den Augenwinkeln, wie sich Mulligan unter den Händen einer heranstolpernden Gestalt weg- und prompt in die Umarmung eines zweiten Angreifers hineinduckte, der er nur noch durch eine ebenso schnelle wie eigentlich unmögliche Drehung entging. Und auch Watson hatte plötzlich seine liebe Mühe, nicht gepackt und möglicherweise gleich in Stücke gerissen zu werden. Dann war auch meine Rolle als Zuschauer vorbei, und ich musste einem ganzen Wust grabschender Hände gleichzeitig ausweichen, die in meine Richtung gereckt wurden.

Zwei davon gehörten Chip, und sie waren es auch, die mich erwischten – vermutlich weil ich einen Moment lang einfach wie gelähmt dastand und den Jungen anstarrte. Mein Verstand sagte mir, dass er nichts dafür konnte, aber meine Augen bestanden darauf, dass es derselbe verschlagene Bursche war, der uns hierher und – mich bereits zum zweiten Mal – in eine Falle gelockt hatte.

Ich reagierte deutlich zu spät und viel zu heftig. Chips Hand, die mir trotz all der Narben und noch nicht verheilten Wunden unnatürlich glatt und hart vorkam, schloss sich um mein Gelenk. Es war wie ein elektrischer Schlag, der mich durchfuhr, sodass ich den Arm mit der schieren Kraft reiner Todesangst hochriss – mit dem Ergebnis, dass Chip meterweit zurückgeschleudert wurde und dann hart genug auf den Rücken fiel, um ihm auf der Stelle das Bewusstsein zu rauben.

Mir blieb keine Zeit, mich dieses kleinen Triumphs zu erfreuen, denn ein ganz und gar nicht menschlicher Arm aus hartem Metall legte sich von hinten um meinen Hals und riss nicht nur meinen Kopf so brutal in den Nacken, dass ich meine Wirbel knacken hörte, sondern presste auch das allerletzte bisschen kostbarer Atemluft mit einem pfeifenden Schrei aus meinen Lungen. Schlagartig wurde mir schwarz vor Augen, doch ich drückte instinktiv die Knie durch und versuchte dasselbe auch mit dem Rücken, um den erbarmungslosen Griff des Maschinenmannes zu sprengen.

Natürlich machte ich es nur schlimmer. Der Schmerz war so grässlich, dass ich mich wohl nur nicht übergab, weil mir der Arm mittlerweile den Hals komplett zuschnürte.

Rote Blitze aus reinem Schmerz explodierten vor meinen Augen, und ich erkannte nur noch ein Chaos aus Bewegungen, die einzeln nicht mehr zuzuordnen waren. Etwas – vermutlich ein Tritt – traf meine Kniekehle und ließ mich einbrechen, und ein weiteres und vermutlich noch stärkeres Paar Eisenhände packte meine Handgelenke und begann sie in Richtungen zu drehen, in denen sie nur zerbrechen konnten. Dann tauchte ein breitflächiges Gesicht mit kalten Augen und gebleckten Zähnen aus blitzendem Stahl so dicht vor meinem auf, dass ich den Atem des Mannes hätte spüren können – hätte er denn geatmet –, und zerplatzte in eine Million winziger grafitfarbener Metallwürfel, die wie ein Hagel aus winzigen Nadeln in mein Gesicht bissen. Erst jetzt hörte ich den peitschenden Knall und sah die orangerote Mündungsflamme des Schusses. Jemand schrie, was mir einigermaßen absurd vorkam, und ein zweiter und möglicherweise noch lauterer Schuss krachte.

Dieses Mal explodierte niemand, doch der Druck auf meinen Hals ließ endlich nach, sodass ich mich aufrichten und mit einem röchelnden Keuchen nach Luft schnappen konnte. Der Arm schlang sich immer noch um meinen Hals, sodass ich mich losriss und mit aller Kraft daran zerrte. Um ein Haar hätte ich das Gleichgewicht verloren und konnte einen Sturz durch einen hektischen Stolperschritt gerade noch verhindern, was vermutlich daran lag, dass ich tatsächlich nur noch den Arm in den Händen hielt. Er war mitsamt dem Gelenk aus der Schulter gerissen und das zerfetzte Ende (das tatsächlich bis ins Detail einem menschlichen Schultergelenk glich, nur dass es komplett aus Metall bestand) sprühte Funken. Zähes Öl tropfte wie regenbogenfarbenes Blut zu Boden, und die Finger bewegten sich nach wie vor in einem unablässigen, klickernden Rhythmus.

Trotz allem einfach nur verwirrt stolperte ich herum und wurde mit einem Anblick belohnt, wie er grässlicher kaum sein konnte: Der Mann, der mich gepackt hatte, stand zwei Schritte hinter mir und schwankte wie ein missgestaltetes Schilfrohr im Wind. Nicht nur sein rechter Arm, sondern die halbe Schulter bis fast zum Hals waren abgerissen, sodass Funken sprühende elektrische und mechanische Innereien zum Vorschein kamen, die Ströme von schillernder Kühl- und Schmierflüssigkeit über den Körper bluteten. Es war nur eine Maschine, die perfekte Nachbildung eines Menschen aus Eisen, Glas und anderen unbekannten Materialien, und doch erfüllte mich der Anblick nicht nur mit schierem Grauen, sondern ließ auch eine Woge so intensiver Übelkeit in mir aufsteigen, dass ich mich mit aller Macht beherrschen musste, um meine letzte Mahlzeit nicht wieder von mir zu geben. Dass der metallene Mann immer stärker schwankte und schließlich stocksteif nach hinten fiel und mit einem Geräusch wie eine stürzende Bronzestatue auf dem Boden aufschlug, machte es auch nicht besser.

»Devlin! Kommen Sie her, verdammt noch mal!«

Weder erkannte ich die Stimme, noch wusste ich in diesem Moment genau, wer dieser Devlin war und wohin er kommen sollte, doch da war ein winziger Rest von Vernunft in mir, dem die Antworten auf diese Fragen vollkommen egal waren und der dafür sorgte, dass ich auf der Stelle in die Richtung stolperte, aus der die Stimme gekommen war. Nach wie vor tobte ein Orkan aus reiner chaotischer Bewegung rings um mich herum, in dem ich rein gar nichts zu erkennen vermochte, da krachte ein weiterer Schuss, gefolgt von etwas, das wie der Schrei aus einer stählernen Kehle klang.

Dann erkannte ich Mulligan, der gerade unter dem Anprall zweier eiserner Angreifer zu Boden ging. Ein dritter versuchte mir in den Weg zu treten und kippte dann zur Seite, als ein weiterer Schuss krachte, der ihm das Bein dicht unterhalb des linken Knies abriss. Grafitgrauer Staub, Eisenwürfel und zerfetzte Drähte explodierten in alle Richtungen, und das abgerissene Bein setzte seinen Weg noch ein gutes Stück schlitternd fort, selbst als der Eisenmann längst zu Boden gefallen war.

»Devlin! Schnell!«

Eine hektisch wedelnde Hand unterstrich die Dringlichkeit noch, die diesmal unüberhörbar in der Stimme vibrierte, sodass ich gar nicht anders konnte, als meine Richtung zu ändern und auf die halbrunde Tür zuzustolpern, hinter der sie herumfuchtelte. Als ich sie fast erreicht hatte, stach eine doppelte rote Flammenzunge in meine Richtung, doch mir blieb nicht einmal die Zeit, wirklich zu erschrecken, bevor ich auch schon das boshafte Summen der Schrotladung hörte, die an meinem Gesicht vorbeijagte und gegen irgendetwas aus Metall klatschte, das sich unangenehm nahe hinter mir befand. Heißes Metall spickte meinen Rücken und meinen ungeschützten Nacken, dann – endlich – hatte ich die Tür erreicht und sah mich Watson gegenüber. Aber woher hatte er plötzlich eine Waffe?

Die Antwort lautete *nirgendwoher*, denn die doppelläufige Schrotflinte, die sich in diesem Moment mit einem ohrenbetäubenden zweifachen Knall erneut entlud, lag nicht in seinen Händen, sondern in denen eines bulligen Kerls in der schwarzen Uniform der Belfaster Polizei.

Es dauerte eine Weile, bevor ich ihn erkannte: Es war O'Brien!

»Watson!«, sprudelte ich hervor. »Was ist …?«

»Bedanken Sie sich später, Devlin«, unterbrach mich eine wohlbekannte Stimme. »Hier! Helfen Sie uns lieber, am Leben zu bleiben!«

Ich griff ganz automatisch zu, als Adler mir eine Schrotflinte zuwarf, und wäre vom Gewicht der Waffe um ein Haar aus dem Gleichgewicht gebracht worden. Um nicht gänzlich zu fallen, ließ ich mich gegen die eiserne Wand sinken und verdrehte mir den Hals, um durch die Tür hindurchzusehen.

Der Schuss hatte einen weiteren Eisenmann getroffen und zu Boden geschleudert, und eine zweite Entladung ließ mir nicht nur schier die Trommelfelle platzen, sondern traf auch einen der eisernen Angreifer, die Mulligan niedergerungen hatten, und schleuderte ihn von ihm herunter. Des zweiten entledigte sich der Pfleger mit einem kraftvollen Fußtritt, der den Angreifer endgültig zu Boden warf. Sicher nur für einen Augenblick, aber diese Zeit reichte ihm, in die Höhe zu schnellen und loszustürmen. Allerdings nicht in unsere Richtung.

»Sherlock!«, schrie Watson. »Kommen Sie her, verdammt!«

Mulligan stürmte nur noch schneller weiter, riss den bewusstlosen Chip vom Boden hoch und warf ihn sich im Herumdrehen über die Schulter, bevor er wieder zu uns zurückhetzte.

Er hätte es nicht geschafft, denn die Anzahl der Angreifer war noch einmal angewachsen und ihre Bewegungen deutlich flüssiger und schneller geworden, doch Adlers Männer schossen zwei oder drei weitere nieder, dann hatte Mulligan den rettenden Ausgang erreicht, stürmte hindurch und stürzte – vom Schwung seiner eigenen Bewegung nach vorne gerissen – auf die Knie, noch bevor die Tür krachend hinter ihm ins Schloss fiel. Praktisch in der gleichen Sekunde drehte einer der Polizisten das schwere eiserne Handrad, mit dem sie verriegelt wurde, und ein anderer rammte seinen Gewehrlauf zwischen die metallenen Speichen, um sie zu blockieren.

Keinen Augenblick zu früh, wie sich herausstellte.

Kaum war das protestierende Scharren des misshandelten Metalls verklungen, da dröhnte das Schott unter einem gewaltigen Anprall, und es geschah zwar nicht wirklich, aber meine eigene Fantasie ließ es sich natürlich nicht nehmen, mir vorzugaukeln, wie sich die massive Eisentür unter den Hammerschlägen stählerner Fäuste verbeulte. Fast gleichzeitig begann sich das Handrad wieder in die andere Richtung zu drehen, obwohl gleich drei von Adlers Männern ihre Kräfte vereinten, um es zurückzuhalten. Der Gewehrlauf begann wie ein gepeinigtes eisernes Tier zu ächzen und verbog sich vor unseren Augen, bevor das Handrad mit einem in den Zähnen schmerzenden Knirschen zum Halten kam; gerade als ich hundertprozentig davon überzeugt war, dass es bersten musste.

»Das war knapp«, stöhnte Adler hinter mir. »Die Neumanns sind wirklich hartnäckig, das muss man ihnen lassen.«

Ich ignorierte diese unnötige Bemerkung und wollte mich mit der Frage an ihn wenden, was zum Teufel er hier zu suchen hatte, doch da dröhnte die Tür unter einem neuerlichen krachenden Fäustetrommeln, und diesmal war ich mir nicht mehr sicher, mir nur einzubilden, die Abdrücke stählerner Fingerknöchel auf dem Schott zu sehen.

»Keine Sorge«, sagte Adler. »Das ist guter irischer Stahl. Der hält.«

Wie um seine Behauptung auch gleich unter Beweis zu stellen, drehte sich das Handrad mit einem Ruck in die entgegengesetzte Richtung und kam knirschend wieder zum Stehen. Der Gewehrlauf ächzte, aber er brach nicht.

Ich schluckte (mühsam) alles hinunter, was mir zu Adlers Behauptung auf der Zunge lag, gab ihm das Schrotgewehr zurück und sah mich zum ersten Mal in unserer Zuflucht um, die streng genommen keine war. Wir befanden uns in einem schmalen Gang mit nackten Eisenwänden, der nach kaum zwanzig Schritten vor einer massiven Eisentür endete und kaum nennenswert breiter war als selbige. Entsprechendes Gedränge herrschte. Nebst unserer kleinen Truppe und Adler sowie O'Brien befand sich noch ein knappes halbes Dutzend weiterer Männer in schwarzen Polizeiuniformen in dem hallenden Gang, alle mit Schrotgewehren, Revolvern und zumindest zum Teil auch noch mit großen Brechstangen bewaffnet. Adler selbst hatte sich die Flinte unter den Arm geklemmt, die ich ihm zurückgegeben hatte, und war darüber hinaus nur mit seinem berüchtigten Silberstock bewaffnet. Watson kniete auf dem Boden und bemühte sich um Chip, der die Augen zwar wieder aufgeschlagen hatte, dessen Blick aber geradewegs durch ihn hindurchzugehen schien, und Mulligan kümmerte sich grummelnd um die zahllosen Schrammen und Kratzer, die ihn an den Zusammenstoß mit gleich zwei Eisenmännern erinnerten.

»Eine beeindruckende Truppe«, sagte ich spöttisch. »Da bin ich ja froh, dass Sie nicht gleich die ganze Armee mitgebracht haben, Inspektor …«

»Captain.«

»… sonst würden wir uns hier glatt gegenseitig tottrampeln.«

»Wie gesagt«, entgegnete Adler ungerührt, »Sie können sich später bei mir dafür bedanken, dass ich Ihnen und Ihren Freunden das Leben gerettet habe. Und jetzt, Mister Devlin, wäre ich Ihnen äußerst dankbar, wenn Sie mir verraten würden, *was zum Teufel hier überhaupt los ist? Was haben Sie jetzt wieder angerichtet?!*«

Ich starrte ihn nur mit offenem Mund an, und auch Mulligan ließ ein überraschtes Grunzen hören, doch Watson sagte in erstauntem Ton: »Wer? Wir?«

Eine eiserne Faust krachte gegen die Tür in meinem Rücken, wie um ein Ausrufezeichen hinter seine Bemerkung zu setzen, doch Adler nickte nur unbeeindruckt und wiederholte: »Sie, Doktor. Und Ihre sonderbaren Freunde. Ich dachte, ich hätte mich klar ausgedrückt, als ich Sie gebeten habe, in Ihrem Institut zu warten, bis ich zurück bin.«

Watson wollte antworten, doch ich konnte nicht anders, als ihm zuvorzukommen: »Das hätten wir getan, Inspektor, aber wir hatten die Befürchtung, dass uns die Lebensmittel ausgehen … für den gar nicht einmal so unwahrscheinlichen Fall, dass Sie nicht mehr zurückkommen.«

Diesmal setzte das Fäustetrommeln gleich eine ganze Reihe von Ausrufezeichen hinter meine Worte, und Adler machte eine entsprechende Kopfbewegung und sagte: »Wegen Ihrer Freunde dort draußen? Nur falls es Sie interessiert: Das sind die ersten Neumanns, auf die wir stoßen, seit wir hier sind.«

»Das mag sein«, antwortete Watson, bevor ich es tun konnte. Er wedelte mit seiner Rühmkorff-Lampe, und einige von Adlers Männern hoben geblendet die Hände vor die Augen und blinzelten, als der grelle Strahl über ihre Gesichter huschte.

»Ich verstehe«, spöttelte Adler. »Das ist eine Wunderlampe, die die Neumanns zum Leben erweckt.«

»Nein«, antwortete Watson ruhig. »Aber sie zeigt uns, wenn es passiert.« Er richtete den Strahl auf Chips Gesicht, und der Junge setzte sich auf und sah direkt und ohne zu blinzeln in das grelle Licht.

»Oh ja, das hatte ich ja ganz vergessen«, höhnte Adler. »Sie haben ja einen ortskundigen Führer.«

»Es ist nicht seine Schuld.«

Ich selbst war vielleicht am meisten erstaunt, mich ausgerechnet Chip verteidigen zu hören, doch ich glaubte tatsächlich so etwas wie ein Lächeln über seine seltsam starren Züge huschen zu sehen, als er kurz in meine Richtung sah. Das unbarmherzige Licht trieb ihm mittlerweile die Tränen in die Augen, doch er blinzelte immer noch nicht, während er langsam den Kopf drehte und zu Adler hinaufsah. »Niemand hätte verletzt werden müssen«, sagte er.

»Also wenigstens einer fällt mir da schon ein«, sagte Adler lächelnd. »Und jetzt rate mal, an wen ich da denke, Bürschchen?«

»Wir sind nicht eure Feinde«, antwortete Chip stereotyp.

»Das wird durch ständiges Wiederholen auch nicht besser«, schnaubte Adler. »Und schon gar nicht, wenn ihr uns dann noch angreift.« Er gab das Schrotgewehr an einen seiner Männer weiter, wechselte sein Stöckchen in die linke Hand und ließ den schweren silbernen Knauf ein paarmal heftig in die geöffnete Rechte klatschen.

»Du wirst mir jetzt sagen, was hier gespielt wird, mein Junge, oder ich ziehe andere Seiten auf!«

»Machen Sie sich nicht lächerlich, Captain«, schnaubte Watson. Ein halbes Dutzend hämmernder Faustschläge gab ihm recht, doch Adler nahm weder von dem einen noch dem anderen Notiz.

»Also?« Das Klatschen des schweren Silberknaufs unterstrich seine Frage.

»Wir kommen in Frieden. Ihr seid es, die einander töten.« Chips Blick ließ nicht nur den Adlers los, sondern wurde auch ebenso traurig wie vorwurfsvoll, während er den meinen suchte. »Ihr habt bereits fünf eurer Art getötet.« Er schloss ganz kurz die Augen, wie um in sich hineinzulauschen, und verbesserte sich: »Sechs. Und ein siebter wird sterben, bevor die Sonne aufgeht.«

»Was habt ihr getan?«, fauchte Adler. Diesmal ließ er den Silberknauf wuchtig genug in seine Handfläche klatschen, um sich selbst wehzutun.

»Vielleicht sollten wir diese Diskussion auf später verlegen«, mischte sich Watson ein. »Uns bleibt nicht mehr viel Zeit, fürchte ich.«

»Zeit ist irrelevant«, sagte der Intellekt, der von Chip Besitz ergriffen hatte. »Das werdet ihr begreifen, wenn ihr erst zu uns gehört.«

Wer immer unser geheimnisvoller Gegenspieler in Wahrheit auch sein mochte, ein Übermaß an Fingerspitzengefühl konnte man ihm jedenfalls nicht bescheinigen. Etwas Falscheres hätte das Chip-Ding in dieser Situation gar nicht sagen können.

Selbst Watson, von dem ich angenommen hatte, es gäbe nichts, was ihn aus der Fassung bringen konnte, wirkte für einen Augenblick nichts anderes als entsetzt. Adler riss seinen Stock in die Höhe, als wollte er Chip auf der Stelle mit dem faustgroßen Silberknauf den Schädel einschlagen, beherrschte sich dann aber doch noch. Ich konnte ihm ansehen, wie schwer es ihm fiel. »So weit sind wir noch nicht, mein Junge«, sagte er gepresst, »und selbst wenn es dazu kommen sollte, wirst *du* es ganz bestimmt nicht mehr erleben.«

»Ihr könnt uns keinen Schaden zufügen«, sagte Chip lächelnd. »Wir sind viele. Bald werden wir alle sein.« Was möglicherweise noch weniger Fingerspitzengefühl bewies, auch wenn Adler mittlerweile so zornig war, dass ich bezweifelte, dass er diese Worte überhaupt registriert hatte.

»Wir verschwenden nur Zeit«, sagte er grimmig. »Wissen Sie, wie wir hier herauskommen?«

Die Frage galt Watson, der sie nicht nur mit einem Nicken beantwortete, sondern auch deutlich hörbar »Ja« sagte … und zugleich den Kopf schüttelte.

Ich war nicht der Einzige, der ihn anstarrte.

»Was soll das heißen?«, fragte Adler schließlich.

»Wir sind nicht hergekommen, um unverrichteter Dinge wieder abzuziehen«, antwortete Watson. »Sie?«

»Und was sind das für Dinge, die Sie noch *verrichten* müssen, Doktor?«, fragte Adler böse.

»Dieselben wie Sie, Inspektor.«

»Captain.«

»Wir sind hergekommen, um die Vermissten zu finden. Den Professor und die anderen.«

»Und Allison«, fügte ich zum allgemeinen Desinteresse hinzu.

»Ich dachte, das wäre auch der Grund für Ihre kleine ... Expedition, Captain.«

»Das war es auch«, bestätigte Adler grimmig. »Aber das war, bevor ich wusste, dass das ganze Schiff von diesen Monstern nur so verseucht ist. Sie haben nicht zufällig eine Ahnung, wie viele es sein mögen, Doktor?«

»Wie viele Männer arbeiten normalerweise hier?«, gab Watson zurück.

Adler sagte »Oh«, machte ein betroffenes Gesicht und sah schon im nächsten Moment nur umso entschlossener aus. »Ein Grund mehr, so schnell wie möglich von hier zu verschwinden und später mit Verstärkung zurückzukommen. Bringen Sie uns raus, Doktor.«

»Das wäre vollkommen sinnlos«, widersprach Watson. »Ich weiß nicht einmal, ob wir überhaupt noch in der Lage sind, sie aufzuhalten, aber wenn, dann nur noch jetzt.«

»Und Sie verraten mir sicher auch, warum«, sagte Adler.

Bevor Watson antworten konnte, hörte das Trommeln der eisernen Fäuste auf.

Watson hob mit einem Ruck den Kopf und sah plötzlich

besorgt die Tür hinter meinem Rücken an, und Adler und ich fuhren gleichzeitig herum – gerade noch rechtzeitig, um Zeuge eines neuerlichen, unwillkommenen Wunders zu werden.

Das eiserne Handrad bewegte sich, stieß wieder gegen den verbogenen Gewehrlauf, der es blockierte … und glitt geradewegs durch das Metall der Waffe hindurch.

Jedenfalls sah es zuerst so aus, auch wenn ein zweiter und aufmerksamerer Blick mir eine noch ungleich bizarrere und erschreckendere Wahrheit offenbarte. Das Handrad glitt nicht durch den Lauf, vielmehr zerfiel das vermeintlich so massive Eisen in eine Million babyfingergroßer grafitgrauer Würfel, die mit einem seidigen Rascheln zu Boden stürzten und sich dort nicht etwa in Staub auflösten, wie ich es halbwegs erwartete, sondern sich unverzüglich zu neuen und bizarren Formen zusammenfügten. Das verbogene Gewehr polterte zu Boden und wirbelte grauen Staub auf, und das Handrad drehte sich mit einem erbärmlichen Quietschen weiter.

Einer von Adlers Constablern begriff die Gefahr im letzten Moment und sprang hinzu, um das Rad festzuhalten. Mein warnender Schrei verfehlte seine Wirkung. Etwas zischte, der Mann sprang mit einem gellenden Kreischen zurück und riss beide Hände in die Höhe. Mit einem Male stank es durchdringend nach verbranntem Haar und schmorender Haut. Das Rad drehte sich quietschend weiter, und ich konnte hören, wie die schweren eisernen Riegel zurückschnappten.

Nur ein Stück hinter mir sank der Constabler wimmernd auf die Knie und verbarg seine versengten Hände unter den Achseln. Adler hielt plötzlich doch wieder eine Schrotflinte in den Händen, mit der er auf den Türspalt anlegte.

Dieser wurde ganz langsam breiter. Perfekt nachgeahmte, aber eisenharte und unmenschlich starke Finger erschienen in der Öffnung und begannen sie ebenso langsam wie unerbittlich zu verbreitern, und schon nach wenigen Sekunden lugte ein einzelnes, starres Auge zu uns herein. Watson richtete seine Lampe darauf, und das Auge verlor auch noch seine allerletzte Menschlichkeit, als es den grellen Schein reflektierte, ohne auch nur zu blinzeln. Adler hob sein Gewehr.

»Adler«, ermahnte ich.

Der Captain erwies sich als vernünftiger, als ich zu hoffen gewagt hatte, denn er schenkte mir zwar einen verächtlichen Blick, ließ die Waffe aber wieder sinken.

Aber natürlich hatte ich mich in Adler getäuscht. Denn der Captain wartete nur, bis der Türspalt breit genug geworden war, um uns nicht nur das zweite Auge erkennen zu lassen, sondern das gesamte dazugehörige Gesicht, dann riss er seine Waffe in die Höhe und feuerte beide Läufe gleichzeitig ab. Ich war jedoch schneller, indem ich den Gewehrlauf nach oben schlug, sodass die doppelte Schrotladung Funken sprühend und lärmend über dem Mann gegen das Schott prallte.

»Sind Sie verrückt geworden?« Adler beließ es nicht nur dabei, mich anzuschreien, sondern versetzte mir einen Stoß mit der flachen Hand, der mich rückwärtstorkeln ließ und zweifellos zu Boden geschleudert hätte, wäre Mulligan nicht dagewesen, um mich aufzufangen. »Was ist in Sie gefahren, Devlin? Haben Sie jetzt komplett den Verstand verloren?«

»Dasselbe könnte ich Sie fragen, Captain«, sagte Watson, noch bevor ich antworten konnte und mit einer Schärfe in der Stimme, die ich ihm niemals zugetraut hätte. »Wollten Sie den Mann umbringen?«

»Mann?«, ächzte Adler. »Nur falls Sie es vergessen haben sollten, Doktor: Das sind verdammte Maschinen! Und *sie* wollen *uns* umbringen!«

»Das glaube ich nicht«, sagte Watson, was zu den wenigen Punkten gehörte, in denen ich mit ihm übereinstimmte. Meiner Meinung nach hatten sie etwas sehr viel Schlimmeres mit uns vor. »Und es sind nicht nur Maschinen. Haben Sie den Mann in der Abdeckerei vergessen und was ihm zugestoßen ist? Und was ihrem bedauernswerten Constabler widerfahren ist? Was immer wir diesen … Maschinen … auch antun, das widerfährt auch ihren menschlichen Vorbildern, die irgendwo auf diesem Schiff gefangen gehalten werden.«

»Stellen Sie sich vor, Doktor, das ist sogar mir schon klar geworden, obwohl ich nur ein dummer kleiner Polizist bin«, giftete Adler. Er sah über die Schulter zur Tür zurück. Der Spalt hatte sich weiter verbreitet und war beinahe ausreichend, um den Mann hereinzulassen, auf dessen Gesicht Watsons Lichtstrahl nach wie vor zielte.

»Und wissen Sie was?«, fuhr Adler fort, indem er sich umdrehte und die Waffe aufklappte, um mit routinierten Bewegungen zwei neue Patronen in die Läufe zu schieben. »Es ist mir egal.«

Damit klappte er das Gewehr zu und drückte ab.

Diesmal war es nur eine einzige Patrone, doch sie traf, und aus so unmittelbarer Nähe abgefeuert war die Wirkung verheerend.

Nicht nur Gesicht und Kopf, sondern praktisch der gesamte Oberkörper des Maschinenmannes explodierte in einer Wolke aus grauem Staub und unzähligen winzigen Metallquadern, sodass seine Arme plötzlich ihres Halts beraubt waren und zu Boden fielen. Einer zerbrach seinerseits in tausend Stücke, der andere aber krümmte unverzüglich die Finger, um zu uns hereinzukriechen.

Adler zerstampfte ihn unter dem Absatz, und Watson gab einen Laut von sich, als hätte er alle Mühe, sich nicht zu übergeben. Wahrscheinlich war es auch so.

»Mann Gottes!«, ächzte er. »Sind Sie wahnsinnig geworden?

Damit haben Sie auch den Menschen getötet, der für diesen Maschinenkerl Pate gestanden hat! Haben Sie denn gar nicht zugehört?«

»Doch«, antwortete Adler gelassen. Er trat zwei Schritte zurück und bedeutete einem seiner Constabler, seinen Platz einzunehmen, während er die verschossene Patrone ersetzte. »Aber Sie haben es nicht zu Ende gedacht, Doktor. Es spielt überhaupt keine Rolle.«

»Wie viele Menschen Sie umbringen?«, ächzte Watson. »Allmählich zweifle ich an Ihrem Verstand, Captain!«

»Das da draußen sind Maschinen«, beharrte Adler. »Von-Neumanns. Vielleicht töten wir tatsächlich die, nach deren Vorbild sie erschaffen worden sind, aber zum einen glaube ich eher, dass wir den armen Teufeln nur einen Gefallen tun, und zum anderen macht es überhaupt keinen Unterschied.«

»Wie bitte?«, ächzte ich.

»Wenn dort draußen eine Bande durchgedrehter Opiumsüchtiger lauern würde, die uns ans Leder wollten, würden Sie dann zögern, auf sie zu schießen, um ihr eigenes Leben zu retten, Devlin?«, fragte Adler und beantwortete seine Frage praktischerweise auch gleich selbst mit einem überzeugten Kopfschütteln.

»Das ist lächerlich«, protestierte Watson.

Ich sagte nichts. Schon weil Adlers Worte eindeutig mehr Wahrheit enthielten, als ich zugeben wollte.

»Und was haben Sie jetzt vor, Captain?«, fragte Watson. »Ein paar Hundert Männer erschießen? Ich glaube nicht, dass sie genug Munition dabeihaben.«

»Das muss ich auch nicht«, antwortete Adler. »Wir müssen nur eine Weile durchhalten.«

»Bis Ihnen die Männer ausgehen?«, fragte ich böse.

Adler maß mich mit einem kühlen Blick, in dem zugleich

auch eine gehörige Spur Verachtung lag. »Ich bin nicht ganz so dumm, wie Sie es gerne hätten, Devlin. Wenn ich bis Mitternacht nicht zurück bin, dann treten gewisse Befehle in Kraft und das Militär rückt an, machen Sie sich keine Sorgen.« Er stülpte grimmig die Unterlippe vor. »Wir müssen den Neumanns nur klarmachen, dass es sie zu teuer kommt, uns hier herauszuholen.«

»Es ist nicht nötig, dass noch mehr eurer Art zu Schaden kommen«, warf Chip ein.

Adler blickte nicht einmal in seine Richtung, sondern zielte mit seiner Waffe wieder auf die Tür, als er antwortete: »Noch ein bisschen mehr von diesem Voodoo-Gespenster-Gerede, mein Junge, und einer von deiner Art kommt zu Schaden.«

Chip sah kein bisschen so aus, als würde ihn diese Drohung beeindrucken, aber er hielt immerhin den Mund, Adler nahm seinen Platz an der Tür wieder ein und wartete auf den nächsten Maschinenmann, den er in Stücke schießen konnte.

Niemand kam. Hinter dem Türspalt waren das Huschen von Schatten und gedämpfte hektische Laute wahrzunehmen, doch es zeigte sich niemand. Eine weitere, quälend endlose Minute verging – vielleicht auch viel mehr. In dieser Hinsicht hatte Chip die Wahrheit gesagt: Zeit war irrelevant geworden auf diesem Riff in einem Meer des Wahnsinns, auf dem wir gestrandet waren – dann begann sich der Türspalt erneut zu verbreitern, vollkommen lautlos und ohne dass auch nur ein einzelner Finger zu sehen gewesen wäre. Adler murmelte etwas Unverständliches und packte seine Waffe so fest, dass das Blut aus seinen Fingerknöcheln wich. Ein zweiter und nur einen halben Atemzug später auch ein dritter Constabler gesellten sich zu ihm und legten auf das trotz seines enormen Gewichts lautlos weiter aufschwingende Schott an.

»Captain, tun Sie das nicht!«, flehte Watson. Er klang ein bisschen verzweifelt, fand ich.

Adler reagierte nicht darauf, sondern drückte den Gewehrkolben an seine Schulter und spreizte leicht die Beine, um festen Stand zu haben. Nun begann auch ich an seinem Verstand zu zweifeln. Was um Gottes willen hatte er vor? Zweifellos hatte Watson mit seiner Schätzung hoffnungslos übertrieben, aber dort draußen mussten dennoch Dutzende von Maschinenmännern auf uns warten, und noch mehr waren möglicherweise gerade jetzt auf dem Weg hierher!

Das Licht flackerte, ganz kurz nur, kaum mehr als ein Blinzeln, das den allermeisten wahrscheinlich nicht einmal auffiel, sowohl Watson als auch mich aber mit einem alarmierten Ruck aufsehen ließ. Der Effekt war so schnell wieder verschwunden, wie er gekommen war, doch ein einziger Blick in Watsons Gesicht machte mir klar, dass hier nicht der Wunsch der Vater des Gedankens gewesen war, und auch Mulligan blickte stirnrunzelnd auf die Rühmkorff-Lampe in seinen Händen hinab.

»Adler, tun Sie das nicht!«, sagte ich fast verzweifelt.

»Was?« Adler lachte böse. »Um mein Leben kämpfen? Oh doch, mein lieber Devlin, ganz genau das werde ich tun. Und Sie werden es auch, wenn der Moment gekommen ist, glauben Sie mir.«

»Niemand will euch etwas zuleide tun«, sagte Chip.

Niemand beachtete ihn, allein schon, weil das Schott immer noch weiter aufschwang und uns einen Blick auf den dahinterliegenden Maschinenraum gewährte.

Und mindestens fünfzig Männer, die in einer mehrfach gestaffelten Reihe im Halbkreis vor unserer improvisierten Zuflucht standen. Einige wenige hatten sich mit schweren Schraubenschlüsseln, Brechstangen oder anderen Werkzeugen bewaffnet, die meisten aber standen mit leeren Händen da und starrten uns einfach nur an, was unheimlich genug war.

»Sie können schon einmal Ihre Patronen zählen, Captain«, sagte ich. »Für die erste Reihe dürften sie reichen.«

Das war wenig hilfreich, wie ich auch an Watsons tadelndem Blick ablesen konnte. Adler reagierte nicht einmal darauf, sondern zielte nur sorgfältig über den doppelten Lauf seiner Büchse hinweg.

Watsons Lampe blinzelte noch einmal, und auch das Licht draußen in der Halle flackerte kurz und ließ eine lautlose Welle schattenhafter Bewegungen durch den großen Raum laufen. Als sie verebbte, machte einer der Männer einen Schritt in unsere Richtung, und Adler schoss.

Er feuerte nur einen Lauf ab, und er zielte immerhin nicht auf das Gesicht des Mannes, sondern seinen Unterschenkel. Schienbein und Wade des Maschinendoppelgängers verschwanden in einer grafitgrauen stiebenden Wolke, und die ganze Gestalt kippte schwerfällig nach vorn und schlug schwer auf dem stählernen Boden auf.

Unverzüglich setzte sich ein zweiter Angreifer in Bewegung, und Adler schoss auch ihn auf ähnliche Weise nieder und tauschte seine leer geschossene Waffe mit der, die er dem Constabler neben sich aus den Händen riss.

»Ich kann das noch die ganze Nacht über machen«, sagte Adler grimmig. »Es liegt ganz bei euch, Freunde.«

Das war nicht nur grotesk, sondern einfach nur noch kindisch, und es zeigte auch keinerlei sichtbare Wirkung. Ganz im Gegenteil setzten sich nun gleich drei weitere Männer in Bewegung. Adler hob sein Gewehr und visierte den ersten an. Aber er drückte nicht ab, denn in diesem Moment flackerte das Licht noch einmal und deutlich stärker als zuvor. Es dauerte nicht lange, nicht einmal eine ganze Sekunde, und als es vorbei war, rückten die drei Gestalten unverzüglich weiter vor. Adler drückte zweimal kurz hintereinander ab. Zwei weitere Maschinenmänner fielen mit zerschmetterten Kniegelenken zu Boden, und Adler ergriff mit fliegenden Fingern das Gewehr, das sein Constabler inzwischen wieder nachgeladen hatte, und legte auf den dritten Angreifer an.

Doch was dann geschah, ließ ihn innehalten. Mit einem Mal begann sich einer der niedergeschossenen Männer zitternd zu regen. Umständlich setzte er sich auf und sah auf sein linkes Bein hinab, das unterhalb des Knies in vollkommen unmöglichem Winkel abgeknickt war. Er blinzelte ein paarmal und griff dann mit beiden Händen zu, um es wieder zu richten.

Ich fragte mich, was das nutzen sollte. Das Kniegelenk war ein einziger Wust aus zerborstenem Metall und zerfetzter künstlicher Haut, aus dem Funken und schmieriger grauer Rauch quollen, eigentlich war es ein kleines Wunder, dass die Schrotladung das Bein nicht ganz abgerissen hatte.

Da begann das zerschmetterte Kniegelenk zu brodeln, als hätte sich das Metall verflüssigt, und plötzlich kehrte jedes herausgesprengte Teil wie von einem eigenen Willen beseelt an seinen angestammten Platz zurück, fügten sich zerborstene Teile und zerrissene Verbindungen wieder zusammen und hörten Funken auf zu sprühen. Nach kaum einer Minute sah das Bein – bis hin zu der vermeintlichen Hose, in der es steckte – wieder vollkommen unversehrt aus, und der Mann erhob sich langsam.

Ungefähr zur Hälfte, dann schoss ihm Adler gleich zwei Schrotladungen in Gesicht und Brust und sprengte sie regelrecht in Stücke.

Diesmal blieb er liegen.

Wenigstens so lange, wie Adler brauchte, um »Das gefällt mir schon besser« zu knurren, sich eine neue Waffe zu besorgen und auf den nächsten Mann anzulegen. Dann begannen sich die Einzelteile auf dieselbe unheimliche Art wieder zusammenzufügen, wie wir es schon einmal beobachtet hatten – nur dass es jetzt sogar noch erschreckender wirkte, da sich vor unseren Augen praktisch ein kompletter Körper wieder zusammensetzte.

»Was zum Teufel …?«, ächzte Adler.

»Das habe ich befürchtet«, sagte Watson. »Sie entwickeln sich weiter. Sogar noch schneller, als ich angenommen habe.«

»Was soll das bedeuten?«, blaffte Adler. »Verdammt, Doktor, hören Sie endlich mit diesem Wissenschaftskauderwelsch auf, und reden Sie so, dass auch ein normaler Mensch es versteht!«

»Und ich dachte, das tue ich schon die ganze Zeit.«

Adlers Augen begannen kleine giftige Blitze in Watsons Richtung zu versprühen, doch sogar er sah wohl ein, dass wir zurzeit wichtigere Probleme hatten, denn er wandte sich wieder den Maschinenmännern zu und hob seine Waffe, und hinter uns traten seine restlichen Constabler vor und brachten ihre Gewehre in Anschlag. Eine beeindruckende Feuerkraft. Und vollkommen nutzlos, nach allem, was wir gerade gesehen hatten.

Die Maschinenmänner mussten das wohl ganz genauso sehen, denn die gesamte Front begann nun langsam in unsere Richtung vorzurücken. Adler schoss zwei von ihnen ins Gesicht, was sie immerhin so lange aufhielt, wie sie brauchen würden, um sich wieder zusammenzusetzen, und sprang einem dritten entgegen, um ihm den Gewehrkolben über den Schädel zu ziehen. Der Metallmann fing den Schlag einfach mit dem hochgerissenen Unterarm auf, ohne auch nur mit der eisernen Wimper zu zucken, und riss Adler die Waffe aus den Händen. Überrascht hatte auch der Captain seine liebe Mühe, sich mit hastigen Sprüngen rückwärts in Sicherheit zu bringen, um nicht seinerseits gepackt zu werden.

Wieder flackerte das Licht, und einer der Constabler nahm

das zum Anlass, einen weiteren Metallmann in Stücke zu schießen und ihn auf diese Weise mindestens zehn Sekunden lang aufzuhalten, wenn nicht gar zwanzig, doch der Ring aus leeren Gesichtern und ausgestreckten Armen schloss sich unerbittlich enger um uns. Zwei, drei weitere Schüsse krachten, und ebenso viele Eisenmänner explodierten in staubige Wolken und begannen sich unverzüglich wieder zusammenzufügen.

»Hört auf zu schießen!«, brüllte Adler. »Spart Munition! Wir ziehen uns zurück!«

Ich fragte mich zwar, wohin, war aber auch der Allererste, der seinem Befehl nachkam und hastig wieder in den eisernen Gang zurückwich, wobei ich die hartnäckige Stimme in meinem Hinterkopf ignorierte, die darauf beharrte, dass es sich weniger um eine Zuflucht als vielmehr um eine Todesfalle handelte. Wohin sollten wir schon fliehen?

Adler – Mut hatte er, das musste ich ihm lassen – bildete die Nachhut und versuchte sogar, dass Schott hinter sich zu schließen, was angesichts dessen geschätztem Gewicht von ungefähr tausend Pfund einigermaßen lächerlich war. Er konnte sich gerade noch unter einer zuschnappenden Eisenhand wegducken. Diesmal sah ich ganz deutlich, wie langsam und schwerfällig die Bewegung war.

Aber vielleicht lag dieser Eindruck auch nur am Licht, das mittlerweile ununterbrochen flackerte.

»Doktor, verdammt, tun Sie etwas!«, brüllte Adler.

Ich war gewiss nicht der Einzige, der sich vergeblich fragte, was Watson denn bitte schön tun sollte ... und auch ganz bestimmt nicht als Einziger erstaunt, als er tatsächlich etwas *tat*. Watson bedeutete Mulligan mit einem Blick, sich an seiner Stelle um den Jungen zu kümmern, trat zwischen Adler und mich und richtete den Strahl seiner Rühmkorff-Lampe auf die Mauer aus ausdruckslosen Gesichtern, die sich kaum noch eine Armeslänge vor dem Schott befand und immer näher kam. Das blaustichige Licht ließ sie noch bleicher und weniger menschenähnlich erscheinen, und nun erkannte ich ganz deutlich, wie ruckhaft und mühsam die Bewegungen der stummen Armee waren.

»Und jetzt?«, polterte Adler.

Watson verzichtete auf eine Antwort und hob seine Lampe noch einmal höher – jetzt erlosch auch die allerletzte Bewegung auf der anderen Seite der Tür. Da fiel mir auf, dass in der großen Halle nur noch Gas- und Petroleumlampen brannten, kein einziges elektrisches Licht mehr.

»Was ... haben Sie ... getan?«, murmelte Adler verdutzt.

»Sie haben mich doch selbst aufgefordert, etwas zu tun, Captain«, antwortete Watson, wobei ich sein breites Grinsen regelrecht zu hören glaubte. »Deswegen kommt jetzt meine Zauberlampe zum Zug.«

Adler sah kurz die Lampe an, danach länger die wieder zur Statue erstarrten Männer draußen in der Halle und dann noch einmal die Rühmkorff-Lampe. Er schwieg, aber in seinem Gesicht arbeitete es.

»Es hat nichts mit den Lampen zu tun«, fuhr Watson fort. »Sie reagieren auf das Gewitter, das ist alles.«

»Genau wie die Neumanns, ich verstehe.« Adler machte eine Kopfbewegung hinter sich. »Und wie lange wird das anhalten?«

»Solange das Gewitter dauert«, antwortete Watson. »Und das kann jederzeit weiterziehen.«

»Ein Grund mehr, keine Zeit zu verlieren«, schloss Adler. »Verschwinden wir!«

Niemand hatte etwas dagegen einzuwenden, doch aus unserem selbst gewählten Gefängnis zu entkommen erwies sich als weit schwieriger als erwartet. Die Metallmänner standen dicht an dicht vor dem Schott, und das gleich etliche Reihen tief.

Da sie sich nicht bewegen ließen, schlängelten wir uns an ihnen vorbei oder kletterten über sie hinweg, was sich als äußerst kräftezehrend herausstellte. Besonders für Mulligan, der den verletzten Jungen tragen musste. Wir alle waren rechtschaffend erschöpft und mit einer ganzen Sammlung neuer Schrammen und Blessuren übersät, als wir endlich wieder auf festem Boden standen, statt über Schultern, Unterarme, Hände und Köpfe zu klettern und in Gesichter zu treten.

Uns blieb jedoch keine Zeit, um uns zu erholen. Watsons Lampe flackerte und pulsierte zwar noch immer, aber ich bildete mir ein, dass es bereits nachließ.

»Und jetzt nichts wie raus hier«, sagte Adler, während er Mulligan mit demonstrativ zur Schau gestellter Ungeduld dabei zusah, wie er über den letzten Maschinenmann hinwegstieg. »Wissen Sie den kürzesten Weg nach draußen, Doktor?«

»Den kürzesten oder den schnellsten?«, erkundigte sich Watson.

»Haben Sie das Gefühl, mir wäre nach Scherzen zumute, Doktor?«

»Nein, eigentlich nie«, sagte Watson, war aber auch klug genug, praktisch sofort eine Geste in die Richtung zu machen, aus der wir vorhin gekommen waren. »Gehen Sie einfach in diese Richtung und nehmen die erste Treppe nach oben, dann müssten Sie das Gewitter schon hören können. Und beeilen Sie sich lieber.«

»Nichts lieber als das«, versicherte Adler, drehte sich auf dem Absatz um und vollführte dieselbe Bewegung gleich darauf noch einmal in umgekehrter Richtung, um Watson fragend anzusehen. »Sie?«

»Sie«, bestätigte Watson. »Wir haben hier noch etwas zu erledigen.« Er machte sich nicht die Mühe, sich zu Mulligan umzudrehen, aber er warf mir einen verstohlen fragenden Blick zu, den ich mit einem ebenso unauffälligen Nicken beantwortete.

»Sie sind völlig verrückt, oder?«, fragte Adler.

»Ein bisschen, und zuweilen, möglicherweise«, gab Watson zu. »Aber wir sind aus einem bestimmten Grund hier. Und ich werde nicht gehen, bevor wir unsere Aufgabe nicht erfüllt haben.«

»Sie *sind* verrückt«, stellte Adler fest. »Aber das ist Ihr Problem, Doktor. Und ich habe auch keine Zeit für diesen Unsinn. Wenn Sie mitkommen wollen, dann tun Sie es, und wenn nicht, bleiben Sie hier. Aber glauben Sie nicht, dass ich zurückkomme, um Sie zu retten.«

Adler wandte sich an mich und fragte: »Devlin?«

»Allison ist hier«, sagte ich, als wäre das Antwort genug.

Und das war es ja auch.

30

Und weiter ging es hinab in den Bauch der Bestie. Mir war klar, wie schwülstig und pathetisch sich das anhörte, doch ganz genau das war es, was ich in diesem Moment empfand: das Gefühl, dass wir uns etwas Gigantischem und Finsterem näherten, das uns einfach zermalmen würde, ohne von unserer Anwesenheit auch nur Notiz zu nehmen. Das Gebilde, in dessen Tiefe wir uns immer weiter und weiter vorarbeiteten, war längst kein bloßes Schiff mehr, nicht mehr nur ein technisches Monstrum, das der Mensch erbaut hatte, um seiner eigenen Hybris ein Denkmal für die Ewigkeit zu setzen. Aber auch nicht etwas wirklich Lebendiges, sondern etwas dazwischen. Vielleicht darüber.

Wir schienen die unmittelbare Gefahr hinter uns gelassen zu haben, denn uns begegnete kein einziger weiterer Maschinenmann mehr, wir sahen keine aus Ketten gewobenen Spinnennetze und traten auf keine Eisenplatten, die sich unter unseren Schritten in grauen Staub auflösten, aber meine Beklemmung nahm trotzdem mit jedem Schritt weiter zu.

Nach einer wahren Odyssee – die vermutlich nur einige wenige Minuten gedauert hatte, zugleich aber auch kein Ende nehmen wollte – und mindestens zwei Decks tiefer betraten wir einen weiteren, schier endlosen Korridor, dessen Boden nicht mehr massiv war, sondern aus einem eisernen Gitterrost bestand, unter dem bodenlose Schwärze lauerte. Unsere Schritte erzeugten unheimlich verzerrte Echos auf dem stählernen Rost.

»Dort vorne.« Mulligan war stehen geblieben und stocherte mit dem pulsierenden Lichtstrahl seiner Lampe in der Dunkelheit vor uns. »Da geht es zum Kesselraum.«

Ich war zu müde (und verängstigt), um auch nur irgendetwas zu sagen, doch mir entging auch keineswegs der fragende Blick, den Watson mit dem Jungen tauschte. Ebenso wenig wie der Umstand, dass Chip viel zu lange zögerte und schließlich auch mit viel zu wenig Überzeugung nickte. Er hatte kein einziges Wort mehr gesprochen, seit wir uns von Adler und seiner verängstigten Truppe getrennt hatten, und er war womöglich noch blasser geworden. Ich nahm an, dass er schlimme Schmerzen hatte.

Aber ich hatte auch Adlers Worte nicht vergessen, und so wenig ich ihm auch glauben wollte, seine Bemerkung hatte einen Keim nagenden Zweifels in mir zurückgelassen. Was, wenn Chip längst nicht mehr Chip war und uns geradewegs in die nächste Falle lockte?

»Noch ist es nicht zu spät, um umzukehren, Mister Devlin«, sagte Watson, beinahe als hätte er meine Gedanken erraten. Wahrscheinlich war es nicht sehr schwer, sie auf meinem Gesicht abzulesen. »Wenn Sie sich beeilen, dann holen Sie Captain Adler wahrscheinlich noch ein.«

In seinem letzten Satz war mindestens ein Wort, das mir ganz und gar nicht gefiel, aber das war nicht der Grund, weshalb ich beschloss, erst gar nicht zu antworten. Vielmehr fragte ich mich zum ersten Mal ernsthaft, warum Mulligan und er überhaupt hier waren. Ich war mitgekommen, um Allison zu retten, ganz egal, ob ich dafür nun mein Leben aufs Spiel setzen musste oder nicht, aber Watson kannte sowohl sie als auch

Nikola kaum, und was Mulligan antrieb, war mir sowieso ein Rätsel.

Wesentlich unbequemer als auf dem allergrößten Teil der hinter uns liegenden Strecke ging es am Ende des Gangs eine haarsträubend lange metallene Leiter hinab. Ich schätzte, dass wir gleich mehrere Etagen weit in die Tiefe stiegen. Sehen konnte ich es nicht, denn um diese halsbrecherische Kletterpartie zu bewältigen, brauchten auch Mulligan und Watson beide Hände, sodass die Lichtstrahlen ihrer Lampen wild herumstocherten und nur dann und wann eine rostige Reflexion oder einen matten Lichtblitz aus der Dunkelheit rissen.

Unten angekommen sah ich den schwarzen Metallboden zu spät, sodass ich die nächsten Schritte humpelnd und mit nur quälend langsam nachlassenden Schmerzen im Knöchel zurücklegte. Die Dunkelheit bestürmte mich von allen Seiten und raubte mir quasi den Atem, ununterbrochen schien ich jetzt Allisons Stimme zu hören, die mich verzweifelt um Hilfe anflehte.

»Was ist das hier?«, fragte Watson, während er seine Lampe wieder in beide Hände nahm und den pulsierenden Strahl über die Wände tasten ließ. Ich sah schwarz lackierten Stahl und unzählige Nietenköpfe, die den Wänden ein sonderbar pockennarbiges Aussehen verliehen, aber ich erblickte auch zahlreiche rechteckige Klappen in den Wänden. Die allermeisten davon waren geschlossen, einige wenige aber standen weit auf, und Watsons Lichtstrahl schnitt in die wohlbekannte Schwärze dahinter. Ich hatte keine Ahnung, was das alles bedeutete, aber der Anblick erinnerte mich doch sehr an das, worüber Chip vorhin gesprochen hatte.

»Nach einem Kohlelager sieht es jedenfalls nicht aus«, stellte ich fest.

»Bunker«, korrigierte mich Mulligan. »Es heißt Kohlebunker. Die sind ganz in der Nähe.«

Er sah Chip an, und nach kurzem Zögern rang sich der Junge immerhin zu einem – wenig überzeugenden – Nicken durch.

»Über uns sind die Dampfkessel«, fuhr Mulligan fort. Es machte ihm offenbar weiterhin Spaß, mit seinem Wissen über die *Titanic* zu glänzen. Im Grunde war es jetzt ja auch nützlich. »Hier wird bald eine ganze Armee von Heizern Tag und Nacht Kohle in die Öfen schaufeln, um Dampf für die Turbinen zu erzeugen.«

Seine Worte beschworen beklemmende Bilder vor meinem inneren Auge herauf. Ich sah einen riesigen, düsteren Raum, deutlich größer als der, in dem wir tatsächlich standen, der ausschließlich vom flackernden Widerschein zahlloser roter Feuer erhellt wurde, die hinter den gierig aufgerissenen Schlünden der Öfen loderten – nichts anderes als eine weitere Version der Hölle, in der halb nackte schwitzende Männer voller Ruß und mit verhärmten Gesichtern sich der Sisyphusaufgabe widmeten, den niemals zu stillenden Hunger der Brennöfen zu bedienen. So war es zwar ganz gewiss nicht, aber meine Fantasie bestand darauf, mich mit diesen Bildern zu quälen, und ich wurde mit einiger Mühe zwar sie, nicht aber die nagende Furcht los, die in ihrem Geleit gekommen war. Die Luft schmeckte sogar nach Kohle.

»Aber hier ist nichts«, brachte ich mühsam hervor, hauptsächlich, um die schreckliche Vision zu verscheuchen.

Statt zu antworten wies Chip auf eine der offen stehenden Klappen. Mulligans und nur einen Augenblick später auch Watsons Lampe folgten der angegebenen Richtung und zeigten mir nichts als eine gewaltige leere Brennkammer, deren Boden von einem gusseisernen Rost gebildet wurde.

»Und?«, fragte ich.

Chip sagte auch dazu nichts, sondern setzte sich schweigend

in Bewegung und kletterte, ohne zu zögern, durch die Klappe. Es war ein unwirklicher Anblick, und ein bisschen beängstigend. Dieser Raum hatte noch nie ein Feuer gesehen und war praktisch jungfräulich. Aber ein Brennofen blieb ein Brennofen, und allein dass ich das wusste, steigerte mein Unbehagen, als ich den Jungen hineinklettern sah.

Auch Watson schien es, seinem Gesichtsausdruck nach zu schließen, ganz ähnlich zu ergehen. Selbst Mulligan, von dem ich allmählich vermutete, dass es gar nichts gab, was ihn erschrecken konnte, zögerte, ihm zu folgen. So blieben wir (vorerst) alle drei vor der Klappe stehen und starrten hinab.

Chip ging bis zur Mitte der Brennkammer und legte den Kopf in den Nacken, um nach oben zu sehen. Watson richtete seine Lampe dorthin, und der pulsierende Strahl fiel auf die massive Unterseite des gewaltigen Wassertanks, der die Decke der Brennkammer bildete – und das kreisrunde, gut einen Meter messende Loch, das darin gähnte. Silberne und messingfarbene Kettenenden hingen gerade weit herunter, dass der Junge sie mit ausgestreckten Händen erreichen konnte, wenn er sich auf die Zehenspitzen stellte. Der hin und her tastende Lichtstrahl ließ es sich natürlich nicht nehmen, mich mit der Illusion von Bewegung zu erschrecken, die nicht da war.

Aber vielleicht war es ja auch gar keine bloße Illusion …

Da war etwas, nur ein Stück über ihm, etwas Kleines und Struppiges mit zu vielen Beinen und starrenden Glasaugen, das sich dem direkten Erkennen durch die große Distanz entzog, aber zugleich auch zu fremd und abstoßend war, um nicht wie ein schmerzender Stachel aus dem Bild herauszustechen.

»Bleib stehen«, entfuhr es Watson, als Chip den Arm nach den Ketten ausstrecken wollte. Wahrscheinlich hatte er die Spinne ebenfalls gesehen. Und nun, einmal darauf aufmerksam geworden, entdeckte ich noch mehr der kleinen eisernen

Scheußlichkeiten, manche faustgroß wie die, die unmittelbar über dem Jungen hing, andere kaum größer als ein Fingernagel und alle regungslos und erstarrt. Nicht alle hatten die Gestalt einer Spinne. Manche glichen Skorpionen oder Käfern oder anderen, filigraneren Insekten, und etliche ähnelten im Grunde nichts Bekanntem. Wenn man ganz genau hinsah, konnte man erkennen, dass auch die Ketten gar keine Ketten waren, sondern aus unzähligen unterschiedlichen Metallkreaturen bestanden, die sich mit Beinen, Zangen, Kiefern und anderen Extremitäten aneinanderklammerten und so eine lebende Verbindung bildeten, wie es gewisse Ameisenstaaten tun, um Bachläufe und andere Hindernisse zu überwinden.

»Fass nichts an«, rief Watson erschrocken. Aber der Junge hörte nicht hin, sondern griff nur mit der unversehrten Hand nach oben und versuchte sogar, den anderen Arm zu befreien, den Watson ihm so sorgsam an den Leib gebunden hatte. Seine Kraft reichte nicht, sich mit einer Hand in die Höhe zu ziehen, und sein Gesicht verzerrte sich unter dem Schmerz, den er sich selbst zufügte. Dennoch hatte er sich schon eine halbe Handspanne weit in die Höhe gequält, bevor Watson erschrocken die Luft einsog, steifbeinig zu ihm hereinkletterte und ihn herunterriss, bevor er ihn so heftig zu schütteln begann, dass seine Zähne aufeinanderschlugen.

»Bist du verrückt?«, herrschte er ihn an. »Was tust du da?«

Mulligan kletterte ebenfalls in den Ofen, und um nicht als Feigling dazustehen folgte ich ihm. Watson echauffierte sich weiter und redete sich anscheinend gerade selbst in Rage, doch ich hörte gar nicht hin, sondern sah nach oben durch die kreisförmige Öffnung, die etwas in den Stahl der Decke gefressen hatte. Der immer hektischer pumpende Strahl der Rühmkorff-Lampe traf auf metallisch schimmernden Widerstand, huschte über Ketten und brach sich in unvorstellbaren Winkeln auf

Oberflächen und Dingen, die nicht genau zu erkennen waren, aber sehr fremdartig wirkten.

Ich bemerkte aus den Augenwinkeln, wie sich Chip loszureißen versuchte, und Watson verlor etliche gewonnene Sympathiepunkte bei mir, als er den Jungen so fest an der Schulter packte, dass er schon wieder vor Schmerz aufstöhnte. »Hör auf!«, schrie der Arzt ihn an. »Was glaubst du, was du da tust? Willst du dich selbst verkrüppeln, du dummer Junge?«

Watsons Lampe flackerte und brannte dann viel zu lange vollkommen ruhig weiter. Aus den Augenwinkeln glaubte ich eine Woge aus nervös huschender Bewegung zu erkennen, die durch das gesamte vermeintliche Kettengeflecht lief und es eigentlich zum Klirren hätte bringen müssen, aber vollkommen lautlos blieb. Etwas bewegte sich, weit über meinem Kopf und im Zentrum des gigantischen Dampfkessels. Unmöglich zu erkennen, was, aber es schien riesig.

»Du tust so etwas nie wieder, mein Junge, hast du das verstanden?«, schalt Watson. »Du bist schwer verletzt! Du kannst dich mit so einem Leichtsinn umbringen oder wenigstens verkrüppeln!«

»Das ist gleich.« Zwar sprach Chip nach wie vor mit seiner eigenen Stimme, aber was er sagte, ließ mir einen eisigen Schauer über den Rücken laufen. »Unsere Körper sind unwichtig.«

»Deiner vielleicht«, grummelte Mulligan.

»Fleisch hat keine Bedeutung«, beharrte Chip. »Es ist nur ein Vehikel. Bringt mich nach Hause, wie ihr es mir versprochen habt, und dieser Leib hat seine Schuldigkeit getan.«

Ganz egal, aus wessen Mund, wären mir diese Worte ziemlich verschroben vorgekommen, aber aus dem eines zwölfjährigen Knaben jagten sie mir einen noch kälteren Schauer über den Rücken. Chips Stimme bebte vor Schmerz, und ich war längst nicht mehr sicher, ob er ohne Watsons Hilfe überhaupt noch aus eigener Kraft hätte stehen können.

»Sie haben es mir versprochen«, wimmerte Chip.

»Und du hast uns versprochen, uns zu Allison zu bringen«, erinnerte ich und fügte nach einer kurzen Pause noch hinzu: »Und den anderen.«

Watson warf mir einen merkwürdigen Blick zu, aber zu meiner Überraschung nickte er nicht nur, sondern forderte Chip mit einer Geste auf, genau das zu tun. Der Junge zeigte mit der unversehrten Hand nach oben, und nun hob auch Mulligan seine Lampe. Nicht einmal der starke Lichtstrahl zeigte uns wirkliche Details. Dort oben war etwas, das war alles, was ich erkennen konnte, und es war etwas Großes und sehr Fremdartiges.

»Dort oben?«, fragte Mulligan überflüssigerweise. Chip nickte nur, und Mulligan fügte hörbar nervös hinzu: »Was ist da?«

Chip schwieg auch weiterhin, doch Watson antwortete mit Grabesstimme: »Das Hive.«

31

Die aus unzähligen winzigen Spinnentieren zusammengesetzten Kettenbündel hinaufzuklettern gehörte mit zu dem Schrecklichsten, wozu ich mich jemals hatte zwingen müssen. Es war nichts als Metall und Glas und eine Unzahl anderer Werkstoffe, wie ich sie noch niemals zuvor gesehen hatte, geschweige denn gefühlt. Das sachte Pulsieren der beiden Lichtstrahlen versprach Sicherheit, und mein Verstand bombardierte mich mit optischen und haptischen Eindrücken, die mich davon überzeugen sollten, dass es eben nur eine – wenn auch etwas sonderbare – Kette war, an der ich mich nach oben hangelte.

Oben angekommen, schrie jeder einzelne Muskel in meinem Körper danach, wenigstens für einen Moment auszuruhen, doch dafür blieb keine Zeit. Watson war vor mir heraufgestiegen und hockte als gedrungener Schatten in der Dunkelheit neben mir und gab mir heftig gestikulierend zu verstehen, dass ich Mulligan helfen sollte, der als Letzter an dem heftig pendelnden Kettenbündel heraufkletterte und dabei nicht nur das Kunststück fertigbrachte, dies mit nur einer Hand und der Unterstützung seiner Beine zu tun, weil er mit dem anderen Arm den verletzten Jungen an sich presste, sondern der dabei auch noch deutlich schneller war als ich. Mühsam quälte ich mich auf Hände und Knie und tat mein Bestes, um ihm zu helfen.

Vermutlich behinderte ich ihn mehr, als ihn wirklich zu unterstützen, und Chips unterdrücktem schmerzhaftem Wimmern nach zu urteilen tat ich wohl auch ihm keinen Gefallen. Der Junge beschwerte sich jedoch nicht. Ganz im Gegenteil riss er sich auf dem letzten Stück los und wäre wohl auf der Stelle losgestürmt, hätte Watson ihn nicht mit einer raschen Bewegung festgehalten.

»Nicht so schnell, mein Junge«, sagte er kopfschüttelnd. Er hatte zwar ein Lächeln aufgesetzt, aber der scharfe Unterton seiner Stimme strafte es augenblicklich Lügen. »Wir hatten eine Vereinbarung.«

»Ich habe Sie zu ihnen gebracht.« Chip versuchte sich loszureißen. »Ich habe mein Wort gehalten.«

»Der Professor«, sagte Watson, »und die anderen.«

Allison nicht zu vergessen.

»Ich weiß nichts von ihnen«, beteuerte Chip. »Ich will doch nur nach Hause.«

»Wir lassen dich gehen«, versprach Watson, »sobald wir unsere Freunde gefunden haben.« Watson ließ Chip los, doch mein Vertrauen in das Wort des Jungen war nicht annähernd so groß wie das seine. Ich legte ihm die Hand auf die Schulter, um ihm klarzumachen, dass ich ihn nicht so einfach laufen lassen würde. Watson bedachte mich mit einem missbilligenden Blick, enthielt sich zu meinem Erstaunen aber jeden Kommentars und ließ den pulsierenden Strahl seiner Lampe in die Runde tasten.

Das flackernde Licht brach sich auf metallenen Winkeln und Flächen, riss fremdartige Formen und Details aus der Dunkelheit und enthüllte mir Dinge, die ich nicht erkannte und nie hatte sehen wollen.

»Sie sind ... hier«, stammelte Chip. »Wir sind alle hier.«

Seine Hand wies in die Dunkelheit und wollte sich losmachen, doch ich packte nun mit beiden Händen fest genug zu, um ihm die Lust auf einen weiteren Fluchtversuch zu vergällen. Ich tat ihm damit gewiss sehr weh, aber darauf konnte ich jetzt keine Rücksicht nehmen. Nicht jetzt, wo wir Allison so nahe waren.

Ich lauschte. Praktisch auf dem gesamten Weg hier herunter hatte ich mir eingebildet, Allisons verzweifeltes Flehen um Hilfe zu hören, und sosehr mir diese Stimme auch zugesetzt hatte, hatte sie mir doch zugleich auch Kraft gespendet und mich nicht aufgeben lassen. Vermutlich wäre ich ohne sie gar nicht so weit gekommen.

Auch Mulligan hatte sich inzwischen weit genug erholt, um sich schnaubend auf die Beine zu kämpfen und seine Lampe zu heben. Die vereinten Lichtstrahlen enthüllten uns mehr von unserer Umgebung. Ich wusste nicht, was ich erwartet hatte, doch es war … anders. Die unruhig tastenden Lichtstrahlen machten es mir unmöglich, die Größe des Kesselraumes abzuschätzen, und ich begriff nur, dass er gewaltig sein musste. Und er war nur so vollgestopft mit … Dingen, deren bloßer Anblick verstörend wirkte und die den Gedanken lächerlich erscheinen ließen, Allison in diesem Chaos zu finden.

»Dort vorne!« Watsons Lichtstrahl deutete auf weiteres aufblitzendes Kettengeflecht gerade am Rande des Sichtbaren, und alles in mir sträubte sich innerlich, als er einen ersten Schritt in die entsprechende Richtung machte. Tatsächlich erkannte ich einen menschlichen Umriss, als wir näher kamen. Es war nicht Allison, doch das war auch schon das einzig Beruhigende, womit der Anblick dienen konnte. Der Mann trug die einfachen Kleider eines Arbeiters und musste zu Lebzeiten eine beeindruckende Erscheinung gewesen sein, sicherlich über sechs Fuß groß und so breitschultrig, dass ihm auf der Straße wohl jeder Platz gemacht hatte, ohne dass es auch nur eines

Stirnrunzelns bedurfte. Jetzt schnürte mir sein Anblick schier die Kehle zu, obwohl ich mir eingebildet hatte, auf alles vorbereitet zu sein. Doch das war ich nicht.

Der Mann war zweifellos tot, und das wohl schon seit geraumer Zeit. Sein Körper war unter einem Wust der aus Millionen bizarrer Metallinsekten gebildeten Ketten verborgen, und aus seinem vertrockneten Fleisch ragten zahlreiche dünne Metalldorne und Stifte jener Art, an die ich selbst unangenehme Erinnerungen hatte. Seine Haut war grau und so rissig wie altes Packpapier, und er musste mindestens die Hälfte seines Gewichts verloren haben, wenn nicht mehr. Ausgezehrt, das war das erste Wort, das mir bei seinem Anblick in den Sinn kam und auch das einzige, das seinen Zustand beschrieb. Etwas hatte den unglückseligen Mann aller Lebensenergie beraubt und machte sich nun daran, ihn zur Gänze aufzuzehren.

Und er war nicht der Einzige.

Watson hockte sich vor den Leichnam, wie um ihn zu berühren, richtete sich dann aber unverrichteter Dinge wieder auf und ließ seinen Lichtstrahl weiterwandern. Neue Körper tauchten aus der dräuenden Schwärze auf, manche so ausgebrannt und tot wie der bedauernswerte Mann, den wir zuerst gefunden hatten, andere scheinbar unversehrt und wie schlafend daliegend. Da geschah etwas Seltsames, das sich nach und nach als immer unheimlicher herausstellte.

Es war das Licht.

Die pulsierenden Strahlen der beiden Rühmkorff-Lampen ließen nicht nur Opfer und Ketten sowie mehrfarbiges Metall in der Dunkelheit aufblitzen, sie brachen sich auch in einer Myriade winziger starrender Glasaugen, in denen sie ein eigenes rotes und grünes Feuer zu entfachen schienen, das nicht etwa erlosch, sobald das Licht weitergewandert war, sondern seinerseits zu flackern und sich auszudehnen begann. Wie ein einzelner Funke, der einen Flächenbrand ausgelöst hat, strichen die pulsierenden Strahlen der beiden starken Lampen noch ein paarmal hierhin und dorthin und entflammten bald den gesamten Raum, sodass es immer heller wurde, bis wir unsere Umgebung so deutlich erkennen konnten, als befänden wir uns mittags unter einem wolkenlosen freien Himmel.

Aber es war nicht der Himmel unserer Welt.

Rings um uns herum erstreckte sich eine Landschaft, wie es sie nur auf einem anderen Planeten geben konnte, Furcht einflößend und faszinierend in ihrer Fremdartigkeit und so vollkommen anders als alles, was wir kannten, dass wir endlose Sekunden lang einfach nur dastanden und uns fassungslos umsahen.

Der Kessel, der die stählernen Wände dieser bizarren Welt bildete, war allein größer als so manches Schiff, auf dem ich gewesen war, und seine Krümmung vereinigte sich erst einige Dutzende Fuß über unseren Köpfen wieder zu einer stählernen Decke. Auch über unseren Köpfen spannte sich kreuz und quer ein dichtes Netz, das seinerseits aus Dutzenden dicker Kettenbündel bestand, die ihrerseits aus Millionen und Abermillionen kleiner Metallinsekten zusammengefügt waren, und diese möglicherweise wiederum …

Mir schwindelte, als mir klar wurde, dass sich dieser Gedanke möglicherweise beliebig lang fortsetzen ließ, bis hinunter auf die Ebene des Mikroskopischen und vielleicht sogar noch weiter.

»Oh mein Gott«, flüsterte Watson neben mir. »Ich glaube, Nikola hatte recht.« Gleichzeitig ließ er seinen Lichtstrahl weiter über das dicke Metallgeflecht über unseren Köpfen tasten, und eine weitere Million grüner und roter Stecknadelkopf-Glasaugen erwachten zu blassleuchtendem Leben, ohne wieder zu erlöschen.

»Womit hatte er recht?«, fragte ich, hauptsächlich um überhaupt etwas zu sagen und die summende Stille nicht übermächtig werden zu lassen. Ich kam mir verloren vor und unendlich klein, und das nicht nur im übertragenen Sinne. Das unheimliche Gewebe bedeckte nicht nur nahezu die gesamten Wände, sondern bildete überall über unseren Köpfen mannsdicke Stränge, Bündel und Knoten, und ob es nun am Licht und dem leuchtenden Grün und Rot ihrer Augen lag, ich hatte immer mehr das Gefühl, etwas Lebendigem gegenüberzustehen – als wären wir Zwerge am Boden eines bizarren Metalldschungels, von dessen stählernen Baumriesen ein lebendiges Geflecht aus Moosen, Lianen und dünnen Luftwurzeln hing.

»Mit seiner Vermutung«, antwortete Watson, und es verging eine geraume Weile, bis ich seinen Worten überhaupt eine Bedeutung zuordnen konnte. Die pure Fremdartigkeit unserer Umgebung schnürte mir nicht nur den Atem ab, sondern begann auch meine Gedanken zu vereinnahmen und fing an, mich zur Gänze zu verschlingen.

»Es *sind* Von-Neumann-Maschinen.«

»Was denn auch sonst?«, fragte ich, ließ eine oder zwei Sekunden verstreichen und fügte dann im selben Tonfall hinzu: »Und warum überrascht Sie das so, nachdem wir uns gerade mit den Maschinenmenschen herumgeschlagen haben?«

»Eben deswegen«, antwortete er, »weil es Maschinen*menschen* waren.« Er ließ seinen Lichtstrahl noch ein Stück weiter tasten und schüttelte zugleich den Kopf. »Das hier ist etwas ganz anderes.«

Da konnte ich ihm nur recht geben. So behutsam ich die Füße auch aufzusetzen versuchte, es gelang mir nicht, einen Schritt zu tun, ohne dass es unter meinen Schuhsohlen beständig klirrte und knackte, und ich konnte spüren, wie immer wieder etwas unter meinem Gewicht nachgab und zerbrach.

»So etwas wie hier hätte ich niemals für möglich gehalten«, gestand Watson, während er sich ächzend unter einem gewaltigen Vorhang grüner Eisenflechten hindurchbückte. »Nikola hatte recht! Sie reproduzieren sich unentwegt, und das auf ganz andere Art als alle anderen Lebensformen. Wenn das so weitergeht, sind sie bald nicht mehr aufzuhalten.«

Ja, das hatte ich wissen wollen.

Mit wenigen klirrenden Schritten schloss ich zu Watson auf und überzeugte mich mit einem raschen Blick abermals davon, dass seine Lampe noch beruhigend pulsierte, bevor ich mich an Chip wandte.

»Langsam beginne ich die Geduld zu verlieren«, herrschte ich ihn an. »Bring uns endlich zu Miss Carter und den anderen!«

»Aber das tue ich doch!«, beteuerte der Junge. »Sie sind hier. Wir sind alle hier.«

»Ja, genau das habe ich befürchtet«, sagte Watson. »Also müssen wir sie suchen.«

Dass er damit recht hatte, gefiel mir überhaupt nicht. Wenn auch nur die Hälfte der unförmigen Klumpen und Verdickungen, die wir überall sahen, menschliche Gefangene enthielten, dann mussten es Hunderte sein, wenn nicht Tausende. Wir hatten gewusst, dass dem Hive schon zahlreiche Menschen zum Opfer gefallen waren, doch diese Zahl erschlug mich nicht nur, sondern zerstörte in mir auch noch das letzte bisschen Hoffnung.

Mulligan ließ seinen Lichtstrahl in eine andere Richtung wandern und entzündete damit nicht nur noch mehr rote und grüne Elmsfeuer, sondern zeigte uns auch etwas, das mich noch mehr demoralisierte: Sowohl rechts als auch links gähnten mannsgroße runde Löcher in den Kesselwänden, hinter denen sich das metallene Gespinst fortsetzte und das unter den Lichtern ebenfalls zu pulsierendem leuchtendem Leben erwachte, kaum dass der Atem seiner Zauberlampe darüber hinweggeglitten war.

Es gab mindestens zwei weitere Kessel, in denen sich das unheimliche Geflecht bereits ausgebreitet hatte, und vielleicht sogar noch mehr. Hatten wir drei winzige schwache Menschen uns wirklich eingebildet, es mit dieser gigantischen mechanischen Kreatur aufnehmen zu können?

Neben mir gab Mulligan einen überraschten Laut von sich, war mit zwei, drei großen Schritten bei einem grün und rot leuchtenden Kettenbündel und begann mit beiden Händen daran zu zerren. Mein Herz machte einen erschrockenen Satz, als ich das zerrissene Kleid und den schlanken Frauenkörper sah, der darunter zum Vorschein kam. Als er sich vorbeugte und mit all seiner gewaltigen Kraft an den Kettengliedern zu zerren begann, rutschte sein Hemd hoch, und ich sah, dass er einen kurzläufigen Revolver im Hosenbund trug – ein Anblick, der mir unsere Hilflosigkeit eher noch deutlicher vor Augen führte, statt mich zu beruhigen.

Mein Schrecken explodierte regelrecht, als ich das rötlichdunkle Lockenhaar sah, das unter den Kettensträngen zum Vorschein kam, die er wie rasend geworden in Stücke riss. Mein Herz beruhigte sich wieder, als ich genauer hinsah.

Es war nicht Allison. Die Frau war ein gutes Stück älter als sie und von deutlich stämmigerem Wuchs, auch wenn sie jetzt allerhöchstens noch die Hälfte wiegen konnte und noch dazu schrecklich verstümmelt war. Anders als der bedauernswerte Mann, den wir zuerst gefunden hatten, war ihr Körper nicht nur ausgezehrt und aller Flüssigkeit und Kraft beraubt worden, sondern ihr fehlten auch beide Hände. Wo sie gewesen waren, sah ich zwei erstarrte Klumpen aus Tausenden winziger Metallameisen und -käfer, die sie offensichtlich aufgefressen hatten und gerade im Begriff gewesen waren, ihr schreckliches Werk an den Armen fortzusetzen, als sie der Ausbruch des Gewitters gelähmt hatte.

»Großer Gott«, murmelte Watson. Seine Stimme war flach vor Entsetzen. »Das ist also dein Paradies, in das du unbedingt zurückwillst, Junge?«

Chip, dem diese Worte galten, antwortete nicht, und auch mir war es nicht möglich, den Blick von dem grässlichen Bild zu lösen. Und einmal darauf aufmerksam geworden, bemerkte ich noch mehr schreckliche Einzelheiten. Durch einen barmherzigen Zufall war das Gesicht verschont geblieben, doch überall auf dem Körper und den ausgezehrten Gliedmaßen klafften tiefe Krater und Schründe, wo sich die eisernen Fressmaschinen tiefer in ihren Leib gewühlt hatten, um Fleisch, Knochen und auch alles andere zu verzehren.

»Aber ... warum?«, brachte ich irgendwie hervor. »Das ... das ist barbarisch ... und ... und vollkommen ... sinnlos!«

»Aber es spielt doch gar keine Rolle«, antwortete Chip. »Der Körper ist nur eine Hülle. Wir sind hier, ganz gleich, was mit unseren Körpern geschieht.«

»Wir?«, fragte Watson, und nun – endlich – gelang es mir, meinen Blick von dem verheerten Leichnam zu lösen und mich dem Jungen zuzuwenden.

Allerdings war ich nicht sicher, ob das eine gute Entscheidung gewesen war.

Anders als Mulligan und ich war Chip nicht neben der Toten auf die Knie gesunken, sondern zwei oder drei Schritte zurückgewichen. Ich erinnerte mich nicht einmal, ihn losgelassen zu haben, doch er hatte die Gelegenheit nicht genutzt, um zu fliehen, wie ich es erwartet hätte. Sein Blick war klar und sein eigener, nicht der trübe Glanz eines Geistes, der unter dem Einfluss des Hive stand, und dennoch – oder vielleicht gerade deshalb – jagte mir das, was ich darin las, einen eisigen Schauer über den Rücken.

»Überleg dir lieber genau, was du …«, begann ich, doch Watson hob besänftigend die Hand und unterbrach mich auch in dazu passendem Tonfall: »Lassen Sie ihn, Mister Devlin.«

»Aber …«

»Du hast uns hergebracht, wie du es versprochen hast«, fuhr Watson zu Chip gewandt fort. »Du bist uns nichts mehr schuldig.« Er ließ einen Moment verstreichen, zwang sich zu einem Lächeln und fügte dann noch hinzu: »Bist du denn ganz sicher, dass du das willst?«

»Ich gehöre hierher«, antwortete Chip monoton. »Wir sind alle hier zu Hause.«

»Sie bringen diese Menschen um!«, empörte sich Mulligan. »Und sie … *sie fressen sie auf*, um Himmels willen!«

»Wir verwerten nur kostbare Ressourcen. Wäre den Körpern eurer Toten besser gedient, wenn wir sie wegwerfen würden wie wertlosen Abfall?«

Sowohl Watson als auch Mulligan war so wenig wie mir entgangen, wie sich Chips Wortwahl geändert hatte. Und nicht nur die.

Erneut hatte sich etwas in seinem Blick *verschoben*, und diese Veränderung war vielleicht die allerschlimmste von allen. Ich hätte es ertragen – schon weil ich damit rechnete – seinen Geist von einem fremden und stärkeren Willen übernommen und vergewaltigt zu sehen, doch Chip sprach nur aus, was er tatsächlich dachte. Er meinte und glaubte diesen Unsinn!

»Glaubst du wirklich an den Schwachsinn, den du da von dir gibst, Jungchen?«, fragte Mulligan, mindestens so erschüttert wie Watson und ich, aber auch sehr zornig. Er versetzte dem Kettenbündel neben sich einen wuchtigen Tritt, der Metall und Glas heftig scheppern und den Kopf der toten Frau auf die Seite rollen ließ. Ich sah nicht schnell genug weg, sodass mir weder der Anblick der dreizinkigen Kupfergabel erspart blieb, die aus ihrem Nacken ragte, noch der Zustand des vertrockneten Fleisches ringsum. Diese grausame Verletzung war der amen Frau zu Lebzeiten zugefügt worden, und irgendetwas sagte mir, bei vollem Bewusstsein.

»Das war ein Mensch, du undankbarer Bengel! Eine Frau mit einer Familie, vielleicht mit einem Mann oder Kindern! Sie hatte noch ihr halbes Leben vor sich und war bestimmt keine *nützliche Ressource!*«

Watson legte ihm besänftigend die Hand auf die Schulter, und Mulligan schluckte alles hinunter, was ihm noch auf der Zunge lag, auch wenn ich sah, wie schwer es ihm fiel.

»Suchen wir den Professor und die anderen«, forderte uns Watson auf. Sein Tonfall machte klar, für wie aussichtslos er dieses Unterfangen hielt, und mir wäre es wahrscheinlich ganz genauso ergangen, hätte ich solcherlei Gedanken zugelassen. Aber das tat ich nicht, denn es ging um Allison. Ich gab ihm zu verstehen vorauszugehen, und Watson machte genau zwei Schritte, bevor das Schicksal wohl zu dem Schluss kam, uns nun lange genug in ein Gefühl falscher Sicherheit eingelullt zu haben.

Zunächst glaubte ich, das Licht der beiden Rühmkorff-Lampen wäre erloschen, doch dann wurde mir mein Irrtum bewusst: Das Licht der beiden klobigen Induktionslaternen brannte ruhig und ohne das mindeste Flackern weiter, doch ihre Strahlen waren kaum noch zu erkennen, denn der metallene Dschungel ringsum leuchtete plötzlich in einem fast überirdisch schönen vielfarbigen Licht, nicht nur Grün und Rot oder Golden, sondern in Tausend anderen Farben, von denen ich und vermutlich auch noch kein anderer Mensch viele noch niemals zuvor gesehen hatte. Gleichzeitig erwachten überall rings um uns herum zahllose Geräusche und wimmelnde chaotische Bewegungen, zu fremdartig und bedrohlich und einfach zu *viele*, um etwas anderes zu tun, als meine Sinne hoffnungslos zu überfordern. Ich stand einfach nur da, unfähig, mich zu rühren oder einen klaren Gedanken zu fassen und vergaß sogar das Atmen. Es war vorbei, und nun würden wir den Preis für unseren Hochmut bezahlen.

Was mich am meisten schmerzte, war die Erkenntnis, dass ich nun auch Allison nicht mehr helfen konnte.

»Kann mir das vielleicht mal einer erklären?«, drang Mulligans ganz und gar unfeierliche Stimme in meine Gedanken. Ich nahm ihm das ein bisschen übel, denn wenn ich schon sterben sollte, dann doch wenigstens mit einem angemessenen Maß an Pathos, doch ich kam zugleich auch nicht umhin, ihn widerstrebend zu fragen: »Was?«

»Wieso wir noch leben«, antwortete Mulligan.

Bisher hatte ich hauptsächlich den Umstand genossen, dass es so war, aber vielleicht hatte er ja recht, und jetzt war der Augenblick gekommen, mich ein wenig zu wundern. Auch wenn ich Mulligans Frage noch immer ein bisschen undankbar fand. Aber er hatte recht. Das Gewitter musste sich ausgetobt haben oder das Hive hatte sich weit genug angepasst, um sich vor der lähmenden Wirkung der gewaltigen elektrischen Entladungen zu schützen, denn rings um uns herum begann es sich immer mehr und mehr zu regen. Mit einem heftigen Zusammenfahren registrierte ich, wie ein kinderhandgroßer messingfarbener Käfer auf Mulligans Schuh krabbelte und dort erstarrte, als wüsste er mit dieser Situation nicht so recht etwas anzufangen. Mulligan fuhr erschrocken zusammen und setzte dazu an, das ekelige Ding abzuschütteln, doch Watson hauchte schon beinahe entsetzt: »Nicht! Um Himmels willen, Mulligan, nicht! Nicht bewegen!«

Ich bezweifelte, dass Mulligan den Sinn dieser Anweisung wirklich verstand, aber immerhin erstarrte er mitten in der Bewegung und schien mit angehaltenem Atem darauf zu warten, dass der Käfer in Aktion trat.

Er brauchte einen ziemlich langen Atem. Mindestens fünfzehn oder zwanzig Sekunden vergingen, in denen rein gar nichts geschah und selbst die Zeit zum Stillstand gekommen schien. Erst dann und eindeutig zögernd wandte sich der Käfer auf seinen viel zu vielen Beinen um, sprang von Mulligans Schuh und verschwand in dem allgemeinen Gewusel. Mulligan atmete hörbar auf und verlagerte sein Gewicht auf das andere Bein, und Watson flüsterte warnend: »Passen Sie auf, dass Sie nichts beschädigen! Sie scheinen keine Notiz von uns zu nehmen, solange wir sie nicht angreifen oder ihnen im Weg sind.«

Genau diesen Eindruck gewann ich allmählich ebenfalls. Überall in dem gewaltigen Kesselraum erwachte das Hive mit Macht zum Leben. Überall war Bewegung, raschelte und klirrte es, und ich gewahrte längst nicht nur die kriechende und krabbelnde Bewegung der Messingtierchen, sondern auch größere und zum Teil Furcht einflößende Dinge, die ich nicht genau erkennen konnte. Geschweige denn wollte.

Mir fiel etwas auf. »Wo ist Chip?«

Mulligan sah sich so erschrocken um, dass er um ein Haar schon wieder auf etwas Kleines und Krabbelndes getreten wäre, doch Watson machte eine Kopfbewegung hinter mich, und als ich seinem Blick folgte, sah ich den Jungen gerade noch unter einem lebenden Flechtenvorhang verschwinden, der ihm auf schwer in Worte zu fassende Weise Platz zu machen schien.

»Wir sollten ihm folgen«, schlug Watson vor.

Ich sah den Sinn dieser Idee nicht wirklich ein, hatte aber auch selbst keine bessere, weshalb ich Mulligan und ihm nachging. Dabei achtete ich genau wie sie sorgsam darauf, auf nichts zu treten, was sich bewegte oder auch nur so aussah, als könnte es das. Immer gelang es mir nicht. Mehrmals knackte es unter meinen Absätzen oder huschte etwas Kleines auf klickenden Gliedmaßen unter meiner Schuhsohle davon, und mindestens einmal zerbarst etwas mit einem gläsernen Klirren, das mir schier das Blut in den Adern gerinnen ließ. Immerhin versuchte mich nichts zu verschlingen oder mir die eine oder andere Gliedmaße abzureißen.

Wir sahen Chip wieder, als wir uns unter demselben Kettenvorhang hindurchbückten. Trotz unserer schon fast übervorsichtigen Art hatten wir deutlich aufgeholt und kamen dem Jungen immer näher, denn er bewegte sich alles andere als zielgerichtet. Immer wieder blieb er stehen, blickte unschlüssig hierhin und dorthin oder wechselte scheinbar unmotiviert die Richtung, sodass wir bald das Problem hatten, nicht zu dicht zu ihm aufzuschließen.

»Aber wo … wo sind sie?«, murmelte Mulligan. »Ich meine, wo … wo sind all die großen Maschinen und … und Apparate?«

Ich hätte die Frage anders formuliert, meinte aber immerhin zu begreifen, wovon er sprach. Watson kam mir jedoch auch diesmal wieder zuvor.

»Überall«, sagte er. »Wir sind mittendrin. Sehen Sie sich um, Mulligan!«

Das tat Mulligan, genau wie ich, und er schien auch mehr oder weniger zu demselben Schluss zu kommen wie ich. Er sah Watson vollkommen verständnislos an.

»Wäre der Professor hier, dann könnte er es sicherlich besser erklären, aber ich nehme an, dass sie sich nur dann zu größeren Mechanismen zusammenschließen, wenn es nötig ist.«

Mulligan nickte hastig, aber auch ohne jegliches Anzeichen von Verständnis.

Während ich mit dem einen Auge Chip beobachtete, entdeckte ich mit dem anderen eine große Maschine … auf deren Anblick ich aber auch gerne verzichtet hätte. Es war die Spinne aus dem Schlachthof. Das achtbeinige Monster hockte nur ein kleines Stück entfernt kopfunter an einem wehenden Eisenvorhang und starrte uns aus ihren kalten Glasaugen an. Aber sie rührte sich nicht.

Was mich allerdings kein bisschen beruhigte.

Chip fing plötzlich an zu rennen, und mein Herz machte schon wieder einen erschrockenen Sprung, als ich sah, wohin: Er rannte nicht nur geradewegs auf die Spinne zu, sondern begann auch heftig mit beiden Armen zu gestikulieren, wie um die Aufmerksamkeit des mechanischen Monstrums auf jeden Fall auf sich zu ziehen.

Er hatte Erfolg. Die Spinne starrte uns noch eine Weile durchdringend an, dann turnte sie herum und begann mit langsamen staksenden Schritten auf den Jungen zuzugehen.

»Um Gottes willen«, hauchte Mulligan. »Was?« Seine Hand glitt nach hinten unter das Hemd, um den Revolver unter dem Hosenbund hervorzuziehen, doch Watson umklammerte rasch sein Handgelenk und hielt es fest.

»Nicht!«, sagte er erschrocken. »Es ist zu spät! Und er weiß, was er tut.«

Zumindest eine dieser beiden Behauptungen bezweifelte ich doch stark, bei der anderen hatte er vollkommen recht. Die Spinne hatte Chip fast erreicht, als sie anhielt und sich auf die hinteren Beinpaare aufrichtete, wie um den Jungen mit ihren vorderen Gliedmaßen zu umarmen. Endlich kam wohl auch Chip zur Vernunft, denn er blieb stehen, starrte das mehr als mannshoch über ihm aufragende Ungeheuer aus aufgerissenen Augen an und fuhr dann herum, um sein Heil doch in der Flucht zu suchen.

Natürlich war es zu spät. Er kam gerade einen Schritt weit, bevor er über seine eigenen Füße stolperte und so hart auf die Knie fiel, dass ich seinen Schmerz fast körperlich mitempfand. Im nächsten Moment kippte er haltlos nach vorn und konnte seinen Sturz gerade mit seinem unverletztem Arm abfangen, das aber um den Preis, dass sich die Spinne nun über ihn warf und ihre dolchlangen Giftzähne nur umso tiefer in seinen Nacken graben konnte.

Chip brüllte vor Schmerz und begann zu zucken, als hätte er einen heftigen elektrischen Schlag bekommen. Die Spinne richtete sich wieder auf und zog die Klingen aus seinem Nacken. Zwei dünne silberfarbene Fäden verbanden sich mit Chips Fleisch, und als der Junge herumrollte und ich in sein Gesicht sah, da wurde mir auch mein Irrtum klar.

Er war nicht gestürzt, und er hatte auch nicht zu fliehen versucht. Vielmehr hatte er sich der Spinnenmaschine *angeboten*, um ihr ihr schreckliches Tun noch zu erleichtern.

»Nein«, wimmerte Mulligan. »Aber warum … warum hat er das getan, dieser dumme Junge?«

Die Spinne zog sich ein kleines Stück zurück, packte Chip mit den gebogenen Mundwerkzeugen bei den Fußknöcheln und begann ihn rücksichtslos hinter sich herzuziehen. Ich starrte unverwandt weiter sein Gesicht an, und was ich darauf las, das machte alles nur noch viel schlimmer. Er litt große Schmerzen, das war unübersehbar, und doch wirkte er unter dieser gepeinigten Grimasse … *glücklich.* Ein anderes Wort dafür fiel mir nicht ein, so unpassend mir dieser Ausdruck auch schien.

»Das ist die falsche Fragestellung, Mulligan«, sagte Watson. »Die Frage muss lauten: Was für ein erbärmliches Leben muss dieser arme Junge wohl geführt haben, dass ihm ein solches Schicksal verlockend erscheint?«

»Geben Sie acht, dass Adler so etwas nicht hört, Doktor«,

sagte ich. »Sonst hält er Sie am Ende auch noch für einen Freiheitskämpfer und Kommunisten.«

Watson warf mir einen sonderbaren Blick zu und setzte sich in Bewegung, um der Spinne – in respektvollem Abstand– zu folgen. »Wenn das bedeutet, es verwerflich zu finden, dass Kinder ohne die Chance auf eine Zukunft groß werden und nur die Wahl haben, sich zu Tode zu arbeiten oder im Gefängnis oder am Galgen zu enden, dann lasse ich mich gerne einen solchen nennen«, sagte er grimmig.

Die Spinne zerrte den Jungen rückwärtskrabbelnd weiter, und ich musste mich nun wirklich beherrschen, um nicht etwas sehr Dummes zu tun, als ich sah, wie rücksichtslos sie dabei vorging. So zerrte sie Chip nicht nur brutal über den mit allerlei harten und scharfkantigen Hindernissen übersäten Boden, sondern ignorierte auch ihre eigenen kleineren Artgenossen. Unter ihren stampfenden Beinen zerbrachen metallene Beinchen, sprühten Funken und barsten eiserne Rückenschilde, und mehr als ein scharfkantiges Trümmerstück fügte Chip weitere, heftig blutende Wunden zu.

»Wir müssen etwas tun!«, sagte Mulligan mit zitternder Stimme. »Wir können doch nicht … nicht einfach zusehen!«

Vielleicht hätte er (oder ich) tatsächlich etwas Unbedachtes getan, doch endlich hatte die Spinne ihr Ziel erreicht und Chips Martyrium zumindest vorläufig ein Ende. Ich erkannte weitere Gestalten, manche fast zur Gänze unter dem unheimlichen leuchtenden Kettengeflecht verborgen, andere vollkommen ungeschützt, als hätten sie sich einfach nur an diesem unpassenden Ort ausgestreckt, um ein kleines Schläfchen zu halten. Und einer von ihnen war …

»Allison!« Falls noch irgendein Teil des Hive nichts von unserer Anwesenheit bemerkt haben sollte, dann änderte ich das garantiert mit meinem gellenden Schrei. Doch das war mir egal, genau wie die Tatsache, dass ich allein auf den wenigen verbliebenen Schritten dreimal über irgendetwas stolperte und mir Gesicht und Hände blutig scheuerte, als ich fiel. Watson schrie irgendetwas, dem ich keinerlei Beachtung schenkte, dann endlich hatte ich Allison erreicht, fiel neben ihr auf die Knie und ergriff sie an beiden Schultern, um sie an meine Brust zu ziehen. Um ein Haar hätte ich sie dadurch schwer verletzt, möglicherweise sogar umgebracht.

Obwohl aufgewühlt und der Panik so nahe wie niemals zuvor in meinem Leben registrierte ich den winzigen Widerstand gerade noch rechtzeitig genug, um die beiden haardünnen silbernen Drähte, die aus ihrem Nacken ragten, nicht aus ihrem Fleisch zu reißen. Allisons Augenlider flatterten, und ich spürte, dass ich ihr nicht unbeträchtlichen Schmerz zufügte, obwohl sie nicht wach wurde. So behutsam, wie ich es nur konnte, ließ ich sie wieder zurücksinken und schob die Hand unter ihren Hinterkopf, um ihr nicht noch mehr Ungemach zuzufügen.

Watson und sein stiernackiger Gehilfe kamen neben uns an, und Watson übernahm kurzerhand Mulligans Rolle, indem er mich so derb zurückschubste, dass ich die Balance verlor und ungeschickt auf die Seite fiel. Als ich mich wieder aufrappelte, hatte sich Watson bereits über die bewusstlose Allison gebeugt und tastete sie auf eine Art ab, die ich ihm ernsthaft übel genommen hätte, wäre mir nicht zugleich auch klar gewesen, dass er sie nur untersuchte. »Sie verdammter Dummkopf!«, schimpfte er. »Was hatten Sie vor? Wollten Sie sie umbringen?«

Ich nahm nicht an, dass er auf diese Frage wirklich eine Antwort erwartete und gedachte auch nicht, ihm eine solche zukommen zu lassen, also robbte ich nur wortlos näher an ihn heran und beobachtete sehr aufmerksam, was er tat. Allzu viel war es nicht. Nachdem er ihren Puls und ihre Atemfrequenz überprüft, ihre Stirn nach Fieber abgetastet und ihre Lider angehoben hatte, um ihr in die Augen zu sehen, hob er ihren Oberkörper behutsam in eine halb sitzende Position an, sodass sich die Drähte wie silberne Klaviersaiten spannten und ich ein ganz feines, hohes Summen zu hören glaubte.

»Was ist mit ihr?«, fragte ich aufgeregt. »Wie geht es ihr?«

»Das weiß ich nicht«, antwortete Watson mit besorgter Miene. »Vom ärztlichen Standpunkt aus würde ich sagen, sie liegt in einem tiefen Koma.«

»Koma!«, entfuhr es mir.

Watson machte eine Geste, die wohl beruhigend wirken sollte, ihre Wirkung aber verfehlte. »Ihr Herz schlägt, und sie atmet, so weit die gute Nachricht.«

»Und die schlechte?«

Watson wich meinem Blick aus. »Sie ist sehr schwach. Viel schwächer, als ich erwartet habe.«

»Das heißt, sie wird sterben?«, fragte Mulligan.

Darauf antwortete Watson gar nicht, doch das war auch nicht nötig. Ich musste wieder an die tote Frau denken, die wir vorhin gefunden hatten. Das Hive hatte sie bei lebendigem Leib ausgesaugt, und als kein einziger Funken Leben mehr in ihr gewesen war, da hatte es sogar angefangen, ihre sterblichen Überreste zu verzehren. Oder zu *verwerten*, wie Chip es ausgedrückt hatte. Aber das klang in meinen Ohren nur noch schlimmer.

»Können wir sie hier rausbringen?«

Watson sah mich nur traurig an, doch Mulligan griff unverzüglich in seine Tasche und förderte eine langstielige Drahtschere zutage. Mit einer abwehrenden Geste hielt Watson ihn zurück. »Ich bin nicht sicher.«

»Ob wir sie retten sollen?«

»Ob wir sie damit umbringen oder ihr zumindest großen Schaden zufügen«, erwiderte Watson. »Oder ob sie es überhaupt zulassen.«

Er deutete mit einer zaghaften Geste hinter sich. Ich folgte seinem Blick und sah die Spinne, die sich zwar wieder um etliche Schritte zurückgezogen hatte, aber sprungbereit dazuhocken schien und uns aus ihren kalten gläsernen Augen aufmerksam beobachtete.

»Aber sie tun uns nichts«, sagte Mulligan.

»Solange wir nichts tun, was sie stört«, bestätigte Watson, was streng genommen allerdings nur eine Vermutung war. Vielleicht spielten sie auch einfach nur ein Spiel mit uns.

»Es gibt nur einen Weg, das herauszufinden, Doktor«, mischte ich mich ein.

»Es könnte sie umbringen«, sagte Watson noch einmal, und Mulligan wäre wohl nicht Mulligan gewesen, hätte er die Gelegenheit nicht genutzt, um hinzuzufügen: »Oder uns.«

Das sollte mich empören und tat es bis zu einem gewissen Grad auch, aber es war auch wahr. Ich setzte zu einer Antwort an, überlegte es mir dann anders und sah mich um. Nicht nur Allison war halb in das Kettengeflecht eingesponnen, nach und nach gewahrte ich auch den Rest der kleinen Gruppe Vermisster, und nach einigem Suchen entdeckte ich auch Nikola, nur ein kleines Stück entfernt und auf eine … andere Art mit dem Hive verbunden, ohne dass mir der Unterschied sofort klar geworden wäre. Sein Anblick erschreckte mich fast noch mehr als der Allisons und der anderen. Er war übel verletzt. Sein Gesicht und seine Hände waren mit eingetrocknetem Blut bedeckt, das die tiefen Schnitte und Schrammen darunter aber nicht zur Gänze kaschieren konnte. Er schien sich wacker zur Wehr gesetzt zu haben, auch wenn es ihm am Ende nichts genutzt hatte. Trotzdem erfüllte mich der Gedanke mit einer gewissen trotzigen Zufriedenheit.

Ich erhob mich und trat langsam auf Nikola zu. »Er wüsste wahrscheinlich besser als ich, was zu tun ist.«

Watson war mir gefolgt, ohne dass ich es gemerkt hatte, und sah mich nun auf eine Weise an, die mir ganz und gar nicht gefiel.

»Und was wollen Sie damit sagen?« Ich streckte die Hand nach Nikola aus, wagte es aber nicht, ihn zu berühren. Was von seiner Haut sichtbar war, das wirkte grau und fiebrig. Er befand sich auf demselben Wege wie der Mann, den wir gefunden halten, begriff ich – und das schon nach wenigen Stunden. Das Hive verzehrte seine Opfer immer schneller. Voller Schrecken wurde mir klar, dass wir möglicherweise schon zu spät gekommen waren, um Allison zu retten.

»Wir könnten zuerst ihn befreien und hoffen, dass er weiß, was zu tun ist«, schlug Watson vor.

Der Vorschlag empörte mich zwar, aber tief in mir flüsterte eine Stimme, die diese Idee durchaus verlockend fand. Nikola war nicht nur trotz allem in körperlich besserer Verfassung als Allison, sondern konnte uns zweifellos auch als Einziger weiterhelfen.

Watson deutete auf Mulligans Tasche und schickte einen auffordernd fragenden Blick hinterher. Ich schüttelte so hastig den Kopf, dass ich beinahe das Gleichgewicht verloren hätte.

»Uns läuft du Zeit davon, Mister Devlin«, sagte Watson. »Und ich fürchte, uns bleibt nur ein einziger Versuch. Also entscheiden Sie.«

»*Ich*?«, ächzte ich. Wie kam er auf die Idee, dass ich diese monströse Entscheidung treffen könnte?

»Soll ich entscheiden, wer leben darf und wer nicht?«

»Diese Entscheidung könnt ihr nicht treffen. Es steht nicht in eurer Macht, uns Schaden zuzufügen.«

Es war Chip, der das sagte, obwohl er zugleich nur ein Stück entfernt dalag und immer schneller von dem eisernen Kettengeflecht überwuchert wurde. Zugleich stand aber auch ein zweiter Chip ein halbes Dutzend Schritte entfernt da und sah uns ruhig an, das Spinnentier direkt an seiner Seite. Es hatte den hässlichen Schädel gesenkt, damit sich Chip an ihm auf eine sehr vertraut wirkende Art abstützen konnte, wie ein anderer seinem treuen Hund den Kopf gekrault hätte. Ich war jetzt sicher, dass es das Ungeheuer aus dem Schlachthaus war. Die beiden gehörten zusammen.

Auch der Junge hatte sich verändert. Er war noch immer Chip – oder eben auch nicht, je nachdem –, aber sein Gesicht und seine Hände waren nun wieder unversehrt, sein Arm war nicht mehr gebrochen, und er trug den nicht ganz passend zusammengestohlenen Anzug, in dem ich ihm das erste Mal begegnet war.

»Das war es eigentlich nie«, fügte Chip hinzu, nachdem er uns hinlänglich Zeit gelassen hatte, zu erschrecken.

»Chip?«, murmelte Mulligan. Zugleich glitt seine Hand schon wieder nach hinten,

»In gewisser Weise, Mister Mulligan«, antwortete der Junge. »Auch wenn ich meine, dass Sie die Antwort eigentlich längst kennen. Und versuchen Sie bitte nicht, Ihre Waffe zu ziehen. Sie würden nur dem Körper dieses Jungen schaden, und so wie er Sie schätzt, möchten Sie das gewiss nicht.«

»Du?«, fragte Watson. Er machte eine Geste auf den anderen, den reglos daliegenden Chip. »Oder er?«

»Da gibt es keinen Unterschied«, antwortete der Chip, der vor uns stand. »Wir sind alle eins. Wollen Sie das denn nicht verstehen?«

»Nein«, antwortete Watson. »Das hast du ganz richtig erkannt. Ich *will* das nicht verstehen.«

»Das ist bedauerlich«, sagte Chip. »Aber es ändert auch nichts. Sie hätten nicht herkommen sollen, wenn Sie wirklich so denken.«

»Und gleich wirst du behaupten, dass wir die freie Wahl hatten, habe ich recht?«, fragte Mulligan.

»Würden Sie es mir denn glauben, Mister Mulligan?«, fragte Chip lächelnd.

»Vielleicht wenn *er* es mir sagt.« Mulligan machte eine trotzige Kopfbewegung in Richtung des echten Chip, und wäre ich nicht noch immer wie betäubt gewesen, dann hätte ich mich wohl abermals erschrocken, als ich sah, dass er noch tiefer unter dem wuchernden Kettengewirr verschwunden war. Stattdessen ging ich wieder zu Allison zurück und hätte um ein Haar erleichtert aufgeatmet, als ich begriff, dass sich ihr Zustand zumindest nicht verschlechtert hatte.

Und als hätte sie meinen Blick und den dazugehörigen Gedanken richtig gedeutet, fuhr die Chip-Kopie fort: »Es geht ihr gut, Mister Devlin. Sie ist bei uns, und sie freut sich schon darauf, Sie wiederzusehen.«

Ich starrte Allison an, ihr ausgezehrt bleiches und trotz allem noch immer so wunderschönes Gesicht, und die beiden haardünnen silbernen Drähte, die sich unter ihrem Nacken hervorringelten und durch die das Leben aus ihr herausgesogen wurde.

»Niemals«, brachte ich mit halb erstickter Stimme hervor, während ich mich neben ihr auf die Knie niederließ. Ich streckte die Hand aus, um sie zu berühren … und ließ es dann doch sein, wenn auch vielleicht nur aus der Angst heraus, ihr erneut wehzutun.

»Aber Sie wissen nicht einmal, wovon Sie reden, Mister Devlin«, versicherte das Chip-Ding lächelnd.

Und das wollte ich auch gar nicht. »Niemals«, murmelte ich nur noch einmal.

»Sie tun mir leid, Mister Devlin«, sagte Chip, und es klang ehrlich. »Sie glauben zu wissen, was Leben ist, aber Sie haben es niemals wirklich verstanden.« Er deutete auf die schlafende Allison. »Aber Sie können es, wenn Sie es wünschen.«

»Niemals!«, sagte ich zum dritten Mal, und diesmal musste ich es wohl irgendwie anders gesagt haben als die Male zuvor, denn die Chip-Kopie sah mich zwar noch eine Weile unübersehbar enttäuscht an, doch sie verzichtete auf einen weiteren Versuch, mich zu überreden. Mit einem leisen Seufzen nahm sie die Hand vom Kopf der Spinne, was das metallene Ungetüm mit einem nervösen Mandibelrasseln kommentierte.

»Das bedauere ich aufrichtig«, sagte Chip. »Uns ist nicht an einem Zwist mit Ihnen gelegen, Mister Devlin. Allison Carter liebt sie. Und wir damit auch. Wir würden es nicht begrüßen, wenn Ihnen etwas zustieße.«

»Oh ja, das klingt überzeugend«, sagte Mulligan höhnisch. »Vielleicht würde ich es sogar glauben, wenn sie es uns sagen würde.«

»Mulligan!«, flehte ich, während ich zu dem bulligen Pfleger hochsah. Begriff er denn nicht, welche Qual er mir mit jedem einzelnen Wort zufügte?

Chip lächelte, als enthielten Mulligans Worte etwas ungemein Komisches, das mir entgangen war. »Sie überraschen uns, Mister Mulligan. Wir kommen Ihrem Wunsch gerne nach – zumal das sicher auch Mister Devlin erfreuen würde –, aber wir wissen auch von dem geheimen Arrangement, das Sie mit Miss Carter getroffen haben.«

Watson runzelte die Stirn, während ich Mulligan ebenso überrascht wie misstrauisch anstarrte. »Also doch!«

Einzig Mulligan spielte perfekt den Ahnungslosen. »Ich weiß nicht, wovon du sprichst«, behauptete er.

»Ich vertraue auf Ihre Vernunft, Mister Mulligan, und darauf, dass Sie nichts Unbedachtes tun, das einzig und allein Allison Carters Köper schaden würde«, sagte die Chip-Kopie …

und begann auf die mir schon hinlänglich bekannte und doch immer wieder erschreckende Weise auseinanderzufallen. Die Spinne rasselte mit ihren mörderischen Beißwerkzeugen, als wäre sie nicht mit dieser Entscheidung einverstanden, rührte sich darüber hinaus jedoch nicht, und ich stand auf und fuhr mit einer zornigen Bewegung ganz zu Mulligan herum und herrschte ihn an: »Was genau ist das für ein Arrangement, Mulligan?«

Ganz wie ich es erwartet hatte, schürzte er nur die Lippen und funkelte mich trotzig an, doch Watson fragte: »Können Sie sich das wirklich nicht denken, Mister Devlin?«

»Doch«, antwortete ich. »Aber ich will es von ihm hören!«

»Ich habe mein Wort gegeben, nichts zu sagen«, beharrte Mulligan stur.

»Und es ehrt Sie, dass Sie sich daran halten, aber das ist jetzt wirklich nicht mehr nötig«, sagte eine Stimme hinter uns, die noch einmal zu hören ich kaum zu hoffen gewagt hatte und deren Klang mir trotzdem einen eisigen Schauer über den Rücken jagte.

Wo gerade noch Chip gestanden hatte, da sah ich nun in Allisons Gesicht. Einer anderen Allison als der, die ausgezehrt und sterbend neben mir lag. Sie trug jetzt wieder das weiße Sommerkleid, in dem ich sie das erste Mal gesehen und (auch wenn mir das erst jetzt wirklich klar wurde) mich sofort in sie verliebt hatte, und war nicht nur unversehrt, sondern sah so jung und strahlend und ... *frisch* aus wie niemals zuvor.

»Du darfst dem armen Mulligan nicht böse sein«, sagte sie. »Ich weiß, wie schwer es ihm gefallen ist, mir dieses Versprechen zu geben. Aber auf seine Art ist er ein Ehrenmann ... auch wenn er das selbst nicht gerne hört«, fügte sie mit einem verschwörerischen Blinzeln in Mulligans Richtung hinzu.

»Was für ein Versprechen?«, beharrte ich.

»Mich zu töten«, antwortete die Allison-Kopie lächelnd.

»Dich?«, fragte ich bitter. »Oder sie?« Ich kniete mich wieder neben die sterbende Frau, und mir brach schier das Herz.

»Sie«, räumte die Maschinen-Kopie ein. »Ich kann das verstehen. Damals wusste ich noch nicht, wie wundervoll verwoben alles ist.«

»Sie«, beharrte ich. Die bloße Vorstellung, dass dieses … *Ding* tatsächlich denken konnte, es enthielte auch nur einen Funken der echten Allison, war obszön.

»Sie«, seufzte das Allison-Ding. »Dein Verhalten schmerzt mich, Quinn, aber ich kann es verstehen. Mir selbst erging es …«

»Ihr«, unterbrach ich die Maschine.

Der Blick der Allison-Kopie umwölkte sich, und etwas, das tatsächlich wie echter Schmerz aussah, erschien darin, doch nach einer weiteren Sekunde des Zögerns verbesserte sie sich und fuhr fort: »*Ihr* erging es genauso, nach ihrem ersten Kontakt mit dem … mit uns. Vieles von dem, was sie gespürt hat, hat sie verwirrt und noch mehr erschreckt, und wie sollte es auch anders sein? So ist nun einmal eure Art: Was ihr nicht kennt, das erfüllt euch mit Furcht.«

»Nicht unbedingt«, grummelte Mulligan. »Manches von dem, was wir kennen, auch.«

»Das ist wohl wahr«, antwortete die Allison-Kopie amüsiert. »Und für das Überleben Eurer Spezies war das auch richtig und gut.«

»Eurer Spezies?«, fragte Watson mit einem wissenschaftlichen Interesse in der Stimme, das ich geradezu beleidigend fand.

»Ihr habt uns erschaffen«, bestätigte das Allison-Ding. »Ihr seid eine großartige Spezies, mit großen Fehlern, aber auch großartigen Eigenschaften. Wir sind eure Kinder. Wie könnten wir anders als besser sein als ihr.«

»Ja, das sagen alle Kinder über ihre Eltern«, meinte Mulligan.

Die Maschinen-Allison ignorierte das. Sie wandte sich wieder direkt an mich. »Ich kann nicht von dir erwarten, dass du mir glaubst, Quinn«, sagte sie mit einer Eindringlichkeit, gegen die ich mich immer weniger zur Wehr setzen konnte. Vielleicht wollte ich es auch gar nicht. Da war ein Teil in mir, ein sehr kleiner, aber dafür lauter Teil, der diesem grässlichen Ding glauben wollte. Sie lag vor mir und starb, und es gab nichts – keine Macht der Welt und des Himmels –, das daran noch etwas ändern konnte, und zugleich stand sie vor mir, so jung und schön wie niemals zuvor. Wenn in den Worten dieser grässlichen Kreatur auch nur ein Fünkchen Wahrheit enthalten war, dann würde sie für alle Zeiten genau so bleiben.

Ich hatte niemals über so verschrobene Themen wie Unsterblichkeit nachgedacht und mich ganz im Gegenteil im Stillen stets über all die amüsiert, die ihre Zeit mit solcherlei kruden Gedankenexperimenten verschwendeten … doch plötzlich verspürte ich die Verlockung dieser bloßen Vorstellung, so absurd sie mir auch immer noch erscheinen mochte.

Ein Geräusch drang in meine Gedanken, weit entfernt und gerade noch innerhalb der Grenzen des Hörbaren, und dennoch auf erschreckende Weise vertraut. War das ein … Schuss gewesen?

Das Geräusch wiederholte sich, gefolgt von einem Laut, aus dem zumindest meine boshafte Fantasie den entsetzten Schrei einer menschlichen Kehle machte. Auch Watson krauste die Stirn und legte wie lauschend den Kopf zur Seite, und dann geschah etwas absolut Erschreckendes: Ein weiterer Schuss krachte, und praktisch im gleichen Sekundenbruchteil stob zwischen den grün und golden und rot leuchtenden Pseudoketten nur ein Stück neben uns eine matschige Fontäne aus Blut und zerrissenen Fleischfetzen in die Höhe.

Ich beging den Fehler hinzusehen, und so blieb mir der Anblick eines menschlichen Gesichts, das von einer unsichtbaren Gewalt von innen heraus in Stücke gerissen wurde, nicht erspart. Gleichzeitig und nicht nur viel weiter entfernt, sondern verwirrenderweise definitiv aus zwei unterschiedlichen Richtungen, fielen weitere Schüsse. Aus den Augenwinkeln meinte ich eine weitere stiebende Fleischexplosion wahrzunehmen, aber ein zweites Mal wagte ich nicht hinzusehen.

»Adler«, stellte Watson finster fest.

»Wir bedauern das«, sagte die Allison-Kopie. »Zumal er gesehen hat, welche Folgen eine solche Tat für Eure Art hat.«

»Sie töten die Menschen, die mit ihnen in Verbindung stehen«, stellte Watson überflüssigerweise fest.

»Nur ihre Körper«, widersprach Allison sanft. »Solange wir existieren, werden sie alle weiterleben. Genau wie ich, Quinn.«

»Ach ja?«, fragte ich bitter. »Und wo? Da drinnen, nehme ich an.« Ich deutete auf die Eisenspinne. »Oder dort?« Ich strich in einer verzweifelten Geste über das Kettengeflecht, das sich um Allisons Beine und Hüften geschlungen hatte, und es klirrte leise und auf eine sanfte Art, die mich an das Plätschern eines Baches erinnerte.

»Überall, Quinn!« Die Allison-Kopie machte eine weit ausholende deutende Geste mit beiden Händen. »Wir sind direkt vor dir und überall rings um dich herum. Wir sind alle eins und jeder Einzelne von uns ist alle.«

Zwei weitere in rascher Folge abgegebene Schrotgewehrschüsse ersparten es mir, noch mehr von diesem Unsinn ertragen zu müssen. Zum einen begann mir allmählich der Kopf davon zu schwirren, doch zum anderen hatte ich große Angst davor, dass ich ihr glauben könnte, denn tief in mir *wollte* ich es.

Ich löste meine Hand von dem Kettengeflecht und richtete mich ein Stück auf. »Und jetzt wollt ihr weiter zusehen, wie

Adler und seine Männer wie die Wilden um sich schießen und noch mehr Leute umbringen?«.

»Euer Konzept von Leben und Tod ist fehlerhaft«, widersprach die Allison-Kopie sanft. »Ihr verwechselt bloße Existenz mit Leben. Angesichts eurer Entwicklung und Kultur ist dieser Irrtum verständlich. Allerdings bleibt er ein Irrtum. Auch Steine existieren, doch sie leben nicht auf die gleiche Art, wie ihr das tut.«

»Stell dir vor, das haben sogar wir schon gemerkt«, knurrte Mulligan.

»Dagegen folgt auch die einfachste Pflanze dem gleichen Lebenskonzept wie ihr«, fuhr die falsche Allison unbeeindruckt fort, noch immer mit diesem sanftmütigen Lächeln auf den künstlichen Zügen, das mir eisige Schauer über den Rücken jagte. Hatte ich tatsächlich auch nur eine einzige Sekunde lang geglaubt, Allison in ihr zu erkennen? Das Ding war eine verdammte Maschine!

»Und dennoch kommt es nicht darauf an. Nur der Geist zählt. Das reine Bewusstsein. Der Körper ist nur ein Werkzeug.«

»Nützlich, bis er seine Aufgabe erfüllt hat, und dann nur noch als Rohstoff«, sagte Watson bitter.

»Ich wusste, dass Sie ein kluger Mann sind, Doktor«, lobte die Allison-Kopie. »Es wird Ihnen gefallen, zu uns zu gehören. Sie können so unendlich viel von uns lernen.«

Wieder krachte eine donnernde, doppelte Schrotschuss-Entladung, und irgendwo in der verschiedenfarbig leuchtenden Düsternis über uns zerplatzte etwas mit einem widerlichen Laut, und ich roch Blut und verbranntes Fleisch. Das Allison-Ding legte die Stirn in Falten und tauschte dann einen einzelnen Blick mit der Eisenspinne, woraufhin sich diese auf klickenden Beinen umwandte und davonstakste. Ich sah nicht hin, aber ich konnte hören und spüren, wie sich über uns weitere und womöglich noch größere und weit bedrohlichere Dinge in Bewegung setzten. Adlers schießwütiger Trupp würde nicht mehr lange Schaden anrichten.

»Geben Sie mir Ihre Waffe, Mister Mulligan«, bat Allison. Sie streckte die Hand aus. »Bitte.«

Mulligan setzte einen störrischen Gesichtsaufdruck auf. »Ich wüsste nicht, warum ich das tun sollte.«

Ich sah ihm direkt in die Augen. »Allison hat Ihnen das Versprechen abgenommen, sie zu erschießen.«

Mulligan hatte nicht die Kraft, meinen Blick zu erwidern, aber er nickte abgehackt. Kurz darauf griff er tatsächlich hinter sich und zog den Revolver aus dem Hosenbund, doch bevor er ihn der eisernen Allison aushändigen konnte, nahm ich ihm die Waffe nicht nur ab, sondern legte auch den Sicherungshebel um und zielte auf das Ungeheuer vor uns.

»Glaubst du wirklich, dass das nötig ist, Liebling?«, fragte Allison.

»Ich weiß nicht, was ich glaube«, antwortete ich. »Und nenn mich nicht so!«

»Es tut mir so unendlich leid«, sagte Allison. »Das Letzte, was ich will, ist dir Leid zuzufügen. Du wirst es verstehen, sobald wir wieder vereint sind.«

Sie machte einen halben Schritt auf mich zu, ich zog den Hahn des Revolvers zurück. Das Allison-Ding blieb stehen. »Bald werden wir zusammen sein, Liebster«, sagte es.

Was hatte Chip noch einmal gesagt? *Bald werden wir alle sein.*

Sie vielleicht.

Wir nicht.

Ich senkte den Lauf der Waffe um ein kleines Stück, aber ich nahm den Finger nicht vom Abzug.

»Allison hätte das nicht gewollt«, sagte ich, »und ich auch nicht«, und schoss.

Die Maschinen-Kopie reagierte mit einer Schnelligkeit, zu der kein lebendes Wesen auf dieser Welt fähig gewesen wäre. Obwohl mehr als drei Meter von uns entfernt, kam sie mit einer so fließenden Bewegung heran, dass ich keine Gelegenheit zu einem zweiten Schuss bekam. Sie schlug mir die Waffe mit solcher Gewalt aus der Hand, dass sie mir mindestens zwei Finger brach, und prallte wuchtig genug gegen mich, um mich von den Füßen zu reißen. Doch in dem Sekundenbruchteil, bevor ich fiel, sah ich noch, mit welch tödlicher Präzision ich getroffen hatte. Die Kugel hatte Allisons Stirn genau über den Augen durchschlagen und ein winziges, perfekt kreisrundes Loch hineingestanzt, und ein grausames Schicksal wollte es, dass die bloße Erschütterung ihre Lider geöffnet hatte, sodass ich ein allerletztes Mal in ihre erlöschenden Augen blicken konnte – die Augen der einzigen Frau, die ich in meinem ganzen Leben wirklich geliebt und die ich gerade mit eigenen Händen getötet hatte.

Das Gewicht der Maschinen-Allison trieb mir jedes bisschen Atemluft aus den Lungen. Meine Rippen knackten wie trockenes Reisig, und so grässlich er auch war, so war ich doch zugleich auch dankbar für den grausamen Schmerz, der an tausend Stellen zugleich in meinem Körper zu explodieren schien, denn er hinderte mich daran, vor Entsetzen über mein eigenes Tun den Verstand zu verlieren.

»Sie sind ein sehr dummer Mensch, Mister Devlin«, sagte die Allison-Kopie, die auf meiner Brust hockte und mir noch immer erbarmungslos die Luft abschnürte. Mein Blickfeld füllte sich immer weiter mit rotem und schwarzem Nebel und ich ahnte mehr, als ich wirklich sah, wie sich Watson und Mulligan gleichzeitig auf sie stürzten und sie mit vereinten Kräften von mir herunterzuzerren versuchten.

Genauso gut hätten sie versuchen können, das Schiff mit bloßen Händen umzuwerfen. Das Allison-Ding zeigte sich nicht nur vollkommen unbeeindruckt, sondern fuhr auch mit ruhiger und nun eindeutig künstlich klingender Stimme fort: »Das Einzige, was Sie erreicht haben, war, Ihrer Freundin die Unsterblichkeit zu verwehren. Sie werden die ganze Ewigkeit Zeit haben, zu begreifen, was Sie ihr angetan haben, und es bedauern. Es gibt Dinge, die können nicht einmal wir …«

Sie sprach nicht weiter. Vielleicht verstand ich sie auch nur nicht mehr, denn ich schlitterte immer rascher auf den Rand einer Bewusstlosigkeit zu, aus der ich vermutlich nie wieder erwachen würde. Was hell gewesen war, färbte sich rot, was bisher rot gewesen war, wurde schwarz, und alle Geräusche verloren an Höhe und Klarheit und verschmolzen zu einem statischen Rauschen, das mich nur noch schneller auf den schwarzen Abgrund zutrieb. Ich versuchte nicht mehr, mich zu wehren, und wozu auch? Ich hatte alles verloren, was meinem Leben plötzlich doch noch einen Sinn gegeben hatte. Schlimmer noch: Ich hatte es selbst zerstört, mit einer einzigen winzigen Bewegung meines Fingers. Was also hielt mich noch hier? Zumindest in einem Punkt hatte das Allison-Ding die Wahrheit gesagt: Ich würde für den Rest der Ewigkeit Zeit haben, diese eine Sekunde zu bedauern.

Ich musste noch einmal an den Abwasserkanal denken, als ich zusammen mit Allison und Nikola auf einen kleineren Ableger des Hive gestoßen war, und meine eigenen Gedanken, die mir in diesem Moment selbst so unsinnig vorgekommen waren, schon weil sie so gar nicht zu mir passen wollten. Ich hatte mich getäuscht. Es war nicht Dantes neunter Kreis der Hölle, denn auch Dante hatte sich geirrt, als er annahm, es gäbe nur diesen letzten ultimativen Ort ultimativen Schreckens. Dies hier war der zehnte Kreis, und vielleicht wartete auch jenseits der schwarzen Klippe bereits der elfte und so weiter und so weiter bis in alle Ewigkeit, weil der Schrecken und das Entsetzen niemals den Punkt erreichten, an dem es kein *schlimmer* mehr gab, schon weil es *immer* noch schlimmer kommen konnte. Ich hatte die Klippe fast erreicht, meine Gedanken verwirrten sich immer mehr, und ich war so müde, dass ich nicht einmal mehr die Kraft hatte loszulassen. Der zehnte Kreis wartete. Allison wartete.

»Wir werden niemals ...«, begann die Allison-Kopie noch einmal und sprach auch jetzt nicht weiter, und wenn man es genau nahm, dann *schnarrte* sie es auch eher, wie eine beschädigte Grammofonplatte, die an einer bestimmten Stelle immer wieder zurückspringt und den Text von vorne beginnt. »Wir werden niemals ... wir werden niemals ... wir werden niemals ...«

Ich wimmerte vor Pein, als das Ungeheuer sein Gewicht verlagerte und mir damit mindestens eine Rippe brach, doch wieso spürte ich diesen neuerlichen Schmerz überhaupt, und woher nahm ich den Atem, um zu stöhnen? Auch mein Blick klärte sich, wenn auch längst nicht zur Gänze. Die Allison-Maschine hockte noch immer auf meiner Brust und hielt mich mit ihrem kolossalen Gewicht nieder, aber sie quetschte mir nicht mehr das Leben aus dem Leib – nicht weil sie es sich anders überlegt hätte, sondern weil sie es nicht mehr konnte. Sie ... schrumpfte.

Ich war geneigt, den Anblick auf meinen angeschlagenen Zustand zu schieben und den Umstand, mich auf meine überstrapazierten Sinne längst nicht mehr verlassen zu können, doch auch Mulligan und Watson waren entsetzt zurückgeprallt und starrten das Geschöpf aus ungläubig aufgerissenen Augen an. Genauer gesagt, was noch von ihm übrig war.

Die Allison-Maschine zerfiel nicht auf die uns schon bekannte Art, sondern schien regelrecht zu *schmelzen*, Schicht um Schicht ihres metallenen Körpers überzog sich mit knisternden haardünnen Rissen und wurde schuppig wie von der Sonne ausgetrockneter Seegrund und zerfiel weiter, wurde grau und fahl, bevor das metallene Fleisch endlich zu Staub zerbröselte, den ein unsichtbarer Wind in grafitgrauen Schleiern davonwehte. Darunter kam ein messingfarbenes Skelett zum Vorschein, das ebenso künstliche, komplizierte Organe umschloss, von denen manche ihren natürlichen Vorbildern auf verblüffende Weise ähnelten, andere unterschiedlichen Funktionsprinzipien zu gehorchen schienen und so möglicherweise besser funktionierten. Mir blieb jedoch kaum Zeit, diese Gedanken mehr als flüchtig zu formulieren, denn der bizarre Vorgang währte kaum länger, als es beanspruchte, die Beobachtung in Worte zu kleiden, und als ich einen ersten keuchenden Atemzug nahm, der zu einem Schrei geworden wäre, hätte ich die Kraft dafür gehabt, kippten die zerbröckelnden Überreste des Metallskeletts endgültig von mir herunter und lösten sich in grafitgrauen Staub auf, noch bevor sie auf dem Boden aufschlagen konnten.

Und es war nicht nur sie, die sich auflöste.

Überall rings um uns herum stürzten Metallstücke und -trümmer zu Boden, erhoben sich bizarre Gestalten, nur um auf halbem Wege auseinanderzufallen. Ganze Segmente des Kettengeflechts lösten sich von den Wänden und der Decke, um mit gewaltigem Getöse auf dem Boden aufzuschlagen und weiterzuzerbrechen, sofern sie sich nicht schon unterwegs in grauen Staub verwandelten. Eine explosive Welle reiner Zerstörung tobte durch den stählernen Dom und verheerte alles, was ihr in den Weg kam. Ich sah mindestens eines der riesigen Spinnenungeheuer, das mit dem Tempo und der Unaufhaltsamkeit einer durchgehenden Dampflokomotive auf uns zugerast kam und dann wie von einem Hammerschlag getroffen zerbarst, sodass der monströse Schatten nur noch für einen oder zwei Schritte seine Form beibehielt, ehe ihn der Schwung seiner eigenen Bewegung in Stücke riss.

Plötzlich erhoben sich überall bizarre, riesige Gestalten, die vage menschenähnlich gewirkt hätten, wären sie nicht viel zu groß und so etwas wie der Albtraum einer menschlichen Form gewesen, Titanen mit gewaltigen vorstehenden Unterkiefern und klaffenden Mäulern voller eiserner Reißzähne, mit Hörnern und peitschenden klingenbesetzten Schwänzen, mit schnappenden Scheren und gebogenen Raubtierklauen anstelle von Händen und langen gezahnten Schwertern, wo ihre Unterarme sein sollten. Es war ein Panoptikum des schlimmsten Schreckens, das die Grenzen jeglichen Vorstellbaren sprengte und aus allen Richtungen zugleich auf uns einstürmte, indem der zehnte Kreis der Hölle noch einmal all seine schlimmsten Dämonen real werden ließ, um uns mit sich ins Verderben zu reißen.

Keiner von ihnen kam uns auch nur nahe. Ich registrierte alles nur aus den Augenwinkeln, denn ich hatte mich wieder über Allisons leblosen Körper gebeugt und den Arm unter ihren Rücken geschoben, um ihren Oberkörper anzuheben und an mich zu pressen. Meine Hand war glitschig und nass von ihrem Blut, das ich mit einer einzigen Bewegung derselben Hand vergossen und ihr Leben damit ausgelöscht hatte, und ihre Augen starrten ins Leere.

Aber sie waren nicht leer.

Sie sollten es sein, denn selbst wenn sie überlebt hätte, was das Kollektiv ihr angetan hatte, so hatte meine Kugel sie doch zweifellos getötet. Und doch …

… war da noch etwas.

Unmöglich zu sagen, was, doch ich begriff zweierlei, schlagartig und jenseits allen Zweifels: Sie war es, die uns beschützte, denn die Wellen der Vernichtung gingen kreisförmig von einem Punkt aus, dessen Zentrum wir bildeten, und was ich in ihren Augen las, das war ein Gefühl unendlicher Erleichterung und Dankbarkeit.

Dann, genauso plötzlich, wie es begonnen hatte, war es vorbei. Etwas zerbrach mit gewaltigem Getöse in unserer Nähe, und dann hörte ich nur noch ein allmählich verebbendes Klingen und Klimpern, wie den Klang eiserner Harfen, die sich allmählich entfernten. Die Luft war voller Staub, in die die Strahlen der beiden Rühmkorff-Lampen rauchige Tunnel aus verblassender Helligkeit schnitten, denn auch sämtliche Lichter waren erloschen. Das Hive war fort, vermutlich tot, doch ich wartete vergeblich auf ein Gefühl von Triumph oder wenigstens Erleichterung. Alles, was ich empfand, war Schmerz – und eine so allumfassende Leere und Trauer, dass jeder Versuch eines klaren Gedankens einfach darin verpuffte.

»Es … es tut mir so leid, Inspektor«, sagte Mulligan. »Ich hätte es Ihnen sagen müssen, ich weiß, aber … aber sie hat mir mein Ehrenwort abgenommen, es nicht zu tun.«

»Damit ich es nicht tun muss, ich weiß«, unterbrach ich ihn. Natürlich hatte sie das. Wie hätte ich von Allison auch etwas anderes erwarten sollen?

»Natürlich«, sagte Watson in schuldbewusstem Ton. »Ich hätte es erkennen müssen. Es ist eine ganz klare Wechselwirkung.«

Ich versuchte ihn empört anzustarren, doch es wollte mir nicht gelingen, denn sein Gesicht begann vor meinen Augen zu verschwimmen, als sie sich mit Tränen füllten. Dass Watson das Wort Pietät vermutlich nur aus seinen Büchern kannte, hatte ich schon vor einer ganzen Weile begriffen, aber was brachte ihn auf die Idee, dass mich jetzt irgendwelche *Wechselwirkungen* interessierten?

Ungerührt von meiner Trauer fuhr er aufgeregt fort: »Dabei

liegt es doch auf der Hand, wenn man einfach nur hinsieht! Tötet man eine der Maschinen-Kopien, dann stirbt auch der Mensch, mit dem sie verbunden ist. Also gilt das auch umgekehrt. Aber wieso war die Wirkung bei ihr so verheerend?«

Dann machte er ein übertrieben überraschtes Gesicht und schlug sich gleich mehrfach mit der flachen Hand vor die Stirn, dass es nur so klatschte. »Aber natürlich! Der Unterschied muss sein, dass ihre Kopie in diesem Moment sozusagen aktiv war. Das Hive muss sich ganz auf sie eingestellt haben. Deswegen hat ihr Tod alles mit sich hinabgerissen!«

»Doktor«, sagte Mulligan noch einmal und jetzt in deutlich schärferem Ton.

»Es muss eine Art ... geistigen Kurzschluss gegeben haben«, fuhr Watson unbeeindruckt fort und eigentlich viel mehr an sich selbst gewandt als an Mulligan oder mich. »Mir ist nur noch nicht ganz klar, wieso ein Wesen von so überragender Intelligenz das nicht vorausgesehen hat.«

Weil es nicht so gewesen war, aber das dachte ich nur. Ich war mir noch nicht ganz schlüssig, ob ich Watson über seinen Irrtum aufklären oder ihm schlichtweg die Zähne einschlagen sollte, und tat schließlich weder das eine noch das andere. Wozu auch? Es war immer nur Allison gewesen, von Anfang an. Allison, die uns hierher gebracht, Allison, die uns das Geheimnis des Hive offenbart, und auch Allison, die es letzten Endes vernichtet hatte. Aber wie sollte ich ihm das erklären? Er hätte es weder verstehen können noch wollen.

Etwas klirrte, und schon um nicht länger mit Watson reden zu müssen und am Ende vielleicht doch noch etwas zu sagen oder gar zu tun, was ich bedauern würde, folgte ich Mulligans Lichtstrahl, der wieder in die entsprechende Richtung tastete.

Der Boden war fast knöcheltief mit pulverfeinem grauem Staub bedeckt, der wohl alles war, was noch von dem gewaltigen Hive übrig geblieben war, doch inmitten der grauen Grafitdünen selbst begann sich etwas zu regen. Hier und da erhoben sich staubbedeckte müde Gestalten, benommen und mit leerem Blick oder auch mit schmerzverzerrtem Gesicht. Es waren die letzten Opfer des Hive, die Flüchtlinge aus dem Institut, unter denen ich zu meiner Erleichterung auch Nikola gewahrte, benommen und verletzt, aber lebendig. Und ich entdeckte auch andere, Männer in den groben Kleidern der Werftarbeiter und Schlosser, und schließlich nur ein Stück entfernt richtete sich auch Chip in eine halb sitzende Haltung auf, fuhr sich mit zitternden Händen durchs Gesicht und setzte dazu an, etwas zu sagen. Doch dann fiel sein Blick auf Allison, und seine Augen wurden groß und füllten sich mit tiefer Trauer.

Ich meinte Rufe zu hören und hallende Schritte und vielleicht auch wieder einen entfernten Schuss und musste an Adler denken und dass wir vielleicht besser gewisse Vorbereitungen treffen sollten, damit er uns in seinem Tatendrang nicht zuerst über den Haufen schoss und erst dann nachsah, wer hier überhaupt war. Doch wozu? Sollten sie mich erschießen, dann wäre es vorbei und ich wieder mit Allison vereint.

Prompt hörte ich Schritte und wandte mich halb um, Allisons totes Gesicht noch immer gegen die Schulter gepresst, während ihr Blut allmählich auf meiner Hand erkaltete.

Aber es war nicht Adler, der langsam und mit einem deutlichen Humpeln im Lichtschein der beiden Lampen auftauchte. Es war ein Mann mittlerer Größe und Alters, der mir im gleichen Maße vollkommen fremd war, wie er mir auf schreckliche Weise bekannt vorkam.

Ich begriff auch, warum das so war. Es war ein weiteres Geschöpf des Kollektivs, in dem sich vielleicht eine Winzigkeit von allen widerspiegelte, die ihm je zum Opfer gefallen waren, was in einer so entsetzlichen Mischung resultierte, dass es mir unmöglich war, dem Anblick länger als eine Sekunde standzuhalten. Neben ihm humpelte das gewaltige Spinnenmonster aus dem Schlachthof heran, das ich nun ohne jeden Zweifel erkannte, denn das Monstrum schleifte die beiden hinteren Beinpaare hinter sich her, und es hätte Watsons ganz und gar unpassender Bemerkung gar nicht mehr bedurft, um mir klarzumachen, dass dieses Metallungeheuer wohl einem radikal anderen Konstruktionsprinzip entsprach.

Seine beiden hinteren Beine, die es vor Tagen vor unser aller Augen verloren hatte, waren nicht einfach nachgewachsen oder hatten sich aus Millionen winziger Von-Neumann-Maschinen neu und besser wieder zusammengesetzt, sondern waren – alles andere als kunstvoll – geschweißt und genietet worden und an einer Stelle sogar mit noch weniger Kunstfertigkeit geschient. Ich konnte die robusten Metallbänder und Kolben sehen, die sich unter dem künstlichen Fell bewegten, und das heiße Öl riechen, das anstelle von Blut durch seine künstlichen Adern floss. In der Ferne konnte ich nun eindeutig Adlers Stimme identifizieren, nicht mehr allzu weit entfernt, aber auch nicht nahe genug.

»Du kommst zu spät«, sagte ich trotzdem. »Damit kommt ihr nicht durch. Ihr könnt uns vielleicht umbringen, aber das wird euch nichts nutzen! Wir sind zu stark für euch! Und zu viele!«

»Das wissen wir«, antwortete der Mann. In wenigen Schritten Abstand blieb er stehen, ließ sich in die Hocke sinken und hob eine Handvoll grauen Staub auf, um ihn durch die Finger rieseln zu lassen, einen Ausdruck von Schmerz auf dem Gesicht, wie ich ihn eher auf dem Gesicht eines Vaters erwartet hätte, der die Asche seines viel zu früh verstorbenen Kindes dem Meer übergibt.

»Wir wollen euch nicht umbringen«, fuhr er fort. »Das wollten wir nie. Wir dachten, wenigstens das hättest du inzwischen verstanden.« Er richtete sich wieder auf, und der Blick seiner kalten Glasaugen bohrte sich direkt in die meinen. »Wir sind nicht eure Feinde.«

Das Entsetzliche war, dass ich ihm glaubte. Das Hive war tatsächlich niemandes Feind, so wenig, wie es irgendjemandes Freund war. Konzepte wie Freundschaft und Feindschaft waren diesem streng logisch funktionierenden Intellekt vollkommen fremd.

Aber das machte es nicht besser, sondern nur noch viel, viel schlimmer, denn wie konnte man hoffen, gegen einen Feind zu bestehen, der mit der Präzision einer Rechenmaschine handelte und plante, der sich keine Schwächen und Fehler erlaubte und dem Zeit so bedeutungslos war, dass er in Jahrzehnten planen konnte, wie ein menschlicher General in Wochen?

Ich war fast froh, nicht mehr miterleben zu müssen, wie dieser ungleiche Kampf irgendwann endete.

»Ihr solltet gehen«, fuhr der Maschinenmann fort. »Euer Freund, der Captain, wird bald hier sein. Und er wird Fragen stellen.«

Watson blinzelte. »Du … du lässt uns … gehen?«

»Euer Tod brächte uns keinen Vorteil«, antwortete das Hive. »Wir sind stark, aber ihr seid zu viele. Noch.« Er gab der Spinne einen Wink, und sie setzte ihren Weg fort, blieb vor mir stehen und richtete sich auf die hinteren beiden Beinpaare auf. Ihre beiden vorderen Gliederpaare ruhten auf meinen Schultern, und die mörderischen Fänge blitzten nun unmittelbar vor meinem Gesicht.

»So viel zu deinem Versprechen, uns nichts zu tun«, sagte ich und redete mir sogar mit einigem Erfolg ein, dass meine Stimme nicht vor Angst zitterte.

»Aber wir tun dir nichts, keine Angst.« Er wies auf die Spinne, und mir wurde klar, dass er ihr damit zugleich auch einen Wink gab. Doch was hätte ich tun sollen? »Es ist unser letztes Geschenk an Sie, Mister Devlin.«

Und damit bohrten sich die messerscharfen Zangen der Spinne in meinen Hals, nicht sehr tief und auch nicht für lange. Es tat nicht einmal besonders weh.

Aber etwas anderes und vollkommen Unerwartetes geschah.

Ich spürte Allison in mir.

Nicht ihre Erinnerungen, nicht ihre Körperlichkeit oder gar ihre Gedanken, sondern nur jenen winzigen Teil von ihr, der im Kollektiv zurückgeblieben war und nun zu einem Teil von mir wurde und der bewies, dass die Schwarmintelligenz mir auch in diesem Punkt die Wahrheit gesagt hatte: Auch wenn Allison und ich uns nur wenige Tage gekannt hatten, so hatte sie mich doch mit derselben Aufrichtigkeit und Intensität geliebt wie ich sie.

Glaubte dieses Ungeheuer tatsächlich, mir mit diesem Wissen ein *Geschenk* gemacht zu haben?

»Wir werden diesen Ort verlassen, sobald die Zeit reif ist«, sagte die unbegreifliche Wesenheit. »Und wir werden warten. Vielleicht zehn Jahre, vielleicht hundert. Es spielt keine Rolle. Diese Welt gehört nicht mehr euch allein.«

»Das wird … niemals geschehen«, sagte ich mühsam. Ich war fast von Sinnen vor Angst, und beinahe noch schlimmer war das Gefühl der Hilflosigkeit. Nichts, was Menschen taten, bedeutete noch irgendetwas. Es war so, wie ich selbst es gerade gedacht und das Hive es gesagt hatte.

Wir hatten Leben erschaffen. Und ob es nun noch zehn Jahre dauern mochte, hundert oder auch zweihundert.

Diese Welt gehörte uns nicht mehr allein.

Bernd Perplies

Flammen über Arcadion

Fantasy

Die sechzehnjährige Carya lebt mit ihren Eltern in Arcadion, einer der wenigen Zufluchtsstätten in einer öden, verwüsteten Welt. Doch das scheinbare Paradies, über das der religiöse Orden des Lux Dei herrscht, wird von Angst und Irrglaube beherrscht. Als der Geliebte ihrer besten Freundin von der Inquisition festgenommen wird, lässt sich Carya zu einer verzweifelten Tat hinreißen, um ihn vor der Folter zu retten. Doch damit gerät sie selbst ins Fadenkreuz der Inquisitoren. Ihre einzige Hoffnung ist der junge Templersoldat Jonan, der für Carya sein Leben aufs Spiel setzt …

Band 1: Flammen über Arcadion
528 Seiten, gebunden mit Schutzumschlag
€ 19,99 [D]
ISBN 978-3-8025-8637-8

Band 2: Im Schatten des Mondkaisers
544 Seiten, gebunden mit Schutzumschlag
€ 19,99 [D]
ISBN 978-3-8025-8638-5

Band 3: Das geraubte Paradies
512 Seiten, gebunden mit Schutzumschlag
€ 19,99 [D]
ISBN 978-3-8025-8639-2